GOLDMANN

Buch

Harry Barnetts Leben liest sich wie eine nicht enden wollende Reihe persönlicher Fehlschläge. Als Manager einer renommierten Firma für Schiffselektronik stolpert er über eine Korruptionsaffäre. Seither lebt er auf Rhodos und verdient sich seinen Lebensunterhalt in einer schäbigen Bar. Der längst vergessen geglaubte Skandal haftet an seinem Namen, wohin er sich auch wendet. Harrys Leben ist an einem toten Punkt angelangt.

Dann, nach langen Jahren, scheint sich alles zum Besseren zu wenden. Harry lernt auf der Insel die junge Heather kennen, die ihm auf Anhieb sympathisch ist. Doch das Glück zerbricht, bevor er es richtig fassen kann. Während einer gemeinsamen Bergwanderung verschwindet die junge Frau – Harry steht unter Mordverdacht...

Die atemraubende, verzweifelte Suche Harrys nach seiner verlorenen Liebe beginnt. Wir werden mitgerissen in den Sog von Mutmaßungen und Verdächtigungen, Lügen und Korruption, in die sich Harry verstrickt, bis er weiß, daß er niemandem, nicht einmal mehr sich selbst, trauen kann...

Autor

Robert Goddard, 1953 in der südenglischen Grafschaft Hampshire geboren, studierte in Cambridge Geschichte und war längere Zeit Beamter der Erziehungsabteilung der Grafschaft Devon. Seit dem aufsehenerregenden Erfolg seiner ersten Romane widmet er sich ganz dem Schreiben.

Außer dem vorliegenden Band sind von Robert Goddard als Goldmann-Taschenbücher erschienen:

Dein Schatten, dem ich folgte. Roman (9856)
Die Krallen der Katze. Roman (9857)
Leben heißt Jagen. Roman (41195)

ROBERT GODDARD

MITTEN IM BLAU

Roman

Aus dem Englischen
von Renate Sandner

GOLDMANN VERLAG

Ungekürzte Ausgabe

Titel der Originalausgabe: Into the Blue
Originalverlag: Bantam Press, London

Dank

Ich möchte mich bei Tina Maskell-Feidi für ihre Beratung bei der Verwendung des Griechischen in diesem Buch bedanken und beim Kommandeur und beim Stab des Britannia Royal Naval College, Dartmouth, für ihre Informationen über das College-Leben in den sechziger Jahren.

Der Goldmann Verlag
ist ein Unternehmen der Verlagsgruppe Bertelsmann

Umschlagentwurf: Design Team, München
Umschlagfoto: Dee / The Image Bank, München
Druck: Presse-Druck Augsburg
Verlagsnummer: 41310
MV · Herstellung: Sebastian Strohmaier
Made in Germany
ISBN 3-442-41310-9

3 5 7 9 10 8 6 4 2

Für Phil Dwerryhouse

1

Wenn sie jetzt zurückkäme, oder sogar erst in fünf Minuten, dann wäre es natürlich immer noch in Ordnung. Der Gedanke, daß er sie vielleicht nie mehr wiedersehen würde, könnte dann als Einbildung, als absurde, übertriebene Reaktion auf ein Übermaß an Einsamkeit und Stille abgetan werden. Und von der Vorstellung, daß sie jede Sekunde zurückkehren, ihm schon beim Herunterkommen vom Weg aus zurufen würde, ließ sich ein Teil seines Verstandes, nämlich der methodisch denkende, durch Erziehung geprägte Teil, nicht abbringen. Nur in dem chaotischen Bereich des Instinkts und Gefühls hatte sich eine andere Vermutung eingenistet, gewissermaßen nur in dem Teil seines Wesens, den er nicht zur Kenntnis nehmen wollte.

Außerdem hatte Harry ja auch allen Grund, seine Besorgtheit der Situation zuzuschreiben, in der er sich befand. Eine Dreiviertelstunde auf einem gestürzten Baumstamm auf halber Höhe eines mit Fichten bestandenen Berghanges zu sitzen, während sich die Nachmittagssonne allmählich in eine dämmrige Kühle und Stille verwandelte – eine absolute, unbewegliche, unbarmherzige Stille –, das zerrte an seinen Nerven, strapazierte seine Selbstbeherrschung. Jetzt wünschte er, er wäre mit ihr zum Gipfel hinaufgestiegen oder im Auto geblieben, um Radio zu hören. So oder so hätte er es eigentlich besser wissen müssen und nicht gerade an dieser Stelle warten sollen.

Er drückte nun schon die vierte Zigarette aus, seit er hier saß, und holte tief Atem. Im Schatten des Berges wurde es jetzt allmählich kalt, doch die Küstenebene dort unten war immer noch in warmes, goldenes Sonnenlicht getaucht. Nur hier an dem dicht mit Koniferen bestandenen Hang oder da draußen konnte das unmerkliche, aber in der klaren, eisigen Luft spürbare Dahinschwinden des Tages nicht länger ignoriert werden.

Weshalb war sie noch nicht zurückgekehrt? Verirrt konnte sie sich wohl kaum haben, nicht mit dem Reiseführer und einem Kompaß. Schließlich war sie, im Gegensatz zu Harry, schon vorher auf dem Profitis Ilias gewesen. Und wenn er ehrlich war, wollte auch er nie wieder dorthin. Vor zwei Stunden hatte er sich noch an einem Tisch auf der

Terrasse einer *Psarotaverna* unten an der Küste in der Sonne gewärmt, sich gemächlich zum Abschluß eines köstlichen Essens die erste Zigarette dieser Packung angezündet und überlegt, wie sehr der Ober wohl einen übergewichtigen Engländer mittleren Alters darum beneiden würde, daß er so ein attraktives Mädchen gefunden hatte, das mit ihm zu Mittag aß. Jetzt hatte er sogar Mühe, sich die Szene vorzustellen, denn der Profitis Ilias besaß die Kraft, jede Erinnerung und Wahrnehmung außerhalb seines eigenen Dunstkreises in weite Ferne zu rücken. Und es war Heathers Wunsch gewesen, auf den Profitis Ilias zu fahren.

»Wir könnten von hier aus mit dem Auto in einer halben Stunde dort oben sein«, hatte sie gemeint. »Es ist ein phantastischer Ort. Verlassene, zerfallende alte Villen, die noch aus der italienischen Besatzungszeit stammen. Und eine herrliche Aussicht. Du mußt es einfach sehen.«

Harry hatte eigentlich keine derartige Verpflichtung verspürt, da er die Innenausstattung von einem Dutzend Bars, die ihm einfielen, durch die Brechung eines entsprechend gut gefüllten Glases gesehen, jedem Ausblick auf die Natur vorzog, und mochte er noch so atemberaubend sein. Dennoch hatte er keinen Einwand erhoben.

Und so waren sie die gewundene Straße durch das Dorf Salakos hinauf zum bewaldeten Berggipfel gefahren und kamen langsam, aber stetig immer höher, bis sie den übrigen Verkehr völlig hinter sich gelassen hatten und ihnen nur noch die endlosen Fichten- und Föhrenreihen auf ihrer Fahrt begegneten. Anfangs war Harry die immer größer werdende Einsamkeit nicht als etwas Unangenehmes aufgefallen. Erst als sie das Hotel, zu dem die Straße führte, erreicht hatten und es, wie erwartet, für den Winter geschlossen vorfanden, hatte sich diese Eigenart des Profitis Ilias bemerkbar gemacht.

Stille, so glaubte er fast, war die Grundstimmung dieses Berges. Stille, die nur darauf gewartet hatte, daß sie aus dem Wagen stiegen und die Türen zuschlugen, die dann mitten aus dem Wald hervorsprang und sie so einschüchterte, daß sie sich nur flüsternd miteinander unterhielten. Stille, die das leere Hotel und die Ruinen der Villen in den umliegenden Wäldern nur noch zu verstärken schienen, als seien verlassene Häuser schlimmer als überhaupt keine Häuser. Und eine Stille, auf die sogar die Natur Rücksicht nahm, denn hier bewegte kein Wind die Bäume, kein Vogel sang in den Zweigen, kein Eichhörnchen huschte die Äste entlang. Auf dem Profitis Ilias war alles ruhig, aber nichts ruhte.

Noch vor zwei Monaten wäre das Hotel für die Saison geöffnet gewesen, die Kinder der Gäste hätten auf dem Gelände gespielt, wären vielleicht sogar auf demselben Baumstamm herumgeklettert, auf dem Harry nun saß. Lärm, Leben, Gelächter, Geselligkeit – zu anderen Zeiten mochte ihm das auf die Nerven gehen, jetzt sehnte er sich aus tiefster Seele danach. Er war überrascht, als er plötzlich entdeckte, wie unbehaglich ihm so allein zumute war. Das heißt, wenn er wirklich allein war. Denn er mußte daran denken, daß er, als sie aus dem Wagen ausgestiegen und hinunterspaziert waren, um die Aussicht, die man vom Hotel aus hatte, zu bewundern, zu den Holzbalkonen und den rotgestrichenen Fensterläden, die dem Gebäude einen bodenständigen, alpenländischen Anstrich verliehen, hinaufgeblickt – und eine Gestalt gesehen hatte, die sich abrupt von einem der nicht verriegelten Fenster des ersten Stockwerkes zurückzog. In jenem Moment hatte er es als Täuschung des Lichts abgetan, doch jetzt trug die Erinnerung daran noch zu der übrigen Unruhe bei, die ihn überkommen hatte.

Weshalb war sie nicht zurückgekehrt? Sie hatte so zuversichtlich gewirkt, so ermutigend sicher, daß sie zurück sein würde, ehe er überhaupt dazu gekommen wäre, sie zu vermissen. Es war ein steiler Aufstieg gewesen vom Hotel hinauf zu dem holprigen, überwachsenen Pfad, der zum Gipfel führte, und Heather hatte ein scharfes Tempo angeschlagen. Außer Atem und weit von seinem gewohnten Terrain entfernt, war Harry unter diesen Umständen nur zu gerne bereit, an der Stelle, wo ein umgestürzter Baum den Weg blockierte, anzuhalten, während sie bis zum Gipfel weiterging. »Nimm die Schlüssel«, hatte sie gesagt, »falls du zum Auto zurück willst.« Dann, als sie sein Stirnrunzeln bemerkte, hatte sie noch hinzugefügt: »Keine Angst, ich werde auf dem Weg bleiben. Und ich werde nicht lange brauchen. Aber ich kann doch jetzt nicht kehrtmachen, oder?« Und mit diesen Worten war sie über den Baum geklettert, hatte noch einmal zu ihm zurückgelächelt und war dann weitergegangen.

Vor fast einer Stunde und, so schien es Harry, in einer anderen Welt hatte ihn dieses letzte Lächeln von dem bewaldeten Hang herunter gegrüßt. Seine Seelenruhe, so überlegte er jetzt, hatte nicht länger als die erste Zigarette angehalten. Seither hatten sich seine Gedanken mit den verschiedensten Dingen beschäftigt, waren aber immer wieder auf das zurückgekommen, was sich in dieser Umgebung einfach nicht ignorieren ließ – diese Stille, die so absolut war, daß das Ohr einen fast hörbaren Chor flüsternder Stimmen in den Bäumen um ihn herum erfand, eine Stille, die so vollkommen war, daß seine angespannten Sinne ihm beharrlich vorgaukelten, daß ihn irgendwo, über ihm oder um ihn herum, etwas beobachtete.

Harry sah auf seine Uhr. Es war kurz vor vier, und das bedeutete, daß es nur noch etwas über eine Stunde lang hell sein würde, eine armselige, eisige, ihn bis auf die Knochen abkühlende Stunde in dieser Höhe und zu dieser Jahreszeit. Mühsam zwang er sich, eine Reihe anderer brauchbarer

Möglichkeiten ins Auge zu fassen. Er könnte zum Wagen zurückkehren, für den Fall, daß Heather eine andere Route genommen hatte und dort wartete. Doch wenn sie das getan hätte, dann wäre sie sicher jetzt schon gekommen, um ihn zu holen. Er könnte bleiben, wo er war, mit der Begründung, daß sie erwarten würde, ihn hier zu finden. Aber ein Blick in die Runde sagte ihm, daß er es nicht ertragen konnte, noch länger zu bleiben. Oder er könnte dem Pfad bis zum Gipfel folgen, falls sie in irgendwelchen Schwierigkeiten steckte oder einfach das Zeitgefühl verloren hatte. Das, so schloß er, war wirklich die einzige Möglichkeit, die ihm blieb.

Er hob die Beine an, drehte sich auf dem Baumstamm herum und glitt auf der anderen, höheren Seite herunter. Da war der Pfad, der trotz all der Jahre, die er nicht mehr benutzt und instand gehalten worden war, immer noch von einer Einfassung mit Kieselsteinen markiert wurde, und wand sich vor ihm den Abhang hinauf. Er fing an, bergan zu steigen, und fühlte dabei sofort jene Erleichterung, die immer dann eintritt, wenn man nach einer angespannten Zeit der Unentschlossenheit zu handeln beginnt.

Bald wurden die Bäume immer spärlicher, und der Gipfelgrat kam in Sicht. Nun kam es Harry absurd vor, daß er nicht darauf bestanden hatte, Heather die ganze Strecke zu begleiten, denn es war weder so weit noch so steil, wie er befürchtet hatte. Er konnte nicht umhin, sich zu fragen, ob sie ihre Trennung nicht bewußt herbeigeführt hatte, wenn er sich auch nicht vorstellen konnte, weshalb sie das getan haben sollte. Und er war sich auch dessen bewußt, daß vielleicht schon der Gedanke an sich eine Einbildung war, daß er ihren Worten und Handlungen eine Bedeutung beimaß, die sie gar nicht hatten.

Als er einen sonnenbeschienenen Fleck kurz vor dem Bergkamm erreicht hatte, hielt Harry an, um Atem zu schöpfen. Rechts vor ihm krönte eine rot-weiße, aus einem kleinen Gebäude hoch aufragende Radioantenne den Gipfel. Es sah aus wie ein Militärbeobachtungsposten, der offenbar nicht besetzt war. Er hatte keineswegs die Absicht, den Stützpunkt zu inspizieren. Neun Jahre auf Rhodos hatten ihn gelehrt, um das griechische Militär einen weiten Bogen zu machen. Aber würde Heather ebenso vorsichtig gewesen sein? Ja, bestimmt. Außerdem beschrieb der Pfad eine Kurve nach links, und sie hatte versprochen, ihn nicht zu verlassen.

Er stieg zu dem Grat hinauf und drehte sich um, um auf den Weg zurückzublicken, den er gekommen war. Als er das tat, beschwor seine exponierte Lage eine Bedrohung herauf, die auf ihre Art viel beunruhigender war als das Unbehagen, das ihm im Wald zu schaffen gemacht hatte. Plötzlich fragte er sich, ob es das war, was man von ihm erwartete, ob dies ein weiterer Schritt auf die Falle zu war, die man ihm gestellt hatte. Er tadelte sich selbst dafür, so etwas zu denken, und zwang seine Augen, der Küstenlinie weit unten zu folgen, wo sie nach Westen abbog. Diese faltige schmale Bucht, so sagte er sich, mußte Kamiros Skala sein, diese Inseln draußen im Meer, die wie Walrücken wirkten, waren sicher Alymnia und Halki. Sie waren Bezugspunkte, die bewiesen, daß es jenseits des Profitis Ilias immer noch eine Realität gab und daß er bald zu ihr zurückkehren würde.

Doch zuerst mußte er Heather finden. Bestürzt darüber, wie sehr es ihm widerstrebte, laut ihren Namen zu rufen – etwas, was die herrschende Stille unweigerlich zu verbieten schien –, begann er dem immer noch getreulich mit Kieselsteinen eingefaßten Weg zu folgen, der sich den Grat entlang zwischen nackten Felsen und knorrigen, vom Wind geformten Zedern schlängelte. Wenn sie auf dem Pfad geblieben war, würde er sie auf alle Fälle finden. Doch wenn nicht ...

Dann sah er ihn. Verfangen in einem unteren Ast einer Zeder, hing er schlaff und verloren in der reglosen Luft. Vier gleich breite rosa und weiße Streifen.

Kirschrot und silbern, hatte sie ihn korrigiert, fiel ihm ein. Es war Heathers Schal, der lange wollene Schal, den sie getragen hatte, als sie ihn bei dem umgestürzten Baum zurückließ. Er hatte noch ganz deutlich vor Augen, wie sie ein Schalende über die Schulter warf, als sie den Berghang hinauf verschwand. Und jetzt war er hier, wo sie nicht war.

Harry zog den Schal herunter, hielt ihn mit den Händen umklammert und versuchte verzweifelt zu verstehen, was seine Entdeckung zu bedeuten hatte. Hatte sie ihn zufällig dort liegenlassen? War er ihr vom Hals geweht worden, als sie den Weg entlanglief? Wenn ja, wovor war sie davongerannt? Er blickte sich bei den verkrüppelten Zedern und den schroffen weißen Findlingen um, die wie Reißzähne auf dem mit Gras bewachsenen Kamm aufragten. Doch sie gaben kein anderes Zeichen, keinen weiteren Hinweis auf ihr Schicksal. Sie widersetzten sich ihm mit ihrer Leere.

Er schlang sich den Schal um den Hals und folgte weiter dem Pfad. Er führte einen Steilhang hinauf, fiel dann plötzlich in ein Senke ab und stieg wieder zur nächsten Anhöhe. Nach Süden zu wurde der Blick auf das in Sonnenlicht getauchte Inselinnere freigegeben. War es möglich, daß Heather die Richtung verloren hatte, fragte er sich, und die falsche Bergseite hinuntergegangen war? Während er anhielt, um sich an einen Fels zu lehnen und Atem zu schöpfen, wägte er diesen Punkt ab. Der Weg war deutlich markiert, und es war leicht, die Route einzuhalten. Sie konnte ihn nur verlassen haben, weil sie es wollte oder unbedingt mußte.

Und die Berührung des Schals an seinem Kinn ließ ihn das letztere befürchten. Er hastete weiter.

Als Harry schließlich das Tal durchquert und die nächste Erhebung hinaufgestiegen war, hatte der rational denkende Teil seines Verstandes viel von seiner früheren Kontrolle wiedererlangt. Er hatte so gut wie keine Ortskenntnis, ermahnte er sich. Selbst wenn das nicht der Fall wäre, könnte er allein kaum die Gegend absuchen. Falls Heather irgend etwas zugestoßen war, was auch immer es sein mochte, so wäre der beste Weg, ihr zu helfen, die Leute in Salakos zu alarmieren, und zwar noch vor Einbruch der Nacht. Er sah auf die Uhr. Um das zu tun, müßte er sofort zum Wagen zurückkehren. Obwohl es verfrüht schien, jetzt schon aufzugeben, war es doch klar, daß er aufbrechen mußte.

Doch nicht, so sagte ihm sein Instinkt, ohne einen letzten Versuch zu unternehmen, Heather selbst zu finden. Vor der einfachsten Methode war er bis jetzt zurückgeschreckt. Aber er wußte, daß er nicht von hier fort konnte, ohne sie anzuwenden. Er mußte so laut wie möglich ihren Namen rufen, damit sie ihn, falls sie nah genug war, hören konnte. Von der Anhöhe aus, auf der er stand, würde seine Stimme weit tragen – da gab es keine Ausrede. Entschlossen, seinem Mut keine Gelegenheit zum Sinken zu geben, kletterte er auf einen nahen Felsen, holte tief Atem und formte seine Hände vor dem Mund zu einem Trichter. Doch dann, in der Sekunde, bevor sich Heathers Name auf seinen Lippen bildete, fand der Profitis Ilias seine eigene Stimme, mit der er ihn zum Schweigen brachte.

Ein langer, schriller, anhaltender Pfeifton. Er drang aus keiner bestimmten Richtung an Harrys Ohr. Er konnte von überall her kommen, von oben, von unten, aus der Nähe, aus der Ferne. Und dann hörte er auf. Und Harrys Arme fielen langsam herunter, und er begann an allen Gliedern zu zittern und in flachen Zügen hastig zu atmen. Was hatte das zu bedeuten? Woher kam es? War es ein Signal? Eine Botschaft? Eine Warnung? Für ihn oder für jemand anderen?

Plötzlich zerbrach seine Selbstbeherrschung wie eine Klippenwand, die jahrelang vom Meer unterspült wird, bevor sie jäh in sich zusammenfällt. Er war auf Schritt und Tritt manipuliert worden. Das Gesicht am Fenster, der zurückgelassene Schal, der geisterhafte Pfiff – das alles gehörte zu der Falle, in die er gelockt worden war. Logik und Vernunft hatten keine Bedeutung mehr, seine einzige Rettung war es, Hals über Kopf die Flucht zu ergreifen.

Der Pfad begann von dieser Stelle an in Zickzackkurven den steilen, mit Felsbrocken übersäten Abhang bergab zu führen. Doch Harry folgte ihm nicht. Statt dessen stürmte er geradeaus hinunter von einer Wegbiegung zur nächsten, stolperte dabei über Steine, riß streckenweise lose Erdschichten mit hinunter. Die Dornen des dichten Gestrüpps ritzten ihm die Wange. Er schürfte sich die Knöchel an einem scharfen Felsvorsprung auf. Aber das alles kümmerte ihn nicht. Jeder Vorwand war nun verschwunden. Er wollte nur noch von dem Berg hinunter, weg von dieser zermürbenden Angst, die ihn den Verstand verlieren ließ.

Als er durch ein Farndickicht brach und an einem riesigen, halbvergrabenen Felsbrocken hinunterschlitterte, fand sich Harry plötzlich auf einem breiten Erdweg wieder, in den die Räder eines schweren Fahrzeugs tiefe Furchen gegraben hatten. Er zwang sich dazu, sich zu konzentrieren, und erinnerte sich, daß sich die Straße genau jenseits der Stelle, wo sie geparkt hatten, gabelte und daß die linke Abzweigung nach Eleousa wies, während die rechte irgendwo in den Wald hinaufführte. Er befand sich wohl auf diesem unbeschilderten Weg. Wenn das der Fall war, dann mußte er ihm nur noch nach unten folgen, um das Auto zu erreichen.

Er begann den Mittelstreifen des Weges entlangzulaufen, ohne auf die stärker werdenden, ziehenden Schmerzen in seiner Brust zu achten. Als er um eine Kehre bog, sah er den weißen Umriß des Wagens und dahinter das mit roten Ziegeln gedeckte Hoteldach. Er war fast dort. Dann, beinahe auf einen Schlag, wurde er langsamer. Nach zwanzig Metern stand er plötzlich still, denn mit dem Anblick des Hotels war auch die Erinnerung an ein Gesicht gekommen, das sich plötzlich von einem der Fenster zurückgezogen hatte, und der schreckliche Gedanke, daß er vielleicht noch immer einer Route folgte, die für ihn präpariert worden war, einer Reihe von falschen Abzweigungen, die Entkommen versprachen, aber immer nur tiefer in die Falle führten.

Er stand wie angewurzelt, schnappte keuchend nach Luft und bemühte sich verzweifelt, einen klaren Gedanken zu fassen. Als er nach seinem Hals faßte, bemerkte er, daß er den Schal verloren hatte. Er mußte heruntergefallen oder von einem der Büsche heruntergerissen worden sein, durch die er blindlings hindurchgestolpert war. Hatte Heather vielleicht, so fragte er sich, den Schal auch auf diese Weise verloren – auf der verzweifelten Flucht vor demselben ungreifbaren Entsetzen? Machte er nichts anderes, als ihre vergeblichen Schritte nachzuvollziehen? Nein, sagte ihm der rational denkende Teil seines Gehirns immer wieder. Sie war immer noch irgendwo da oben auf dem Gipfel, verirrt und hilflos, darauf vertrauend, daß er Hilfe holte. Ihretwegen mußte er einen kühlen Kopf bewahren.

Langsam, ohne nach rechts oder links zu schauen, begann er weiterzugehen und richtete seine ganze Aufmerksamkeit auf den Wagen, der immer mehr in sein Blickfeld rückte. So gelang es ihm, nicht auf die Einflüsterungen seines Verstandes über das, was ihn vielleicht alles verfolgen oder, noch schlimmer, erwarten könnte, zu achten. Er zählte jeden seiner Schritte, sagte laut die Zahlen vor sich her, um seine Phantasie zu zügeln. Er passierte die Stelle, wo der Pfad und die Straße nach Eleousa sich gabelten. Dann den Wegweiser, der den Namen angab, den er inzwischen fürchtete: ΠΡΟΦΗΤΗΣ ΗΛΙΑΣ, Profitis Ilias. Er erreichte den Wagen.

Da Harry spürte, daß Hast jetzt ebenso verhängnisvoll wie Zaudern sein könnte, holte er vorsichtig die Schlüssel aus seiner Tasche, öffnete die Tür und kletterte hinein. Zu seiner unaussprechlichen Erleichterung sprang der Motor beim ersten Anlassen der Zündung an. Das plötzlich einsetzende Geräusch – und die Aussicht, wegfahren zu können, die es vermittelte – stellte sein angeschlagenes Selbstvertrauen wieder her. Er setzte den Wagen ruckartig in Gang, wendete ihn auf der Straße, setzte zurück, vollendete das Wendemanöver und gab den Berg hinunter Gas.

Mit jedem Meter, den das Auto Harry vom Profitis Ilias fortbrachte, schwand auch der Einfluß, den der Berg auf seinen Verstand ausgeübt hatte. Bald fiel es ihm leicht, das was geschehen war, mit Vernunftgründen abzutun. Sein Gehirn, seiner normalen Stimuli beraubt, hatte angefangen, ihm Streiche zu spielen – das war alles. Heather hatte sich verirrt und mußte sich auf eine Nacht unter freiem Himmel gefaßt machen. Doch mit Hilfe aus Salakos konnte er ihr das vielleicht ersparen. Selbst wenn es zum Schlimmsten kommen sollte, würde sie bestimmt bis zum Morgen irgendeinen Unterschlupf finden. Zwölf unbequeme Stunden lagen vor ihr, zwölf Stunden banges Warten vor Harry. Dann würde wieder alles seinen gewohnten Gang gehen.

Erst im allerletzten Moment sah Harry die Ziege, die direkt in seinem Weg stand. Sie war gleich hinter einer Haarnadelkurve mitten auf die Straße getrottet, und es schien beinahe, als hätte sie ihm aufgelauert, so schwer war sie im tiefen Schatten der überhängenden Bäume auszumachen. Den Fuß voll auf dem Gaspedal, als er aus der Kurve herauskam, riß Harry instinktiv das Steuerrad herum, als er das Tier sah, und es gelang ihm gerade noch, knapp daran vorbeizukommen. Doch seine Erleichterung hielt nicht länger an als eine Sekunde. Als der Wagen quer über die Straße schlitterte, wurde ihm bewußt, daß er direkt auf einen steilen Abhang auf der anderen Seite zufuhr. Zum Bremsen war es zu spät, und der Straßenzaun sah zu schwach aus, als daß er ihn hätte auffangen können. Ihm blieb nichts anderes übrig, als auf einen der massiven Betonpfosten zuzusteuern und auf das Beste zu hoffen. Es gab einen großen, ruckartigen dumpfen Schlag, eine Dampfwolke stieg aus der Motorhaube, und lautes Hupen ertönte, als Harry gegen das Lenkrad prallte.

Etwa eine Minute lang war er zu betäubt, um sich zu bewegen. Dann stieß er die Tür auf und stolperte hinaus. Die Ziege war geflohen – er konnte ihre Glocke hören, die wild bimmelte, als sie in den Wald hineinlief –, aber es war offensichtlich, daß der Wagen nicht mehr fahrtüchtig war. Die Vorderseite war eingedrückt, und das äußere Rad war völlig verbogen. Harry beugte sich über das Dach und fluchte leise. Sein Kopf schmerzte, und die Rippen taten ihm weh. Er hätte jetzt einen kräftigen Schluck gebrauchen können, aber es würde wohl noch eine Zeit dauern, bis er einen bekam. Diese letzte Fehleinschätzung der Situation hatte seine – und auch Heathers – mißliche Lage nur verschlechtert.

Obgleich Harry erschöpft und von Selbstmitleid erfüllt war, wußte er, daß er es sich nicht leisten konnte, dieser Stimmung nachzugeben. Nach einem letzten vorwurfsvollen Tritt gegen das verbogene Rad des Autos drehte er sich um und begann den beschwerlichen Fußmarsch die Straße hinunter.

2

Inspektor Miltiades blickte von der Türöffnung aus einige Zeit unverwandt auf Harry. Dann ging er langsam zum Tisch hinüber und setzte sich ihm gegenüber. Harry hatte sechs Stunden auf seine Rückkehr gewartet, sechs Stunden, die ihm wie ebenso viele Tage erschienen waren. Und doch widerstrebte es ihm zu fragen, was der Inspektor gefunden hatte, da ihn die allmählich aufkommende Überzeugung, daß die Wahrheit schlimmer sein mußte als seine schlimmsten Befürchtungen, davor abschreckte.

Den ganzen Tag lang war er in diesem kahlen und sparsam möblierten Raum der Polizeidirektion von Rhodos festgehalten worden, mit nichts als der Uhr an der Wand, dem ausdruckslosen Gesicht des Polizisten, der die Tür bewachte, und seinen eigenen, unaufhörlichen Gedanken, die nach Hinweisen darauf suchten, was der Profitis Ilias der Suchmannschaft offenbart haben mochte. Schon mehr als vierundzwanzig Stunden waren vergangen, seit er Heather zum letzten Mal gesehen hatte, und nun, wie das schwindende Licht hinter den halb geschlossenen Fensterläden anzeigte, schickte sich die Nacht wieder an, ihren Schleier über Heathers Verbleiben zu legen. Ja, es sei denn, Miltiades wußte bereits, wo sie sich aufhielt. Aber Miltiades' Gesichtsausdruck verriet nichts. Dieser, ein dünner, asketisch wirkender Mann mit sorgfältig gebügelter Uniform und glattgekämmtem schwarzem Haar, nahm vorsichtig die Brille ab, massierte die Druckstellen auf der Nase, setzte die Brille wieder auf und hatte dabei die ganze Zeit seinen ernsten, unbeweglichen Blick auf Harry gerichtet.

Harrys Lippen öffneten sich, um zum Sprechen anzusetzen, doch ein Hochziehen der Augenbrauen seines Gegenübers hielt ihn sogleich davon ab. Er bemühte sich, seine Gedanken zu ordnen, und sagte dann: »Was haben Sie mir zu sagen, Inspektor?«

Miltiades antwortete nicht. Statt dessen zog er ein kleines Tonbandgerät aus der Aktenmappe neben sich, stellte es zwischen sich und Harry auf den Tisch und schaltete es ein.

»Ich glaube, ich habe ein Recht darauf, etwas zu erfahren.«

Miltiades stützte sich auf seine Ellbogen und beugte sich nach vorne. Als er sprach, war es auf griechisch, und seine Bemerkungen waren für den Apparat bestimmt. »*To Savato dodeka Noembriou chilia enniakosia ogdonta okto, exi ora ke misi.*« Dann sah er Harry geradewegs an und fragte: »Was erwarten Sie, zu hören, Mr. Barnett?«

»Ob Sie Miss Mallender gefunden haben, natürlich. Ob es ihr gut geht.« Harry konnte den immer ungeduldiger werdenden Ton in seiner Stimme hören, doch er konnte ihn nicht unterdrücken. Was fiel dem Mann ein, seine Qual so zu verlängern? »Sie hatten den ganzen Tag, um den Profitis Ilias abzusuchen. Was haben Sie gefunden?«

»Wir werden bei dieser Unterredung einmal davon ausgehen, daß wir nichts gefunden haben.«

»Was, zum Teufel, bedeutet das?«

»Das bedeutet, daß Sie meine Fragen beantworten werden, bevor ich auf ihre antworte.«

Das war es also. Der Verdacht, der den ganzen Tag immer mehr Macht über ihn gewonnen hatte, wurde schließlich bestätigt: Sie glaubten ihm nicht. Deshalb war es ihm nicht gestattet worden, auf dem Schauplatz des Geschehens zu bleiben, als die Suche begann. Und deshalb erzählte ihm Miltiades nichts, da er hoffte, daß eine länger anhaltende Ungewißheit Harry dazu bringen würde, sich selbst zu verraten. Was dachten sie wohl? fragte er sich. Daß er Heather ermordet hatte? Daß er sie dort oben auf dem Berg vergraben hatte? Weshalb sollten sie so etwas denken – es sei denn, sie hatten etwas gefunden, das sie auf diesen Gedanken gebracht hatte. Ihre Leiche etwa? Guter Gott, es war zu schrecklich, daran zu denken.

»Sie leben seit März 1979 auf Rhodos, Mr. Barnett?«

»Was?«

»Sie leben seit neun Jahren hier, glaube ich.«

Harry konnte sich angesichts all der Befürchtungen, die ihn jetzt befielen, nicht konzentrieren. Er konnte nur an Miltiades' Mitgefühl appellieren. »Um Gottes willen, Inspektor, sagen Sie mir nur eines: Ist sie tot?«

Miltiades' Gesichtsausdruck veränderte sich nicht. »Wir werden für diese Unterredung einmal davon ausgehen, daß wir es nicht wissen.«

»Sie gefühlloser ...« Harry schloß die Augen und zwang sich, das Bild, das sich gerade in seinem Kopf geformt hatte, abzuwehren: Heathers weißer, nackter Körper, der auf einer Leichenbahre lag ... Als er die Augen öffnete, war Miltiades' prüfender Blick noch immer auf ihn gerichtet.

»*Entaksi.* Wir werden am Anfang beginnen. Sie leben hier seit März

1979 als Verwalter eines Hauses in Lindos – der *Villa ton Navarkhon* –, das einem ihrer Landsleute gehört. Ist das richtig?«

Das Bild war verschwunden. An seine Stelle war dieser leere, sterile Raum getreten, wo er gerade verhört werden sollte. Er dachte an die *Psarotaverna,* wo sie zu Mittag gegessen hatten, dachte daran, wie warm es an ihrem Tisch unter dem Gummibaum gewesen war, wie sanft die Sonnenstrahlen ihr Haar berührt hatten. Er fühlte Tränen in seinen Augen aufsteigen, schluckte schwer und sagte: »Das ist richtig.«

»Ihr vollständiger Name ist Harold Mosley Barnett.«

»Ja.«

»Mosley ist ein ungewöhnlicher Vorname, nicht wahr?«

War es das, was dieser Bursche unter am Anfang beginnen verstand? »Oswald Mosley war ein englischer Politiker in der Zeit zwischen den Kriegen, Inspektor. Mein Vater schätzte seine Ansichten.«

»Welche waren das?«

»Er war ein Faschist. *Enas fasistis.*«

Miltiades nickte. »Schlimm für Sie.«

»Es macht mir nichts aus.« Es war seltsam, ausgerechnet von einem griechischen Polizisten an seinen Vater erinnert zu werden. Er hatte seit Jahren nicht an ihn gedacht, an diese verschwommene Gestalt aus seiner Vergangenheit, die er nur von Fotos und den unsentimentalen Erinnerungen seiner Mutter kannte. »Wie haben ...«

»Sie wurden am 22. Mai 1935 geboren.«

»Ja. Aber ...«

»In Swindon in Wiltshire.«

»Woher wissen Sie das alles?«

»Es steht in ihrem Reisepaß.«

»Meinem Reisepaß?«

»Ich habe ihn hier.«

Einen Augenblick lang verschlug es Harry die Sprache. Sie waren in Lindos gewesen und hatten seine Sachen durchsucht. Und während der ganzen Zeit hatte er hier gesessen und geglaubt, daß sie den Profitis Ilias Zentimeter für Zentimeter abkämmen würden.

»Ich hatte eigentlich nach Miss Mallenders Paß gesucht«, fuhr Miltiades fort. »Wissen Sie, wo er ist?«

»In ihrer Handtasche, nehme ich an. Doch Sie hatten kein Recht ...«

»Wir haben den Besitzer des Hauses angerufen, Mr. Barnett. Als wir ihm die Umstände erklärten, gab er bereitwillig seine Zustimmung.«

So. Sie hatten also mit Dysart gesprochen. Und was hatten sie ihm erzählt? Gott allein wußte es. »Weshalb sind Sie so neugierig auf Heathers Reisepaß?«

Zum ersten Mal lächelte Miltiades. »Jetzt heißt es ›Heather‹, nicht ›Miss Mallender‹. Hatte sie etwas dagegen, von ihnen mit ihrem Vornamen angesprochen zu werden?«

»Seien Sie nicht so verdammt ... Warum sollte sie?«

»Weil sie in Mr. Dysarts Haus als sein Gast wohnte – und Sie dort als sein Angestellter waren.«

»Ich bin nicht sein Angestellter.«

»Was denn dann?«

Ja, was denn? Der Unterschied war fein, wie Harry zugeben mußte. »Ich kümmere mich um das Haus und habe dafür freie Unterkunft.«

»Sein Verwalter also?«

»In gewisser Weise.«

»In welcher Weise, würde ich gern wissen, Mr. Barnett. Sie hätten uns früher sagen sollen, was für eine bedeutende Persönlichkeit Mr. Dysart ist. Ein Abgeordneter. Ein Minister der britischen Regierung.«

»Ein Juniorminister.«

»Wie kommt es, daß eine solche Persönlichkeit ihr Ferienhaus auf Rhodos Ihrer Obhut anvertraut?«

»Weshalb sollte er das nicht?«

Anstelle einer Antwort musterte Miltiades Harry mit kaum verhohlener Verachtung. »Wie haben Sie Mr. Dysart kennengelernt?«

»Er hat als Student früher einmal für mich gearbeitet. Das ist schon lange her. Aber was hat das mit ...«

»Mit Miss Mallender zu tun? Ich hoffte, Sie würden mir das erzählen, Mr. Barnett. Ihr Bruder kommt heute abend von England hierhergeflogen. Er und seine Eltern waren erstaunt, als sie erfuhren, daß Sie und Miss Mallender ... befreundet sind. Ich glaube, Sie haben für Miss Mallenders Vater gearbeitet, ehe Sie nach Rhodos kamen.«

»Ja, das stimmt.«

»Und Sie wurden aufgrund einer finanziellen Unregelmäßigkeit entlassen.«

»Einer *angeblichen* finanziellen Unregelmäßigkeit.«

»Der springende Punkt, Mr. Barnett, ist, daß Sie nicht der Begleiter sind, den Miss Mallenders Vater für seine Tochter ausgewählt hätte. Sie tragen ihm vielleicht immer noch etwas nach. Sie wollen ihm vielleicht etwas antun – oder jemandem, der ihm nahesteht.«

»Es ist mir völlig schnuppe, was ...« Seine Stimme versagte ihm. Das war wirklich schlimmer, als er sich vorgestellt hatte. Alles, was er wissen wollte, war, ob sie Heather gefunden hatten. Wenn das der Fall war, dann mußte sie tot sein, denn sie hätte es niemals zugelassen, daß dieser Unsinn in ihrem Namen verbrochen würde. Doch wenn nicht ...

»Sie sind dreiundfünfzig Jahre alt, Mr. Barnett. Waren Sie jemals verheiratet?«

»Nein.«

»Haben Sie Kinder?«

»Nein.«

»Ein alleinstehender Mann also.«

»So könnte man sagen.«

»Was tun Sie, um Ihre ... sexuellen Bedürfnisse zu befriedigen?«

Harry spürte, wie ihm der Unterkiefer herunterfiel. Mußten sie mit ihren Verdächtigungen zu dieser letzten und schmutzigsten Maßnahme greifen? Er hatte Heather gemocht. Er hatte sie sogar sehr gemocht. Doch seltsamerweise hatte diese Zuneigung keine sinnliche Begierde getrübt. An einem anderen Ort, mit einer anderen Frau hätte das leicht der Fall sein können. Aber nicht bei Heather. »Ich trinke zuviel, Inspektor. Was machen Sie?«

»Ich habe die Aussage, die Sie gestern abend in Salakos machten, sehr sorgfältig gelesen, Mr. Barnett. Erinnern Sie sich noch, was Sie gesagt haben?«

»Natürlich.«

»Ich werde Ihr Gedächtnis auffrischen.« Er griff zu der Aktenmappe hinunter und zog ein Bündel Papiere heraus. »Ihre Beschreibung von Miss Mallender: «Zirka einen Meter achtundsechzig groß. Siebenundzwanzig Jahre alt. Schulterlanges flachsblondes Haar.» Flachsblond ist ein interessantes Wort, Mr. Barnett. Ich beschäftige mich intensiv mit Wörtern. Ich bin stolz auf meine Kenntnis der englischen Sprache.«

»Mit Recht.«

»Doch flachsblond kannte ich nicht. Es ist ein sehr spezielles Wort. Es läßt darauf schließen, daß die Person, die sie eben beschrieben haben, einen tiefen Eindruck auf Sie machte.«

»Es ist einfach nur eine Farbe.«

»Aber die Farbe wovon? Die Farbe des Verlangens vielleicht? Sie sagten nicht, ob Miss Mallender eine gute Figur hatte.«

Harry fühlte, wie ihm das Blut ins Gesicht schoß. Sag' nichts, sagte er sich. Laß dich von diesem Mann nicht provozieren. Er glaubt, er sei sehr schlau. Beweise ihm, daß er es nicht ist.

»Ist sie dick? Ist sie dünn?«

»Weder noch.«

»Perfekt proportioniert also. Eine wahrhaftige Aphrodite.«

»Gehen Sie zum Teufel.«

Miltiades lächelte. »Lassen Sie mich auf Ihre Aussage zurückkommen. Sie beschrieben die Kleidung, die sie trug. ›Ein Schal in Rosa und Weiß.‹

Den Sie natürlich später fanden. Und darauf wieder verloren. ›Schwarze Cordjacke. Roter Pullover. Marineblaue Wollhandschuhe. Faltenrock im Schottenkaro, knielang. Schwarze Laufschuhe. Schwarze Strümpfe.‹ Haben Sie das gesagt?«

»Ja.«

»Strümpfe, nicht Strumpfhosen.«

»Ja. Strümpfe, nicht Strumpfhosen.«

»Woher wissen Sie das?«

»Was?«

»Was von beiden sie anhatte?«

»Ich weiß es nicht.«

»Warum geben Sie dann Strümpfe an? Wollen Sie jetzt behaupten, daß Sie es nicht mit Sicherheit sagen können?«

»Natürlich kann ich das nicht. Es war nur ein Wort.«

»Noch ein ganz besonderes Wort, Mr. Barnett.«

»Was soll das heißen?«

»Das soll heißen, daß Sie vielleicht in der Lage sind, zu wissen, ob sie Strümpfe oder Strumpfhosen anhatte.«

Die Wut nagte an Harrys Vorsatz. Was hatten sie gefunden? Hatten sie etwas oder hatten sie nichts gefunden? Was immer es war, Miltiades machte keine Anstalten, es ihm zu sagen.

»Wir fanden den Wagen, an der Stelle, die Sie uns beschrieben hatten. In ihrer Aussage gaben Sie an, daß er leer war.«

Eine Falltür schien sich unter Harrys Füßen aufzutun. Der Wagen. Sicher meinte Miltiades nicht ... Er hatte nicht im Kofferraum nachgesehen. Er hätte es tun sollen, aber er hatte nicht daran gedacht. »Wollen Sie damit sagen, er war nicht leer?«

»Nicht ganz. Da war etwas im Handschuhfach.«

Die Erleichterung mußte auf Harrys Gesicht zu lesen gewesen sein. »Was war es?«

»Zwei unbeschriebene Postkarten. Ich habe sie hier.« Er legte eine davon auf den Tisch. »Erkennen Sie sie?«

Es war eine Fotografie der Aphrodite von Rhodos, die berühmte Statue der Göttin, wie sie ihr Haar in der Sonne trocknet, nachdem sie aus dem Meer gestiegen ist. »Ja, Inspektor, natürlich erkenne ich sie. Um alles in der Welt, auf Rhodos werden bestimmt Hunderte von diesen Postkarten verkauft.«

»Sie haben diese Karte aber nicht gekauft?«

»Nein, Heather muß sie wohl gekauft haben.«

»Und diese hier?« Er legte die zweite Karte neben die erste. Es war ebenfalls die Fotografie einer Statue – des Satyrgottes Silenus, halb

Ziegenbock, halb Mensch, der auf dieser Darstellung einen riesigen erigierten Phallus zur Schau trug.

Harry sagte nichts. Es gab nichts zu sagen. Natürlich hatte er diese beiden Abbildungen bereits vorher gesehen, auf den Postkartenständern überall auf der Insel. Und er konnte sich vorstellen, weshalb Heather sie gekauft hatte. Die eine als ein Objekt der Schönheit, das sie typischerweise bewundert hätte. Die andere im Hinblick auf einen Streich, den sie ihm zweifellos später spielen wollte. »Wer ist Silenus?« hatte sie ihn gefragt, als sie seine Verbindung zur *Taverna Silenou* entdeckte. »Es ist besser, wenn du das nicht weißt«, hatte er sie anstatt einer Antwort gefoppt. Doch nun war er der Gefoppte.

Er sah auf und bemerkte in Miltiades' Augen, daß er bereit war, sich seinen eigenen Reim darauf zu machen. Es bestand kein Zweifel mehr darüber, was der Inspektor dachte. Eine wunderschöne, junge, in weichen weißen Marmor geschnittene Frau; ein ausschweifender, alter, in harte grüne Bronze gegossener Mann – die Parallelen waren zu auffällig, um zu widerstehen.

»Heather muß beide gekauft haben«, sagte Harry schließlich. »Um sie Freunden in England zu schicken, nehme ich an. Ich wußte nicht, daß sie da waren.«

Miltiades atmete tief durch. »Hätte es Miss Mallender amüsant gefunden, eine derartige Karte« – er deutete auf die obszöne Darstellung des Silenus – »›Freunden in England‹ zu schicken?«

Harry zögerte. Wie aufrichtig oder unaufrichtig er mit diesem listigen und geduldigen Mann sein sollte, war ein Rätsel, daß er nicht lösen konnte. »Nein«, meinte er und entschied sich für Aufrichtigkeit. »Das hätte sie nicht amüsant gefunden. Sie wird sie aus einem anderen Grund gekauft haben.«

»Aus welchem Grund?«

»Während der Saison bediene ich in einer *Taverna* in Lindos und spüle das Geschirr. In der *Taverna Silenou.*«

Miltiades nickte. »Ich weiß, Mr. Barnett. Der Besitzer ist Konstantin Dimitratos. Wir haben mit ihm gesprochen. Er war überaus ... mitteilsam.«

»Sie haben mit Kostas gesprochen?«

»Gewiß.«

»Weshalb? Er kennt Heather kaum.«

»Aber er kennt Sie, Mr. Barnett. Im Augenblick ist das für mich von größerem Nutzen. Was er mir erzählt hat, war überaus interessant.«

»Was hat er Ihnen erzählt?« Harry wußte, daß Kostas ihn nicht absichtlich angeschwärzt haben würde, aber die instinktive Reaktion des armen Kerls auf uniformierte Autorität konnte dennoch Schaden angerichtet haben.

»Vieles. Zum Beispiel habe ich erfahren, daß Sie letzten Sommer ein Problem mit einem von seinen Gästen hatten. Einem dänischen Mädchen ... etwa in Miss Mallenders Alter. War sie hübsch?«

Harry konnte fast hören, wie Kostas die Geschichte heraussprudelte. Er würde alles gesagt haben, nur um Miltiades zu besänftigen. Für Harry jedoch bestand keinerlei Hoffnung, daß ihm das ebenfalls gelang. »Ein Mißverständnis, Inspektor, das war alles.«

»Natürlich. Hatte sie flachsblondes Haar?«

»Nein. Und sie war auch keine ›wahre Aphrodite‹.«

Miltiades sah ihn einige Augenblicke lang schweigend an. Dann fragte er: »Haben Sie Miss Mallender je vor ihrer Ankunft in Rhodos am siebzehnten Oktober getroffen?«

»Nein. Das heißt ... ich glaube nicht.« Aber er hatte sie vorher getroffen. Die Situation kam ihm wieder in den Sinn, während er sprach. Zwei Mädchen, gerade aus der Schule, immer noch in ihren Uniformen, die auf dem Vorhof von Mallender Marine aus dem Wagen ihrer Mutter kletterten, um ihrem Vater einen Besuch abzustatten. Ihrem Vater. Seinem Chef. Trübes Wetter. Die Jahreszeit? Daran konnte er sich nicht mehr erinnern. Vielleicht Herbst. Vielleicht genau diese ewig düstere Jahreszeit. Portland Harbour als öder, langweiliger, neutraler Hintergrund. Und zwei Mädchen, eines ein bißchen hochnäsig, etwas von sich eingenommen, das sich schon auf seine Rolle als Frau vorbereitete, während das andere mit auf die Knöchel heruntergerutschten Socken und einem Zahnlückenlächeln bestimmt Heather gewesen sein mußte, flüchtig und unbewußt von einem gelangweilten, leicht verkaterten, um die vierzehn Jahre jüngeren Harold Mosley Barnett wahrgenommen.

»Sie glauben nicht? So viel Ungewißheit. Das reicht nicht, Mr. Barnett. Das reicht wirklich nicht.«

»Ich habe sie *vielleicht* getroffen, als sie noch ein Kind war. Ich habe schließlich für ihren Vater gearbeitet.«

»Natürlich. Das darf ich nicht vergessen. Aber als sie nach Lindos kam, war sie eine Fremde für Sie?«

»Ja.«

»Hatte Mr. Dysart Sie von ihrer Ankunft im voraus verständigt?«

»Nein.«

»War das ungewöhnlich?«

»Nein. Ich bin völlig unabhängig in der Wohnung im Pförtnerhaus. Ich brauche es nicht zu wissen, ob er kommt – oder einer seiner Freunde.«

»Sie kam aus welchem Grund – um Ferien zu machen?«

»Ja.«

»Sonst nichts?«

»Zur Erholung, würde man wohl sagen.«

»Erholung wovon? War sie krank gewesen?«

»Sie hat mir erzählt, daß sie unter einer Depression gelitten hatte. Ihre Schwester kam im letzten Jahr unter tragischen Umständen ums Leben. Ihr Psychiater hat ihr geraten ...«

»Ah! Sie hatte einen Psychiater?«

»Ich glaube.«

»Man könnte daher annehmen, daß ihre Depression nicht ... harmlos war?«

»Ich habe das nie behauptet.«

»Nein. Das haben Sie nicht. So kam also Miss Mallender nach Rhodos, um sich zu erholen, auf Einladung von Mr. Dysart. Und Sie machten ihre Bekanntschaft?«

»Ja.«

»Schlossen Freundschaft mit ihr?«

»Ich würde das gerne glauben.«

»Sie blieben in der Pförtnerwohnung. Sie wohnte in der Villa.«

»Ja.«

»Und Sie boten ihr an, ihr die Insel zu zeigen?«

»Nein. Das war ihre Idee. Sie mietete bald nach ihrer Ankunft einen Wagen und verbrachte einige Tage damit, die Sehenswürdigkeiten zu besuchen. Am Mittwoch mietete sie den Wagen wieder, für eine Abschiedstour über die Insel. Sie wollte nächste Woche nach Hause fahren. Sie hatte mich zu dem Ausflug eingeladen.«

»Und Sie dachten, die Gelegenheit ist zu gut, um sie zu verpassen. Sie dachten, daß Sie sie da draußen im Auto, weg von den beobachtenden Augen in Lindos, ganz für sich haben würden.«

In gewisser Weise hatte er genau das gedacht, aber in einer Weise, die sich Miltiades eindeutig nicht vorstellen wollte oder konnte. »Ich nahm ihre Einladung an. Das war alles.«

»Sehr gut. Miss Mallender mietete den Wagen hier in der Stadt Rhodos am Mittwochnachmittag, nach den Unterlagen der Autovermietung. Waren Sie mit dabei, als sie das tat?«

»Nein. Ich wußte zu dem Zeitpunkt nicht einmal, was sie vorhatte. Zum ersten Mal erfuhr ich davon, als sie an jenem Abend in die Villa zurückkehrte. Da fragte sie mich, ob ich mitkommen wollte.«

»Und wann begann die ›Abschiedstour‹?«

»Am nächsten Tag.«

»Wohin fuhren Sie?«

»Nach Katavia und Monolithos.«

»Und gestern?«

»Wir besuchten am Vormittag das antike Kamiros. Nach dem Mittagessen ...«

»Fuhren Sie zum Profitis Ilias.«

»Ja.«

»Weshalb?«

»Heather war schon vorher dort gewesen, hatte aber nicht die Zeit gehabt, auf den Gipfel zu steigen. Das wollte sie noch nachholen.«

»Kein anderer Grund?«

»Sie sagte, die Atmosphäre gefalle ihr.«

»Hat es Ihnen gefallen?«

»Nein.«

»Warum nicht?«

»Das Hotel war geschlossen, die Villen waren alle fest verriegelt. Nirgendwo war eine Menschenseele. Und die Stille war ... beunruhigend.«

»Aber Miss Mallender empfand das nicht so?«

»Nein.«

»Nicht einmal, als Sie dachten, Sie hätten jemanden im Hotel gesehen?«

»Ich habe es ihr gegenüber nicht erwähnt.«

»Warum nicht?«

»Weil ich nicht sicher sein konnte, daß da wirklich jemand war.«

»In diesem Fall wird es Sie vielleicht interessieren, daß wir keinerlei Anzeichen dafür gefunden haben, daß irgend jemand auf dem Grundstück gewesen ist.«

»Vielleicht habe ich mir das dann nur eingebildet.«

»Vielleicht.« Miltiades schwieg, fuhr dann fort: »Sie beide begannen zum Gipfel aufzusteigen, dann hielten sie an, und Miss Mallender ging alleine weiter. Weshalb?«

»Ich war müde, Heather nicht.«

»Und das war das Letzte, was Sie von ihr gesehen haben?«

»Ja.«

»Sie saßen nur auf einem Baumstamm und warteten – fast eine Stunde lang –, ehe Sie sich um ihre Sicherheit Sorgen machten?«

»Das stimmt.«

Plötzlich schlug Miltiades mit der flachen rechten Hand heftig auf die Tischplatte. Der Knall ließ Harry aufspringen; sogar der Polizist an der Tür sah erschreckt auf. »Sie lügen, Mr. Barnett«, sagte Miltiades mit scharfer erhobener Stimme. »Sie lügen mit jedem Wort.«

Einen Augenblick lang war Harry zu schockiert, um darauf zu antworten. Sein betäubtes Gehirn gebot ihm, sich an dem Gedanken festzuhalten, daß dieser abrupte Tempowechsel nur ein üblicher Vernehmungstrick war, eine Demonstration von Aggression, die dazu bestimmt war, ihn nach dem zahmen Frage-und-Antwort-Spiel zu verwirren.

»Sie machten bei Miss Mallender sexuelle Annäherungsversuche, denen sie sich widersetzte. Dann versuchten Sie, sie zu vergewaltigen. Aber irgend etwas ging schief, und Sie erwürgten sie schließlich mit ihrem eigenen Schal.«

»Nein.«

»Dann inszenierten Sie den Autounfall, um eine Ausrede dafür zu haben, daß sie nicht vor Einbruch der Nacht Alarm schlugen.«

»Nein.«

»Sie brachten sie um und ließen ihren halbnackten Körper auf dem Berg zurück, damit wir ihn dort finden sollten.«

Da war es wieder. Das Bild, das sein Verstand nicht in Schach halten konnte. Heathers geschundener und zerschlagener lebloser Körper, blicklose, ins Leere starrende Augen, ein stummer Mund, der heruntersank ... Sie hatten sie gefunden. Es blieb keine Hoffnung mehr. Sie war tot, und sie hatten sie gefunden.

»Sagen Sie mir die Wahrheit, Harry.« Miltiades' Stimme hatte jetzt einen anderen Ton angeschlagen – einen sanften, beharrlichen, auffordernden Ton. Erleichtere dein Gewissen, drängte sie ihn, teile die Last mit mir. »Sie hatten nicht die Absicht, sie zu töten, ich weiß. Es war genauso Miss Mallenders Schuld wie Ihre. Stimmt das nicht? War es nicht so?«

»Wo haben Sie sie gefunden?«

»Dort, wo Sie sie zurückgelassen haben, Harry. Wo sonst? Nehmen Sie eine Zigarette, und erzählen Sie mir alles in Ruhe.«

Miltiades hielt ihm eine offene Packung hin, und Harry langte automatisch zu, um eine zu nehmen. Erst als er die Marke sah – *Karelia Sertika*, die Marke, die er selbst auf dem Profitis Ilias geraucht hatte –, zögerte er. Miltiades' Lächeln war zu breit, seine Sympathie zu übertrieben. Harry sah hinunter auf das Tonbandgerät. Es lief nicht mehr. In einem Augenblick, als seine Aufmerksamkeit abgelenkt gewesen war, war der Apparat abgestellt worden. Aber warum? Es konnte nur einen Grund dafür geben – Miltiades wollte nicht, daß die Lüge, die er gerade aufgetischt hatte, auf Tonband festgehalten wurde. Sie hatten Heather nicht gefunden. Sie hatten überhaupt nichts gefunden außer vier Zigarettenstummeln neben einem umgestürzten Baum. »Ich habe Ihnen bereits alles erzählt, was ich weiß«, sagte Harry langsam. »Und mehr weiß ich nicht.«

Miltiades lehnte sich in seinem Stuhl zurück und seufzte. Dann streckte er seine Hand aus und schaltete das Tonbandgerät wieder ein. Er sagte nichts, aber sein Gesicht drückte es deutlich genug aus: Das Täuschungsmanöver war zu Ende.

»Wissen Sie, wo Heather ist, Inspektor?«

»Nein, Mr. Barnett, ich weiß es nicht. Unsere Suchaktion auf dem Profitis Ilias brachte viele Spuren Ihrer Anwesenheit zutage – jedoch keine einzige von Miss Mallender. Nicht einmal den Schal, auf den Sie zufällig gestoßen sein wollen.«

Harry wußte nicht, ob er froh oder traurig sein sollte. Froh darüber, daß sie vielleicht noch am Leben war, oder traurig, daß sie sie nicht gefunden hatten. »Was geschieht als nächstes?« fragte er schließlich, da er sich zumindest dessen gewiß war, daß immer etwas als nächstes geschehen würde.

»Die Suche wird morgen bei Tagesanbruch wiederaufgenommen. Dieses Mal werden Sie daran teilnehmen.«

»Gut.«

»Bis dahin werden Sie hier festgehalten.«

»Unter welcher Anklage?«

»Keiner. Aber wenn Sie darauf bestehen, kann eine erfunden werden. Gefährliches Fahren etwa. Vielleicht ziehen Sie es jedoch vor, daß es so aussieht, als arbeiteten sie mit uns zusammen, in welchem Fall ...«

» ...ich hierbleiben werde – freiwillig.«

»Ich war mir sicher, daß Sie das tun würden.« Miltiades beugte sich nach vorn und schaltete das Tonbandgerät aus. Er schenkte Harry einen letzten verächtlichen Blick, dann fragte er: »Möchten Sie irgend jemanden anrufen?«

»Nein.«

»Einen Rechtsanwalt vielleicht?«

»Ich habe keinen.«

»Sehr gut.« Miltiades erhob sich von seinem Stuhl. »Die Vernehmung ist zu Ende, Mr. Barnett.«

•

Doch es gab kein Ende. Kein Ende während der folgenden langen, schlaflosen Nacht für die Gedanken, mit denen er sich vergeblich das Gehirn zermarterte. Kein Ende bei all seinen Mutmaßungen, was ihre fortdauernde Abwesenheit bedeutete, für seine Angst. Warum war sie nicht zurückgekommen? Er war jetzt einer Antwort nicht näher als zu dem Zeitpunkt, als er sich daran gemacht hatte, den Abhang hinaufzusteigen, um nach ihr zu sehen.

Mit seinem kargen Frühstück brachten sie ihm am Morgen eine Zeitung, und er fand auf der Titelseite die Überschrift, die er befürchtet hatte. Η ΕΞΑΦΑΝΙΣΗ ΤΟΥ ΧΕΔΕΡ ΜΑΛΛΕΝΤΕΡ: Das Verschwinden von Heather Mallender. Η ΑΣΤΥΝΟΜΙΑ ΔΙΕΡΩΤΑΤΑΙ: Die Polizei steht vor einem Rätsel. Er las nicht weiter. Er brauchte nicht weiterzulesen. Denn er wußte mehr als jeder andere. Und selbst er wußte nichts.

3

Harry sah den mit Furchen durchzogenen Pfad hinunter und runzelte die Stirn. Alle seine Sinne sagten ihm, was nur die Geographie als falsch hinstellte: Das war nicht der Profitis Ilias. Zumindest nicht der Profitis Ilias, den er kannte und fürchtete, den ruhigen, schweigsamen, bewaldeten Berggipfel, der ihm Angst eingejagt und ihn gefangengenommen hatte. Menschliche Stimmen und das Kläffen von Bluthunden erfüllten den Wald mit Geräuschen, ein Hubschrauber dröhnte über ihnen, und atmosphärische Störungen knisterten aus einem Radio in seiner Nähe. Wofür er zwei Tage zuvor gebetet hatte – Geräusche, Bewegung, Menschen –, hatte er jetzt, jedoch unter Umständen, und dafür hatte er seither gebetet, die er vermeiden wollte.

Rekruten waren abkommandiert worden, um bei der Suche zu helfen. Harry konnte ihre gebückten, in Tarnanzüge gekleideten Gestalten sehen, die sich langsam durch die Bäume bewegten, die den Weg säumten, und dabei mit den anderen Schritt hielten, als sie das Unterholz durchkämmten, und eher, so kam es ihm vor, wie Treiber bei einer Gänsejagd aussahen. Er erwartete nicht, daß sie irgend etwas finden würden. Heathers Schal war schon vor mehr als einer Stunde entdeckt worden – ein junger Polizist war zu Miltiades heraufgelaufen gekommen und hatte dabei aufgeregt gerufen »*To mantili! To mantili!*« –, doch es war ein falscher Hoffnungsschimmer gewesen. In Harry wuchs die Überzeugung immer stärker, daß kein anderer Beweis von Heathers Anwesenheit auf dem Berg zu finden sein würde. Die Polizisten hatte jeden Schritt, von dem man wußte, daß sie ihn getan hatte, nachvollzogen, sie hatten jeden Weg verfolgt, der sie vielleicht vom Gipfel weggeführt haben könnte, sie hatten die Wälder Zentimeter für Zentimeter durchkämmt. Und sie hatten nichts gefunden. Sicher, der Wald war riesengroß, das Suchgebiet nicht scharf abgegrenzt: Sie hätten eine Woche lang weitersuchen und noch immer nicht sagen können, daß ihre Aufgabe vollkommen erfüllt gewesen wäre. Aber in Harrys Gedanken war sie es bereits. Er hatte nicht erwartet, daß Miltiades es verstehen, geschweige denn glauben würde. Was das betraf, war er schließlich selbst nicht erpicht darauf, es zu glauben. Und doch konnte diese Schlußfolgerung nicht länger von der Hand gewiesen werden. Nicht nur Heather, sondern auch jedes Zeichen und jede Begleiterscheinung jenes Tages waren mit dem Auftauchen der Menschen und Hunde verschwunden. Ihr Eifer und ihre Energie hatten sowohl die Geheimnisse als auch die Stille des Profitis Ilias vertrieben. Und damit auch sein Rätsel versiegelt.

»Wir werden jetzt zum Hotel zurückkehren«, sagte Miltiades und berührte dabei Harry am Arm. »Hier können wir nichts mehr erreichen.«

Harry antwortete nicht. Sie schlugen denselben Weg ein, den er auf seiner Flucht achtundvierzig Stunden zuvor Hals über Kopf hinuntergerannt war.

»Der Schal wird natürlich einer gerichtlichen Untersuchung unterzogen. Er kann uns vielleicht etwas sagen.« Doch Miltiades' Stimme klang nicht so, als sei er von seinen Worten überzeugt. Er hatte erwartet, mehr zu finden, das war klar, und nun, da das nicht der Fall war, wußte er nicht, was er denken sollte. Er hatte zwar Harry des Mordes verdächtigt, aber er hatte nicht geglaubt, daß dieser fähig sein würde, das Verbrechen zu verheimlichen.

»Heather könnte inzwischen sonstwo sein«, meinte Harry. »Sie könnte überhaupt ganz von der Insel verschwunden sein.« Doch auch er glaubte nicht, was er da sagte.

»So seltsam es auch scheinen mag«, entgegnete Miltiades, »ich habe daran gedacht.« Er warf Harry einen sarkastischen Blick zu. »Wenn Miss Mallender das Land verlassen hätte, hätte sie ihren Paß vorzeigen müssen, und somit würde eine Eintragung über ihre Reise existieren. Es gibt keine einzige. Die Flughafen- und die Hafenbehörden sind jedoch alarmiert worden, so daß es, falls sie immer noch versuchen sollte, die Insel zu verlassen, nicht unbemerkt vor sich gehen würde. Ich kann jedoch nicht sagen, daß ich es für mehr als nur eine entfernte Möglichkeit halte. Wissen Sie irgendeinen Grund, Mr. Barnett, weshalb ich es ernster nehmen sollte?«

»Nein.«

»Gibt es da vielleicht noch etwas, das Sie mir nicht sagen?«

»Was meinen Sie mit noch etwas?«

»Nur, daß Sie mir etwas über den Tod von Miss Mallenders Schwester hätten erzählen können, anstatt daß ich es von Ihrem Konsulat erfahren mußte.«

»Ich habe Ihnen davon erzählt.«

»Sie haben es vorgezogen, nicht zu erwähnen, daß sie für Ihren Hausbesitzer, Mr. Dysart, arbeitete – und daß sie von einer Terroristenbombe getötet wurde, die für ihn bestimmt gewesen war.«

Na und? Miltiades hatte keine Zeit vergeudet, um noch einem zufälligen Zusammentreffen auf die Spur zu kommen. Aber Zufall, das wußte Harry, war alles, was dahintersteckte. Nicht einmal er hatte gewußt, daß Clare Mallender Dysarts persönliche Assistentin gewesen war, bis die englischen Zeitungen plötzlich voll davon waren, wie ein mißglückter IRA-Anschlag auf Dysarts Leben sie an seiner Stelle als Opfer gefordert hatte. Wie dem auch sei, es hatte hiermit nichts zu tun. Das war vor siebzehn Monaten und am anderen Ende Europas passiert. »Weshalb hätte ich das erwähnen sollen?« fuhr Harry ihn an. »Es hat keine Bedeutung ...«

»Lassen Sie das mich beurteilen, Mr. Barnett. Es wirft zumindest ein Licht auf Miss Mallenders psychischen Zustand.«

»Sie war Gott sei Dank schon lange darüber hinweg.«

»War sie das? Sie sagten, daß sie hierherkam, um sich zu erholen.«

»Das stimmt auch, aber ...«

»Und es ist sogar noch rätselhafter. Mr. Dysart hat offenbar enge Beziehungen zur Familie Mallender, und doch hat er Sie darum gebeten, für sein Ferienhaus hier auf Rhodos als Verwalter zu fungieren.«

»Ja und?«

»Warum wählt er für diese Aufgabe einen Mann, den sein Freund erst vor kurzem wegen Bestechlichkeit entlassen hatte?«

Auf der Suche nach neuen Anhaltspunkten mußten, so schien es, alte Wunden wieder geöffnet werden. »Weil ich schon länger mit ihm befreundet bin als Charlie Mallender. Und weil er nicht glaubte, daß ich Bestechungsgelder angenommen hatte.« War das der wahre Grund? fragte sich Harry, oder hatte Dysart so etwas wie Schuldbewußtsein empfunden, weil er ihn überhaupt an Mallender Marine empfohlen hatte? Inzwischen, nahm er an, war das alles kaum mehr von Belang.

»Es wird interessant sein, zu hören, ob Miss Mallenders Bruder mit Ihrer Interpretation einverstanden ist.«

Seit dem Verhör hatte Harry vergessen, daß Roy Mallender bereits auf dem Wege nach Rhodos war. Doch wie konnte er nur? Er wollte diesem Mann unter keinen Umständen jemals mehr begegnen, schon gar nicht unter denen, die sie beide jetzt zusammenzuführen schienen. Es war äußerst fragwürdig, ob zehn Jahre seinen abscheulichen Charakter gebessert haben würden; einmal ein Schwein, so Harrys Erfahrung, immer ein Schwein. »Wann soll er ankommen?«

»Er ist bereits angekommen, Mr. Barnett. Er ist da und wartet auf uns beim Hotel.«

Miltiades hatte es natürlich so geplant. Er war über Roy Mallenders Eintreffen informiert worden, hatte aber beschlossen, daß Harry keine

Vorwarnung erhalten, keine Chance haben sollte, sich auf diese Begegnung vorzubereiten. Dort war er schon zu sehen, sein alter Rivale, wie er mit einem Polizisten und einem anderen Mann neben einem Auto genau unter dem Wegweiser zum Profitis Ilias stand. Als sie näherkamen, musterte ihn Harry. Er hatte zugenommen seit ihrer letzten Begegnung und sah älter aus, als er nach Harrys Schätzung sein mußte. Er war natürlich immer noch widerlich, wenn nicht sogar noch widerlicher, und doch war er nicht mehr ganz der Mann, gegen den Harry einst vergebliche Racheschwüre ausgestoßen hatte, der Mann, der ihn für einen Narren gehalten und ihm bewiesen hatte, daß er genau das auch war.

»*O yos tou afentikou*«, murmelte Miltiades.

»Wie bitte?«

»Der Sohn des Chefs, Mr. Barnett. Das ist es doch, was wir vor uns sehen? Eine wenig anziehende Sorte Mensch. Ich glaube, Sie werden mir zustimmen.«

Harry stimmte ihm zwar zu, aber er enthielt sich eines Kommentars. In gewisser Hinsicht war er es Heather schuldig, so versöhnlich wie nur möglich zu sein. Er und Roy waren schließlich beide nur ihretwegen da: Was bedeutete schon ein alter Streit und frühere Schmach im Vergleich zu ihrer Sicherheit?

Als sie näherkamen, hörte Roy auf, zu dem Mann an seiner Seite zu sprechen, und drehte sich um, um auf sie zuzugehen. Seine Augen verengten sich, als er zu Harry hinsah, und seine Unterlippe schob sich als bekanntes Zeichen aufsteigender Wut nach vorn. Dieses eine Mal, dachte Harry, konnte er ihm das kaum verübeln; er machte sich auf den Ausbruch gefaßt, der bestimmt folgen würde. Doch er folgte nicht. Statt dessen trat Miltiades zwischen sie und gab Roy die Hand; er lächelte, stellte sich vor und sprach ihm höflich sein Mitgefühl aus. Roy würdigte ihn nicht einmal eines Blickes; seine Augen blieben starr auf Harry geheftet.

»Was haben Sie gefunden?« fragte er schroff. Seine Stimme klang so barsch und ungeduldig wie eh und je.

»Bis jetzt«, erwiderte Miltiades, »ist nur der Schal Ihrer Schwester ...«

»Steht dieser Mann unter Arrest?«

»Mr. Barnett unterstützt uns bei unseren Nachforschungen. Hat Ihnen Mr. Osborne die näheren Umstände nicht erläutert?«

Der Mann, der neben Roy stand – ein Bursche mit rotblondem Haar und schlaffen Gesichtszügen, den Harry für einen Vertreter des britischen Konsulats hielt –, signalisierte mit seinen Augen, daß es, gelinde gesagt, schwierig gewesen sei, seinem Begleiter irgend etwas zu erklären.

»Das brauchte er gar nicht«, bellte Roy. »Sie kennen diesen Mann nicht so gut wie ich, Inspektor. Wenn meiner Schwester irgend etwas zugestoßen ist ...«

»Wir wissen bis jetzt noch nicht, ob es so ist, Mr. Mallender, ich untersuche ein Verschwinden, nichts weiter.«

»Nichts weiter? Wie können Sie so etwas sagen, wenn es doch ganz offensichtlich ist, daß er das Blaue vom Himmel herunterlügt?«

»Ich lüge nicht«, warf Harry ein. »Ich weiß nicht, wo sie ist. Ich wünschte, ich wüßte es, aber ich weiß es nicht. Es tut mir leid, aber so ist es.«

Roy trat einen Schritt auf ihn zu. »Versuchen Sie jetzt, es uns heimzuzahlen, Barnett? Läuft es darauf hinaus? Ist das Ihre Rache dafür, daß man Sie vor zehn Jahren mit der Hand in der Ladenkasse erwischt hat?«

»Natürlich nicht. Seien Sie vernünftig, Mann. Ich mag Heather, um Himmels willen. Ich wollte nicht, daß das passiert.«

»Sie wollten nicht, daß es entdeckt wird, meinen Sie – damals wie heute. Es tut Ihnen leid? Sie wissen nicht einmal, was das heißt. Aber Sie werden es noch lernen. Glauben Sie mir, das werden Sie.«

Irgend etwas stimmte bei der ganzen Sache nicht, das spürte Harry, irgend etwas klang unecht. Nicht nur, daß Roys Anschuldigungen grundlos waren – das war ja zu erwarten. Sie waren irgendwie zu abrupt, zu pauschal, selbst für einen so aufbrausenden Menschen wie ihn.

»Daß Sie aufgeregt sind, ist verständlich,« sagte Miltiades, und seine Stimme nahm einen beruhigenden Tonfall an. »Aber mit Verbitterung erreicht man gar nichts. Wir werden alles daran setzen, Ihre Schwester zu finden, Mr. Mallender. Ich würde daher vorschlagen, daß Sie nach Rhodos zurückkehren und dort die weitere Entwicklung abwarten.«

»Das wäre wahrscheinlich das beste«, fügte Osborne hinzu.

Roy funkelte sie beide der Reihe nach an. Er schien widersprechen zu wollen. Dann verlor der Gedanke seinen Reiz. »In Ordnung. Ich nehme an, es bleibt mir nichts anderes übrig. Aber ich möchte, daß man mich regelmäßig auf dem laufenden hält.«

»Das wird man«, meinte Miltiades.

Roy knurrte. »Das möchte ich Ihnen auch geraten haben.« Er wandte sich an Osborne. »Kommen Sie. Ich habe genug gesehen.« Darauf stieg er mit einem letzten finsteren Blick auf Harry in den Wagen und schlug die Tür zu. Unter Kopfschütteln ging Osborne, offensichtlich voller Selbstmitleid, auf die andere Seite zum Fahrersitz. Miltiades murmelte etwas auf Griechisch, dann sprang der Motor an, und sie fuhren los.

»Was sagten Sie, Inspektor?« fragte Harry, als der Wagen langsam aus ihrer Sicht verschwand.

»Nichts, was für Sie bestimmt war, Mr. Barnett.« Er schwieg, dann fügte er hinzu: »Mr. Mallender kann Sie nicht leiden, nicht wahr?«

»Konnte er noch nie.«

»Wie lange kennen Sie sich schon?«

»Seit er 1977 in die Familienfirma – Mallender Marine – eintrat. Das war das Jahr, bevor ich ›mit der Hand in der Ladenkasse erwischt‹ wurde.«

»Bedauerlicherweise ist mir dieser Ausdruck nicht geläufig.«

»In diesem Fall bedeutet es, daß ich beschuldigt wurde, einem Subunternehmer zu viel bezahlt und von seinem überschüssigen Gewinn einen Anteil eingestrichen zu haben.«

»Zu Recht beschuldigt?«

»Roy sammelte genügend Beweise, um die Buchprüfer – und seinen Vater – zu überzeugen.«

»Aber waren Sie schuldig?«

»Ob Sie es glauben oder nicht, nein. Ich hätte nicht die Kaltblütigkeit für so etwas oder die Raffinesse. Ich wurde hereingelegt. Verleumdet.«

»Von Mr. Mallender?«

»Von wem sonst? Es zahlt sich nicht aus, sich den Sohn des Chefs zum Feind zu machen, Inspektor. Es handelt sich dabei, wie Sie schon sagten, um eine wenig anziehende Sorte Mensch.«

»Und um eine unberechenbare, Mr. Barnett. Ich hatte erwartet, daß Mr. Mallender überaus besorgt um seine Schwester sein würde. Statt dessen schien er nur überaus aufgebracht ihretwegen zu sein. Ich hatte erwartet, daß er mir zu verstehen geben würde, daß wir Griechen unfähig seien, eine wirkungsvolle Suchaktion auf die Beine zu stellen. Statt dessen schien es ihm egal zu sein, wie wir sie durchführten. Ich fand seine Haltung in jeder Hinsicht rätselhaft.«

Harry sah hinter dem verschwundenen Wagen her. Er war weniger überrascht als Miltiades über Roy Mallenders offensichtliche Gleichgültigkeit gegenüber Heathers Schicksal. Familienbande bedeuteten für einen aufrechten Griechen mehr als für einen ichbezogenen Engländer. Roy, so nahm er an, war entweder auf Betreiben seines Vaters nach Rhodos gekommen oder weil andere es von ihm erwarteten. Aus dieser Sicht war seine Flut von Anschuldigungen völlig verständlich. Die Wahrheit – nämlich, daß Heathers Verschwinden ein völliges, unergründliches Rätsel war – würde Roy bestenfalls lästig, im schlimmsten Fall peinlich sein.

Was für einen besseren Sündenbock konnte es geben als Harry Barnett mit seinem ramponierten Ruf und den lausigen Referenzen?

»Noch einmal wird das nicht passieren«, murmelte Harry leise. »Diesmal werde ich das nicht so ruhig hinnehmen.«

»Was war das, Mr. Barnett?«

»Nichts, Inspektor.« Harry lächelte grimmig. »Nur ein Versprechen, das ich mir selbst gegeben habe.«

4

Harry schlug das Laken zurück, stellte die Beine auf den Fußboden und setzte sich auf. Er zitterte, jedoch nicht vor Kälte. Die Erklärung dafür lieferte die leere Flasche Metaxa, die er im Nebenraum auf dem Tisch stehen sah. Sie ganz auszutrinken war ihm gestern Abend nicht nur als die beste, sondern auch als die einzige Lösung erschienen. Nachdem ihm schließlich von Miltiades gestattet worden war, nach Hause zu gehen – genauer gesagt, von einem schnellen Polizeiwagen nach Hause gebracht zu werden –, war er zum ersten Mal seit Heathers Verschwinden mit dem Alleinsein konfrontiert und fand es in Lindos kaum leichter zu ertragen als auf dem Profitis Ilias. Weshalb war sie nicht zurückgekommen? Für kurze Zeit zumindest hatte der Alkohol diese Frage in den Hintergrund gedrängt.

Harry nahm seine Armbanduhr vom Nachtkästchen und sah angestrengt auf das Zifferblatt. Sie war in den frühen Morgenstunden stehengeblieben, jedoch nicht, ehe die Tages- und Datumsanzeige auf Montag, den vierzehnten, umgesprungen war und ihn somit unnötigerweise daran erinnerte, daß bereits eine dritte Nacht ohne Nachricht von Heather vergangen war. Die heilende Kraft, die man der Zeit nachsagte, traf in diesem Fall nicht zu, überlegte er: Ihr langsames, zermürbendes Dahinfließen spannte den Zahnkranz nur immer fester bis zu der zu erwartenden schrecklichen Entdeckung.

Irgendwo, auf der anderen Seite der Insel, unter einem Baum oder einem Felsen, in einem verfallenen Ziegenstall oder einem vertrockneten Flußbett, wartete sicher die schreckliche Wahrheit. Jede andere Alternative – die groteske, die unwahrscheinliche, die schlichtweg unmögliche – war nichts weiter als Spielerei, mit der sich der Verstand tröstete.

Als er aufstand, blieb er erst einmal stehen und wartete, bis das Pochen in seinem Kopf vergangen war, zog danach einen Morgenmantel über, schlüpfte in ein Paar Espadrilles und schlurfte ins Bad. Er stellte fest, daß es wieder ein sonniger Tag war; die durchbrochenen Fensterläden warfen scharfe gezackte Schatten auf die weißgestrichenen Wände. Er ließ kaltes Wasser ins Becken laufen, spritzte sich etwas davon ins Gesicht und riskierte dann den ersten Blick in den Spiegel. Zwar nicht schlimmer, als er erwartet, doch schlimmer, als er erhofft hatte, starrte ihm sein aufgedunsenes, unrasiertes, grauhaariges Spiegelbild durch rotgeränderte, dunkel unterlaufene Augen entgegen und gab seine stumme Beurteilung ab: »Das ist er nun, Harry. Der absolut tiefste Punkt, den du in deinem unglückseligen Leben erreichen konntest.«

Weshalb war sie nicht zurückgekommen? Mit dieser einen Verweigerung hatte Heather seinen Zufluchtsort zerstört. Mit jedem der neun Jahre, die er in Lindos zugebracht hatte, hatte er sich immer weniger Gedanken über die Sinnlosigkeit seines Daseins gemacht und war immer zufriedener mit den Annehmlichkeiten und den Entschädigungen, die es bot, geworden. Inmitten des gebleichten Sandes und der gewundenen Gassen dieses Ansichtskartenstädtchens glich sich jeder Tag, jedes Jahr, jede Saison. Etwas Geld, etwas Spaß, etwas zu essen und zu trinken: Das waren die zentralen Themen einer ungenierten Ziellosigkeit gewesen. Jetzt waren sie die Komponenten einer unerträglichen Hilflosigkeit geworden.

Harry schreckte vor dem Spiegel zurück, stieß die Fensterläden auf und blinzelte in die bekannte, in grelles Licht getauchte Landschaft hinaus. Ein mit Kopfsteinpflaster ausgelegter Weg führte von dem Eingangstor der Villa unter seinem Fenster hinunter zu den dicht aneinandergedrängten weißen Häusern von Lindos, von denen er jeden einzelnen Bewohner und jede Gasse durch lange Nachbarschaft kannte. Der Himmel war von einem tiefen, wolkenlosen Blau. Nur ein leichter Dunsthauch, der über den Orangenhainen hing und die kahlen Hänge des südlich der Stadt gelegenen Marmari weicher erscheinen ließ, sagte ihm, daß er länger geschlafen hatte, als er dachte. Er lehnte sich hinaus, schaute zum Hafen hinunter, der zu dieser Jahreszeit ohne Sonnenbadende und Vergnügungsboote war, und empfand schmerzhaft seine eigene Gleichgültigkeit gegenüber der Vollkommenheit dieser Kulisse. Vor ein paar Tagen noch wäre er bei der bloßen Vorstellung, diesen Ort zu verlassen, entsetzt gewesen. Jetzt spürte er, daß er es nicht einen Augenblick lang bedauern würde, wenn er ihm den Rücken kehrte. Das war, so dachte er, der wahre Maßstab dafür, wie tief ihn Heathers Verschwinden getroffen hatte.

Es war noch nicht einmal einen Monat her, daß er zu Fuß von der *Taverna Silenou* nach Hause gegangen war, um Siesta zu halten, und, eingeklemmt unter den Türklopfer am Eingangstor, Heathers Zeilen gefunden hatte, in denen sie ihm erklärte, daß sie eine Freundin Alan Dysarts sei, die gekommen war, um in der Villa zu wohnen. Da sie niemanden angetroffen habe, sei sie weggegangen, um sich die Akropolis anzusehen; ob er wohl, falls er in der Zwischenzeit zurückkehren sollte, kommen und sie abholen könnte? Während er dieses Mädchen, das er nicht kannte, dafür verfluchte, daß sie ihn zwang, in der Nachmittagshitze einen solchen Aufstieg zu machen, war er die Stufen zu der alten Festung, die über der Stadt aufragte, hinaufgeklettert, hatte sich durch die Absperrung hindurchgemogelt, ohne eine Eintrittskarte zu kaufen, und kam schließlich, keuchend, nach Luft schnappend und in Schweiß gebadet, zu dem alten, in Ruinen liegenden Tempel, der von den Schloßmauern umgeben war. Normalerweise immun gegen die berühmten Attraktionen von Lindos' krönender Zierde, hatte er bei dieser Gelegenheit entdeckt, daß etwas unerklärlich Unheimliches um seine zerbröckelnden Mauern und verfallenen Säulen war, etwas Atem- und Lautloses, das er nun, neu gedeutet aus der Sicht seiner Erfahrung auf dem Profitis Ilias, versucht war, als erwartungsvoll zu bezeichnen.

Er erkannte sie sofort an ihrer blassen Haut: eine schlanke, einsame Gestalt, die auf der allerobersten Stufe der großen Treppe, die zu den Propyläen führte, saß, ein wenig gekrümmt, fiel ihm auf, als er sich zu ihr hinaufbemühte, als fürchtete sie sich vor etwas, das Gesicht im Schatten, aber die Sonne fiel auf ihr schulterlanges Haar, ihr schulterlanges flachsfarbenes Haar, und ließ es aufleuchten.

»Sie müssen Heather sein«, sagte er atemlos, als er oben ankam, denn so hatte sie ihre Zeilen unterschrieben.

»Und Sie müssen Harry sein«, entgegnete sie und lächelte zu ihm hinauf. Er fühlte sich seltsam verlegen, als sie sich die Hand gaben, da ihm plötzlich bewußt wurde, daß er sich an diesem Morgen weder rasiert noch ein frisches Hemd angezogen hatte. »Es tut mir leid, daß ich Sie hier heraufbemüht habe.«

»Ach, das macht nichts«, meinte er, als er sich schwerfällig neben sie auf die Stufe fallen ließ und versuchte, die Aussicht auf die schimmernde blaue Bucht weit unter ihnen zu bewundern, von der Neuankömmlinge seiner Erfahrung nach gewöhnlich ganz hingerissen waren.

»Ich wußte nicht, ob Alan Sie über meinen Besuch verständigt hatte.«

»Nein, ich habe in letzter Zeit nichts von ihm gehört. Aber machen Sie sich keine Gedanken. Es ist kein Problem. Später Urlaub, oder?«

»Eigentlich mehr eine Erholungskur.« Dann, als wollte sie unbedingt das Thema wechseln, fügte sie hinzu: »Sagen Sie, wo macht Alan eigentlich seine Jacht fest, wenn er hier ist?«

Diese seltsame Frage hätte Harry alarmieren sollen, doch sie tat es nicht. »Dort unten im Hafen. Zumindest hat er das immer gemacht, aber ich weiß nicht, ob er sich schon einen Ersatz für die Artemis zugelegt hat. Das war ein schönes Schiff.«

»Ach ja?«

»Haben Sie sie denn nie gesehen? Ich dachte ...«

»Ich habe Alan erst vor kurzem kennengelernt – genauer gesagt, erst nachdem er die Artemis verloren hat. Und ich nehme an, nur *weil* er die Artemis verloren hat.«

»Ich kann Ihnen nicht ganz folgen.«

Ihr Kinn senkte sich leicht, als sie antwortete: »Clare Mallender war meine Schwester.«

»Oh«, sagte Harry lahm und bedauerte sofort seine Tolpatschigkeit.

»Ja. Das Mädchen, das an Bord der Artemis war, als die IRA das Schiff in die Luft jagte.«

Harry starrte hinunter auf den Baldachin aus Bougainvilleen, der über dem Tor unter seinem Fenster hing, und suchte in ihrer leuchtendroten Blütenpracht Zuflucht vor den Erinnerungen, die jeder Winkel von Lindos jetzt für ihn zu haben schien. Von jenem unglücklichen Anfang oben auf der Akropolis an hatten er und Heather sich vorsichtig zu jener Art von echter Freundschaft vorgetastet, zu der er sich längst nicht mehr imstande geglaubt hatte. Nun, da sie fort war, waren die Annehmlichkeiten der *Villa ton Navarkhon* nur noch schmerzliche Mahnungen an das, was er nie Gefahr laufen würde zu vergessen. Er würde nicht ruhen noch rasten können, ehe er nicht die Wahrheit herausgefunden hatte.

Plötzlich erregte irgendeine Bewegung, die er im äußersten Augenwinkel wahrnahm, seine Aufmerksamkeit. Als er nach links blickte, konnte er in den gepflasterten Hof hinuntersehen, der das Pförtnerhaus von der Westfront der Villa trennte. Zuerst schien alles wie immer zu sein, das vertraute Bild, das die Blumentöpfe, die Zitronenbäume, die braunroten Dachziegel und die weißgetünchten Wände boten. Dann sah er es – einen Schatten, der sich in einem der Zimmer der Villa bewegte und ihm verriet, daß er nicht mehr allein war. Es war nicht Mittwoch, also konnte es kaum Mrs. Ioanides sein, die gekommen war, um sauberzumachen und nach dem Rechten zu sehen. Außerdem besaß sie keinen Schlüssel. Wenn es nicht sie war, dann ... Er lief ins Schlafzimmer zurück, zog etwas über und rannte zur Treppe, wobei er sich im Laufen das Knie fürchterlich an einem Tisch stieß. Das kümmerte ihn nicht weiter. Nicht, wenn die geringste Chance bestand, daß ... Heather hatte einen Schlüssel. Er hielt für Gäste immer einen Zweitschlüssel bereit, und Heather hatte den ihren noch.

Hals über Kopf rannte er über den Hof. Dabei schlug sein Herz wie verrückt, vor Hoffnung ebensosehr wie vor Anstrengung. Die Tür war angelehnt, ein Fenster war geöffnet. Es war also wahr, es mußte wahr sein. Sie war zurückgekommen – es konnte keine andere Erklärung geben. Er lachte beinahe laut auf, als er in die Diele stürmte und zu dem Zimmer rannte, in dem er den Schatten gesehen hatte.

»Hallo, Harry.«

Es war Alan Dysart, nicht Heather Mallender, der sich umwandte, um Harry zu begrüßen, als er in das Zimmer stürzte. Alan Dysart mit dem strahlenden Lächeln und dem ewig jungenhaften, blendenden Aussehen, dem blonden, fast goldenen Haar, das ihm bei seiner politischen Karriere so behilflich war und jetzt nicht schütterer zu sein schien als damals, als Harry ihm zum ersten Mal begegnet war. Alan Dysart, Abgeordneter, Staatsminister und Besitzer der *Villa ton Navarkhon* – der einzige Besucher, mit dem Harry hätte rechnen sollen, aber nicht der, den er vorzufinden gehofft hatte.

»Ich nehme an, daß du ein wenig in der Klemme steckst«, sagte Dysart. »Ich hoffe, ich kann helfen.« Es war typisch für ihn, den Ernst der Lage herunterzuspielen. Eine entspannte Haltung in Krisensituationen war schon immer sein Markenzeichen gewesen, bei der Marine ebenso wie in der Politik. Das hatte sich auch tatsächlich als Schlüssel zu seinem Erfolg erwiesen. Was bei anderen vielleicht als Gleichgültigkeit erschienen wäre, hatte Dysart immer verstanden, als eine an Mut grenzende Unerschütterlichkeit hinzustellen; er war, zumindest gemäß einem Zeitungsartikel, die einzige Hoffnung auf Heldenhaftigkeit in einer Generation von Feiglingen. »Ich habe zu dir hineingeschaut, als ich ankam, aber du hast geschlafen wie ein Murmeltier. Ich kann mir vorstellen, daß du eine scheußliche Zeit hinter dir hast. Möchtest du einen Schluck?«

Harry, der in der Tür stehengeblieben war, ging unsicher durch den Raum und sagte sich, daß er jede Spur von Enttäuschung verbergen müsse, im Hinblick auf all das, was er diesem Mann schuldete – nicht zuletzt eine Entschuldigung dafür, daß er ihm unabsichtlich die griechische Polizei auf den Hals geschickt hatte. »Einen Schluck?« sagte er verwirrt. »Ja, ich könnte einen brauchen.«

Dysart klopfte ihm auf die Schulter und grinste. »Gut, setz dich, bevor du hinfällst, und ich schenke uns beiden etwas ein, was uns wieder auf die Beine bringt.« Harry ließ sich gehorsam auf die Couch fallen, während Dysart hinter ihm vom Barschrank aus weitersprach. »Du schienst erstaunt zu sein, mich zu sehen.«

»War ich auch.«

»Hat dir Heather nicht gesagt, daß ich heute herkommen wollte?«

»Nein.«

»Das ist merkwürdig.« Dysart kehrte mit zwei Gläsern zurück, gab

Harry eines und setzte sich ihm gegenüber. »Ich rief sie letzten Dienstag an und bat sie, es dir zu sagen.«

»Dann hattest du also vor, zu kommen, bevor ... das alles passierte?«

»Ja. Vorbereitungen für den Europäischen Gipfel nächsten Monat.«

»Sie hat mir nichts davon erzählt.«

»Dann muß es ihr entfallen sein.«

Sie schlürften beide einen Moment lang schweigend ihre Drinks, dann sah sich Dysart im Zimmer um und meinte: »Alles hier scheint tipptopp in Ordnung zu sein, stelle ich zu meiner Freude fest.«

Das stimmte, obwohl es nicht Harrys Verdienst war. Seit Dysart in die Politik gegangen war und besonders seit er seine Jacht verloren hatte, war er immer seltener in die Villa gekommen. Höchstwahrscheinlich hätte er bei diesem Besuch die Zimmer schlecht gelüftet und die Möbel etwas verstaubt vorgefunden, wäre nicht Heather so lange hier gewesen. Während dieser Zeit hatte sie Mrs. Ioanides durch ihren Eifer in Haushaltsdingen eigentlich überflüssig gemacht. Der Gedanke daran erinnerte Harry noch zusätzlich an ein Thema, dem Dysart offensichtlich aus dem Weg zu gehen schien. »Es tut mir leid, daß ich dich in all das mit hineingezogen habe«, sagte er plötzlich. »Es muß für dich ... peinlich sein.«

»Ein wenig«, erwiderte Dysart mit traurigem Lächeln. »Da Heather hier mein Gast war, haben es die englischen Zeitungen viel mehr aufgebauscht, als sie es sonst tun würden. Doch das ist wohl kaum deine Schuld. Du konntest ja nicht wissen, daß sie verschwinden würde, oder?«

»Die Polizei glaubt, daß ich mehr weiß, als ich ihnen sage.«

»Aber das tust du natürlich nicht.« So wie Dysart die Bemerkung formuliert hatte, klang sie seltsamerweise wie eine Frage. »Ich kann mir vorstellen, daß du sie auch nicht besser kennst als ich. Ich fühlte mich nur verpflichtet, ihr zu helfen oder es zumindest zu versuchen, wegen dem, was mit Clare passiert ist.«

»Natürlich.«

»Wissen sie, daß du einmal für die Mallenders gearbeitet hast?«

»Ja.«

»Das muß ihnen seltsam vorkommen.«

»Das tut es.« Und mir auch, dachte Harry, mir auch.

»Also, was genau ist denn nun passiert?«

Dysart hatte zweifellos das Recht auf eine Erklärung, und Harry fing bereitwillig damit an. Bei Miltiades war es ein von ständigem Argwohn vergiftetes Frage-und-Antwort-Spiel gewesen. In seinen eigenen Gedanken war die Erinnerung sprunghaft und ungeordnet gewesen. Das war daher nun das erste Mal seit Heathers Verschwinden, daß er die Ereignisse, die dazu geführt hatten, in eine logische Reihenfolge brachte:

ihre Ankunft, seine Sympathie für sie, ihr wachsendes Vertrauen zueinander, ihre Einladung, sie auf ihrer Abschiedstour über die Insel zu begleiten, ihr Ausflug zum Profitis Ilias – und das vollkommen Unerklärliche an dem, was sich dort ereignet hatte. Es erschien ihm alles ganz neu, so wie es auch Dysart erscheinen mußte, und damit kam auch die Gewißheit, daß er von Anfang an etwas übersehen hatte, vielleicht sogar alles, was wirklich wichtig war.

Während Harry sprach, stand Dysart von seinem Stuhl auf und begann mit dem Glas, das er mit der Hand umschlossen hielt, im Zimmer herumzuwandern, blieb stehen, wenn er den Deckel eines bemalten Topfes hob und wieder daraufsetzte oder mit der Zehe einen Webteppich wieder geradezog. Bewegung, erinnerte sich Harry, war immer sein bevorzugter Zustand gewesen, ob am Ruder seiner Jacht oder am Steuer eines schnellen Wagens. Selbst wenn er sich in einem Raum aufhielt, begann er auf und ab zu gehen, um sich besser konzentrieren zu können. Dieser Mann, der nie in Eile, aber auch nie ruhig, nie ausweichend, aber auch nicht leicht zu durchschauen war, hatte sich als sein treuester Verbündeter erwiesen. Und doch war sich Harry nicht sicher, ob er behaupten könnte, ihn jetzt besser zu verstehen als damals, als er zufällig in sein Leben getreten war, um ihm seine Dienste anzubieten.

Es war ein heißer Nachmittag im Juni 1966 gewesen. Harry saß an seinem Schreibtisch in dem kleinen, als Büro dienenden Hinterzimmer von Barnchase Motors in der Marlborough Road in Swindon und las, ohne große Aufmerksamkeit darauf zu verschwenden, den Beschwerdebrief eines Kunden. Er hatte beim Mittagessen in der Railway Inn zu viel getrunken, und die Sonne, die ihm auf den Nacken brannte, fing an, ihm Kopfschmerzen zu verursachen. Als er gerade aufstehen wollte, um einen kleinen Spaziergang um die Autos im Vorhof zu machen, in der Hoffnung, daß ihn das wieder etwas erfrischen würde, bemerkte er plötzlich eine Gestalt, die direkt in der offenen Tür stand.

»Mr. Barnett?«

Der Neuankömmling war ein großer, schlanker, wohlerzogener junger Mann um die zwanzig, der salopp, aber für einen durchschnittlichen Jugendlichen aus Swindon zu teuer gekleidet war. Außerdem hatte er mit einem kultivierten Akzent, der nach Privatschule klang, gesprochen. Harry hatte keine Ahnung, was ihn hierherführte. »Ja?« sagte er abweisend.

»Harry Barnett?«

»Das bin ich.«

»Der Inhaber?«

»Einer der Inhaber, ja.«

»Aber Sie heuern und feuern?«

»So könnte man wohl sagen.«

»Gut. Ich würde mich gerne um die Aushilfsstelle bewerben, die Sie ausgeschrieben haben. Ich bin Student und brauche einen Ferienjob im Sommer. Mein Name ist Alan Dysart.«

Harry hatte seinen Bericht beendet. Er hatte ihm alles, was sich an jenem schicksalhaften Tag auf dem Profitis Ilias ereignet hatte, erzählt und noch viele Dinge, die sich an den vorhergehenden Tagen zugetragen hatten. Dysart hatte währenddessen langsam seine Runden im Zimmer gedreht. Jeder seiner Züge ließ äußerste Konzentration erkennen, genauso, erinnerte sich Harry, wie damals, vor all den Jahren, während ihrer ersten zwanglosen Unterredung in Swindon.

»Ich habe auf meinem Weg hierher im Konsulat vorbeigeschaut«, sagte er nach einer langen Pause. »Man sagte mir, daß die Polizei ein Verbrechen vermutet.«

»Das tun sie. Sie glauben, daß ich es getan habe.«

»Haben sie irgendeine Erklärung für das Gesicht, das du am Fenster gesehen hast?«

»Nein. Sie sind überzeugt, daß das Gebäude zu der Zeit leer war.«

»Und das Pfeifen?«

»Militärübungen, vielleicht. Oder eine Ziegenherde. Der Ton könnte weit getragen worden sein. Falls da überhaupt ein Ton war. Sie glauben es nicht.«

»Aber du hast es gehört.«

»Ja, ich habe es gehört.«

»Die Postkarten im Handschuhfach?«

»Sie glauben meine Erklärungen dafür auch nicht.«

»Und da gab es nichts, absolut nichts, was Heather sagte oder tat, was dich auf den Gedanken gebracht hätte, daß sie das alles vielleicht geplant haben könnte?«

»Überhaupt nichts.«

»Also glaubst du, daß sie entführt – oder ermordet worden ist?«

»Was soll ich denn sonst glauben?«

»Aber die Dorfbewohner in Salakos sahen außer eurem Wagen kein anderes Auto an diesem Nachmittag den Berg hinauffahren.«

»Ich weiß.«

»Und niemand konnte gewußt haben, daß ihr da hinfahren wolltet, denn ihr habt euch erst dazu entschlossen, nachdem Heather es beim Mittagessen vorgeschlagen hatte.«

»Richtig.«

»Es gibt natürlich noch andere Routen, andere Wege, um dorthin zu gelangen, doch selbst wenn ...«

»Es ergibt alles keinen Sinn.«

»War kurz vorher irgend etwas passiert, so unbedeutend es auch scheinen mag, was Heather beunruhigt haben könnte?«

»Ich glaube nicht.«

»Fremde in Lindos, die sich für sie interessierten, vielleicht?«

»In Lindos gibt es immer Fremde. Mir ist nichts aufgefallen.«

»Nichts ...« Dysart sprach das Wort geistesabwesend nach, ging dann zum Barschrank hinüber und kehrte mit einer Flasche zurück, um Harrys Glas nachzufüllen. »Du steckst in der Klemme, alter Freund. In einer ganz scheußlichen Klemme.«

»Ich weiß. Aber das macht mir im Augenblick weniger Sorgen, als ...«

»Das, was Heather zugestoßen sein könnte?«

»Ja.«

Dysart sah auf seine Uhr. »Ich fürchte, ich muß schleunigst zurück nach Rhodos. Es wartet noch eine Menge Arbeit auf mich, und ich werde am Mittwoch wieder zu Hause erwartet.«

»Du bleibst nicht hier?«

»Nein. Ich bin im Konsulat untergebracht. Das erspart mir das ewige Hin und Her.«

Er lächelte beruhigend. »Ich lasse dich nicht im Stich, Harry. Ich werde jetzt auch noch einmal Inspektor Miltiades anrufen und ihm sagen, daß du meine uneingeschränkte Unterstützung hast – und daß er auf dem Holzweg ist.«

»Das ist nett von dir.«

»Aber da ist noch eine Sache ...« Dysart ging zum Fenster hinüber, als sei ihm das, was er jetzt sagen wollte, peinlich. »Man hat mir erzählt, du hättest ... etwas Ärger ... mit einer dänischen Touristin gehabt letzten Sommer.«

Harry zuckte bei der Erinnerung zusammen. »Das war nur der Alkohol und reine Blödheit.«

»Trotzdem, in so einer Situation sieht das schlecht aus. Wenn irgendeine Frage aufkommt, daß vielleicht so etwas Ähnliches vorgefallen sein könnte ...«

»Was willst du damit sagen?«

»Die Postkarten verstärken irgendwie diesen Eindruck. Heather war – ist – ein hübsches Mädchen. Falls irgend etwas passiert ist ... falls du irgend etwas getan hast ... was sie erschreckt haben könnte ... dann würde das vielleicht erklären ...«

Das war, Harry wußte es, nur das, was ohnehin jeder denken würde, und noch dazu die harmloseste Version. Trotzdem war die Tatsache, daß Dysart diesen Gedanken überhaupt in Erwägung ziehen konnte, irgendwie ein besonders großer Schock für ihn. »Ich habe nichts getan. Nichts, was sie verletzt oder erschreckt hätte.«

»Ist das die Wahrheit, Harry? Ist das die reine Wahrheit?« Er wandte sich vom Fenster um und sah Harry forschend an.

»Ja, das ist die Wahrheit.«

Dysart lächelte entschuldigend. »Dann werde ich dieses Thema nicht mehr zur Sprache bringen – nie wieder.«

Eine Stunde später war Harry wieder allein in der Pförtnerwohnung. Dysart hatte sich auf den Weg zurück nach Rhodos gemacht. Ihm blieb nun, die Villa abzuschließen, eine Dusche zu nehmen, sich zu rasieren, frische Sachen anzuziehen und etwas Würde aufzubringen, mit der er den Dingen, die seiner harrten, ins Auge sehen konnte. Hier passiv und untätig warten zu müssen, während woanders die Suche weiterging, dem, was er pessimistisch für die Wahrheit hielt, immer näherrückte, kam wirklich einer schweren Folter gleich. Als er dann in den Spiegel schaute, konnte er darin ein geringfügig weniger schäbiges Porträt von sich sehen als beim Aufwachen. Es war jedoch unwahrscheinlich, daß sich das, wie Dysart ihm vorsichtig zu verstehen gegeben hatte, in den Köpfen der meisten Leute vorhandene Bild eines betrunkenen alten Wüstlings, der sich drehte und wendete, um ein Verbrechen zu leugnen, ändern würde. Sehr unwahrscheinlich, es sei denn, Harry wäre imstande, es für sie zu ändern.

5

Es war am Nachmittag des nächsten Tages. Einer der regelmäßig im Herbst einsetzenden Regengüsse ging über Lindos nieder und verwandelte die gepflasterten Gassen in kleinere Wasserläufe, die flachen Dächer in Miniaturseen. Der Himmel und das Meer, sonst immer von einem strahlendem Blau, hatten statt dessen ein langweiliges und eintöniges Grau angenommen. Selbst die hohen Schloßmauern hatten ihre prächtige goldene Färbung verloren. Melancholie hatte sich mit der Wolkendecke über das Städtchen gelegt.

Auf dem Hauptplatz bildeten die ineinandergreifenden Äste zweier Feigenbäume vor der *Taverna Silenou* mit ihrer offenen Vorderfront einen Baldachin, unter dem zwei Männer mittleren Alters an einem rostenden Metalltisch saßen und gedankenverloren auf die Regenwand starrten. Unter einen übervollen Aschenbecher geklemmt und flankiert von leeren Kaffeetassen und halbleeren Biergläsern und dem krümelnden Rest eines Brötchens, lagen die Ausgaben der drei Tageszeitungen von Rhodos vor ihnen auf dem Tisch. Weder Harry Barnett noch Kostas Dimitratos hatte während der letzten halben Stunde viel gesprochen, aber jeder von ihnen hatte aus der Gesellschaft des anderen ein wenig Trost gewonnen.

»Wie oft soll ich es noch sagen?« fragte Kostas plötzlich, während er einen Zahnstocher aus seinem Mund zog und ihn in die nächste Pfütze schnippte. »Es tut mir leid, Hari. Es tut mir leid, daß ich Miltiades erzählt habe von ... *ti Thaneza.*« Er war ein untersetzter, rundlicher kleiner Mann mit einem unverhältnismäßig großen, lächerlich üppigen Walroßbart. Dieser Schnauzbart, der ihm selbst zu den sonnigsten Zeiten ein irgendwie kummervolles Aussehen verlieh, verschwor sich nun mit den Elementen, um die völlige Niedergeschlagenheit seines Besitzers noch zu unterstreichen.

Harry, der sich auf seinem Stuhl nach vorne gebeugt hatte, setzte sich auf und wandte den Kopf, um seinen Gefährten anzusehen. »Kostas«, sagte er mit großem Nachdruck, »nicht einmal dein bester Freund erwartet von dir, daß du verschwiegen bist. Ich muß das wissen, denn ich bin dein bester Freund. So hör um Himmels willen damit auf, dich so schuldig zu fühlen. Ich hatte gehofft, du würdest mich aufheitern.«

Der andere Mann runzelte die Stirn und kratzte seinen beachtlichen Bauch. »Verschwiegen?« wiederholte er unschlüssig.

»*Ligomilitos.*«

Aus seinem Gesichtsausdruck war zu erkennen, daß Kostas nicht wußte, ob er sich nun geschmeichelt oder beleidigt fühlen sollte. Doch anstatt dieser Frage weiter nachzugehen, zog er eine der Zeitungen hervor, starrte zum fünften oder sechsten Mal auf den Artikel, in dem berichtet wurde, daß die Polizei im Fall der verschwundenen Heather Mallender bei ihren Nachforschungen keinen Schritt weitergekommen sei, und warf sie dann mit einem angeekelten Grunzen wieder zurück.

»Außerdem«, fuhr Harry fort, als hätte er das Verhalten seines Freundes nicht bemerkt, »bist du so ungefähr der einzige Bewohner von Lindos, der immer noch bereit ist, sich mit mir zu unterhalten, also kann ich es mir gar nicht leisten, wählerisch zu sein, was meinst du? Weißt du, als ich heute morgen in die Bäckerei ging, war es, als sei ich unsichtbar geworden.«

Kostas schüttelte traurig den Kopf und schnalzte mit der Zunge. »Es tut mir leid, Hari.«

»Hör auf damit.«

»Es wird wieder anders werden, wenn ...« Seine beruhigende Bemerkung verlor sich in Schweigen, da die Aufmerksamkeit der beiden Männer durch die Ankunft eines Autos auf dem Platz in Anspruch genommen wurde. Es raste den kurzen Abhang von der Hauptstraße herunter und kam in einer Gischtwolke zum Stehen. Sie konnten den Insassen durch die regenverschmierte Windschutzscheibe nicht erkennen, doch die Tatsache, daß es sich um einen Mietwagen handelte, schien für sich selbst zu sprechen. Einige Augenblicke später kletterte ein großer, schlanker Mann in einem Ölmantel heraus und lief zu ihnen herüber.

»Hallo«, sagte er. »Kennt einer von Ihnen beiden Harry Barnett?«

Er war ein Engländer mit einem jener kultivierten, jedoch schlampigen Akzente, die Harry inzwischen nicht mehr ausstehen konnte. Mit seinem hageren Gesicht und dem dunklen Haar, den forschenden, stechenden Augen und einem Anflug von Bartstoppeln um das Kinn herum war es ganz klar, daß er weder ein Tourist noch ein Staatsbeamter war, doch viel weniger klar war, ob Harry seine Bekanntschaft machen wollte.

Kostas, dem auffiel, daß sein Freund nicht antwortete, schlüpfte sofort in die Rolle eines Griechen, der kein Englisch verstand. Er legte den Kopf schief und blickte düster zu dem Fremden hinauf. »*Parakalo?*«

Der Mann sprach lauter. »*Harry Barnett!*«

»*Then milame Anglika.*«

»Was?«

»*Then milame ...*«

»Er sagt, daß wir nicht Englisch sprechen«, unterbrach Harry. »Aber er versucht nur, mir zu helfen. Ich bin Harry Barnett. Wer sind Sie, und was wollen Sie?«

Er war Journalist. Harry hätte es eigentlich wissen können, wenn er genauer auf die Anzeichen geachtet hätte. Er stellte sich als Jonathan Minter vom *Courier*, einer neuen überregionalen Sonntagszeitung, vor, von der Harry noch nie etwas gehört hatte. Er bestellte eine Pizza, die Kostas ungehalten backen ging – dann kam er ohne weitere Umschweife auf den Zweck seines Besuchs zu sprechen.

»Wir glauben ganz einfach, daß es an der Zeit ist, daß Sie zu Wort kommen. Armes kleines reiches Mädchen verschwindet auf Ferieninsel. Freundin eines Staatsministers und eine attraktive Frau noch obendrein. Klar, daß da die Boulevardpresse ihren großen Tag hatte. Und Ihnen hat man die Rolle des Bösewichts zugewiesen. Doch was ist daran wirklich wahr? Genau das würden wir gern erfahren.«

»Das würde ich auch gern.« Schon jetzt war sich Harry sicher, daß er Minter nicht mochte. Er war diesem Typ Mann, der seine Freundin und seine Kreditkarte während der Saison überall in Lindos stolz zur Schau stellte, schon begegnet. Es war letztlich nur Neid, den er empfand, aber ein sehr persönlicher Neid. Es schien Jahre her zu sein, seit er einen Engländer getroffen hatte, der nicht jünger und wohlhabender war als er. Vielleicht zog er deshalb die Griechen vor.

»Ach, kommen Sie. Sie wissen mehr, als Sie zugeben.«

»Wirklich?«

»Ich höre, Sie haben einmal für Mallender Marine gearbeitet.«

»Und?«

»Und wurden wegen einer vertragsmäßigen Unkorrektheit rausgeschmissen.«

»Was geht das Sie an?«

»Nichts. Aber weshalb lassen Sie die Mallenders über Sie reden, wie es ihnen paßt? Warum soll alles nach ihrem Willen geschehen? Ich bin sicher, daß Sie ein paar unangenehme Wahrheiten ans Licht bringen könnten, wenn Sie nur wollten.«

»Was haben sie erzählt?«

»Sehen Sie selbst.« Minter nahm ein Blatt Papier aus seiner Tasche und reichte es Harry. Es war eine Fotokopie von drei verschiedenen Zeitungsartikeln, die auf einer einzigen Seite angeordnet waren. »Sie alle sind am Sonntag nach einer Pressekonferenz erschienen, die Roy Mallender gegeben hatte, bevor er am Samstag abend hierherflog. Er hat keine sehr hohe Meinung von Ihnen, nicht wahr?«

Harry brauchte nicht Minter, um ihm zu sagen, wie er in Roy Mallenders Augen dastand. Dennoch war es ein Schock, es in der kargen Prosa der Journalisten geschrieben zu sehen:

> Mr. Mallender sagte, er sei von Berichten aufgeschreckt worden, daß Heather sich in der Gesellschaft eines Engländers namens Harry Barnett befunden hatte, als sie verschwand. Er beschrieb Barnett als einen »Mann, der einen Haß auf unsere Familie hat«. »Ein früherer Angestellter von Mallender Marine, der 1978 entlassen wurde, weil er Bestechungsgelder angenommen hatte.« Mr. Mallender sagte, Barnett sei »der allerletzte Mensch, den ich mir für meine Schwester als Umgang gewünscht hätte. Nun, da es feststeht, daß sie mit ihm allein war, fällt es mir schwer, nicht das Schlimmste zu befürchten.«

Minter beugte sich über den Tisch und senkte die Stimme. »Er sagt praktisch, daß Sie sie umgebracht haben.«

»Vielleicht glaubt er, daß ich es getan habe.«

»Aber Sie haben es doch nicht getan, oder?«

Kostas erschien wieder, stellte eine Flasche und ein Glas vor Minter hin, legte etwas Besteck dazu, dann zog er sich zurück.

»Nun?«

»Aus mir kriegen Sie nichts heraus«, sagte Harry. »Was ich Ihnen auch erzählen würde, Sie würden es doch nur für Ihre eigenen Zwecke verdrehen.«

»Aber das wären auch Ihre Zwecke, Harry. Wir stehen auf derselben Seite, Sie und ich. Keiner von uns mag die Mallenders – oder das, was sie repräsentieren.«

»Was repräsentieren sie denn?«

»Privilegien. Heuchelei, Korruption. Die drei Säulen, auf die sich ihre Art von Dasein stützt.«

Das klang persönlich, dachte Harry, persönlich und aufreizend ähnlich dem, was er selbst glaubte. »Ich habe keine Bestechungsgelder angenommen. Ich habe Heather nicht ermordet. Was gibt es da sonst noch zu sagen?«

»Alles. Was auf dem Profitis Ilias geschah, war nicht so einfach oder so unerklärlich, wie Sie anzunehmen scheinen. Ich denke, daß Sie, Harry, das schwache Glied in einer Kette von Ereignissen sind, die Roy Mallender und andere, noch viel wichtigere Leute mit etwas wirklich sehr Üblem verbindet. Ich nehme an, Sie wissen, was es ist.«

»Ich habe keine Ahnung, wovon Sie sprechen.«

Kostas kam wieder hereingepoltert, dieses Mal mit einer unappetitlich aussehenden Pizza und einem Korb voll durchweichtem Brot. Als sie wieder allein waren, sagte Minter: »Stellen Sie sich einmal diese Frage, Harry. Falls Heather Mallender wirklich ermordet wurde und Sie es nicht getan haben, wer hat es dann getan? Wenn das Tatmotiv nicht Raub war oder Vergewaltigung, was war es dann?«

»Ich weiß es nicht.«

»Sie war einen Monat lang hier. Lange genug, daß Sie sie näher kennenlernen konnten, würde ich meinen. Hat sie während dieser Zeit nichts gesagt, überhaupt nichts, was die Geschehnisse erklären würde?«

Harry wollte gerade antworten, als ein anderes Auto auf den Platz fuhr: ein Streifenwagen der Polizei mit zwei uniformierten Polizeibeamten. Einer von ihnen stieg aus und kam eilig auf die Taverna zugelaufen. Als er näherkam, erkannte ihn Harry als einen der Leute von Miltiades' Suchtrupp. Er gab in schnell heruntergehaspeltem, undeutlichem Griechisch eine Erklärung ab, aus der Harry schloß, daß Miltiades ihn sofort sehen wollte.

»Was ist los?« fragte Minter, als Harry sich von seinem Stuhl erhob.

»Sie nehmen mich mit. Ich vermute, sie haben etwas gefunden.«

»Sie meinen Heather?«

»Ich weiß es nicht.«

Als Harry hinter ihn trat, ergriff Minter seinen Arm und drückte ihm ein kleines Stück Papier in die Hand. »Das ist die Nummer meines Hotels in Rhodos«, flüsterte er. »Denken Sie über das nach, was ich sagte. Wenn Ihnen irgend etwas einfällt, rufen Sie mich an. Und Harry ...«

»Ja?«

»Falls Sie ein Glied in jener Kette, die ich erwähnte, finden, könnte auch Geld für Sie rausspringen. Viel Geld.«

Während der Wagen die Küstenstraße nach Rhodos entlangraste, wurden die beiden Polizisten von einer Debatte über Fußball völlig in Anspruch genommen. Harry, der auf dem Rücksitz seinen Gedanken überlassen war, starrte hinaus in die kahle, verregnete Landschaft und durchforschte sein Gedächtnis nach dem Anhaltspunkt, von dem Minter so überzeugt schien, daß er ihn besitze. Orte, die er mit Heather aufgesucht hatte, und Bruchstücke von Gesprächen, die er mit ihr geführt hatte, kamen ihm kaleidoskopartig wieder in den Sinn, erhielten kurz so etwas wie eine

Bedeutung, lösten sich dann wieder zu einem sinnlosen Wirrwarr auf. Wenn er nur das ihn völlig schwächende Verlustgefühl abschütteln könnte, das ihn seit ihrem Verschwinden erfaßt hatte. Wenn er nur die nötige Energie und Konzentration aufbringen könnte, um zu einer logischen Schlußfolgerung über ihr Schicksal zu kommen. Hatte sie nicht einmal gesagt ...? Hatte ihr Gesichtsausdruck nicht einmal zu verstehen gegeben ...? Doch nein. Der Gedanke, der flüchtige Eindruck, das Glied in der Kette war verschwunden, ehe er es zu fassen bekommen hatte. Automatisch fuhren die Scheibenwischer wimmernd über die Windschutzscheibe, der Regen strömte an dem Glas dicht an seinem Gesicht herunter, und die wahre Bedeutung, die hinter allem steckte, wurde mit fortgeschwemmt, wurde unerreichbar für ihn.

6

»Nein, Mr. Barnett«, sagte Miltiades, und dabei blieb sein Gesicht weiterhin ausdruckslos, »wir haben sie nicht gefunden. Aber man könnte sagen, sie hat uns gefunden.«

»Was, zum Teufel, hat das zu bedeuten?«

»Es bedeutet, daß Miss Mallenders Mutter heute morgen eine Postkarte von ihrer Tochter erhalten hat. Sie wurde hier in Rhodos am neunten November – letzten Mittwoch – aufgegeben und kündigt ihre Absicht an, am sechzehnten – also morgen – nach Hause zu fliegen. Noch wichtiger ... Aber lesen Sie selbst. Die britische Polizei hat mir den Text der Karte per Telex geschickt.«

Miltiades schob ein Blatt Papier über den Schreibtisch. Als Harry sich darüber beugte, sah er, daß es sich tatsächlich um ein vom New Scotland Yard stammendes Telex handelte. Der Wortlaut war:

> Mallender-Mitteilung lautet folgendermaßen: »Rhodos, Mittwoch, 9. 11. 88. Mami (unterstrichen). Fliege heute in einer Woche, am 16., zurück. Werde wohl am Nachmittag ankommen. Werde Dich von Heathrow aus anrufen. Freue mich schon auf zu Hause. Etwas hier stimmt nicht so ganz, so daß ich gerne abreisen werde.
> Bis bald. Alles Liebe, Heather.«

»Etwas hier stimmt nicht so ganz«, sagte Miltiades und betonte dabei jedes Wort. »Was schließen Sie daraus?«

Für Harry war die Postkarte der letzte Beweis dafür, daß seine Ahnungslosigkeit schuldhafte Ausmaße angenommen hatte. Die Heather, die er als Freundin betrachtet hatte, konnte diese Worte nicht geschrieben haben. Etwas hier stimmt nicht so ganz? Da war nichts gewesen, er war sich dessen ganz sicher, was darauf schließen ließ, daß sie sich unbehaglich fühlte; auch schien sie nicht ungeduldig darauf gewartet zu haben, Rhodos zu verlassen, ganz im Gegenteil. Er sah zu Miltiades und schüttelte schwach den Kopf. »Ich weiß nicht, was ich sagen soll.«

»Erlauben Sie mir, daß ich Ihnen empfehle, die Wahrheit zu sagen. Es ist letzten Endes viel einfacher.«

»Es ist vielleicht nicht das, was Sie hören wollen.«

»Erzählen Sie es mir trotzdem.«

Harry ließ sich in den Stuhl neben sich fallen und versuchte die Worte zu finden, die beschreiben würden, wie verwirrt er sich fühlte. Er wurde von dem starken Drang erfaßt, sich diesem Mann anzuvertrauen. Vielleicht lag es an den veränderten örtlichen Gegebenheiten – dem Wechsel von dem kahlen, widerhallenden Verhörzimmer, wo sie sich zuerst begegnet waren, zu diesem komfortabel ausgestatteten Büro mit dem Mahagonischreibtisch, dem alten Druck von Rhodos an der einen Wand und einer modernen Landkarte an der anderen, der Atmosphäre im Arbeitszimmer eines kultivierten Mannes. Oder vielleicht war Miltiades selbst, in dem etwas von dem Feuer der Leidenschaft erloschen und durch eine sanfte und geduldige Neugier ersetzt zu sein schien, die Ursache dafür. Was auch immer der Grund dafür sein mochte, Harry ließ sich nun nicht mehr dadurch abschrecken, daß das, was er zu sagen hatte, nicht den Anspruch auf Vollkommenheit erheben konnte.

»Ich fühle mich abwechselnd traurig und wütend. Traurig, daß ich sie nicht besser verstanden habe. Traurig, daß ich die Zeit, die wir miteinander verbrachten, nicht besser genutzt habe. Und wütend, daß sich niemand um mich kümmert. Wütend, daß ich bestenfalls nur ein Zeuge, schlimmstenfalls ein Verdächtiger bin. Alle anderen dürfen sich einfach Sorgen um Heather machen. Aber ich muß mir auch noch um mich Sorgen machen. Was glaubt Ihr alle, was ich getan habe? Die Antwort lautet: nichts. Und das, nehme ich an, ist wohl das Allerschlimmste. Was ihr auch immer auf dem Profitis Ilias zugestoßen sein mag, ich hätte es verhindern können, aber ich habe es nicht getan. So, ist das die Beichte, die Sie von mir hören wollen? Daß ich es versäumt habe einzugreifen – wenn das auch bedeutet, einzugreifen in etwas, das allein Gott kennt.«

Der Ausbruch war vorüber. Es herrschte wieder Schweigen, gerade so lange, wie Harry brauchte, um sich beschämt zu fühlen für das, was er gesagt hatte. Dann knarrte Miltiades' Sessel leicht, als er sich zurücklehnte. Er legte die Fingerspitzen aufeinander und starrte an die Decke wie ein von sich überzeugter Chefarzt, der gerade im Begriff ist, zu dem Fortschreiten einer tödlichen Krankheit Stellung zu nehmen. »Zuerst sind wir verwirrt. Dann treten wir in eine kurze Phase der Hoffnung ein. Wenn sich herausstellt, daß sie unbegründet war, erlebt man eine Art von Kummer, der zuweilen von einer Verteilung der Verantwortung für das Geschehene begleitet wird, die ihm aber immer folgt, eine immer verzweifeltere Suche nach jemandem, der die Schuld tragen soll, die wir empfinden.« Er lächelte und sah Harry an. »Kommt Ihnen das bekannt vor, Mr. Barnett? Ich zitiere aus einer neueren Untersuchung über die

Folgen, die das plötzliche Verschwinden von Menschen hat. Dieser Fall scheint gewisse klassische Symptome aufzuweisen.«

»Sie meinen, ich bin der Aufhänger für andere, an dem sie ihre Schuld festmachen können?«

»Zwangsläufig, da Sie Miss Mallender als letzter gesehen haben. Ihr Bruder war vorhin hier und verlangte, daß ich Sie festnehme. Ich versuchte, ihm zu erklären, daß es keinen Beweis gibt, der eine Anklage gegen Sie begründen würde, und es, solange ich Ihren Paß habe, nicht zu befürchten sei, daß Sie versuchen würden, das Land zu verlassen. Aber er gab sich damit nicht zufrieden. Der Grund dafür ist klar. Miss Mallenders Familie fühlt sich schuldig, daß sie sie vernachlässigt hat. Jetzt macht sie sich Vorwürfe, daß sie sich, während Heather hier war, nicht um sie gekümmert hat. Eine Methode, diese Schuld abzumildern, ist, sie Ihnen in die Schuhe zu schieben. Ihr Problem ist, daß es niemanden gibt, dem Sie Ihrerseits Ihre Schuld in die Schuhe schieben können.«

Das stimmte. Miltiades hatte seine Notlage treffend beschrieben. »Geht es noch weiter?« fragte Harry düster. »Gibt es noch weitere Phasen, die wir durchlaufen müssen?«

»O ja. Sie können natürlich jederzeit durch die Entdeckung der Wahrheit unterbrochen werden. Die Entdeckung der Leiche, meine ich, oder das Auffinden der Vermißten. Eine Phase haben Sie bereits dargelegt: eine Tendenz, die Person, die verschwunden ist, zu beschuldigen. Insgeheim hoffen Sie vielleicht schon, daß man sie lieber tot auffindet, als daß die Ungewißheit noch länger anhält. Und es ist sogar wahrscheinlich, daß Sie bereits gedacht haben: Wie konnte sie mir das antun? Von da ist es, fürchte ich, nur ein kurzer Schritt zur nächsten Phase.«

»Und die wäre?«

»Gleichgültigkeit, Mr. Barnett. In ein paar Monaten werden die meisten von Miss Mallenders Freunden sie vergessen haben. In einem Jahr werden alle sie vergessen haben.«

»Das kann ich nicht glauben.«

»Dann warten Sie es ab. Ich spreche aus Erfahrung. Haben Sie je von Eirene Kapsalis gehört?«

»Nein.«

»Dann haben wir schon den Beweis dafür. Eirene Kapsalis war mit dem Schiffsmagnaten Andreas Kapsalis verheiratet. Sie verschwand vor sieben Jahren spurlos. Jetzt ist sie eine vergessene Frau.«

»Sie erinnern sich doch an sie.«

»Das liegt daran, daß ich, weil es mir nicht gelungen ist, Frau Kapsalis zu finden, von der Athener Polizei hierher versetzt wurde. In diesem Fall wurde ich dazu verurteilt, die Schuld anderer zu tragen.« Nichts in

Miltiades' Stimme verriet den Ärger, den er offenbar nach sieben Jahren immer noch über seine Degradierung empfand. Heathers Verschwinden, wurde Harry plötzlich klar, mußte unerfreuliche Erinnerungen in ihm geweckt haben. »Kurz bevor ich Athen verließ«, fuhr er fort, »sah ich Herrn Kapsalis, der eine Straße entlangchauffiert wurde. Seine Geliebte war bei ihm. Sie lachten und tranken. Ich hatte nicht den Eindruck, daß sie an Eirene dachten.«

»Vielleicht nicht, aber ...«

»Miss Mallenders Bruder erinnert mich an Kapsalis. Es besteht da eine physische und, nehme ich an, moralische Ähnlichkeit.« Seine Gedanken schienen für einen Augenblick in der Vergangenheit zu verweilen, dann sagte er: »Es wird Sie freuen, zu erfahren, daß Mr. Dysart hier war, um zu Ihren Gunsten zu sprechen. Ein Politiker ist immer ein wertvoller Verbündeter, nicht wahr?«

»Was hat er gesagt?«

»Nur, daß es falsch ist, wenn wir sie des Mordes an Miss Mallender verdächtigen.«

»Verdächtigen Sie mich immer noch?«

»Sagen wir, andere Möglichkeiten haben größere Bedeutung gewonnen.«

Sei vorsichtig, sagte sich Harry. Das ist vielleicht alles eine sorgfältig ausgeklügelte Methode, um deine Widerstandskraft zu untergraben. »Welche Möglichkeiten?« fragte er unbeteiligt.

»Es gibt mehrere. Zum ersten gibt es harmlose Erklärungen. Miss Mallender ist vielleicht gestürzt, hat sich den Kopf angeschlagen, ihr Gedächtnis verloren und ist in einem Zustand der Verwirrung den Berg hinuntergewandert. Doch auf einer so kleinen Insel wie dieser hätte man sie inzwischen sicher gefunden. Sie könnte natürlich auch gestürzt und zu Tode gekommen sein oder sich schwer verletzt haben und dann gestorben sein. Aber der Suchtrupp hätte in diesem Fall, glaube ich, ihre Leiche entdeckt. Zum zweiten haben wir die kriminellen Erklärungen. Ein Verrückter hat sie zufällig getroffen und sie umgebracht oder versucht, sie zu vergewaltigen oder auszurauben, und tötete sie dabei. Danach versteckte er ihre Leiche. Aber Verrückte fallen irgendwie auf in den Dörfern und Weinbergen im Inselinnern. Ich glaube, das können wir ausschließen. Natürlich, vielleicht haben auch Sie sie ermordet, ich habe diesen Gedanken noch nicht völlig verworfen. Doch ehrlich gesagt, Mr. Barnett, bezweifle ich Ihre Fähigkeit, die Leiche gut zu verstecken. Falls ich Sie unterschätzen sollte, werde ich mich bei Ihnen entschuldigen, wenn ich Sie festnehme. Sie könnte von jemand anderem aus einem Grund, den wir nicht kennen, umgebracht worden sein. Doch das würde eine Planung erfordern, und wir wissen, daß der Ausflug zum Profitis Ilias nicht geplant war. Außerdem, wer sollte diese Person sein? Es scheint niemanden zu geben, der in Frage käme. In etwa der gleiche Einwand trifft auf die Theorie zu, daß sie entführt worden sei. Das einzig einleuchtende Motiv für eine Entführung wäre eine Lösegeldforderung. Aber Miss Mallenders Familie ist, obgleich wohlhabend, wohl kaum reich genug, so etwas wahrscheinlich zu machen, und außerdem ist keine Lösegeldforderung gestellt worden. Das bringt uns zu der Möglichkeit, daß Miss Mallender ihr Verschwinden selbst inszeniert hat. Da sie sich erst vor kurzem einer psychiatrischen Behandlung unterzogen hat, ist es zumindest denkbar, daß sie von ihrem Leben so enttäuscht war, daß sie ihm entfliehen wollte. Auch das würde natürlich eine Planung des Fluchtwegs erfordern. Inseln sind diejenigen Orte, die man am schwierigsten unbemerkt verlassen kann. An Miss Mallenders Stelle würde ich mein Verschwinden woanders inszenieren als ausgerechnet auf Rhodos. Wenn sie ganz spontan gehandelt haben sollte, ohne vorherige Planung, hätte sie die gleiche Schwierigkeit gehabt. Sie kennt hier niemanden, der ihr Unterschlupf gewähren würde. Und doch gibt es keinerlei Anzeichen dafür, daß sie an Bord eines Flugzeuges oder einer Fähre gegangen wäre. Wenn sie einen Fischer angeheuert hätte, der sie zum Beispiel an die türkische Küste bringen sollte, hätte der sich inzwischen bestimmt gemeldet. Und wenn das ihre Absicht gewesen wäre, warum sollte sie dann einen derartig irreführenden Satz auf eine an ihre Mutter gerichtete Postkarte schreiben – ›etwas hier stimmt nicht ganz‹?«

Harry wartete darauf, daß er weitersprach, aber er tat es nicht. Doch da mußte noch mehr sein. Jede Möglichkeit, die er angeführt hatte, hatte er überzeugend ausgeschlossen. »Nun, was gäbe es sonst noch?«

Miltiades seufzte: »Ach, jetzt betreten wir ein gefährliches Gebiet. Mr. Mallender gab mir einige Fotos von seiner Schwester. Schauen Sie sich eins an.« Er griff in die Schreibtischschublade, nahm ein Foto heraus und reichte es Harry. Es war ein Bild von Heather, gewiß, doch nicht von der Heather, die Harry zu kennen glaubte. Sie war, als das Foto aufgenommen worden war, um einige Jahre jünger gewesen, mit etwas kürzerem Haar und ein wenig vollerem Gesicht, und lächelte formell in die Kamera mit der natürlichen, klaren Freundlichkeit einer ausgeglichenen, unauffälligen jungen Frau. »Erkennen Sie sie?« sagte Miltiades.

»Ja, natürlich. Nur ...?«

»Stimmt etwas nicht?«

»Das ist Heather, Inspektor. Ganz offensichtlich. Aber es muß aus der Zeit vor dem Tod ihrer Schwester stammen. Als sie hier vor einem Monat ankam, war sie nicht mehr so wie auf dem Bild. Sie hat sich verändert.«

»In welcher Beziehung?«

»In jeder Beziehung. Das Leben hat seine erste große Herausforderung an sie gestellt. Es hatte sie heftig gebeutelt, gewiß, doch es hatte sie auch reifer werden lassen. Natürlich war sie dadurch auch verletzlicher geworden, aber auch weniger selbstzufrieden. Dieses Bild zeigt das Mädchen von einst, nicht die Frau, zu der sie geworden war.«

Miltiades langte über den Schreibtisch und holte das Foto zurück. »Würde es Sie überraschen, wenn Sie erführen,« sagte er, »daß Tausende von Menschen jedes Jahr überall in Europa verschwinden? Keine Herumtreiber, verstehen Sie, sondern angesehene, finanziell abgesicherte, zufriedene Leute: Ehemänner, Ehefrauen, Söhne, Töchter, Liebhaber, Freunde. Eines Tages« – er schnippte mit den Fingern – »verschwinden sie einfach. Wohin gehen sie? Was passiert mit ihnen? Ein bestimmter Prozentsatz stirbt oder wird umgebracht und nie gefunden. Ein gewisser Prozentsatz bringt sich selbst um und wird nie identifiziert. Einige laufen davon und fangen unter anderem Namen ein neues Leben an. Aber wie viele? Für wie viele trifft das zu, und wie viele Fälle läßt es immer noch ungeklärt?«

»Ich weiß es nicht.«

»Es bleibt ein Rest bei allen derartigen Fällen, ein kleiner, hartnäckiger Bruchteil, für den es keine Erklärung gibt. In einem Augenblick sind sie bei uns, im nächsten verschwunden. Es ist ein Tod ohne Leiche. Frau Kapsalis, so schien es mir, war eine von denen. Vielleicht gehört Miss Mallender auch dazu.«

»Ein Tod ohne Leiche? Was ist das für eine Art zu sprechen für einen Polizisten?«

Miltiades lächelte. »Überhaupt keine Art. Sie haben recht, wenn Sie mich zurechtweisen. Die Suche wird wiederaufgenommen, sobald es die Witterung erlaubt.« Er wandte sich zum Fenster um, wo der Regen noch immer an den Glasscheiben herunterlief. »Aber Wasser ist leider ein großer Zerstörer von Beweismitteln.« Er schüttelte bekümmert den Kopf. »Ich bin nicht sehr optimistisch.«

Harry wartete darauf, daß Miltiades sich ihm zuwandte, doch eine Minute lang oder länger starrte er weiter zum Fenster hinaus. Er hob seine linke Hand zum Mund und begann, mit seinem Siegelring gegen die Zähne zu klopfen. Dann, als wäre es nichts weiter als eine nachträgliche Überlegung, sagte er: »Sie können jetzt gehen, Mr. Barnett.«

»Sind Sie fertig mit mir?«

Bei dieser Bemerkung drehte sich Miltiades mit dem leicht verwirrten Ausdruck eines Menschen, der überrascht ist, daß er nicht allein ist, zu ihm um. »Ja«, entgegnete er. »Für den Augenblick.«

7

Der Regen begann nachzulassen, und die Dämmerung brach herein, als Harry die Polizeidirektion verließ. Er hatte nicht die geringste Lust, wieder nach Lindos zurückzukehren, wo ihn nur eine leere Villa und alle möglichen Erinnerungen an Heather erwarteten. Statt dessen lenkte er seine Schritte zum Hafen hinunter und ging auf die östliche Mole hinaus, bis ans äußerste Ende. Dort war es, wie er gehofft hatte, menschenleer. Er setzte sich an den Fuß einer Säule, auf der die Figur eines Hirsches über der Hafeneinfahrt wachte, und blickte hinaus aufs Meer, das mit dem dunkler werdenden Himmel verschmolz. Der kühle Wind, der an seinen Haaren zerrte, und der Regen, der ihm ins Gesicht spritzte, taten ihm wohl.

Als sich schließlich die Nacht endgültig über die Landschaft gesenkt hatte, spazierte er, inzwischen müde und ausgekühlt genug, daß er glaubte, wieder menschliche Gesellschaft ertragen zu können, langsam zurück zu den von Flutlicht angestrahlten Mauern der mittelalterlichen Altstadt.

Durch das Tor der Freiheit schlenderte er in das Ritterviertel der alten Stadt und ließ die Stille und Leere der gepflasterten Straßen sein Selbstmitleid lindern. Mitten auf der Odos Ipoton hörte er, wie in einem Zimmer im Obergeschoß Klavier gespielt wurde, und da er den Klang so sehnsuchtsvoll schön fand, blieb er zwanzig Minuten oder länger unter dem Fenster stehen, lauschte, wie die Töne gegen den plätschernden Hintergrund des von den Dächern und Regenrinnen tropfenden Wassers anschwollen und dann wieder leiser wurden. Er war nicht sehr musikalisch, aber Heather hatte manchmal in der Villa Klavier gespielt; er hatte sie von der Pförtnerwohnung aus gehört. Es war unmöglich, so schien es ihm, nicht ständig an sie zu denken, und eigentlich hatte er nichts dagegen, denn das war weniger schmerzhaft, als wenn er versuchen würde, sie zu vergessen.

Schließlich fand er sich im Türkenviertel wieder, wo die Läden noch geöffnet hatten und Licht und Musik lockten. Weiter unten in einer Seitenstraße, die von der Odos Sokratous abging, entdeckte er eine Bar, die schäbig und ruhig genug aussah, um englische Touristen abzuschrekken. Dort ließ er sich mit einer Flasche *Mavro* und einer Packung Zigaretten an einem Ecktisch nieder und fing an, beide entschlossen zu attackieren. Dabei verfiel er in eine misanthropische Stimmung, die ihn für eine Weile davon befreite, sich seine eigenen Schwächen eingestehen zu müssen.

Wie lange er so dagesessen hatte, als es geschah, konnte er beim besten Willen nicht sagen, da die Zeit keine Bedeutung mehr zu haben schien. Er hatte geglaubt, die Gasse, in der sich die Bar befand, sei eine Sackgasse – denn offensichtlich waren nur wenige Passanten hereingekommen oder vorbeigegangen –, und diese Annahme ließ das, was passierte, um so erstaunlicher erscheinen. Er hatte gerade den Rest der Weinflasche in sein Glas geleert und überlegte, ob er noch eine Flasche bestellen sollte, als sein Blick auf eine junge Frau fiel, die vorüberging, die Gasse hinunter und also weg von dem, was er für das Ende der Häuserzeile gehalten hatte. Doch das war es nicht, was ihn so aus der Fassung brachte, als er bemerkte, wie sie durch die offene Tür zu ihm hinsah. Er reagierte aus einem ganz anderen Grund so überrascht.

Es war Heather. So wahr ihm Gott helfe, es war Heather. Sie war genauso angezogen wie an jenem letzten Tag auf dem Profitis Ilias, mit einer schwarzen Jacke und einem Schottenrock. Im Vorbeigehen strich sie mit einer Hand ihr Haar zurück – ihr schulterlanges, flachsblondes Haar – und warf einen so kurzen und eindringlichen Blick in seine Richtung, daß er weder einen Zweifel daran haben konnte, daß sie es war, noch daß sie ihn gesehen und erkannt hatte. Aber sie blieb nicht stehen. Während er, im Moment zu erstaunt, um sich zu bewegen, auf seinem Stuhl sitzenblieb, ging sie unentwegt weiter und verschwand hinter der Ecke des nächsten Gebäudes aus seinem Blickfeld.

Nachdem er sich aus seiner vorübergehenden Lähmung befreit hatte, stürzte er zur Tür. Er wäre ihr in der Gasse direkt auf den Fersen geblieben, wäre nicht der Barkeeper, der ihn mißtrauisch beobachtet hatte, schnell dazwischengesprungen. So gingen wertvolle Sekunden verloren, bis er seine Taschen nach genügend Drachmen durchwühlt hatte, um den armen Kerl zu beruhigen. Als er dann schließlich herauskam, sah er nur noch, wie sie schon in die Odos Sokratous einbog. Eine verzweifelte Angst, daß sie unter den Käufern verschwinden könnte, ließ seine Beine wie angetriebene Kolben arbeiten, und es blieb ihm keine Zeit zu überlegen, warum sie nicht von sich aus stehengeblieben war.

Er erreichte die Ecke. Da war sie, auf der anderen Straßenseite, und bog gerade in eine andere Gasse ein. »Lieber Gott«, schrie er beinahe laut heraus, »laß sie mich jetzt nicht verlieren.« Er rannte ihr hinterher, doch dabei stieß er mit einem Mann zusammen, der aussah wie ein kleines Faß und ihm Verwünschungen hinterherschickte, als er weiter auf die Gasse zustürzte. Sie nahm ihn gleich in ihre dunkle, mit Gewölben überspannte Welt auf und sperrte das geschäftige Treiben der Straße aus. Auf einer Länge von dreißig Metern gab es zwei Abbiegungen nach links und eine nach rechts, ehe die Gasse selbst einen scharfen rechten Winkel beschrieb. Warum hier? dachte sein rasender Verstand. Warum wählte sie dieses Labyrinth von Passagen und Höfen, um sich ihm zu zeigen? Es sei denn ... Nein. Das war undenkbar.

Jede Abbiegung glich der anderen, und jede war leer. Spiegelndes Licht in stehendem Wasser war alles, was er sah, außer den entfernten, huschenden Umrissen herumstreifender Katzen in den dunklen Schatten antiker Strebepfeiler.

Er hielt sich an das, was der Hauptweg zu sein schien. Er knickte nach rechts und links ab, und dort, mitten auf einer geraden, nicht unterbrochenen Strecke sah er sie wieder. Er rief ihren Namen, hörte ihn verstärkt und vervielfacht von den Wänden ringsum widerhallen, schloß dann aus irgendeiner Bewegung ihres Kopfes, daß sie zurückgeschaut und ihn gesehen hatte. Aber sie blieb nicht stehen. Und auch, als er auf sie zulief und seine Füße einen wilden Trommelwirbel auf dem Kopfsteinpflaster der Gasse schlugen, blieb sie nicht stehen. Statt dessen ging sie, scheinbar ohne ihre Schritte zu beschleunigen, ruhig weiter und verschwand dann urplötzlich in einer Querstraße nach rechts.

Sein Brustkorb hob und senkte sich heftig, und er bekam kaum noch Luft, als sie in die Nebengasse abbog. Fast hatte er eine weitere Enttäuschung erwartet, noch mehr falsche Abzweigungen, die ihn in die Irre führten. Doch diesmal war es nicht so. Die Gasse war gerade und durch die Wohnungsfenster, die weit oben auf beiden Seiten in die Mauern eingelassen waren, besser beleuchtet als die anderen. Und die Frau beeilte sich auch nicht mehr. Sie war tatsächlich fast stehengeblieben und bewegte sich nur langsam und zerstreut von einem Lichtkegel zum nächsten.

»Heather!«

Sie hielt an, drehte sich jedoch nicht um. Er sah, wie sich ihre Schultern beim Klang ihres Namens hochzogen, als erwarte sie einen Schlag oder Stoß, aber sie drehte sich immer noch nicht herum. Er ging auf sie zu und widerstand dabei der Versuchung, zu laufen oder noch einmal zu sprechen, bis sie ihm ins Gesicht sah. Als er seinen Arm ausstreckte, um sie zu berühren, hatte er schon angefangen, sich die Fragen auszudenken, die er ihr stellen würde. Aber sein Arm erreichte sie nie, weil sie sich im letzten

Moment herumdrehte, um ihm im vollen Schein eines vorhanglosen Fensters entgegenzutreten, und darauf fiel ihm der Arm wieder herunter.

Es war nicht Heather. Das Gesicht war anders, härter, älter und übertrieben geschminkt. Sie hatte zwar die gleiche Größe und Figur, zweifellos, aber sie war in all ihren Zügen und Merkmalen so ganz anders als sie, daß seine Verwechslung absurd, wenn nicht gar grotesk erschien.

Sie starrten einander einen Augenblick lang verwundert an, dann sprach sie, und, um seinem Irrtum die Krone aufzusetzen, fragte sie auf griechisch. »*Ti thelete?*«

Harry war wie vom Donner gerührt. Er wußte nicht, was er tun oder sagen sollte, ob er sich dafür entschuldigen sollte, daß er sie angesprochen hatte, oder ihr Vorwürfe dafür machen sollte, daß sie ihn irregeführt hatte. Griechen mit flachsblondem Haar waren tatsächlich selten. Das, zusammen mit der Kleidung, die sie trug, schien auf eine bewußte Täuschung hinzudeuten.

»*Then sas xero!*« Der Tonfall ihrer Stimme, als sie versicherte, daß sie ihn nicht kenne, ließ ahnen, daß sie ärgerlich und vielleicht sogar auch nervös wurde. Dafür konnte er sie – falls sie unschuldig war – kaum tadeln.

»*Lipame*«, entschuldigte er sich lahm. »*Ena lathos.*« Ein Irrtum? Ja, das war es sicher. Aber wessen Irrtum? Er konnte weder glauben, daß dieses wandelnde, sprechende Abbild von Heather eine Laune der Natur war, noch brachte er es über sich, die Probe aufs Exempel zu machen.

»*Pia ine Heather?*« fragte sie. Wer ist Heather? Das war eine Frage, die Harry nicht mehr ehrlich und sicher beantworten konnte.

»*Then pirasi.*« Harry schüttelte den Kopf. Er konnte ihren Wortwechsel nicht länger ertragen. Kostüm und Verkleidung oder reiner, ungeheurer Zufall, es machte keinen Unterschied: Sie war gleichzeitig zu ähnlich und zu verschieden, als daß er innerlich hätte ruhig bleiben können. Der Anflug von Sympathie in ihrer letzten Bemerkung hatte ihn überdies in einer Weise abgestoßen, die er nicht verstehen konnte. Eine letzte Entschuldigung – »*Signomi*« – murmelnd, drehte er sich um und eilte davon.

Er ging wieder zurück in Richtung Odos Sokratous und versuchte dabei vergeblich, dieses Erlebnis aus seinem Kopf zu verbannen. Es war wohl alles Wunschdenken gewesen, nahm er an, eine irrwitzige, auf einer zufälligen Ähnlichkeit begründete Hoffnung; vielleicht hatte sie ihn gar nicht wirklich angesehen, als sie an der Bar vorbeiging. So oder so, ein kräftiger Schluck in angenehmer Umgebung würde ihn vielleicht wieder auf andere Gedanken bringen. Er betrat die erste Bar, an der er vorbeikam, eine laute, verräucherte Spelunke, und bestellte einen Kognak.

Eine Gestalt, die an der Theke gelehnt hatte, wirbelte beim Klang von Harrys Stimme herum. Es war Roy Mallender, und der Anblick seines geröteten, verdrießlichen Gesichts sagte Harry, daß er gerade seinen zweiten Fehler dieses Abends begangen hatte.

»Barnett!« Die Stimme des Mannes klang angetrunken und feindselig.

»Ich will keinen Ärger, Roy. Du warst zuerst hier. Ich werde gehen, in Ordnung?«

»Nein, es ist nicht in Ordnung. Ich will mit dir reden.«

»Ein andermal.«

Harry bewegte sich in Richtung Tür, aber Roy schnitt ihm den Weg ab und packte ihn am Arm. »Wenn die Polizei nicht die Wahrheit aus dir herausbekommen kann, vielleicht kann ich es dann«, krächzte er. »Warum, zum Teufel, sollst du hier frei ein und aus gehen können, wenn meine Schwester irgendwo da draußen tot herumliegt?«

»Wir wissen nicht, ob sie tot ist.«

»Du weißt es sehr wohl. Du weißt es, weil du sie umgebracht hast.«

»Warum sollte ich das deiner Meinung nach eigentlich getan haben?«

»Das brauche ich hier nicht zu buchstabieren. Wir alle wissen, was für eine Sorte Mensch du bist.«

Es ging gar nicht um Heather. Intuitiv wurde Harry klar, daß das, was zwischen ihnen war, immer zwischen ihnen gewesen war: die animalische Abneigung, die zwei Menschen manchmal gegeneinander haben, ohne daß es dafür einen Grund geben muß. Früher hatte Roy auf gerissene Art Vorwände konstruiert, um seinem Haß auf Harry Luft zu machen; nun, da sich ihm die Gelegenheit dazu bot, war er nicht bereit, sie sich entgehen zu lassen. »Laß mich los«, sagte Harry mit ruhiger Stimme und unterdrückte dabei seine eigenen Instinkte. Er versuchte, vernünftig zu sein und seine Würde außer acht zu lassen.

»Bring mich dazu.« Roys Gesicht war zu einer Art spöttisch triumphierendem Lächeln verzerrt; der Alkohol hatte ihn jeder Verstellung beraubt. »Wenn du glaubst, du schaffst es.«

Harry hatte eigentlich nur beabsichtigt, den Burschen abzuschütteln. Statt dessen riß er seinen Arm mit einem so heftigen Ruck los, daß Roy das Gleichgewicht verlor und in eine Tischrunde von Backgammon-Spielern hineintaumelte. Brett, Würfel, Jetons, gefüllte Gläser und Aschenbecher sprangen in alle Richtungen, als Roy zwischen zwei fluchenden Männern zu Boden stürzte. Harry wartete nicht, bis er sich wieder hochgerappelt hatte, sondern hastete sofort auf die Straße hinaus.

Es war kalt und feucht und glücklicherweise ruhig. Hinter ihm waren laute Stimmen und *Bouzouki*-Musik, die aus irgendeinem Gerät ertönte, vor ihm nur die schwarze, alles verhüllende Anonymität der Altstadt, in der er sich vielleicht noch verlieren konnte. Weshalb er sich nicht beeilte, konnte er nicht genau sagen, denn Roy Mallender war nicht der Mensch, der einen Affront ungerächt, geschweige denn eine Vendetta ungesühnt lassen würde. Trotzdem spazierte Harry nur gemächlich über die Straße und ging ohne jedes Gefühl von Dringlichkeit in Richtung Westen. Er hatte den abgesperrten Vorplatz einer Moschee erreicht, deren hoch aufragende Kuppelform er eben noch in dem Zwielicht ausmachen konnte, und wollte gerade eine Treppe zwischen den Absperrungen und der kahlen Wand des nächstliegenden Gebäudes hinuntergehen, als ihn Roy einholte. Wie die Dinge lagen, hätte Harry eigentlich nicht überrascht sein sollen. Und doch war er es seltsamerweise.

»Barnett, du Mistkerl!« schrie Roy, packte ihn bei der Schulter und warf ihn herum. »So leicht kommst du mir nicht darum herum.«

»Um was?«

»Daß du zugibst, was wirklich auf diesem Berg passiert ist.«

»Es ist nichts passiert.«

»Du erwartest doch nicht, daß ich dir das glaube.«

»Nein. Eigentlich nicht.«

»Was hast du mit ihr gemacht? Du kannst es mir genausogut sagen, bevor ich es aus dir herausprügle.«

Endlich fiel es Harry wie Schuppen von den Augen. Angst war es, was er bei Roy zwar schon bei ihrer Begegnung auf dem Profitis Ilias wahrgenommen, aber erst jetzt identifiziert hatte: eine Angst, die von dem Mann ausging wie ein Geruch, die alles, was er tat, verdarb und alles, was er sagte, herabsetzte. Die Wahrheit, die er so lautstark forderte, war nur eine Lüge, die er von Harry erzwingen, eine Lüge, mit der er die Wahrheit begraben wollte.

»Nun? Was hast du mir zu sagen?«

Harry lächelte. »Es gab da etwas, vor dem sie davonlief, nicht wahr?« entgegnete er. »Sie lief vor d ...«

Roy traf ihn in der Magengrube, ehe er seinen Satz beenden konnte. Seine Rippen schmerzten noch von dem Autounfall, und nach dem Schlag blieb er zusammengekrümmt, nach Atem ringend auf dem Boden liegen. Als er es schaffte, wieder aufzustehen, sah er durch tränenverschleierte Augen seinen Gegner auf ihn warten, die Faust stoßbereit zurückgezogen, die Zähne in wütender Konzentration zusammengepreßt. Ein absurder Gedanke ging ihm durch den Kopf: Hatte ihm nicht irgend jemand erzählt, daß Roy Mallender für Millfield geboxt hatte? Dann erwischte ihn der Schlag voll am Kinn und ließ ihn rückwärts die Stufen hinunterstürzen. Diese harte Behandlung hatte er sich zum Teil selbst zuzuschreiben. Dies wurde ihm in einem Bereich seines Gehirns klar, der den Schmerz nicht registrierte. Dann knallte eine harte Metallfläche gegen seinen Hinterkopf. Und Aufprall und Vergessen wurden eins.

8

Es gab Augenblicke, in denen er nicht wußte, ob er wachte oder träumte. In einem solchen Zustand schien es ihm einmal, als beugte sich Alan Dysart über ihn, berührte ihn mit der Hand an der Schulter, das Gesicht in besorgte Falten gelegt, sein Mund bewegte sich wie beim Sprechen – obwohl Harry nicht erkennen konnte, was er sagte. Sonst war alles verworren, aber von einer eigenartig beruhigenden Verworrenheit. Frisch gestärkte Anstaltsbettwäsche und Geräusche, die er nicht einordnen konnte: Das alles hatte ihm schon verraten, wo er sich befand, bevor er überhaupt imstande war, einen klaren Gedanken zu fassen.

Harry war nicht mehr im Krankenhaus gewesen, seit ihm 1946 der Blinddarm entfernt worden war. Er hatte jeden einzelnen Augenblick dieser Erfahrung gehaßt und beschlossen, eine Wiederholung zu vermeiden. Deshalb war es seltsam, als er nun merkte, wie angenehm er seine neue Umgebung fand; vielleicht war es ein Zeichen dafür, daß er alt wurde. Natürlich hatte er im ärmlichen Nachkriegs-Swindon kein Einzelzimmer und auch nicht die Aufmerksamkeit einer auffallend schönen griechischen Krankenschwester erhalten; die medizinische Versorgung auf Rhodos schien eindeutig besser zu sein, als er immer angenommen hatte.

Ein Arzt besuchte ihn, kurz nachdem er zu sich gekommen war, und teilte ihm mit, daß er die Nacht zuvor bewußtlos am Fuß einer Treppe in der Altstadt mit einer schlimmen, klaffenden Kopfwunde aufgefunden worden sei; ein Verband an dieser Stelle bestätigte das. Er habe auch einen geprellten Kiefer und zwei gebrochene Rippen; daher die fest angelegten Bandagen um seine Magengegend. Röntgenaufnahmen hätten glücklicherweise gezeigt, daß sein Schädel unverletzt geblieben sei, aber bei einer Gehirnerschütterung müsse man immer vorsichtig sein, besonders bei einem Mann seines Alters (ein Pfeil, der Harry besonders schmerzhaft traf): mehrere Tage Bettruhe und Beobachtung seien angeordnet. Harry beteuerte, daß er sich wohl genug fühle, um das Krankenhaus sofort zu verlassen, doch der Arzt versicherte ihm, daß es damit vorbei sei, sobald die Wirkung der Schmerzmittel nachließ. Dann gestand

Harry, was ihm wirklich Sorgen machte: Er konnte sich die Kosten eines längeren Aufenthaltes nicht leisten. Aber die Kosten, so stellte sich heraus, würden voll von Mr. Alan Dysart übernommen, er hätte unbedingt darauf bestanden. Und Harry sei auch nicht in der Lage, seine Großzügigkeit abzuweisen, da Mr. Dysart an diesem Morgen nach England zurückgeflogen sei. Der Doktor schloß mit einer Moralpredigt über die Trunksucht, der er, so schien es, Harrys Verletzungen zuschrieb; Harry ließ diese Ungerechtigkeit schweigend über sich ergehen.

Etwa eine Stunde später weckte die Schwester Harry aus seinem Schlummer, um ihm zu sagen, daß Inspektor Miltiades hier sei, um ihn zu sehen. Er könne aber seinen Besuch auch verschieben, falls er das wünschte. Doch Harry, der darauf brannte, Roy Mallender auf jede mögliche Art und Weise alles heimzuzahlen, zog es vor, ihn zu empfangen.

Miltiades sah, so schien es Harry, nicht ganz wie sonst aus. Er hatte etwas unbestimmt Entschuldigendes an sich, etwas beinahe Beschämtes. Flüsternd unterhielt er sich an der Tür mit der Schwester, kam dann herein und setzte sich neben das Bett, wobei er seine Uniformmütze ziemlich unbeholfen in der Hand hielt.

»Gute Neuigkeiten, Inspektor«, sagte Harry und versuchte ein sarkastisches Lächeln, merkte jedoch, daß der Verband an seinem Hinterkopf das nicht ganz zuließ. »Das ist ein klarer Fall.«

»Ein klarer Fall von was, Mr. Barnett?«

»Von tätlichem Angriff.«

»Möchten Sie gegen jemanden Anklage erheben?«

»Sicher.«

»Dann sollten Sie vielleicht zuvor noch zwei Dinge wissen. Erstens, ein häufiges Symptom der Gehirnerschütterung ist die Unfähigkeit, sich genau an die Ereignisse zu erinnern, die unmittelbar vor der Gehirnerschütterung stattfanden.«

»Ich kann mich noch genau an alles erinnern.«

»Zweitens, Mr. Roy Mallender hat Rhodos heute morgen verlassen, und man rechnet nicht mit seiner Rückkehr.«

»Was?«

»Er ist nicht mehr hier, Mr. Barnett. Und er kommt nicht zurück. Also wäre es vergeudete Zeit und Mühe, ihn wegen irgend etwas anzuklagen.«

Harrys erste Reaktion war, aus Protest auf die Matratze einzuschlagen, aber ein schmerzhaftes Stechen seiner Rippen hielt ihn davon ab. Statt dessen starrte er Miltiades nur finster an. »Warum, zum ...« fing er an. Dann kam ihm ein anderer Gedanke. »Warten Sie. Wieso wußten Sie, daß ich Roy Mallender anzeigen wollte?«

Miltiades lächelte. »Ich fürchte, ich muß mich bei Ihnen entschuldigen. Nicht dafür, daß ich Mr. Mallender aus Rhodos fortließ, aber daß ich Sie letzte Nacht zu einer kleinen Täuschung mißbrauchte.«

»Täuschung?«

»Die Frau, die Miss Mallender ähnlich sah, war eine meiner Polizeibeamtinnen. Sie trug eine blonde Perücke und kleidete sich nach der Beschreibung, die Sie uns selbst gegeben hatten.«

Harry stieß einen leichten Seufzer der Verärgerung und Überraschung aus. Das war es also. Sie war weder ein Gespenst noch ein Ebenbild gewesen, sondern eine verkleidete Polizistin.

»Ich habe Sie doch darauf hingewiesen, daß ich die Möglichkeit, daß Sie Miss Mallender umgebracht haben, nicht ausgeschlossen hatte. Ich glaubte, daß sich ein Mörder, wenn er sich dem Geist seines Opfers gegenübersieht, vielleicht verraten würde, während ...«

»Wenn ich die Wahrheit gesagt hätte, dann würde ich auf die Verkleidung hereinfallen.«

»Genau. Und Sie sind darauf hereingefallen, allerdings. Ich verdächtige Sie nicht mehr des Mordes. Sie sollten sich freuen.«

»Sie hatten mich verfolgen lassen, als ich gestern Ihr Büro verließ?«

»Ja. Jeden Ihrer Schritte. Bis die Zeit reif schien. Und danach auch noch. Nicht dicht genug zwar, um in ihre Auseinandersetzung mit Mr. Mallender einzugreifen, das stimmt, aber zumindest blieben Sie nicht dort liegen, wo Sie hingestürzt sind.«

»Vielen Dank.«

»Aber Sie werden sich natürlich fragen, weshalb ich es zuließ, daß Mr. Mallender ungestraft davonkommt, wo doch einer meiner eigenen Beamten seinen Angriff auf Sie mit angesehen hat.«

»Überraschen Sie mich.«

»Die Antwort ist, daß nicht ich es zuließ. Es wurde von höherer Stelle beschlossen, daß Mr. Mallender auf freiem Fuß bleiben sollte. Man war der Ansicht, daß ihn eine Anklage zum Gegenstand der öffentlichen Sympathie machen würde, besonders in England, wo so etwas vielleicht auch antigriechische Gefühle wecken könnte. Denn nach allem, was Mr. Mallender wußte, standen Sie noch immer unter dem Verdacht, seine Schwester ermordet zu haben. Was er tat, könnte daher einigen Leuten als genau das erscheinen, was ein gewissenhafter Bruder tun sollte. Ich glaube, daß Mr. Dysart seinetwegen auf diplomatischem Wege vorstellig geworden ist, was dann den Ausschlag gab. Sie sind heute morgen zusammen abgereist.«

Harry sagte nichts. Er hätte das natürlich vorhersehen können. Er hätte das in jenem verschwimmenden Gesicht neben seinem Bett, an das er sich erinnerte, lesen sollen. Diese Handlungsweise war typisch für Dysart. Sie widerspiegelte seine angeborene politische Begabung für Kompromißlösungen. Bezahle Harrys Krankenhausrechnung. Begleite Roy zurück nach England. Und unterminiere die Moral der wichtigen Beamten. Es war, wie wenn ein Präfekt einen Streit zwischen zwei Schuljungen schlichtet. Was auch in gewissem Sinne nur angemessen war, denn ohne Dysart hätte es überhaupt keinen Streit gegeben. Ohne Dysart, fiel Harry ein, würde er nichts von der Familie Mallender wissen.

Es war 1972, nach einer ruhigen Mittagspause in der Glue Pot Inn, etwa zehn Tage vor Weihnachten, und Harry hatte sich gerade heimlich einen doppelten Whisky eingeschenkt. Als er von dem Portionierer zurückkehrte, fiel sein Blick auf Alan Dysart, der ihm vom anderen Ende der Bar aus zulächelte und in seiner Zivilkleidung wohlhabend und lächerlich gepflegt wirkte.

»Herrgott noch mal! Alan! Was machst du denn hier?«

»Bei einem alten Freund vorbeischauen. Kann ich das für dich übernehmen?«

»Das?« Harry grinste verlegen. »O.K. Danke.« Harry goß auch Dysart ein Glas ein und schlug dann vor, sich an einen Tisch zu setzen. Der einzige andere Gast brauchte eine Ewigkeit für einen Zentimeter Stout; er sah nicht so aus, als ob er bedient werden müßte.

»Ich ging zuerst zu der Autowerkstatt«, sagte Dysart, nachdem er an seinem Whisky genippt hatte.

Harry fühlte, wie er vor Verlegenheit rot wurde. Er wußte nicht, wie er das, was geschehen war, erklären oder entschuldigen sollte.

»Sie haben mir gesagt, daß du im August zugemacht hast.«

»Das stimmt.« Ein wehmütiges Lächeln. »Wir haben zugemacht.«

»Man sagte mir ... Konkurs.«

Harry holte tief Luft. »Das stimmt.«

»Zwangsweiser Konkurs?«

Ein müdes Nicken. »Völliger wäre die bessere Bezeichnung dafür. Barry sah es kommen. Er ist einige Wochen vorher nach Spanien abgehauen, hat alles vorhandene Bargeld mitgenommen und mich mit den Schulden zurückgelassen.«

»Ach du lieber Himmel.«

»Jackie ist mit ihm gegangen.«

»Das war klar.«

»Ja. Du hast sie richtig eingeschätzt.«

»Was machst du jetzt?«

»Ich schlage mich so durch. Ich habe hier eine Stelle bis Weihnachten.«

»Und dann?«

»Ich weiß noch nicht. Irgend etwas wird sich schon ergeben.«

Harrys Optimismus mußte für Dysart ebenso falsch geklungen haben wie für Harry selbst. In Wahrheit sah er nichts voraus, was sich ergeben könnte. Daß Dysart sich sogar die Mühe gemacht hatte, ihn zu suchen, war mehr, als er je erwartet hätte. Schließlich hatte ihm Harry keine besonderen Gefälligkeiten erwiesen während jener Semesterferien, in denen er bei Barnchase Motors gearbeitet hatte. Nun, da er ein aufstrebender junger Marineoffizier war, hatte er eigentlich keinen Grund, sich für die gegenwärtige Notlage seines früheren Arbeitgebers zu interessieren. Und doch, wie sich bei einem zweiten Glas herausstellte, machte er sich deshalb Sorgen.

»Hast du je daran gedacht, von Swindon wegzugehen, Harry?«

»Schon oft. Aber wohin sollte ich gehen?«

»Nun, der Kapitän des ersten Schiffes, auf dem ich diente – zufällig ein guter Freund von mir –, ist vor drei Monaten in Pension gegangen. Er hat eine kleine Schiffselektronikfirma in Weymouth aufgemacht. Ich habe ihm nämlich etwas Kapital dafür zur Verfügung gestellt. Worauf ich hinaus will, ist, daß er mehrere gute Leute für die Geschäftsführung sucht. Ich könnte dich empfehlen.«

»Das würdest du tun?«

»Mit Vergnügen.«

»Aber ein nicht Konkurs gegangener ...«

»Ich habe bei dir gearbeitet, Harry, erinnerst du Dich? Ich würde das nicht nur der guten alten Zeiten wegen tun. Zufällig glaube ich, daß du ziemlich gut zu Mallender Marine passen würdest.«

Während der Tage erzwungener Bettruhe und Abstinenz, die er im Krankenhaus von Rhodos verbrachte, dachte Harry klarer über sein Leben nach, als er es seiner Erinnerung nach je zuvor getan hatte. Nun, da für alles, was er brauchte, gesorgt wurde und alle seine Freizeitvergnügungen verboten waren, fand er es überraschend einfach, seine dreiundfünfzig Jahre als Kontinuum zu betrachten, in dem die falschen Hoffnungen der Vergangenheit ebenso bedeutend waren wie die vorhersagbaren Enttäuschungen der Gegenwart. Es war keine schöne Geschichte, das mußte er zugeben, keine ruhmreiche Aneinanderreihung überragender Erfolge. Objektiv besehen, hatte es tatsächlich mehr den Anschein eines schäbigen Defilees kläglicher Mißerfolge. Und doch war es trotz allem sein Leben.

Nach Ansicht seines Klassenlehrers am Commonweal war Harrys

akademische Zukunft »durch mangelnde Zielstrebigkeit und eine Neigung zur Selbstverachtung in Frage gestellt«; dieser Satz aus seinem letzten Zeugnis war ihm ebenso unvergeßlich wie das mißbilligende Gesicht seines Verfassers. Sein Onkel Len hatte die Dinge weniger tendenziös, aber vielleicht prägnanter formuliert. »Wenn du das Leben nicht weiter ernst nimmst, mein Sohn, dann wird es auch dich nicht ernst nehmen.« Onkel Len war, wie jeder wußte, der Meinung, daß das Fehlen eines Vaters Harrys charakterlicher Entwicklung schadete. Es hatte sogar eine Zeit gegeben, wo er diese Rolle unbedingt selbst übernehmen wollte, bis das Leben beschloß, ihn auf so plötzliche und absurde Weise von der Bühne zu nehmen, als wollte es ihm damit etwas sagen. Es war merkwürdig, daß beide Barnett-Brüder durch einen Unfall sterben mußten – Stan, Harrys Vater, als in der GWR-Werkstätte für Lokomotivbau ein Rad auf ihn fiel; und Onkel Len beim Zusammenstoß mit dem beladenen Lieferfahrrad eines Metzgerjungen, dessen Bremsen auf dem Prospect Hill versagt hatten. Vielleicht war das die Erklärung dafür, weshalb Harry das Leben nie so ernst genommen hatte, wie die anderen es von ihm erwarteten.

Mit fünfzehn wechselte Harry von der Schule geradewegs in den Rachen der Stadtverwaltung von Swindon über, da seine Mutter eine feste Stelle als Büroangestellter bei der Stadt für unendlich viel besser hielt als irgendeinen seiner versponneneren Berufswünsche. Und dort blieb er – abgesehen von seinem zweijährigen Militärdienst – fünfzehn langweilige, abstumpfende, schlechtbezahlte Jahre: ein ausgezeichnetes Training, sagte er immer wieder, um frühzeitig alt, gelangweilt, zynisch und übellaunig zu werden. Wäre da nicht Barry Chipchase, sein smarter, nichtsnutziger Kamerad aus der Militärzeit, gewesen, würde er wahrscheinlich noch weitere dreiundzwanzig Jahre dort verbracht haben. Aber da bot sich ihm durch Barrys Vorschlag, zusammen eine Autowerkstatt aufzumachen, eine verlockende Chance, der Bürokratie zu entfliehen. Und so wurde, durch die glückliche Kombination ihrer beiden Familiennamen, Barnchase Motors geboren. Wie sich auf Dauer gesehen herausstellte, war es sowohl die beste als auch die schlechteste Entscheidung in Harrys Leben gewesen. Die beste, weil es ihn mit Alan Dysart zusammenbrachte, die schlechteste, weil jeder Pfennig, den er besaß, beim Ruin der Firma verlorenging.

Dysart arbeitete während sechs Semesterferien seines Oxford-Studiums bei Barnchase, zuerst als Putzhilfe und Tankwart, später übernahm er dann die unterschiedlichsten Verwaltungstätigkeiten. Er hatte ursprünglich nur deshalb nach Arbeit in Swindon gesucht, um in der Nähe einer Freundin in Wootton Bassett zu sein. Später machte er die fünfzig Kilometer weite Fahrt von Oxford, weil er inzwischen wirklich an der Firma hing. Rückblickend konnte Harry erkennen, wie scharfsinnig viele seiner geschäftlichen Anregungen gewesen waren. Deshalb hatte sich Harry auch so oft für ihre Anerkennung eingesetzt. Vielleicht wäre Barnchase nicht gescheitert, wenn Dysart damals immer noch bei ihnen gewesen wäre.

Das letzte, was Harry von Barry Chipchase und dessen katastrophal verschwenderischer Ehefrau, die dieser unbedingt als Teilhaberin in die Firma aufgenommen haben wollte, gehört hatte, hatte mit einem Autoverleihunternehmen in Alicante zu tun. Er wünschte ihnen damit nur Schlechtes, wenn er daran dachte, daß er sogar sein Haus an die Gläubiger von Barnchase verloren hatte. Da er nun wieder bei seiner Mutter in dem winzigen Eisenbahnerhäuschen, in dem er geboren worden war, untergeschlüpft war und durch einen Nebel von Alkohol die Ausweglosigkeit seines Tuns betrachtete, gab es für ihn nicht viel zu überlegen, als Dysart ihm anbot, ihn der Mallender Marine zu empfehlen.

Am Anfang war es auch gut gelaufen; anders konnte es Harry nicht bezeichnen. Charlie Mallenders Kontakte in der Marine und der Admiralität, dazu die Nähe des Flottenstützpunktes Portland garantierten den Produkten von Mallender Marine eine ständige Nachfrage, während sich Harry auf den privaten Markt der Jachtausstattung konzentrierte, die sich auf ihre Weise gar nicht so sehr von der Welt der Autoersatzteile unterschied. Harry ließ sich in Weymouth nieder, fand eine Wohnung und fing allmählich an zu glauben, daß nun die schlechten Zeiten wirklich hinter ihm lägen.

Daß sie vielleicht noch gar nicht begonnen hatten, wurde ihm erst allmählich klar – kurz nachdem Roy Mallender im Herbst 1977 in das Geschäft eingetreten war. Es hieß allgemein, daß Roy versucht habe, in der Marine in die Fußstapfen seines Vaters zu treten, daß er es aber nicht geschafft habe. Was immer daran wahr sein mochte, er war jedenfalls verärgert darüber, daß er nicht so viel Macht über andere hatte, wie ihm seiner Meinung nach zustand. Die Tatsache, daß Harry es ablehnte, die Rolle eines katzbuckelnden Untergebenen zu spielen, hätte deshalb schon genügt, ihn abzustempeln, auch ohne die persönliche Abneigung, die sie füreinander empfanden. So wie er nicht imstande gewesen war, Barry Chipchases Falschheit zu erkennen, bis es zu spät war, konnte er auch nicht richtig einschätzen, wie weit Roy Mallender gehen würde, um ihn loszuwerden, bis die Falle bereits über ihm zugeschnappt war. Charlie Mallender sagte ihm bei seiner Entlassung, daß er von Glück reden könne, nicht wegen Betruges verklagt zu werden; der alte Mann wußte ja nicht, daß sein eigener Sohn der wahre Betrüger war.

Doch wieder einmal kam Alan Dysart zu Hilfe. Damals war die *Villa ton Navarkhon* noch nicht einmal ein Jahr in seinem Besitz, und er war sehr daran interessiert, jemanden in Lindos zu haben, auf den er sich verlassen konnte und der ein Auge auf das Anwesen hatte. »Mietfreie Unterbringung in der Pförtnerwohnung für leichte Hausmeistertätigkeit« sagte Harry mehr zu, als er sagen konnte. Arbeitslos und wohl nahezu ohne Aussicht auf Arbeit in Weymouth, da der harte Winter 1978/79 sowohl seine Finanzen als auch sein Gemüt belastete, klang Rhodos für ihn wie das gelobte Land: warm, billig, ohne Anforderungen und weit weg von all seinen Problemen.

Und so war es auch, in vielerlei Hinsicht. Sich um die Villa zu kümmern war natürlich ein ausgesprochener Ruheposten: Mrs. Ioanides putzte, während Mr. Ioanides die Maler- und Reparaturarbeiten ausführte und sich um den Garten kümmerte. Harry war nur der Mann, der anwesend war, das bekannte englische Gesicht, um Dysart und seine Gäste zu begrüßen. Es stand ihm frei, während der Saison als Barmixer oder Fremdenführer genug zu verdienen, um sich durch den Winter zu bringen. Er paßte sich gerne der griechischen Lebenseinstellung an: Warum gestern machen, was du bis morgen aufschieben kannst? Am besten gefiel ihm das Sprichwort *perasmena, ksehasmena*: Vergangenes ist Vergessenes. In Lindos war Harry nur der übergewichtige Engländer, der in ausgebleichten Krickethosen, Hemd und Hut herumbummelte, die Mädchen am Strand, die sich ohne Oberteil sonnten, begaffte und zuviel trank. Eine komische Figur, über die man sich lustig machte. Was er in England gewesen war, spielte hier keine Rolle; seine Weste war weiß, sein Ruf makellos. So einfach, ja primitiv, sein Dasein in Lindos das ganze Jahr über auch sein mochte, bot es ihm doch alles, was er brauchte. Es war sein zweites Zuhause, sein sicherer Hafen, seine Generalamnestie, sein schmerzloses Eingeständnis der Niederlage. Kurzum, es genügte jedem seiner Zwecke. Bis Heather kam.

Am dritten Nachmittag seines Krankenhausaufenthalts durfte Harry für ein paar Stunden aus dem Bett. Das gab ihm die Gelegenheit, auf die er gewartet hatte, da ihm eingefallen war, daß Jonathan Minter vielleicht an den Begleitumständen von Roy Mallenders plötzlicher Abreise von Rhodos interessiert sein könnte; er hatte schließlich von einem Honorar gesprochen. Und so ging Harry ganz vorsichtig zu dem Münzfernsprecher am Ende des Korridors und wählte die Nummer, die Minter ihm gegeben hatte.

»Hotel ›Astir Palace‹.«

»Ich würde gerne mit Mr. Jonathan Minter sprechen.«

»Bitte warten Sie.« Eine Pause, dann: »Mr. Minter wohnt nicht mehr bei uns.«

»Nicht mehr?«

»Er ist gestern abgereist.«

»Hat er gesagt, wohin er fährt?«

»Zurück nach England, nehme ich an.«

Minter war also abgereist. Ebenso wie Dysart. Und Roy Mallender. Und auch Heather. Sie waren alle fort. Sie hatten ihn, das wurde ihm plötzlich klar, einer Vergessenheit ausgesetzt, nach der er kein Bedürfnis mehr hatte. Sie hatten ihn zurückgelassen, damit er wieder in sein schlafwandlerisches Exildasein verfallen sollte. Aber er konnte die Augen nicht länger vor der Realität verschließen.

Erst am Montag darauf durfte Harry das Krankenhaus verlassen. Kostas kam, um ihn mit seinem klapprigen Lieferwagen abzuholen, und als sie aus Rhodos herausfuhren, warf er Harry eine Morgenzeitung hin, damit er sie auf der Fahrt nach Lindos lesen konnte. Die Überschrift Η ΕΞΑΦΑΝΙΣΗ ΤΟΥ ΧΕΔΕΡ ΜΑΛΛΕΝΤΕΡ – Das Verschwinden von Heather Mallender – war immer noch auf der Titelseite, jedoch kleiner gedruckt. Eine Diskothekenreklame machte ihr auch noch diesen Platz streitig. Die schlimmste Nachricht stand jedoch im Untertitel. Η ΑΣΤΥΝΟΜΙΑ ΕΓΚΑΤΑΛΕΙΠΕΙ ΤΙΝ ΑΝΑΖΗΤΗΣΗ: Die Polizei stellt die Suche ein.

9

Als er das Tor öffnete, um Mrs. Ioanides hereinzulassen, hatte Harry gehofft, sie an diesem Tag nicht mehr zu sehen; sie konnte sich schließlich selbst ohne weiteres hinauslassen. Doch nach einer Stunde war sie schon wieder da, klopfte mit einem Besen an seine Wohnungstür und wollte wissen, was im Haus noch zu tun sei. Sollte sie nun Miss Mallenders Zimmer saubermachen oder nicht, und sollte sie Miss Mallenders Sachen wegräumen oder nicht?

Bis jetzt hatte sich Harry über Heathers Sachen noch gar keine Gedanken gemacht. Sie befanden sich, so nahm er an, immer noch in dem kleinen, nach Süden gelegenen Schlafzimmer, das sie den beiden anderen, größeren Räumen vorgezogen hatte. Wahrscheinlich waren sie von der Polizei in Unordnung zurückgelassen worden, und von Rechts wegen wohl das Eigentum der Familie Mallender. Der Gedanke, daß Mrs. Ioanides sich auch noch gefühllos daran zu schaffen machen könnte, gefiel ihm gar nicht, und so bestand er darauf, sich selbst darum zu kümmern. Mrs. Ioanides warf ihm, im Hinblick auf seine früheren Klagen über schmerzende Rippen und Kopfweh, vor, *enas psevdomartiras* zu sein. Harry wußte nicht, was das Wort bedeutete, und unterließ es zu fragen. Es gelang ihm, die Frau im Flur der Villa abzuschütteln, und er ging alleine nach oben.

Sobald er das Zimmer betrat, wurde ihm klar, weshalb es ihm widerstrebt hatte, hineinzugehen. Binsenmatten bedeckten die Bodendielen, und die weißgestrichenen Wände waren außer einem Teller von Lindos völlig nackt. Die Möbel waren einfallslos funktionell: ein Messingbett, ein kleines Nachtkästchen, eine Garderobe, ein Frisiertisch, ein Holzstuhl mit gerader Rückenlehne. Es gab außer der Deckenbeleuchtung in der Mitte keine zusätzliche Lampe, nur eine Kerze in einem Ständer auf dem Nachtkästchen. Die Aussicht aus dem Fenster zeigte die kahlen Hänge, die zur Akropolis hinaufführten, und einen dreieckigen Ausschnitt des tiefblauen Meeres. Trotz all seiner Einfachheit war es der Raum, in dem Heather geschlafen und jeden Tag, den sie in Lindos verbracht hatte, aufgewacht war. Hier schien ihre Anwesenheit immer noch sehr spürbar und ihre Abwesenheit am schwersten zu ertragen.

Harry ging hinüber zum Schrank und öffnete die Tür. Da waren ihre Kleider, die in einer Reihe auf der mittleren Stange hingen. Jener Rock, den sie trug, als er sie zum erstenmal auf der Burganlage getroffen hatte, jenes Kleid, das sie bei dem einen Mal anhatte, als sie mit ihm in der Wohnung zu Abend gegessen hatte; er hatte *Moussaka* gekocht, weil das das einzige war, was er kochen konnte, und sie hatte so getan, als ob es ihr schmeckte. Am Boden des Schrankes war ihr Rucksack verstaut, in den er ihre Sachen vermutlich würde packen müssen. Vielleicht würde das Konsulat dafür sorgen, daß er weitergeleitet wird. Allein schon bei dem Gedanken, diese Aufgabe anzupacken, rebellierten seine Gefühle. Er schloß die Tür und lehnte den Kopf dagegen, während er wartete, bis der absurde und plötzliche Drang zu weinen, sich gelegt hatte, dann drehte er sich weg.

Auf der Frisierkommode stand die übliche Ansammlung weiblicher Toilettenartikel – Haarbürste, Spiegel, Puderdosen, Lotions, Cremes, Shampoo, Parfum, Wimperntusche, Lippenpomade –, und alle waren sie ebenso mit Erinnerungen an Heather befrachtet wie die Kleider, die sie getragen hatte. Die Borsten der Bürste hielten immer noch ein paar ihrer flachsblonden Haare. Und als Harry geistesabwesend das kleine Döschen mit Lippenpomade aufmachte, war noch immer etwas von ihrem Fingerabdruck auf der wächsernen Oberfläche zu sehen.

Er ging hinüber zu dem Nachtkästchen, auf dem ein Reisewecker geöffnet neben einem Kerzenstummel stand. Als er das Zifferblatt der Uhr zu sich kippte, stellte er fast erleichtert fest, daß sie stehengeblieben war. Dann erregte etwas unter dem Kissen auf dem Bett seine Aufmerksamkeit. Als er das Kissen beiseite schubste, um nachzusehen, überkam ihn eine plötzliche Anwandlung von Trauer. Es war ihr Nachthemd mit Spitzenbesatz und einem Muster aus winzigen Vergißmeinnicht. Er sank auf der Tagesdecke zusammen und vergrub das Gesicht in den Händen. Das war zuviel, zu schrecklich, eine zu furchtbare Erinnerung. Er hätte es besser Mrs. Ioanides überlassen, er hätte dieses Zimmer verschließen und nie wieder betreten sollen.

Er nahm die Hände vom Gesicht. Nichts hatte sich verändert. Draußen vor dem Fenster fiel das Sonnenlicht noch immer völlig teilnahmslos auf die mit Buschwerk übersäte Landschaft. Unter ihm heulte und stotterte unaufhörlich Mrs. Ioanides› Staubsauger. Automatisch, ohne bestimmte Absicht, streckte er seine Hand aus und zog die Schublade des Nachtkästchens auf. Darin waren eine Streichholzschachtel, ein Buch mit griechischen Redewendungen, ein Päckchen Papiertaschentücher und ein zerlesenes Taschenbuch zu sehen: *Zur Psychopathologie des Alltagslebens* von Sigmund Freud. Er nahm es heraus, wog es in seiner Hand und starrte auf den Einband. Dabei bemühte er sich, mit dem Gefühl, von seinen eigenen Handlungen distanziert zu sein, zurechtzukommen und sich, so gut er konnte, gegen die hartnäckige Vorstellung zu wehren, daß dem, was er tat, eine Bedeutung zukam, die er bisher übersehen hatte. Das Buch klappte in seiner Hand bei einer gekennzeichneten Seite auf – das Stück Papier, das die Stelle markiert hatte, flatterte zu Boden.

Harry zog das Buch näher zu sich heran. Die Passage, auf die er blickte, mußte Heather noch vor kurzem gelesen haben, vielleicht sogar in der Nacht vor ihrem Verschwinden auf dem Profitis Ilias. Es war nicht das Ende eines Kapitels, sondern Teil einer langen, eingehend erörternden Abhandlung. Harrys Kenntnis der Freudschen Theorie war die des durchschnittlichen Skeptikers, der nie etwas davon gelesen hatte und es auch nicht beabsichtigte. Sein Blick schweifte wahllos über die Absätze, blieb an Sätzen hängen, ohne ihren Zusammenhang zu verstehen. »Von jenem bekannten ›merkwürdigen Zusammentreffen‹, daß man einer Person begegnet, mit welcher man sich gerade in Gedanken beschäftigt hat.« »Ein Zusammentreffen am bestimmten Orte nach vorheriger Erwartung, das ist ja der Tatbestand eines Rendezvous.« Das alles hatte für Harry keinerlei Bedeutung, und doch wollte er nicht ohne weiteres die Hoffnung aufgeben, daß darin ein Hinweis auf Heathers Gemütszustand enthalten sein könnte. Er würde sich später damit beschäftigen, wenn er mehr Energie für diese schwierige Aufgabe hatte. Das schien der richtige Weg zu sein. Er hielt an, um das Stück Papier aufzuheben, so daß er die Stelle kennzeichnen konnte.

Da stellte er fest, daß er auf einen numerierten Abholschein starrte, der den Stempel eines Namens und einer Adresse trug, auf dem ein Datum eingetragen war. 7/11/88: D. Psambikis, Fotograf, Platia Kiprou, Rhodos, 7. November 1988. Plötzlich fand sein Gedächtnis etwas, wo es einhaken konnte, und begann zu arbeiten. Ein nicht eingelöster Abholschein eines Fotografen, ausgestellt vier Tage vor Heathers Verschwinden. Das war am Montag gewesen. Sie war mit dem Halb-elf-Uhr-Bus nach Rhodos gefahren; er konnte sich daran erinnern, daß sie ihn gefragt hatte, ob er irgend etwas brauchte. Und der vorhergehende Tag, der Sonntag, war warm, sonnig und träge gewesen. Sie hatte für ihn ein Mittagessen gekocht. Und sie hatten es im Garten eingenommen. Sie hatte ein Foto von ihm gemacht. Und er von ihr. »Damit der Film voll wird«, hatte sie gesagt. »Ich werde ihn morgen abgeben. Ich kann es gar nicht erwarten, ihn wiederzubekommen. Da ist so viel drauf. Und jetzt auch noch du.«

»So viel drauf.« Zwei Stunden später saß Harry auf einer Bank in der Nähe des Postamtes in Rhodos. In dem Fotogeschäft hatte man ihm den Umschlag ohne weiteres ausgehändigt, und Harry war gerade dabei, die Bilder anzuschauen. Vierundzwanzig Farbfotos, die mit Heathers Kamera aufgenommen worden waren. Die Kamera und ihre Besitzerin waren verschwunden. Doch die Fotos waren noch da. Harmlos und belanglos – oder vielleicht doch nicht. Harry öffnete den Umschlag.

Es waren keine Urlaubsschnappschüsse. Keinesfalls waren das nur Urlaubsschnappschüsse. Die Abzüge waren in umgekehrter Reihenfolge zurückgegeben worden. Das letzte Bild – Heather im Garten der Villa, wie sie Harry mit einem Glas *Retsina* in einer Hand und einem Stück gebratenen Tintenfisch in der anderen zuprostete, lächelnd und mit umgebundener Schürze, leicht verschwommen, als würde sie bereits da aus dem Dasein verschwinden – überraschte ihn, obwohl er selbst dafür verantwortlich war. Er betrachtete es lange und versuchte sich zu erinnern, wie unbeschwert er sich gerade in dem Augenblick gefühlt hatte, als er auf den Auslöser gedrückt hatte. Dann sah er sich das nächste an. Es war die gleiche Situation, nur war dieses Mal Harry das Motiv, deutlich festgehalten vor einem Hintergrund aus rosafarbenen Geranien. Dem breiten, zerknitterten Lächeln nach zu urteilen, war er leicht angetrunken. Er hielt sein Glas *Retsina* in einer Hand gegen den leeren Magen gedrückt, seine freie Hand war in einer spöttischen Geste halb erhoben. Das war der träge, nachgiebige Harry, der seine Widerstandskraft für unbezwinglich hielt: Das war der Harry, der er nicht mehr war und nie wieder sein konnte.

Danach folgten drei der üblichen Aufnahmen der Sehenswürdigkeiten von Lindos. Der Hafen, von der Vorderseite der Villa aus gesehen; zwei oder drei Schiffe, die auf seiner azurblauen Wasseroberfläche vor Anker lagen, mit dem kahlen, felsigen Vorgebirge im Hintergrund. Dann die Villa vom Strand aus fotografiert – Kaktusblüten, die über die weiße Gartenmauer lugten, das Sonnenlicht, das sich in einem offenen Fenster von Harrys Wohnung verfing, die gebrannten Ziegel des Villendaches, deutlich zu erkennen vor einem Hintergrund von weißen Häusern, der Felshang dahinter, der durch majestätische Zypressen zu den hohen Kastellmauern anstieg. Schließlich der Hafen, das Vorgebirge und die kahle, faltige Küstenlinie, die sich nach Norden erstreckte. Das alles war von der Burganlage aus gesehen, genaugenommen von der großen Treppe aus, denn ihre untersten Stufen waren links unten in der Ecke zu erkennen, und die im Vordergrund aufgereihten abbröckelnden Pfeiler waren sicherlich die Säulen der dorischen Stoa. Dieses Bild könnte an Heathers erstem Nachmittag in Lindos aufgenommen worden sein, von eben der Stelle aus, an der er sie angetroffen hatte, als sie auf ihn wartete. Tatsächlich, als er näher hinsah, fiel sein Blick auf eine Gestalt, die vom Schatten der in Ruinen liegenden byzantinischen Kapelle weiter unten am Hang verdunkelt wurde, eine stolpernde, weißgekleidete Gestalt, die sich auf die Kamera zu bewegte und die nur Harry selbst sein konnte, auf den Film gebannt, fünf Minuten bevor Heather erfahren würde, wer er war. Diese plötzliche Wahrnehmung löste bei Harry eine merkwürdige, übertriebene Reaktion aus. Er ertappte sich dabei, wie er leise Daten aufzählte. »Der sechste November«: als sie zusammen in der Villa zu Mittag gegessen hatten. »Der achtzehnte Oktober«: als sie sich zum erstenmal getroffen hatten. Die Fotos hatten eine eigene Anziehungskraft bekommen und drehten die Zeit immer weiter zurück. Bevor Heather verschwunden war. Bevor sie sich kennengelernt hatten. Bevor sie nach Lindos gekommen war. Bevor …

Profitis Ilias. Der gefürchtete Name. Der noch gefürchtetere Ort. Natürlich wußte er, daß sie schon vorher einmal auf dem Berg gewesen war, und doch war er nicht darauf vorbereitet, daß ihn seine vertrauten Farben und Formen im nächsten Bild erwarten würden: der spärlich mit Flechten, Gras und vertrocknetem Farn überzogene Gipfel aus zerklüfteten weißen Felsen, hier und da mit vereinzelten verkümmerten Zedern besetzt, die Schatten spendeten. Die Küste und das Meer, die unten in unglaublicher Ferne, undeutlich und unerreichbar lagen. Hier hatte er vergeblich nach ihr gesucht. Und hier hatte sie den Sucher ans Auge gesetzt und, aus nur ihr selbst bekannten Gründen, diesen Ort auf Papier gebannt. Aus nur ihr selbst bekannten Gründen, die er weder erfragen noch erraten konnte.

Dann wurden die Fotos wieder zu den üblichen Touristenschnappschüssen. Die Windmühlen im Mandraki-Hafen. Die mit Zinnen bewehrte Silhouette des Großmeisterpalastes. Die postkartenhafte Langeweile dieser Szenen war nach der rätselhaften Doppeldeutigkeit der vorhergehenden Aufnahmen ein Schock für ihn. Es folgten noch mehrere von dieser Sorte, die, vermutete Harry, während Heathers Zwischenhalt in Athen auf ihrem Weg nach Rhodos aufgenommen worden waren. Er war – außer wenn er in ein anderes Flugzeug umsteigen mußte – nie in der Hauptstadt gewesen, doch die übliche Ansicht mit dem Parthenon und ein Stadtpanorama von dem von anderen Besuchern geplünderten Lycabettos-Gipfel aus waren sofort zu erkennen. Er hatte schon fast den halben Film durchgesehen und fing langsam an, das Interesse daran zu verlieren.

Auf einmal war er jedoch in England. Dieses graue, feuchte, vorwurfsvolle Licht und auch die zurechtgestutzte anglikanische Gepflegtheit des Grabes, die das nächste Bild erfüllten, ließen keinen Irrtum zu. Der protzige Grabstein aus schwarzem Marmor trug eine goldene Inschrift: FRANCIS DESMOND HOLLINRAKE. GEBOREN AM 19. SEPTEMBER 1915. GESTORBEN AM 14. APRIL 1973. Francis Desmond Hollinrake. Der Name sagte Harry nichts, und doch ... Hollinrake – bestimmt hatte er, wenn es auch schon lange her war, diesen Namen schon gehört. Wann oder weshalb konnte er nicht sagen, aber irgendwo war da in seinem Gedächtnis noch eine schwache Erinnerung daran.

Als nächstes folgten verschieden große und verschiedenen Zwecken dienende Gebäude, alle englisch, alle auf dem Land, aber keines davon kam Harry bekannt vor. Ein elegantes, L-förmiges, schiefergedecktes Bauernhaus aus Bruchsteinmauern, mit Anbauten auf der Rückseite, die wie Stallungen aussahen; ein großes, mit Mauertürmchen und Giebeln geschmücktes viktorianisches Herrenhaus aus rotem Backstein in einer gepflegten Parkanlage, auf der so viele Wegweiser und geparkte Autos zu sehen waren, daß es sich um eine Institution handeln mußte; ein düsteres, efeuumranktes, von Bäumen überschattetes Steinhaus am Ende einer gewundenen Auffahrt; eine typische Dorfkirche, die neben ihrem mit Zinnen besetzten Spitzturm, den Harry vage als spätgotisch erkannte, geradezu winzig erschien; eine Ansammlung viktorianischer Ziegelbauten, die sich einen bewaldeten Hügel hinaufzogen, mit großartigen Aufgängen, die aufgrund der weit auseinanderliegenden weißen Hs von Rugby-Torpfosten davor auf eine Schule oder ein College hindeuteten; und ein großes Landhaus im Tudorstil, vor dem zu viele Autos standen und die Croquet-Tore zu unübersehbar in den Rasen gesteckt waren, als daß es sich um ein Privathaus hätte handeln können. Falls diese Auswahl von Motiven etwas Gemeinsames hatte, kam Harry nicht darauf, was es sein konnte.

Eine Landstraße schien alles zu sein, was auf dem nächsten Bild zu sehen war. Ein Teerbelag, der nach dem Regen glänzte, grüne Felder zu beiden Seiten, trockene Steinmauern, die die Strecke flankierten, eine Kreuzung mit einer breiteren Straße, die man am Fuß des Hügel sah, um den sich die Landstraße wand. Das Foto war nicht zu lokalisieren und nicht zu enträtseln. Als nächstes kam ein freundliches, altes Dorfgasthaus, ganz aus sonnengewärmtem Stein und mit Kästen voll bunter Blumen vor den Fenstern. Da das Wirtshausschild, das von einer Konsole über dem Haupteingang hing, verdreht war, konnte Harry den Namen nicht lesen. Auch den schmucklosen, mit grauen Steinen gepflasterten Hof im darauffolgenden Bild konnte er nicht einordnen. Die Fensterreihen, die auf ein mit Gras bedecktes Quadrat hinunterblickten, sahen irgendwie nach Universität aus, was ihn an Oxford oder Cambridge denken ließ. Doch er war sich nicht ganz sicher. Das Straßenpflaster war regennaß. Es kam ihm vor, als seien dieses Foto und das von der Straße und damit auch das Bild mit dem Gasthaus am selben Tag aufgenommen worden. Aber eine solche Annahme führte zu nichts. Nur Heather hätte ihm sagen können, wann und weshalb sie an diesen Orten gewesen war – und was sie mit den Aufnahmen festhalten wollte.

Jetzt waren nur noch vier Fotos übrig. Das erste zeigte noch einmal ein Gebäude. Es war ein weißgestrichenes, schiefergedecktes Landhaus mit schwarzen Fensterläden inmitten eines von Hecken und Gehölz umgebenen Gartens, mit einer ziemlich neu aussehenden Garage im rückwärtigen Teil. Obwohl die Sonne hell schien, hatten die Bäume doch ein verwittertes, einseitiges Aussehen, das auf einen Standort an der Küste schließen ließ. Auch dieses Haus war Harry fremd. Doch das nächste Foto setzte seiner Ahnungslosigkeit ein Ende.

Nigel Mossop war gleich nach der Schule bei Mallender Marine eingetreten, und Harry hatte ihn ursprünglich für eine schlechte Wahl im Vergleich zu anderen Bewerbern gehalten. Zwar wohlmeinend und bemüht, gefällig zu sein, war er doch auch schüchtern, schwer von Begriff und überaus langweilig; Harry mußte zugeben, daß er ihm manchmal das Leben zur Hölle gemacht hatte. Erst als Roy Mallender angefangen hatte, den Burschen zu schikanieren, war er Harry sympathischer geworden, wenn auch seine Bemühungen, ihm zu helfen, nicht sehr viel bewirkt hatten. Mossop mußte jetzt so um die Dreißig sein, sah aber älter aus mit der soliden Brille, der düsteren Kleidung und dem nervösen Grinsen, als wüßte er nicht, welche Pose er vor der Kamera einnehmen sollte. Heather hatte nie erwähnt, daß sie ihn kannte, dennoch war es unbestreitbar Mossop, der da neben irgendeinem breiten, namenlosen Stück Flußmündung stand. Die Felder und Wälder auf der anderen Uferseite sahen grün aus wie im Hochsommer. Auf dem Fluß fuhr eine Hochseejacht. Harry konnte nicht sagen, in welcher Gegend es war, doch als er das Bild nach Hinweisen absuchte, fiel ihm ein weißer Fleck, der bestimmt ein Haus war, ins Auge. Es konnte gut das kleine Landhaus von dem vorherigen Foto sein, das aus einem Dickicht von Bäumen auf der anderen Uferseite herauslugte. Das zumindest hoffte er mit Mossops Hilfe lokalisieren zu können.

Das vorletzte Foto zeigte einen weiteren Grabstein oder eher einen Gedenkstein, denn ein Grab als solches war nicht zu sehen, und die Steine, die darum herum standen, waren so dicht gedrängt, daß man auf eine Gedächtnisstätte in einem Krematorium schließen konnte. In diesem Fall gab es keinen Zweifel oder kein Geheimnis in bezug auf Heathers Interesse an dem Motiv: Es handelte sich um ihre eigene Schwester. CLARE

THOMASINA MALLENDER, 1959–1987. Das war alles – keine Bibelstelle, keine gefühlvolle Widmung, keine Anspielung irgendwelcher Art darauf, wie sie zu Tode gekommen war. Alles, was Harry über die näheren Umstände wußte, war das, was er damals in den Zeitungen darüber gelesen hatte. Nachdem Dysart als Abgeordneter ins Unterhaus eingezogen war, hatte er ein Landhaus in seinem Wahlkreis gekauft. Es lag an dem Fluß Beaulieu in Hampshire und war ideal als Ankerplatz für die Artemis, so daß er während der Wochenenden, die er in seinem Wahlkreis verbrachte, Beruf und Vergnügen miteinander kombinieren konnte. Die Tatsache, daß er wegen seines Verhaltens als Fregattenkommandant auf den Falklandinseln als eine Art Kriegsheld galt und daraufhin zum Juniorminister für Verteidigung avanciert war, hatte ihn nach der verdrehten Logik der IRA zu einem legitimen Angriffsziel gemacht. Eine Rede, in der er sich zuversichtlich über eine bevorstehende militärische Niederlage der IRA äußerte, hatte offenbar den Ausschlag gegeben. Aber es war Clare Mallender und nicht Alan Dysart, die an diesem schicksalsschweren Tag an Bord der Artemis gegangen und die Bombe zur Explosion gebracht hatte. Wie der Abgeordnete über den Tod seiner Assistentin und sein eigenes knappes Entrinnen dachte, darüber wußte Harry kaum Bescheid, denn Dysarts Besuche auf Rhodos waren seither selten und nur flüchtig gewesen. Wie Heather darüber dachte, wußte er auch nicht genau. Sie hatte lediglich einmal angedeutet, daß Clares Tod der Grund für ihre psychischen Probleme gewesen sei, und Harry war dem Thema ganz ausgewichen, seit er es bei ihrem ersten Treffen so unbeholfen angeschnitten hatte.

Als er sich die beiden vorhergehenden Fotos noch einmal ansah, war Harry versucht, daraus zu schließen, daß der Fluß hinter Mossop der Beaulieu und das weißgetünchte Landhaus Dysarts Refugium in seinem Wahlkreis war. Wenn ja, dann konnte man sich leicht denken, aus welchen Gründen Heather diese drei Fotos gemacht hatte. Das einzige, was ihm dabei noch ein Rätsel blieb, war, daß sie sich Mossop als Begleiter ausgesucht hatte.

Die letzte Aufnahme – die erste, die sie gemacht hatte – zeigte Mallender Marine. Bei diesem Anblick stellte Harry zu seinem Erstaunen fest, wie sehr er sich immer noch über die Umstände ärgerte, die mit seinem Weggang von diesem niedrigen, grauen, unscheinbaren Gebäude vor zehn Jahren verbunden waren. Da war die Tür, durch die er hinausgestürmt war, und dort der Vorhof, über den er an einem tristen Nachmittag im Oktober 1978 noch ein letztes Mal in höchster Empörung marschiert war. Damit war seine letzte Illusion dahingewesen, daß er irgendwo Erfolg haben könnte.

Doch in diesem Fall war das Ende zugleich der Anfang. Als Harry die Fotos in ihrer chronologischen Reihenfolge zusammenstellte und sie noch einmal durchblätterte, war er verblüfft, wie sehr sie ihn auf eine hinter ihren zusammenhanglosen Ansichten versteckte Botschaft hinzuweisen schienen. »Da ist ja so viel drauf«, hatte Heather gemeint, und Harry wollte nur zu gern glauben, daß es so war. Doch wie sollte er es nachweisen. Von diesen Bildern war kein Beweis, der dieses Namens würdig wäre, abzuleiten, es sei denn ...

Profitis Ilias. Sobald er ihn wieder sah, wurde ihm klar, was er sofort hätte bemerken sollen. Es war eine Fotografie vom Gipfel. Nicht von dem Hotel oder den tieferliegenden Hängen, auch nicht von dem umgestürzten Baum, sondern vom Gipfel. Heather hatte ihm erzählt, sie hätte keine Zeit gehabt, ihn zu besteigen. Diese Aufnahme war jedoch der Beweis dafür, daß sie es doch getan hatte. Sie hatte sich an jenem Tag nicht in unbekanntes Gelände vorgewagt. Sie hatte denselben Weg noch einmal gemacht. Und sie hatte gelogen, als sie etwas anderes behauptete.

Plötzlich waren neue Möglichkeiten aufgetaucht. Bis zu diesem Moment war Heather einfach nur verschwunden. Nun war es zum erstenmal vorstellbar, daß sie das, was geschehen war, geplant haben könnte. Bis zur Entdeckung der Fotos hatte Harry das Geheimnis für unergründbar gehalten. Jetzt schien es, als gäbe es vielleicht doch eine Lösung; wenn er herausfinden könnte, was die Ansichten, die sie aufgenommen hatte, bedeuteten.

Während der holprigen Busfahrt zurück nach Lindos zwang sich Harry, die Möglichkeit in Betracht zu ziehen, daß die Fotos gar nichts zu sagen hatten oder zumindest nichts mit Heathers Verschwinden zu tun hatten. Schließlich, wenn sie ihr wichtig gewesen wären und sie gewußt hätte, was auf dem Profitis Ilias passieren würde, warum hätte sie dann den Film bei einem Fotografen zurückgelassen, damit ihn Harry – oder sonst jemand – abholen konnte? Warum hatte sie ihn nicht selbst abgeholt? Natürlich, weil er noch nicht fertig war, was darauf hindeutete, daß die Bilder entweder nicht so wichtig für sie waren, wie sie angedeutet hatte, oder daß sie ihr Verschwinden nicht geplant hatte.

Eine Alternative zu diesen Erklärungen fiel ihm erst etwa nach der Hälfte der Strecke ein. Sie hatte, als sie den Film am Montag, dem siebten, zum Entwickeln nach Rhodos brachte, vielleicht noch nicht die Absicht gehabt zu verschwinden, sondern den Plan erst am Mittwoch, dem neunten, gefaßt, als sie den Wagen mietete und ihm erstmals den Abschiedsausflug vorschlug. Wenn das zuträfe, wäre alles, was sie von da an getan hatte, eine Farce gewesen und Harry nur ihr Spielball, ein willfähriger Zeuge, der zum Profitis Ilias mitgenommen wurde, so daß er den anderen von den rätselhaften Umständen berichten und sie dadurch in dem Glauben, daß sie tot sei, bestärken konnte.

Aber warum nur? Wenn sie schon verschwinden wollte oder mußte, warum auf eine Art und Weise, die auf ein Verbrechen hindeutete? Außerdem, warum hätte sie so plötzlich diesen Wunsch verspüren sollen? Als er die Tage, in denen Heather ihre Entscheidung getroffen haben mußte, vor seinem Gedächtnis Revue passieren ließ, konnte er sich an nichts Ungewöhnliches erinnern, an nichts, was, selbst rückblickend, seine Theorie zu untermauern schien.

Zurück in der Villa, war er froh, als er feststellte, daß Mrs. Ioanides fort war. Als er allein in der Pförtnerwohnung war, legte er die Fotos auf dem Küchentisch aus und schaute jedes einzelne noch einmal sorgfältig an, in der Hoffnung, noch Hinweise zu entdecken, die er vielleicht übersehen hatte. Die ersten Bilder schienen im Sommer, jedoch im englischen Sommer, aufgenommen worden zu sein, auf dem von Francis Hollinrakes Grab war deutlich braunes Herbstlaub zu sehen, so daß es wohl kurz vor Heathers Abfahrt nach Rhodos gemacht worden war. Die späteren Bilder konnte er selbst datieren und daher davon ausgehen, daß der Film sich mindestens über einen Zeitraum von drei Monaten erstreckte. Ohne selbst nach England zu fahren, konnte er nicht mehr herausfinden.

Dann wurde ihm langsam klar, was seine Schlußfolgerung bedeutete. Er konnte sich nicht einfach von den Möglichkeiten, die durch seine Entdeckung aufgetaucht waren, abwenden. Er konnte nicht so tun, als hätte er weder die Fotos gefunden noch angefangen über das, was sie bedeuteten, zu spekulieren. So weit, wie ihn diese Bilder bringen würden, selbst wenn es nur gerade so weit wäre, würde er gehen müssen. Stolz und Neugier würden ihn dorthin bringen, von wo sie ihn bis dahin immer ferngehalten hatten. Nach England. Nach Hause. An den letzten Ort auf Erden.

10

Inspektor Miltiades war nicht zu sprechen, als Harry am nächsten Morgen im Polizeipräsidium anrief. Ganz anders jedoch empfing man ihn im britischen Konsulat. Mr. Osborne gewährte ihm eine zehnminütige Audienz und hörte sich geduldig Harrys Anliegen an, während er ihn mit gleichbleibender Interesselosigkeit über die Spitze einer Miniatur der britischen Flagge hinweg betrachtete.

Als Harry zu Ende war, verharrte Osborne fast eine Minute in teilnahmslosem Schweigen, dann sagte er: »Warum liegt Ihnen denn so viel daran, Ihren Reisepaß wiederzubekommen, Mr. Barnett?«

»Weil ich so bald wie möglich Rhodos verlassen möchte.«

»Um wohin zu fahren, wenn ich fragen darf?«

»Nach England.«

Osborne hob eine Augenbraue. »Eine seltsame Entscheidung.«

»Ich bin Engländer.«

»Wann waren Sie das letzte Mal dort?«

»Abgesehen von zwei flüchtigen Besuchen vor zehn Jahren.«

»Aber das soll kein flüchtiger Besuch werden?«

»Ich weiß es nicht.«

Osborne rieb sich zweifelnd das Kinn. »Ich glaube, Miltiades wollte Sie in der Nähe haben, falls es irgendwelche Entwicklungen in der Mallender-Sache gibt.«

»Aber nach der Montagsausgabe des *Rhodian* hat die Polizei die Suche nach Heather aufgegeben.«

Ja. Nun, ganz unter uns, die Sicherheitsvorkehrungen für den Europäischen Gipfel im nächsten Monat nehmen jetzt wahrscheinlich ihre ganze Zeit in Anspruch.

»Wo liegt dann das Problem? Schließlich« – Harry senkte seine Stimme – »wollen Sie doch nicht, daß ich unangenehm auffalle, wenn all diese Reporter zu dem Gipfel auftauchen, oder?«

Ein müdes Lächeln huschte über Osbornes Lippen, wurde dann aber wieder erstickt. »Ich werde sehen, was ich für Sie tun kann, Mr. Barnett.«

»Danke.« Harry wollte aufstehen.

»Zehn Jahre, sagten Sie?«

»Aus England fort? Ja, so gut wie.«

»Sie werden feststellen, daß sich viel verändert hat.«

»Zum Besseren?«

»Ich bezweifle, daß Ihnen das so vorkommen wird.« Jetzt erschien das Lächeln wieder. »Das bezweifle ich wirklich.«

Für den Rest des Tages und den ganzen nächsten Tag blieb Harry in der Villa, entschlossen, Osborne nicht vor den Kopf zu stoßen, indem er zu früh Resultate von ihm forderte. Keiner wußte, warum er plötzlich so darauf brannte, Rhodos zu verlassen, und er hatte vor, es dabei zu belassen. Er hatte sich vorgenommen, ob aus kluger Besonnenheit oder aus einem weniger lobenswerten Motiv heraus, daß die Fotos ein Geheimnis zwischen ihm und Heather bleiben sollten, ein geweihter Boden, den sonst niemand betreten durfte.

Da ihm die Zeit lang wurde, begann er sich in das Buch zu vertiefen, in dem er den Abholschein des Fotografen gefunden hatte. Die Passage, die Heather gelesen hatte, befand sich etwa in der Mitte eines Kapitels mit der Überschrift »Determinismus, Zufalls- und Aberglauben«. Anfangs kam er nur sehr mühsam voran, stolperte über die Terminologie und quälte sich durch die Fallstudien. Doch schließlich, nachdem er sich die Einführung des Herausgebers durchgelesen hatte, begriff er die Argumentation allmählich und stellte fest, daß er ihr weitgehend zustimmte. Jedes Vergessen, schien es, jeder Irrtum, jedes Versprechen oder Verschreiben, jede Fehlleistung konnte ein psychologisches Geheimnis aufdecken. Er versuchte die Theorie darauf anzuwenden, daß Heather nicht daran gedacht hatte, daß sie den Abholschein an einem Ort zurückgelassen hatte, wo er gefunden werden konnte. Das deutete auf einen unterdrückten Wunsch hin, daß er gefunden werden sollte. Aber das traf nur zu, überlegte er, wenn sie ihr Verschwinden geplant hatte. Wenn nicht, dann war das Buch nur eine Bettlektüre ohne Bedeutung.

Außer, natürlich, daß es zeigte, worüber sie, wenn auch zerstreut, nachgedacht hatte. In dem Abschnitt, den sie gerade gelesen hatte, ging es um Aberglauben, der, in der Definition Freuds »zum großen Teile Unheilserwartung« sei. Da tatsächlich Unheil gefolgt war, war das Zusammentreffen vielsagend. »Wer anderen häufig Böses gewünscht, aber infolge Erziehung zur Güte solche Wünsche ins Unbewußte verdrängt hat, dem wird es besonders nahe liegen, die Strafe für solches unbewußte Böse als ein ihm drohendes Unheil von außen zu erwarten.« Hatte sich Heather also bedroht gefühlt? Hatte sie in dieser Passage nachgesehen, um sich selbst zu bestätigen, daß ihr Gefühl zwar psychologisch erklärbar war, nur um dann festzustellen, daß es auch auf unbewußte böse Absichten in ihr selbst hindeutete? Und wenn das stimmte, böse Absichten gegen wen?

In diesem Augenblick fiel Harry ein, daß, falls Heather einen solchen Gedankengang verfolgt hatte, sie das auf verhängnisvolle Weise in die Irre geführt haben könnte. Es könnte sie dazu ermutigt haben, bestimmte Warnungen in den Wind zu schlagen, nur daß sich die Warnungen dann als nur zu gut begründet herausstellen sollten. Und schließlich war es die Art von Fehler, die nur jemand, der sich seiner psychischen Gesundheit nicht völlig sicher war, begehen könnte. Aber was für Warnungen? Was für Zeichen hätte sie mißachtet haben sollen? Jedenfalls keine, die er bemerkt hatte, soviel war sicher.

Er kehrte immer wieder zu den Seiten zurück, die sie markiert hatte. Es ging darin um prophetische Träume und zufällige Zusammentreffen. Freud wies auf überzeugende Weise nach, daß solche Erlebnisse im allgemeinen eine Illusion waren, daß prophetische Träume entweder nicht erfüllt wurden oder man sich nicht an sie erinnerte, bis sie in Erfüllung gegangen waren, und daß ein Zusammentreffen mit einer Person, an die man gerade dachte, nie wirklich merkwürdig war: Man mußte deshalb an sie denken, weil man sie unbewußt bereits wahrgenommen hatte.

Ein Traum also oder ein Zusammentreffen, dessen Bedeutung diese Seiten in Frage gestellt hatten – war das die Warnung, die Heather mißachtet hatte? Wenn ja, müßte man glauben, daß sie vorhergesehen hatte, was auf dem Profitis Ilias geschehen würde, daß sie aber dennoch dorthin gegangen war, um zu beweisen, das es nichts weiter als eine Täuschung war. Das würde erklären, weshalb sie nur so weit und nicht weiter begleitet werden wollte. Und es würde auch die Lüge erklären, die sie Harry aufgetischt hatte, um ihn dazu zu bringen, daß er sie allein gehen ließ – er war dorthin als Zeuge mitgenommen worden, nicht um sich einzuschalten. In diesem Fall war Heather so tapfer und selbstlos, wie er gerne glauben wollte; ihr einziger Fehler war, einem von Freud beeinflußten Psychiater zu glauben, daß sie sich die Bedrohung nur eingebildet habe.

Harry faßte Mut aus seiner Schlußfolgerung, trotz all ihrer offensichtlichen Unzulänglichkeiten. Sie war seinen anderen Hypothesen, bei denen Heather als Lügnerin und Harry als Narr erschienen war, um so viel mehr vorzuziehen, daß er sich an sie klammerte wie ein Ertrinkender an ein Rettungsboot. Das, da war er sich sicher, würde ihm durchhelfen. Und vielleicht auch Heather, denn er hatte begonnen, sich Hoffnungen zu machen, daß sie – trotz allem, was geschehen war, und all seiner Befürchtungen – vielleicht doch nicht für immer für ihn verloren war.

Am frühen Samstagmorgen hatte Harry einen Besucher. Als er das Klopfen am Tor hörte, nahm er an, es sei der Postbote mit einem Paket. Aber als er hinuntergestolpert war, um das Tor zu öffnen, mußte er feststellen, daß Inspektor Miltiades, der so adrett und hochnäsig wie immer aussah, auf der Türschwelle stand.

»*Kalimera*, Mr. Barnett. Sie scheinen überrascht zu sein, mich zu sehen.«

»Das bin ich.«

»Das brauchten Sie nicht zu sein. Mr. Osborne hat mir Ihren Wunsch mitgeteilt.«

»Ich hätte nach Rhodos kommen können, um meinen Paß abzuholen. Es war nicht nötig, ihn mir ins Haus zu bringen.«

»Nehmen Sie nur nicht an, ich brächte ihn Ihnen ins Haus. Zuerst muß ich davon überzeugt werden, daß seine Rückgabe gerechtfertigt ist.«

Harry hatte gehofft, er käme darum herum, Miltiades irgendwelche Erklärungen abzugeben, aber es sollte wohl einfach nicht sein. Er bat ihn hinauf in die Wohnung, wo der Inspektor sich prüfend umsah, ehe er alle Angebote, etwas zu trinken, ausschlug. Dann begann Harry mit einer hastig zurechtgelegten Erklärung seiner Gründe, weshalb er nach England zurückkehren wolle: Seit Heathers Verschwinden fühle er sich in Lindos geächtet (das stimmte); er habe Heimweh bekommen (das stimmte nicht); seine Mutter wolle ihn noch einmal sehen, bevor sie stirbt (das stimmte zwar, aber sie erfreute sich bester Gesundheit).

Als Harry geendet hatte, sah ihn Miltiades einen Augenblick lang ruhig an, dann sagte er: »Sie sind ein Lügner, Mr. Barnett. Noch dazu sind Sie ein schlechter Lügner, was bei meiner Untersuchung dieses Falles zu ihren Gunsten gesprochen hat. Ich habe den Verdacht, Sie sind auch ein pflichtvergessener Sohn. Und es ist eine seltsame Art von Heimweh, die sich erst nach neun Jahren zeigt.«

»Sie glauben mir nicht?«

»Ich glaube Ihnen, daß Sie nach England zurückkehren wollen. Die Frage ist nur, weshalb?«

»Ich kann Ihnen keine anderen Gründe nennen.«

»Dann werde ich Ihnen einen nennen. Sie hoffen, die Wahrheit über das Verschwinden von Miss Mallender herauszufinden.«

Daraufhin entschloß sich Harry, seine Maske fallen zu lassen. »Und wenn ich das tue? Ich habe gehört, daß Sie den Fall aufgegeben haben.«

»Unsere Bemühungen sind auf etwas anderes gelenkt worden, gewiß.«

»Was liegt Ihnen dann daran, mich hier festzuhalten?«

Miltiades lächelte. »Nichts, Mr. Barnett.« Er zog einen britischen Paß aus der Tasche seiner Uniformjacke und gab ihn Harry. »Es steht Ihnen frei abzureisen.«

Harry bemerkte sofort, daß etwas in die Paßhülle hineingesteckt worden war. Als er sie aufmachte, fiel sein Blick auf die Postkarten von Aphrodite und Silenus, die sie im Wagen gefunden hatten.

»Ich habe über diese Postkarten nachgedacht«, fuhr Miltiades fort. »Ihre Begründung, weshalb Miss Mallender sie gekauft haben könnte, war zutreffend, aber sie erklärte nicht, weshalb sie im Handschuhfach des Wagens liegengelassen worden sind. Diese Handlungsweise läßt meiner Meinung nach an Absicht denken. Es deutet darauf hin, daß sie eine Botschaft übermitteln sollten.«

Harry hatte selbst schon den gleichen Gedanken gehabt, aber es hatte ihn zu nichts geführt. »Welche Botschaft, Inspektor?«

»Ich weiß es nicht, aber Sie und Miss Mallender waren hier zusammen – das heißt ein Paar. Ebenso wie die Postkarten ein Paar bilden. Es ist vielsagend, nicht wahr? Die Göttin und der Satyr. Ein abgedroschenes Symbol, aber ein Symbol wofür? Ich neigte ursprünglich dazu, sie genau als das zu interpretieren, was sie zu sein scheinen. Weibliche Schönheit und männliche Begierde. Jugend und Alter. Versuchung und Verlangen.« Er hielt inne, und Harry wollte etwas sagen, aber er hob die Hand, um ihm Schweigen zu gebieten. »Lassen Sie mich fortfahren. Ich besuchte vor kurzem das archäologische Museum, um mir wieder vor Augen zu führen, wie herrlich das Original der Aphrodite von Rhodos ist. Haben Sie es jemals gesehen?«

»Nein. Ich mache mir nicht besonders viel aus Museen.«

»Das dachte ich mir. Eines der charakteristischen Merkmale der Statue ist, daß sie aus einer Zeit stammt, in der anatomische Genauigkeit der optischen Zufriedenstellung geopfert wurde. Sie ist deshalb körperlich vollkommen, aber geistig tot. Sie ist nur ein Gegenstand. Sie sagt uns nichts.«

»Was sollte sie uns sagen?«

»Nur das eine. Daß Menschen keine Statuen sind. Das, was wir von ihnen sehen, ist nur die äußere Form. Ob schön oder häßlich ist unwichtig. Ob Aphrodite oder Silenus, es macht keinen Unterschied. Ich glaube, die Botschaft gilt Ihnen, Mr. Barnett, aber ich bin nicht sicher, was sie bedeutet. Nehmen Sie also die Postkarten mit. Vielleicht werden Sie sie irgendwann verstehen.«

Wenige Minuten später verabschiedete sich Harry von Miltiades am Eingangstor der Villa. Er spürte eine seltsame Zuneigung für diesen reservierten und nachdenklichen Mann, aus einer plötzlichen, unerklärlichen Ahnung heraus, daß sie sich nie mehr wiedersehen würden. »Haben Sie wirklich Ihre Akte über Heather geschlossen, Inspektor?« fragte er, als Miltiades auf die Gasse hinausging.

»Inoffiziell nicht, Mr. Barnett, aber offiziell ...«

»Ich verstehe.«

»Eins noch, ehe ich Sie verlasse. Ist Ihnen bekannt, welchen Platz Silenus in der griechischen Mythologie einnimmt?«

»Nein.«

»Er war Dionysos' Lehrer, ehe Dionysos in den Rang eines Gottes erhoben wurde. Es gehört schon etwas dazu, einen Gott zu erziehen, möchte man annehmen, und doch spricht keine der Quellen gut über ihn. Euripides gemäß war er unfähig, zwischen Wahrheit und Unwahrheit zu unterscheiden. Ein großes Handikap, meinen Sie nicht auch?«

War das die Botschaft? fragte sich Harry. War es das, was Heather ihm durch die Postkarten mitteilen wollte? Daß er blind war gegenüber dem, was sie tatsächlich war, und daß er den Unterschied zwischen Realität und Fiktion nicht kannte? Wenn ja, dann war es freilich eine traurige Botschaft. Aber sie zu verstehen bedeutete in gewisser Weise auch, sie zu widerlegen.

»*Pathima, mathima,* Mr. Barnett. Lernen durch Leiden.« Miltiades lächelte, als ob er Harrys Gedanken gelesen hätte. »Wann werden Sie fahren?«

»Sobald wie möglich.«

»Dann wünsche ich Ihnen Glück.« Mit diesen Worten drehte er sich um und ging fort. Es gab kein Händeschütteln, kein Salutieren, kein formelles Lebewohl. Und doch konnte sich Harry trotz alledem des Gefühls nicht erwehren, daß Miltiades ihn zuletzt noch mit etwas betraut hatte. Sie beide, so schien es ihm, wußten nun, daß die Nachforschungen keineswegs abgeschlossen waren. Sie waren nur in andere Hände übergegangen.

11

Am Montag morgen nahm Harry den Arbeiterbus nach Rhodos, hob den mageren Bestand seines Kontos bei der Griechischen Kommerzbank ab und machte sich daran, einen schmerzhaft großen Teil davon für ein einfaches Flugticket der Olympic Airways nach London auszugeben. Kurz entschlossen wegzufliegen war offensichtlich ein teures Vergnügen, aber es ging nicht anders. In zwei Tagen würde er unterwegs sein.

Ein kurzer Spaziergang führte ihn zum Fernmeldeamt, von wo er seine Mutter in Swindon anrief, um sie über seine bevorstehende Heimkehr zu informieren. Außer einem Telegramm vor zwei Wochen, in dem er ihr geschrieben hatte, sie solle sich »keine Sorgen machen«, war er seit Heathers Verschwinden nicht mehr mit ihr in Verbindung getreten, obwohl er ganz genau wußte, daß sie von seinem Schweigen nicht sehr erbaut sein würde. Er hatte damit gerechnet, daß er an einem Münzfernsprecher sagen könnte, er habe nicht mehr genug Kleingeld, bevor sie ihn zu sehr schelten könnte, aber er hatte vergessen, daß die Greenwich-Normalzeit zwei Stunden hinter Griechenland zurücklag, eine Tatsache, die ihr kurzes Gespräch von Anfang an beeinträchtigte.

»Hier spricht Harold, Mutter.« (Seine Mutter hatte nie etwas von Kosenamen gehalten.)

»Wer?«

»Dein Sohn.«

»Harold?«

»Ja.«

»Was meinst du eigentlich, wie spät es ist? Es ist noch nicht einmal sieben Uhr.«

»Ach ... Tut mir leid.«

»Das sollte es auch. All diese Wochen kein einziges Wort, und dann rufst du zu dieser unchristlichen Zeit an.«

»Es tut mir leid. Aber hör zu: Ich komme nach Hause.«

»Du tust was?«

»Ich komme nach Hause. Am Mittwoch.«

»Mittwoch?«

»Ich werde am späten Nachmittag bei dir sein.«

»Du meinst ...« Der Piepston kam dazwischen.

»Ich habe kein Geld mehr, Mutter. Mittwoch nachmittag: Ist dir das recht?«

»Es würde nichts ändern, wenn nicht, stimmt's?«

»Du brauchst nicht zu kochen ...« Sie wurden getrennt.

Deprimiert über seine Unfähigkeit, begab sich Harry in eine nahegelegene Bar, bestellte einen Kaffee und überflog verdrießlich eine Zeitung. Heathers Name war aus den Schlagzeilen verschwunden, die jetzt von dem kommenden Europäischen Gipfel beherrscht wurden. Es war so, wie Miltiades es vorhergesagt hatte: Sie war vergessen worden.

Aber nicht von Harry. Als das Archäologische Museum um halb zehn seine Pforten öffnete, war er der erste Besucher. Es gab nur ein einziges Ausstellungsstück, das er sehen wollte: die Aphrodite von Rhodos.

Sie war kleiner, als er erwartet hatte, unter Glas und dekorativ, seltsam farblos, wie Miltiades es angedeutet hatte, im Gegensatz zu den gröber gearbeiteten Statuen ringsum. Diese zeigten ihren wahren Charakter frei heraus, während die Aphrodite sich hinter ihrer schützenden Barriere zu brüsten und affektiert zu lächeln schien. Nachdem er sie jetzt gesehen hatte, mochte er sie nicht. Als Bild war sie wunderschön, als Gegenstand geschmacklos. Der polierte Marmor ließ das Fleisch plastisch erscheinen, und die mangelnde Präzision des Umrisses verlieh ihren Gliedern eine Biegsamkeit, die nur zu gut den Reiz dessen, was sie darstellte, wiedergaben. Die bei ihren Waschungen überraschte Göttin bot eine Mischung aus Peep-Show und sinnlicher Zurschaustellung ihres Körpers. Sie war erhaben und obszön zugleich, gleichzeitig unerreichbar begehrenswert und unverhohlen verfügbar. Was sie verkörperte, bildete eine Einheit mit dem Priapismus des Silenus. Die Botschaft und die Bedeutung waren eins: Das Bild war alles.

Sobald er wieder zurück in Lindos war, sperrte Harry selbst die Villa auf, ging zu Heathers Zimmer hinauf und packte ihre Sachen so ordentlich wie möglich in den Rucksack. Mach es schnell, aber mach es gut, sagte er sich: Halte nicht inne, um darüber nachzudenken, was das symbolisieren könnte. Er versuchte, Dysart anzurufen, um ihm seine Abreise mitzuteilen, bekam jedoch nur den Anrufbeantworter in dessen Londoner Wohnung und beschloß, es morgen noch einmal zu versuchen. Dann ging er zurück zur Pförtnerwohnung und fing an, seine eigenen Sachen zu packen. Mit diesen und ähnlichen notwendigen Tätigkeiten und praktischen Aufgaben verging der vorletzte Tag eines Exils, von dem er geglaubt hatte, daß es ewig währen würde.

»Warum willst du dorthin zurückgehen, mein Freund?« meinte Kostas, als Harry ihm von seiner bevorstehenden Rückkehr nach England erzählte.

»Ich stamme von dort.«

»Du bist zu alt, um zurückzugehen, Hari.«

»Man ist nie zu alt.«

Daraufhin versuchte Kostas es mit etwas, das er am besten über England zu wissen glaubte, obwohl er nie dort gewesen war – dem Wetter. *»Vrehi poli.«*

»Man gewöhnt sich daran.«

»Kani krio.«

»Die Frage ist: Wirst du mich morgen früh zum Flughafen bringen?«

Aber Kostas hatte noch nicht aufgegeben. »Das ist ein Fehler, Hari. Ein großer Fehler.«

Ja, dachte Harry, genau das war es – ein großer Fehler, vielleicht der größte, den er je gemacht hatte. »Willst du mich hinfahren?«

»Es wird dir noch leid tun. Dann wird es zu spät sein, und es wird dir leid tun.«

»So geht es mir schon mein ganzes Leben.«

»Du wirst dir noch wünschen, daß du auf mich gehört hättest.«

»Wahrscheinlich werde ich das.«

»Du solltest hierbleiben.«

»Wirst du mich nun zum Flughafen fahren oder nicht?«

Kostas kniff die Augen zusammen und starrte vor sich hin. *»Ti ora fevgi to aeroplano?«* Das war seine Art, ja zu sagen.

Harry rief Dysart noch einmal an und erhielt wieder nur Antwort von einer Tonbandaufnahme. Dieses Mal hinterließ er eine Nachricht, eine holprige, unzureichende Nachricht, aus der nicht sehr viel hervorging.

Gerade, als er im Begriff war, die Villa zu verlassen, war ihm, als hätte er eine Bewegung im oberen Stockwerk gehört. Ein Plätschern oder ein Rascheln – er war sich nicht ganz sicher. Er stand unten an der Treppe und lauschte angestrengt. Da war nichts. Seine Ohren oder seine Nerven hatten ihm einen Streich gespielt. Er wandte sich zum Gehen.

Dann hörte er es wieder. Schwach und undeutlich. Unbestreitbar kam es von dort, über ihm, in der Villa. Er ging langsam die Treppe hinauf, das Blut pochte ihm im Kopf. Das Licht nahm draußen schnell ab. Es war diese unbestimmte Stunde grauen trügerischen Zwielichts, dieses Intermezzo zwischen Tag und Nacht, wo man sich auf nichts verlassen kann.

Wasser, das tropfte, in noch mehr Wasser hineinfiel, wie wenn sich ein Körper aus einem Bad erhebt. Und irgendein fließender Schatten, der sich an der Decke bewegte, um ihn zu warnen. Eine Botschaft oder ein vorherbestimmtes Zusammentreffen. Kein Grund weiterzugehen. Kein Grund, es zu glauben. Kein Grund, nun, da er die obersten Stufen erreicht hatte, seinen Kopf zu wenden und den Treppenflur entlang bis zu der offenen Tür des Badezimmers zu schauen.

Die nackte Heather, die aus dem Bad stieg, mit den Händen durch ihr Haar fuhr, Wasser, das ihr über den Körper lief, jede Kurve nachzog, ehe es verschwand, das von den Ellbogen und Knien tropfte, über Brüste und Hüften perlte. Blasses Fleisch, dargebotene Geheimnisse und ein Lächeln, so kalt wie Marmor.

»Keine Angst. Ich werde auf dem Pfad bleiben. Und ich werde nicht lange brauchen. Aber ich kann doch jetzt nicht kehrtmachen, oder?«

Harry griff nach dem Wecker und brachte ihn zum Schweigen. Damit war auch der Traum zu Ende. Er wußte nicht, ob er etwas gehört hatte, als er am vorherigen Tag die Villa verlassen hatte, oder nicht. Er war auch nicht geblieben, um es herauszufinden. Es war fünf Uhr früh und stockdunkel an diesem letzten Novembertag. Es war Zeit zu gehen. Zeit, Kostas zu wecken und ein Flugzeug nach England zu erwischen. Zeit, einen neunjährigen Tagtraum zu beenden und sich auf eine Suche zu begeben, von der er nicht wußte, wie lange sie dauern würde. Mit einem unerwarteten Hochgefühl stieg Harry aus dem Bett.

12

Erst als er an Bord des Flugzeugs von Athen nach London war, wurde sich Harry allmählich der Tragweite seines Handelns bewußt. Neben ihm stritten zwei Griechen über Politik. Auf der anderen Seite des Gangs tauschten zwei Engländer Verkaufszahlen aus. Weit unter ihnen zogen majestätisch die Alpen vorbei. Und Harry, der einen zollfreien Gin nach dem anderen trank, starrte auf die Plastiksitze des Flugzeuges und das unnatürliche Lächeln der Stewardessen, während ihn ein verwirrendes Gefühl von Unwirklichkeit überkam. Geschwindigkeit war nur eine grüne digitale Fiktion auf einer Anzeigetafel über ihm, Bewegung ein Vorbeiziehen schneebedeckter Landschaft aus der Vogelperspektive. Er reiste nirgendwohin, schon gar nicht nach Hause. Es war zu schnell, zu leicht, zu mühelos.

Doch es stimmte. Nach zwei Stunden, die ihm wie Minuten schienen, stand er nun neben einem Kofferkarussell am Flughafen Heathrow, durch all den Schmutz und Lärm wieder völlig ernüchtert, ganz durcheinander von der Schnelligkeit seiner Reise, und dachte: Kostas hatte recht, hol ihn der Teufel; es gibt Exile, die man niemals beenden sollte.

Mit Heathers Rucksack auf dem Rücken, seinem mit Riemen zugeschnallten Koffer in einer Hand und einer Duty-free-Tüte in der anderen passierte er verwirrt die Zollkontrolle und durchquerte die synthetische Wildnis aus Läden, Aufzügen, Snackbars und Rollsteigen. Blinzelnd starrte er auf die hellerleuchteten Anzeigen, sah seine Mitmenschen erstaunt an. War das wirklich England? fragte er sich. Wie konnte er vergessen haben, wie es war? Wie konnte er angenommen haben, daß es ihm wie zu Hause erscheinen würde?

Er stand Schlange, um seine Drachmen in Pfund umzuwechseln. Dann stand er Schlange, um eine U-Bahn-Karte nach Paddington zu kaufen. Im Zug wurde ihm plötzlich bewußt, daß der Fahrgast links von ihm eine arabische Zeitung las, der Fahrgast zu seiner Rechten einen auf deutsch gedruckten London-Führer und daß die beiden Jugendlichen ihm gegenüber sich in einer Sprache unterhielten, die wie schwedisch klang. Harry starrte auf das blau-rote U-Bahn-Symbol auf dem Fenster, das von den

Köpfen der beiden Jugendlichen eingerahmt war, und versuchte sich an das England zu erinnern, das er vor neun Jahren verlassen hatte. Es war nicht besser gewesen, sagte er sich, und auch nicht sehr viel anders. Seine Reaktion jetzt kam nur von der Verwirrung durch den plötzlichen Übergang vom verschlafenen, von allen Touristen verlassenen Lindos. Er schloß die Augen und wünschte, er würde, wenn er sie öffnete, diesen blauen, unveränderlichen Himmel sehen.

Er wachte von dem Stottern eines absterbenden Motors, dem durch eine offene Tür verursachten Luftzug und fahlem, unerwartetem Tageslicht auf. Als er auf die Plattform hinausstolperte, sah er das Schild der Haltestelle. Cockfosters – Endstation. Dann bemerkte er, daß ihm ein Gepäckstück fehlte. Er sah noch einmal im Wagen nach, aber es war nicht da. Daß er eingeschlafen war, war schon schlimm genug. Daß jemand seine zollfreien Flaschen mit Gin und *Retsina* gestohlen hatte, das ging zu weit. Er stieß mit dem Fuß gegen das Bein einer Plastikbank und murmelte leise: »Willkommen zu Hause, Harry.«

Acht Uhr abends war nicht später Nachmittag, das war Harry wohl bewußt. Es war ihm auch bewußt, daß er sich wahrscheinlich keine bessere Methode hätte ausdenken können, wie er seine Mutter am meisten vor den Kopf stoßen würde, als mehrere Stunden zu spät und in alkoholisiertem Zustand vor ihrer Tür zu stehen. Als er die Bahnhofsstraße von Swindon hinunterging und dabei vergeblich versuchte, einen geraden Kurs dem Pflaster entlang anzusteuern, fragte er sich, weshalb er einen so offensichtlichen Fehler gemacht hatte. Schuld daran war, nahm er an, daß die Pubs den ganzen Tag über geöffnet hatten. Dazu kam das gute englische Bier, das eine Seite seines Heimatlandes zu sein schien, die sich im Lauf der Jahre nicht zum Schlechteren verändert hatte. Wenn nicht gar die einzige Seite, wie er den anderen Gästen in den Pubs, in denen er den ganzen Nachmittag und den angehenden Abend verbracht hatte, lautstark und immer wieder versicherte.

Zumindest die dunkle, hochaufragende Begrenzungsmauer des Eisenbahnbetriebswerks war da, um ihm etwas schwachen Trost zu spenden. Seine Mutter hatte in einem Brief erwähnt, daß das Werk schließen würde, aber es sah nicht danach aus. Da war der Haupteingang, um diese Zeit natürlich verschlossen, und dort, auf der anderen Straßenseite die beruhigende Masse des Technikerinstituts. Er überquerte den Emlyn Square, widerstand dem Gedanken, um der alten Zeiten willen im Glue Pot vorbeizuschauen, und steuerte auf sein Zuhause zu.

Die Falmouth Street war leer und still. Die Fenster waren zwar erleuchtet, aber auf der Straße befand sich keine Menschenseele. Harry ging mitten auf der Straße und lauschte dem Klang seiner eigenen Schritte, sah dabei nach links und rechts und listete in seinem Kopf die Bewohner jedes Hauses auf, die während seiner Kindheit dort gelebt hatten. Als Schuljunge hatte er ein Gedicht verfaßt, in dem jeder von ihnen unter seinem Spitznamen vorkam. Natürlich hatte es sich nicht gereimt, aber das Versmaß war ganz gut gewesen.

Plötzlich befand er sich vor der Tür der Nummer siebenunddreißig. Er ließ den Koffer fallen und kramte in seiner Tasche nach dem Schlüssel. Alle diese Male, diese Tausende von Malen, in denen er früher die gleiche Geste ausgeführt haben mußte, in seinem Schulblazer, im Arbeitsanzug, im Sportjackett an den Samstagen, in der Uniformjacke der Royal Air Force, wurden plötzlich wieder lebendig. Er steckte den Schlüssel in das Schloß. Zu Hause. Von wo man aufbricht, wie der Dichter sagt. Ein anderer Dichter, natürlich. Zurück von der Schule, mit noch genügend Zeit, den Tee aufzusetzen, ehe Mutter von der Wäscherei heimkam. Zurück vom Büro mit einem Glas zuviel hinter der Binde, um ihrer wachsamen Nase zu entgehen. Zurück von einem vom Wind gepeitschten Flugfeld in Lincolnshire, mit Chipchase als ungestümem Begleiter. Zurück von wo auch immer, wann auch immer, drehte er den Schlüssel herum, stieß die Tür auf – und prallte zurück, als die Kette sich spannte, um ihn auszuschließen.

»In meinem Alter kann ich es mir nicht leisten, ein Risiko einzugehen, Harold. Heutzutage laufen merkwürdige Leute herum, da gibt es nichts dran zu rütteln. Dabei fällt mir auf, du siehst selbst ziemlich merkwürdig aus. Die Sonne hat dein Haar schlohweiß gebleicht. Das macht dich, na ja ...»

»Alt, Mutter?«

Sie langte zu ihm hinauf und zwickte ihn in die Wange. »Wenn du alt bist, dann bin ich uralt. Jetzt leg ab, während ich dir dein Abendessen hole. Es war die letzten zwei Stunden unterm Grill, also erwarte nicht, daß es großartig ist.«

»Ich sagte dir doch, du solltest nichts kochen«, rief er ihr nach, als sie in die Küche stapfte.

»Setz dich hin«, rief sie zurück, wobei ihre Stimme jetzt gegen das Klappern der Töpfe und Pfannen ankämpfte. »Ist ein Platzdeckchen aufgelegt?«

Harry fügte sich widerstandslos und ging zum Tisch. Derselbe alte Klapptisch, dieselben Küchenstühle, dasselbe versilberte Besteck, sogar dieselben Platzdeckchen mit den englischen Domstädten. Er fragte sich, ob Rochester immer noch so aussah. Das Gasfeuer zischte vertraut hinter ihm. Der Geruch des Essens seiner Mutter – bekömmlich, einfach und völlig einmalig – drang zu ihm wie eine lange vergessene Erinnerung.

Er machte sich tapfer über den verkochten Eintopf her, während seine Mutter Tee trank und auf Anzeichen wartete, daß er sich, wie sie natürlich annahm, »hatte gehen lassen«. Sie machte weder eine Anspielung auf seinen nach Bier riechenden Atem, was schon ein großes Zugeständnis war, noch auf das, was, wie sie beide wußten, ihn von Rhodos hatte fortgehen lassen. Das war ihre übliche Art, mit allem »Unangenehmen« umzugehen. Harry seinerseits war überrascht, wie lebhaft und munter sie wirkte. Er hatte sie seit ihrem nicht so gelungenen Besuch in Rhodos vor drei Sommern nicht mehr gesehen, als er Anzeichen nachlassender Kräfte bei ihr wahrnahm. Inzwischen dachte er, daß es vielleicht nur die Auswirkungen der Hitze gewesen waren.

Entgegen Harrys benebelter Wahrnehmung hatten die Eisenbahnbetriebswerke zugemacht. Vor wenigen Monaten war die Werkhalle A – »wo dein lieber Vater umgekommen ist« – abgerissen worden. Das Technikerinstitut sollte, nach den Meldungen des *Advertiser*, einem Luxushotel Platz machen. Und der Stadtrat wollte das Grundstück – »über unseren Kopf hinweg« – an einen privaten Hausbesitzer verkaufen. Letzteres hatte sie als persönliche Beleidigung betrachtet. Sie hatte ihr ganzes Leben in der Eisenbahnersiedlung verbracht, war in der Exeter Street um die nächste Ecke zur Welt gekommen, dann als junge Braut vor sechsundfünfzig Jahren in die Falmouth Street gezogen und seither immer dort geblieben. Und nun im Alter wollte sie »so ein Miethai« vertreiben. Harry versuchte beruhigend zu klingen, obwohl er eigentlich guten Grund hatte, ihre Voraussage zu bezweifeln.

Als sie die Teller hinaustrug, bemerkte sie das Gepäck, das im Gang stand. »Ist das dein Koffer, Harold?«

»Ja, Mutter.«

»Und dein Rucksack?«

»Ah ... nein.«

»Wem gehört er dann?«

Er räusperte sich. »Heather Mallender.« Sie kam ins Zimmer zurück und starrte ihn an. »Er enthält ihre Sachen. Ich will sie ihrer Familie zurückbringen.«

Sie stellte die Teller wieder auf den Tisch, setzte sich und fixierte ihn mit einem glühenden und bedeutungsvollen Blick. Da er die Zeichen einer bevorstehenden »Ein-für-allemal«-Feststellung erkannte, verstummte er. »Ich werde dir das ein für allemal sagen, Harold. Ich bin sicher, absolut sicher, daß du es gut gemeint hast mit diesem Mädchen und daß das, was dir gewisse Zeitungen unterstellt haben, absolut jeder Grundlage entbehrt. Diese Korea-Sache war das schlimmste, aber mach dir nichts draus. Ich halte zu dir, durch dick und dünn. Jetzt ist aber Schluß damit. Wir werden nicht mehr darüber sprechen.« Mit diesen Worten eilte sie geschäftig in die Küche zurück.

Korea? Was zum Teufel konnte sie damit meinen ... den *Courier*? Für den dieser Minter zu arbeiten behauptet hatte. Er stand auf und folgte ihr in die Küche. »Was hat in dem *Courier* gestanden, Mutter?«

»Ich kaufe das Blatt nie«, erwiderte sie, ohne darauf einzugehen. »Glaubst du, ich kann es mir leisten, jeden Sonntag fünfzig Pence für einen Armvoll Papierabfälle auszugeben?«

»Was haben sie geschrieben?«

»Ich hätte es nicht erfahren, wenn Joan Tipper es mir nicht extra gezeigt hätte. Aber du kannst dich darauf verlassen, nachher tat es ihr leid, daß sie versucht hatte, mich aufzustacheln.«

»Aber was haben sie denn geschrieben?«

»Ich kann mich nicht mehr erinnern.«

»Ach komm, Mutter.«

Sie verließ für einen Augenblick den Spülstein, drehte sich herum und sah ihn mit zusammengepreßten Lippen und entschlossenem Blick an. »Ich habe dir doch gerade gesagt, und es war mir Ernst damit: Wir werden über dieses Thema nicht mehr sprechen. Das war mein letztes Wort. Jetzt geh und setz dich hin, während ich dir den Nachtisch bringe.«

»Nachtisch?«

»Pudding mit Sirup. Was sonst?«

Natürlich, was sonst? Harry zog sich zurück.

Harry versuchte nicht, nach dem Essen beim Abräumen des Tisches oder beim Abspülen zu helfen; er wußte es besser und hielt sich zurück. Während er seine Mutter ihrer mühsamen Routinearbeit überließ, schleppte er sich ins Wohnzimmer, das zur Straße lag. Er fühlte sich satt und müde und drehte den Fernseher an. Dann kehrte er in den Korridor zurück, ging zu den Garderobenhaken, wo seine Jacke hing, und zog die Flasche Whisky, die er gekauft hatte, bevor er London verließ, aus der Tasche, die er zur Wand hin gedreht hatte. Seine Mutter hatte nur Sherry zum Kochen im Haus. Das hatte er nicht vergessen.

Wieder zurück im Wohnzimmer, war der Fernseher inzwischen warm geworden. Es lief gerade irgendeine politische Diskussion vor einem Studiopublikum, aber Harry war es egal, was er sich ansah. Er suchte nach der Brille, aber sie lag nicht an ihrem gewohnten Platz, oder besser, das Schränkchen, in der sie aufbewahrt wurde, war nicht mehr da. Als Harry sich nach dem neuen Standort umsah, bemerkte er einen Diplomatenkoffer, der geöffnet neben dem Armstuhl seiner Mutter stand und aus dem Papier mit dem Briefkopf der Commonweal-Schule als oberstes Blatt eines Stapels zu sehen war. Seine Neugier war geweckt. Er kniete neben dem Koffer nieder und kippte den Deckel nach vorn. Wie er vermutet hatte, waren die Initialen S.R.B. auf dem rissigen Leder eingeprägt. Es war der alte Arbeitskoffer seines Vaters, solange er denken konnte, der Aufbewahrungsort für wertvolle Familiendokumente. Harry lächelte. Seine Mutter mußte ihn, als sie wußte, daß ihr Sohn kommen würde, aus ihrem Schlafzimmer heruntergeholt haben, um ihre Erinnerungsstücke an seine Jugend durchzusehen. Da waren seine Schulzeugnisse, in zeitlicher Reihenfolge zusammengeheftet. Und da war sein Taufzeugnis: St.-Markus-Kirche, September 1935. »Du hast von Anfang bis Ende geschrien.« Und da ...

Der *Evening Advertiser* vom Samstag, dem 22. März 1947. Harry zog die vergilbte, zerknitterte Zeitung heraus, faltete sie auseinander und sah sich dem wohlbekannten Beleg seines einzigen vagen Augenblicks makellosen Ruhms gegenüber:

> Eine dramatische Aktion eines Schuljungen aus Swindon rettete gestern das Leben eines ausgesetzten Säuglings. Harold Barnett, elf Jahre alt, wohnhaft in der Falmouth Street 37, ging um etwa 4 Uhr 15 von der Schule nach Hause, als er stehenblieb, um im Hof der Kirche St. Markus den Zügen zuzuschauen. Er bemerkte einen Pappkarton, der auf dem Gleis, etwa 800 Meter vom Bahnhof Swindon entfernt, stand. Als er festgestellt hatte, was sich in dem Karton befand, näherte sich ein Expreßzug in Richtung Cardiff, der nach Verlassen des Bahnhofs rasch beschleunigte. Der kleine Harold zeigte große Geistesgegenwart, zwängte sich durch eine Lücke des Kirchhofzauns, nahm den Karton und seinen hilflosen Inhalt vom Bahngleis und verhinderte so um Haaresbreite eine Tragödie. Wie verlautet, erholt sich der erst einige Tage alte Säugling gut im Victoria Hospital. Die Polizei appellierte an die Mutter, sich so bald wie möglich zu melden. Sie glaubt, daß das Baby entweder aus einem fahrenden Zug geworfen oder absichtlich auf das Gleis gelegt worden war, um es zu töten. Sie lobte das Verhalten des jungen Harold und schilderte ihn als einen tapferen, intelligenten und findigen Burschen, der seiner Schule und seiner Familie alle Ehre macht.

Was ist danach schiefgelaufen? fragte sich Harry. Die Intelligenz, die Findigkeit und die Geistesgegenwart: Wann genau hatte er sie verloren? Er mußte sie verloren haben, denn sonst hätte er nicht die Schule verlassen, um ein einfacher städtischer Angestellter zu werden, hätte nicht den Bankrott von Barnchase Motors geleitet, hätte es nicht zugelassen, daß Roy Mallender ihn unterkriegte. Allein schon beim Gedanken daran spürte er ein Stechen in seinen Rippen, und er kam mühsam wieder hoch. Plötzlich durchschnitt Alan Dysarts Stimme Harrys düstere Überlegungen. Er drehte sich um und sah Dysart auf dem Bildschirm. Er saß in einem Drehstuhl, flankiert von Leuten, die wie Politikerkollegen unterschiedlicher Fraktionen aussahen, und legte locker und redegewandt wie immer die Haltung der Regierung zu irgendeinem aktuellen Problem dar.

»Ich habe mit großem Interesse den Ausführungen von Denis Rodway gelauscht«, sagte er in dem scharfen und trägen Tonfall, der so typisch für ihn war, »und ich bin sicher, daß alle unter uns, denen die Sicherheit unseres Landes am Herzen liegt, ihm dankbar dafür sind, daß er uns wieder so lebendig die Gründe vor Augen führt, weshalb seiner Partei nie erlaubt werden darf, ihre Politik unserer Nation aufzudrängen. Einige von uns, die weniger schreien und mehr denken als die meisten von Denis' Kollegen, glauben nämlich zufällig, daß Patriotismus weder altmodisch noch unwürdig ist. In der Tat ...«

Spontaner Applaus des Publikums im Studio veranlaßte Dysart innezuhalten. Er lehnte sich leicht in seinem Sessel zurück und neigte dankend den Kopf. Er lächelte nicht, aber er wehrte auch nicht ab. Seine gemessene Reaktion auf das Urteil der Zuhörer war ein vollkommener Kompromiß zwischen Stolz und Bescheidenheit. Rodway, oder jedenfalls der, den Harry für Rodway hielt, wand sich vor Ärger, und es war leicht zu erkennen, weshalb. Dysart mußte nichts beweisen oder abstreiten. Als Kriegsheld, Ziel von terroristischen Anschlägen, klarer Denker, brillanter Diskussionspartner und ehrenwerter, gutaussehender und engagierter Patriot repräsentierte er all das, was seine Gegner am wenigsten widerlegen konnten.

Harry rutschte tiefer in den Sessel und nahm einen Schluck aus der Whiskyflasche. Jeder Mensch, nahm er an, hatte das Recht zu versagen. Doch wurde nicht jedem Menschen, so wie ihm, dauernd das Beispiel vor Augen gehalten, wie man seinem Leben Sinn und Wert abringen konnte, wie man einen Charakter zu einer Stufe der Vollendung schleifen konnte. Was war das Geheimnis von Dysarts Erfolg? Ererbtes Vermögen? Ein Vorteil, gewiß. Glück? Das mußte es sein. Oder etwas anderes? Was immer es auch war, Harry hatte weder jemals das Vermögen erworben noch es irgendwo im Lauf der Zeit verloren. Intelligenz, Findigkeit und Geistesgegenwart standen zu den tatsächlichen Leistungen seines Lebens im Widerspruch. Blieb Tapferkeit. Auf sie brachte er, in der Hoffnung, daß sie noch irgendwo in ihm steckte, einen stillen Toast aus.

13

Wo einst die Werkhalle A gestanden hatte, dehnte sich nun ein schwach rauchendes Trümmerfeld aus. Harry konnte es kaum glauben, als er es an einem kalten grauen Morgen von dem Rodbourne-Road-Eingang aus betrachtete, daß ein so krasses und plötzliches Ende für ein Gebäude gekommen sein sollte, das, gewaltig und rußgeschwärzt, in seiner Erinnerung zum unabdinglichen Inventar des Lebens der kleinen Stadt gehörte.

Auf der anderen Seite der Straße standen noch die alten Werkhallen für die Wasserkästen und Kessel, jedoch von Unkraut überwuchert und verloren, als wüßten sie, welches Schicksal sie erwartete. Und die Arbeiter, an die sich Harry noch erinnerte, wenn sie zu Fuß oder auf Fahrrädern durch die Tore strömten, alle mit flachen Mützen und in ihren Overalls, sie waren für immer verschwunden.

Deprimiert von der Geschwindigkeit und dem Ausmaß der Veränderungen, von denen seine Heimatstadt heimgesucht wurde, machte sich Harry wieder auf den Weg zurück ins Zentrum. Es schien überall um ihn herum von Autos und Lastwagen zu wimmeln, und sie verursachten einen derartigen Lärm und Gestank, daß er sich wunderte, daß die Einwohner bereit waren, das hinzunehmen. Wenn er daran dachte, wie er sich über die paar Motorradfahrer in Lindos beklagt hatte, war das nur ein Beweis für Kostas Argument: Er hatte nicht gewußt, wann es ihm gutging.

Das Brunel-Zentrum bot einen Zufluchtsort vor dem Verkehr, aber das kostete seinen Preis. Weihnachtseinkäufer verstopften die Gehsteige, elektronische Weihnachtslieder plärrten über dem Tumult, und Harry wußte nicht, welchen Weg er in dem von Geschäften gesäumten Labyrinth einschlagen sollte. An einer Ecke spielte ein runzeliger alter Mann auf einer Handharmonika, deren Melodie gegen ein synthetisiertes Geklingel künstlicher Schlittenglocken nicht zu hören war. Ohne besonderen Grund davon überzeugt, daß es ein ehemaliger Eisenbahnarbeiter war, ließ Harry ein Fünfzig-Pence-Stück in seinen Hut fallen, doch der alte Mann verstand seinen mitfühlenden Blick nicht.

Harry wollte zur Zentralbibliothek, die im Süden lag, doch als er schließlich dem Labyrinth der Fußgängerzone entkam, bemerkte er, daß er statt dessen in Richtung Osten gegangen war. Und da, vor ihm, war ein Gegenstand, den ihm seine Mutter beim Frühstück beschrieben hatte und den er sich nur schwer hatte vorstellen können. »Die Sensationellen Blondinis«, eine drei Meter hohe Bronzestatue zweier Artisten, eines Mannes und einer Frau. Der Mann stand wie auf einem gespannten Seil, auf seinen Schultern saß die Frau und balancierte einen getupften Sonnenschirm auf ihrer Stirn. Beide trugen rosa Strumpfhosen und gelbe Trikots und waren, so hatte er gehört, in dem Eisenbahnbetriebswerk als letzter Abschiedsgruß vor der Schließung gegossen worden.

Er mußte einige Minuten lang mit offenem Mund vor der Statue gestanden haben, als direkt hinter ihm eine Frauenstimme an sein Ohr drang.

»Harry?«

Er wirbelte herum.

»Es *ist* Harry. Bei Gott, er ist es tatsächlich.«

Zuerst erkannte er sie nicht. Sie war eine Frau um die vierzig, die, nicht ganz erfolgreich, versuchte, eher wie dreißig auszusehen, in Nadelstreifenkostüm und volantbesetzter weißer Bluse, mit kunstvoll aufgetragenem Make-up und leicht gelocktem blondem Haar, jeder Zentimeter, so schien es, eine kultivierte Geschäftsfrau. Aber diese Stimme? Diese Stimme klang bekannt – und gar nicht kultiviert. Sie gehörte Jackie Fleetwood, der Sekretärin im Minirock, die zuerst Barry Chipchases Geliebte, dann seine Frau und schließlich so etwas wie seine verbrecherische Komplizin geworden war.

»Ich habe in der Zeitung über dich gelesen, Harry. Waren wir ein unartiger Junge? Warum erzählst du mir nicht alles darüber bei einer Tasse Kaffee?«

Weshalb er nicht in der Lage war, den Ärger, den er vor sechzehn Jahren empfunden hatte, wieder auferstehen zu lassen, wußte Harry nicht. Jackie Oliver, vormalige Chipchase, vormalige Fleetwood, hatte ihren Aufstieg gemacht, seit sie und Barry im Sommer 1972 aus Swindon verschwunden waren, und duftete nach Chanel; und Harry, der, alleingelassen, den Gläubigern gegenübertreten und ausgezeichnete Rachepläne für die, die ihn im Stich gelassen hatten, schmieden durfte, wußte nicht, ob er jetzt lachen oder weinen, ob er ihre Schamlosigkeit bewundern oder eine Entschuldigung fordern sollte.

Jackie saß ihm an einem winzigen Ecktisch in einem grell erleuchteten Café gegenüber. Ihre Beine waren extravagant übereinandergeschlagen und zeigten einige wohlgeformte Zentimeter eines nylonbestrumpften Oberschenkels. Sie schlürfte einen Cappuccino und rauchte eine extralange Zigarette in einer Weise, daß man nie ihren diamantbesetzten Verlobungsring aus den Augen verlieren konnte. Ihre ganze Haltung war die einer Frau, die erwartete, daß ihre körperlichen Reize und ihr offensichtlicher Wohlstand jede Beschwerde verbaten, wenn nicht gar Bewunderung forderten.

»Ich habe Barry bald sausenlassen, als ich merkte, daß er seine Hände nicht von den Senoritas lassen konnte. Führte ein paar Jahre lang eine Agentur für Ferienhäuser in Benidorm, dann kam ich nach England zurück. Ich heiratete Tom 1983, und als er vorhatte, sich wieder geschäftlich niederzulassen, dachte ich an die alte Heimatstadt. Ich habe mich jetzt selbständig gemacht und einen Friseursalon eröffnet: Jacoranda Haarstyling. Es ist gleich um die Ecke. Vielleicht hast du es gesehen?«

»Ist mir nicht aufgefallen.«

»Warum probierst du uns nicht aus? Du könntest einen Haarschnitt gebrauchen, und du bekämst ihn auf Kosten des Hauses. Der alten Zeiten wegen, ja?« Ihre geschminkten Lippen öffneten sich zu einem breiten Lächeln, und er ertappte sich dabei, daß er sich fragte, ob ihre Zähne ganz so weiß und regelmäßig gewesen waren, als sie zum erstenmal in sein Leben gestöckelt kam.

»Ich denke, ich werde passen. Aber trotzdem danke.«

»Liegt bei dir. Hier ...« Sie beugte sich näher zu ihm und gewährte ihm Einblick in ihr Dekolleté, da ihre nachlässig zugeknöpfte Bluse aufklaffte. »Hast du gestern abend Al in der Glotze gesehen?«

»Al?«

»Alan Dysart. Gutaussehender Bursche, findest du nicht?«

»Ich nehme an, das ist er.«

»Wenn ich vor zwanzig Jahren gewußt hätte, daß er eine einflußreiche Persönlichkeit werden würde ...« In ihrem verträumten Blick lag ein Hauch des Bedauerns, Bedauern darüber, nahm Harry an, daß sie sich bei Barnchase Motors an den falschen Mann herangemacht hatte. »Es ist doch komisch«, fuhr sie fort. »Jeder bei Barnchase hat es zu etwas gebracht, außer ...«

»Mir?«

Sie lächelte. »Nun, du hast es selbst gesagt, Harry. Doch ich muß sagen, ich kann mir nicht vorstellen, daß du das getan hast, was die Zeitungen anscheinend glauben. Schließlich hast du dich nie an mich rangemacht, oder?«

»Nein, Jackie, hab' ich nie.« Obwohl, enthielt er sich hinzuzufügen, er reichlich dazu ermuntert worden war.

Ihre Augen deuteten einen Moment lang an, daß er nicht enttäuscht worden wäre, wenn er versucht hätte, ihre berufliche Bekanntschaft auszunutzen, dann lehnte sie sich zurück, blies einen Schwaden Rauch heraus und sagte: »Hat der *Courier* eigentlich etwas gegen dich?«

»Nicht, daß ich wüßte.«

»Nach dem, wie sie neulich über dich geschrieben haben, dachte ich das.«

»Was haben sie denn geschrieben?«

»Hast du es nicht gelesen?«

»Nein.«

Sie hob erstaunt die Augenbrauen. »Wirklich?« Dann sah sie auf ihre goldene Armbanduhr. »O Gott, ist es schon so spät? Ich muß mich beeilen.«

Harry machte keinerlei Anstalten, seinen Kaffee auszutrinken, da er bereits beschlossen hatte, allein wegzugehen. Als Jackie aufstand, öffnete sie jedoch ihre Handtasche, nahm eine Fünfpfundnote heraus und schob sie unter seine Untertasse.

»Zahl damit, Harry«, sagte sie. »Du bist von mir eingeladen, ja?«

Harry lauschte dem Klappern ihrer hohen Stöckelschuhe, als sie zur Tür ging, und beobachtete, wie sich der Zigarettenrauch in ihrer Abwesenheit auflöste. Es wäre besser gewesen, dachte er, wenn sie über die Vergangenheit gestritten oder einfach so getan hätten, als würden sie sich nicht wiedererkennen. Alles wäre besser gewesen, als mit seiner eigenen Unfähigkeit, einen gerechtfertigten Groll zu hegen, konfrontiert zu werden. Oder festzustellen, daß er nun sogar in den Augen von Jackie Fleetwood jemand war, der Mitleid verdiente.

Harry fand das, was bereits jeder andere über ihn gelesen zu haben schien, in der Präsenzabteilung der Zentralbibliothek von Swindon. Seite fünf des *Courier* vom Sonntag, dem 20. November, zeigte einen Artikel mit der Überschrift: HOFFNUNGEN FÜR AUF GRIECHISCHER INSEL VERMISSTES ENGLISCHES MÄDCHEN SCHWINDEN, der niemand anderem als Jonathan Minter zuzuschreiben war:

> Wenn eine Woche in der Politik lang ist, dann kann sie eine Ewigkeit bedeuten bei der Suche nach einer vermißten Person. Heather Mallender, eine englische Lehrerin und Gast des Londoner Parlamentsmitglieds und Juniorministers des Verteidigungsministeriums, Alan Dysart, auf der Ferieninsel Rhodos, verschwand am 11. November ohne eine Spur von einem Berggipfel im Inselinneren und scheint bereits zu denen zu gehören, die verschwinden und nie gefun-

den werden. Unterdessen unternimmt und sagt der einzige Mensch, der vielleicht in der Lage wäre, etwas Licht in das Geschehen zu bringen, der Gelegenheitsarbeiter Harry Barnett, nichts, um bei der Suche zu helfen. Als ich letzte Woche mit dem 55jährigen Barnett in der Bar in Rhodos sprach, wo er die meiste Zeit verbringt, vermittelte er mir den Eindruck eines Menschen, der mehr darum besorgt ist, sich nicht selbst zu belasten, als denen zu helfen, die immer noch nach einem Mädchen suchen, von dem er behauptet, daß es nichts weiter als eine Freundin sei. Wenn er zögert, über das, was geschah, als er und Miss Mallender an diesem verhängnisvollen Nachmittag eine Fahrt unternahmen, zu sprechen, so ist er sogar noch weniger bereit, über seine eigene bewegte Vergangenheit und seine zweifelhafte gegenwärtige Existenz zu sprechen. Kurz, Harry Barnett ist ein Mann, der viel zu verbergen hat ...

Harry faltete die Zeitung zusammen. Er brauchte nicht weiterzulesen. In Wahrheit konnte er es nicht ertragen weiterzulesen. Es waren nicht die falschen Behauptungen, die ihn schmerzten: So etwas war ja zu erwarten. Doch »ein Mann, der viel zu verbergen hat«, »der besorgt ist, sich nicht selbst zu belasten« – war es wirklich das, was Minter von ihm dachte? Harry konnte es nicht glauben. Doch wenn nicht, weshalb sollte er so ein krasses und schiefes Bild von ihm gezeichnet haben?

Die ganze Strecke von seinem Tisch zum Pult des Bibliothekars und von da bis zum Ausgang hatte Harry das Gefühl, daß ihn die Leute beobachteten, weil sie wußten, wer er war und warum er nach dem *Courier* vom 20. November gefragt hatte. Es war natürlich absurd, denn sein Bild war nicht in der Zeitung, und niemand in Swindon (außer Jackie Oliver) würde ihn erkennen. Doch er wurde dieses Gefühl nicht los.

Als er, ganz in düstere Gedanken über die Ungerechtigkeit des Lebens versunken, aus der Bibliothek heraustrat, stieß er beinahe mit jemand zusammen, der direkt auf ihn zukam. Er hielt abrupt an und sah zu seinem Erstaunen, daß es Alan Dysart war.

»Hallo, Harry«, sagte Dysart lächelnd und schlug ihm auf die Schulter. »Ich dachte nicht, daß wir uns so bald wiedersehen würden.«

Harry versuchte zurückzulächeln. »Ich auch nicht.«

»Du wunderst dich vielleicht, wie ich wußte, wo ich dich finden würde?«

»Ja ... schon.«

»Ich war natürlich in der Falmouth Street. Deine Mutter erzählte mir, wie sehr du von dem Artikel im *Courier* mitgenommen warst, so nahm ich an, daß du ihn so bald wie möglich selbst lesen wolltest. Ich kam gerade hier an, als du hineingingst.« Noch ein Lächeln. »Hielt es für das beste zu warten.«

Dysarts Fähigkeit, dachte Harry, die Reaktionen der anderen vorauszusagen, versagte nie. Vielleicht war das das Geheimnis seines Erfolges, das er gestern abend nicht ergründen konnte. Vielleicht war es das, was seinen Worten und Taten so eine entspannte und aufreizende Sicherheit verlieh. »Ich habe im Goddard Arms einen Tisch zum Mittagessen reserviert«, fuhr Dysart fort. »Ich hoffe, du ißt mit mir?«

Das Goddard Arms war die vollkommene Wahl, wenn auch nicht ohne Ironie. Es war ein efeubewachsenes Gasthaus im georgianischen Stil in der Altstadt von Swindon, wo Harry die betuchteren Kunden von Barnchase in glücklicheren, längst vergangenen Tagen hingeführt hatte. Er hatte wahrscheinlich Dysart bei solchen Gelegenheiten beauftragt, sich um die Werkstatt zu kümmern, und jetzt hatte sich das Blatt total gewendet: Dysart war der nachsichtige Gastgeber, Harry der arme Gast.

»Mein Wagen steht gleich um die Ecke. Was meinst du, sollen wir gleich dorthin fahren?«

Und Harry sagte, was er immer sagte, wenn er mit Dysarts unwiderstehlicher Großzügigkeit konfrontiert wurde. Er sagte ja.

Der Oberkellner zog ein Gesicht, als er Harrys ungepflegte Erscheinung sah, doch erkannte er deutlich, daß Dysart ein Mann von Bedeutung war, und erhob deshalb keinerlei Einwände. Ein Fenstertisch wurde schnell hergerichtet, und schon nach wenigen Minuten nippte Harry Chablis und stocherte in geräuchertem Lachs herum – eine wohlerzogene Karikatur seiner sonstigen Eßgewohnheiten.

»Ich habe deine Nachricht erhalten«, sagte Dysart. »Ich kann es dir nicht verübeln, daß du Lindos verlassen hast. Ich kann mir vorstellen, daß die Atmosphäre dort sehr unangenehm geworden sein muß.«

»Ja, das stimmt.« Harry hatte nicht die Absicht, zu verraten, was ihn wirklich dazu gebracht hatte, die Insel zu verlassen. »Aber es tut mir leid, daß ich dich im Stich gelassen habe.«

»Da mach dir nur keine Sorgen. Ich bin sicher, wir können uns darauf verlassen, daß Kostas ein Auge auf alles haben wird. Wann hast du vor zurückzufahren?«

»Ich weiß noch nicht genau.«

»Nun, es eilt ja nicht. Wie fühlt es sich an, wieder zu Hause zu sein?«

»Das weiß ich auch noch nicht genau. Ich fühle mich ... desorientiert. Als sei das England, in das ich zurückgekehrt bin, nicht das England, das ich verlassen habe.«

»Das ist es auch nicht, Harry. Es hat sich weiterentwickelt in mehr als neun Jahren, möchte ich meinen. Du hast das langweilige, alte Nachkriegs-England verlassen. Zurückgekommen bist du in eine hochtechnisierte Kultur voller Unternehmungsgeist. Hat dir das niemand gesagt?« Dysart lächelte und tat damit kund, daß er sich über seine eigene Beschreibung ebenso lustig machte wie über Harrys Verwirrung. »Hast du mich gestern abend im Fernsehen gesehen?«

»Ja. Du warst sehr beeindruckend. Wie immer.«

Dysart beugte sich über den Tisch und senkte seine Stimme. »Quatsch. Ich war glattzüngig. Ich war witzig. Ich war wortgewandt. Das ist alles nur Übung, Harry, sonst nichts. Alles nur Verstand, kein Herz. Und Verstand auch nicht allzuviel, wenn man es genau nimmt. Wir sind inzwischen alle Werbefachleute. Ist dir das nicht aufgefallen?«

»Werbefachleute?«

»Image ist alles, Präsentation ist alles. McLuhan hatte recht: Das Medium *ist* die Botschaft.«

»Meinst du das ernst? Und was ist mit dem Patriotismus? Gestern abend sagtest du ...«

»›Weder altmodisch noch unwürdig‹? Ein schöner Satz, nicht wahr? Die Wahrheit, Harry, ist, daß Patriotismus ein Käfig ist, aus dem der Vogel schon lange entflogen ist. Ich beklage mich nicht – er hat mich immerhin ins Parlament gebracht –, aber wir wollen nicht ...« Seine Stimme verlor sich. Er lehnte sich in seinen Stuhl zurück und starrte einige Augenblicke lang durch das Fenster in die geschäftige High Street. Harry hatte solche Anflüge von Introspektion bei Dysart bereits früher erlebt. Sie schienen Unzufriedenheit mit dem, was immer er gerade ausdrückte, zu signalisieren, ein vorübergehender Verlust an Glauben oder Zuversicht, der so unerklärbar kam, wie er auch wieder verging. Demzufolge begnügte sich Harry damit, geduldig zu warten, bis sein Begleiter wieder zu sich selbst zurückgefunden hatte. »Sprechen wir nicht über Politik«, meinte Dysart schließlich. »Sprechen wir über dich. Du sagtest am Telefon, daß du nicht mehr einfach nur in Lindos sitzen und darauf warten könntest, daß Heather langsam in Vergessenheit gerate.«

»Genau das schien zu passieren.«

»Ich hoffe, du glaubst nicht, daß ich diesen Vorgang unterstützt habe, indem ich Roy so schnell wie möglich fortschickte. Wie geht es übrigens deinem Kopf?«

Harry lächelte betreten. »Gut. Ich wollte dir eigentlich sagen, wie dankbar ich bin ...«

Dysart hob die Hand. »Bitte nicht. Das war das mindeste, was ich tun konnte. Zum Teil hatte ich das Gefühl, daß ich selbst schuld hatte, daß ich nicht vorhergesehen hatte, was Roy anrichten würde.« Dann blickte er

Harry fragend an. »Ich hoffe, du bist nicht zurückgekommen, um es ihm auf irgendeine Weise heimzuzahlen.«

Harry schüttelte den Kopf. »Nein. Je weniger ich von Roy Mallender sehe, desto glücklicher werde ich sein.«

»Wie willst du denn sichergehen, daß Heather nicht vergessen wird?«

»Indem ich sie finde, wenn ich kann. Und wenn mir das nicht gelingt, indem ich feststelle, was ihr wirklich zugestoßen ist.«

Einen Moment lang sah Dysart überrascht aus, als hätte er in Harry etwas gesehen, was er nicht erwartet hatte. Er nahm die Flasche Chablis aus dem nebenstehenden Eiskübel und füllte ihre beiden Gläser auf, dann sagte er ruhig: »Bist du deshalb heimgekommen, Harry? Ist es das, was du hier zu erreichen hoffst?«

»Zum Teil, ja.«

»Aber Heather ist auf Rhodos verschwunden. Warum willst du in England nach ihr suchen? Es sei denn ...« Er schwieg lange genug, um darauf schließen zu lassen, daß er den Grund erraten hatte. »Es sei denn, du weißt etwas, das die Polizei nicht weiß. Ist dir irgendein Hinweis untergekommen – irgendeine Infor ...«

»Nein, nichts dergleichen.« Harry lächelte und zuckte die Schultern, aber er spürte, daß seine Unterbrechung das Gegenteil des Gewünschten bewirkte. Sie war zu abrupt und zu nachdrücklich gewesen. Dysarts scharfsichtiger Blick würde ihn nun nicht mehr in Ruhe lassen, würde nicht aufhören zu forschen, bis er gefunden hatte, wonach er suchte.

»Weshalb fängst du dann hier an?«

Es war eine berechtigte Frage, doch die Antwort darauf klang sogar für Harry nicht überzeugend. »Weil hier ihre Freunde sind. Hier sind die Menschen zu finden, die sie besser kennen als ich.«

Dysart strich sich nachdenklich übers Kinn. »Was erhoffst du dir, von ihnen zu erfahren?«

»Ihren wahren Geisteszustand, nehme ich an. Es ist ziemlich offensichtlich, daß ich ihn mißverstanden habe.«

»Hast du das?«

»Mir schien es, als hätte sie ihre psychischen Probleme hinter sich gebracht.«

»Wie kommst du darauf, daß das nicht der Fall war?«

»Nun, es würde erklären, weshalb sie weglief, nicht wahr? Falls sie das getan hat.«

»Wie du schon sagst, *falls* sie das getan hat. Was das betrifft, stimme ich mit dir überein: Als ich ihr vorschlug, von der Villa Gebrauch zu machen, dann deshalb, weil ich dachte, sie hätte sich endlich von den Auswirkungen, die der Tod ihrer Schwester auf sie gehabt hatte, erholt.

Ich nehme an, ich fühlte mich auf irgendeine Weise für das, was Clare zugestoßen war, verantwortlich – tue es eigentlich immer noch. Deshalb war ich erpicht darauf, Heather in jeder mir möglichen Weise zu helfen, darüber hinwegzukommen. Sie muß sich insgeheim gewünscht haben, daß lieber ich anstatt Clare an jenem Morgen als erster an Bord der Artemis gegangen wäre, wenn sie auch nie etwas dergleichen gesagt hat. Auf jeden Fall verdiente sie in meinen Augen jede Unterstützung, die ich ihr geben konnte.«

Dysart hatte Harry nie viel über die näheren Umstände von Clare Mallenders Tod erzählt. Das war jedoch nicht weiter befremdlich, da er ebenso zurückhaltend in bezug auf seine verschiedenen Berührungen mit dem Tod im Südatlantik gewesen war. Jetzt schien er jedoch dieses eine Mal bereit zu sein, sein Schweigegelübde zu brechen.

»Überlebende neigen immer zu Schuldgefühlen. Alles geschieht im Bruchteil einer Sekunde. Später läßt man dann das Ereignis noch einmal langsam vor seinem geistigen Auge ablaufen, überlegt, wie man jene, die getötet wurden, hätte retten oder wie man hätte vermeiden können, daß es überhaupt zu dem Unglück kam. Es ist ein zwar vergebliches, aber ein notwendiges Bemühen. Heather wollte genau wissen, wie ihre Schwester starb, also habe ich es ihr erzählt. Vielleicht habe ich es ihr zu gut erzählt. Vielleicht fingen damit alle ihre Probleme erst an.

Es geschah mitten in der Wahlkampagne. Ich hatte den Sonntag auf Tyler's Hard verbracht und Reden für die kommende Woche geschrieben. Clare kam gleich am Montag morgen von London, um sie mit mir durchzugehen. Wir sollten meinen Agenten zum Mittagessen treffen. Sonntag war schönes Wetter gewesen, und ich hatte an Bord der Artemis gearbeitet. Es gehört zu meinen Schwächen, daß ich am besten auf dem Wasser denken kann. Ich hatte die Reden über Nacht an Bord gelassen. Ich erinnerte mich erst wieder daran, als Clare zur Frühstückszeit ankam. Sie ging hinaus, um sie zu holen. Ich stand mit Mrs. Diamond, der Reinemachefrau, in der Küche, als ich die Explosion hörte. Die Artemis war in die Luft gesprengt und der größte Teil des Pontons mit ihr. Clare mußte sofort tot gewesen sein: Das ist so ungefähr das einzig Gute daran. Die Bombe war so angeschlossen, daß sie durch einfaches Öffnen der Kabinentür detonierte: wie im Lehrbuch. Wenn ich früher daran gedacht hätte, daß ich die Reden an Bord gelassen hatte, oder wenn Clare sich nicht erboten hätte, sie zu holen ... Nun, Leben und Tod hängen von solchen Zufällen ab.

Das Problem ist nur, daß, wenn wir zu viel darüber nachdenken, wie schützlos wir doch alle sind, wieviel wir doch alle dem reinen Zufall, ob er nun gut oder schlecht ist, verdanken, der Verstand aus dem Gleichgewicht geraten kann. Heather hatte nicht wegen der Grausamkeit des Schicksals gegenüber ihrer Schwester einen Zusammenbruch oder weil sie wegen ihres Verlustes so traurig war, auch nicht wegen der Sinnlosigkeit, mit der die Terroristen ihre Opfer aussuchen. Meiner Meinung nach hatte sie überhaupt keinen Nervenzusammenbruch. Sie hörte nur auf, die normalen sozialen Konventionen über das, was man zu sagen und zu denken und was man nicht zu sagen und zu denken hat, zu beachten. Daß die Unsicherheit des Lebens unsere sorgfältige Zukunftsplanung lächerlich erscheinen läßt, ist eine Binsenwahrheit. Doch wie viele von uns glauben das wirklich? Wie viele von uns stellen sich wirklich vor, daß sie jeden Moment unter den sprichwörtlichen Bus geraten könnten? Die Antwort lautet: nur sehr wenige, und die meisten dieser Menschen nennen wir geisteskrank, denn wenn man für die Gegenwart lebt, erkennt man, wie begrenzt die Gegenwart ist. Ich habe es bei einigen guten Leuten im Südatlantik erlebt. Und ich sah es bei Heather. Der Weg zurück aus diesem Geisteszustand ist lang und schwierig. Doch ich glaubte, Heather hätte die Reise zurück geschafft, bis ...»

»Bis sie auf dem Profitis Ilias verschwand?«

»Ja. Bis dahin. Natürlich steht es mir nicht zu, eine professionelle Meinung über Heathers psychischen Zustand abzugeben. Dafür müßte man mit ihrem Psychiater sprechen.«

»Genau das hatte ich vor. Doch er wird mir wohl keine vertraulichen Informationen über eine Patientin geben. Und außerdem kann ich mir nicht vorstellen, daß die Mallenders freiwillig seinen Namen und seine Adresse herausrücken würden, du vielleicht?«

Dysart lächelte. »Zufällig brauchst du sie gar nicht zu fragen. Sein Name ist Kingdom. Peter Kingdom. Er hat eine Londoner Praxis. Ich weiß seine Adresse nicht, aber Heather erwähnte, daß sie seine Praxis in Marylebone aufsuchen würde. Du kannst ihn sicher im Telefonbuch finden – falls du meinst, daß es einen Versuch wert ist.«

Harry konnte einen Anflug von Ärger darüber nicht unterdrücken, daß Heather sich Dysart in einer Sache anvertraut hat, in der sie sich ihm nicht anvertraut hatte. Aber er war nicht in der Lage, dem Gefühl nachzugeben. Wieder einmal stand er in Dysarts Schuld. »Es ist durchaus einen Versuch wert«, sagte er und bemühte sich, dankbar zu klingen. »Ich werde mich so bald wie möglich mit ihm in Verbindung setzen.«

Als sie das Goddard Arms verließen, schlug Dysart vor, aufs Land zu fahren. Harry war überrascht, daß er keine beruflichen Verpflichtungen hatte, aber er hatte nichts dagegen. Sie fuhren Richtung Süden, durch Wroughton hinaus und die Marlborough Downs hinauf. Auf dem Gipfel des Barbury Hill parkte Dysart den Wagen so, daß er wieder fahrbereit in die Richtung, aus der sie gekommen waren, stand. Das Vale of the White Horse, das Tal des Weißen Pferdes, dehnte sich unter ihnen aus, und hinter der Windschutzscheibe zerrte ein scharfer Wind an dem büscheligen, von Schafen abgeweideten Gras. Harry, der jegliche Naturliebe energisch bestritten hätte, fühlte dennoch so etwas wie eine gefühlsbetonte Regung bei dem Anblick. Er nahm an, daß es daran lag, daß die in der Ferne sichtbaren Hochhäuser von Swindon, was auch kommen mochte, seinen Ursprungsort in der Welt bedeuteten. Dysart, dessen Ursprünge zwar woanders lagen, schien diese Stimmung zu teilen.

»Während des Falkland-Unternehmens«, sagte er, »träumte ich immer von solchen Ansichten: England, dargestellt in einer vollkommenen, pastellfarbenen Miniatur. Das ist das allergefährlichste – man wird dadurch ganz krank vor Heimweh. Jetzt, wo ich die ganze Zeit über hier lebe, denke ich kaum je darüber nach, wie schön das Land ist.« Er schwieg etwa eine Minute, dann fuhr er fort. »Clare und Heather wanderten zusammen auf dem Ridgeway Path den Grat entlang, als sie beide Studentinnen waren. Hat Heather dir gegenüber je etwas davon erwähnt?«

»Nein.«

»Ja, das muß wohl so etwa das letzte gewesen sein, was sie zusammen unternommen haben.« Er schwieg einen Augenblick. »Ich glaube, daß Heather sich im Schatten ihrer Schwester fühlte. Clare war älter, intelligenter, erfolgreicher: in jeder Hinsicht überlegen, so schien es wohl. Charme, Verstand und Schönheit. Ich bin nicht sicher, ob ich ohne ihre Hilfe 1983 gewählt worden wäre. Aber neben so einem Allroundtalent mit einem Oxfordabschluß und einer angehenden Karriere in der Politik erscheint eine schüchterne Lehrerin farblos. Als Clare umkam, sagte zwar niemand: ›Schade, daß die begabte Schwester sterben mußte und die graue Maus am Leben blieb‹, aber Heather glaubte, daß sie das dachten, was genauso schlimm war.«

»Du glaubst, das hat zu Heathers Zusammenbruch beigetragen?«

»Da bin ich sicher. Vielleicht ist dir schon mal der Gedanke durch den Kopf gegangen, daß Clare mehr als nur meine Assistentin gewesen sein könnte.« Dieser Gedanke war Harry zwar durch den Kopf gegangen, aber das würde er keinesfalls zugeben. »Ich könnte es dir nicht verübeln, wenn du dich das gefragt hättest. Gott weiß, das kommt oft genug vor in der Politik. Die Wahrheit jedoch ist, daß unsere Beziehung rein beruflicher Natur war.«

Schweigen setzte ein. Dysart hatte nicht den Fehler begangen, zu stark zu beteuern, und Harry hatte keinen Grund, an dem Gesagten zu zweifeln. Es stimmte zwar, daß Dysarts Frau Rhodos nur selten mit ihrem

Mann besuchte, aber eine Abneigung gegen das Segeln erklärte das. Soweit Harry wußte, führten sie eine glückliche Ehe, in der die Belastungen des politischen Lebens so leicht eingepaßt worden waren wie die durch die Marinezeit erforderlichen Trennungen. Harry war bei ihrer Hochzeit gewesen, unten in Devon, vor achtzehn Jahren schon, und er nahm an, daß eine Verbindung, die schon so lange hielt, wohl kaum eine labile sein konnte. Seine Gedanken schweiften zurück zu dem Ereignis: eine Dorfkirche in South Ham, Marineoffiziere und Angehörige des weiblichen Marinedienstes in Paradeuniform, die Gesellschaft der Grafschaft in ihrem Ausgehstaat mit Blumen im Knopfloch, ein riesiges rosafarbenes Festzelt im Park eines Gutshofs mit Herrenhaus, so viel Champagner, wie man nur wollte ... Plötzlich tauchte etwas Bekanntes, etwas Wichtiges vage und flüchtig in seiner verschwommenen Erinnerung auf. Was war es? Was hatte er gehört oder gesehen, von dem er jetzt das Gefühl hatte, er sollte sich daran erinnern? Gerade als er mehr Konzentration darauf verwenden wollte, sprach Dysart wieder, und was immer es war, verflüchtigte sich bei seinen Worten.

»Ich bin froh, daß wir dieses Gespräch führen konnten, Harry. Ich hatte schon befürchtet, ich würde dich verpassen, da ich heute abend in die Staaten zu einer NATO-Konferenz fliegen muß. Glücklicherweise geht der Flug von Brize Norton, so daß ein Stop in Swindon kein Problem war. Ich werde eine Woche lang weg sein. Wenn ich zurückkomme, würde ich gerne erfahren, was du bei unserem Freund Kingdom erreicht hast.«

Es schien fast so, dachte Harry, als ob ihm Dysart nicht nur jede nur mögliche Unterstützung anbot, sondern daß er ihn in eine bestimmte Richtung drängte. Er war jetzt gar nicht mehr sicher, wer von ihnen zuerst den Vorschlag gemacht hatte, an Kingdom heranzutreten. »Bist du dem Mann schon einmal begegnet?« fragte Harry unbeteiligt.

»Ja. Das heißt so en passant. Doch ich möchte deinen Eindruck von ihm nicht beeinflussen. Wir waren politisch nicht einer Meinung, soweit ich mich erinnere, aber das muß ja nicht unbedingt nachteilig für seine medizinische Meinung sein.« Dysart lächelte schwach über seinen eigenen Scherz. »Was anderes, Harry, wie steht's mit deinen Finanzen?«

Es blieb also nicht einmal bei der Anleitung. Es wurde sogar Bezahlung vorgeschlagen. »Ich bin flüssig, danke.«

»Wenn du etwas geliehen brauchst, laß es mich wissen.«

»Du brauchst nicht ...«

»Dafür hat man Freunde. Ich bin ein wohlhabender Mann, und du verdienst es ebenso, etwas zu bekommen, wie mein Buchhalter, glaub mir.«

»Selbst wenn ...«

Dysart gab mit einer Handbewegung zu erkennen, daß er Harrys Zurückhaltung akzeptierte. »Ich will dich nicht drängen. Das Angebot steht, wenn du es brauchen solltest.« Er sah auf seine Armbanduhr. »Zeit, daß ich mich wieder auf den Weg mache, glaube ich.«

Sie fuhren schweigend den Hügel hinunter. Der Daimler surrte komfortabel auf den kleinen Landstraßen in Richtung Swindon dahin. Die Rückkehr nach England, erkannte Harry, hatte seine Beziehung zu Dysart geklärt. Er war das Maskottchen des jüngeren Mannes, seine Erinnerung an bescheidenere Tage, sein lebendes Beispiel dafür, was aus einem Menschen ohne Glück, Geld und Talent wird. Er hatte einmal einen Film gesehen, in dem ein siegreicher General, der ins alte Rom zurückkehrt, seine Legionen durch die Straßen führt, stürmisch gefeiert von der Menge, die seinen Weg säumt, von ihr mit Beifall bedacht, der an Verehrung grenzte. Hinter dem General, der in seinem Kampfwagen die begeisterten Massen grüßte, stand ein unbedeutender Mann in einer groben Tunika und flüsterte ihm auf der Fahrt ins Ohr: ›Bedenke, daß du ein Mensch bist; du bist nicht unsterblich; du bist nicht unfehlbar; du bist ein gewöhnlicher Mensch.‹ Das, Harry sah es zum erstenmal klar, war seine Rolle in Dysarts römischem Triumphzug durchs Leben. Er symbolisierte für diesen stets erfolgreichen Mann die Möglichkeit des Versagens. Dysarts Großzügigkeit konnte man, genauer gesagt, Gönnerschaft nennen, und daß Harry sie annahm, bedeutete die Einwilligung, die ihm zugedachte Rolle zu spielen.

Harry starrte nach vorne auf sein Spiegelbild, das in der Windschutzscheibe reflektiert wurde, als sie die nasse, abschüssige Straße hinunterrasten, während Saatkrähen von den graugrünen Feldern auf beiden Seiten mit ihren schwarzen Schwingen in krächzendem Flug aufflatterten. Was er sah und düster erkannte, war das Gesicht eines Mannes, der er nicht mehr war. Der betrunkene, schwächliche Hauswart der *Villa ton Navarkhon* hatte aufgehört zu existieren. Und Harold Mosley Barnett hatte sich auf den Weg zurück gemacht, um das zu werden, was immer ihm bestimmt sein mochte.

14

Alles, was Harold seiner Mutter sagte, als er am nächsten Tag Swindon verließ, war, daß er nach Weymouth fahren würde, um Heathers Sachen ihrer Familie zurückzubringen, und daß er vielleicht ein oder zwei Nächte dort unten bleiben würde. Er durfte nicht darüber reden, was er wirklich durch diese Reise zu erreichen hoffte, weil er sich selbst nicht so ganz sicher war.

Es war gegen zehn Uhr in London, an einem kalten, nassen Morgen. Er fand Dr. Kingdoms Adresse, so wie Dysart vorgeschlagen hatte, im Telefonbuch. Das Haus war vom Bahnhof Paddington zu Fuß zu erreichen: Die Praxisräume lagen im ersten Stock Ecke Crawford Street. Das Messingschild des Doktors wirkte winzig neben den Platininsignien eines nahöstlichen Konzerns, der seine Geschäftsräume im Erdgeschoß hatte. Der Warteraum oben war leer, doch im Zimmer nebenan fand Harry eine Sekretärin, die an ihrem Schreibtisch vom Tonband tippte.

»Entschuldigung. Wäre es möglich, Dr. Kingdom zu sprechen?«

Die Sekretärin war eine junge Asiatin mit elegantem, verächtlichem Gehabe. Nach einer berechneten Verzögerung nahm sie ihre Kopfhörer ab, sah ihn durch eine Brille an, die ihre Augen hochmütig und riesengroß erscheinen ließ, und sagte: »Sie haben keinen Termin.« Das war nicht nur demonstrativ mehr als Feststellung denn als Frage formuliert, sondern auch von einem leichten Hochziehen der Augenbrauen begleitet, mit dem sie andeutete, daß er sich das Honorar des angesehenen Arztes nicht würde leisten können.

»Ich weiß, aber ...«

»Ihr Name?«

»Barnett. Harry Barnett. Er wird nicht ...«

»Sie sind kein Patient von Dr. Kingdom.« Wieder stellte sie eine Behauptung auf, sie erkundigte sich nicht.

»Nein, das bin ich nicht. Dennoch ...«

»Er nimmt neue Patienten nur nach einer schriftlichen Überweisung ihres Allgemeinarztes an.«

»Lassen Sie mich erklären ...« Mit einem Lächeln, das entwaffnend wirken sollte, setzte sich Harry auf die Kante eines Stuhles in der Nähe. »Ich möchte Dr. Kingdom gar nicht als Patient konsultieren. Ich möchte mit ihm über eine seiner Patientinnen – eine Freundin von mir – sprechen, die vor kurzem verschwunden ist. Vielleicht haben Sie von ihr in den Zeitungen gelesen: Heather Mallender.«

Bei der Erwähnung von Heathers Namen geriet die Selbstbeherrschung der Sekretärin ins Wanken, dessen war er sich sicher, als ginge es um mehr als nur um das Erkennen einer Patientin. Aber sie sagte nichts, weder um seinen Verdacht zu widerlegen, noch um ihn zu bestärken.

»Haben Sie über sie gelesen?«

Die Antwort war vorsichtig und von einem zögernden Kopfnicken begleitet. »Ja.«

»Vielleicht haben Sie dann auch über mich gelesen.«

»Barnett?« Ein Stirnrunzeln, dann noch ein Nicken. »Ja. Griechenland. Letzten Monat.«

»Und sie *ist* eine Patientin von Dr. Kingdom?«

»Ja.«

»Dann würde er vielleicht gern mit mir sprechen. Schließlich muß er sich doch Sorgen machen wegen . . .«

»Dr. Kingdom ist zur Zeit im Ausland. Er wird nicht vor Montag zurück sein.«

»Ach, ich verstehe.«

Plötzlich schien sie sich an etwas zu erinnern. »Es gab einen Artikel über Sie im *Courier*, Mr. Barnett. Ja, ich erinnere mich daran, ihn gelesen zu haben.« Ihr Blick wurde intensiver, als ob sie nun, da er vor ihr stand, für sich selbst entscheiden wollte, ob Minters Beschreibung richtig gewesen sei. Es schien Harry typisch für die Ungerechtigkeit des Schicksals zu sein, ihm zu bestimmen, daß jeder, der ihn traf, ein Leser des *Courier* war. »Sind Sie wirklich ein Mann, der viel zu verbergen hat?« fragte sie, nachdem Sie einen Augenblick lang überlegt hatte.

»Sie sollten nicht alles glauben, was Sie in der Zeitung lesen, Miss «

»Labrooy. Miss Labrooy.« Sie lächtelte zum erstenmal: ein strahlendes, verwandelndes Lächeln, das unglaublich überlegen war. »Eigentlich, Mr. Barnett, glaube ich *gar nichts* von dem, was ich in der Zeitung lese.«

Harry beschlich ein seltsames Gefühl. Es war, als würde ihn Kingdoms Sekretärin in gleichem Maß einer Analyse unterziehen, wie es Kingdom vielleicht selbst tun würde. »Die Wahrheit, Miss Labrooy, ist, daß ich mir sehr große Sorgen um Heather mache. Im Gegensatz zu dem, was die Zeitungen glauben, habe ich keine Ahnung, wo sie ist und wie es ihr geht, doch ich versuche auf jede mir mögliche Art, es herauszufinden. Ich hoffte, Mr. Kingdom könnte mir sagen, ob ihr Verschwinden eine psychologische Erklärung haben könnte. Sie las das gerade, bevor...« Er wühlte in dem Rucksack und zog *Zur Psychopathologie des Alltagslebens* heraus.

»Was Dr. Kingdom mit seinen Patienten bespricht, ist vollkommen vertraulich. Er dürfte Ihnen nichts darüber sagen.«

»Es handelt sich hier aber um außergewöhnliche Umstände.«

Sie erwog diesen Punkt einen Moment lang, dann blickte sie auf das Buch, das er immer noch hochhielt, und fragte: »Wissen Sie, welches Kapitel sie gerade las?«

»Determinismus, Zufalls- und Aberglauben. Seite 327.«

Sie notierte die Information auf einen Block. »Danke. Dr. Kingdom betrachtet es vielleicht als relevant für seine Analyse.«

»Heißt das also, daß er mich empfangen wird?«

»Ich weiß es nicht.« Der Anflug eines Lächelns, dann: »Ich werde ihn fragen. Ich kann nichts versprechen. Er ist ein sehr beschäftigter Mann. Aber ich werde fragen.« Und die Art, wie Miss Labrooy das sagte, deutete darauf hin, daß sie nicht vergeblich fragen würde. Harry fühlte sich plötzlich beschwingt bei dem Gedanken, daß er hier vielleicht endlich eine Verbündete gefunden hatte.

Die Büroräume des *Courier* waren mit anonymen Glasfronten versehen und weit von der Fleet Street entfernt. Harry hatte irgendwo von der Revolution gelesen, die während seiner Abwesenheit über den britischen Journalismus hereingebrochen war, und dies, so nahm er an, war ihre Verkörperung. Eigentlich hätte er sich den Besuch sparen können, da ein Wächter ihm knapp mitteilte, daß Minter einen Tag Urlaub hätte. Und nein, seine Telefonnummer könnte er ihm nicht sagen.

Harry suchte Zuflucht in der nächsten Kneipe, beschaffte sich einen Vorrat an Zehn-Pence-Münzen und begann die Nummer eines jeden J. Minter im Telefonbuch anzurufen. Beim vierten Versuch hatte er die gewünschte gefunden. Sicher, es war nur eine Tonbandaufnahme, doch die Stimme war zweifellos die des scharfzüngigen Korrespondenten des *Courier*. Nach einer halben Stunde und noch einem Glas versuchte er es wieder. Dieses Mal hatte er Glück. Gerade, als der Anrufbeantworter seinen Spruch begann, wurde er unterbrochen und der Hörer abgenommen. Aber niemand sprach. Harry wappnete sich innerlich gegen Minters zynische Stimme, doch nur Schweigen empfing ihn.

»Hallo?« sagte er, sobald er die Hoffnung aufgegeben hatte, daß Minter sprechen würde. »Ist da...?« Dann wurde der Hörer aufgelegt. Er wurde nicht aufgeknallt, sondern nur ruhig aufgelegt, als hätte Harry den Zauberspruch nicht gesagt.

Bereits verärgert über das, was Minter geschrieben hatte, war Harry jetzt wütend. Er schrieb sich die Adresse auf, erfuhr vom Barkeeper, daß es zwanzig Minuten zu Fuß entfernt sei, goß sich noch ein Glas hinunter und steuerte direkt dorthin.

London nahm für Harry schnell den Charakter einer Stadt an, in der er nie zuvor gewesen war. Die alten Lagerhäuser von Wapping waren zum größten Teil in Appartementblöcke, vor denen lauter Porsche standen, umgewandelt worden. Überall, wo Harry in seiner Heimat hinging, wurde er mit einem materiellen Wohlstand konfrontiert, der ihm einfach mißfiel. In seiner Erinnerung bekamen die Entbehrungen einer Kindheit während des Krieges und die sich daraus ergebenden harten Jahre der Rationierung ein besonderes Gewicht durch die Selbstgefälligkeit und die Verschwendungssucht, die darauf gefolgt zu sein schienen. Dafür, ebenso wie für das, was er im *Courier* geschrieben hatte, war Harry entschlossen, Minter zur Verantwortung zu ziehen.

Der Eingang zu Kempstow Wharf, wo Minter wohnte, war mit Sicherheitsschlössern ausgestattet, mit einer zusätzlichen Klingel und einer Gegensprechanlage für jede Wohnung. Harrys Mut sank bei dem Gedanken, daß Minter sich möglicherweise einfach weigerte, ihn zu empfangen. Dann, als er gerade überlegte, wie er sich ankündigen sollte, wurde die getönte Glastür von innen geöffnet, und ein Mädchen in Trainingsanzug und Turnschuhen, das einen Squashschläger und eine Tasche trug, kam heraus und ließ die Tür hinter sich zufallen. Als sie langsam in den Angeln zurückschwang und das Mädchen sich entfernte, trat Harry ins Haus.

Minters Wohnung lag im dritten Stock. Vom Treppenfenster aus, wo Harry anhielt, um Atem zu schöpfen, hatte man einen imposanten Ausblick auf die Themse, die sich flußaufwärts in Richtung Tower Bridge wand. Der *Courier*, so schien es, bezahlte gut.

Das Fehlen eines Spions an der Wohnungstür war ein gutes Vorzeichen, fühlte Harry. Er klopfte. Niemand antwortete, obwohl er glaubte, drinnen Musik hören zu können. Er klopfte noch einmal, stärker.

Einen Augenblick später ging die Tür auf. Die Person, die öffnete, war zunächst unsichtbar; Harry erhaschte nur einen Blick auf den Flur, der in ein großes, mit einem Panoramafenster ausgestattetes Wohnzimmer führte. Wieder war die Tower Bridge in der Ferne zu sehen, und er hörte eine Frauenstimme sagen: »Tut mir leid, Jon. Ich habe vergessen, daß ich die Kette vorgelegt ...«

Plötzlich stand sie vor ihm. Groß, größer noch als Harry, nackt bis auf ein Badetuch, das sie sich unter die Arme geklemmt hatte und das knapp ihre Hüften bedeckte, mit langen nassen Haarsträhnen, die ihr am Kopf und Nacken klebten, und Wassertropfen, die von ihren Schultern und Oberschenkeln perlten. Sie war weder jung noch alt: eine reife Frau, die wußte, daß sie gut aussah. Ein Adlergesicht mit hohen Wangenknochen, dessen Ausdruck sich von Freude in Entsetzen verwandelt hatte, obwohl ihr Entsetzen unter diesen Umständen kaum größer als Harrys sein konnte: Es war Virginia, Alan Dysarts Frau.

»Wer, zum Teufel, sind Sie?« fragte sie und starrte ihn verärgert an.

Konnte es sein, daß sie ihn nicht erkannte? Für Harry war es zwar schwer zu glauben, aber doch nicht unmöglich: Sie hatte ihre Aufmerksamkeit nie an Leute wie ihn verschwendet. Außerdem hatten sie sich seit zwei Jahren nicht mehr gesehen.

»Ich sagte, wer, zum Teufel, sind Sie?«

»Ich suche Jonathan Minter.«

»Aber er ist nicht hier. Wie sind Sie hereingekommen?«

»Die ... äh ... Eingangstür stand offen.«

»Dann schließen Sie sie beim Hinausgehen.«

Damit wurde ihm die Tür vor der Nase zugemacht. Nicht zugeknallt, und er erinnerte sich an seinen Anruf, nur zugemacht.

Harry nahm ein Schiff von der Tower Bridge nach Charing Cross und beabsichtigte, von dort zum Bahnhof Waterloo zu Fuß zu gehen. Er saß an Deck, starrte auf die stahlgraue, veränderte Silhouette Londons und fragte sich, welchen Gebrauch er von seiner neuesten Entdeckung machen sollte. Privilegien, Heuchelei, Korruption. Das waren Minters eigene Worte gewesen. Und jetzt konnte Minter vor einer eigenen Tür kehren. Alles war so leicht durchschaubar. Minter im Urlaub. Dysart in Amerika. Und Virginia Dysart in Minters Bett. Der Verführer, der ihn als Verbrecher hingestellt hatte. Der Hahnrei, der sich seiner angenommen hatte. Und die Ehebrecherin, die ihn vergessen hatte. Ein Dreiecksverbindungsglied in der gewundenen Kette, die, wie Minter vorhergesagt hatte, nur zu etwas wirklich sehr Üblem führen konnte.

Noch mehr und noch Schlimmeres ging Harry durch den Kopf, als er im Zug nach Weymouth saß, Dosenbier trank und beobachtete, wie Surrey und Hampshire durch den grauen Nachmittag an ihm vorbeiflitzten. Er hatte Heathers Fotos herausgeholt, um sich daran zu erinnern, wie Nigel Mossop jetzt aussah, und angefangen, die Bilder durchzusehen. Als er auf den unbekannten Grabstein eines Francis Hollinrake stieß, fragte er sich wieder, wer dieser Mann war und was er für Heather bedeutet hatte. Es war doppelt verwirrend, denn nicht nur hatte Heather ihn nie erwähnt, sondern sie konnte, als er vor fünfzehn Jahren starb, erst zwölf gewesen sein.

Dann fiel es ihm ein. Hollinrake. Natürlich kannte er den Namen, und zwar aus der Zeit, die schon etwas länger als fünfzehn Jahre zurücklag. Der rotgesichtige Brautvater, der ihm am Eingang zum Festzelt die Hand zerquetscht hatte. »Freut mich, daß Sie kommen konnten«, hatte er freundlich gebrummt. »Ich bin Frank Hollinrake.« Ja, das war es. Hollinrake war Virginia Dysarts Mädchenname. Und Frank Hollinrake war ihr Vater.

15

Die vorzeitige Dunkelheit eines trüben Dezembernachmittags brach über Weymouth herein, als Harry ankam. Er ging den wohlbekannten Weg vom Bahnhof zu seiner alten Unterkunft in der Mitchell Street, durch Knäuel von bummelnden, herumalbernden Schulkindern, vorbei an hellerleuchteten, weihnachtlich geschmückten Schaufensterfronten; auch hier war ein elektronischer Chor von Weihnachtsliedern bereit, den verlorenen Sohn willkommen zu heißen.

Abseits der Hauptstraße begannen Überreste eines früheren, abgelegten Lebens seine Aufmerksamkeit in Anspruch zu nehmen. Ein paar verspätete kreisende Möwen stritten sich um ein aufgeweichtes Stück Brot. Ein leichter Geruch nach Meer erreichte ihn von einer Abbiegung, die zur Bucht führte. Dann tauchte vor ihm die hochaufragende Flanke einer Kanalfähre auf, die am Custom House Quay vor Anker lag. Es schien, als blockierte sie das Ende der Straße, ihre Schornsteine ließen das Wirrwarr der kleinen Häuserreihen winzig erscheinen.

Harry bog in die Mitchell Street ein und überquerte die Straße. Zu dieser Jahreszeit war es unwahrscheinlich, daß die Loves Untermieter hatten. Bevor Harry hier aufgetaucht war – und auch danach, nahm er an –, waren sie auf Feriengäste und Passagiere der Fähre angewiesen gewesen. Tatsächlich hatten sie Harry ursprünglich gesagt, daß er bis Pfingsten raus müßte. Letzten Endes war er dann fünf Jahre geblieben. Beryl hatte ihn ins Herz geschlossen, Ernie hatte gelernt, ihn zu ertragen, und Harry hatte keine Lust gehabt, danach zu suchen.

Doch da hing kein ZIMMER-FREI-Schild an der Tür. Und als Harry klingelte, öffnete Ernie und nicht Beryl. Er schien sogar noch kleiner, grimmiger und schäbiger zu sein, als Harry ihn in Erinnerung hatte: ein verhutzelter, frettchenäugiger Mann mit einer Selbstgedrehten, die an seiner Unterlippe klebte, in einer viel zu großen Strickweste und mit einem Ausdruck selbstauferlegten Elends im Gesicht.

»Hallo, Ernie. Erinnerst du dich noch an mich?«

Als Antwort schlug sich Ernie gegen die Stirn. »Hab' mehr vergessen, als du je wissen wirst. Verdammt, Harry Barnett. Was willst du denn?«

»Mein altes Zimmer für ein paar Nächte, wenn es frei ist. Ist Beryl zu Hause?«

»Verdammt, Beryl ist im Krematorium von Wymouth. Krebs. Vor drei Jahren. Nehme keine Untermieter. Seitdem nicht mehr.«

Beryl war tot. Dieser stets fröhliche, ständig arbeitende, warmherzige Engel von einer Frau war tot. Und ihr arbeitsscheuer, undankbarer Miesepeter von einem Ehemann war immer noch am Leben. Es war natürlich nur zu erwarten. Harry hätte es wissen müssen. Wenn das Leben die Wahl hatte, war es immer ungerecht.

»Ach du meine Fresse«, sagte Ernie. »Du siehst ja richtig mitgenommen aus.«

»Ich hatte keine Ahnung ...« Harry lehnte sich haltsuchend an den Türpfosten und bemühte sich, mit dieser weiteren Traurigkeit fertig zu werden, die das Schicksal für ihn bereitgehalten hatte.

»Ein paar Nächte, sagtest du?« Ein Anflug von Weichheit war in Ernies Gesicht getreten, wie eine hartnäckige Blume, die auf einem Granitkliff blüht.

»Ja, aber ...«

»Ich denke, am besten kommst du erst mal rein. Beryl zuliebe und so.« Er ging den engen vollgestopften Gang voraus, und Harry folgte ihm. Er bemerkte den Geruch von gebratenen Zwiebeln, der den Duft nach Bienenwachs aus Beryls Tagen verdrängt hatte. Ernie blieb stehen, als sie ins Wohnzimmer kamen, schaute sich nach Harry um und sagte: »Sie hat dich besser behandelt, als sie mich jemals behandelt hat, weißt du.« Es war, als ob er meinte, daß die Spur von Zuneigung in seiner vorherigen Bemerkung sofortiger Korrektur bedurfte, als ob dieser seiner Ehefrau nicht im mindesten ergebene Mann beweisen wollte, daß er kein sentimentaler Witwer geworden war.

Das Wohnzimmer war ein Chaos. Eine dicke Staubschicht lag auf Beryls Porzellantieren und -krügen. Asche häufte sich auf alten Plastiktabletts und war über das mit Zeitungen belegte Sofa verstreut. Die bestickten Schonbezüge waren zerrissen und fleckig, die Topfpflanzen welk und kümmerlich. Die Vorhänge, die von unterschiedlichen Gardinenleisten und halb zugezogen vor den Fenstern hingen, trugen mit ihrer gefilterten Dämmrigkeit noch zu der schmutzigen Mißmutigkeit der Szene bei. Der Kontrast zu dem, wie es früher hier ausgesehen hatte, war so deprimierend, daß es Harry die Sprache verschlug.

»Magst 'n Tee?«

»Äh, nein danke.«

»Oder 'n Bier?«

»Eigentlich muß ich gleich noch wohin.«

»Wirklich?«

Nirgends, so schien es Harry, nirgends in diesem Land, das er seine Heimat nannte, konnte er hingehen, ohne die Vergangenheit mit Füßen getreten, seine Erinnerungen beleidigt, seine Annahmen widersprochen vorzufinden. Beryl tot, ihr Zuhause vernachlässigt, ihr Mann völlig heruntergekommen – hätte Harry das gewußt, wäre er vorbeigegangen.

»Warum bist du zurückgekommen?«

»Ich weiß nicht.«

»Jemand im Globe sagte, daß er etwas über dich in der Zeitung gelesen habe. Etwas über ...«

»War Beryl ... Mußte sie sehr leiden?«

Ernies Blick zeigte besser als alle Worte: Dieses Thema war tabu. »Also, die Unterkunft würde ... 'n Fünfer die Nacht kosten. Im voraus.«

Harry nahm den Rucksack von den Schultern und stellte ihn hinter der Tür ab. Dann nahm er einen Zehn-Pfund-Schein aus seinem Portemonnaie und drückte ihn in Ernies aufgehaltene Hand. Er wußte zwar, daß Ernie gemein war, doch er nahm an, daß dies nicht der Grund für seine Forderung war. Das Geld sollte eine Distanz schaffen, sollte ihre Beziehung von allem befreien, was nach Mitleid roch. Ernie wollte keinen Gefährten in seiner Trauer.

»Wo gehst du denn hin?«

»Äh ... Mallender Marine.«

Ernies ewiges Stirnrunzeln vertiefte sich noch. »Sie haben dich doch nicht wieder genommen?«

»Nein. Ich will nur jemanden von der Belegschaft treffen. Es könnte ein paar Stunden dauern.«

»Dann schaust du am besten in den Globe, wenn du zurückkommst. Bis dahin werde ich wahrscheinlich dort sein.«

Harry nickte. »Ja. Wahrscheinlich.«

Es war gut, überlegte Harry, als er zehn Minuten später in dem Bus nach Portland saß, daß Ernie Love der ungeselligste Mensch war, dessen Interesse an Klatsch sich völlig auf das übliche Gerede in den Wettbüros beschränkte. Bei ihm zumindest konnte man davon ausgehen, daß er nie eine Ausgabe des *Courier* gelesen hatte.

Der Bus bewegte sich langsam durch den Stoßzeitverkehr, leichter Regen sprühte unentschlossen gegen die Scheiben. Trotz all der vielen Hunderte von Fahrten, die Harry auf dieser Strecke von der Tower Bridge bis zu Mallender Marine gemacht hatte, trotz all der Jahre, die er in Weymouth gelebt hatte, und trotz all der Jahre, in denen er geglaubt hatte, er würde dort bleiben, spürte er keinerlei Zuneigung, keinerlei

Zugehörigkeitsgefühl. Nichts, das wußte er, außer der unweigerlichen Notwendigkeit, die ihn dazu verpflichtete, würde ihn zurückgebracht haben.

So war sich Harry denn auch seines eigenen Widerwillens ebenso bewußt, wie er sich darüber im klaren war, daß sein Verhalten vielleicht unratsam war, als er aufstand, den Klingelknopf drückte und an der Haltestelle ausstieg. Er starrte dem erleuchteten Umriß des Fahrzeugs nach, wie es auf der pfeilgeraden Straße weiter in Richtung Portland fuhr, und ließ seine Augen und sein Gedächtnis die entfernte, von Neonlicht erhellte Silhouette des Marinestützpunktes aufsaugen. Die Lichter brachen sich und erstreckten sich in das schwarze, unsichtbare Wasser des Hafens. Dann überquerte er die Straße und betrat mit entschlossenem Schritt einen weiteren Abschnitt seiner Vergangenheit. Mallender Marine war ein zweistöckiges Bürogebäude mit einem Parkplatz an der Vorderseite und Werkhalle und Laderampe auf der Rückseite. Auf seine Art war es der typische, wenig anziehende Arbeitsplatz, wie er jedem vertraut war: langweilig, funktionell und vollkommen unauffällig.

Doch für Harry Barnett, der draußen im Nieselregen stand, war dieser Ort, komme, was da wolle, der Ausgangspunkt für seine Suche nach Heather Mallenders Geheimnis: das erste Foto auf dem Film, das sie gemacht hatte, die erste Kreuzung ihrer miteinander verwobenen Schicksale. Der Parkplatz war größtenteils leer, wie er gehofft hatte, und nur in der Hälfte der Büros brannte Licht. So spät an einem Freitagabend, hatte er gedacht, würden nur die noch arbeiten, die in einer verzweifelten Lage oder mit Herz und Seele dabei waren. Roy Mallender, um einen zu nennen, würde längst fort sein. Aber Nigel Mossop, der schüchterne, naive, arbeitsame Nigel, würde, wenn Harrys Erinnerung nicht trog, wohl selbst jetzt noch an seinem Schreibtisch zu finden sein.

Harry folgte einem Pfad, der ihn hinter alle Büros im Erdgeschoß führen würde. Gnädigerweise lag das Fenster, das einst zu seinem Büro gehört hatte, im Dunkeln. Es war nicht nötig, mit irgendwelchen Veränderungen, die sein Nachfolger vorgenommen hatte, konfrontiert zu werden. Im nächsten Zimmer scherzten zwei Mädchen, die er nicht kannte, mit dem Reinigungspersonal. Der Gedanke, daß sie nicht bemerkten, daß sie beobachtet wurden, war seltsam. Dann folgten ein leerer Raum und noch zwei verdunkelte Fenster. Und dann, wie er es erwartet hatte, ein Büro mit vier Schreibtischen, von denen nur einer besetzt war, jedoch besetzt von Nigel Mossop.

Im grauen Anzug und mit zerzaustem Haar, dünn und gebeugt, als würde er von der Last seiner eigenen Unzulänglichkeit niedergedrückt, schien Nigel Mossop, der stirnrunzelnd und besorgt über einem Stoß von

Papieren saß, immer noch genau so zu sein, wie ihn Harry in Erinnerung hatte: ernst, gutmeinend und im Grunde gutherzig, jedoch von Unsicherheit und Einfalt gelähmt. Kein Mensch, der Zuneigung oder Vertrauen hervorrief, und sicherlich niemand, auf den man sich verlassen könnte, weder in einer Krise noch sonst, war er doch der eine sichere Zeuge dessen, was Heather vorhatte, als sie dieses Foto aufgenommen hatte.

Harry trat näher an das Fenster, so daß er nur mehr einen Meter von Mossop entfernt, aber für ihn immer noch unsichtbar war. Er konnte jetzt jedes winzige Symptom des unveränderten Charakters dieses Mannes erkennen: ungepflegt, zögernd, zu Panik neigend, von Unsicherheit aufgerieben. Seine Nase hatte sich vor Verwirrung in Falten gelegt, als er die Tasten seiner Rechenmaschine drückte, die Stirn hatte sich in vergeblicher Konzentration zusammengeschoben. Harry streckte seine Hand aus und klopfte mit den Knöcheln an das Glas.

Mossop reagierte wie ein Hase auf einen Gewehrschuß. Er schnellte in seinem Stuhl zurück, der Mund stand ihm offen, und die Augen traten ihm aus dem Kopf. Als er zum Fenster sah und Harrys Gesicht erblickte, traute er für einen Moment seinen Sinnen nicht. Dann bedeutete Harry ihm mit Mund und Armbewegungen, das Fenster zu öffnen. Mossop schaute sich um, als fürchte er, beobachtet zu werden, obwohl Harry sehen konnte, daß das nicht der Fall war. Immer noch zögerte er. Dann schließlich beugte er sich über den Schreibtisch, löste den Riegel und stieß vorsichtig das Fenster auf.

»Harry«, sagte er, vor Verwirrung völlig atemlos. »Was machst du ... ich meine ... Das ist nicht ...«

»Hallo Nige. Überrascht, mich zu sehen?«

»Nun ... Ich habe bestimmt nicht ... Was ... was machst du hier?«

»Ich hoffte, ein paar Worte mit dir sprechen zu können.« Obwohl die Chancen, dachte Harry, daß diese Worte zusammenhängend sein würden, nicht gut zu stehen schienen.

»Oh ... Wirklich? Über ... über was?«

»Heather.«

Entsetzen verzerrte nun Mossops erschreckten Gesichtsausdruck. »Heather? Du meinst H-Heather ... M-M-M--«

»Heather Mallender«, unterbrach Harry und beendete Mossops Satz, wie er es immer getan hatte, wenn ihm das Gestammel des jungen Mannes zu viel wurde.

»Ich kenne ... habe, das heißt ... kannte ... Heather ... überhaupt nicht richtig.«

»Das stimmt nicht ganz, Nige, oder?«

»Doch, natürlich ... Natürlich ... stimmt's.«

Harry zog die Mappe mit den Fotos aus der Tasche, suchte das mit Mossop heraus und hielt es ihm unter die Nase. »Erinnerst du dich, daß sie das von dir gemacht hat?«

Mossops Kinnlade fiel herunter. »Oh ... Oh, ja ...« Er griff danach, als ob er es nehmen wollte, aber Harry steckte es zurück, bevor er dazu kam.

»Läßt du mich rein?«

Wieder schaute Mossop ängstlich über seine Schulter. »Nein ... Das heißt ... Ich komme raus.«

Harry beobachtete, wie der junge Mann einige Papiere und eine leere Brotbüchse in seine Aktentasche steckte, einen Anorak überzog, auf die Tür zuging und dabei das Licht ausdrehte. Als Harry um das Haus herumlief, um ihn am Haupteingang zu treffen, fragte er sich, ob der Verstohlenheit, die sich mit Mossops natürlicher Schüchternheit gepaart zu haben schien, irgendeine Bedeutung beizumessen war. Es war vermutlich verständlich, daß er nicht dabei gesehen werden wollte, wie er mit Roy Mallenders eingeschworenem Feind fraternisierte, aber sein schwacher Versuch, zu leugnen, daß er Heather kannte, deutete auf eine tiefer sitzende Furcht hin.

Mossop erschien gerade in der Tür, als Harry dort ankam, aber er hielt nicht an oder blickte nicht einmal in Harrys Richtung. Statt dessen eilte er zu seinem Auto hinüber, öffnete die Tür, kletterte hinein und winkte dann Harry, er solle einsteigen. Nachdem das geschehen war, startete Mossop den Motor und fuhr den Wagen mit röhrendem Choke vom Parkplatz, womit er, fürchtete Harry, all die Aufmerksamkeit auf sich zog, die er zu vermeiden hoffte.

»Wohin fahren wir, Nige?« Sie nahmen Kurs nach Süden in Richtung Portland, aber zu Harrys Zeiten hatte Mossop mit seiner Mutter in Radipole gewohnt, und es war schwer vorstellbar, daß er umgezogen war.

»Nun ... Nun ..., ich dachte, irgendwohin, wo wir ungestört sind ..., wäre das beste.«

»Gehört das Fahren ohne Licht auch zum Ungestörtsein?«

»O Gott.« Mossop griff zum Scheinwerferschalter, und Harry bemerkte, wie sehr seine Hand dabei zitterte. »Tsch-tschuldige.«

»Du brauchst dich nicht zu entschuldigen. Sag mir nur, weshalb du so nervös bist.«

»Ich ..., ich bin nicht nervös.«

»Nenn es, wie du willst.«

Ungeschickt wechselte Mossop das Thema. »Es hat sich ..., hat sich viel geändert ..., seit du aus der Firma weg bist.«

»Das kann ich mir denken.«

Mit dieser winzigen Ermutigung begann Mossop einen heruntergehaspelten und stotternden Bericht darüber, wer in den zehn Jahren seit Harrys Weggang gekommen und gegangen war, wer es zu etwas gebracht hatte und wer auf der Strecke geblieben war. Nichts von dem konnte ihn überraschen. Charlie Mallender hatte sich zurückgezogen und es Roy überlassen, dem Betrieb seine eigene Philosophie aufzudrücken. Das bedeutete mehr risikoarme, profitsichere Verträge mit dem Verteidigungsministerium und weniger gewagte Unternehmen im Freizeitbereich des freien Markts. Es bedeutete auch, daß lieber speichelleckende, sich abschindende Mitarbeiter als jemand mit einer Spur von Individualität eingestellt wurden. Nicht etwa, daß Roys Methoden ohne Erfolg geblieben wären. Geschäftlich war Mallender Marine immer erfolgreicher geworden. Was Mossop betraf, obwohl er offensichtlich die früheren Pionierzeiten nicht mitgemacht und unter Roy herzlich wenig persönliche Förderung erhalten hatte, so gewährleistete seine angeborene Bescheidenheit, daß er sich nicht beklagen würde.

Mossops Gestammel hörte schließlich dort auf, wo die Straße endete – am Portland Bill. Er fuhr auf den leeren Parkplatz des Leuchtturms, hielt an, stellte den Motor ab und schien nun in diesem entferntesten und dunkelsten aller Verstecke vor spähenden Augen sowohl in seiner Sprechweise als auch in seinem Ausdruck ruhiger zu werden.

»Wir alle haben natürlich von dir und Heather gehört ... gelesen.«

»Wirklich?«

»Ich habe nicht geglaubt ..., was sie dir unterstellt haben. Nicht ..., nicht einen Augenblick lang.«

»Was *wer* unterstellt hat?«

»Nun ... Die Zeitungen natürlich ... und ...«

»Roy Mallender?«

»Er hat dich nie gemocht, Harry ... Das weißt du ...«

»Er hat auch dich nie gemocht.«

»Nein ... Nein, hat er nicht ... Aber jetzt ... ist alles anders.«

»Wirklich?«

»Oh, ja ... Ja natürlich.«

»Weiß er, daß du mit Heather ausgegangen bist?«

»Ich ... Das stimmt nicht.«

Mossops relative Beherrschung war nun zu Ende. Ein plötzlich einsetzender Duftschwall sagte Harry, daß er in der zunehmenden Kälte schwitzte. »Los, Nige. Das Foto, erinnerst du dich?«

»Woher hast du ...? Wie ...?«

»Nachdem sie verschwunden war, ließ ich den Film in ihrer Kamera entwickeln. Keine Angst. Ich habe niemandem erzählt, daß du drauf bist ... bis jetzt.«

»Was willst du damit s-s--«

»Ich will damit sagen, daß ich, strenggenommen, die Fotos der Polizei aushändigen müßte. Sie würden vielleicht wissen wollen, warum du auf einem zu sehen bist.«

»Es ist nur ..., nur ein Schnappschuß.«

»Aufgenommen wann, wenn ich fragen darf?«

»Im letzten, äh ..., letzten Sommer.«

»Und wo aufgenommen?«

»Oh ... Ich weiß nicht. Ich kann mich nicht ...«

»Kannst dich nicht erinnern? Vielleicht kann ich helfen. Ich glaube, das Haus im Hintergrund ist auf Tyler's Hard. Ich glaube, es ist Alan Dysarts Landhaus im New Forest. Du *hast* doch schon von Alan Dysart gehört, nicht wahr?«

»Aber ... ja, natürlich.«

»Also, warum seid ihr dort gewesen?«

»Es war nichts ... Besonderes. Nur ein ... T-t-t-agesaus-f-f-flug.«

Harry verspürte plötzlich Mitleid für seinen Begleiter. Der arme Mossop konnte den Druck, unter dem er stand, nicht aushalten. Die Zeit hatte sein Selbstvertrauen nicht gerade gestärkt. Wenn irgend etwas, dann hatte sie es untergraben. Doch Mitleid oder nicht, Harry konnte es sich kaum leisten, zartbesaitet zu sein. »Wenn Roy je herausfinden sollte, daß du und Heather befreundet waren, dann wäre das nicht besonders gut für deine beruflichen Aussichten, stimmt's?«

»O Gott.« Mossops Kopf sank ihm auf die Brust. »Ich habe nie ... auch nur einen Augenblick gedacht ...« Seine Stimme klang ganz belegt, als wäre er den Tränen nahe.

»Warum erzählst du mir nicht einfach alles darüber, Nige, he?« Als er sich selbst mit sanfter, aufmunternder Stimme sprechen hörte, erinnerte ihn das an Miltiades: dieselbe Sympathie, die mitschwang, derselbe Beigeschmack einer Beichte.

»Ich nehme an ..., ich ..., warum eigentlich nicht.« Mossop sprach nun ohne den gezwungenen Beiklang seiner früheren Unentschlossenheit. Er hatte den ungleichen Kampf aufgegeben. »Du weißt, daß Heather diesen ... Zusammenbruch ... hatte und sie deshalb mit Unterrichten aufhören mußte?«

»Ja.«

»Nun, nachdem sie sich wieder erholt hatte ..., fing sie bei Mallender Marine an zu arbeiten ... Nur vorübergehend, natürlich ... Um ihr die Rückkehr ins Alltagsleben zu erleichtern ... Das, nehme ich an, war der Plan. Sie steckten sie in das gleiche Büro wie mich ... Es muß April gewesen sein ..., als sie anfing. Nun, wir haben uns kennengelernt, wie man sich so kennenlernt ..., wenn man mit jemandem zusammenarbeitet.« Seine Stimme wurde immer kräftiger und flüssiger beim Sprechen. »Wir gingen an ein paar Freitagabenden nach der Arbeit miteinander etwas trinken, das war alles ... Es war nichts weiter dabei ... Ich glaube, sie hat gern mit mir gesprochen, weil ich sie nicht, also, ich habe sie nicht ... nach ihrer Schwester, nach ihrem Zusammenbruch gefragt. Vielleicht mochte sie mich, weil ich ... keine Bedrohung war, verstehst du?«

»Ich verstehe, Nige, ich verstehe.« Das ähnelte auf verwirrende Weise dem, was Heather auch zu Harry hingezogen haben mochte.

»Also, letzten August ..., am Sonntag des Bankfeiertag-Wochenendes ..., fragte sie mich, ob ich sie nach New Forest fahren würde. Sie sagte, sie wollte sehen ..., sehen, wo ihre Schwester umgekommen war ... Tyler's Hard, wie du gesagt hast. Sie wollte nicht allein hingehen und wollte nicht, daß ihre Familie etwas davon erfährt. Deshalb ... hat sie mich gefragt.«

»Was passierte?«

»Nichts. Wir sind dort hingefahren ..., aßen in Beaulieu zu Mittag ... und schauten auf das Stück Wasser ..., wo das Boot explodierte. Dann kamen ... wir zurück.«

»Das war alles?«

»Ja ..., natürlich. W-w--«

»Was noch?« Mossops Stottern hatte ihn verraten. »Heraus mit der Sprache, Nige. Was ist sonst noch passiert?«

»Nun, wir ..., wir besuchten ein paar L-leute. Eine alte Frau, die, äh, für Dysart putzte. Mrs. D-Di--«

»Mrs. Diamond?«

»Ja, Heather hatte ihre Adresse. Sie ... wollte sie aufsuchen.«

»Weshalb?«

»Ich weiß nicht. Ich ... habe im Wagen gewartet, während sie zu ihr hineinging.«

»Wen noch?«

»Oh ..., Dysarts Faktotum. Ich kann mich ..., kann mich an seinen Namen nicht erinnern. Wir fanden ihn ... beim Haus. Aber es stellte sich heraus, daß er bei der Explosion nicht anwesend gewesen war, also hat Heather nicht viel aus ihm herausbekommen.«

»Was versuchte sie herauszufinden?«

»Ich weiß es nicht. Ehrlich, Harry, ich weiß es wirklich nicht. Nichts Bestimmtes ..., soweit ich feststellen konnte.«

»Was geschah danach.«

»Danach? Nichts. Überhaupt ... nichts. Heather verließ Mallender Marine im Oktober, und ... das war das letzte, was ich von ihr sah.«

Schweigen trat ein, und Harry starrte nach vorn auf die dunkle leere Windschutzscheibe. Wenn Mossop die Wahrheit sagte, dann war sein Besuch mit Heather in Tyler's Hard das eigentliche Ziel, kein Vorbote anderer Entdeckungen. Doch Mossop wußte natürlich nicht, was die späteren Fotos zeigten. Auch wußte er nicht um die Gründe, die Heather nach Tyler's Hard führten, um nach Zeugen für den Tod ihrer Schwester suchen.

»Ist dir damit ... irgendwie geholfen, Harry?«

»Es ist nicht genug, Nige. Ich fürchte, ich muß dich um einen Gefallen bitten.«

»Was für einen G-g--«

»Fahr mich zu Tyler's Hard. So wie du Heather gefahren hast. Bring mich überall dorthin, wo du sie hingebracht hast. Ich möchte Mrs. Diamond treffen ... und das Faktotum. Ich möchte alles sehen, was sie an diesem Tag gesehen hat.«

»Aber ... warum?«

»Wenn ich das wüßte, brauchte ich nicht zu fahren.«

»Also, ich kann wirklich ... nicht. Ich kann nicht weg, weißt du. Meine Mutter ...«

»Morgen oder Sonntag. Du hast die Wahl. Aber es muß an einem der beiden Tage sein.«

Wieder herrschte Schweigen. Harry brauchte Mossop nicht daran zu erinnern, weshalb er verpflichtet war, ihm den gewünschten Gefallen zu tun. Es ging nur noch darum, darauf zu warten, daß er sich in das Unvermeidliche fügte.

»S-Sonntag dann. Ich geh ... sonntags oft die Vögel an der Flotte beobachten. Meine Mutter würde sich nicht wundern ... wenn ich den ganzen Tag fortbliebe.«

»Hol mich um halb zehn an der Jubiläumsuhr ab.«

»In Ordnung Ich werde ... werde dasein.«

»Aber ganz bestimmt. Denk daran: Ich zähle auf dich.« Was ironisch ist, dachte Harry, als er es sagte, da es nach dem, was er von Mossops Charakter hielt, wahrscheinlich ein Beweis größter Dummheit war, wenn man sich, selbst in unwichtigeren Angelegenheiten, auf einen solchen Menschen verließ.

16

»Nett von dir, mich zu fahren, Ernie«, sagte Harry, als die Kupplung von Loves Lieferwagen wieder gequält aufkreischte.

»Du wärst doch sonst nicht hingekommen, verdammt noch mal, oder?«

»Nein, vermutlich nicht.« Er zuckte zusammen, als sie um eine Kurve rasten und Aufhängung und Radkasten knirschten. Und er fragte sich erneut, ob nicht die Gebühr für ein Taxi eine gute Investition gewesen wäre.

Ernies Beschäftigung, neben dem Wetten, war die eines Gelegenheitsklempners, aber er hatte Harry freimütig gestanden, daß es damit seit Beryls Tod verdammt den Bach runtergegangen sei. Das erklärte auch die Unleserlichkeit seines Namens an der Seite des Kombiwagens und den bejammernswerten technischen Zustand des Fahrzeugs sowie das unbrauchbare Aussehen der Schwimmerventile und Armaturenteile, die hinter Harrys Sitz herumklapperten.

»Wir kommen jetzt ins Dorf«, sagte Harry und versuchte, nicht ganz so erleichtert zu klingen, wie er sich beim Anblick des Ortsschildes von Portesham fühlte. Ernie hatte ihm am Abend zuvor, als er sich gerade sein siebtes Mackeson-Bier im Globe genehmigte, angeboten, ihn dorthin zu fahren, und als abgebrühter Spieler, der er war, hatte er darauf bestanden, sein Versprechen einzulösen.

Sie bogen von der Straße nach Bridport mit einem Ruck ab, daß die Reifen quietschten, und sausten die enge Hauptstraße des Dorfes hinunter. »Bist schon mal hier gewesen?« fragte Ernie ruhig und bemerkte gar nicht, wie schnell er fuhr.

»Einmal, ja.« Es war eine dunkle Winternacht gewesen, erinnerte sich Harry, im selben Jahr, als er bei Mallender Marine angefangen hatte. Charlie Mallender hatte einige der Mitarbeiter zu einer Einweihungsfeier nach Sabre Rise, seinem neugebauten Landsitz in der Nähe von Portesham, eingeladen. Warner von der Personalabteilung hatte Harry mitgenommen. Er hatte zuviel getrunken und Mrs. Mallender einen gewagten Witz erzählt, den sie gar nicht lustig fand, dann Lambert, dem salbungsvollen Betriebsleiter seine Meinung gesagt. Selbst nach fünfzehn Jahren war die Erinnerung daran peinlich. Wo Heather wohl an jenem Abend gewesen sein mochte: im Internat – oder bei Freunden? Vielleicht war sie oben in ihrem Schlafzimmer gewesen und hatte dem Geschwafel der Erwachsenen unten zugehört. Vielleicht war sie sogar ... »Fahr hier rein, Ernie, wir können in der Kneipe nach dem Weg fragen.«

Sabre Rise, so stellte sich heraus, war nur einen kurzen Fußmarsch den Heckenwegen entlang entfernt. Unter den Umständen war Harry froh, daß er Ernie beim Trinken in der Halbmond-Bar zurücklassen, den Rucksack schultern und den Weg nach den Angaben der Hausbesitzerin allein in seinem eigenen Tempo fortsetzen konnte. Der Tag war grau und windstill, die sich ausbreitenden Außenbezirke von Portesham wirkten in der vornehmen Art eines wohlhabenden englischen Dorfes zurückhaltend und abweisend. Er stieg langsam die steile, gewundene Straße hinauf und probte immer wieder die Vorschläge, die er machen würde, das Beileid, das er aussprechen würde, und vor allem die Fragen, die er stellen wollte.

Plötzlich, ohne Warnung, kam ein großer, dunkelblauer Kombiwagen um die Kurve gebraust, in die Harry gerade einbog, und nahm dabei die ganze Straßenbreite ein. Instinktiv drückte sich Harry flach an die Hecke. Mit einem Luftzug und einem Aufheulen fuhr der Wagen an ihm vorbei und davon, spritzte ihm dabei mit dem Wasser aus einer Pfütze die Beine voll und ließ ihn nur einen flüchtigen Blick des steinern gleichgültigen Gesichts des Fahrers erhaschen. Doch ein flüchtiger Blick, stellte Harry fest, als er wieder zu Atem kam und seine Hosen abputzte, war genug. Das Jackett aus undurchlässigem, dichtgewebtem Stoff, der Tweedhut, die Pfeife mit dem dicken Kopf, das entschlossene und geäderte Gesicht eines Selfmade-Mannes: Sie gehörten Charlie Mallender. Er hatte Harry nicht bemerkt, was nur zu erwarten war, da Fußgänger in seiner Vorstellung mit zu all den niedrigen Schichten gehörten – unter Deck, außerhalb jeder Berücksichtigung und unter aller Kritik. Der Golfsack, der hinten im Wagen stand, deutete auf eine längere Abwesenheit von zu Hause hin, und das, dachte Harry, war ein gutes Vorzeichen, denn eine besorgte Mutter war wahrscheinlich vernünftiger als ein empörter Vater.

Fünf Minuten später erreichte er den Eingang zu Sabre Rise. Die Einfassungsmauer bestand aus rundem Naturstein, das Tor aus kräftigem, stark lasiertem Holz. Dahinter lagen weite, makellose Rasenflächen, eine geschwungene, mit grobem Kies bestreute Auffahrt und das Haus selbst. Es war aus rotem Ziegelstein, hatte ein flaches Dach und wirkte protzig und neureich. Die Fenster waren zu groß, die Umgebung zu kahl, die Architektur zu übertrieben kostspielig für eine ruhige Gemeinde in der ländlichen Gegend von Dorset. Heather mußte es gehaßt haben, dort zu wohnen, da war er sicher. Nichts in ihrem sanften, zurückhaltenden Wesen könnte sich in dieser überwältigenden Zurschaustellung des Wohlstandes ihrer Familie wiederfinden.

Harry öffnete das Tor und ging die Auffahrt hinauf. Dabei hörte er das Knirschen des Kieses unter seinen Fußsohlen. An einem der Fenster im Erdgeschoß tauchte ein Dalmatiner auf und begann zu bellen. In einem der Zimmer im ersten Stock wurde von einer unsichtbaren Hand ein Store zur Seite geschoben. Er erreichte die Tür und drückte die Klingel.

Eine junge Frau machte ihm auf. Ihre Jeans, die Schürze und ihr Dorset-Akzent ließen darauf schließen, daß sie eine Angestellte war. Ehe Harry zu einer Erklärung ansetzen konnte, erblickte er eine Gestalt, die die Freitreppe herunterkam. Dünn, mit verbittertem Gesicht und schwach zitternd, wie ein Blatt in einer Brise, erinnerte sie mit ihren hohen Wangenknochen doch etwas an die Züge ihrer Tochter. Sie erkannte Harry sofort wieder, und ihr Blick wurde eiskalt. »Es ist gut, Jean«, sagte sie mit flacher, zitternder Stimme. »Ich kümmere mich darum.«

Jean verschwand gehorsam. Der Dalmatiner erschien leise in einer Tür. Harry nahm den Rucksack herunter und stellte ihn auf die Matte. Und Marjorie Mallender ging langsam auf ihn zu.

»Was wollen Sie hier, Mr. Barnett? Sie *sind* doch Mr. Barnett, nicht wahr?«

»Ja.« Harry versuchte zu lächeln, aber der Ausdruck erstarb auf seinem Gesicht, als sie ihn eiskalt ansah. »Ich ... ich dachte, ich sollte Ihnen Heathers Sachen zurückbringen. Kleidungsstücke, Schmuck, persönliche Dinge: wissen Sie, alles, was ...«

»Sie sind in dem Rucksack.«

»Äh, ja.«

»Dann können Sie ihn dort stehenlassen.« Sie sagte nichts weiter, aber Harry spürte, wie stark ihr unausgesprochener Wunsch war, daß er gehen sollte. Unter anderen Umständen hätte er nichts lieber als das getan, aber er wußte, daß er das nicht konnte. »Wenn Sie meinen Dank hören wollen, hier ist er, Mr. Barnett. Nun, ist das alles?«

»Nein. Das heißt ...« Schweigen trat zwischen sie wie ein eigenständiges körperliches Gebilde. Warum war diese Frau so gar nicht neugierig? Harry wunderte sich. Trotz all der Lügen, die ihr Sohn ihr vielleicht über ihn erzählt hatte, war er doch immerhin der letzte Mensch, der ihre vermißte Tochter gesehen hatte, und sie war immerhin die Mutter, die außer sich und brennend an einer Nachricht interessiert sein müßte. Doch sie schien weder ihn zu beschuldigen noch ihm eine Frage stellen zu wollen. »Ich dachte ... Sie wollten vielleicht mit mir sprechen.«

»Worüber?«

»Über Heather.«

Beim Klang des Namens ihrer Tochter zuckte sie zusammen, beherrschte sich dann sofort wieder. »Weshalb sind Sie hierhergekommen, Mr. Barnett?«

»Ich sagte es Ihnen gerade.«

Sie ging einen Schritt nach vorne und packte die Tür, als ob sie sie ihm vor der Nase zumachen wollte, und sagte dabei: »Bitte rufen Sie nicht wieder an.«

»Ich suche nach Heather«, rief er als Antwort. Sie erstarrte mitten in der Bewegung, und da er sah, daß seine Worte ihm eine vorübergehende Gnadenfrist verschafft hatten, fuhr er fort: »Was immer Roy glauben mag, Mrs. Mallender, ich habe Heather nicht umgebracht oder entführt, nicht einmal erschreckt. Ich bin nur der Mensch, der zufällig dort war, als sie verschwand. Ich bin nur der Freund, der sein Möglichstes tut, um sie zu finden.«

»Sie zu finden?«

»Ich bin überzeugt, daß sie noch am Leben ist. Ich bin entschlossen, es auf die einzige Art zu beweisen, die mir möglich ist: indem ich jede Spur verfolge, die mich zu ihr führen könnte.«

»Die Polizei glaubt, daß sie tot ist.«

»Glauben Sie das auch?«

»Jeder glaubt ...« Ihre Stimme erstarb, aber in ihren Augen war ein kleiner Hoffnungsschimmer aufgetaucht. »Meinen Sie das wirklich, was Sie sagen, Mr. Barnett?«

»Ja.«

Sie musterte ihn einen Moment mit prüfendem Blick, dann sagte sie: »Kommen Sie herein«, und stieß die Tür auf, um ihn hereinzulassen.

Er folgte ihr in ein großes Wohnzimmer mit Panoramafenster, in dem die Möbel und Dekorationen trotz all ihrer Üppigkeit den vorhandenen Platz nicht ganz auszufüllen schienen. Holzscheite brannten in dem breiten offenen Kamin mit Kupferabzug, und doch raubte eine Kälte, die kein Thermometer anzeigen konnte, dem dicken Teppich seine Wärme und den Plüschsofas ihre Bequemlichkeit. Der Dalmatiner hielt aufmerksam an der Tür Wache, während seine Herrin zu einem Beistelltisch ging, auf dem auf einem Tablett die Getränke standen. Sie goß sich einen großen Gin und ein winziges Tonic ein, versäumte aber, Harry das gleiche anzubieten, und drehte sich dann zu ihm um.

»Wir hatten keine Ahnung, daß Sie der Mann sind, mit dem sie sich in Rhodos angefreundet hatte«, sagte sie mit nur einer Andeutung von Feindseligkeit in ihrer Stimme.

»Aber Sie wußten, *daß* sie sich mit jemandem angefreundet hatte?«

»Ja. Sie hat es auf den Postkarten erwähnt.«

»Vielleicht dachte sie, es würde Sie beunruhigen, wenn Sie wüßten, daß ich es bin.«

»Vielleicht. Alan hätte uns wissen lassen sollen, daß Sie sein Hausverwalter sind.«

»Ich bin vollkommen harmlos, Mrs. Mallender. Sicherlich sehen Sie das selbst.«

»Aber mein Mann hat sie rausgeworfen.«

»Das war vor zehn Jahren. Glauben Sie ernstlich, daß ich deswegen immer noch wütend bin oder es an Heather auslassen würde, wenn ich es noch wäre?«

»Roy erzählte mir, daß es schon zuvor Probleme gegeben habe: Die weiblichen Mitarbeiter hätten sich beschwert.«

Also hatte Roy zur falschen Auslegung auch noch eine Geschichte dazu erfunden. Das erklärte, weshalb Marjorie Mallender gezögert hatte, mit ihm zu sprechen, geschweige denn, ihn ins Haus zu lassen, doch es erklärte nicht, weshalb sie sich erweichen ließ oder weshalb ein so zweifelnder Ton in ihrer Stimme war, als sie erzählte, was ihr Sohn ihr gesagt hatte. Da er spürte, daß es bei Roys Mutter größeren Eindruck machen würde, wenn er dessen Anspielungen ignorierte, als wenn er sie abstritt, tat er nichts dergleichen. Statt dessen verfolgte er eine Politik der Vernunft. »Es scheint mir, Mrs. Mallender, daß es drei mögliche Erklärungen für Heathers Verschwinden gibt. Eine ist, verzeihen Sie mir, wenn ich das sage, daß sie ermordet und ihre Leiche dort versteckt wurde, wo keine Suchaktion sie finden kann.«

»Das ist das, was mein Mann und mein Sohn glauben.«

»Aber nicht, was Sie glauben.«

Sie konterte mit einem verschlossenen Blick.

»Eine andere Möglichkeit ist, daß sie entführt wurde und irgendwo gegen ihren Willen festgehalten wird. Es fiel mir ein ...«

»Ja?«

»Es hat keine Lösegeldforderung gegeben, soweit ich weiß, aber man hat schon davon gehört, daß die Familien der entführten Opfer ihren Kontakt mit den Entführern geheimhalten, um keine Gefahr ...«

»Es gab keinen Kontakt, Mr. Barnett. Sie haben mein feierliches Ehrenwort.«

»Dann bleibt nur eine Möglichkeit – daß sie von sich aus verschwunden ist; daß sie lieber die Flucht ergriff, als eine Konfrontation ...«

»Eine Konfrontation womit?« Marjorie Mallender atmete jetzt schwer, ihre Wangen röteten sich nicht nur vom Gin allein. Entweder hatte sie eine Andeutung aus Harrys Worten herausgehört, die er nicht beabsichtigt hatte, oder diese Worte waren näher an der Wahrheit, als er angenommen hatte.

»Ich weiß nicht. Sie sollte in ein paar Tagen zurückfliegen. Sie schien glücklich zu sein auf Rhodos und wollte nur ungern wegfahren. Aber ich dachte nicht, daß es mehr sei als die übliche Niedergeschlagenheit am Ende der Ferien. Dann wiederum kannte ich sie ja erst seit ein paar Wochen. Sie ist Ihre Tochter. Sie sind besser in der Lage als ich, zu sagen, ob …, ob es etwas gab, wovor sie vielleicht davonlaufen wollte.«

Marjorie Mallender ging zum Sofa und setzte sich. Sie nahm eine Zigarette aus der goldenen Dose auf dem Couchtisch, zündete sie mit einem riesigen Onyxfeuerzeug an, sah sich dann einen Augenblick in ihrer teuren, keinerlei Wärme ausstrahlenden Umgebung um. Während der nächsten ein, zwei Minuten schien sie Harrys Anwesenheit zu vergessen und grübelte über irgendwelche Erinnerungen oder Vorzeichen nach, die seine Worte ihr ins Gedächtnis gerufen hatten. Dann, gerade als er sich zu fragen begann, was er als nächstes tun sollte, sah sie zu ihm auf und sagte: »Sie wissen von ihrem Nervenzusammenbruch?«

»Ja. Sie hat es mir erzählt.«

»Sie hat sich immer wieder dafür entschuldigt, Mr. Barnett. Wegen der peinlichen Situation, in die es uns brachte. Natürlich ziemlich absurd: Man sollte sich bei seinen eigenen Eltern für so etwas nicht entschuldigen müssen. Aber sie glaubte, sie müßte das tun, zum Teil, weil sie nach Clares Tod diesen lächerlichen *Druck* auf sich lasten fühlte. Nicht Kummer – das ist ja zu erwarten. Sondern Verantwortung dafür, daß sie zurückblieb, während Clare von uns genommen wurde. Natürlich vollkommen ungerechtfertigt, aber aus eben diesem Grund um so schwieriger, sie davon abzubringen. Nach ihrem Zusammenbruch, als sie das Unterrichten aufgegeben hatte, wurde sie von uns abhängig, zumindest eine Zeitlang, und das verschlimmerte die Sache in gewisser Weise. Auf jeden Fall bin ich sicher, daß es zu dem Rückfall beitrug, den sie im Oktober erlitt.«

»Rückfall?«

»Oh, ja. Deshalb hat sie auch Mallender Marine verlassen. Dort zu arbeiten war meiner Meinung nach eine blödsinnige Idee. Was sie brauchte, war ein vollständiger Abstand von der Familie; deshalb war ich auch so froh, als sie Alans Einladung nach Rhodos annahm.«

Vorsichtig ließ sich Harry in den Armsessel ihr gegenüber sinken.

»Halten Sie es denn für möglich, daß sie verzweifelt versuchte, eine Rückkehr zu ihrer Familie … zu vermeiden?«

Diesmal gab es keine Spur von verletztem Stolz. »Nein. Ich war der

Ansicht, daß sie sich von uns erholen mußte, aber sie würde nie mit mir übereingestimmt haben. Da war immer dieses verzweifelte Bemühen zu gefallen, sehen Sie, diese Sehnsucht, zu beweisen, daß sie keine Enttäuschung für uns war. Es ist unvorstellbar, daß sie fortlaufen und uns im Glauben an das Schlimmste zurücklassen würde.« Marjorie Mallender sah auf eine gerahmte Fotografie, die vor ihr auf dem Couchtisch stand. Harry konnte sehen, wie ihr Blick sich ins Leere verlor, als das, was darauf abgebildet war, ihre Gedanken wieder gefangennahm. Sie griff nach vorn, nahm sie hoch und starrte einige Augenblicke intensiv darauf. Dabei schüttelte sie langsam den Kopf. Dann, als sie Harrys fragenden Blick auffing, drehte sie sie in seine Richtung. »Das wurde an Clares einundzwanzigstem Geburtstag, dem 24. August 1980, aufgenommen. Damals hatte ich zwei wunderschöne Töchter. Inzwischen ...« Anstatt des düsteren Satzendes ein Seufzer.

Mehr aus Höflichkeit als aus irgendeinem anderen Grund beugte sich Harry nach vorn, um das Foto genau anzusehen. Es war der übliche Familienschnappschuß im Garten: Marjorie Mallender zwischen ihren beiden Töchtern, Heather sofort erkennbar, Clare kaum weniger als eine kultivierte, makellos gepflegte Version ihrer Schwester. Neben Heathers linker Schulter stand Bruder Roy. Am anderen Ende der Gruppe, den Arm um Clares Taille gelegt, war ein Verwandter oder Freund, den Harry nicht kannte, oder doch ... Plötzlich erkannte er ihn wieder. Es schien kaum zu glauben, doch da war das Foto und bewies, daß es wirklich so war.

»Stimmt etwas nicht, Mr. Barnett?«

»Nein. Das heißt ..., wer ist die fünfte Person auf diesem Bild?«

»Oh, Clares Freund. Verlobter, sollte ich wohl eher sagen, weil ...«

»Verlobter?«

»Ja, obwohl die Verlobung nach einem Jahr gelöst wurde. Mir tat es immer leid, daß Clare Jonathan nicht geheiratet hat. Er hätte einen guten Ehemann für sie abgegeben. So ein reizender Junge.«

»Das ist Jonathan Minter, stimmt's?«

»Aber ja. Haben Sie von ihm gehört, Mr. Barnett? Ich glaube, er hat sich seither einen ziemlichen Namen als Journalist gemacht. Er und Clare lernten sich in Oxford kennen, wissen Sie.«

Harry sah wieder auf das Foto und begegnete dem nichtssagenden Grinsen, das Minter für die Kamera bereithielt. Wieder war er da, wo er kein Recht hatte zu sein: als Clare Mallenders Verlobter ebenso wie als Virginia Dysarts Liebhaber.

Das freudig erregte Gejaule des Dalmatiners und das Klopfen seines wedelnden Schwanzes gegen die Tür waren das erste, was Harry darauf hinwies, daß sie nicht mehr allein waren. Als er aufblickte, sah er Charlie Mallender mit wutverzerrtem Gesicht im Zimmer stehen.

»Aber, Charles«, sagte Marjorie und warf ihm einen kurzen Blick zu. »Du bist früher zurück, als ich dachte.«

»Bin auf der Straße an ihm vorbeigefahren«, sagte Charlie und zeigte auf Harry. »Wußte aber nicht, wo ich sein Gesicht hintun sollte, bis ich zum Golfklub kam. Nahm an, daß er wohl hierherkommen würde. Kam gleich zurück.« Aus seiner Stimme ging klar hervor, daß er sich in Gegenwart seiner Frau zu beherrschen versuchte. »Muß Sie bitten, das Haus zu verlassen, Barnett. Sofort.«

»Aber, Charles ...«

»Halt dich da raus.« Die Selbstbeherrschung hatte nicht lange angehalten – sein Ton war jetzt scharf und gebieterisch. »Barnett!«

Da er annahm, daß nichts damit gewonnen wäre zu widersprechen, stand Harry auf und ging auf die Tür zu. Als er am Couchende vorbeiging, fing Marjorie seinen Blick auf und vermittelte ihm dadurch, daß sie ihn direkt erwiderte und durch ein ganz leichtes Kopfnicken, daß zumindest sie bereit war, zu glauben, daß er in guter Absicht handelte.

Sobald Harry die Diele erreichte, schloß Charlie Mallender die Wohnzimmertür hinter ihnen und fuhr ihn an. »Was zum Teufel fällt Ihnen ein, hierherzukommen und meine Frau zu verärgern?«

»Sie ist nicht verärgert.«

»Nun, ich bin's. Jetzt aber raus.« Er ging abrupt zur Eingangstür und stieß sie auf. »Also? Worauf warten Sie noch?«

»Hören Sie, Charlie ...«

»Kein Wort mehr. Hinaus aus meinem Haus.«

Schnell aufzubringen und ein widerwilliger Zuhörer: So war der Mann als Arbeitgeber, und Harry hätte es wissen müssen, daß es, wenn es um seine Familie ging, dasselbe sein würde. Charlie Mallender folgte der Philosophie, seine Untergebenen zu treten und bei seinen Vorgesetzten zu buckeln; es bestand kein Zweifel, in welche Kategorie er Harry eingereiht hatte.

»Verschwinden Sie, verdammt noch mal!«

Harry ging bis zur Türschwelle, dann drehte er sich zu Charlie um und sagte: »Ich könnte Ihnen vielleicht helfen, Heather zu finden. Interessiert Sie das überhaupt nicht? Ihre Frau interessiert es zweifellos.«

»Heather ist tot, und wir versuchen, mit dieser Tatsache fertig zu werden. Was meine Frau nicht brauchen kann, sind falsche Hoffnungen und leere Versprechungen – und das ist alles, was Sie zu bieten haben.«

»Wie können Sie sicher sein, daß sie tot ist? Vielleicht ist sie einfach weggelaufen.«

»Da gab es nichts, wovor sie weglaufen mußte. Sie hatte alles, was sie sich nur wünschen konnte.«

Außer, dachte Harry, einen mitfühlenden Vater. »Da ist etwas, was ich bei Ihrer Familie nicht verstehe. Speziell bei Ihnen und Ihrem Sohn. Ich habe fast den Eindruck, es wäre Ihnen lieber, Heather wäre tot, als ...«

Das scharfe Luftholen von Charlie, die Augen, die sich plötzlich weiteten, und die Geschwindigkeit, mit der er mit seinem rechten Arm nach hinten ausholte, als ob er um sich schlagen wollte, verschlugen Harry die Sprache. Sie starrten einander einen Augenblick lang schweigend an. Beide zogen die Möglichkeit von Gewalt und was das bedeuten würde, in Betracht und schreckten davor zurück. Dann sagte Charlie Mallender mit ganz leiser Stimme, die um so drohender klang: »Ich hätte Sie vor zehn Jahren der Polizei übergeben sollen, Barnett, anstatt sie nur rauszuwerfen. Ich mache mir selbst Vorwürfe, daß ich so verdammt nachsichtig war.«

»Erzählen Sie mir doch nichts! Sie müssen doch wissen, daß Roy dahintersteckt und mir die Schuld in die Schuhe geschoben hat.« Alte Streitereien und uralter Groll – warum waren sie wichtiger als die ehrliche Sorge um Heathers Sicherheit? Harry wußte es nicht, aber so war es, eindeutig.

»Verschwinden Sie«, sagte Charlie kühl. »Oder muß ich erst die Polizei anrufen, wie ich es damals hätte tun sollen?«

Harry würde es zwangsläufig schlechter ergehen, wenn die Polizei eingeschaltet wurde. Vor der Gewalt dieser Drohung, wenn schon vor keiner anderen, kapitulierte er und überschritt die Türschwelle. Als er sich umdrehte, um eine abschließende spitze Bemerkung loszuwerden, krachte die Tür vor seiner Nase ins Schloß, daß der Türklopfer und der Briefkasten klapperten.

Türenknallen, Blicke, die sich abwandten, unbeantwortete Fragen – jede Niederlage, die folgte, war auf ihre Art ein Sieg, sagte sich Harry, als er die Auffahrt hinunterging. Ausweichende Reaktionen und entmutigendes Verhalten empfingen ihn, wo immer er hinging, bestärkten aber nur seine Gewißheit: Er war auf dem verschlungenen Pfad der Wahrheit, und seine hartnäckige, wißbegierige Natur würde es nicht zulassen, daß er ihn wieder verließ.

17

Harry verabschiedete sich am nächsten Morgen von Ernie Love und erschien zwanzig Minuten zu früh zu seiner Verabredung mit Nigel Mossop an der Jubiläumsuhr. Sonntags war die Promenade zu dieser Stunde menschenleer. Die Möwen waren jedoch schon gut bei Stimme, segelten und kreischten über ihm in einer launischen Brise, und Harry war überrascht, wie zufrieden, ja geradezu glücklich er sich fühlte, als er in dem Unterstand saß, welcher der Uhr am nächsten war, und auf die Schaumkronen in der Bucht hinausblickte.

Seine Stimmung war eine Mischung aus Verwirrung und Hoffnung. Obwohl er bis jetzt überall auf Widerstand und Ablehnung gestoßen war, stellte er dennoch fest, daß seine Nachforschungen in die richtige Richtung gingen. Und der Gedanke, daß vielleicht er allein den Schlüssel zu dem Geheimnis besaß, war nicht der einzige Grund für seine merkwürdige Hochstimmung. Zwei Nächte unter demselben Dach mit Ernie Love hatten seinen Entschluß vermutlich endgültig gefestigt, denn Ernie repräsentierte die Verwahrlosung und Sinnlosigkeit, zu denen auch sein Leben hätte führen können, wenn ihm nicht die Suche nach Heather ein Ziel gegeben hätte. Obwohl er eher bezweifelte, daß das die richtige Beschreibung seiner Motivation war. Etwas, das mehr mit seinem eigensinnigen Charakter, mit seinem Versagen zu tun hatte, dem er Einhalt gebieten wollte, traf vielleicht eher zu.

Plötzlich erklang ganz in der Nähe ein Hupen. Als Harry sich umschaute, sah er, daß auch Mossop zu früh gekommen war.

»Habe ... habe nicht sehr gut geschlafen«, gestand Mossop, sobald Harry in den Wagen gestiegen war. »M-machte mir S-sor-gen.«

»Worüber?«

»Weiß ... nicht genau.« Er lächelte nervös. »Das hat es nur noch schlimmer gemacht.«

Auf dem Rücksitz lagen ein Regenmantel, eine Sandwichdose, ein ornithologischer Führer und ein Fernglas. Offensichtlich hatte Mossop alles getan, um seine Mutter zu täuschen, obwohl Harry vermutete, daß sein unsicheres Blinzeln und Stottern ihn wohl verraten hatten.

»Wo ... wohin also?«

»Wo immer ihr an jenem 28. August hingefahren seid, Nige. Ich bin in deiner Hand.«

Mossops Route von vor drei Monaten zurückzuverfolgen hätte kein besserer Start sein können, um die Bedeutung, die Harry Heathers Fotos zumaß, zu bestätigen. Er hatte Heather an der Straße nach Bridport, bei der Abzweigung nach Portesham, nicht weit von Sabre Rise selbst, abgeholt, was bereits nach einem Täuschungsmanöver aussah. Sie waren dann nach Weymouth zurückgefahren und zu dem Krematorium abgebogen, wo Heather das Auto gerade lange genug verlassen hatte, um eine Aufnahme zu machen.

Der Ort auf dem zweiten Foto des Films war somit ihr erstes Ziel. Harry ließ Mossop im Wagen zurück und ging langsam und aufmerksam um die Kapelle aus rotem Ziegelstein herum, die inmitten von gepflegten Rasenflächen und Blumenbeeten auf einem Hügel über der Stadt stand. Hier irgendwo mußte Beryl Loves Asche unter einem Rosenbusch verstreut worden sein, doch war er nicht so naiv, zu glauben, daß Ernie Geld für eine Gedenktafel ausgegeben hatte. Clare Mallenders Andenken war jedoch etwas anderes. Unten in der dritten Steinreihe fand er die Stelle, wo Heather das zweite Bild der Sequenz, der er zu folgen versuchte, geschossen hatte. CLARE THOMASINA MALLENDER, 1959–1987. Es schien nur natürlich, daß eine trauernde Schwester ein solches Motiv wählte, ein passender Auftakt für ihre Reise – und für Harrys.

Wieder auf der Straße, fuhren sie schweigend Richtung Osten. Harrys Verstand registrierte ruhig jeden Kilometer und jeden Ausblick auf ihrer Route, als ob ihn bereits dieser Vorgang dem, was in Heathers Kopf vorgegangen war, näherbringen würde. Es war Mittag, als sie Beaulieu erreichten, ein schmuckes Dörfchen im New Forest am oberen Ende der Beaulieu-Mündung. Harry brannte zu sehr darauf, weiterzufahren, um die Rast für das Mittagessen einzuschalten, das sich Mossop mit Heather hatte schmecken lassen. Statt dessen fuhren sie südwärts, die Westseite der Mündung hinunter, zu einem Parkplatz am Ende der Straße, von wo aus Mossop und Heather zum Flußufer hinuntergegangen waren und die dritte Aufnahme gemacht hatten.

Der Schauplatz hatte sich nur durch die Jahreszeit verändert. Die Bäume waren jetzt kahl, das Ried verlassen, der Himmel von einem mürrischen Grau. Ansonsten, mit Mossop, der unruhig am Flußufer stand und wild drauflosredete, konnte sich Harry die Situation von damals mühelos vorstellen. Tyler's Hard war jetzt, da die Bäume kein Laub mehr trugen, sogar noch deutlicher am gegenüberliegenden Ufer zu sehen: die Anlegebrücke, das Ende der Straße, das Landhaus mit den weißen Mauern, wo Dysart seine Wahlkreis-Wochenenden verbrachte. Heather habe sich sein Fernglas ausgeliehen, sagte Mossop, und damit das Landhaus eine Zeitlang eingehend betrachtet. Vielleicht, dachte Harry, hatte sie sich vergewissern wollen, daß Dysart nicht zu Hause war, und Ausschau nach seinem Wagen oder sonstigen Anzeichen seiner Anwesenheit gehalten. Vermutlich hatte sie nichts entdeckt, was sie davon abhielt, sich näher umzuschauen.

Doch sie war nicht direkt zu Tyler's Hard gegangen, laut Mossop. Statt dessen waren sie ostwärts gefahren, über die letzte Heide des New Forest hinaus, bis zu den am Rande der Fawley-Ölraffinerie gelegenen Siedlungen, wo Molly Diamond, Dysarts Putzfrau, wohnte.

Mossop konnte sich nicht an die Adresse erinnern, und so fanden sie das richtige Haus erst nach mehreren Fehlstarts und falschen Abzweigungen, ein graugestrichenes Reiheneckhaus unter vielen gesichtslosen Gebäuden, die sich wie Schlamm dem eingezäunten Gelände mit seinen Pipelines und Leuchtsignalen entlang ausbreiteten. Mossop zog es vor, im Wagen sitzenzubleiben, während Harry zur Vordertür hinaufging und sich Mühe gab, dem ausgehungerten Schäferhund, der am Nachbarzaun knurrte und an seiner Kette zerrte, keine Beachtung zu schenken.

Ein ölverschmierter junger Bursche öffnete die Tür, begleitet von einem Schwall Rockmusik und dem Duft von Bratensoße. Als Harry fragte, ob Mrs. Molly Diamond zu Hause sei, schlurfte der junge Mann den Gang hinunter, rief mit lauter Stimme »Mama« und ging dann mit der gleichen Geschwindigkeit weiter zu einem zerlegten Motorrad, das Harry draußen vor der Hintertür sehen konnte.

Auf das Rufen hin blickte eine Gestalt mit umgebundener Schürze aus der Küche und kam dann geschäftig herbeigeeilt, während sie sich die Hände an einem Küchentuch abtrocknete. Sie sah aus wie eine Frau, die einst stolz gewesen war und nun einen erfolglosen Kampf gegen das Nachlässigwerden in den mittleren Jahren führte. Ihre Hände waren von der Arbeit gerötet, und ihr Gesicht war vor Erschöpfung grau, aber ihre Augen hatten noch etwas von dem ehrgeizigen Funkeln bewahrt. Sie schien Harry kurz abfertigen zu wollen, doch bei der Erwähnung von Heathers Namen wurde sie zugänglich und bat ihn ins Wohnzimmer, wo etwas mehr Ruhe herrschte.

»Natürlich hab' ich über ihr Verschwinden gelesen«, fing sie an. »Es hat mich richtig aufgeregt, kann ich Ihnen sagen, als sie schrieben, daß sie vielleicht tot sei. So eine nette, guterzogene junge Frau. Sind Sie mit ihr verwandt?«

»Äh, nein. Ein Freund. Mein Name ist Barn...« Harry zögerte, beschloß jedoch, eine Lüge zu riskieren. »Barnes, Horace Barnes.«

»Was kann ich für Sie tun, Mr. Barnes?«

»Nun, wie Sie sich vorstellen können, haben wir uns alle das Gehirn nach irgendwelchen Hinweisen zermartert, und ich erinnerte mich daran, daß sie ihren Besuch hier vor ein paar Monaten erwähnte.«

»Sie hat Ihnen davon erzählt?« Ein Ausdruck des Zweifelns glitt über Mrs. Diamonds Gesicht.

»Äh, ja. Ja. Das hat sie.«

»Das überrascht mich aber.«

»Wirklich? Warum?«

»Ich hatte den Eindruck, sie wollte nicht, daß jemand davon erfährt. Sie hat mir erzählt ...« Das Zögern wurde zu einem entschiedenen Schweigen; ihr Mund schloß sich zu einer schmalen Linie.

»Was erzählt?«

»Ich weiß nicht, ob ich es sagen darf.«

Harry versuchte, einen flehenden Gesichtsausdruck aufzusetzen. »Ihre Diskretion ehrt Sie, Mrs. Diamond. Unter normalen Umständen würde ich Sie nicht bitten, das Vertrauen zu brechen. Doch hier haben wir es nicht mit normalen Umständen zu tun, stimmt's?«

Ein Augenblick stirnrunzelnder Überlegung ging der widerwilligen Antwort voraus. »Schätze nicht, nein.«

»Finden Sie es nicht beruhigend, daß sie *mir* über ihren Besuch hier erzählte, während sie es ihrer Familie gegenüber verschwieg?«

Inzwischen war Mrs. Diamond jedoch so weit, daß sie ihn ihrerseits auf die Probe stellte. »Was hat sie Ihnen denn erzählt? Warum, hat sie gesagt, ist sie hergekommen?«

»Um zu sehen, wo ihre Schwester umgekommen ist, und um mit denen zu sprechen, die bei ihrem Tod dabei waren.«

»Und das war alles, was sie gesagt hat?«

»Ja. Meinen Sie, es habe noch einen anderen Grund gegeben?«

»Nein ...«

Eine kleine Ermunterung schien angebracht. »Vielleicht hilft es Ihnen bei Ihrer Entscheidung, Mrs. Diamond, wenn ich Ihnen sage, daß ich ein Freund von Heather, nicht von ihrer Familie bin ... wenn Sie verstehen, was ich damit meine.«

»Es ist nicht die Familie, die ich ...« Sie brach ab, sah ihn dann einen Augenblick lang eindringlich an und fragte: »Was wissen Sie von mir, Mr. ... Mr. Barnes?«

»Nichts, außer der Tatsache, daß Sie ab und zu für Alan Dysart den Haushalt führen auf Tyler's ...«

»*Führte.* Ich mach' das nicht mehr.«

»Oh, das wußte ich nicht. Warum, äh ...?«

»Schon seit Juni vorigen Jahres nicht mehr.«

»Sie meinen, seit Clare Mallenders Tod?«

Sie nickte zustimmend, zeigte aber keinerlei Bereitschaft, sich näher darüber auszulassen.

»Es hat Sie vermutlich sehr mitgenommen.«

»Das war nicht der Grund«, gab sie zurück.

Das alles gehörte nicht zur Sache. Harry wollte gerade zu einem Versuch ansetzen, das Gespräch wieder auf Heathers Besuch im August zu lenken, als Mrs. Diamonds Zurückhaltung plötzlich ihre Grenzen erreichte und sie ausplauderte, was sie zweifellos auch Heather anvertraut hatte.

»Mr. Dysart zahlte überdurchschnittlich gut fürs Putzen, und Wilfried meinte, ich sei verrückt, das aufzugeben, aber ich war froh darüber, glauben Sie mir, richtig froh, für immer von diesem Haus fort zu sein. Was dort letztes Jahr am ersten Juni passiert ist, war nicht nur eine Tragödie, o nein. Es war auch ein Unrecht. Es war nicht so, wie alle sagten und dachten, keineswegs. Ich muß es wissen, ich war ja dort. Erinnern Sie sich noch, was die Zeitungen und das Fernsehen darüber berichtet haben, Mr. Barnes?«

»Nun, nicht genau. Ich habe gehört ...«

»Die hübsche Miss Clare Mallender an Stelle von Mr. Dysart von der IRA irrtümlich in die Luft gesprengt. Jeder hatte 'ne hohe Meinung von ihr. Wurde sehr bewundert. Die vorbildliche Sekretärin. Nun, so habe ich sie nicht in Erinnerung. Ein hartes kleines Luder war sie, das könn'n Se mir glauben. Knallhart und gerissen wie 'ne Füchsin. Daß Mr. Dysart sie unentbehrlich fand, na, daran kann ich mich nicht erinnern. Sie haben sich gehaßt: Ich hab' das in ihren Augen gesehn. Und sie haben manchmal miteinander gestritten wie Hund und Katz. Auch an jenem letzten Morgen. Da gab's einen furchtbaren Krach zwischen den beiden, kurz bevor sie aufs Boot hinausging und in die Luft flog, Gott sei ihr gnädig. Aber ist irgendwas davon bei der gerichtlichen Untersuchung rausgekommen? Nein. Bin ich als Zeugin vernommen worden? Nein, natürlich nicht. Also, was halten Sie nun davon?«

»Ich weiß nicht. Vermutlich will niemand über Tote etwas Schlechtes sagen.«

»Ha, das ist alles, was Ihnen dazu einfällt. Dieser Morpurgo, zum Beispiel, er hat nie was anderes getan.«

»Morpurgo?«

»Mr. Dysarts Verwalter, Faktotum, nennen Sie ihn, wie Sie wollen. Wohnt in 'ner Kammer über der Garage in Tyler's Hard. Hat natürlich oft das ganze Haus für sich, weil Mr. Dysart meist nicht da ist.«

Harry hatte noch nie von dem Mann gehört, doch sein Status glich dem seinen auf verwirrende Weise. »War Morpurgo dort, als Clare Mallender getötet wurde?«

»Natürlich war er da. Hab' nie erlebt, daß er sich weit von Tyler's Hard entfernt hatte. Ich und Mr. Dysart waren in der Küche, und Morpurgo war im Garten, als es passierte. Ich hab' gesehen, wie Miss Mallender draußen über den Ponton zu dem Boot gegangen ist. Ich hab' mich eben vom Fenster über dem Spülbecken weggedreht, um Mr. Dysart seinen Kaffee zu reichen, als es draußen ganz laut *Wumm* macht. Alle Fenster auf dieser Seite des Hauses zersprangen, und dann war es 'ne halbe Minute oder so ganz still. Dann hörte man Holzstücke und so – na, Bootsteile – in den Fluß fallen. Und ein Prasseln von Flammen, weil der Ponton Feuer gefangen hatte und ein paar von den Wrackteilen auch brannten. Ich schaute Mr. Dysart an, und er schaute mich an – wir wußten beide, was passiert war, ohne daß wir rausgehen und gucken mußten. Ein Glassplitter hatte ihn an der Stirn erwischt, aber ansonsten hatten wir keinen Kratzer abgekriegt. Doch wir wußten – instinktiv, nehm' ich an –, daß Miss Mallender tot war.«

»Es muß grauenhaft gewesen sein«, sagte Harry lahm. »Aber was hat das mit ...«

»Wir sind natürlich hinausgelaufen, aber man sah gleich, daß ihr nicht mehr zu helfen war. Von dem Schiff war nichts mehr übrig, geschweige denn von Miss Mallender – was auf 'ne Art wohl auch 'n Segen war. Trotzdem sah Mr. Dysart nach, was er tun könnte, während ich zurückging, um die Polizei anzurufen. Unterwegs begegnete ich Morpurgo. Er kam aus dem hinteren Garten gerannt, und wir wären beinahe zusammengestoßen, als er um die Hausecke kam. Deshalb bin ich mir auch so sicher, verstehen Sie. Deshalb bin ich mir auch wegen seines Gesichtsausdrucks so sicher. Er hat gelächelt, Mr. Barnes, gelächelt wie eine Katze, nachdem sie die Sahne aufgeleckt hat, als freute er sich über das, was passiert war. Das hat mir einen schönen Schock versetzt, das kann ich Ihnen sagen. Ich kann Ihnen gar nicht beschreiben, wie mir das in die Knochen gefahren ist. Ich bin seit diesem Tag nicht wieder in Tyler's Hard gewesen – ich könnt's nicht aushalten. Nicht wegen der Explosion. Einfach, weil die Sache irgendwie nicht in Ordnung war, nicht das war, was sie zu sein schien.«

Was Mrs. Diamond eigentlich sagen wollte, war unergründlich. Harry wäre vielleicht geneigt gewesen, alles als Erfindung eines hysterischen Gemüts abzutun, wenn Mrs. Diamond nicht alles andere als hysterisch gewesen wäre. Sie war weder reich genug noch so leicht zu beeindrucken, daß sie einen gutbezahlten Job einfach hingeworfen hätte, um einer flüchtigen Laune nachzugeben. Selbst für Harry schien ihre Reaktion auf Clare Mallenders Tod aufrichtig zu sein. Was sie bei Heather ausgelöst hatte, die damit kämpfte, eine Nervenkrise zu überwinden und mit dem Verlust ihrer Schwester fertig zu werden, läßt sich nur ahnen.

»Ich habe Miss Mallender – Miss Heather Mallender, meine ich – letztes Jahr auf dem Begräbnis ihrer Schwester ein paar Worte gesagt. Damals dachte ich, sie würde sich keinen Deut darum scheren, aber letzten Sommer, so um den Bankfeiertag im August herum, wie Sie sagen, kam sie mich besuchen und bat mich, ihr alles über den Tag der Explosion zu erzählen, woran ich mich erinnern konnte. Ich war überrascht, wie wenig ich vergessen hatte. Es war alles noch vorhanden, jeder einzelne Augenblick war noch in meinem Gedächtnis. Das Geräusch, das die Bombe verursachte. Dieses hohle, entsetzliche Wumm. Und die Flammen überall um den Ponton. Und später das Heulen der Polizeisirenen, das Blinken des Blaulichts, das Rauschen ihrer Funkgeräte. Aber das alles ist nichts gegen Morpurgos Lächeln.«

»Warum, glauben Sie, hat er gelächelt?«

»Warum? Also, wenn ich das wüßte, Mr. Barnes, dann wüßte ich auch, was an jenem Tag nicht gestimmt hat, nicht wahr?«

»Hätten Sie ihn denn nicht einfach fragen können?«

»Man sieht, daß Sie ihn nicht kennen. Nun, zufällig habe ich ihn gefragt, durch die Blume, noch am selben Tag.«

»Was hat er gesagt?«

»Nichts.«

»Überhaupt nichts?«

»Er hat nur gelächelt. Gelächelt wie zuvor, als ob er sich wie ein Schneekönig über etwas freuen würde. Das hat mich umgehauen: Miss Mallender war erst einige Stunden tot – und Morpurgo lächelte.«

Er brauchte Mossop nicht zu fragen, wo er und Heather hingefahren waren, nachdem sie Fawley verlassen hatten. Sie mußte von der gleichen Neugier erfaßt worden sein, die ihn jetzt packte. Wer war Morpurgo? Weshalb hatte er gelächelt? Was stimmte an jenem Tag nicht? Sie fuhren vorsichtig die schmalen Straßen zur Mündung des Beaulieu hinunter, vorbei an Waldrändern, Pferdekoppeln, Weiden und freundlichen weißroten Häuschen.

»Du bist so sch-still«, sagte Mossop, nachdem sie ein paar Minuten schweigend gefahren waren.

Harry antwortete nicht. Er hoffte, Nigel würde wieder verstummen und ihn in Frieden lassen, damit er die Vorzüge der Abgeschiedenheit dieser Landschaft verstehen, die verwöhnten Rassepferde, die hinter den

Zäunen grasten, beobachten und einen flüchtigen Blick auf die Villen ihrer Besitzer werfen konnte, die versteckt an diskret von Föhren abgeschirmten Auffahrten lagen. Etwas in seinem Gedankengang schien auf die Antwort, die er suchte, hinzuweisen.

»Es ist schon seltsam ... wirklich, ich erinnere mich, daß Heather ... beim Mittagessen ... ziemlich gesprächig war. Aber nach dem Besuch bei Mrs. Diamond war sie wie du ... Na, so wie du jetzt bist.«

Harry versuchte, Mossops stotternde Bemerkungen aus seinen Gedanken zu drängen, sich statt dessen auf Heathers Worte zu konzentrieren, die letzten Worte, die sie an ihn gerichtet hatte. »Ich kann doch jetzt nicht kehrtmachen, oder?« War das der Augenblick, fragte er sich auf dieser nassen, von Kiefern gesäumten Straße nach Tyler's Hard, als ihr zum erstenmal bewußt wurde, daß es wirklich keine Umkehr mehr gab, daß die Kraft unwiderstehlich geworden war, die sie vorantrieb, hin zu dem, was sie auf dem Profitis Ilias erwarten mochte?

Ein Range Rover mit einem Pferdeanhänger kam in der nächsten Biegung auf sie zugerast und zwang Mossop, auszuscheren und durch einen schlammigen Graben am Straßenrand zu fahren. Das Wasser, das gegen die Windschutzscheibe spritzte, rief Harry wieder das Geräusch von plätscherndem Wasser in Erinnerung, das ihn im Traum die Treppe der *Villa ton Navarkhon* hinaufgezogen hatte; ein Traum von fleischgewordenen Statuen, von in Bildern verborgenen Botschaften, von Treffen, die erwartet und festgesetzt wurden, die zu dem wurden, was jede Logik für unmöglich hält: Verabredungen, denen man unbewußt bereits zugestimmt hat.

Plötzlich waren sie am Ziel. Eine einspurige Straße hatte sie durch wucherndes Unterholz zum brackigen Mäander des Beaulieu geführt, und Mossop hatte den Wagen kurz vor dem Landhaus angehalten, so daß sie das Gebäude, den Garten, den überwachsenen Landungssteg, der ihm den Namen verliehen hatte, und den überschatteten Finger des Pontons, der ins tiefere Wasser hineinragte, sehen konnten, ohne selbst gesehen zu werden.

»Bist du mit hineingegangen, Nige?«

»N-Nein. Ich habe hier gewartet. Sie wollte ... wollte nicht, daß ich mitging.«

»Das glaube ich gern.«

Harry stieg aus dem Auto, schloß die Tür, so leise er konnte, und begann die kleine Straße hinabzugehen. Er empfand zwar ein gewisses Maß an Schuldbewußtsein, daß er Tyler's Hard ohne Dysarts Wissen aufsuchte, aber die Neugier war stärker. Als er an das Tor kam, schaute er auf das Landhaus und erkannte sofort das vierte Foto von Heathers

Sammlung. Es war möglicherweise von genau der Stelle, an der er jetzt stand, aufgenommen worden und hatte die Szenerie fast gleich eingefangen, wie sie sich ihm jetzt darbot. Flügeltore zu seiner Rechten führten zur Garage, einem modernen Bau mit einer Wohnung im ersten Stock, die von einer Außenstiege zugänglich war und in ihrer Gestaltung dem Landhaus glich, das direkt vor ihm lag und offensichtlich während der Abwesenheit seines Eigentümers gut gepflegt wurde. Zu Harrys Linken verlor sich der Rasen in einem Kiesweg, der um die Gartenhecke bog und zum Landungssteg führte. Als er zu dem Ponton hinausspähte, konnte er das stark kontrastierende neue Holz am äußeren Ende ausmachen, in dieser ganzen wohlgeordneten Abgeschiedenheit die einzige Spur dessen, was sich dort vor achtzehn Monaten ereignet hatte.

Harry stieß das Tor auf und ging hinein. Dann blieb er stehen, unschlüssig, ob er im Landhaus, in der Wohnung über der Garage oder im hinteren Teil des Gartens nachsehen sollte. Ein Rauchkringel, der von einem Gartenfeuer hinter dem Haus aufstieg, löste das Problem. Als er dem Weg folgte, der zwischen kahlen Büschen und kräftigen immergrünen Hecken dorthin führte, stellte er sich einen Moment lang vor, daß er Morpurgo als Kopie seiner selbst vorfinden würde, als eine Art Doppelgänger nach Dysarts Entwurf, der hier in England eingesetzt wurde, während er nach Rhodos verbannt worden war. Als er jedoch durch einen efeubewachsenen Gitterbogen trat und den Mann sah, wie er dürre Blätter und Zweige in einen Abfallverbrenner harkte, wurde ihm klar, wie absurd die Vorstellung war, daß sie zwei Schauspieler in der Doppelbesetzung einer Rolle im selben Stück sein könnten, die sich bis zu diesem, nicht im Drehbuch vorgesehenen Augenblick niemals auf der Bühne begegnet waren. Zwischen ihnen, stellte er sofort fest, könnte auch nicht die Spur von Verbundenheit aufkommen.

Morpurgo – Harry bezweifelte nicht, daß es sich um diesen handelte – war eine große, unbeholfen wirkende Gestalt mit Baskenmütze, schmutzigem Overall und Gummiüberschuhen, der den Abfallverbrenner mit unnötigem Energieaufwand belud und die vom Rechen gehaltenen Bündel mit beunruhigendem Vergnügen in seinen rauchenden Inhalt stopfte.

Er sah nicht auf, als Harry näherkam, sondern arbeitete mit dem Eifer und der Unbeirrbarkeit eines Menschen weiter, der von seiner Tätigkeit völlig in Anspruch genommen wird. Der Rauch des Abfallverbrenners brachte Harry zum Blinzeln und Husten, doch Morpurgo, der sich direkt darüber beugte, schien er nichts auszumachen, und er schenkte seinem Besucher keine Beachtung.

»Verzeihung ... Mr. Morpurgo?«

Keine Antwort.

»Mr. Morpurgo?«

Endlich kam eine Reaktion. Während Morpurgo mit den Zinken seiner Harke die letzte Ladung in den Ofen hinuntergedrückt hielt, wandte er langsam den Kopf, um Harry über die linke Schulter anzusehen. Harry sprang vor Überraschung fast zurück und errötete sofort vor Verlegenheit über den Abscheu, den seine zurückschreckende Bewegung signalisiert hatte. Wo Morpurgos linkes Auge hätte sein sollen, war nur ein entsetzlicher Wulst. Auch das Jochbein und ein großer Teil der linken Gesichtshälfte wurden von diesem Auswuchs verdeckt, so daß die Nase krumm und der Mund verzerrt erschien. Ein Bereich in der Nähe von Ohr und Schläfe, der vermutlich noch abscheulicher war, wurde vom heruntergezogenen Rand seiner Baskenmütze verdeckt. Sein rechtes Auge jedoch war von einem vollkommenen, erstaunlichen Blau und starrte verdutzt unter dem einzelnen Augenbrauenbüschel hervor.

»Guten ... guten Tag.«

Mit einer abrupten Bewegung riß Morpurgo die Harke aus dem Ofen. Einen Moment lang dachte Harry, er wolle ihn angreifen. Er erinnerte sich an einen Vers aus einer Tragödie: »In meinem Garten, wenn ich in den Fischteich starre, scheint mir, ich säh' dort wen, der einen Rechen ausstreckt, mit dem er nach mir langt.« Dann klärte sich der Irrtum. Morpurgo knallte das Werkzeug auf den Weg, lehnte sich schwer atmend dagegen und fixierte Harry mit seinem Zyklopenauge. Neben seiner Entstellung im Gesicht war er offensichtlich auch körperlich und möglicherweise geistig behindert.

»Ich bin ... Nun, das tut nichts zur Sache.« Eine naheliegende Lüge fiel ihm ein. »Ich suche Alan Dysart.«

Morpurgos Mund begann sich zu verzerren bei dem qualvollen Versuch zu sprechen. Seine Worte klangen fauchend und stockend; jedes einzeln ausgestoßen und gleich stark betont.

»Ich-bin-Morpurgo.«

»Ah, wunderbar.« Während Harry sich für seinen gönnerhaften Ton verfluchte, fühlte er, wie ihn eine Welle von Mitleid überrollte. Morpurgo war ein harmloser zurückgebliebener Einwohner seines Wahlkreises, dem Dysart Arbeit und Unterkunft gegeben hatte. Oder ein Veteran des Falkland-Krieges, der geistig und körperlich verstümmelt worden war, als er auf Dysarts Schiff diente. Wie auch immer, das Lächeln, über das sich Mrs. Diamond beklagt hatte, war nichts anderes als das entsetzliche Vermächtnis einer drastischen Chirurgie. Was nicht stimmte, war nichts weiter als die Unfähigkeit eines zum Krüppel gemachten Menschen, sich auszudrücken.

»Gu-ten-Tag.«

»Guten Tag.« Harry grinste töricht.

»Alan-ist-nicht-hier.«

»Ah, ich verstehe. Vielleicht ein andermal.«

»Ja. Ein-ander-mal.«

Harry machte eine Abschiedsgeste mit dem Arm und wandte sich zum Gehen. Es hatte keinen Sinn, das Gespräch fortzusetzen. Es würde nichts dabei herauskommen, das hatte Heather bestimmt auch festgestellt. Er ging den Weg zurück und wies sich selbst zurecht, daß er ernstlich etwas auf Mrs. Diamonds Bemerkungen gegeben hatte. Vielleicht hatte sie sich durch das Grauen vor Morpurgos Erscheinung zu diesem Fehlurteil hinreißen lassen. Vielleicht ...

Abrupt blieb Harry stehen. Als er sich Morpurgo nochmals in Erinnerung rief, fiel es ihm ein: so etwas Banales, und doch stimmte da etwas nicht. Er drehte sich um, Morpurgo hatte sich nicht gerührt. Er stützte sich noch immer auf den Rechen, starrte in seine Richtung, und Harry erkannte sogar auf die Entfernung, daß er sich nicht geirrt hatte. Unter dem Overall trug Morpurgo Hemd und Krawatte. Das Hemd sah durchgescheuert und fleckig aus. Aber es war die Krawatte, die seine Aufmerksamkeit erregt hatte. Ihr Muster war schlicht: gleichmäßige diagonale Streifen in Rosa und Weiß. Kirschfarben und Silber, hatte Heather ihn verbessert. Kirschfarben und Silber, wie der Schal, den sie auf dem Profitis Ilias verloren hatte. »Er gehörte eigentlich meiner Schwester.« Dieser Satz, an dessen Kontext er sich nicht erinnerte, flammte in seinem Gedächtnis auf.

»Ist-noch-etwas?« fragte Morpurgo.

»Nein. Das heißt ... Ihre Krawatte: Sie ist mir aufgefallen.«

»Mei-ne-Kra-wat-te?«

»Ja. Sie ist sehr ... ungewöhnlich.«

Morpurgo zog das Krawattenende aus dem Overall heraus und starrte darauf. Dabei runzelte er verblüfft die Stirn.

»Woher haben Sie die? War es ein Geschenk von jemanden?«

Morpurgo blickte auf. »Nein«, sagte er mit Nachdruck.

»Sie verstehen: ein Geschenk?«

»Kein-Geschenk. Sie-gehört-mir. Ich-habe-sie-verdient.«

»Sie haben sie verdient?«

»Ja. An-der-Uni.« Er verstummte, dann versuchte er es noch einmal. »An-der-Universität.«

»Welche Universität war das?«

»Oxford.«

Zusammenhänge schossen durch Harrys Kopf. Der Schal hatte Clare Mallender gehört. Er sah aus wie ein Collegeschal. Sie war in Oxford gewesen. Sie hatte dort Jonathan Minter kennengelernt. Vielleicht hatten sie das gleiche College besucht – das College, dessen Farben Kirschrot und Silber waren. Und Morpurgo war ebenfalls dort gewesen. Und Morpurgo hatte gelächelt an dem Tag, an dem Clare getötet worden war.

Wie er jetzt lächelte. Als er die Krawatte zurück in den Overall steckte und den Knoten streichelte, veranlaßte ein kindlicher Stolz Morpurgo, Harry anzugrinsen: ein abschreckendes Grinsen unermeßlicher Freude, dasselbe Grinsen, ohne Frage, das Mrs. Diamond Angst eingejagt hatte. »Wiedersehen«, rief er, als Harry davoneilte.

Als Harry schließlich das Tor zur Straße erreichte, war er sich sicher. Die Verlockung für Heather war zu groß gewesen, um ihr zu widerstehen, und die Fotos, die er hatte, bewiesen es. Morpurgo mußte an dem Tag, als sie nach Tyler's Hard gekommen war, dieselbe Krawatte getragen haben. Vielleicht trug er sie immer. Jedenfalls konnte kein Zweifel daran bestehen, daß der Hof, der auf dem nächsten Foto, dem fünften des Filmes, abgebildet war, zu jenem Oxford College gehörte, dessen Farben Kirschrot und Silber waren und dessen Vergangenheit drei Leute in ein ähnliches Schicksal zwang.

Nach Mossops Aussage war Heather auf der Fahrt zurück nach Weymouth sehr verschlossen gewesen. Sie hatte ihm nicht erzählt, was bei ihren Unterredungen mit Mrs. Diamond und Morpurgo herausgekommen war, und er hatte sie nicht dazu gedrängt. Statt dessen hatte er sie vor dem »Half Moon« in Portesham abgesetzt, ein paar nichtssagende Worte über die bevorstehende Arbeitswoche mit ihr gewechselt und war dann nach Radipole rechtzeitig zum Tee nach Hause zu seiner Mutter gefahren. Er hatte nicht mehr an ihren Ausflug gedacht, bis Heathers Verschwinden ihn wieder daran erinnerte – und Harry auftauchte.

Das überraschte Harry nicht im geringsten. Heather hatte wahrscheinlich ebensowenig Lust verspürt, Mossop ins Vertrauen zu ziehen, wie er selbst. Der junge Mann war nur ein Mittel zum Zweck, und in beiden Fällen war der Zweck nun erfüllt worden. Harry ließ sich von Mossop am Bahnhof Brockenhurst absetzen, von wo aus er nach Swindon zurückfuhr. Er war froh, daß er allein unter anonymen Reisenden war und sich endlich darauf konzentrieren konnte, was all das, was er erfahren hatte, zu bedeuten hatte.

Morpurgo war zu alt, als daß er zur gleichen Zeit wie Clare Mallender studiert haben könnte – er war eher so alt wie Dysart. Da Dysart ebenfalls Oxford besucht hatte, war es möglich, daß er einfach nur einem alten Freund einen Gefallen getan hatte, als er Morpurgo bei sich in Tyler's Hard aufnahm. Ein Kriegsdienst könnte der Grund für Morpurgos Behinderungen wie auch für Dysarts Großzügigkeit sein. Wenn Clare Mallender dasselbe College wie die beiden besucht hatte, könnte das damit zusammenhängen, daß Dysart es ihrem Vater auf dessen Anfrage empfohlen hatte. So weit belanglos. Aber Heather wäre wohl in der Lage gewesen, diesen Schluß schon vorher zu ziehen. Doch die Fotos bewiesen, daß sie das nicht davon abgehalten hatte, ihrer Neugier weiter nachzugeben und nach Oxford zu fahren.

Auf der Bahnfahrt nach Swindon mußte er nicht weniger als dreimal umsteigen, in Southampton, Basingstoke und Reading. Während er durch hallende Unterführungen ging und zugigen Bahnsteigen entlangtrottete, um seine Anschlußzüge zu erreichen, bemerkte Harry trotz seiner Versunkenheit, daß ein Mann, der mit ihm in Brokenhurst in den Zug eingestiegen war, die gleichen komplizierten Verbindungen wählte. Zuerst dachte er sich nicht viel dabei, nahm an, daß sich ihre gemeinsam verlaufenden Wege, wie die aller Reisenden, irgendwann wieder trennen würden. Daß er nicht nur zweimal in denselben Zug eingestiegen war, sondern auch zweimal denselben Waggon gewählt hatte, könnte als Zufall abgetan werden. Als es das dritte Mal geschah, erschien es ihm jedoch so ungewöhnlich, daß es ihn von seiner Analyse von Heathers Beweggründen ablenkte. In Reading würde es mit den Zufällen vorbei sein, da war er sicher.

Aber als Harry auf den Zug nach Swindon wartete, stand derselbe Mann nicht einmal zehn Meter von ihm entfernt und schaute sich an einem Bücherstand Taschenbücher an. Hager, mit hängenden Schultern, im Regenmantel und durch und durch unauffällig, konnte er ohne weiteres ein harmloser Reisender am Sonntagabend sein, aber Harry war inzwischen davon überzeugt, daß er das nicht war.

Der Zug nach Swindon fuhr ein. Harry stieg ein, und der Mann folgte ihm. Er suchte sich einen Platz, der zwar einige Reihen entfernt war, wo er Harry aber in dem offenen Waggon gegenübersaß. Offenbar nutzte er diese Position nicht, um ihn zu beobachten, sondern hielt seine Augen auf die Seiten des Taschenbuches gerichtet, das er in Reading gekauft hatte. Nach dem Mädchen in schwarzen Dessous auf dem Umschlag zu urteilen, war es ein Softporno, der die ganze Aufmerksamkeit des Mannes gefesselt zu haben schien. Daß der Mann pornographischen Lesestoff gewählt hatte, beruhigte Harry etwas, der, da er fand, seine Nerven brauchten eine Beruhigung, sich an der Bar einen Whisky genehmigte und ein Bier kaufte, das er an seinen Platz mitnahm.

Als Harry auf dem Rückweg hinter dem Rücken des Mannes vorbeiging, konnte er nicht umhin, einen Blick auf das Buch zu werfen. Der Mann war gerade dabei umzublättern und gab für einen Moment den

Blick auf den Buchdeckel frei, den Harry bis jetzt nur aus der Ferne gesehen hatte. Erschrocken sah er, daß das Mädchen in schwarzer Unterwäsche zusammengesunken auf einer Couch lag und offenbar tot war. Sie war mit einem Schal erwürgt worden, der immer noch um ihren Hals geknotet war.

Harry stolperte an seinen Platz. Warum ausgerechnet ein Schal? fragte er sich. Warum mußte dieser Mann gerade dieses Buch aussuchen? Der Zufall war ebenso unglaublich wie die Alternative, denn wenn … Plötzlich bemerkte Harry, daß der Zug langsamer wurde. Als er aus dem Fenster blickte, sah er, daß sie in den Bahnhof von Didcot, dem einzigen Halt vor Swindon, einfuhren. Plötzlich öffnete sich ihm ein Weg aus seiner Zwickmühle. Er gab seinem Impuls nach, stand auf und eilte zur Tür.

Der Mann folgte ihm nicht. Als Harry auf dem Bahnsteig stand und dem Zug beim Abfahren zusah, konnte er ihn durch das hellerleuchtete Fenster sehen – immer noch in sein Taschenbuch vertieft, ohne Harrys Gehen bemerkt zu haben. Es war idiotisch, sagte er sich, überhaupt angenommen zu haben, daß ihm jemand folgte; dennoch war die Stunde, die er nun in einem kühlen, feuchten Bahnhof verbringen mußte, um auf den nächsten Zug nach Swindon zu warten, nicht völlig umsonst. Zumindest bewies es, daß sein Verdacht grundlos war. Bewies es beinahe zweifelsfrei.

18

Früher, als er erwartet hatte, fand sich Harry wieder in der Bibliothek von Swindon ein. Diesmal sah er sich die überregionalen Zeitungen vom 2. Juni 1987 durch, in der Hoffnung, darin irgendeinen Hinweis auf das zu finden, was ihm bei seinem Besuch in Tyler's Hard entgangen war.

Die Berichte über den Anschlag auf Dysarts Leben glichen einander stark. Harry hatte das Gefühl, als hätte er sie alle schon einmal in der einen oder anderen Form gelesen, und keiner davon warf ein Licht auf das, was Mrs. Diamond aufgefallen war:

> Die IRA übernimmt die Verantwortung für den Bombenanschlag auf das Landhaus im New Forest, das Alan Dysart, dem Staatssekretär für ...
>
> Die IRA gibt zu, daß an Stelle des Junior-Verteidigungsministers Alan Dysart irrtümlicherweise seine Sekretärin, Clare Mallender, durch eine Bombe an Bord seiner Jacht getötet wurde ...
>
> Der Frieden eines Flußufers im New Forest wurde gestern durch einen weiteren Eintrag auf der traurigen Liste von IRA-Attentaten auf dem britischen Festland erschüttert ...
>
> Alan Dysart, der sich freimütig äußernde Junior-Verteidigungsminister, betonte gestern, daß Anschläge auf sein Leben ihn nicht davon abhielten, die anzuprangern, welche die Demokratie in Nordirland torpedierten ...

Auf den hinteren Seiten waren Würdigungen von Freunden und Verwandten abgedruckt. »Clare Mallender, die schöne und begabte junge Frau, die bei einer Explosion ums Leben kam, bedeutete für ihren Arbeitgeber ...« – »Es ist schwer zu glauben, daß wir eine so lebensfrohe Persönlichkeit verloren haben«, wurde Dysart zitiert, »und noch schwerer ist es zu akzeptieren, daß der Standpunkt, den ich dem Terrorismus gegenüber vertreten habe, vielleicht ihren Tod verursacht hat.« Aber Charlie Mallender, der nach Aussage eines Reporters mit den Tränen kämpfte, war Dysart zu Hilfe geeilt: »Obwohl wir tief bekümmert sind, finden wir doch Trost in der Tatsache, daß Clare Alan Dysarts Kampagne immer von ganzem Herzen unterstützt hat ...« Und die Kommentare lauteten einmütig: »Diese abstoßende Tat wird weder die Regierung noch Mr. Dysart von der prinzipiellen Ablehnung der Ziele dieser Verbrecher abbringen ...« Morpurgo oder Mrs. Diamond wurden nirgends namentlich erwähnt, und es gab auch keinen Hinweis darauf, daß nicht alles so war, wie es zu sein schien.

Eine Nacht Schlaf und diese ergebnislose Sichtung der Nachrichtenspalten hatten Harrys Zuversicht beträchtlich untergraben. Vielleicht stellten die Fotos eine Phantomjagd nach den zufälligen Neurosen einer unsicheren jungen Frau dar. Er hatte Heather schließlich nur ein paar Wochen gekannt, und es war sehr wohl möglich, daß er von dem Eindruck, den sie in der fremden Umgebung von Rhodos hervorgerufen hatte, getäuscht worden war. Auf Postkarten und Fotos gestützte Vermutungen konnten ebenso jeder Grundlage entbehren wie am Abend zuvor seine Angst, verfolgt zu werden.

Harry befand sich daher in einer desillusionierten Stimmung, als er zur Falmouth Street zurückging. Völlig in Gedanken versunken, achtete er nicht auf die violette Limousine, die kurz vor der Nummer siebenunddreißig am Straßenrand parkte, bis er den Wagen erreichte und die Fahrertür plötzlich aufgestoßen wurde, um ihm den Weg abzuschneiden.

Ein junger Mann mit harten Gesichtszügen stieg aus und fixierte ihn unverwandt. »Harry Barnett?«

»Äh, ja.«

»Polizei.« Eine Kennmarke wurde gezückt. »Steigen Sie bitte ein.«

»Nun, ich ...«

»Steigen Sie ein!«

Harry gehorchte. Links von ihm saß ein kräftig gebauter grauhaariger Mann, der geradeaus nach vorn sah. Der Fahrer ebenso. Der Mann auf dem Beifahrersitz drehte sich jedoch herum und grinste Harry mit kalten Augen feindselig an. »Herrliches Wetter für diese Jahreszeit, wie?« meinte er, obwohl es deprimierend grau und feucht war.

»Was soll das alles ...«

»Sie sind gerade von Rhodos zurückgekehrt, hören wir.«

»Ja, aber ...«

»Haben Sie irgend etwas Illegales mitgebracht?«

»Was meinen Sie?«

»Drogen, so was in der Art.«

»Natürlich nicht.«

»Wir würden also nichts Verdächtiges finden, wenn wir das Haus Ihrer Mutter auf den Kopf stellten?«

»Natürlich nicht. Wie kommen Sie ...«

»Halten Sie den Mund!« Der grauhaarige Mann neben Harry hatte gesprochen und wandte ihm jetzt sein pockennarbiges Gesicht zu. »Hören Sie zu, Barnett. Die griechische Polizei hat Sie nicht einkassieren können, aber wir sind nicht ganz so pingelig mit formellen Details. Andererseits sind wir auch keine Unmenschen. Wir werden uns nicht verpflichtet fühlen, Sie unter die Lupe zu nehmen, es sei denn, Sie zwingen uns dazu; aber wenn wir es tun, finden wir auch etwas, verlassen Sie sich drauf. Zwingen Sie uns also nicht dazu.«

»Wie bin ich ...«

»Halten Sie den Mund!« Er starrte Harry einen Augenblick schweigend an, dann fing er erneut an. »Wenn die Familie Mallender nur noch einmal von Ihnen hört, telefonisch, schriftlich, persönlich oder sonstwie, werden wir Sie so fertigmachen, daß Sie glauben, ein Riese sei Ihnen auf dem Kopf rumgetrampelt. Drogenbesitz ist dabei nur eine Möglichkeit, Ihre alte Mutter hat sich vielleicht auf Ladendiebstähle verlegt. Sie haben sich vielleicht an ein Mädchen im Park herangemacht, das sich als verkleidete Polizistin herausstellt. Wie auch immer. Kapieren Sie, worauf ich hinaus will? Wenn ja, brauchen Sie nur zu nicken.«

Harry wußte, er hätte über diesen primitiven Beweis, wie Charlie und Roy Mallender ihre Beziehungen spielen lassen konnten, entrüstet sein sollen, aber er empfand nur eine entsetzliche Angst. Abgebrühte Polizisten in Zivilautos gehörten zu einer Welt der Gewalt und Einschüchterung, mit der er nichts zu tun haben wollte. Das Gefühl seiner Schutzlosigkeit, das seinen Magen aufwühlte, machte ihn kampfunfähig. Er nickte.

»Sie können gehen«, sagte der grinsende Beifahrer.

Harry stieg aus. Die Tür knallte hinter ihm zu, und der Wagen fuhr weg. Harry sah ihm nach, bis er in den Emlyn Square abgebogen war, dann begann er unsicher in die gleiche Richtung zu gehen. Er bog jedoch nicht in die Haustür der Nummer siebenunddreißig ein. Nach allem, was geschehen war, schien ihm ein anderes Ziel angebracht.

Zwei Stunden und einige Bier später betrachtete Harry sein Abbild in dem Spiegel hinter der Bar des Glue Pot Inn und überlegte, daß er, selbst wenn er wieder nüchtern und sein Mut gesunken war, seinen Vorsatz nicht ändern würde. Wenn Roy und Charlie Mallender gehofft hatten, ihm Angst einzujagen, war ihnen das gelungen. Aber sie hatten ihm durch ihren Eifer, ihn von seinem Vorhaben abzubringen, auch bewiesen, daß er auf dem richtigen Weg war. Ihm Angst einzujagen genügte nicht mehr. Er war nun entschlossen, Heathers Aufnahmen zu folgen, wohin sie ihn auch führten.

19

Obwohl Oxford weniger als fünfzig Kilometer von Swindon entfernt lag, war Harry erst zweimal dort gewesen, auf einem Schulausflug zum Ashmolean Museum und später auf einer Geschäftsreise zu Morris Motors. Er war jedoch nicht aus Gleichgültigkeit nicht besser mit der Stadt vertraut. Tatsächlich hatte er lange den geheimen Wunschtraum gehegt, sich in die privilegierten Reihen der Oxford-Studenten einzuschreiben, drei ruhmreiche Jahre akademischer und sexueller Triumphe zu verbringen, um danach das unbeschwerte, erfolgreiche Leben zu führen, von dem ihn seine Herkunft aus der Arbeiterklasse und eine zu kurz gekommene Ausbildung ausgeschlossen hatten.

Alan Dysart war das Vorbild für all das, was Harry hätte sein können, wenn er in den Genuß der Vorteile, die ein Oxford-Studium gewährt, gekommen wäre. Auch er, so schien es ihm in seinen neidischeren Momenten, hätte ohne weiteres ein Offizier und Gentleman werden können, wenn sein Vater so wohlhabend wie Dysarts Vater gewesen wäre, wenn er sich nur mehr seinen Studien gewidmet hätte, wenn ...

Doch wie Harry gelernt hatte, funktionierte das Leben nach anderen Prinzipien. Es verlangte, daß unwiderrufliche Entscheidungen getroffen werden mußten, noch bevor man ihre Folgen abschätzen konnte. Es stellte sicher, daß es keine Umkehr gab, kein Ausweichen auf Alternativpfade, keine Möglichkeit, der Zukunft aus dem Weg zu gehen, die einem vorbestimmt war. Und keine Möglichkeit, der Kraft zu widerstehen, die ihn durch Oxfords weihnachtlich erleuchtete Straßen, unter den vergoldeten Turmspitzen und hohen Kuppeln einer Welt, die ihn zurückgewiesen hatte, vorantrieb zum nächsten Glied in der Kette.

Im Fenster eines Herrenschneiders auf halber Höhe der High Street fand er eine reichhaltige Ausstellung von Collegeschals, -krawatten und -blazerabzeichen. Harry ging hinein und erhielt nach einem kurzen erstaunten Hochziehen der Augenbraue einen Gesamtkatalog von Shepherd & Woodwards Universitätsartikeln. Er blätterte nicht darin, ehe er nicht wieder draußen war, da er annahm, daß er die Ungestörtheit eines überfüllten Gehsteiges brauchen würde, um mit einer Bestätigung seines

Verdachts fertig zu werden, vor der er zurückschreckte, obwohl sie ihn nicht überraschen konnte.

Kirschfarben und Silber in vier gleichmäßigen Streifen, vertikal beim Schal und diagonal bei der Krawatte, die Farben des Breakspear Colleges in Oxford. Dysarts ehemaligem College. Und Clare Mallenders. Und Minters. Und Morpurgos. Die Verbindung war hergestellt, gefestigt, durch mehr als nur Zufall erklärbar. Dysart hatte oft genug darüber gesprochen, als er in Swindon arbeitete. »Ich bin am Breakspear. Warum schaust du während des Trimesters nicht einmal herein?« Harry hatte es natürlich nie getan. Den Gegensatz zwischen Dysarts sorgenfreiem Dasein und seinem eigenen hätte er nicht ertragen können. Aber er hatte sich daran erinnert – an den Namen und alles, was dazu gehörte. Heather war vor ihm hier gewesen, hatte gesehen und verstanden, was auch er bald sehen und vielleicht auch verstehen würde. Es bestand für ihn kein Zweifel daran, wo sie das fünfte Bild auf dem Film aufgenommen hatte.

Breakspear war sowohl ehrwürdiger als auch weniger prunkvoll als die meisten Colleges. Sein Eingang mit dem flachem Bogen von einer der schmalen Straßen aus, welche die High Street und Broad Street miteinander verbanden, wäre leicht zu übersehen gewesen. 1259 gegründet, tagsüber für Besucher geöffnet, stellte es sich selbst mit der Bescheidenheit einer Institution dar, deren Vertrauen in ihre Ziele unerschütterlich war. Und hier, in dem ersten und ältesten rechteckigen Innenhof, fand Harry, was er suchte. Manche Leute hätten nichts gesehen außer abgetretene Pflastersteine und ein von grauen Steinmauern umgebenes Oval von feuchtem Gras, bleieingefaßte Fenster und die unteren Stufen von Wendeltreppen, die durch offene Türen zu erspähen waren. Aber Harry sah sehr viel mehr. Er sah Gewißheit und Beweis. Er sah Bestätigung und Ermunterung.

Er ging zum Pförtnerhäuschen zurück und klopfte ans Fenster. Ein Mann mit fleckigem Gesicht und nach hinten gekämmtem Haar schob die Glasscheibe zurück und sah fragend zu ihm hinaus. Mit seinem Körperbau, seiner Mimik und dem asthmatischen Keuchen erinnerte er Harry an eine Bulldogge, die mißmutig aus ihrer Hundehütte schaut. Zu seiner offensichtlichen Erleichterung konnte er Harry zu jemand anderem schicken.

»Am besten, gehen Sie zur Sekretärin des Colleges, Mrs. Notley. Ihr Büro befindet sich am Ende der Treppe K.« Darauf folgte eine eingehende Konsultation einer goldenen Taschenuhr. »Eigentlich müßte sie da sein.«

Mrs. Notley war tatsächlich auf ihrem Posten und bediente einen Computer – offenbar das einzige Zugeständnis Breakspears an die Neuzeit. Harry fand schnell heraus, daß sie unempfänglich für Charme war, aber ein gewisses Pflichtgefühl trieb sie dazu, seine Fragen zu beantworten.

»65 bis 68, sagen Sie?« (Harry hatte Dysarts Collegejahre als Anhaltspunkt angegeben.) »Morpurgo ist ein ungewöhnlicher Name. Da sollte es keine Schwierigkeiten geben. Lassen Sie mich nachsehen.« Sie zog einen sperrigen Band aus dem Regal neben sich und blätterte ihn durch. »Ja. Da haben wir ihn. Morpurgo, W.V., wohnhaft hier in der Zeit, die Sie angegeben haben. Er erwarb einen nicht klassifizierten Abschluß in modernen Sprachen.«

»Weshalb nicht klassifiziert?«

»Es könnte verschiedene Gründe gehabt haben, Krankheit vielleicht.«

Krankheit, ja – so könnte man es wohl nennen, dachte Harry. »Wäre es möglich, daß Sie noch jemand nachschlagen könnten. Clare Mallender, Ende der 70er Jahre.«

Mrs. Notley tat ihm den Gefallen. »Miss C.T. Mallender, wohnhaft hier von 1977 bis 1980. Erstklassiger Abschluß in Philosophie, Politik und Wirtschaftswissenschaften.« Bei dem Namen begann sich etwas in ihrem Gedächtnis zu regen. »War da nicht ...«

»Und Jonathan Minter«, unterbrach Harry. »Gleiche Zeit.«

Aber hier stießen seine Schlußfolgerungen auf den ersten Widerspruch. Minter war nicht annähernd zur gleichen Zeit wie Clare Mallender am Breakspear gewesen. Das war zwar in gewisser Hinsicht unwichtig, denn Harry wußte von Marjorie Mallender, daß Clare Minter tatsächlich kennengelernt hatte, als er in Oxford war – er war wohl einfach auf einem anderen College gewesen –, doch war sein Glaube an seine Hypothese irgendwie untergraben. Er kehrte zu dem Innenhof zurück und überlegte verdrossen, was er als nächstes tun sollte.

Zumindest gab es die Fotos, auf die er zurückgreifen konnte. Als er das Kuvert mit den Bildern aus seiner Tasche zog, nahm er das von Breakspear heraus und betrachtete einen Augenblick lang prüfend die darauf abgebildete Ansicht des Colleges. Als er sich die den Innenhof umgebenden Mauern ansah, war es möglich, die genaue Stelle abzuschätzen, wo Heather gestanden hatte, als sie das Foto aufnahm, in der äußersten südwestlichen Ecke. Er ging hinüber, drehte sich um und überblickte den Schauplatz. Die Winkel und Perspektiven dessen, was er sah, waren identisch mit der Aufnahme. Und doch weigerten sie sich, so lange er sich auch umschaute, ihre Bedeutung preiszugeben.

Als Harry so gedankenverloren dastand, kam der Pförtner, mit dem er vorher gesprochen hatte, mit seinem Schlüsselbund rasselnd zu ihm herüber. Als er Harry sah, blieb er stehen, runzelte die Stirn und kam dann langsam auf ihn zu.

»Hat Mrs. Notley Ihnen gesagt, was Sie wissen wollten?«

»Äh, ja, vielen Dank.«

»Sie sind also an der Geschichte des Colleges interessiert?«

»Gewissermaßen, ja.«

»Wir haben einen informativen Führer zu diesem Thema.« Er klirrte wieder mit den Schlüsseln. »Zu einem sehr anständigen Preis.«

»Das glaube ich Ihnen, aber ich nehme nicht an, daß er die Art von Geschichte enthält, an der ich interessiert bin.«

»Und die wäre?« Er klang liebenswürdiger als zuvor, eher geneigt, ihm zu helfen. Möglicherweise hoffte er auf ein Trinkgeld, ging es Harry durch den Kopf.

»Nun, wie lange arbeiten Sie schon hier?«

»Sechsundzwanzig Jahre. Seitdem ich aus der Marine entlassen worden bin.«

Harrys Hoffnungen stiegen: Sechsundzwanzig Jahre reichten für seine Zwecke aus. »Wenn das so ist, können Sie sich bestimmt noch an den Staatsminister Alan Dysart erinnern, der hier studierte.«

»Natürlich. Ein überaus liebenswerter junger Mann.«

»Und an seinen Kommilitonen Morpurgo?«

»Morpurgo. Oh ja. Ein guter Freund von Mr. Dysart, soweit ich mich erinnere.« Er schüttelte den Kopf. »Ein trauriger Fall. Wurde in seinem letzten Jahr bei einem Autounfall schwer verletzt.« Dann klopfte er sich bezeichnend an die Schläfe. »War danach nicht mehr ganz richtig, fürchte ich.«

»Ein Autounfall, sagen Sie?«

»Ja. Sie wissen ja, wie junge Männer sind, wenn sie erst einmal hinterm Steuer sitzen.« Er seufzte.

»Und das war in seinem Abschlußjahr?«

»In seinem Abschlußtrimester eigentlich. Nur wenige Wochen vor dem Examen. Im Sommertrimester 68 war das. Das war eine traurige Zeit am Breakspear damals.«

»Sie meinen wegen des Autounfalls?«

»Nicht nur wegen des Autounfalls, nein, nein.«

»Dann ... weshalb sonst?«

»Also, es ist schon sehr merkwürdig, daß Sie hier stehen und mir diese Frage stellen, wirklich.«

»Warum?«

»Weil es im selben Trimester war – Sommertrimester achtundsechzig –, als Mr. Everett genau in dieser Ecke des Innenhofs den Tod fand. Er fiel aus einem Fenster im zweiten Stock direkt auf die Pflastersteine, keinen Meter entfernt von der Stelle, wo Sie gerade stehen. Er war im gleichen

Jahr wie Mr. Morpurgo und Mr. Dysart. Deshalb meine ich, daß es eine traurige Zeit war.«

Aber Harry hatten die Erinnerungen des Pförtners alles andere als traurig gestimmt. Heather hatte diese Ecke des Innenhofs nicht willkürlich gewählt. Sie hatte die Verbindung zwischen dem Tod ihrer Schwester und dem eines Studienkollegen von Morpurgo vor zwanzig Jahren hergestellt und sie bewußt auf Film gebannt. Ob er wohl an jenem Tag auch gelächelt hatte? »Was passierte zuerst?« fragte Harry und bemühte sich, nicht zu gespannt auf die Antwort zu klingen. »Der Sturz oder der Autounfall?«

»Oh, der Sturz.«

»Wie ist denn das passiert?«

»Das wußte niemand so recht. Er war betrunken, das Fenster stand offen, er lehnte sich hinaus und stürzte hinunter – das war die allgemeine Überzeugung.«

»Und der Autounfall?«

»Oh, das war irgendwo auf einer Landstraße. Mr. Morpurgo war mit zwei anderen Studenten auf dem Rückweg von einer Kneipe. Betrunken natürlich und raste wie alle mit überhöhter Geschwindigkeit.«

»War Mr. Dysart auch dabei?«

»Soweit ich mich erinnere nicht. Nein. Es waren ... Also, ich bin ziemlich sicher, daß Dr. Ockleton mit dabei war. Ja, ich bin sicher, er fuhr mit. Was den anderen ...«

»Dr. Ockleton?« Etwas in der Stimme des Pförtners hatte darauf hingedeutet, das der gute Doktor sich besonders gut daran erinnerte.

»Ja. Er spricht nicht oft von diesen Tagen, aber ...«

»Wollen Sie damit sagen, daß er immer noch hier ist?«

»Oh, ja. Er war damals natürlich ein Anfangssemester, aber er blieb bis zu seiner Promotion und wurde dann hier Dozent. Ein liebenswürdiger Mann, Dr. Ockleton. Seinen Mitarbeitern gegenüber sehr rücksichtsvoll.«

»Und aufgeschlossen?«

Der Pförtner lächelte. »Aufgeschlossen?« sagte er mit einem zweideutigen Unterton in der Stimme. »Oh, ja, allerdings. Dr. Ockleton ist sehr aufgeschlossen.«

20

Am frühen Nachmittag kehrte Harry zum Breakspear College zurück. Er war enttäuscht gewesen, Dr. Ockleton am Vormittag nicht in seinen Räumen anzutreffen, aber ein hübsches Mädchen im Jogginganzug, das die Treppe heruntergehüpft kam, als er an Dr. Ockletons Tür klopfte, war lange genug auf der Stelle gelaufen, um ihm mitzuteilen, daß der Doktor am Dienstagvormittag immer Vorlesungen halte und Harry nach dem Mittagessen wahrscheinlich mehr Glück hätte.

Harry hatte die Wartezeit in einer kleinen Kneipe mit niedriger Decke in der Broad Street überbrückt, wo er sich ans Fenster setzte, in kleinen Schlucken Bier trank und die Gäste beobachtete, die kamen und gingen: heruntergekommene alte Säufer, noch einiges tiefer auf der Abstiegsleiter als er, und geschwätzige Grüppchen von Studenten, deren Gesichter ebenso von flaumbärtiger Naivität wie ihre Ansichten von falschverstandener Weisheit kündeten. Harry, nicht sicher, ob es ihre Jugend oder ihr Selbstbewußtsein war, worum er sie mehr beneidete, hatte zwar erkannt, daß er dabei war, in vom Alkohol hervorgerufenes Selbstmitleid zu versinken, sich jedoch nicht beherrscht. Wo war Heather? Warum war sie nicht zurückgekehrt? Was würde er darum geben, wenn sie an seiner Seite wäre und mit ihrer Anwesenheit den Groll, den er inzwischen beim Anblick der Freundschaft anderer fühlte, verfliegen lassen würde.

Doch diese Stimmung hatte er überwunden, als er wieder zum Breakspear College zurückging. Er lutschte an einem extrastarken Pfefferminzbonbon und war froh, als er sah, daß die Portiersloge nun mit einem anderen Pförtner besetzt war. Er überquerte den ersten Hof, dessen Pflastersteine nach sieben Jahrhunderten gekerbt waren, betrat den etwas jüngeren Innenhof dahinter und stieg zu Dr. Ockletons Räumen hinauf. Die äußere Tür stand diesmal offen, und eine sonore Stimme antwortete auf sein Klopfen.

Dr. phil. Cyril D.G. Ockleton, M.A., sah mit seinen vierzig Jahren sogar noch jünger aus als Alan Dysart. Während Dysart die Gesten und Züge eines erfahrenen Dreißigjährigen besaß, fehlten Ockleton nur noch kurze Hosen und eine Steinschleuder, um als herumalbernder Schuljunge durchzugehen. Es war, als sei Breakspear eine Art Shangri-La, das, wenn man ihm kurz ausgesetzt war, für eine bleibende Jugendlichkeit, bei längerem Aufenthalt für eine beschleunigte Regression zur Wiege sorgte.

Ockletons pechschwarzer Haarschopf, sein pausbäckiges Gesicht und die Brille, die auf die Nasenspitze hinuntergerutscht war, erweckten zusammen mit dem zerschlissenen Talar und der schiefgebundenen Krawatte den Eindruck einer Unreife, die überhaupt nicht mit seiner Stimme übereinstimmte. Vom Aussehen her war er die glänzende Karikatur eines in seiner Entwicklung stehengebliebenen Menschen, ein eulenäugiger, übergroßer, von der Welt abgeschirmter Säugling. Stimmlich jedoch befand er sich auf einem anderen Niveau, auf der olympischen Höhe des losgelösten und vollkommenen Urteils, von der selbst der trivialste Satz wie eine tiefgründige Aussage klang.

»Kann ich Ihnen helfen? Ich glaube nicht, daß wir uns kennen.« Die klare Stimme war die eines Bischofs, der zu einem Bettler spricht. Harry hätte diesem Mann stundenlang zuhören können.

»Ich heiße Harry Barnett.«

Ockleton grinste breit. »Bedauerlicherweise bin ich nun nicht klüger.«

Aber Harry wußte es besser. Klugheit war für diesen Mann, was Langeweile für andere war. Jeder Versuch, ihn zu täuschen, wäre vergeblich. »Ich bin ein Freund von Alan Dysart.«

Ockleton sprang aus seinem Stuhl auf, steuerte mit untrüglicher Sicherheit durch die Bücher und Zeitungsstapel, die überall in seiner Wohnung herumlagen, und gab Harry einen feuchten Händedruck. »Jeder Freund von Alan, Mr. Barnett, und so weiter, und so weiter. Was führt Sie nach Oxford?«

»Heather Mallender.«

»Schon wieder, fürchte ich, wissen Sie mehr als ich.«

»Sie ist letzten Monat verschwunden, während sie in Alans Villa auf Rhodos zu Besuch war.«

»Ah, diese Heather Mallender.« Seine Reaktion ließ annehmen, daß dieser Vorfall ein Gesprächsthema beim Frühstück im Speisesaal gewesen war. Wäre nicht zufällig ein ehemaliger Student vom Breakspear darin verwickelt gewesen, hätte nicht einmal das stattgefunden. Vielleicht hielten sie den *Courier* nicht im Gemeinschaftsraum für Dozenten.

»Ich glaube, Sie kennen Heather.«

»Da irren Sie sich.« Ockleton beschrieb einen weiten Bogen im Raum, wich allen Hindernissen aus, offensichtlich ohne sie zu bemerken, und blieb am Fenster stehen, wo er die Aussicht auf eine leere Giebelseite und die halbe Kuppel des Radcliffe-Gewölbes betrachtete. Dann drehte er sich wieder um und sah Harry aufmerksam an, wobei seine Augen in dem grotesken Grünschnabelgesicht wie die eines alten Adlers leuchteten. »Sie sind natürlich Alans Hausverwalter auf Rhodos.«

»Richtig.«

»Der letzte Mensch, der Miss Mallender vor ihrem Verschwinden gesehen hat.«

»Ja.«

»Sie ... hat Ihnen von mir erzählt?«

»Nein.«

»Dann ...«

»Sie hat Sie hier vor etwa drei Monaten aufgesucht. Ende August oder Anfang September, nehme ich an. Sie haben ihr etwas ... etwas Wichtiges erzählt.«

Ockleton schwieg, um über einen Punkt nachzudenken, der ihn offensichtlich vor ein Rätsel stellte, dann sagte er: »Wenn Miss Mallender niemals erwähnte, daß Sie mich besucht hat, was läßt Sie dann vermuten, daß sie es getan hat?«

»Ich weiß, daß sie nach Oxford fuhr, und ich bin mir sicher, daß sie zum Breakspear College kam. Wenn sie das getan hat, ging sie nicht wieder weg, ohne Sie aufzusuchen.«

»Weshalb nicht?«

»Weil Sie ein Kommilitone eines Studenten namens Morpurgo gewesen sind und dabei waren, als er bei einem Autounfall im Sommertrimester 1968 verunglückte. Und weil Sie auch ein Kommilitone eines Studenten namens Everett gewesen sind, der einige Wochen vor dem Autounfall aus einem Fenster zu Tode stürzte. Und weil diese beiden Vorfälle auf irgendeine Weise mit dem Tod von Heathers Schwester in Verbindung stehen.«

Ockleton runzelte die Stirn. »Eigenartig.« Dann lächelte er. »Ich gratuliere Ihnen, Mr. Barnett, daß Sie auf diese Beweisführung gekommen sind. Ich kann das zwar nicht ganz nachvollziehen, aber es muß da ganz offensichtlich einen Faden geben, dem zu folgen Sie entschlossen sind. Ebenso wie Miss Mallender.«

»Sie geben also zu, daß sie hier war?«

»Ich habe es nie bestritten.« Er ging zu einem unaufgeräumten Schreibtisch hinüber, zog aus dem Papierwust einen Kalender hervor und begann, ihn durchzublättern. »Da haben wir es ja. Samstag, den dritten September. Ja tatsächlich. Ein regnerischer Tag, soweit ich mich erinnere. Miss Mallender rief mich gegen elf Uhr an. Sie wollte mit mir über ihre Schwester sprechen. Clare ist eine Studentin von mir gewesen, wissen Sie, und ich war natürlich über die Umstände ihres Todes betroffen, deshalb hatte Heather meine volle Sympathie. Es schien mir, als sei sie nicht so brillant wie ihre Schwester, sowohl vom Intellekt als auch vom Äußeren her, aber infolgedessen auch weniger von sich eingenommen. Clare hatte offenbar ihr gegenüber meinen Namen erwähnt. Zuerst nahm ich an, daß sie nur ein tröstendes Gespräch mit dem früheren Tutor ihrer Schwester führen wollte, besonders als sie mir erzählte, daß sie einen Nervenzusammenbruch gehabt hatte.«

»Doch sie wollte mehr als das?«

»Sie scheinen bereits zu wissen, was Sie wollte, Mr. Barnett – Informationen über Willy Morpurgo.«

»Sie wissen, daß Morpurgo für Alan Dysart arbeitet?«

»Inzwischen weiß ich es. Heather hat es mir erzählt. Um die Wahrheit zu sagen, glaube ich, daß ich es mir unbeabsichtigt als Verdienst anrechnen kann, daß Alan Willy zu sich genommen hat.«

»Warum?«

»Willy ist seit dem Unfall nicht mehr ganz richtig im Kopf. Gehirnschaden, wie Sie vielleicht wissen. Was für ein Jammer bei seinen geistigen Fähigkeiten. Aber so ist es – der arme Willy mußte sein Hirn an einer Trockenmauer in den Cotswolds zurücklassen und kann nicht mehr zusammengeflickt werden. Natürlich wurde ihm aus purem Mitleid der akademische Grad verliehen. Danach haben sich, glaube ich, bis zu ihrem Tod seine Eltern um ihn gekümmert. Alleingelassen auf der Welt, zog es Willy nach Oxford zurück, wofür ich, der ich nie von hier fortgegangen bin, ihm keinen Vorwurf machen kann. Er wurde bald ein bekannter Stadtstreicher, der an jeder Straßenecke bettelte und herumbrüllte. Ich gab ihm jedesmal ein Pfund – es soll niemand von mir sagen, ich sei kleinlich. Vor etwa fünf Jahren, als Alan auf Wahlkampagne war, um ins Parlament zu kommen, nahm er eine Einladung zu einer Diskussion mit Studenten hier am Breakspear an. Vermutlich das akademische Äquivalent zum Küssen kleiner Kinder. Ich nehme an, daß er sich heutzutage mit solchen Gesten nicht mehr befassen würde. Jedenfalls aßen wir zusammen, und ich erwähnte zufällig Willys Notlage. Alan sagte damals kein Wort, aber Willy verschwand kurz darauf aus Oxford. Ich schloß dann aus dem, was Heather mir erzählte, daß Alan ihn um der alten Zeiten willen bei sich aufgenommen hatte.«

Etwas an Ockleton begann Harry zu mißfallen. So informativ und liebenswürdig er auch wirkte, hatte er doch etwas Kaltes, Unmenschliches an sich, das durch jede seiner geistreichen Bemerkungen durchzuschimmern schien. Der Gegensatz zwischen seinem Umgang mit Morpurgo – das gelegentliche, herablassende Almosen – und Dysarts fiel ihm offenbar nicht auf. Logik konnte er zweifellos in Hülle und Fülle liefern, aber echtes Gefühl ging ihm völlig ab.

»Da haben Sie's, Mr. Barnett: Das Leben von Willy Morpurgo in Kurzfassung. Das habe ich Heather Mallender erzählt und jetzt auch Ihnen. Die Frage ist, was bedeutet es?«

Was einen mit Ockletons mönchischem und analytischem Verstand wieder versöhnte, war, daß er nichts für Täuschung übrig hatte. Anders als Heathers Familie hatte er nichts zu verbergen. Seine Offenheit versuchte sich Harry jetzt zunutze zu machen. »Ist das alles, was Sie Heather erzählt haben?«

»Nicht ganz. Sie schien sich mehr für Willys Studentenzeit als für sein darauffolgendes unglückliches Schicksal zu interessieren. Sie wollte alles über die Tyrell-Gesellschaft erfahren, der Willy und ich angehörten.«

»Die was?«

»Die Tyrell-Gesellschaft. Ein Klub zum gemeinsamen Essen, Trinken und Diskutieren für Breakspear-Studenten mit ähnlichen Überzeugungen, Vorurteilen und Ansprüchen. Die urprüngliche Idee dazu stammte von Alan. Die anderen schmückten sie dann einfach noch aus. Sie stellte unsere Auflehnung gegen die damals herrschende Studentenkultur dar. Meditation und Maoismus waren nichts für uns. Wir zogen es vor, unsere Sensibilität mit etwas Barockerem, einer traditionelleren Ästhetik zu stimulieren. Aus Ihrem Gesichtsausdruck schließe ich, daß Sie das für pseudointellektuellen Mumpitz halten, und es ist unbestreitbar, daß wir mehr der sybaritischen als der sokratischen Denkweise zuneigten. Nichtsdestotrotz ...«

»Wer war Tyrell?«

»Tyrell?« Ockleton wirkte verärgert, daß seine Erinnerung in eine so praktische Richtung gelenkt wurde. »Du liebe Güte, Mr. Barnett, wissen Sie das nicht?«

»Warum sollte ich?«

»Weil Sie, wie wir alle, einmal ein Schuljunge gewesen sind. Walter Tyrell war der Mann, der angeblich, ob absichtlich oder zufällig, König William Rufus im New Forest am 2. August 1100 mit einem Pfeil getötet haben soll.« Ockleton lächelte über Harrys verwirrtes Stirnrunzeln. »Vielleicht war der Hinweis etwas abstrus. So weit es uns betraf, war der springende Punkt der Episode, daß die Wahrheit nie ans Licht kam. Tyrell bleibt ein Rätsel. War er ein Meuchelmörder oder ein Unschuldiger? Ein waghalsiger und verschlagener Königsmörder oder nur ein ungeschickter Bogenschütze? Wir werden es nie erfahren. Mit solchen, letzten Endes nicht zu beantwortenden Fragen der Vergangenheit – ja auch der Gegenwart – wollten wir uns befassen. Der Name war Alans Vorschlag, und wir hielten ihn alle für treffend. Und wie sich herausstellte, war er auf eine Weise treffend, die keiner von uns vorausahnen konnte.«

»Was meinen Sie damit?«

»Sie haben vorher den Tod von Ramsey Everett erwähnt, und da haben Sie es. Die genauen Umstände seines Todes bleiben auf wahrhaft tyrellianische Art und Weise schwer durchschaubar.«

»Ich hörte, er sei betrunken aus dem Fenster gefallen.«

»Genau. Es wäre absurd, wenn es nicht so unwahrscheinlich wäre. Wie ich bereits Heather gesagt habe ... Aber warten Sie: Sie sollen etwas sehen, das der einfachen Schilderung eines Vorfalls, von dem nur wenig Fakten bekannt sind, etwas Pikanterie verleiht.«

Ockleton mußte einen Sessel aus dem Weg räumen, um zum Schrank zu gelangen, der tief in einer verwinkelten Wand eingelassen war. Nachdem er sich einige Minuten davor hingekauert und den Inhalt durchstöbert hatte, stieß er ein triumphierendes »Aha!« aus, zog ein großes gerahmtes Foto hervor, von dem er eine Staubwolke blies, ehe er es auf den Schreibtisch stellte, und forderte Harry auf, es sich anzusehen. Es zeigte etwa ein Dutzend junger Männer, die locker um eine Bank auf einem sonnenbeschienen Rasen gruppiert waren und Flannellhosen mit messerscharfer Bügelfalte und gestreifte Blazer trugen – der absolute Gegensatz zum normalen Studentenleben der sechziger Jahre. Harry erkannte Dysart unter dem Trio, das auf der Bank saß, und Ockleton, der dahinter stand und ungeschickt eine Champagnerflasche umklammert hielt.

»Haben Sie Alan und mich entdeckt?« fragte Ockleton nach einer Weile.

»Ja.«

»Willy ist der zu meiner Linken.«

»Gütiger Gott.« Harry konnte zuerst nicht glauben, daß der große, elegante Jüngling auf dem Bild neben Ockleton derselbe Mann war, den er in Tyler's Hard getroffen hatte. Wäre Morpurgo weniger kultiviert gewesen, wäre der Kontrast zu dem, was später aus ihm geworden war, nicht so groß gewesen.

»Was für ein Niedergang, was? Das ist Ramsey.« Ockleton zeigte auf ein anderes Mitglied der Gruppe. Untersetzter als Morpurgo, wirkte Ramsey Everett, der mit einer weniger sorglosen Miene und mit kaum verhohlener Verachtung in die Kamera blickte, von dem ganzen Haufen als derjenige, der am meisten dazu neigte, ihr Recht, sich nach eigenem Gutdünken zu benehmen, in Frage zu stellen. »Und diese hier, wenn ich Sie darauf hinweisen darf, sind Jack Cornelius und Rex Cunningham.« Ockleton zeigte nacheinander auf einen breitgebauten Mann, der konventionell in die Kamera lächelte, und einen kleinen, fleischigen Burschen neben ihm, der ein Glas hob, als ob er einen Toast ausbringen wollte.

»Wer sind diese zwei?«

»Geduld, Mr. Barnett, Geduld. Zunächst habe ich einige Fragen an Sie. Wie haben Sie Alan Dysart kennengelernt? Sie scheinen mir, wenn Sie mir verzeihen, daß ich das sage, wohl kaum sein Typ zu sein.«

»Er arbeitete für mich während der Trimesterferien.«

»Er arbeitete für Sie?«

»Ja. Ich hatte damals eine Autohandlung in Swindon.«

»Swindon? Natürlich. Ich hätte es wissen können. So dreht sich das Karussell der Zeit, und so weiter, und so weiter.«

»Was?«

»Schon gut, Mr. Barnett. Ich bin noch nicht fertig mit meinen Fragen. Wie kam es, daß Sie Alans Angestellter wurden, wenn er ursprünglich Ihrer war?«

»Harte Zeiten. Vielleicht haben Sie nie welche durchgemacht.«

Ockleton lächelte. »Alan ist, scheint's, ein universell wohltätiger Mensch.«

»Ja. Ich glaube, das ist er.«

»Und was wollen Sie erreichen, indem Sie Heathers Schritte auf diese Weise nachvollziehen?«

»Ich hoffe, Sie zu finden.«

»Dann glauben Sie also, daß sie lebt?«

»Ja.«

»Ein lobenswertes Motiv. Sie schien mir ein reizendes Mädchen zu sein. So viel natürlicher als ihre Schwester. Clare war eine echte Breakspearianerin: zu scharfsinnig, als daß es gut für sie gewesen wäre. Doch Heather? Glücklicherweise ist sie uns nie in die Klauen gefallen. Sie blieb ... unbefleckt.«

Sie blickten einander einen Augenblick lang schweigend an, überrascht, daß sie ein Anliegen miteinander teilten: Obwohl zwanzig Jahre und eine halbe Welt dazwischen lagen, waren die ungelösten Geheimnisse, die sie beunruhigten, irgendwie dieselben.

»Haben Sie es eilig?«

»Nein.«

»Dann machen Sie doch eine Fahrt mit mir, wenn Sie Lust haben. Ich werde Sie dorthin fahren, wohin ich auch Heather mitgenommen habe. Und Ihnen zeigen, was ich ihr gezeigt habe.«

Abseits der durchgeistigten Atmosphäre von Breakspear und ohne seinen Berufstalar verwandelte sich Cyril Ockleton in eine gemäßigtere und weniger knabenhafte Version seiner selbst, als ob er fühlte, daß seine wahre Rolle ein gewisses Maß an Verkleidung erforderte. Während er seinen kleinen Wagen unbekümmert um Verkehrsregeln aus Oxford nach Westen steuerte, lehnte er es ab, nähere Angaben über ihr Ziel zu machen – außer daß sie dorthin fahren würden, wo Morpurgo seinen Unfall hatte. Statt dessen lieferte er Harry einen detaillierten Bericht über den Tod von Ramsey Everett.

»Wie Sie sich vorstellen können, bestand die Tyrell-Gesellschaft aus guten und aufrechten Patrioten. Der Tag unseres Nationalheiligen St. Georg war deshalb in unserem Kalender rot angestrichen. Am 23. April jeden Jahres veranstalteten wir ein Festessen zu Ehren des Schutzpatrons, bei dem Völlerei obligatorisch war. So war es auch an jenem Dienstag 1968. Dem Anlaß wurde dadurch noch ein spezieller Fin-de-siècle-Glanz verliehen, weil es für viele von uns das letzte derartige Ereignis unseres Oxford-Studiums sein würde. In einem späten, alkoholisierten Stadium der Ereignisse begab sich Ramsey Everett allein, soweit festgestellt werden konnte, in einen angrenzenden Aufenthaltsraum. Sowohl dieses Zimmer als auch der Versammlungsraum der Tyrell-Gesellschaft, wo das Essen stattfand, lagen im zweiten Stock des alten Innenhofs. Da die Nacht für die Jahreszeit ungewöhnlich warm war, standen die meisten Fenster weit offen. Ramsey lehnte sich vermutlich hinaus, um etwas Luft zu schnappen. Bei der Vernehmung wurde angedeutet, daß er sich aus dem Fenster erleichtern wollte, anstatt zu den Toiletten im Keller hinunterzutrotten, ein bedauernswerter Ausweg, den aber auch schon andere vor ihm gewählt hatten. Wie dem auch sei, er verlor jedenfalls das Gleichgewicht und stürzte hinaus. Unglücklicherweise landete er nicht auf dem Rasen, sondern auf den Pflastersteinen und brach sich den Schädel und das Rückgrat. Wie uns versichert wurde, war er sofort tot.

Dieser schreckliche Vorfall war ein vernichtender Schlag für die Tyrell-Gesellschaft. Obwohl er manchmal etwas besserwisserisch gewesen war, hatte sich Ramsey großer Beliebtheit erfreut. Um alles noch schlimmer zu machen, widerspiegelte sein Fall nach Auslegung der Collegebehörde die Führung und Organisation der Gesellschaft, und sie ordnete die sofortige Auflösung der Vereinigung an.

Formell hatte die Tyrell-Gesellschaft mit dem Tag von Ramseys Begräbnis aufgehört zu existieren. Alan nahm es besonders schwer. Natürlich trafen sich einige von uns immer noch von Zeit zu Zeit. Man kann jedoch nicht abstreiten, daß Ramseys Tod einen Schatten auf alle unsere Aktivitäten warf und daß wir uns über nichts mehr so unbeschwert freuen konnten wie vorher.

Einige von uns hofften, daß die Gesellschaft, sobald die gerichtliche Untersuchung vorbei war, wieder aufleben würde. Die Verhandlung sollte am 20. Mai eröffnet werden. Je näher das Datum rückte, desto nervöser und deprimierter wurden diejenigen, die als Zeugen auftreten mußten. Willy zeigte diese Symptome am stärksten, was ich merkwürdig fand, da er und Ramsey sich oft gestritten hatten. Einige Tage vorher schlug Jack Cornelius einen Ausflug aufs Land vor, um uns alle aufzumuntern. Alans Wagen war in Reparatur, also erklärte sich Willy, der einzige andere Autobesitzer, bereit zu fahren. Ursprünglich waren es fünf Anwärter, aber nur vier konnten hoffen, sich in Willys Mini Cooper zu zwängen, also verzichtete Alan freiwillig. Damit blieben Willy, Jack, Rex Cunningham und ich übrig. Am Freitag, dem 17. Mai – merken Sie sich das Datum –, fuhren wir los. Es war ein strahlender Frühlingsmorgen. Unser Ziel war – und ist es auch heute – das Dorf Burford.»

Sie rasten die A40, unterdessen eine Fernstraße geworden, entlang. Die Landschaft wurde immer hügeliger, je näher die Cotswolds kamen, und das fahle Licht der Wintersonne fiel warm auf die Bauernhäuser und die geschwungenen Grenzmauern. Warum gerade nach Burford? Und warum am 17. Mai? Harry brauchte diese Fragen nicht zu stellen, denn Ockleton gab die Antworten gleich selber.

»Wie beschlagen sind Sie in der Geschichte des siebzehnten Jahrhunderts, Mr. Barnett? Alles eingerostet? Oder war da überhaupt nichts zum Rosten vorhanden? Ich nehme an, Sie haben von den Levellern gehört, unseren einheimischen Sansculotten. Sie waren die intelligentesten und am wenigsten obrigkeitshörigen Mitglieder der Armee, die das Parlament aufgestellt hatte, um den König im Bürgerkrieg zu schlagen, und sie glaubten, Gott werde ihnen helfen, daß ein Sieg zu einem demokratischen Staat führen würde. Ich brauche nicht zu erwähnen, daß die Generäle, starrsinnige Grundbesitzer allesamt, nie die Absicht hatten, so etwas geschehen zu lassen. Die Zugeständnisse, die sie machten, waren nur Hinhaltetaktiken. Als die Zeit reif war, schlugen sie zurück, beorderten die Leveller-Regimente nach Irland und entzogen ihnen alle ihre harterkämpften Rechte. Jene, die Widerstand leisteten, wurden als Meuterer denunziert und entsprechend behandelt. Der letzte solche Aufstand wurde am 13. Mai 1649 in Burford von Cromwell persönlich niedergeschlagen. Er sperrte 340 zum Tod verurteilte Meuterer drei Tage in der Kirche von Burford ein. Dann, am 17., mußten sie die Hinrichtung von drei Rädelsführern mit ansehen und wurden begnadigt. So endete die Meuterei von Burford.

Sie fragen sich wahrscheinlich, was dieser Vorfall mit der Tyrell-Gesellschaft zu tun hat. Die Antwort liegt in seiner Doppeldeutigkeit. Cromwell hatte sich mit den Levellern zusammengetan, als es ihm zwei Jahre zuvor gelegen kam, und war in ihren Augen selbst nichts anderes als ein Meuterer, als er sich gegen sie wandte. Doch in Burford hatte er innerhalb weniger Tage alle rebellischen Offiziere für seine Sache gewonnen. Jenen Verhandlungen haftet etwas von Betrug und Verrat an, so als sei das Zeugnis darüber eine Verdrehung in sich. Wer hat wen betrogen? Und weshalb? Wir werden es nie erfahren. Aus diesem Grund war Burford ein besonders geeignetes Ziel für unseren Ausflug. Wir feierten den Jahrestag dessen, was wir am meisten bewunderten: eines Rätsels.»

In Burford verließen sie die Hauptstraße und fuhren die abschüssige High Street hinunter. Harry sah die typischen schiefergedeckten Teestuben und die weißen Steinmauern der Antiquitätenläden eines gutsituierten Cotswold-Städtchens. Dann bog Ockleton in eine schmale Straße ein, und einige Augenblicke später hielten sie vor der Kirche.

»Das hier war natürlich unser erstes Ziel«, fuhr Ockleton fort, als er aus dem Wagen stieg und zum Kirchhof voranging. »Willy ließ sich endlos über normannische Bogengänge und Mittelschiffe im Perpendikularstil aus, als sei er froh, ein geheimnisvolles Thema zu haben, das ihn von der Verhandlung ablenkte. Rex schlich um die Gräber und fragte sich, wann wir endlich zum Mittagessen gehen würden. Da blieben nur noch Jack und ich, um der Geschichte dieses Platzes etwas Aufmerksamkeit zu schenken. Jacks irisches Blut ließ ihn mit den Levellern sympathisieren – die Iren haben Cromwell das Massaker von Drogheda nie verziehen, wissen Sie. Ich stand dem Thema ziemlich unvoreingenommen gegenüber. Ich hätte natürlich die Politik der Leveller nicht ausstehen können, aber Betrug hinterläßt immer einen bitteren Geschmack im Mund, finden Sie nicht auch?«

Sie betraten die Kirche. Sie war groß, mit einem hohen Dach, vielen Kapellen, und ihre gewölbten Grabmäler und hochtrabenden Gedenktafeln zeugten von Burfords früherem und gegenwärtigem Reichtum. Harry trottete hinter Ockleton her, verwirrt, wie er es immer war angesichts eingewachster Kirchenbänke und glitzernden Silbers in einer, wie die Erfahrung ihn gelehrt hatte, gottlosen Welt. Sie kamen zum Taufstein. Harry, der neben Ockleton stand, konnte die jahrhundertealten Inschriften sehen, die in seinen bleiernen Rand gekratzt waren. Ockleton zeigte auf eine und las sie laut vor.

»›Anthony Sedley. 1649. Gefangener.‹ Ich hätte es nicht gesehen, wenn Jack mich nicht darauf aufmerksam gemacht hätte. Einer der Leveller ritzte es während ihrer Gefangenschaft hier ein, aus Verzweiflung, nehme ich an. Ein Jammer, daß der arme Kerl nicht recht schreiben konnte. Ergreifend, was?«

Ockleton hatte in sarkastischem Ton gesprochen, aber Harry war echt bewegt von dem, was er sah. Sedley hatte die Ns falsch herum eingeritzt und das A von »Gefangener« ausgelassen, doch diese Fehler erhöhten nur die Intensität seiner Botschaft. Auf dem Weg nach draußen nahm Harry eine Karte von dem Postkartenständer, auf der Sedleys Inschrift abgebildet war. Er war überrascht über seine eigene Ehrlichkeit, als er den geforderten Betrag in den Kasten warf, und konnte sein Motiv dafür, daß er die Karte in den gleichen Umschlag in seiner Tasche steckte, wo er die von Aphrodite und Silenus aufbewahrte, nicht ganz ergründen.

»Um Appetit zu bekommen, gibt es nichts Besseres, als in einer kalten Kirche herumzuspazieren. Jack, Willy, Rex und ich gingen in das Lamb Inn zum Mittagessen und verputzten so viel Bier und Rindfleisch-Nieren-Pastete, wie es sich vier junge Männer nur erträumen können. Ich habe auch Heather dorthin zum Mittagessen ausgeführt. Bedauerlicherweise« – er sah auf seine Uhr – »wird es um diese Zeit geschlossen sein. Ich schlage daher vor ...«

»Ich würde das Lokal, zu dem Sie Heather geführt haben, gern sehen, wenn das möglich ist.«

Verständlicherweise war Ockleton über Harrys Bitte verwundert, aber er erhob keinerlei Einwand. »Nun gut. Dann werden wir dort vorbeifahren.«

Lamb Inn lag auf der anderen Seite von Burford, in einer Seitenstraße, die von der High Street abging. Sobald Harry das Gasthaus sah, fühlte er sich bestätigt. Es war fraglos das Motiv des sechsten Fotos, was Ockleton sofort bestätigte.

»Seltsam, daß Sie sich dieses Haus anschauen wollen. Als wir wegfuhren, machte Heather eine Aufnahme davon. Hübsch ist es ja wohl, aber doch kaum fotogen.«

»Offenbar hielt es Heather dafür.«

Ockleton runzelte die Stirn. »Sie scheinen ebenso mitteilsam zu sein, wie sie es war, Mr. Barnett. Ich gebe Ihnen beiden eine Führung durch meine Vergangenheit, und Sie sagen kein Wort. Warum habe ich nur den Eindruck, daß Sie hier etwas wahrnehmen, was ich übersehen habe?«

Harry antwortete nicht, und Ockleton beharrte nicht weiter darauf. Die Wahrheit war, daß Harrys einziger Beweis von Bedeutung die Fotos waren, die er so wenig Leuten wie möglich zeigen wollte. Er rechtfertigte seine Geheimniskrämerei vor sich als notwendige Vorsichtsmaßnahme, aber etwas tiefer lag der Wunsch, die Intimität der Verbindung zu Heather, die sie darstellten, zu bewahren, ein Verlangen, zu verbergen, daß sie sich in seinem Besitz befanden und er ihrer Bedeutung nachspürte.

Sie fuhren aus Burford in Richtung Norden, hinunter über die alte Brücke für Packpferde, die über den Windrush führte, dann hinauf in die dahinterliegenden Hügel. Nach ungefähr zwei Kilometern bog Ockleton von der großen Chipping-Norton-Straße ab in ein schmales, gegen Osten führendes Sträßchen, das zu dem Höhenzug über dem Windrush-Tal anstieg.

»Als wir an jenem Nachmittag das Lamb schließlich verließen, waren wir alle ziemlich betrunken, aber Jack war so gefühlsduselig geworden, wie nur ein betrunkener Ire sein kann. Er bestand darauf, zur Kirche zurückzukehren, um die Atmosphäre noch tiefer in sich aufzusaugen, und damit den Geist der Leveller – diese Art Unsinn. Wir übrigen waren alle dafür, zurück nach Oxford aufzubrechen, und Jack schlug vor, daß wir ohne ihn fahren sollten. Er sagte, es wäre ihm ohnehin lieber, die Kirche allein aufzusuchen, er werde den Bus nach Oxford nehmen. Rex und ich hatten ihn verärgert, weil wir die Leveller beim Mittagessen herabgesetzt hatten, und man konnte nicht vernünftig mit ihm reden, wenn er in eine seiner selbstgerechten Stimmungen verfiel. Also ließen wir ihn.

Ich streckte mich auf dem Rücksitz des Mini aus, und Rex saß vorne neben Willy, der den Wagen lenkte. Willy war mindestens so betrunken wie wir alle. Es ging schon damit los, daß er die falsche Straße aus Burford heraus nahm und es dann mit dieser Straße versuchte, um zurück auf die A40 zu kommen. Wie Sie sehen können, verläuft sie flach und gerade den Höhenkamm entlang, bis sie dann plötzlich auf etwa einem halben Kilometer steil zum Talboden hinunter abfällt. Zu dieser Zeit war ich schon fest eingeschlafen. Willy fuhr natürlich viel zu schnell, aber das merkten wir erst, als wir den Hügel hinunterfuhren.»

Ockleton bremste, als die Straße jäh kurvig abzufallen begann. Nach der nächsten Biegung sah Harry zwei Dinge: Vorfahrtslinien am Ende des Hügels, wo die Straße in eine andere mündete, und eine Szene, die ihm bereits vertraut war – das Motiv des siebten Fotos. Gerade als er es wiedererkannte, fuhr Ockleton an die Seite und hielt den Wagen bei der Hecke an. Etwa dreißig Meter weiter vorn bot sich ihnen der alltägliche Anblick einer harmlosen ländlichen Straßenkreuzung. Die Hecken ließen darauf schließen, daß sie im Mai sehr wohl die Sicht versperrt haben könnten. Die Trockenmauer auf der anderen Seite sah solide und unnachgiebig aus. Zwanzig Jahre danach waren die Grundelemente eines vorhersehbaren Unfalls noch intakt.

»Ich hatte keine Ahnung, in welcher Gefahr wir schwebten. Rex' Meinung nach hatten wir, so schnell wie wir fuhren, keine Chance, die Kurve zu meistern, geschweige denn anzuhalten. Der Wagen raste quer über die Straße direkt auf die gegenüberliegende Mauer zu. Anstatt sich dort hineinzustürzen, erfaßte er jedoch einen Traktor mit Anhänger, der von links kam. Der Lärm dieses Zusammenstoßes weckte mich – ein schrecklich schleifender, krachender Aufprall.

Ich hatte Glück, Mr. Barnett: einen Arm gebrochen, ein paar Rippen gebrochen, Schnittwunden und Prellungen. Der vordere Teil des Autos und die, die dort saßen, bekamen die volle Wucht des Aufpralls ab. Rex wurden die Beine eingeklemmt, und er mußte herausgeschnitten werden. Willy wurde durch die Windschutzscheibe gegen die Mauer geschleudert: So hat er sich die Verletzungen zugezogen. Der Traktorfahrer kam ohne einen Kratzer davon. Rex war danach von der Taille abwärts gelähmt, und Willy trug, wie Sie wissen, einen schweren Gehirnschaden davon.

Natürlich war es unsere eigene Schuld. Wir hatten sträflich fahrlässig und kriminell unverantwortlich gehandelt. Doch was unser kleiner Zirkel erleiden mußte, stand, glaube ich, in keinem Verhältnis zu unseren Lastern. Ramsey war tot, Willy und Rex waren Krüppel. Wir anderen mußten uns Vorwürfe machen. Jack für seinen Teil hat sich nie verziehen, daß er das Unternehmen überhaupt angeregt hat. Ich kann sagen, daß wir alle versucht haben, es zu vergessen, aber ich glaube nicht, daß es einem von uns gelungen ist – außer Willy natürlich. Aber vielleicht nicht einmal ihm.»

Die schwache Wintersonne war untergegangen, und die Dämmerung kroch über die stillen Felder auf beiden Seiten. Harry fröstelte – aber nicht vor Kälte. Hier, so schien es, hatte vor zwanzig Jahren das Geheimnis, das Heathers Verschwinden zugrunde lag, begonnen. Sein Wesen blieb im dunkeln, aber jetzt konnte er es wenigstens benennen. Ockleton hatte seinen Namen unwissentlich preisgegeben, und Harry ahnte, daß er in den Narben, die es bei allen Beteiligten hinterlassen hatte, die unauslöschliche Spur dessen, was er suchte, finden würde. »Verrat« war der Schlüssel.

21

Harry wachte am nächsten Morgen in einem Gästezimmer des Breakspear College auf, das ihm Ockleton großzügig zur Verfügung gestellt hatte. Sie hatten festgestellt, daß sie zu viel zu bereden hatten, als daß er den letzten Zug nach Swindon hätte schaffen können, und Harry hatte das Angebot, als sein Gast über Nacht zu bleiben, gern angenommen. Erst als seine erste Bewegung die pochenden Kopfschmerzen auslöste, die eine halbe Flasche des speziell für das College importierten Portweins ihm hinterlassen hatte, begann er seine Entscheidung zu bereuen.

Sie waren am frühen Abend von Burford nach Oxford zurückgekehrt. An einem Tisch des Eagle and Child, Ockletons Lieblingslokal, hatten sie dann über die Umstände von Heathers Verschwinden auf Rhodos und die möglichen Zusammenhänge mit ihrem Besuch in Oxford mehr als zwei Monate davor gesprochen. Ockleton hatte, wie es seiner wissenschaftlichen Ausbildung entsprach, eigentlich dazu geneigt, allein schon den Gedanken an eine derartige Verbindung zu verwerfen. Und doch konnte er nicht abstreiten, besonders, als der Alkohol begonnen hatte, das starre Denken seines Gelehrtengehirns aufzuweichen, daß ihr begieriges Interesse an den weit zurückliegenden Ereignissen rund um Everett, Morpurgo und die Tyrell-Gesellschaft nicht zu erklären wäre, wenn es nicht irgendwie mit der Gegenwart zu tun gehabt hätte.

Von Harry gedrängt, erzählte Ockleton, was er über den späteren Werdegang der anderen Tyrellianer wußte. Was Jack Cornelius betraf, so schien es, daß er nach Irland zurückgekehrt und Lehrer geworden war. Ockleton hatte erst kürzlich gehört, daß er dem Kollegium eines römisch-katholischen Internats in Westengland angehörte. Obwohl er an den Rollstuhl gefesselt war, hatte es Rex Cunningham offensichtlich zu Wohlstand gebracht und war stolzer Besitzer eines Hotelrestaurants in Surrey.

»Seltsamerweise«, hatte Ockleton gesagt, und Harry mußte sich anstrengen, ihn inmitten des Lärms und Rauchs zu verstehen, da die Sperrstunde näherrückte, »war Rex derjenige, der Heather am meisten zu interessieren schien. Als ich das Restaurant erwähnte, das ihm gehört, das Skein of Geese, spitzte sie die Ohren. Unser Rektor hat dort letztes Trimester zu Abend gegessen und uns alles darüber erzählt. Er sagte, es sehe aus wie ein Bordell und das Essen dürfte man nicht einmal einem Kaninchen vorsetzen. Aber unser Rektor ist, das muß man dazu sagen, ein Mann von gewöhnlichem Geschmack. Als ich das Lokal Heather gegenüber erwähnte, bat sie mich jedenfalls, den Namen zu wiederholen. Als ich bestätigte, daß es Skein of Geese heißt, zog sie eines dieser Streichholzbriefchen heraus, die es an solchen Orten umsonst gibt, und fragte: «Genau wie das hier, meinen Sie?» Und da war es – eine künstlerische Impression von drei Gänsen im Flug und Name und Adresse des Lokals. Natürlich nahm ich an, daß sie selbst dort gegessen hatte, aber sie verneinte. Jemand hatte ihr dieses Streichholzbriefchen offensichtlich gegeben, und sie hatte es seither immer mit sich herumgetragen.«

Weshalb Cunningham? fragte sich Harry, als er aus dem schmalen Gästebett stieg und sich anzuziehen begann. Heather mußte einen zwingenden Grund gehabt haben, dieser Spur zu folgen, doch er war der Aufdeckung ihres Motivs noch keinen Schritt näher gekommen. Tyler's Hard oder sogar Oxford aus Trauer um ihre Schwester aufzusuchen war ja irgendwie verständlich, doch die Fotos bewiesen, daß sie es nicht dabei belassen hatte. Sie war weitergegangen, viel weiter, als ein schmerzlicher Verlust allein rechtfertigen könnte.

Und nebenbei war Harry zufällig auf ein kleineres Geheimnis gestoßen, das mit seiner eigenen Vergangenheit zu tun hatte. Als sie wieder in Ockletons Zimmer in Breakspear vor einem prasselnden Feuer saßen und feineren Portwein tranken, als er wohl je getrunken hatte, hatte er Ockleton gebeten, seine Reaktion auf Harrys Eröffnung zu erklären, daß Alan Dysart einmal für ihn in Swindon gearbeitet hatte.

»Wir hielten es nur einfach alle für unnötig, Mr. Barnett. Alans Vater starb während seines ersten Jahres in Breakspear und ließ ihn als äußerst wohlhabenden jungen Mann zurück. Ein mit Muttern, Bolzen und Schrauben gemachtes Vermögen, wie Sie vermutlich wissen. Deshalb hatte er es wohl kaum nötig, sich einen Ferienjob zu suchen. Wenn er sich einfach nur langweilte, dann würde ich meinen, daß er schon eine etwas kultiviertere Beschäftigung als die eines – verzeihen Sie – Schmiermaxen in Swindon hätte finden können ...«

»Er war nicht als Schmiermaxe bei mir!«

Ockleton hatte beschwichtigend die Hände gehoben. »Verzeihen Sie mir, daß ich ihre Gefühle als Unternehmer verletzt habe. Nichtsdestoweniger werden Sie mir zustimmen, daß es schon mehr als nur ein bißchen merkwürdig war. Ich persönlich war für eine psychologische Erklärung.

Es erinnerte mich unwiderstehlich an T. E. Lawrence, der sich von seinem Ruhm als Armeeoffizier zurückzog und in den unteren Rängen untertauchte, oder an Anthony Asquith, den Filmregisseur, der seine Wochenenden hinter der Theke eines Fernfahrerlokals in Yorkshire verbrachte. Grob gesagt: sich unter das gemeine Volk mischte. Oder etwas wohlwollender ausgedrückt: sich hinter der Anonymität des einfachen Arbeiters vor einem berühmteren, aber auch anspruchsvolleren Leben versteckte. Alan wußte über seine Begabung Bescheid und war sich sehr wohl bewußt, zu welcher Stellung sie ihn vielleicht führen würde, aber ich bin nicht sicher, ob er seine Rolle als Führer wirklich ganz akzeptierte. Ich glaube, daß seine ›Swindon-Ferien‹ für ihn ein Weg waren, zu vergessen, was die Zukunft für ihn bereithielt.«

Harry hatte sich über Ockletons These lustig gemacht. Jetzt, da er zum Fenster seines Zimmers taumelte, erkannte er, daß hinter seiner Ungläubigkeit Verärgerung lag: Verärgerung darüber, daß seine Freundschaft mit Dysart vielleicht einen Ursprung hatte, den er sich nie hätte träumen lassen; daß Dysart, als er ihm half, wo er konnte, sich einfach nur etwas unter das gemeine Volk mischte.

Harry zog die Vorhänge zurück und blinzelte in die schmerzhafte Helligkeit eines eisigen Morgens hinaus. Kondenswasser lief die Fensterscheiben hinunter, deshalb wischte er eines mit seiner Hemdmanschette trocken, um hinauszusehen. Sein Zimmer lag im ersten Stock des Colleges und ging auf eine schmale Straße hinaus, die unten vorbeiführte. Direkt vor ihm stieg die leere Rückwand eines anderen Colleges auf. Plötzlich, als er angestrengt durch das beschlagene Fenster hinausschaute, nahm etwas nahe am Sockel der Mauer seine Aufmerksamkeit gefangen: weiße Buchstaben, die auf die geschwärzte Oberfläche gesprüht waren, zwei Wörter, die er, als er sie entzifferte, kaum glauben konnte. Er riß das Fenster auf und beugte sich hinaus, um besser sehen zu können.
ΠΡΟΦΗΤΗΣ ΗΛΙΑΣ. Die einzigartigen und unverwechselbaren Buchstaben schrien ihm ihren stummen Gruß zu. PROFITIS ILIAS in griechischer Schrift. In Oxford. Lauerte auf ihn. War dort angebracht worden, um ihn zu konfrontieren und zu verwirren. Profitis Ilias. Dessen Bedeutung weder ein Zufall noch ein Versehen ändern konnte. Er wurde verfolgt. Oder erwartet. Aufgespürt. Oder abgepaßt. Profitis Ilias hatte seine Hand nach ihm ausgestreckt.

Einige Minuten später stand Harry unten auf dem Pflaster und starrte über die Straße auf die hingekleckste Botschaft. Er konnte sein Hirn dutzendmal durchforsten, und er würde immer noch keine Erklärung dafür finden. Niemand außer Ockleton wußte, wer er war und weshalb er in Oxford war. Und doch hatte jemand diese zwei Wörter an die Wand gesprüht, jemand, der wußte, was sie für ihn und keinen anderen Bewohner des Breakspear Colleges bedeuteten.

Ein müde wirkender Mann im Overall kam aus dem College-Eingang zu seiner Rechten mit einer Scheuerbürste und einem Eimer mit einer stechend riechenden Flüssigkeit. Als er Harrys Blick auffing, schüttelte er den Kopf und sagte: »Diese verdammten Studenten!«

»Glauben Sie, daß das Studenten geschrieben haben?«

»Wer sonst?«

»Es ist Griechisch, wissen Sie.«

»Ach ja? Nun, das beweist, daß es Studenten waren, nicht wahr?«

»Warum?«

»Wen kennen Sie denn sonst, der Griechisch schreiben kann?«

Ja, wen sonst? Als der Mann die Straße überquerte und zu arbeiten begann, ging Harry ins College zurück. Es hätte wohl sein können, daß irgendein betrunkener Student der Altphilologie mit einer Spraydose verrückt gespielt hatte, aber nicht, daß es sich gerade so fügte, daß er zwei Wörter ohne humanistische Bedeutung unter die Fenster des Zimmers geschrieben hätte, in dem zufällig Harry übernachtete. Auch konnte Harry nicht glauben, daß er von jemandem nach Oxford verfolgt worden war, der unbedingt diese makabre Visitenkarte hinterlassen wollte, damit er sie sähe, denn das stellte eine allzu unerträgliche Bedrohung dar. Also blieb nur eine logische Erklärung, und je schneller er herausfand, ob sie zutraf, desto ruhiger würde er sein.

Harry fand Ockleton beim Frühstück im Saal mit drei oder vier anderen Dozenten, die um einen runden, hohen Tisch unter düsteren alten Ölgemälden eines halben Dutzends verstorbener Rektoren saßen. Sie wirkten alle einigermaßen erstaunt bei seinem Erscheinen und murrten mißbilligend, während er darauf bestand, daß Ockleton mit ihm hinauskam. Ockleton, hochrot vor Zorn und Verlegenheit, stimmte schließlich zu, nur um zu wiederholen, was er bereits während ihrer geflüsterten Auseinandersetzung im Speisesaal gesagt hatte.

»Ich schlage vor, Sie reißen sich zusammen, Mr. Barnett. Erstens bin ich kein Altphilologe. Zweitens, wenn Sie glauben, daß ich letzte Nacht auf die Straße geschlichen bin, um ein ominöses Graffito an die Mauer vor ihrem Zimmer zu schmieren, dann irren Sie sich gewaltig. Drittens erinnern Sie sich vielleicht, daß ich Sie um halb eins zu ihrem Zimmer begleitet habe; die Tore des Colleges werden jedoch bereits um Mitternacht geschlossen, woraus folgt, daß ich den diensthabenden Pförtner hätte aufscheuchen müssen, damit er mich sowohl hinaus- als auch wieder hereinläßt, was nicht der Fall war, wie er ganz gewiß bestätigen wird. Viertens, grundlose Beschuldigungen gegen mich zu erheben, halte ich für eine beschämende Erwiderung der Gastfreundschaft, die ich Ihnen entgegengebracht habe. Und fünftens ...«

Sie waren auf die Straße hinausgetreten und sahen hinüber zu der Gestalt im Overall. Die Reinigungsflüssigkeit, die er benutzte, war erstaunlich wirksam gewesen. Die Buchstaben verschwammen und wurden blasser. Bald würden sie ganz ausgelöscht sein. Einige von ihnen waren schon verlaufen und so verwischt, daß sie nicht mehr zu erkennen waren. 2 ähnelte jetzt mehr einem M und 3 einem Q. Der Beweis verschwand vor ihren Augen, und als er weg war, war Harry nicht sicher, ob er sich selbst davon überzeugen konnte, daß er je dagewesen war.

Eine halbe Stunde später verließ Harry das Breakspear College und warf nur noch einen flüchtigen Blick auf das, was inzwischen nicht mehr als ein schwacher Fleck auf der gegenüberliegenden Wand war. Ungeduldig, den Schauplatz seiner Demütigung hinter sich zu lassen, ging er rasch in westlicher Richtung davon. Botschaft oder Täuschung? Von den Höhlen uralter Colleges, die seinen Weg flankierten, grinsten Wasserspeier herunter, um ihn mit dem Wissen um seine Unsicherheit zu quälen. Auf ihren Säulen rund um das Sheldonian Theater warfen die Büsten römischer Imperatoren klassisch zurückhaltende Blicke auf seine Gestalt, die sich aus dem Staub machte. Doch Harry eilte weiter und tröstete sich dabei mit dem Gedanken, daß er denen, die glaubten, sie hätten ihn untergekriegt, immer noch ein Geheimnis voraus hatte.

An der Ecke Broad Street und Magdalen Street ging er in einen Buchladen. Unter der Flut von Reiseratgebern fand er genau das, was er suchte: einen Universalführer für britische Hotels und Restaurants. Jede Eintragung war von einer kurzen Beschreibung des Hauses und einer kleinen Fotografie begleitet. Er blätterte schnell bis zu dem Abschnitt über Surrey, dann ging er Seite für Seite durch, bis er das Gesuchte fand:

> Skein of Geese, Haslemere, Surrey. Besitzer: Mr. R. Cunningham. Bewertung: 72%. In einem reizvollen Park gelegen, vereint dieser Zufluchtsort kultivierter Lebensart altmodischen Komfort mit bezaubernder Individualität in jener überaus seltenen Kombination von fürstlicher Unterbringung und einer Küche, die Ihnen unvergeßlich bleiben wird. Alle Schlafzimmer sind ...

Doch für Harry sprach die Abbildung eine deutlichere Sprache als jede euphorische Prosa. Das kleine Format beeinträchtigte die Schärfe, und der Winkel war nicht derselbe, aber es gab keinen Zweifel, was er da vor Augen hatte. Das Skein of Geese war das Motiv von Heathers achtem Foto.

22

Harrys Entschlossenheit hatte ihre Grenzen. Er erreichte Haslemere am frühen Nachmittag, nahm ein Taxi und stieg nach fünfzehn Minuten auf der gegenüberliegenden Seite des Hotelrestaurants Skein of Geese einige Kilometer südöstlich der Stadt aus. Und dort geriet seine Spurensuche zum erstenmal ins Stocken.

Nicht etwa, daß das, was er sah, seine Erwartungen nicht erfüllt hätte. Im Gegenteil, das Skein of Geese war genauso, wie Heather es fotografiert hatte, nur daß die Bäume dahinter ihre Blätter verloren hatten und die Croquet-Tore für den Winter fortgeräumt waren. Ein schwarz-weißes Herrenhaus im Tudorstil, durch einen kiesbestreuten Parkplatz von einem modernen zweistöckigen Erweiterungsbau getrennt, der Stallungen imitieren sollte. Dahinter stiegen Rasenflächen bis zu den bewaldeten Hängen der Surrey-Berge an. Die Fahne des heiligen Georg hing schlaff an einer Fahnenstange, drei Gänse im Flug quer über einem Namensschild mit verschnörkelten Buchstaben, und aus schlanken Kaminen stiegen Rauchwolken auf. Doch Harry zögerte.

Schuld war der Profitis Ilias. Seine Erinnerungen an Heather, unterstützt durch die Fotografien, hatten ihm Mut und Hoffnung gegeben, Gefühle, die ihm während Jahren fremd gewesen waren. Doch der Profitis Ilias, ob nun in Ruhe ins Gedächtnis gerufen oder gegen alle Logik in Buchstaben auf eine Wand in Oxford gesprüht, war und blieb sein Verderben. Dort war er zu spät gekommen, um Heather helfen zu können. Und dort, versicherte ihm ein tiefes Gefühl seiner eigenen Unzulänglichkeit, würde seine Suche ihr bitteres Ende finden. Er überquerte die Straße und zwang sich, die Bedeutung dessen, was er bereits akzeptiert hatte, zu verdrängen: Es gab kein Zurück.

Die Rezeption befand sich im neuen Teil des Hotels. Hier herrschten gedämpftes Licht, weiches Leder, gebeiztes Holz und einlullende Kammermusik vor. Zu seinem eigenen Erstaunen ertappte sich Harry dabei, wie er, trotz des exorbitanten Preises, ein Einzelzimmer buchte und der adretten Empfangsdame folgte, als sie ihn zur Tür geleitete.

Das Zimmer war komfortabel, wenn auch kaum so fürstlich, wie ihn der Reiseführer hatte erwarten lassen. Die Aussicht von seinem Erdgeschoßfenster ging auf einen leeren Abschnitt des Parkplatzes. Ein Pferdedruck im Stil Stubbs schmückte die längste Wand. Der Schlüsselanhänger war mit dem Logo des Hotels geschmückt, ebenso wie das Streichholzbriefchen mit Werbeaufdruck in einem Aschenbecher auf dem Fernseher. Harry schob das Heftchen in die Tasche und fragte sich dabei, wer der Gast gewesen war, der so eines an Heather weitergegeben hatte. Dann ging er ins Bad – sowohl als schuldbewußte Reaktion auf den mißbilligenden Blick der Empfangsdame als auch, weil er hoffte, Ordnung in seine Gedanken zu bringen.

Eine Stunde später lag Harry frisch gebadet, rasiert und erfrischt auf dem Bett, mit nichts weiter als einem Hotelmorgenrock bekleidet, über dessen Brusttasche sich die drei allgegenwärtigen Gänse im gestickten Flug befanden. Die Erfrischung hatte jedoch keine Inspiration gebracht, und er wollte schon die Hoffnung aufgeben, jemals einen Entschluß fassen zu können, was als nächstes zu tun sei, als das Knirschen von Autoreifen auf dem Kies vor seinem Fenster, gefolgt von einem Wortwechsel, sein Problem mit einem Schlag löste.

»Wie war die Versammlung, Mr. Cunningham?«

»Ganz furchtbar, Ted.«

»Zurück in Ihr Büro, nicht wahr?«

»Wie haben Sie das erraten?«

Harry war augenblicklich auf den Beinen. Durch die Tüllgardine konnte er sehen, wie der Portier dem Fahrer des Wagens in einen Rollstuhl half. Rex Cunningham war die lebende Widerlegung der jugenderhaltenden Kräfte, die Harry dem Breakspear College zugeschrieben hatte. Er sah aus, als gehörte er einer anderen Generation an als Dysart und Ockleton. Sein von einer grauen Mähne überschattetes Gesicht war gerötet und von Falten durchzogen, seine Brust hob und senkte sich heftig, als er sich in den Rollstuhl sinken ließ. Es war deutlich zu sehen, daß die Ereignisse des 17. Mai 1968 bei ihm ebenso unauslöschlich ihre Spuren hinterlassen hatten wie bei Willy Morpurgo.

Harry riß den Bademantel herunter und zog sich hastig an. Ein weiterer Blick aus dem Fenster zeigte, daß Cunningham eine Rampe hinauf in die Direktion im Rezeptionsbereich geschoben wurde. Mit einem Griff nach seinem Schlüssel eilte Harry aus dem Zimmer und lief die Korridore entlang, um ihn abzufangen. Als er ankam, waren die beiden jedoch nirgends zu entdecken. Er spähte einen Gang hinunter, ohne etwas zu sehen, dann versuchte er es beim nächsten und war gerade früh genug, um den Portier zu erwischen, der aus der dritten Tür herauskam.

»Ist Mr. Cunningham da?« fragte er beiläufig, als sie sich begegneten.

»Ja. Erwartet er Sie?«

»Schwer zu sagen.« Er klopfte und ging hinein, ohne eine Antwort abzuwarten.

»Ja?« Cunningham sah mit ärgerlichem Stirnrunzeln von seinem Schreibtisch auf. Aus der Nähe wirkte er weniger durch die Jahre als durch Ausschweifung gealtert, mit Pusteln bedeckt und aufgeschwemmt wie ein hemmungslos dem Genuß frönender Lebemann. Das hätte einfach nur das berufsbedingte Schicksal eines genußfreudigen Restaurantbesitzers sein können, wenn da nicht etwas Manisches an ihm gewesen wäre, das noch verstärkt wurde durch den dichtgelockten grauen Haarschopf, die dünne Zigarre, die aus seinem breiten Mund hing und die grelle Buntheit einer türkisen Krawatte, die von dem schwarzen Anzug und dem Hemd abstach.

»Hallo. Ich heiße Harry Barnett. Ich bleibe heute Nacht hier. Sie sind der Besitzer, nehme ich an – Rex Cunningham?«

»Ja, aber ...«

»Sie kennen mich zwar nicht, aber wir haben einen gemeinsamen Freund – Alan Dysart. Ich nehme an, Sie haben über die Frau gelesen, die verschwand, während sie in seiner Villa auf Rhodos wohnte. Ich war sein Hausverwalter dort.«

Cunningham nahm langsam die Zigarre aus dem Mund und legte sie vorsichtig in einen Aschenbecher. Seine Lippen waren zu groß für sein Gesicht, fiel Harry auf. Dadurch mußte er beim Essen so aussehen, als würde er alles gierig hinunterschlingen. Selbst jetzt wirkten sie unwiderstehlich gefräßig. »Sie waren sein Hausverwalter?«

»Ich bin es nicht mehr.«

»Was sind Sie dann?«

Harry ging nicht auf die Frage ein. »Sie kennen Heather Mallender, glaube ich.«

»Kennen? Meinen Sie nicht kannten, Mr. ...«

»Barnett. Sie streiten es also nicht ab?«

»Warum fragen Sie?«

»Ich versuche, sie zu finden. Ich glaube, daß sie mir vielleicht dabei helfen können.«

»Wie das denn?«

»Sie kam vor etwa drei Monaten hierher und machte ihre Bekanntschaft, stimmt's?«

Cunningham fuhr mit seinem Rollstuhl rückwärts, weg vom Schreibtisch, und blickte Harry prüfend an. Es war jedoch unmöglich zu sagen, ob er es tat, weil er zögerte zu antworten oder weil ihn die Fragestellung verwirrte. »Vielleicht«, sagte er. »Für wen ziehen Sie diese Erkundigungen ein, Mr. Barnett?«

»Für mich persönlich.«

»Nicht für Alan Dysart?«

»Nein. Nicht für Alan Dysart.«

»Und was genau wollen Sie wissen?«

»Was geschah, als sie hierherkam?«

»Ich habe nicht gesagt, daß sie da war.«

»Das brauchen sie mir nicht zu sagen. Ich weiß es.«

»Woher?«

»Indem ich zwei und zwei zusammenzähle.«

»Dann müssen Sie ein besserer Rechner sein, als man Ihnen ansieht.« Cunningham fuhr seinen Stuhl zu Harrys Seite des Schreibtisches herum, blieb vor ihm stehen und sah ihm ins Gesicht. Argwohn war in jeder von Zweifel geplagten Falte seines Gesichts zu lesen. Zu offensichtlich, schoß es Harry plötzlich durch den Kopf, vielleicht sollte dahinter etwas anderes verborgen werden. »Heather Mallender war vor etwa drei Monaten zum Abendessen hier, das stimmt, doch wenn schon? Ich habe fünfzig verschiedene Gäste jeden Abend. Das Skein of Geese ist zu Recht für seine Küche berühmt. Ich hatte mich nicht einmal an sie erinnert, bis ich in der Zeitung über sie las.«

»Aber kam sie nicht eigens hierher, um Sie zu sprechen?«

»Wie soll ich das wissen? Ich mache immer eine Runde im Restaurant, um zu sehen, ob es Beschwerden gibt. Vielleicht habe ich ein paar Worte mit ihr gewechselt, aber das ist alles.«

»War sie allein?«

»Nein. Sie hatte einen Verehrer im Schlepptau.«

»Wer war das?«

»Ich habe nicht die geringste Ahnung.« Cunningham lächelte ein breites, langsames Lächeln, das unverhohlene Provokation ausdrückte. Es ließ Harry nicht im Zweifel, daß er von diesem Mann nichts erfahren würde, ohne ihm nicht eine Gegenleistung zu bieten.

»Blieb sie über Nacht?«

»Ich glaube nicht.«

»Wozu kam sie denn von so weit her? Haslemere ist nicht gerade eine Abendspazierfahrt von Weymouth aus.«

»Weymouth?« Cunninghams Unwissen war nun offensichtlich vorgetäuscht.

»Da wohnte sie, wie sie wohl wissen.«

»Weiß ich das?«

»Sie wollte doch mit Ihnen über ihre Schwester sprechen? Die verstorbene Clare Mallender.« Es war nur eine Vermutung, doch nicht völlig aus der Luft gegriffen, und Cunninghams Reaktion bestätigte, daß er damit den Nagel auf den Kopf getroffen hatte.

»Auf Anhieb fällt mir kein einziger guter Grund ein, weshalb ich Ihnen irgend etwas erzählen sollte, Mr. Barnett.«

»Wie wär's damit?« Harry tippte mit seiner Schuhspitze an die Fußstütze von Cunninghams Rollstuhl.

»Was meinen Sie?«

»Ich meine den Autounfall vor zwanzig Jahren, bei dem Sie Ihr Gehvermögen und Willy Morpurgo seine Intelligenz verloren.« Cunninghams Kinnlade fiel herunter. Er war offensichtlich überrascht. Vielleicht, dachte Harry, hatte Heather ihm nichts von ihrem Besuch in Oxford – oder was sie dort in Erfahrung gebracht hatte – erzählt. »Ihr alter Freund Cyril Ockleton war überaus ...«

»Ockleton?« Es stimmte also – Heather hatte Cunningham im dunkeln gelassen, weshalb, wußte er nicht.

»Ja. Ich habe mit Ockleton gesprochen, ebenso wie Heather, und was er mir erzählte, hat mich hierhergeführt, geradeso, wie es sie hierhergeführt hatte.«

Ein Ausdruck plötzlichen Verstehens ging über Cunninghams Gesicht. Dann sagte er mit einer Stimme, die ihre Gelassenheit wiedergefunden hatte: »Vielleicht wäre es doch ganz gut, wenn wir uns etwas ausführlicher unterhalten würden. Warum essen Sie nicht heute abend mit mir, Mr. Barnett? Ich bin dann weniger beschäftigt und kann mich bestimmt besser an die Einzelheiten von Miss Mallenders Besuch erinnern.«

»In Ordnung.«

»Sagen wir um halb acht – in der Bar?« Er lächelte ohne Charme.

»Halb acht, gut.« Harry wandte sich zum Gehen.

»Oh, Mr. Barnett ...«

»Ja?«

»Unser Restaurant ist sehr exklusiv. Meinen Sie, Sie könnten sich ein wenig feinmachen? So wie Sie jetzt aussehen, würde Sie wohl mein Oberkellner nicht hereinlassen.«

23

Die Bar des Skein of Geese war von der Art, die Harry haßte: läppische kleine Schalen mit Cashewnüssen und Oliven, die überall herumstanden, ein weibischer Barkeeper, der aussah, als könnte er eine Handpumpe nicht von einem Cocktailschirmchen unterscheiden, eine Beleuchtung, die so gedämpft war, daß man nicht genug sehen konnte, um sein Wechselgeld nachzuzählen, und im Hintergrund erklangen alte Glen-Miller-Aufnahmen, die in Harry die Sehnsucht nach dem verunstalteten Vivaldi in der Empfangshalle weckte.

Harry war zu früh zu seiner Verabredung mit Cunningham erschienen und bedauerte es bereits. Die Krawatte, die er aus den verwahrlosten Tiefen seiner Sakkotasche zutage gefördert hatte, war arg zerknittert und voller Flecken. Noch schlimmer war jedoch, daß er dazu den obersten Hemdknopf schließen mußte. Dazu kam ein abscheuliches Ale und eine zufällig mitangehörte Unterhaltung zwischen zwei Gin schlürfenden Damen aus der Grafschaft über die Vorteile kürzerer Röcke. Dies alles hatte ihn Höllenqualen leiden lassen.

Er hatte gerade auf seine Armbanduhr geblickt und festgestellt, daß er bis zu Cunninghams Eintreffen immer noch etwa zwei Wiederholungen von Little Brown Jug vor sich hatte, als eine Frau auf den Barhocker neben ihm glitt und in einem Ton ruppiger Vertrautheit »Hallo Harry« sagte, als wären sie alte Freunde.

»Ich glaube nicht, daß ich …«

»Nadine Cunningham. Sie haben vorhin meinen Mann kennengelernt.« Sie war mindestens zehn Jahre jünger als Cunningham, schätzte Harry, blondhaarig und helläugig mit einem strahlenden Lächeln, ganz kecke Munterkeit und kurvenreiche Verheißung in einem schwarzen Wollkleid, das sich ihr wie eine zweite Haut anschmiegte. Was die beiden Damen von einem Rock hielten, der in der Mitte des Oberschenkels endete, wußte Harry nicht, aber er hatte nichts dagegen einzuwenden, daß ihre schwarzbestrumpften Knie seine graubraun behosten Beine berührten. »Das Übliche, bitte, Vince«, sagte sie zu dem Barkeeper, »und für Mr. Barnett, was immer er trinkt. Haben Sie Feuer, Harry?«

»Äh, ja.« Er zog das Streichholzbriefchen mit dem Skein-of-Geese-Aufdruck heraus und zündete ihr ungeschickt die Zigarette an.

»Rex kommt vielleicht ein paar Minuten zu spät. Er bat mich, Sie bei Laune zu halten.« Die Art, wie sie lächelte, als sie eine erste Lunge voll Rauch ausstieß, deutete an, daß ihre Bemerkung mit voller Absicht zweideutig klingen sollte. »Ich höre, Sie versuchen Heather Mallender zu finden.« Von langen Vorreden schien sie nicht viel zu halten.

»Mein Mann erzählt mir alles, Harry. Na, fast alles.«

»Dann wissen Sie auch, daß Heather vor drei Monaten hierherkam. Cheers.«

»Sie hat am 10. September hier gegessen. Das war ein Samstag. Ich habe unsere Unterlagen überprüft, sehen Sie.« Dieses Mal war ihr Lächeln eine unverhohlene Anerkennung ihrer eigenen Tüchtigkeit. »Die Buchung lautete auf ihren Namen, aber die Rechnung wurde von ihrem Begleiter beglichen, einem P. R. Kingdom, dem Kreditkartenbeleg nach.«

Der 10. September war der Samstag nach Heathers Besuch in Oxford und also gerade der Tag, den Harry erwartet hatte. Das Datum überraschte ihn nicht, doch die Identität ihres Begleiters auf jeden Fall. »Ich bin Ihnen dankbar, Mrs. Cunningham, aber was ...«

»Nadine bitte.«

»Na gut – Nadine. Was hat Sie veranlaßt, diese Information auszugraben?«

»Ehrlich gesagt ...« Sie beugte sich zu ihm und senkte ihre Stimme. »Ich bin beunruhigt, Harry.«

»Worüber?«

»Ich kann das nicht hier erklären. Vielleicht könnten wir uns treffen ... später.«

»In Ordnung.«

»Welches Zimmer haben Sie?«

Harry mußte den Schlüssel aus seiner Tasche ziehen. Die Zimmer im Skein of Geese hatten neckische, auf Gänse bezogene Namen anstatt rein funktionelle Nummern. Seines hieß Vogelschwarm. Nadine nickte, und er steckte den Schlüssel wieder weg. Weshalb er das Gefühl hatte, als hätte er gerade in eine verbotene Liaison eingewilligt, wußte er nicht, es sei denn, es war die Aura sexueller Aufforderung, die diese Frau umgab wie andere Parfum, das routinierte Zusammenspiel von Blick und Gestik, das alles andeutete, aber nichts versprach.

»Rex sagte mir, daß Sie für Alan Dysart gearbeitet haben.« Sie hatte sich wieder gerade aufgerichtet und war zu einem unbefangenen, vertraulichen Ton zurückgekehrt. »Ich habe ihn ein paarmal getroffen. Er scheint in Wirklichkeit ebenso reizend zu sein wie im Fernsehen. Finden Sie, daß er ein guter Arbeitgeber war?«

»Eigentlich war er auf Rhodos nicht direkt mein Arbeitgeber.«

»Nein?«

»Wir kennen uns, weil er einmal für mich gearbeitet hat – als er noch Student war.«

»Wirklich?« Sie wirkte plötzlich aufmerksam. »Sie meinen in Oxford?«

»Nein. Swindon. Ich hatte dort eine Autowerkstatt. Leider ging dann alles pleite, ganz plötzl...« Er hörte, wie sich seine eigenen Worte in der Stille verloren. Nadine starrte ihn mit einer Faszination an, die in keinem Verhältnis zu seiner Bemerkung stand, einer Faszination, die fast schon einer Lähmung gleichkam. »Was ist los?«

»Nichts ... Es ist nichts ...« Ihr Kopfschütteln wirkte wenig überzeugend. Daß er sie auf irgendeine Weise erstaunt hatte, war ebenso offensichtlich, wie der Grund dafür unerklärlich war. »Ah!« Ihre Augen richteten sich dankbar auf die Tür. »Hier kommt Rex – früher, als ich dachte. Ich werde Euch beide alleinlassen.«

Bevor Harry ein Wort sagen konnte, war Nadine vom Barhocker heruntergeglitten und hinter ihm durchgeschlüpft, um ihren Mann zu begrüßen. Er konnte nicht verstehen, was sie sagte, als sie Cunninghams Schulter berührte, und sie blickte nicht zurück, als sie sich rasch entfernte. Harry blickte ihr nach und bemühte sich, das, was passiert war, zu verstehen. Cunningham sagte: »Wie eine Gazelle, was?«

»Wie bitte?«

»Meine Frau, Barnett. Sie hat schöne Bewegungen, nicht wahr?«

»Äh ... ja.«

»Keine Angst.« Er lächelte. »Ich bin nicht der Typ des eifersüchtigen Ehemanns.«

Was für ein Typ Rex Cunningham nun wirklich war, wurde Harry im Laufe ihres gemeinsamen Essens an diesem Abend nicht klar. Großzügigkeit, Leutseligkeit und eine überwältigende Vorliebe für den Klang seiner eigenen Stimme: diese Eigenschaften, begründet auf einem scharfen Geist und einem gargantuesken Appetit, schufen einen oberflächlichen Eindruck von Wärme und Weltläufigkeit, die Harry als typisch für einen der Oberschicht angehörenden Hotelier ansah. Er schlug einen Mittelweg zwischen Vertrautheit und Distanziertheit ein, der ihn bei seinen anspruchsvollsten Gästen offenbar beliebt machte.

Aber nicht bei Harry. Cunninghams kumpelhaftes Weglassen des »Herrn« vor dem Namen täuschte ihn keinen Moment: Die in sich gekehrte und reizbare Person, die er am Nachmittag angetroffen hatte, war dem inneren Wesen dieses Mannes näher als der zuvorkommende und lächelnde Wirt im eichengetäfelten Restaurant des Skein of Geese. Durch drei üppige Gänge und ebenso viele edle Weine, bei Kerzenschein und hektisch vorgebrachten Erinnerungen, zeichnete er ein überaus glaubhaftes Bild von sich, das für Harry jedoch kein bißchen überzeugend klang.

»Ockleton hat Ihnen also alles über die Tyrell-Gesellschaft erzählt, nicht wahr? Die Wahrheit, Barnett, ist, daß wir einfach nur gern gut aßen und tranken. Alles übrige – Philosophie, Geschichte, Politik – war reiner Quatsch. Na, vielleicht die Politik nicht. Wir waren konservativ, als es nicht modern war. Nicht wie diese wichtigtuerischen jungen Kerle heute. «Ich fürchte jedoch, wir haben es übertrieben. Everett, der einen Kopfsprung in den alten Hof machte, Morpurgo, der sich und mich bei diesem verdammten Autounfall beinahe völlig zu Schrott fuhr. Symptome desselben Problems, würde ich sagen: harter Kopf, aber weiche Birne. Verstehen Sie, was ich meine? Vielleicht nicht. Fassen Sie es nicht falsch auf, Barnett, aber wenn Sie nicht auf der Universität gewesen sind – das heißt einer anständigen Universität, nicht in diesen Kerkerlöchern aus roten Ziegelsteinen –, können Sie sich nicht vorstellen, was es bedeutet, zu wissen, daß man wirklich und verdientermaßen etwas Besonderes ist. Elitedenken nennt man das jetzt, doch das erfaßt noch nicht einmal die Hälfte. Nein. Trinken Sie noch ein Glas, Barnett. Der Wein ist wie Blut, nicht wahr? Blut für das Gehirn in einer blutleeren Welt.

»Was hat Ockleton denn über den Unfall gesagt? Was auch immer, er ist unzuverlässig. Keinerlei Beobachtungsfähigkeit, dieser Mann, war schon immer so. Außerdem war er ja auf dem Rücksitz vollkommen weggetreten, als es passierte. Ich war selbst ziemlich angeschlagen, was das betrifft, Morpurgo ebenso. Sechs oder sieben zuviel, Sie wissen, wie das ist. Wenn Sie in Burford gewesen sind und die Stelle gesehen haben, brauch' ich nichts mehr dazu zu sagen. Wir sind direkt darüber hinausgeschossen und Wumm! Jesus, was das für Schmerzen waren, als sie mich herausschnitten! Das ist mir am stärksten im Gedächtnis geblieben, Schmerzen, die Sie sich nicht vorstellen können.« Als Demonstration hielt er seine Finger in die Kerzenflamme zwischen ihnen. »Das macht sie unempfindlich, sehen Sie: Das macht Sie wieder von neuem zu etwas Besonderem.«

Alles an Cunningham war Verstellung. Die Absicht, die hinter der ganzen händeschüttelnden, geschwätzigen Schau steckte, war, ihn abzulenken und zu täuschen. Aber weshalb? Entweder hatte er die Vorstellung über die Jahre perfektioniert, um das Mitleid der Gesunden abzuwehren, oder er verbarg dahinter etwas weitaus Schlimmeres als eine selbstzerstörerische Jugend. Was immer der Fall war, das Motiv von Heathers Besuch im Skein of Geese am 10. September stellte keine Bedrohung für ihn dar. Bei Stiltonkäse und Portwein kam er, ohne dazu aufgefordert werden zu müssen, auf das zu sprechen, was Harry am ehesten hören wollte.

»Wenn Sie glauben, daß diese Mallender sich für all den zwanzig Jahre alten Quatsch interessierte, Barnett, dann irren Sie sich. Sie hat nicht einmal etwas davon erwähnt. Ich machte an diesem Abend meine Runde bei den Tischen wie üblich, um jedem das Gefühl zu geben, willkommen zu sein, und sie stellte sich als Clares Schwester vor. Ich kannte Clare zufällig recht gut. Sie kam oft von London hier herunter, manchmal nur zum Essen oder um ein paar Tage auszuspannen, manchmal mit einem jungen Liebhaber oder sonst jemandem, manchmal allein. Hübsches Mädchen, intelligent obendrein. Eine wirkliche Stütze für Dysart. Ideal, um langweilige hohe Tiere für ihn zu unterhalten. Ich habe sie bewundert – sehr sogar. Ich kann Ihnen gar nicht sagen, wie betroffen ich letztes Jahr war, als ich hörte, daß diese irischen Verrückten sie getötet hatten.

Aus irgendeinem Grund wollte Heather alles über das letzte Mal wissen, als Clare hiergewesen war, woran ich mich zufällig sehr gut erinnerte. Nicht nur, weil es sich herausstellte, daß es das letzte Mal war, daß ich sie gesehen habe, sondern weil sich etwas Merkwürdiges ereignet hatte. Es war Samstag, der 16. Mai 1987. Sie können meiner Frau für das Datum danken. Sie ist ein As in solchen Dingen. Das war nur etwa vierzehn Tage vor Clares Tod. Sie war zu der Zeit stark in der Wahlkampagne engagiert, und Dysart brachte sie zum Abendessen. Ein paar Stunden Entspannung, weg vom Londoner Trubel, nehme ich an.

Ich habe mich immer über Dysart und dieses Mädchen gewundert, Barnett, das scheue ich mich nicht, Ihnen zu sagen. Niemand hätte ihm einen Vorwurf machen können, wenn er es bei ihr probiert hätte, nicht wahr? Nicht mit diesem frigiden Miststück von Ehefrau. Clare war, nun, begehrenswert, um nur das mindeste zu sagen, und sie mußten wohl viel Zeit zusammen verbracht haben, um Reden zu schreiben oder was Politiker sonst so tun. Ich hatte immer den Eindruck, daß sie nichts dagegen gehabt hätte, mit ihm ins Bett zu gehen, aber ich kann nicht behaupten, daß es da je irgendeinen wirklichen Beweis dafür gegeben hätte. Tatsächlich stieß ich an diesem letzten Abend auf etwas, was darauf hindeutete, daß ich völlig auf dem Holzweg war.

Dysart mußte, während sie noch mitten beim Essen waren, ein Telefongespräch führen. Sie kennen ja diese Politiker – immer auf dem Sprung. Man würde manchmal meinen, sie inszenieren solche Zwischenfälle, um uns arme Wähler davon zu überzeugen, daß sie hart arbeiten.

Jedenfalls ging er zum Telefon und bat mich auf dem Weg dorthin, dafür zu sorgen, daß sich Clare nicht zu sehr langweilte, während sie auf ihn wartete, da es vielleicht ein langes Gespräch werden könnte. Da ich immer scharf darauf war, mit diesem hinreißenden Geschöpf etwas Zeit zu verbringen, tat ich ihm den Gefallen.

Clare sah oder hörte mich nicht kommen. Räder sind leiser als Füße, wissen Sie, das ist so ungefähr das einzig Gute an ihnen. Sie saß am Tisch mit dem Rücken zu mir und konzentrierte sich auf etwas in ihrer Hand. Als ich hinter ihr war, sah ich, was es war. Ich muß sagen, es hat mir einen Schock versetzt. Eigentlich unlogisch, aber nicht für mich. Ein Foto, das war alles. Klein, schwarzweiß, an einer Ecke geknickt. Das Porträt eines Mannes. Lächelnd und ungezwungen, verstehen Sie, nicht irgend eine Paßbildaufnahme. Eher so eine Art Schnappschuß, den ein Verwandter oder Freund bei sich trägt. Oder ein geliebter Mensch.

Das war mein erster Gedanke. Ihre Handtasche lag offen auf dem Tisch, und sie hatte eine kleine lederne Brieftasche mit mehreren Plastikhüllen darin herausgenommen. Ich hatte den Eindruck – flüchtig, das gebe ich zu –, daß das Foto aus einer dieser Hüllen stammte. Daß sie es herausgenommen hatte, um es anzusehen, meine ich. Genauso wie es irgendeine vor Liebe verrückte Julia mit dem Bild ihres Romeo tun würde. Ein geheimnisvoller Mann in ihrem Leben hätte viel erklärt. Ihre Keuschheit, was Dysart betraf, zum Beispiel. Aber das ist nicht der springende Punkt, Barnett. Ich wollte mir gerade im Stillen dazu gratulieren, daß ich endlich hinter ihr Geheimnis gekommen war, als mir bewußt wurde, wer der Mann auf dem Foto war. Ich erkannte ihn, verstehen Sie, und das war es, was mich richtiggehend aus der Fassung brachte.«

Cunningham zog an seiner Zigarre und schwieg einen Augenblick, aber Harry hatte bereits vorausgesehen, was er als nächstes sagen würde. Heathers Film hätte ihn darauf gebracht, selbst wenn er nicht durch Intuition darauf gekommen wäre, denn das nächste Bild war eine Art von Schule oder College, und es gab ein Mitglied des inneren Zirkels der Tyrell-Gesellschaft, des Zirkels, an dem Heather so lebhaft interessiert war, auch wenn Cunningham das Gegenteil glauben mochte, das noch immer unauffindbar geblieben war. Er war weder tot noch verkrüppelt. Er hatte den Ausflug nach Burford am 17. Mai 1968 vorgeschlagen, hatte aber an der verhängnisvollen Rückfahrt nicht teilgenommen. Und man wußte von ihm, nach Ockletons Aussage, daß er seit kurzem in Westengland unterrichtete.

»Es war das Foto von jemandem, von dem Sie wahrscheinlich schon gehört haben, Barnett. Ein alter Kommilitone von mir am Breakspear. Jack Cornelius.«

24

Harry kehrte kurz vor Mitternacht wieder auf sein Zimmer zurück und fühlte sich weniger betrunken, als er sich zum Schluß hin gegeben hatte. Rex Cunningham, das hatte sich herausgestellt, war ein Zecher der alten Schule, der dafür war, eine Flasche wegzuputzen, während geringere Menschen nur ein Glas leeren würden. Harry hatte jedoch früh erkannt, daß er einen klaren Kopf behalten mußte, wenn er sich an alles erinnern wollte, was ihm erzählt wurde. Demzufolge hatte er seinen eigenen Alkoholkonsum genau dann gezügelt, als Cunningham anfing, schneller und unkontrollierter zu trinken.

Cunningham war unterdessen von einem zuvorkommenden Portier hinausgeschoben und zu Bett gebracht worden, nachdem er jenen gefühlsduseligen Zustand von Betrunkenheit erreicht hatte, der für andere überaus schwer zu ertragen ist. Harry hingegen hatte keinerlei Absicht, in den Schlummer des Vergessens zu verfallen: Es gab viel zu viel, womit sich seine Gedanken beschäftigten, als daß ihm Schlafen reizvoll erschienen wäre. Cunningham hatte seinen Glauben gefestigt, daß er die Wahrheit – und damit Heather – finden würde, wenn er nur den Spuren folgte, für die Heathers Fotos irgendwie Symbole waren. Der nächste Schritt auf dem Weg beherrschte deshalb seine Gedanken völlig.

Zuerst war es nur ein bißchen lästig, daß er Mühe hatte, seine Zimmertür zu öffnen. Nachdem er gezwungen war, sich dem Problem zu widmen, stellte er fest, daß es ihm gelungen war, sie zuzuschließen, als er gedacht hatte, er würde sie aufsperren, da sie die ganze Zeit über offen gewesen war. Erst als er überlegte, wie er das Zimmer verlassen hatte und sich genau daran erinnerte, daß er die Tür hinter sich zugeschlossen hatte, verwandelte sich seine Verärgerung in Angst.

Doch sie hielt nicht lange an. Als er das Licht anknipste und hineinging, fand er alles in Ordnung. Keine Schubladen waren herausgezogen, keine Schranktür stand offen. Doch das Bett war aufgeschlagen worden, und er nahm an, daß das Zimmermädchen, welches das getan hatte, auch dafür verantwortlich war, daß der Raum unversperrt geblieben war. Er holte sich einen Whisky aus der Minibar und dachte nicht mehr an die Sache.

Als das Telefon einige Minuten später klingelte, hatte er es bereits vergessen.

»Harry, hier ist Nadine. Rex schläft wie ein Säugling. Könnten wir uns jetzt miteinander unterhalten, wie Sie mir versprochen haben?«

»Äh, ja, selbstverständlich.«

»Ich werde gleich in Ihr Zimmer kommen.«

Sie trug immer noch das enganliegende schwarze Kleid und schien, nach den dunklen Schatten unter den Augen und der merkwürdig losen Strähne in ihrem vorher so makellosen Haar zu schließen, einen anstrengenden Abend hinter sich zu haben. Irgendwie schienen diese Anzeichen von Verletzlichkeit sie noch reizvoller zu machen. Harry goß ihr ein Glas ein und bemerkte, daß ihre Hand zitterte, als sie sich Feuer für ihre Zigarette geben ließ.

»Wie fanden Sie Rex?«

»Großzügig, liebenswürdig – der perfekte Gastgeber.«

»Wirklich?« Sie warf ihm einen wilden, fast verzweifelten Blick zu. Ein Lächeln war überfällig, machte jedoch keine Anstalten zu erscheinen. »Sie müssen meinetwegen kein Blatt vor den Mund nehmen, Harry.«

»Habe ich auch nicht.«

»Es ist alles nur Theater. Sie müssen es bemerkt haben.«

»Ja?«

»Wer, wenn nicht Sie.«

»Wieso ausgerechnet ich?«

»Weil Sie sind, wer Sie sind. Weil Sie wissen, was Sie wissen.«

»Und das wäre?«

Sie antwortete nicht. Statt dessen fing sie an, im Zimmer auf und ab zu gehen, kryptische Blicke auf den Stubbs zu werfen und nervös den Rauch zur Decke hinauf zu pusten. Warum Sie ihre zuversichtliche Haltung vom frühen Abend aufgegeben hatte, konnte er nicht verstehen. Er hatte nichts gesagt, um sie zu beunruhigen, das heißt nichts, was sie beunruhigen sollte. Er stellte fest, daß er der Linie der Abdrücke folgte, welche die spitzen Absätze ihrer Schuhe im Teppich hinterließen, ertappte sich dabei, daß er die abwechselnde Anspannung ihrer Wadenmuskeln beim Hinundhergehen beobachtete. Sie hatte gesagt, daß sie beunruhigt sei, und mittlerweile glaubte er es ihr. Das konnte kein Theater sein.

»Ich bin ein Niemand, Nadine, der so gut wie gar nichts weiß. Das ist die Wahrheit, das können Sie mir glauben.«

»Das kann nicht sein.«

»Warum nicht?«

Sie drehte sich um, um ihm ins Gesicht zu sehen, und ihre Augen funkelten. »Warum sind Sie hergekommen, Harry?«

»Sie wissen, warum. Ich habe es Ihnen gesagt. Ich dachte, Ihr Mann könnte mir vielleicht helfen, Heather zu finden.«

»Da steckt doch mehr dahinter, oder?«

»Nein.«

»Da muß mehr dahinter sein.«

»Warum?«

Wieder kam keine Antwort. Sie drückte ihre Zigarette mit entschiedenem Gesichtsausdruck aus, setzte sich auf das Bett und lehnte sich dann in die aufgeschüttelten Kissen zurück.

»Als ich Ihnen vorhin erzählt habe, daß Alan Dysart früher einmal für mich gearbeitet hatte, schienen Sie ... überrascht zu sein. Warum eigentlich?«

»Weil ich wirklich überrascht war.« Nadines Stimme war jetzt ruhiger, gedämpfter und nachdenklich, während sie zur Decke starrte. »Alan Dysart arbeitet für niemanden – außer für sich selbst.«

»Ich dachte, Sie kennen ihn kaum.«

»Stimmt. Aber Rex kennt ihn – von früher her. Was bedeutet, daß ich ihn auch kenne. Ihn und seinesgleichen. Rex hat mir mindestens ein dutzendmal alles über die Tyrell-Gesellschaft und ihre Aktivitäten erzählt. Er lebt sie immer noch, sehen Sie, die verlorene, oberflächliche Nutzlosigkeit der Jugend. Er nennt es den Uni-Geist. Sagt, daß niemand, der es nicht mitgemacht hat, es verstehen kann. Am wenigsten eine Frau. Koedukation war natürlich zu jener Zeit unvorstellbar. Ich glaube, er wurde durch seine Erziehung genauso arg verkrüppelt wie durch den Unfall. Ich kann nicht an ihn herankommen, wissen Sie, ihm nicht greifbar nahe kommen. Ich meine das nicht körperlich, ich meine geistig. Er ist ein Buch mit sieben Siegeln. Eine verschlossene Tür. Ich habe versucht, ihn zu verstehen, weiß Gott. Ich dachte, ich wäre zu geschickt, um mich in Schach halten zu lassen durch seine ›Wir Kameraden müssen zusammenhalten‹-Männlichkeit, aber ich habe mich geirrt, Harry.«

»Wie lange sind Sie schon verheiratet?«

»Sieben Jahre. Ich war Bedienung in seinem vorherigen Hotel. Ein kleineres Haus in Godalming. Insgesamt weniger großartig. Er wollte sich vergrößern. Deshalb das Skein of Geese. Deshalb unsere Heirat. Er brauchte aus beruflichen Gründen eine Frau, und die war ich. Dadurch mußte ich zwar nicht mehr Tische abräumen, um meinen Lebensunterhalt zu verdienen, aber ich dachte, das würde auch noch etwas anderes bedeuten. Ganz schöner Irrtum, was?« Sie schwieg, um an ihrem Whisky zu nippen. »Die Wahrheit, Harry, ist, daß Rex von diesem Autounfall vor zwanzig Jahren nicht loskommt. Verständlich, denken Sie vielleicht, aber es ist nicht die Tragödie des Unfalls, die ihn beunruhigt, o nein. Es sind die

Wochen davor. Die Wochen, die auf das Festessen am Abend des St.-Georgs-Tags folgten, als ...«

»Ramsey Everett umkam.«

Sie sah ihn leicht erstaunt an. »Sie wissen etwas darüber? Ich hatte also recht. Da gibt es eine Verbindung.«

»Eine Verbindung womit?«

»Haben Sie Rex erzählt, daß Alan Dysart während der Trimesterferien für Sie in Swindon gearbeitet hat?«

»Nein. Das Thema kam nicht zur Sprache.«

Nadine schnalzte mit der Zunge und lächelte zum erstenmal. »Dann ist das ein Punkt für mich. Sehen Sie, Harry, Rex bewunderte die Tyrell-Gesellschaft und alles, was sie vertrat. Jetzt sagt er, daß er sich nur fürs Essen und Trinken interessierte, doch das ist gelogen. Vielleicht war er mit den anderen nie auf derselben intellektuellen Ebene, aber er glaubte doch an ihr Weltbild. Die Tyrell-Gesellschaft war alles für ihn. Körper und Seele. Ihre Auflösung nach Everetts Tod war ein furchtbarer Schlag. Das kommt deutlich zum Vorschein, wenn er betrunken genug ist, es zuzugeben.

Es ist wirklich typisch für Rex, daß er dem armen Mann, der sterben mußte, die Schuld für alle seine Schwierigkeiten gibt. Ramsey Everett war nie ganz einer von ihnen gewesen, scheint es, nie ganz davon überzeugt, daß die Welt ihnen einen bestimmten Lebensstil einfach schuldete. Er war der Wurm im Apfel, das Krebsgeschwür in ihrer Mitte. Sein Tod war der Anfang vom Ende, die eigentliche Ursache, wie Rex es sieht, für seine eigenen Verletzungen. Fordern Sie mich nicht auf, daß ich es für ihn begründe, das kann ich nicht, aber genau das glaubt er. Er hat sogar einen Namen dafür. Er nennt es Ramsey Everetts historischen Fenstersturz. Sein großes Verderben. Ich mußte in einem Lexikon nachschlagen, um zu verstehen, was er damit meinte. Er hätte es mir nicht gesagt. Er nicht. Wissen Sie, was es damit auf sich hatte, Harry?

»Historischer Fenstersturz?« Irgendwo in den Tiefen seines Gedächtnisses fand Harry, daß er diesen Ausdruck einmal gehört hatte. Die plötzliche Vision eines Klassenzimmers in der Commonweal-Schule tauchte in seiner Erinnerung auf, mit winzigen Partikeln von Kalkstaub, die in den Sonnenstrahlen aufwirbelten. Er schien die heisere Stimme von Cameron-Hyde, dem einäugigen Geschichtslehrer zu hören, der über die Ursachen des Dreißigjährigen Krieges sprach. Der Prager Fenstersturz (ja, das war es), auf seine Art ebenso bedeutsam wie die Ermordung Franz Ferdinands in Sarajevo. Aber damit konnte er nichts anfangen. Beim wesentlichsten Punkt der Erklärung war Harry wohl gerade dabei gewesen, das englische Kricketteam auf der Rückseite seines Übungsbuches auszuwählen. Cameron-Hyde hatte umsonst referiert. »Ich weiß es nicht, Nadine. Was bedeutet es?«

»Dieser Fenstersturz bedeutet, daß jemand aus dem Fenster gestoßen wird, Harry. Nicht fällt oder ausrutscht, nicht einmal, daß er sich selbst hinunterstürzt, sondern gestürzt wird. Oder gestoßen. Wie Ramsey Everett.«

Ramsey Everett war ermordet worden? Cameron-Hydes Unterrichtsstunde kehrte noch einmal in sein Gedächtnis zurück. Aus irgendeinem Grund, den Harry nicht verstanden hatte, war in Prag im Jahre 1618 jemand aus dem Fenster geworfen worden, und das hatte einen dreißig Jahre währenden blutigen Krieg in ganz Europa ausgelöst. Ein winziger Funke für eine gewaltige Feuersbrunst. Und so war es mit Ramsey Everett. Jemand hatte ihn 1968 in Oxford aus einem Fenster in den Tod gestoßen, und zwanzig Jahre später ging Harry den Folgen nach. Das war der Ausgangspunkt, der Ursprung des Geheimnisses, und das Ende war das, was Heather auf dem Profitis Ilias zugestoßen war. Die Fotografien waren Marksteine auf ihrem Weg zu einer Antwort. Und die Antwort war da, wo er sie finden würde.

»Könnten Sie mir noch etwas zu trinken bringen, Harry?« Nadine sprach in einem tröstenden Ton, als hätte sie seine Gedanken gelesen.

»Sicher.« Er trug ihr Glas zur Minibar hinüber, schenkte nach und ging damit zurück zum Bett. Ihre Finger berührten sich, als sie es ihm aus der Hand nahm. Dann griff er nach seinem eigenen Glas und setzte sich neben sie auf den Bettrand.

»Sind Sie in sie verliebt, Harry?«

»In wen?«

»Heather.«

War er das? Bestimmt nicht. Sein Hauptziel war, seinen Namen von dem Verdacht zu reinigen, der daran hing. Freundschaft erreichte nur einen schlechten zweiten Platz, und Liebe ... Doch sobald er sich sein Motiv wieder ins Gedächtnis gerufen hatte, klang es für ihn ebenso hohl, wie es für andere auch klingen mußte. Er lächelte reumütig. »Ich weiß nicht«, murmelte er. »Ich bin nicht sicher.«

»Haben Sie mit ihr geschlafen?«

»Nein.«

»Haben Sie es versucht?«

»Nein.«

»Nicht einmal, als Sie sich einsam fühlten?

»Nicht einmal dann.«

»Dann müssen Sie ihr auch nicht treu sein, oder?«

Er drehte sich um, um sie anzusehen. Wenn sie vielleicht auch durch den Alkohol und das Halbdunkel reizvoller wirken mochte, war sie dennoch eine schöne Frau. Ihr feenhaftes Gesicht war von einer anrührenden Traurigkeit überzogen, und ihre Stirn furchte eine undefinierbare Sehnsucht. Sie hielt das Whiskyglas zwischen ihren Brüsten, so daß die bernsteinfarbene Oberfläche des Inhalts immer leicht zitterte, wenn sie atmete. »Warum fragen Sie?« meinte Harry, und seine Stimme war belegt vor plötzlicher Einsamkeit.

»Weil ich auch nicht treu sein muß.«

Was geschehen würde, wenn er ihr das Glas aus der Hand nehmen und ihre geöffneten Lippen küssen würde, sah Harry in diesem Moment voraus, stellte er sich in der verlockenden Dunkelheit ihres Kleides vor, dunkler, so schien es, als selbst der schwärzeste Schatten um sie herum. Er sah sich wie in einem Spiegel den schwarzen Stoff von ihrem weißen Fleisch wegziehen, fühlte, als wäre es bereits geschehen, wie ihn ihr weicher Körper umschloß. Die Nacht war hereingebrochen, und mit ihr war seine Abwehr dahin. Er war zu lange allein gewesen.

Es war dann Nadine, die Harry das Glas aus der Hand nahm und es zusammen mit ihrem auf das Nachtkästchen stellte. Sie lächelte nervös, als sie zu ihm zurückblickte, und schien etwas sagen zu wollen, beugte sich dann statt dessen vor, um ihn zu küssen. Als sich ihre Lippen trafen, erklärte sich die Dringlichkeit ihres gegenseitigen Bedürfnisses von selbst. Sie waren plötzlich atemlos und fielen zusammen auf die Kissen. Ihre Hand löste seine Krawatte, seine glitt die erregende Kurve ihres Oberschenkels hinauf. Sie rollte auf die Seite, damit er den Reißverschluß ihres Kleides aufmachen konnte. Er öffnete die Augen und griff nach unten, um den Verschluß zu finden.

Dann hielt er inne. Einen Moment lang war sein Blick auf das Nachtkästchen gefallen, wo ihre Whiskygläser unter der Lampe standen. Von diesem Blickwinkel aus konnte er sehen, was er zuvor nicht bemerkt hatte: die Schublade des Nachtkästchens, die einige Zentimeter offen stand, und darin, im Licht der Lampe klar zu erkennen, ein Umschlag mit zwei Wörtern in griechischer Schrift darauf. ΧΑΡΗ ΜΠΑΡΝΕΤΤ. Harry Barnett.

»Was ist los?« fragte Nadine. Doch Harry hörte sie nicht. Er langte hinüber und zog die Schublade ganz auf. Es war ein Briefkuvert des Skein of Geese, mit den drei elenden Vögeln, die in brauner Farbe auf schweres cremefarbenes Velinpapier geprägt waren. Und Harrys Name in schwarzer, anonymer Tinte geschrieben. ΧΑΡΗ ΜΠΑΡΝΕΤΤ. Sonst nichts. Nur sein Name. In griechischer Schrift. In England. Ein heftiger Schauder durchlief ihn. Er griff nach dem Kuvert, fühlte innen die Stärke von mindestens einer Seite, riß die Klappe auf und zupfte den Inhalt heraus.

Ein einzelnes Blatt Hotelschreibpapier, leer außer der vorgedruckten Adresse. Keine Nachricht. Keine weiteren Worte, weder auf griechisch noch in irgendeiner anderen Sprache. Kein Gruß außer sein eigener verfluchter Name und leerer, mit Wasserzeichen versehener Spott.

»Was ist das, Harry? Was ist los?« Nadine saß aufrecht neben ihm und starrte auf das Kuvert. Sie war an dem Betrug an ihm beteiligt, er war sich sicher. Sie mußte daran beteiligt sein. Die unverschlossene Tür. Der Anruf zur rechten Zeit. Die gekonnte Verführung. War es so geplant, daß es zu diesem Zeitpunkt endete? Hatte sie den genauen Moment abgeschätzt, wann er seine ernüchternde Entdeckung machen würde?

»Wer hat dich dazu angestiftet?« wollte er wissen.

»Ich weiß nicht, wovon du sprichst.«

»Das hier!« Er warf den Umschlag in ihre Richtung.

»Was ist das?« Ihre Mischung aus Angst und Verwirrung wäre überzeugend gewesen, wäre Harry nicht schon unempfänglich für jeden Appell gewesen.

»Mein Name. In griechischer Sprache.«

»Ich verstehe nicht.«

»War es dein Mann, Nadine? Hat er dir aufgetragen, das hier hereinzuschmuggeln, während er mich großartig bewirtete? Hat er dich heute abend hierhergeschickt, um mich zu einem verdammten Narren zu machen?«

»Das ist ...«

»Hat er?«

Sie wollte aufstehen, aber Harry hielt sie bei den Handgelenken, und sie sank mit einem durchdringenden Schmerzensschrei wieder auf das Bett zurück. »Laß mich los!«

»Nicht, ehe du mir die Wahrheit sagst.«

»Welche Wahrheit? Das ist Wahnsinn!«

»Als ich heute abend hierher zurückkam, fand ich die Tür unverschlossen vor. Ich dachte, das Zimmermädchen hätte sie wohl aufgelassen. Aber es war nicht das Mädchen, stimmt's? Du warst es, Nadine, die hierherkam, um diesen Brief dort zu hinterlegen, wo du wußtest, daß ich ihn einfach sehen mußte. Weil du jede Bewegung – jede Berührung – in dieser zärtlichen kleinen Szene geplant hast.«

»Du bist verrückt!«

»Nein. Du möchtest, daß ich es werde. Aber es wird nicht funktionieren. Weil du mir sagen wirst, wer das geplant hat, und weshalb.«

»Niemand hat irgend etwas geplant.«

»Doch. Du weißt, daß sie das haben.«

Nadine bekam einen festen, entschlossenen Zug um den Mund. Sie atmete schwer, und in einem nüchtern denkenden Abschnitt seines Gehirns überlegte Harry, wie dasselbe keuchende Atmen drei verschiedene Emotionen bedeuten konnte: die Leidenschaft, die sie vorgetäuscht hatte, die Furcht, die sie sich zu unterdrücken bemühte, den Ärger, der unter der Oberfläche brodelte. »Hör mir zu, Harry«, sagte sie mit eisigem Gleichmut. »Wenn du damit nicht aufhörst, wirst du das bedauern. Sie glauben, daß du Heather ermordet hast, stimmt's? Sie glauben, daß du sie vergewaltigt und umgebracht hast. Ich glaube das zwar nicht. Was passiert, wenn dir da noch ein tätlicher Angriff auf mich angelastet wird? Was passiert wohl dann? Denkst du, daß dir irgend jemand glauben wird, daß es nicht wieder genau dasselbe war?«

Ein Kreis von verwirrender Stille schloß sich um sie. Nadine hatte recht. Niemand würde ihm glauben. Die Mallenders, die Polizei, die Zeitungen – alle würden sich bestätigt sehen. Nadines herausfordernder Blick sagte ihm, was ihm schon hätte bewußt sein sollen. Sie war stärker als er in jeder Hinsicht, außer der rein körperlichen. Ein Versuch, die Wahrheit aus ihr herauszuzwingen, konnte nur noch eine größere Demütigung zur Folge haben. Sein Griff lockerte sich. Seine Hände fielen von ihren Handgelenken herunter. »Mach, daß du rauskommst«, murmelte er.

Und weg war sie. Ohne ein weiteres Wort. Es gab ein Klicken, als die Tür hinter ihr zufiel, und Harry war allein. Er starrte erneut auf das Kuvert, fand dort aber keinen Anhaltspunkt auf das, was vor sich ging. Eine Mauer in Oxford. Ein verschlossenes Zimmer in Surrey. Sie kamen näher, immer näher, wer immer sie sein mochten, aber was sie beabsichtigten, blieb im dunkeln. Ihn aufzuhalten? Ihn nervös zu machen? So oder so würde es ihnen nicht gelingen.

Er stand vom Bett auf und ging zu dem Stuhl hinüber, auf den er sein Jackett geworfen hatte. Er nahm die Streichholzschachtel mit der Skein-of-Geese-Aufschrift aus der Tasche, zündete ein Streichholz an und hielt es an den Umschlag, bis er Feuer gefangen hatte. Als sich sein Name in der Hitze zusammenzog, ließ er das Kuvert in den Aschenbecher fallen und sah zu, wie es zu einer Aschenhülse verbrannte, dann zerstieß er es mit dem gelöschten Streichholz in winzige Stückchen. Nun, da der Beweis zerstört war, bestand etwas Hoffnung, daß er so tun könnte, als hätte er nie existiert. Nicht, daß es wirklich von Bedeutung war. Harry kannte seinen Charakter, wenn er auch sonst nicht viel wußte. Es konnte ihn jetzt nichts mehr ablenken.

25

»Ich würde gern abreisen, bitte«, sagte Harry.

»Ohne vorher zu frühstücken?« entgegnete die Empfangsdame gutgelaunt.

»Ja.«

»Na schön.« Harry konnte sehen, wie ihr klar wurde, daß sie sich bei diesem Gast eine höfliche Konversation sparen konnte. »Haben Sie heute morgen irgendwelche Telefongespräche geführt?«

»Nein.«

»Oder die Minibar benützt?«

»Nein.« Harry hatte beschlossen, daß es das Ganze noch schlimmer machen würde, wenn er für Nadine Cunninghams Bewirtung zahlen würde.

»Das macht dann vierundsiebzig Pfund und fünfundsiebzig Pence.«

Harry zuckte zusammen. »Ich dachte, das Zimmer kostet fünfundsechzig pro Nacht.«

»Das stimmt. Aber dazu kommt noch die Mehrwertsteuer.«

Er seufzte, dabei rechnete er sich aus, daß er für das, was ihn eine Nacht im Skein of Geese gekostet hatte, in Lindos vierzehn Tage lang ausreichend essen und übermäßig hätte trinken können. Nicht daß es ihm annähernd so schwer zu schaffen gemacht hätte, wenn es nur sein Geldbeutel gewesen wäre, der darunter zu leiden hatte. Er steckte sein Wechselgeld ein und wandte sich zum Gehen.

»Oh, Mr. Barnett ...«

»Ja?«

»Mr. Cunningham fragte, ob Sie nicht ein paar Minuten Zeit für ihn hätten, bevor Sie das Hotel verlassen. Sie finden ihn in seinem Büro.«

Harrys erster Gedanke war, die Bitte zu ignorieren. Alles, was er wirklich wollte, war, vom Skein of Geese fortzugehen und nie mehr wiederzukehren. Er hatte kein Verlangen nach weiteren Begegnungen weder mit Cunningham noch mit seiner Frau. Dann siegte seine Neugier. Zumindest konnte er ihnen noch ein paar erlesene Worte hinterlassen, durch die sie ihn in Erinnerung behalten würden.

»Ah, Barnett! Ein Frühaufsteher, wie ich sehe.« Cunningham blätterte an seinem Schreibtisch in einer Ausgabe der »Financial Times« inmitten einer Wolke von Zigarrenrauch und strahlte wie ein jovialer Filmmogul, völlig unbeeinträchtigt, wie es schien, von den Ereignissen der letzten Nacht. Zwischen den Zeitungen vor ihm standen eine leere Frühstückstasse und ein eiverschmierter Teller und ließen darauf schließen, daß seine Verdauung ebenso robust wie seine Nerven war.

»Was wollen Sie?« fragte Harry.

»Ah! Der bissige Ton bestätigt meine schlimmsten Vermutungen. Ich fürchte, ich habe mich gestern abend danebenbenommen. Ich sollte es eigentlich besser wissen. Unverzeihlich, wirklich. Ich wollte mich wieder mit Ihnen versöhnen, bevor Sie uns verlassen.«

Harry war überrascht. Sicher hatte Cunningham nicht die Absicht, so zu tun, als sei nichts geschehen. »Ist das alles?« fauchte er.

»Mehr als genug, würde ich meinen. Ich kann mich nicht zu sehr entschuldigen. Ich hoffe nur, daß ich nicht irgend etwas gesagt habe, was Sie beleidigt hat.«

War es möglich, fragte sich Harry, war es auch nur im entferntesten vorstellbar, daß Cunningham sogar noch mehr an der Nase herumgeführt wurde als er selbst? Bestimmt nicht. Und doch lohnte es sich vielleicht, nachzuprüfen, ob es möglicherweise der Fall war. »Sie sagten nichts, was mich beleidigt hätte, Mr. Cunningham.«

»Ist das wahr? Da fällt mir aber ein Stein vom Herzen.«

»Aber Sie haben mich vor ein Rätsel gestellt. Erinnern Sie sich daran, daß Sie Ramsey Everetts Fenstersturz erwähnten?«

»O Gott.« Cunningham schlug sich mit der Hand gegen die Stirn. »Das habe ich Ihnen tatsächlich aufgetischt?«

»Sie glauben wirklich, daß er ermordet wurde?«

»Wahrscheinlich ist es nur eine wirre Theorie von mir. Ich neige dazu, wissen Sie. Mein Frau glaubt, ich sei paranoid. Vielleicht hat sie recht. Natürlich könnte jemand Everett umgebracht haben – nichts einfacher als das unter den Umständen –, aber ich nehme an, es war einfach nur ein Unfall, meinen Sie nicht auch?«

»Ich weiß nicht. Sie waren dort.«

»Wir alle waren dort. Ockleton, Morpurgo, Cornelius, Dysart sowie ein halbes Dutzend anderer, die zu betrunken waren, um überhaupt erwähnt zu werden. Aber es herrschte ein solches Kommen und Gehen, daß jeder von uns hinausgeschlüpft sein, Everett durch das Fenster gestoßen haben und wieder hereingeschlüpft sein könnte, ohne bemerkt zu werden. Verdammt noch mal, wir haben nicht einmal bemerkt, daß Everett fehlte, bis ein Pförtner im Hof über ihn stolperte, also ist theoretisch alles möglich. Motiv, Mittel, Gelegenheit: die klassische Kombination, nicht wahr?«

»Das Mittel und die Gelegenheit haben Sie dargelegt. Aber was wäre denn das Motiv gewesen?«

»Nun, ich nehme an, es ist nur ein Versuchsballon, den ich steigen lasse, doch Tatsache ist, daß Everett zu verdammt wißbegierig war, als es für ihn gut war. Plante, nach Oxford Kriminologe zu werden, wissen Sie, und fing an, seine Kunst an Freunden und Bekannten im Breakspear auszuprobieren. Er fand nichts dabei, die Aussagen eines Studienkollegen zu überprüfen. War er in der Schule wirklich so gut, wie er behauptete? War sein Vater tatsächlich ein Kriegsheld? Solche Sachen. Hat mehrere von uns mit seinen Entdeckungen in Verlegenheit gebracht. Es kam mir in den Sinn, daß er vielleicht eines Tages etwas gefunden haben könnte, das nicht nur peinlich, sondern geradezu skandalös war. Er war selbstgefällig genug, daß er es genoß, irgendein armes Schwein bloßzustellen, über den er irgendeine wirklich üble Geschichte ausgegraben hatte. Das könnte ihn zu einem Kandidaten für einen Mord machen, stimmt's?«

»Ja, vermutlich haben Sie recht.«

»Und es wirft alle möglichen Fragen über den Autounfall auf, nicht wahr?« Cunningham erwärmte sich jetzt für das Thema. Auf seinen Wangen erschien eine fiebrige Röte, als hätte er selten ein so aufnahmebereites Publikum für seine Spekulationen gefunden. »Vielleicht war das auch kein Unfall. Drei Tage vor der Untersuchung über Everetts Tod, das macht die Sache zu einem zweifelhaften Zufall, meinen Sie nicht?«

»Aber es war ein Unfall. Sie waren alle betrunken. Morpurgo ist zu schnell gefahren. Das haben Sie selbst gesagt.«

»Oh, Morpurgo ist gerast, daran besteht kein Zweifel, und er war stinkbesoffen, das streite ich nicht ab. Aber er hätte vielleicht immer noch rechtzeitig anhalten können, wenn er stark genug gebremst hätte. Ockleton und ich haben beide geschlafen, deshalb weiß keiner von uns genau, ob er nicht auf die Bremsen getreten ist und feststellte, daß sie nicht funktionierten. Morpurgo weiß es natürlich, aber er ist nicht in der Lage, es uns zu sagen. Und der Wagen war in einem so schlimmen Zustand, daß niemand nach einem durchgetrennten Bremskabel gesucht hätte.«

»Sie wollen damit sagen, daß ein Sabotageanschlag auf das Auto verübt worden ist?«

»Ich will damit sagen, daß es vielleicht so war, ja.«

»Aber weshalb?«

»Ausschaltung von Beweismaterial, Barnett.« Er lehnte sich in seinem Rollstuhl zurück mit dem selbstzufriedenen Grinsen eines Mannes, der stolz auf seine eigene Genialität ist. Dann lachte er und zog an seiner

Zigarre. »Oder es könnte einfach nur die überreife Frucht meiner mißtrauischen Denkweise sein. Dank dieses Vehikels« – er schlug auf die Armlehne – »habe ich genügend Zeit, eine verschrobene Verschwörungstheorie auszubrüten. Es könnte ja leicht nichts weiter sein als meine Art, mit den Folgen eines sinnlosen Unfalls fertig zu werden. Das ist es, was meine Frau glaubt. Sie können es sich aussuchen.«

Es war kein Unfall. Eine halbe Stunde später, als er langsam durch den milden grauen Morgen die Straße nach Haslemere entlangging, zeichnete Harry in seinem Kopf einen anderen Kreislauf all dieser kaum miteinander in Verbindung stehenden Beinah-Zufälle nach, der ihn überzeugte, daß Cunningham recht hatte, und der ihn zu dem Schluß brachte, daß Logik und Wahrscheinlichkeit irrelevant waren. Er glaubte aus demselben Grund wie Cunningham, daß Everett ermordet worden war. Er mußte es glauben.

Denk es noch einmal durch, sagte er sich. Nimm jedes einzelne Körnchen genau unter die Lupe, bis du die Antwort findest. Nimm an, daß Everett ermordet wurde, um zu verhindern, daß er den Namen eines Kommilitonen am Breakspear in den Schmutz zog. Nimm an, einer oder mehrere von denen, die drei Wochen später nach Burford fuhren, hatten den Mord gesehen oder wußten, was Everett entdeckt hatte. Nimm an, der Autounfall war ein mißglückter Versuch, sie alle umzubringen. Wenn das so wäre, würde die Antwort bei einem der Insassen von Morpurgos Wagen liegen. Wer am ehesten in Frage kam, war Morpurgo selbst, weil er, wenn auch nicht getötet, so doch zum Schweigen gebracht worden war, wogegen sowohl Cunningham als auch Ockleton hinterher hätten sprechen können – es sei denn, sie hätten zuviel Angst dazu gehabt. Dabei blieb Cornelius übrig. War es Glück oder Selbstschutz, daß er sich von der Rückfahrt ausschloß? Harrys eigene halbformulierten Verdachtsmomente neigten dazu, sich auf ihn zu konzentrieren, weil Clare Mallender beobachtet worden war, wie sie zwei Wochen vor ihrem Tod im Skein of Geese in sein Foto versunken gewesen war. Doch auch eine andere Erklärung war ihm in den Sinn gekommen, die er nicht ignorieren durfte. Was wäre, wenn vielmehr Everetts mutmaßlicher Mörder das beabsichtigte Sabotageopfer gewesen wäre und nicht der Saboteur? Was wäre, wenn Rache das Motiv gewesen wäre, und nicht, einen Zeugen zum Schweigen zu bringen? In diesem Fall ...

Ein schnittiger blauer BMW surrte an ihm vorbei und hielt etwa zehn Meter vor ihm an. Als Harry näherkam, ging das linke Seitenfenster automatisch herunter. Er sah hinein und stellte fest, daß es Nadine Cunningham war, die ihm vom Fahrersitz aus zulächelte.

»Soll ich dich mitnehmen, Harry?«

»Nein, danke.«

»Wo gehst du hin?«

»Zum Bahnhof.«

»Das ist ein langer Fußmarsch.«

»Ich weiß.«

»Dann steig ein.« Sie trug einen dunklen Trainingsanzug und lächelte herzlich, als ob sie einfach nur auf dem Weg zum Solarium angehalten hätte, um einen Nachbarn abzuholen. »Da ist etwas, was ich dir sagen will.«

Stolz, rief sich Harry ins Gedächtnis zurück, war ein Luxus, den er sich nicht leisten konnte. Er stieg ein, und sie fuhren los. »Na?« sagte er unbeteiligt.

»Ich schulde dir eine Entschuldigung.«

»Stimmt, aber ich erwarte keine.«

»Ich kann verstehen, warum du letzte Nacht so reagiert hast. Es muß ein Schock gewesen sein. Der Brief, meine ich, an dich in Griechisch adressiert.«

»Das war es. Wie du beabsichtigt hast.«

»Nein, das habe ich nicht. Das ist es ja, was ich dir begreiflich machen will. Ich hatte damit nichts zu tun. Ich habe sogar das Zimmermädchen gefragt. Sie ist sehr zuverlässig. Sie ist sicher, daß sie die Tür hinter sich zugesperrt hat. Jemand muß sie geknackt haben. Wenn sie einen Schlüssel gehabt hätten, wären sie nicht so nachlässig gewesen, sie offenzulassen, nicht wahr?«

»Du vergeudest deine Zeit.«

»Aber verstehst du denn nicht, Harry? Es hatte nichts mit mir zu tun oder mit sonst jemandem von den Angestellten. Es muß jemand von außerhalb gewesen sein.«

»Du mußt das wirklich nicht alles wegen mir erfinden.«

Sie bogen scharf nach links ab und fuhren eine gerade, abschüssige Straße zwischen dunklen Eichen- und Buchenreihen hinauf. Das war nicht die Route, an die sich Harry von der Taxifahrt her erinnerte, aber im Augenblick protestierte er nicht dagegen.

»Ich habe heute morgen mit deinem Mann gesprochen. Er tat so, als ob er nichts darüber wüßte, was zwischen uns vorgefallen ist.«

»Er hat nicht so getan, Harry. Das war echt. Ich wollte dir dafür danken – daß du ihn nicht aufgeklärt hast.«

»Erwartest du, daß ich dir das glaube?«

»Ja. Aber ich erwarte nicht von dir, daß du mir glaubst, daß ich nur ein Vergnügen haben wollte. Es war schon ein Hintergedanke dabei.«

»Mit dem du gleich herausrücken wirst?«

»Ja. Es ist das mindeste, was ich dir unter diesen Umständen schuldig bin. Weißt du, mir wurde sehr viel Geld für Informationen geboten, die Alan Dysart in Mißkredit bringen: irgend etwas Skandalöses. Ich weiß von Rex, daß seine Arbeit in Swindon seine Studienkollegen vor ein Rätsel gestellt hatte. Deshalb schien es mir eine zu gute Gelegenheit, um sie ungenutzt verstreichen zu lassen, als du auftauchtest, der einzige Mann, der alles darüber wissen könnte.«

Sie warf ihm ein überwältigendes Lächeln zu, während sie ohne ein Anzeichen von Scham sowohl ihr doppeltes Spiel als auch ihre Offenheit zugab. Weshalb er nicht ärgerlicher war, konnte er nicht verstehen. Vielleicht war es die Unverfrorenheit ihrer Beichte. Vielleicht war es das quälende Bewußtsein, daß auch er gehofft hatte, mehr als bloße Befriedigung in ihrer Bekanntschaft zu finden.

»Mach nicht so ein besorgtes Gesicht, Harry. Ich werde es nicht noch einmal versuchen. Wenn die Dinge so ernst sind, daß Leute anfangen, Schlösser zu knacken und Briefe einzuschmuggeln, möchte ich nichts mehr davon wissen. Das geht mir zu weit. Das Geld würde ...«

»Wieviel Geld hat man dir geboten?«

»Über den Betrag konnte man verhandeln, je nachdem, was ich entdeckte.«

»Und wer hat das Angebot gemacht?«

»Bist du sicher, daß du das wissen möchtest?«

»Ich bin sicher.«

»Ein Reporter von der Skandalpresse.«

Harry hätte es wissen müssen. »Jonathan Minter?«

»Ja. Woher weißt du das?«

Also das war Minters wahres Ziel: Rufmord eines beliebten Politikers – das Instrumentarium des modernen Journalisten. Das erklärte sein Interesse an Heathers Verschwinden ebenso wie das Geld, das er Harry geboten hatte, wenn er ihm eine Geschichte liefern würde. Vielleicht erklärte das sogar seine Beziehung zu Virginia Dysart.

»Er hat uns im letzten Jahr zum erstenmal kontaktiert, kurz nach Clare Mallenders Tod. Offensichtlich kannte er das Mädchen. Er sagte, er würde etwas über Alan Dysart recherchieren und wollte Rex einige Fragen über ihre Oxford-Tage stellen. Rex weigerte sich, mitzumachen, als er feststellte, daß Minter in Wirklichkeit nach einem Skandal suchte. Rex verehrt diese Regierung, weißt du, mehr als Geld, was etwas heißen will. Also ging Minter mit einem Floh im Ohr. Vor ein paar Wochen kam er zurück und wandte sich diesmal mehr an mich als an Rex. Ich erzählte ihm von Ramsey Everetts Fenstersturz, und er gab mir fünfhundert

Pfund. Er nannte es eine Anzahlung und sagte, da könnte hundertmal so viel drin sein für die richtige Art von Information über Alan Dysart. Die Schwierigkeit bestand darin, daß ich keine hatte – bis du kamst.«

Sie kamen auf eine Anhöhe und begannen langsam bergab auf das Städtchen zuzufahren. Die Bewaldung war in dieser Gegend spärlicher. Zwischen den Bäumen einer Landschaft von gezähmter Natur und der Üppigkeit der Home Counties lagen die Dächer versteckter Villen verstreut. Es überraschte Harry, daß der Scheckbuch-Journalismus sogar bis hierher vordringen konnte.

»Wahrscheinlich denkst du jetzt: Braucht sie wirklich so dringend fünfzigtausend Pfund? Die Antwort ist ja. Ich habe kein eigenes Geld, Harry. Alles gehört Rex. Also brauche ich Kapital, wenn ich ihn verlassen will. Du denkst vielleicht, das sei eine schmutzige Art, zu Geld zu kommen, aber zumindest ist sie schnell.«

»Du willst ihn verlassen?«

»Wenn ich den Zeitpunkt für richtig halte, ja.«

»Warum?«

»Aus den üblichen Gründen. Ich habe ihn nie geliebt, aber jetzt habe ich angefangen, ihn zu hassen – dafür, daß er mich zur Prostituierten gemacht hat. Es ist keine Entschuldigung, aber du kannst es genausogut auch erfahren: In Rex' Fall bedeutet ›von der Taille abwärts gelähmt‹ das, was es heißt.«

Sie hatten jetzt das Zentrum von Haslemere erreicht und kamen in einem Gewirr von schlendernden Fußgängern und schwerfälligen Lieferwagen nur langsam vorwärts. Die elektronischen Klänge eines synthetischen Chors waren über die röhrenden Auspuffrohre hinweg zu hören, und Harry, der auf die mit Lametta behängten Ladenfronten sah, fragte sich, ob es diese bimmelnde Allgegenwärtigkeit der Weihnachtsstimmung war, die seine Mitmenschen so klein und gemein erscheinen ließ.

»Es ist keine schöne Geschichte, nicht wahr, Harry? Es tut mir leid, wirklich. Denke nicht zu schlecht von mir. Eine Frau muß an ihre Zukunft denken, weißt du.«

»Du hast deine Zeit vergeudet. Minter hätte dir keinen Pfennig für das bezahlt, was du vielleicht aus mir herausbekommen hättest. Du siehst, Alan Dysart hat kein Geheimnis zu verbergen.«

»Ich dachte, jeder Mensch müsse eins haben.«

»Nun, er ist die Ausnahme, welche die Regel bestätigt.«

Eine Sekunde lang ging es Harry durch den Kopf, daß er vielleicht unrecht haben könnte. Nur weil er Dysart kannte und mochte, war der Mann nicht unbedingt über jeden Verdacht erhaben. Andererseits hatte Minter offensichtlich kein Skelett im Schrank gefunden, trotz aller

Bemühungen. Nur die nackte Verzweiflung konnte ihn dazu getrieben haben, jemandem wie Nadine Cunningham Bestechungsgelder anzubieten.

»Sag mir«, meinte Harry, als sie sich dem Bahnhof näherten, »wenn ich den Brief gestern nacht nicht gefunden und dich nicht rausgeworfen hätte, hättest du mir das alles erzählt?«

»Nein.«

»Warum dann jetzt?«

»Weil ich hoffe, daß du einwilligst, für mich eine Nachricht an Minter weiterzugeben. Du wirst ihn doch aufsuchen, nicht wahr?«

»Ja, aber ...«

»Ich dachte mir, daß du das tun würdest. Ich möchte, daß du ihm sagst, daß ich ihm nicht weiterhelfen kann und daß es keinen Sinn hat, noch einmal mit mir in Verbindung zu treten. Wirst du das für mich tun?«

»In Ordnung. Aber warum so hart?«

»Weil dieser Brief eine Warnung war, die ich nicht zu ignorieren beabsichtige – selbst wenn du das tust.«

Sie fuhren auf den Parkplatz vor dem Bahnhof. Nadine ließ den Motor laufen, aber Harry machte keine Anstalten auszusteigen. »Du hast Angst?« fragte er ungläubig.

»Ja, du nicht?«

»Nein. Warum sollte ich?«

»Ist das denn nicht naheliegend? Heather Mallender fing an, dieselben Fragen zu stellen, die du gestellt hast – und sieh nur, was mit ihr passiert ist. Ich habe den Gedanken nicht ernst genommen, bis gestern nacht, aber glaube mir, so dringend brauche ich keine fünfzigtausend Pfund. Um es direkt zu sagen, Harry, ich will nicht verschwinden. Du etwa?«

Während er dem blauen BMW nachsah, wie er sich einige Minuten später langsam in den Verkehr einfädelte und sich schnell entfernte, ließ sich Harry Nadines Worte durch den Kopf gehen. Das Argument, das sie ins Feld geführt hatte, lag auf der Hand, doch bis jetzt war es ihm gelungen, es zu übersehen. Bei seiner Suche nach Heather hatte er getreulich ihre Schritte nachvollzogen – und, was sehr wohl möglich war, auch ihre Fehler. Indem er denselben Spuren folgte, konnte er gut und gern auch auf das gleiche Ziel zusteuern.

26

Harry konnte in der Bahn gut nachdenken. Er fand, daß die stetige, rhythmische Fahrt ihm dabei half, sich zu konzentrieren. Die seltsamen Ausschnitte der Welt, die sich ihm darboten – von Unkraut ersticktes Ackerland am Rand der Böschungen, mit Zwergen gesprenkelte Gärten an den Stadträndern –, liefen irgendwie parallel mit seinen eigenen Perspektiven. Er nahm an, daß es daran lag, daß Eisenbahnen etwas grollend Veraltetes an sich hatten und außerdem Einblicke in Dinge gewährten, die so oft ignoriert wurden: verlassene Weiden, vernachlässigte Gebäude, alles was überwuchert und überholt war, alles, was man am besten vergißt.

Wie Harry selbst. Er war auf seine Weise ebenso überflüssig wie die Dampflokomotiven, deren Typenbezeichnungen er als Junge in Swindon begeistert gesammelt hatte. All das Dröhnen und die verschwimmenden Wolken von zischendem Dampf und hervorquellendem Rauch waren nun auf dem Lokfriedhof gelandet. Selbst die Schuppen, in denen ihre Dampfkessel geschmiedet wurden, waren dem Erdboden gleich gemacht worden. Im Vergleich zu ihnen besaß Harry einen entscheidenden Vorteil – das Recht zu beschließen, daß er nicht so still gehen würde. Er hätte sich eigentlich müde und überfordert fühlen sollen, wie es seinem Alter und den Umständen entsprach, durch Angst und Schuld eingeschüchtert und bloßgestellt, aber er war es nicht. Statt dessen überkam ihn auf halbem Wege zwischen Guildford und Woking eine seltsame Woge freudiger Erregung. Er war dabei, ihnen allen gegenüber an Boden zu gewinnen, er war ihnen noch überlegen. Von der Waterloo Station aus rief er im Büro des »Courier« an, und zu seiner Überraschung wurde er direkt zu Jonathan Minter durchgestellt. Immer noch von dem Gefühl erfüllt, der Herausforderung, die sich ihm stellte, gewachsen zu sein, schlüpfte er sicher und geschickt in die Rolle, die der andere von ihm erwarten würde.

»Spreche ich mit ... äh, Jonathan Minter?«

»Am Apparat.«

»Ah ... Hier ist, äh, Harry Barnett.«

»Hallo, Barnett. Was kann ich für Sie tun?«

»Nun, Sie sagten, als wir uns auf Rhodos trafen ...«

»Sind Sie jetzt dort?« Also wußte Minter nicht einmal, daß er von Rhodos weg war, um so weniger von all dem, was seither geschehen war.

»Nein. Das heißt ... ich bin in London.«

»Wirklich? Seit wann sind Sie hier?« Seine Neugier in diesem Punkt war leicht durchschaubar: Er wollte wissen, ob Harry den Artikel, in dem Minter ihn verleumdet hatte, zu Gesicht bekommen hatte.

»Oh, erst ein paar Tage.«

»Und Sie haben etwas für mich?«

»Könnte sein.« Schweig lang genug, um seinen Appetit anzuregen, gab sich Harry selbst die Regieanweisung, dann fahr fort – zögernd. »Das, hm, Glied in der Kette ..., das Sie erwähnten.«

»Ja?« Minters Stimme klang plötzlich wach.

»In bezug auf Alan Dy...«

»Sie brauchen es mir nicht am Telefon zu erzählen, Harry. Warum treffen wir uns nicht und sprechen darüber?« Er war jetzt nervös und interessiert zugleich.

»O.K. ... Wo?«

»Können Sie hier herauskommen?«

»Ja. Ich denke, das geht.«

»Großartig. Sagen wir um zwölf Uhr im Grapes. Es ist die Kneipe in Limehouse, unten am Fluß. Glauben Sie, Sie finden das?«

»Ja.«

»Dann werde ich Sie dort treffen. Kommen Sie nicht zu spät.«

»Bestimmt nicht.«

Als nächstes rief Harry die Praxis von Dr. Kingdom in Marylebone an. Ganz abgesehen von der Tatsache, daß Heathers Psychiater wohl eher wissen konnte, was in ihrem Kopf vorging, als jeder andere, hatte Kingdom Heather auch am 10. September zum Skein of Geese begleitet. War das, so hatte Harry sich zu fragen begonnen, nur aus rein beruflichen Gründen geschehen?

»Praxis Dr. Kingdom. Was kann ich für Sie tun?« Die Stimme der Sekretärin mit dem Akzent war sofort wiederzuerkennen.

»Miss Labrooy, hier spricht Harry Barnett. Ich habe angerufen ...«

»Ah, Mr. Barnett! Ich erinnere mich an Ihren Besuch.«

»Ich würde gern wissen ...«

»Dr. Kingdom kam am Montag zurück, und ich habe ihm erklärt, worum es bei Ihrer Anfrage geht. In Anbetracht der ungewöhnlichen Umstände ist er bereit, sie zu empfangen.« Miss Labrooy hatte sich offensichtlich überzeugend für ihn eingesetzt.

»Das ist großartig. Wann könnte ...«

»Er ist bereits für mehrere Wochen im voraus voll ausgebucht, aber er könnte einmal ein paar Minuten an einem Abend für Sie erübrigen.«

»Wie wäre es mit heute?«

»Einen Moment bitte.« Er hörte das Rascheln eines Terminkalenders. »Sein letzter Patient kommt um vier Uhr. Wenn Sie um fünf kommen ...«

»Ich werde dasein.« Minter und Kingdom innerhalb von Stunden nacheinander – endlich kam Harry voran.

Etwas über eine Stunde später hatte Harry mehr das Gefühl, die Ereignisse unter Kontrolle zu haben, als zu irgendeinem Zeitpunkt seit Heathers Verschwinden. Er und Minter saßen mit zusammengesteckten Köpfen an einem Tisch in dem schmalen Erkerfenster des Ausschanks vom Grapes, unbeachtet und nicht bedient, da der Ansturm zur Mittagszeit größer wurde und die Lautstärke zunahm, eingesponnen von Geplauder und Gelächter. Zwanzig Minuten zuvor war Minter mit einer Mischung aus großspuriger Zuversicht und Verachtung angekommen. Nun, da er Harry mißtrauisch beäugte und seine dritte Zigarette anzündete, sah er mehr wie ein Jagdhund aus, den der Fuchs angegriffen hatte.

»Wenn Sie nichts für mich haben, warum zum Teufel haben Sie dann so getan? Das ist reine Zeitverschwendung. Wenn Sie glauben, daß Sie mich überreden können, das, was ich in dem Artikel gesagt habe, zurückzunehmen ...«

»Ich bitte Sie nicht, irgend etwas zurückzunehmen.«

»Was wollen Sie dann?«

»Alles, was ich wissen will, ist, was Sie mit der Information gemacht haben, die Ihnen Nadine verkauft hat.«

»Nichts. Sie war nichts wert.«

»Angenommen, das stimmt, was hat Sie überhaupt zum Skein of Geese geführt?«

»Intuition.« Minter warf das Wort zurück wie einen Wurfpfeil.

»Und was hat Sie nach Ihrem Besuch in Rhodos dorthin geführt?«

»Mir gefiel die Speisekarte.« Der junge Mann starrte Harry mit einem fast haßerfüllten Blick an. Für die Rolle des betrogenen Betrügers hatte er sichtlich nichts übrig. »Hören Sie zu, Mr. Barnett. Wenn Sie wirklich der Herr Saubermann in dieser ganzen Affäre sind, soll es mir recht sein. Ich hielt Sie für einen Gauner, aber vielleicht sind Sie nur ein Narr. Wie dem auch sei, ich kaufe Informationen, ich verkaufe sie nicht.«

»Ich biete Ihnen keine Bezahlung an.«

»Ich verschenke auch keine.«

Harry bekam allmählich Spaß an der Sache. Es verschaffte ihm ein echtes Vergnügen, Minter in die Enge zu treiben. Auch er senkte seine

Stimme. »Ich dachte eher an einen Tausch. Ihre Antworten auf einige Fragen – im Tausch gegen mein Schweigen.«

»Worüber?«

»Ihre Beziehung zu Virginia Dysart.«

Für den Bruchteil einer Sekunde weiteten sich Minters Augen. Dann zog er an seiner Zigarette in einem Versuch, zu verbergen, was Harry bereits gesehen hatte: den Schock eines Menschen, der eine Bedrohung zu spät erkennt, um ihr auszuweichen. »Sie waren der Mann, dem sie die Tür öffnete«, sagte er verdrossen.

»Ja.«

»Das beweist nichts.«

»Das muß es gar nicht. Alan Dysart vertraut mir. Meinen Sie, er würde mich nach einem Beweis fragen, wenn ich ihm erzähle, was ich vermute und warum?«

»Nein. Wahrscheinlich nicht.« Minter lächelte schwach, als ob ihm plötzlich die Ironie der Situation aufgefallen wäre. »Was möchten Sie wissen?«

»Alles, was Sie herausgefunden haben.«

»Wenn ich es Ihnen sage, welche Garantie habe ich dann, daß Sie nicht doch alles Alan Dysart ausplaudern.«

»Sie haben mein Wort.«

Das Lächeln wurde breiter. »Soll mich das beruhigen?« Minter lehnte sich einen Augenblick lang in seinem Stuhl zurück und sah Harry an, als sei er eine vom Aussterben bedrohte Tierart. Dann wechselte sein Ausdruck zu etwas, was schwerer zu enträtseln war. »Nun ja, ein paar unangenehme Wahrheiten über Alan Dysart, Inhaber eines öffentlichen Amtes und Nationalheld, werden Sie vielleicht darauf kommen lassen, daß er die Ehe verdient, die er führt. Ich kapituliere. Los, fragen Sie.«

»Sie und Clare Mallender waren Studienkollegen in Oxford?«

»Ja. Sie war am Breakspear, ich am Queen's. Wir studierten dasselbe Fach.«

»Und wurden ein Liebespaar?«

»Ich liebte sie. Clare war weniger wählerisch mit ihrer Zuneigung.«

»Aber Sie haben sich verlobt?«

»Auf mein Drängen hin, ja. Aber ich wußte, es würde nicht halten. Sie hatte ihre Augen auf einen größeren Fang gerichtet.«

»Das heißt?«

»Auf einen Politiker. Keinen bestimmten, verstehen Sie. Jemand, der mächtig und einflußreich genug war, wäre in Frage gekommen. Sie war sehr zielstrebig, unsere Clare. Sie glaubte, daß das Bett eines Abgeordneten für eine Frau der schnellste Weg in die Politik sei. Und wahrscheinlich hatte sie recht. Zufällig war Dysart derjenige, den sie sich aussuchte. Sie kannte ihn natürlich schon als Freund ihres Vaters. Er war es, der ihr empfahl, sich am Breakspear College zu bewerben, als man dort anfing, Frauen zuzulassen. Als er die Marine mit einer gebührend heldenhaften Reputation verließ, muß sie gedacht haben, er sei der Mann ihrer Träume.«

»Sie wollen damit sagen, daß sie seine Geliebte wurde?«

»Was glauben Sie denn?«

»Ich glaube, daß Sie sich irren.«

»Nur ein Mann, der sein Wort als Garantie bietet, kann so naiv sein. Nun gut, Clare hat es nie zugegeben, und ich kann es nicht beweisen, aber es scheint doch ziemlich sicher zu sein.«

»War es das, was Sie dazu trieb, Dysarts Vergangenheit zu überprüfen – Eifersucht?«

»Nein. Wenn es das gewesen wäre, hätte ich schon damit angefangen, nach Dreck herumzuschnüffeln, bevor Clare starb, nicht wahr?«

»Was war es dann?«

»Clare selbst, so seltsam es klingen mag. Zwei Tage bevor sie getötet wurde, rief sie mich aus heiterem Himmel an. Wir hatten schon monatelang nicht mehr miteinander gesprochen. Sie fragte mich, ob wir uns treffen könnten. Ich war überrascht, daß sie mitten in einer Wahlkampagne die Zeit dafür aufbringen konnte, und schloß daraus, daß es wirklich dringend sein mußte. Wir trafen uns noch am selben Abend, und sie fragte mich geradeheraus, ob ich an einer Exklusivgeschichte interessiert sei – ein Skandal, der einen Staatsminister betraf. Im Hinblick auf die Wahl, die vierzehn Tage später stattfand, konnte ich mein Glück kaum fassen. Clare wollte damals an Ort und Stelle keine Namen nennen. Sie wollte, daß ich die Sache mit ihrem Honorar mit meinem Herausgeber klären sollte. Sie verlangte eine Viertelmillion Pfund. Das mag nach viel klingen, aber für eine hieb- und stichfeste Story, die eine Regierung stürzen kann, ist das billig, glauben Sie mir. Wir verabredeten uns für drei Tage später, um die Konditionen zu vereinbaren. Ich leugne nicht, daß ich hoffte, es würde sich um Dysart handeln, den sie ruinieren wollte – ich fragte, ob es Krach zwischen einem Liebespaar gegeben hatte –, aber sie verriet nichts. Die Beweise sollten geliefert werden, sobald der Handel unter Dach und Fach war. Nun gut, ich machte mich auf die Socken und tat das Meine, doch einen Tag vor unserer Verabredung wurde sie getötet – und mit ihr die Story.«

Minter verstummte, so daß sich seine unausgesprochene Folgerung von selbst ergab. »Sie wollen doch nicht andeuten«, meinte Harry, »daß

Clare ermordet wurde, um zu verhindern, daß sie Ihnen die Geschichte verkauft?«

»Die Möglichkeit ging mir durch den Kopf, ja.« Zu Harrys Verwirrung lächelte er. »Doch die Fakten schließen es aus. Der Bombenanschlag auf die Jacht war eindeutig das Werk der IRA. Dysart war ein naheliegendes Ziel: Exmarineoffizier, Verteidigungsministerium, hat die Vereinigung Großbritanniens und Irlands offen befürwortet. Und der Vorabend der Wahl war eine günstige Zeit, um zuzuschlagen. Sosehr ich dazu geneigt hatte, etwas anderes zu vermuten, Clare fiel einfach einer unglücklichen Fügung zum Opfer.« Er beugte sich noch weiter nach vorn über den Tisch, die Schultern hochgezogen und seine Stimme kaum lauter als ein Flüsterton. »Aber ich habe es nicht dabei belassen, weil Dysart für meinen Geschmack einmal zuviel wieder glücklich davongekommen war. Sie können natürlich argumentieren, daß es nicht seine Schuld war, daß Clare getötet wurde – oder daß sie mich nicht so liebte wie ich sie –, und ich muß Ihnen recht geben. Was ich jedoch nicht bereit bin, zu akzeptieren, ist, daß er das Recht haben soll, ein angenehmes Leben zu führen, während andere sich abstrampeln, stolpern und versagen. Zum Teil um Clares willen, aber hauptsächlich für meine eigene Befriedigung beschloß ich, mein Möglichstes zu tun, um diesen Mann zu Fall zu bringen. Ich nahm an, daß er der Minister war, den Clare bloßstellen wollte, und ich machte mich daran, dieses Geheimnis selbst zu ergründen.«

»Aber es ist Ihnen nicht gelungen.«

»Nur was den Beweis betrifft. Ich bin ihm auf den Fersen, das können Sie mir glauben.« Neid war Minter deutlich ins Gesicht geschrieben – Neid über den Erfolg eines anderen. Es war keine angenehme Gefühlsregung, aber eine, die stark genug war, um ihn selbst dann bei der Suche durchhalten zu lassen, als es keinen Beweis gab. »Wieviel wissen Sie über Alan Dysart, Harry?«

»Ebensoviel wie Sie, vermutlich.«

»Das bezweifle ich. Sehen Sie, ich habe mich eingehend mit ihm beschäftigt. Ich habe seine Biographie Steinchen für Steinchen zusammengetragen, nur damit ich das Vergnügen habe, sie zu zerstören. Er wurde vor einundvierzig Jahren in Birmingham geboren. Sein Vater war von Schottland dorthin übergesiedelt und hatte ein Geschäft aufgemacht. Die Maschinenbaufirma Dysart war eine der Erfolgsgeschichten der Industrie der westlichen Midlands nach der Weltwirtschaftskrise, und als Gordon Dysarts Sohn stand der junge Alan auf der Erfolgsleiter des Lebens ein Dutzend Sprossen höher als Leute wie Sie und ich, noch bevor er seine Milchzähne verloren hatte. Dann ging es nach Oundle, schon im Hinblick auf Oxford. Um diese Zeit waren die Dysarts bereits aufs Land gezogen. Der Alte hatte für ihn in einem hübschen kleinen Dorf in der Grafschaft Warwickshire, einige Kilometer von Stratford entfernt, ein Haus gebaut, durch dessen Garten der Avon floß. Keine gute Entscheidung, wie sich herausstellte, denn Mrs. Dysart ertrank 1963 in diesem Flußabschnitt, und Gordon, der danach nie mehr derselbe war, starb zwei Jahre später, während Alans erstem Jahr in Oxford, wodurch dieser über Nacht zu einem reichen Mann wurde. Seltsamerweise gab er jedoch die Firma auf, als er Oxford verließ, und ging zur Marine, obwohl er doch von seinem Kapital ein schönes Leben hätte führen können. Vielleicht dachte er, daß der Offiziersdienst bei der Marine der richtige Weg sei, um seine Karriere zu starten. Ich hatte zweifellos immer den Eindruck, daß er sein Leben bis ins Kleinste vorausplante. Es kommt mir vor, als sei ein strahlender Lebenslauf das erste gewesen, was er zu Papier brachte, nachdem er schreiben gelernt hatte. Wie dem auch sei, in Dartmouth lernte er Virginia kennen ...«

»Ich habe mich schon gefragt, wann Sie auf sie zu sprechen kommen«, warf Harry ein. »Hat sie Ihnen das alles erzählt?«

»Nein, um die Wahrheit zu sagen. Dysart gibt wenig von sich preis, selbst jenen gegenüber, die ihm nahestehen. Was ich erfahren habe, habe ich auf mühsame Art und Weise in Erfahrung gebracht.«

»Die mühsame Art und Weise bestand wohl darin, die Frau dieses Mannes zu verführen?«

Minter lächelte. »Der Fall war eher so, daß sie mich verführte. Mit Dysart verheiratet zu sein ist kein Honigschlecken, wissen Sie. Er hat sich jahrelang woanders umgesehen.«

»Sie scheinen das genau zu wissen.«

»Virginia weiß es. Nachdem was sie sagt, ist so etwas in den Ehen in Marinekreisen nicht ungewöhnlich. Die Männer gewöhnen sich so an männliche Gesellschaft. An Frauen denken sie nur in einer Hinsicht. Also, was dem einen recht ist ... Sie wissen doch, wie das ist.«

»Weiß ich das?« Die Wahrheit war, daß Harry Minter besser verstand, als er zugeben wollte. Aber um der Großzügigkeit willen, die Dysart ihm über Jahre gezeigt hatte, hätte er sogar seine Vorgehensweise gebilligt. Doch er hatte nicht die Absicht, soviel preiszugeben. Was ihm am meisten an Minter mißfiel, war das, was ihn an sich selbst am meisten störte.

»Hören Sie, Barnett«, sagte Minter, und aus seiner Stimme war Ärger herauszuhören. »Nur weil ich nicht will, daß meine Nachforschungen behindert werden, fordere ich Sie nicht dazu auf, Dysart schon morgen von der Untreue seiner Ehefrau zu erzählen. Glauben Sie nur ja nicht, daß mir die Moral auch nur einen Moment lang Kopfzerbrechen bereitet. Haben Sie jetzt alles gehört, was Sie hören wollten?«

»Nicht ganz. Weshalb haben Sie sich letztes Jahr mit Cunningham in Verbindung gesetzt?«

»Weil Clare erwähnt hatte, daß sie im Skein of Geese zum Essen war und daß Cunningham ein ehemaliger Breakspearianer ist. Er schien mir eine nützliche Quelle zu sein, was Dysarts Zeit in Oxford betraf. Aber es war vergeudete Zeit. Der Mann ist zu sehr von Dysarts Politik hingerissen, um auch nur im geringsten ...«

»Und doch sind Sie erst vor kurzem wieder hingefahren.«

»Ja, und bekam das, was er mir nicht sagen wollte, aus seiner Frau heraus. Einen schauerlichen Schwachsinn über jemand, der vor zwanzig Jahren aus dem Fenster gestoßen wurde. Ich bezahlte ihr nur deshalb fünfhundert Pfund, weil ich hoffte, sie würde noch mit etwas Besserem rausrücken.«

»Aber warum sind Sie überhaupt wieder hingefahren?«

»Weil Heather mich vor drei Monaten anrief und fragte, ob ich Clare einige Wochen vor ihrem Tod ins Skein of Geese eingeladen hätte. Ich verstand nicht, weshalb sie das so interessierte, doch die Antwort war nein: Ich hatte sie nie dorthin mitgenommen. Nach Aussage der schönen Nadine war Clare damals in Dysarts Begleitung, was mich nicht überraschte. Als Heather verschwand, dachte ich, das sei ein Fingerzeig, der es wert war, daß man ihm nachging, aber er führte zu nichts. Die Tyrell-Gesellschaft und die ganze Nostalgie um die aufgelösten Geheimbünde – das ist ohne Belang, Harry, sehen Sie das nicht ein? Dysarts Geheimnis – seine Schwachstelle – liegt im Hier und Jetzt. Virginia hat mich auf die Spur gebracht. Sie sagte, Ehemänner, die bei der Marine waren, halten ihren Schiffskameraden vor Freunden, Verwandten oder Vaterland die Treue. Und genau das ist Charlie Mallender – ein alter Schiffskamerad. Er war Dysarts Kommandant auf seinem allerersten Schiff, um genau zu sein. Also fing ich an über Mallenders kleines Unternehmen Erkundigungen einzuziehen – und raten Sie, was ich herausgefunden habe.«

»Nun?«

»Mallender Marine geriet in den frühen achtziger Jahren in eine schwierige Lage: keine Aufträge, schlimme Schulden, Profite schlugen in Verluste um. Die Gesundung der Firma rührt daher, daß sie mehrere lukrative langfristige Rüstungsverträge erhalten hat. Und das fällt fast genau mit Dysarts Berufung ins Verteidigungsministerium vor drei Jahren zusammen. Soll ich Ihnen sagen, was ich glaube? Ich glaube, daß Dysart seinem alten Skipper Charlie Mallender Wirtschaftsgeheimnisse zukommen läßt und daß Clare davon erfahren hat. Wer außer Dysarts Mitarbeiterin und Mallenders Tochter wäre besser in der Lage, den Braten zu riechen?«

Harry lehnte sich vom Tisch zurück und dachte über Minters Theorie nach. Es schien ihm durchaus denkbar, daß Dysart seine Position ausnützte, um einen alten Freund vor dem Bankrott zu retten. Alles, was es bestätigte, war der Wert, den er der Freundschaft beimaß, was Harry ja bereits wohlbekannt war. Die Welt würde ihn dafür unbarmherzig anprangern. Man würde die Tatsache, daß Loyalität, nicht finanzieller Gewinn, sein Motiv war, nicht als mildernden Umstand gelten lassen. Aber Harry konnte es nicht über sich bringen, ihn zu verurteilen. Er bezweifelte, daß Dysart es verdiente, von der rücksichtslosen jungen Frau, die Clare Mallender gewesen zu sein schien, ruiniert zu werden, ebensowenig wie er es verdiente, von dem skrupellosen Journalisten Jonathan Minter gejagt zu werden. Außerdem, wie Minter ja gerade einräumte, hatte er bis jetzt nicht die Spur eines Beweises erbracht, der seine Behauptung stützen würde.

»Als ich herausfand, daß Sie von Mallender Marine gefeuert worden waren, dachte ich, Sie könnten vielleicht in der Lage sein, mir den Beweis zu liefern, den ich brauchte. Mein Angebot gilt immer noch, falls Sie tatsächlich etwas wissen. Ich nehme an, Sie könnten etwas Geld brauchen, oder?«

Minter hatte sowohl recht als auch unrecht: Harry war knapp bei Kasse, aber es kümmerte ihn im Moment keinen Deut. »Ich kann Ihnen nicht helfen«, entgegnete er. Und es stimmte. Selbst wenn Dysart sich da für eine Sache zu verantworten hatte, war sie nicht von Bedeutung für Heathers Verschwinden. Sie war einer Fährte gefolgt, die Minter aufgegeben hatte, aber Harry hatte die Fotos, die ihn auf dem rechten Kurs hielten.

»Wie Sie wollen.«

»Genau. Ich habe nicht die Absicht, Ihnen dabei zu helfen, einen Mann, den ich bewundere, zu ruinieren.«

»Warum dann all diese Fragen?«

»Ich hoffte, Sie würden mir etwas sagen, was mich zu Heather führen könnte.«

Minter schnaubte verächtlich. »Meine Antwort ist dieselbe wie Ihre. Ich kann Ihnen nicht helfen. Ich weiß nicht, wo sie ist – ob sie überhaupt noch lebt –, und es ist mir auch ziemlich gleichgültig. Sie war immer nur Clares nicht besonders attraktive, schüchterne Schwester für mich: mittelmäßig, unvollkommen und belanglos. Sie bedeutet mir nichts, ebensowenig wie Dysart. Sie war wohl neurotisch genug, um aus eigenem Antrieb zu verschwinden – oder sogar um sich ermorden zu lassen. Was macht das schon für einen Unterschied? Nachdem ich auf Rhodos nichts herausgefunden hatte, mußte ich etwas schreiben, um meine Reisekosten zu rechtfertigen, also machte ich Sie zum Bösewicht. Außerdem dachte ich, das würde Sie vielleicht dazu anstacheln, mir etwas über die Mallenders zu verraten. Sie haben schließlich für sie gearbeitet.«

»Vor zehn Jahren. Nichts aus dieser Zeit unterstützt Ihre Theorie.«

»Machen Sie, was Sie wollen.« Minter warf einen Blick auf seine Uhr. »Ich muß gehen. Ich nehme an, Sie haben genug gehört?«

»Ja, ich denke schon.«

»Dann will ich Ihnen nur noch eines sagen. Wenn Sie beschließen sollten, Dysart über mich und Virginia zu erzählen, dann bedenken Sie, daß der ›Courier‹ Ihnen das Leben hier in England sehr unangenehm machen könnte. ›Heather Mallenders Mörder läuft frei herum‹ – etwas in der Art. Verstehen Sie, worauf ich hinauswill?«

Harry erwiderte nichts. Als die Tür des Lokals einige Augenblicke später hinter Minter zufiel, seufzte er erleichtert auf und nahm einen großen Schluck von seinem Bier. Es war zumindest erfreulich, zu erkennen, daß seine anfängliche Abneigung gegen den jungen Mann berechtigt gewesen war. Er bezweifelte, ob dessen Haß auf Dysart überhaupt die Bezeichnung Rache verdiente. Seiner Behauptung, er habe Clare geliebt und sie sei ihm weggenommen worden, fehlte es an Überzeugungskraft, und man konnte sagen, daß sie durch sein Verhältnis mit Virginia Dysart wieder quitt waren. Nein, Minters Motiv war eher ein irrationaler Haß, den die persönliche Leistung anderer oft hervorzurufen scheint. Die Ironie dabei war, daß er dadurch, daß er alles Gerede über die Tyrell-Gesellschaft als irrelevant abtat, seine Augen vor dem entscheidenen Anhaltspunkt verschloß, den ihm Rex Cunningham gegeben hatte, nämlich der Identität jenes Mannes, dessen Foto Clare Mallender mit sich herumgetragen hatte. Mit dieser Information hätte er seine Nachforschungen schon längst in eine andere Richtung lenken können.

Als Harry sich durch die Menschenmasse drängte, um noch ein Bier zu bestellen, konnte er ein stilles Lächeln auf Minters Kosten nicht unterdrücken. Trotz all seines Eifers und seiner Entschlossenheit, trotz all der gekonnten Schliche des detektivischen Journalisten war er weit vom Ziel entfernt. Die Wahrheit lag woanders. Und Harry wußte, wo.

27

Die Zuversicht, jenes wankelmütigste der Gefühle, hatte Harry verlassen. Er wußte nicht weshalb und schrieb es, da er keine einleuchtende Erklärung hatte, seiner ersten Begegnung mit einem Psychiater zu. Es gab nicht die typische Couch in Dr. Kingdoms Sprechzimmer, obgleich ein Sessel am Fenster so aussah, als könnte er für diesen Zweck umfunktioniert werden. Doch abgesehen von den Buchtiteln in den Regalen, machte der Raum auf Harry den Eindruck, als könnte er der Ausübung fast jeden anderen Berufs dienen. Dennoch war der Stuhl, auf dem er saß, weich und die Harfenmusik ab Tonband einschläfernd genug, um die Ängste der meisten Menschen zu beruhigen und ihre Abwehr zu senken. Aber nicht Harrys.

War Kingdom selbst vielleicht der Grund seines Unbehagens? Dieser schick gekleidete, lächelnde Mann, der im Aussehen an den jungen Cary Grant erinnerte, erreichte nicht annähernd die Vorstellung, die er sich von einem Psychiater machte. Während er mit den geschürzten Lippen und dem gezielt suchenden Blick eines Buchprüfers eine Akte durchblätterte (von der Harry annahm, es sei Heathers), strahlte er nichts von der Wärme oder dem Verständnis aus, die Harrys Meinung nach für eine erfolgreiche Psychoanalyse erforderlich waren. Um die Sache noch zu verschlimmern, hatte sein Gesicht einen Ausdruck und seine Stimme eine Tonlage, die Harry seltsam bekannt vorkamen, als ob sie sich, auch wenn es unvorstellbar war, schon einmal begegnet seien.

Sich ständig verschlimmernde Kopfschmerzen und eine trockene Kehle verstärkten Harrys Unbehagen. Vielleicht hatte er im Grapes zuviel getrunken. Vielleicht war eine Erkältung im Anzug. So oder so, es bereitete ihm große Mühe, sich zu konzentrieren, und um schlagkräftig zu argumentieren, mußte er seine Gedanken besser sammeln, als ihm das im Moment gelang. Er hatte beabsichtigt, jegliche Vorbehalte, die Kingdom eventuell haben mochte, zu entkräften, indem er darauf hinwies, daß Heather zu finden wichtiger als alles andere war, doch statt dessen war er nachgiebig geworden, als genüge es ihm, Kingdoms Urteil uneingeschränkt zu akzeptieren, wie es auch ausfallen mochte.

»Ich würde Ihnen gern helfen, Mr. Barnett«, sagte Kingdom nach langem Schweigen, »aber ich kann nicht. Natürlich hoffe ich, daß Heather am Leben ist, aber falls das so ist, hat sie das Recht, daß ich alles, was mit ihrer Krankengeschichte zu tun hat, mit absoluter Vertraulichkeit behandle. Mir sind die Hände gebunden.«

»Alles, was ich wissen will ...«

»Alles, was Sie wissen wollen, ist, was ich Ihnen nicht sagen kann: Ob ihre kürzliche Krankheit ihr Verschwinden vielleicht irgendwie erklären könnte. Seine Seele einem Mitglied meines Berufsstandes bloßzulegen ist nicht einfach. Wenn auch nur die geringste Gefahr bestünde, daß das, was jemand während der Behandlung offenbart, andere zu wissen bekämen ... Nun, ich hoffe, daß Sie Verständnis für meine Situation aufbringen.«

»Darf ich Ihnen wenigstens ein paar Fragen stellen?«

»Natürlich, fragen Sie ruhig, solange Sie verstehen, daß ich nur sehr begrenzt antworten kann.«

Harry holte tief Luft. »Heather hatte doch letztes Jahr nach dem Tod ihrer Schwester einen Nervenzusammenbruch, nicht wahr?«

»Ja«, antwortete Kingdom vorsichtig.

»Und hat einige Zeit in einer Anstalt verbracht?«

»Sie war eine freiwillige Patientin in einem der Krankenkäuser, an denen ich tätig bin.«

»Sie ist seit damals ihre Patientin gewesen?«

»Ja.«

»Die Umstände, unter denen ihre Schwester umgekommen ist, müssen sehr erschütternd gewesen sein – aber war da noch irgend etwas anderes, das ...«

Kingdom hielt seine Hand hoch. »Das geht nicht, Mr. Barnett. Fakten kann ich Ihnen geben. Klinische Einzelheiten nicht.«

Harry lehnte sich in seinem Stuhl zurück. Seine Kopfschmerzen waren merklich schlimmer geworden. »Es hatte keinen großen Sinn, daß Sie einwilligten, mich zu empfangen, nicht wahr?« meinte er müde.

»Das würde ich nicht sagen. Ich bin dankbar für die Informationen, die Sie mir über Heathers Lektüre auf Rhodos gaben. Ich wollte Ihnen dafür danken. Es kann höchst bedeutsam sein.«

»Aber Sie können mir nicht sagen, auf welche Weise?«

»Ich fürchte, nein.«

»Auch nicht, ob das Buch vielleicht Aufschluß darüber gibt, daß sie jemanden auf Rhodos getroffen hat, vor dem sie Angst hatte?«

»Hier gilt derselbe Einwand.«

»Dann gehe ich jetzt wohl besser.«

»Nicht unbedingt.« Der Ton von Kingdoms Stimme hatte sich verändert. Harry sah nicht mehr zu ihm hin, war aber sicher, daß er sich nach vorn über seinen Schreibtisch beugte, als ob ihre Diskussion erst jetzt die gewünschte Richtung nähme. »Schließlich mache ich mir große Sorgen um Heather. Und Sie waren der letzte Mensch, der sie gesehen hat. Für Sie, Mr. Barnett, gilt der hippokratische Eid nicht. Sie können so offen mit mir sprechen, wie Sie wollen.«

»Offen sprechen? Worüber?«

»Oh, über Ihre Gefühle für Heather. Wie Sie ihren Charakter einschätzen. Was Sie sich von Ihrer Freundschaft mit ihr erhofften.«

»Würde das etwas helfen?«

»Möglicherweise.« Wenn man Kingdoms unbewegliches Gesicht nicht sah, hatten seine Worte eine beruhigende, fast verführerische Wirkung. War das etwa das Geheimnis der Psychoanalyse, fragte sich Harry: nicht so sehr Verhör als vielmehr Seelenmassage?

»Es war offensichtlich, daß Heather krank gewesen war, aber ihr Zustand schien sich beinahe vollkommen gebessert zu haben. Vielleicht lag das ebensosehr an Rhodos wie an sonst etwas. Ich mochte sie von Anfang an.«

»Auf welche Art mochten Sie sie?«

Wie sollte er antworten? Harry starrte zur Decke und folgte mit den Augen dem Muster des Gewölbebogens.

»Wir haben uns auf Anhieb gut verstanden«, erwiderte er lahm. »In Anbetracht des Altersunterschieds fanden wir, daß wir überraschend viel gemeinsam hatten. Wir sind beide Außenseiter.«

»Ach ja?«

»Meine Rückkehr hat mir das gezeigt. Ich habe außer meiner Mutter keine Familie, ich habe keine Stelle, kein Geld, kein Vermögen, keine Zukunftsaussichten. Soweit ich feststellen kann, heißt England einen verlorenen Sohn wie mich nicht willkommen.«

»Das klingt eher nach Selbstmitleid.«

»Ist es vermutlich. Aber wenn niemand sonst Mitleid zeigt, neigt man dazu, sich selbst leid zu tun, nicht wahr?«

»Sie meinen, nicht in die Gesellschaft integriert, von Veränderungen ausgeschlossen, unter einem Mangel an Zuneigung leidend?«

Die Diagnose war nur zu prägnant. »Ja«, murmelte Harry.

»Glauben Sie, daß Heather sich ebenso fühlte?«

»Das müssen Sie mir sagen.«

»Sie wissen, daß ich das nicht kann.«

Durch das Fenster waren die oberen Zweige einer Platane zu sehen, die sich leicht in einer sanften Brise wiegten. Für Harry sahen sie stolz und traurig aus, beladen mit zuviel Erinnerung. Er fragte sich, ob Heather, die im selben Stuhl gesessen und dasselbe gesehen hatte, diese Reaktion irgendwie auf ihn übertragen hatte oder ob es ganz und gar seine eigene war, ein Produkt des Selbstmitleids. Schließlich war jedoch das Gefühl, daß Heather vor ihm hiergewesen und dasselbe gefühlt hatte, stärker als alles andere. Als er sprach, war es fast, als hätte sie ihm die Worte in den Mund gelegt. »Es schien mir, daß es sie zermürbt hatte, ein Leben zu führen, für das sie nicht geschaffen war. Von ihr wurde verlangt, daß sie schön, begabt und unabhängig sein sollte. Doch sie konnte diese Erwartungen nicht erfüllen. Mit dem Ergebnis, daß ihre Familie sie nicht verstand, ihr Beruf sie nicht ausfüllte und Gleichaltrige sie nicht akzeptierten.«

»Aber Sie akzeptierten sie?«

»Ich glaube schon, ja. Zumindest versuchte ich es.«

»Und sie hat das zugelassen?«

Das war eine Frage, bei der sich Harry keinerlei Hoffnungen hingab, daß er sie wahrheitsgemäß beantworten könnte. Sein Verständnis für Heathers Wesen war erst nach ihrem Verschwinden gekommen. Das zuzugeben hieße einzugestehen, daß er ebensowenig von ihren Schwierigkeiten wußte wie alle andern. Deshalb log er. »Ich verstehe nicht ganz, was Sie meinen.«

»Dann lassen Sie uns das Thema aus einer anderen Richtung angehen. Heather sollte innerhalb von wenigen Tagen nach dem Ausflug auf den Profitis Ilias hierher zurückkehren, nicht wahr?«

»Ja.«

»Hat sie sich darauf gefreut, Rhodos zu verlassen?«

»Nein. Das glaube ich nicht.«

»Warum wollte sie dann zurück?«

»Alle Ferien gehen einmal zu Ende, nicht wahr? Außerdem wurde es von ihr erwartet.«

»Von den verständnislosen Verwandten und Freunden in England, meinen Sie?«

Der Verlauf, den das Gespräch nahm, fing an, Harry nervös zu machen. Er wußte nicht, worauf Kingdom hinauswollte. »Nun ... ja«, erwiderte er zögernd.

»Wollten Sie, daß sie wegging?«

»Nein, bestimmt nicht.«

»Sie wollten also, daß sie blieb?«

»Nun ... ja, natürlich.«

»Sie wollten also beide, daß sie auf Rhodos blieb, aber keiner war in der Lage, das einzugestehen: Wollen Sie das damit sagen?«

Es wäre treffender gewesen, daß er diese Version der Ereignisse allen anderen vorgezogen hätte. In Übereinstimmung mit seiner ersten Lüge antwortete er jedoch: »Ja, vermutlich.«

»Wenn Sie Heather an der Abreise gehindert hätten, wäre das also sowohl in Heathers als auch in Ihrem eigenen Interesse gewesen?«

»Bitte?«

»Und der Ausflug auf den Profitis Ilias war Ihre letzte Chance, sie zur Einsicht zu bringen, stimmt's?«

Heathers entschwindende Gestalt, die immer kleiner wurde, je höher sie den Hang hinaufkletterte, zupfte noch einmal an dem unsichtbaren Band, das sie verband. Harry fühlte eine drückende Hitze, die ihn zu ersticken drohte, als er seinen Kragen lockerte. Er wußte, daß er nichts getan hatte, wußte über die Andeutungen hinaus, daß er, was Tat und Absicht betraf, unschuldig war. Und doch, und doch ... Seit dem, was er in seiner letzten Nacht in Lindos von Heather geträumt hatte, seit sich ihm diese Bilder von Aphrodite und Silenius unauslöschlich eingeprägt hatten, hatte sein Wissen nicht mehr ausgereicht.

»Was ist schiefgelaufen, Harry? Gab es ein Mißverständnis? Einen Kampf? Eine Panik?«

Dreh dich um, und schau. Du kannst jetzt nicht weglaufen. Sie ist gestürzt. Das Gesicht nach unten, ihr flachsfarbenes Haar verwehrte zum Glück den Blick auf ihren starren Gesichtsausdruck. Ihr weißer, von Gänsehaut bedeckter Körper. Das linke Bein ausgestreckt, den Fuß immer noch gegen den Boden gestemmt, die Ferse nach oben, die Zehen ins Laub gegraben, als suchten sie nach einem Halt. Das rechte Bein zweimal abgewinkelt, das Knie rot vom Aufprall, dunkle Erde auf ihrer Wade, als hätte sie in dem Moment, als sie stürzte, zu laufen versucht. Das Bild blieb, präzise und wie erstarrt: Die Wölbung ihrer Hüfte, die Krümmung ihres Körpers, der Arm, der dalag und dessen Faust sich vergeblich um eine Handvoll kalter Erde geschlossen hatte. Harry konnte sich nicht rühren, konnte nicht sprechen, konnte für die Dauer dieses ungewissen Augenblicks nicht einschätzen, ob das, was er sah, Erinnerung oder Einbildung war.

»Was ist passiert, Harry? Sie können es mir sagen.«

Kingdoms Worte waren wie der Einbruch grellen Tageslichts in die Dunkelkammer eines Fotografen. Das Bild, das beinahe fixiert war, verblaßte in der hereinbrechenden Helligkeit, und Harry mußte sich erst darüber klarwerden, was Kingdom von ihm wollte. Etwas, was die meisten seiner Patienten willig ablegten: ein Geständnis – in seinem Fall ein Mordgeständnis. »Sie glauben, ich habe sie umgebracht?« fragte er wie betäubt.

»Nun, wenn Sie es getan haben ...«

»Wird es nicht weitergehen, ist es das?« Harry war plötzlich wütend. Wie konnte es dieser salbadernde, affektierte Arzt wagen, ihm eine Falle zu stellen? »Wenn Sie glauben, daß ich hierherkam, um mein Gewissen zu erleichtern, haben Sie sich getäuscht!«

»So? Weshalb sind Sie denn hergekommen?«

»Ich habe es Ihnen bereits gesagt: Ich versuche, Heather zu finden. Und alle scheinen nichts Besseres zu tun zu haben, als zu versuchen, mich daran zu hindern.«

»Ich versuche nicht, sie daran zu hindern.«

»Ach nein? Ihre berufsmäßige Zurückhaltung ist ein ganz schön wirkungsvolles Hindernis, nicht wahr?«

»Ich habe ihnen bereits erklärt ...«

»Oder ist es Ihr Gewissen, das sich erleichtern muß?« Harry schlug mit der einzigen Waffe zurück, die ihm zur Verfügung stand. »Sie waren mit Heather am 10. September im Skein of Geese in Haslemere, nicht wahr, Doktor?«

»Woher ...?«

»Gab es noch weitere Abende bei Kerzenlicht? Irgendwelche anderen heimlichen kleinen Ausflüge aufs Land? Sie fragten mich, auf welche Art ich sie mochte. Nun, Doktor, auf welche Art mochten Sie Heather?«

»Das brauche ich mir nicht gefallen zu lassen.« Kingdom sprang auf. Die Maske professioneller Zurückhaltung war gefallen und ließ den aufbrausenden Durchschnittsmenschen dahinter zum Vorschein kommen.

»Oder ist das wieder eine Frage, die Sie in Heathers Interesse nicht beantworten dürfen?« Auch Harry stand von seinem Stuhl auf, entschlossen, Kingdom keinen weiteren Vorteil mehr einzuräumen.

»Ich lasse mich von Ihnen nicht verhören, Mr. Barnett.« Kingdom schlug mit der flachen Hand auf die Tischplatte. »Ich will es nicht, verstehen Sie!«

Das war es. Dieser Satz, gekoppelt mit demselben aufbrausenden Ausdruck unnötigen Zorns. Endlich fand sich die Bestätigung für das Gefühl, daß er Kingdom von irgenwoher kannte. Harry erinnerte sich.

Lindos, Sonntag, 6. November. Hoher blauer Himmel über einem von Harrys letzten sorgenfreien Tagen. Es war ein Tag seltenen Vergnügens für Harry gewesen, dessen Höhepunkt ein Mittagessen mit Heather in der Villa war. Nachdem er den späten Nachmittag in der *Taverna Silenou* verbracht hatte und sich ungewöhnlich nachsichtig gegenüber dem Ansturm der Besucher fühlte, die der Sonntag immer nach Lindos brachte, machte er sich durch eine der gewundenen, gepflasterten Gassen gemächlich auf den Heimweg. Dabei mußte er, weil er die Sonne im Gesicht hatte, die Augen zukneifen. Als er an Papaioannous Schmuckladen vorbeispazierte, amüsierte ihn, wie ein englischer Tourist den berüchtigt hartnäckigen Verkaufsmethoden des Besitzers Widerstand leistete. Als er durch die Tür blickte, sah er eine große Gestalt, die sich angewidert vom Ladentisch abwandte. Er war für einen Urlauber vielleicht etwas zu schick gekleidet, aber worauf er hinauswollte, war deutlich genug.

»Ich will es nicht, verstehen Sie!«

Er streifte Harry, als er aus dem Laden kam, entschuldigte sich aber nicht, als sei er zu aufgeregt, um es bemerkt zu haben. Dann eilte er weiter in Richtung Hauptplatz. Harry wechselte mit Papaioannou ein wissendes Lächeln, dann ging er weiter. Schon nach zwanzig Metern hatte er den Zwischenfall vergessen. Er hätte sich auch nie mehr daran erinnert, wenn er den Mann nicht wieder getroffen hätte, weitab von Lindos.

»Ich will es nicht, verstehen Sie!« Kingdom hatte noch viel mehr gesagt und Harry aufgefordert, sofort den Raum zu verlassen, aber Harrys Gedanken waren vom Nachhall dieses Satzes erfüllt, als er zerstreut zur Tür ging. Peter Kingdom war der Mann, der fünf Tage vor Heathers Verschwinden an Harry vorbei aus Papaioannous Laden gestürmt war. Fünf kurze Tage. »Ein Zusammentreffen am bestimmten Orte nach vorheriger Erwartung, das ist ja der Tatbestand eines Rendezvous.« Der Satz stammte von der Seite, die sie gerade gelesen hatte. Ein falsch gedeutetes Zusammentreffen, eine nicht beachtete Warnung, eine unterschätzte Gefahr. Er hatte geglaubt, daß es so gewesen sein könnte, nun hatte er den Beweis. Kingdom auf Rhodos. Es gab keinen Grund, weshalb er dort sein sollte, wo er nicht fürchten mußte, daß ihn jemand erkennen würde. Aber Harry hatte ihn gesehen. Er hatte nach dem Omen gesucht, das Heather – vielleicht um sich Mut zu machen – ignoriert hatte. Und jetzt hatte er es gefunden.

28

Zwei Züge der Bakerloo-Linie waren auf dem nördlichen Bahnsteig in die U-Bahn-Station Marylebone eingefahren und wieder abgefahren, aber Harry war nicht eingestiegen. Die Menschenmenge der Stoßzeit hatte etwas abgenommen, und er saß allein auf der Bank, hatte es jedoch nicht eilig. Die schwarzen Tunnelöffnungen, die abgestandene warme Luft, das entfernte Dudeln eines Saxophons: All das drang kaum noch in sein Wahrnehmungsvermögen. Seine Gedanken waren auf etwas anderes gerichtet und bemühten sich, die Fragmente eines Ereignisses zusammenzufügen, bei dem er zwar anwesend gewesen war, das er aber nicht verstanden hatte. Er wußte, daß es ein hoffnungsloses Unterfangen war – wie wenn man ein Puzzle ohne Anleitung zusammensetzen wollte –, aber er konnte nicht davon ablassen.

Die Heather, die er auf Rhodos kennengelernt hatte, war eine unkomplizierte junge Frau, die man sofort gern haben mußte; ein bißchen linkisch vielleicht, ein wenig unsicher, aber im wesentlichen nur so, wie man es von ihr erwartet haben würde. Jetzt erkannte er, daß alles falsch gewesen war. Entweder war seine Beobachtungsgabe so schlecht gewesen, oder sie hatte ihn gekonnt getäuscht. Geheimnisse, Ängste, Gefahren und Täuschungen hatten jeden ihrer Gedanken erfüllt. Ihre tote Schwester. Ihre Familie. Ihr Psychiater. Die Tyrell-Gesellschaft. Der Bombenanschlag auf Dysarts Jacht. Die Vergangenheit. Die Gegenwart. Die Zukunft. Und das neunte Foto, das sie aufgenommen hatte, zeigte eine Schule. Harry nahm das Kuvert aus seiner Tasche. Es war die Schule, an der Jack Cornelius unterrichtete. Darüber konnte es keinen Zweifel geben. Dorthin war sie nach dem Besuch im Skein of Geese gefahren. Es war der nächste logische Schritt. Doch der nächste Schritt auf dem Weg wohin? Profitis Ilias. Das war alles, was er wußte. Wenn er nur besser aufgepaßt hätte, als er Gelegenheit dazu hatte. Wenn nur sein Kopf nicht so furchtbar wehtun würde, daß jedes Denken durch den pochenden Schmerz vertrieben zu werden schien. Wenn nur …

»Mr. Barnett!« schrillte eine Stimme neben ihm. »Was machen Sie denn hier?«

Er steckte die Fotos rasch in seine Tasche zurück und drehte sich mit einem Ruck herum. Neben ihm saß Kingdoms Sekretärin in Regenmantel und Kopftuch. Sie lächelte freundlich, aber ihre Augen blieben dabei von einer Feierlichkeit, die seltsam einschüchternd wirkte. Er war noch nie jemandem begegnet, der ihn so natürlich, mit so großen Augen so direkt und doch so unergründlich ansah.

»Es überrascht mich, daß Sie nicht schon längst weg sind. Sie haben die Praxis beinahe vor einer Stunde verlassen. Sagten Sie nicht, Sie wohnen in Swindon?«

»Nun ja, das stimmt, aber ...«

»Also fahren Sie in Richtung Paddington?«

»Äh ... ja.«

»Dann fahren wir ein paar Stationen gemeinsam. Hier ist der Zug.«

Tatsächlich fuhr gerade ein Zug ein. Er kam mit einem Wirbel warmer Luft aus dem Tunnel gebraust und hielt vor ihnen an. Harry war Miss Labrooy gehorsam in den Waggon gefolgt und setzte sich ihr gegenüber. Ein Blick auf ihre Mitreisenden ließ ihn ahnen, warum sie vermutlich froh war, in Begleitung zu sein. Wahrscheinlich fuhr sie jeden Tag von einem der reizlosen Vororte, die auf dem Fahrplan über ihren Köpfen aufgeführt waren, durch dieses Wurmloch aus Lärm und Schmutz, um für Kingdom Briefe zu tippen und Anrufe entgegenzunehmen. Sie mußte ebensoviel über die Geheimnisse seiner Patienten wissen wie er selbst.

»Dr. Kingdom war ziemlich aufgeregt, nachdem Sie weggingen«, sagte Miss Labrooy, als der Zug langsam anfuhr. »Ich hoffe, Sie hatten keine Meinungsverschiedenheit.«

Harry zwang sich zu einem Lächeln. »Sagen wir, eine unterschiedliche Gewichtung. Ich glaube, daß es wichtiger ist, Heather zu finden, als das Arztgeheimnis zu wahren. Ihr Chef ist da anderer Meinung.«

»Ich dachte mir schon, daß da das Problem liegt. Dr. Kingdom ist wirklich in einer schwierigen Lage, verstehen Sie.«

»Ich zufällig auch. Ich werde eines Vergehens beschuldigt, das ich nicht begangen habe, und ich vermisse eine Freundin.«

»Sie meinen Heather?«

»Ja, die meine ich.«

Der Zug hielt an der Edgeware Road. Während der seltsamen Ruhe, die folgte, in der niemand ein- oder auszusteigen schien, beugte sich Miss Labrooy auf ihrem Sitz vor und sagte: »Wissen Sie, warum ich beschloß, Ihnen zu helfen, Mr. Barnett, als Sie letzte Woche in die Praxis kamen? Weil Sie von Heather in der Gegenwart sprachen, als ob Sie wirklich glauben, daß sie noch am Leben ist.«

»Ich glaube es.«

Der Zug fuhr an. »Ich hoffe, Sie haben recht. Heather war – ist – auch eine Freundin von mir.«

»Wirklich?«

»Sie hat mir einmal geholfen, als ich es wirklich dringend nötig hatte. Ich werde ihr nie vergessen, wie freundlich sie zu mir war. Also, wenn ich ihr jetzt irgendwie helfen kann ...«

Hoffnung flackerte in Harry auf. Die Dankbarkeit, die Miss Labrooy Heather schuldete, konnte vielleicht schwerer wiegen als ihre Loyalität gegenüber Dr. Kingdom. »Alles, was Sie mir erzählen, kann vielleicht hilfreich sein«, meinte er vorsichtig. »Wie hat zum Beispiel Dr. Kingdom auf die Nachricht von ihrem Verschwinden reagiert?«

»Er war sehr besorgt. Natürlich habe ich ihn erst ein paar Tage später gesehen, deshalb kann ich nicht wirklich ...«

»Was meinen Sie mit ›ein paar Tage später‹?«

»Nun, er war zu dieser Zeit in der Schweiz. Er ist erst am ..., es muß der Dienstag die Woche darauf gewesen sein, als er zurückkam.«

»In der Schweiz?«

»Er ist fachärztlicher Berater am Versorelli-Institut in Genf, das sich auf Fälle spezialisiert hat, die andere als hoffnungslos aufgegeben haben. Seine Arbeit führt ihn oft dorthin.«

»Wie lange war er damals dort?«

»Ich weiß nicht, ob ich ...«

»Sie sagten, daß Sie mir helfen wollten.«

Der Zug hatte wieder angehalten. Sie waren in Paddington. Aber Harry machte keine Bewegung. »Das ist Ihre Haltestelle, Mr. Barnett.«

»Das macht nichts. Ich fahre weiter.«

Sie beugte sich noch weiter vor und senkte ihre Stimme. »Ich weiß nicht, ob Dr. Kingdom möchte, daß ich mit Ihnen über seine Arbeit spreche. Sie müssen verstehen, daß ich mich in einer heiklen Lage befinde.«

»Was ist mit Heather, Miss Labrooy?« Harry spürte, daß nur sehr wenig Druck nötig sein würde, um ihre Skrupel zu überwinden. »Könnte nicht ihre Lage noch heikler sein?«

Die Türen schlossen sich, und der Zug setzte sich in Bewegung. »Kann sein, ja.« Miss Labrooys Gewissenskonflikt war deutlich auf ihrem Gesicht zu sehen. »Was wollen Sie wissen?«

»Die Dauer von Dr. Kingdoms Aufenthalt in Genf.«

Sie zögerte noch einen Augenblick, dann sagte sie: »Er flog am Freitag, dem vierten November, nach Genf und kam am Montag, dem vierzehnten, zurück.«

Harry konnte ein Lächeln kaum unterdrücken. Das war die Bestätigung, die er brauchte. »Ist das die normale Zeitdauer, die er immer weg ist?«

»Es ist gewöhnlich kürzer.«

»Und woher wissen Sie, daß er nach Genf flog?«

»Ich habe die Flugtickets für ihn gebucht.« Miss Labrooy runzelte verwirrt die Stirn. »Und er hat mich ein paarmal vom Institut aus angerufen.«

Es war natürlich egal. Harry hatte nie erwartet, daß er etwas anderes zu hören bekommen würde. Genf am vierten, Rhodos am sechsten. Es war zwar eine anstrengende Route, aber keineswegs eine unmögliche. Die entscheidende Frage lautete: Wo war er am elften gewesen? »Wissen Sie noch, an welchen Tagen er Sie angerufen hat?«

»Montag, glaube ich ... und Mittwoch.«

Also – es hatte keinen Kontakt gegeben am Tag ihres Ausflugs zum Profitis Ilias. Nicht, daß es irgend etwas bewiesen hätte, falls es doch so gewesen wäre. Kingdom könnte gesagt haben, er rufe von einer Klinik in Genf an und in Wirklichkeit in einem Hotel auf Rhodos gewesen sein. Das war durchaus möglich. Nur der Zweck blieb im dunkeln. Der Zug kam ratternd zum Stehen, und Miss Labrooys braune weitblickende Augen kreuzten Harrys Blick mit forschendem Ernst.

»Warum fragen Sie mich nach Dr. Kingdom?«

»Weil ich den Eindruck habe, daß er die Abgeschlossenheit seines Sprechzimmers dazu benützt, etwas zu verstecken. Und außerdem« – er beschloß, sein Glück zu versuchen, als der Zug wieder losfuhr – »glaube ich, daß Sie das wissen.«

Ihr Blick ließ ihn nicht los. Er hielt ihn eine abschätzende Sekunde lang fest. Was er von ihr verlangte, erforderte ein Maß an Vertrauen, das er sich in der Zeit, die ihm zur Verfügung stand, nicht verdienen konnte. Der Zug fuhr in Maida Vale ein. Und fuhr wieder weiter. Dann sprach sie.

»Heathers Problem war, daß sie das Gefühl hatte, nicht dazuzugehören. Zu der Familie, in die sie hineingeboren war, und zu der Welt, in die sie kam.«

»Ich sehe, daß Sie sie wirklich kennen.«

Miss Labrooy lächelte. »Immer diese sture Gegenwartsform. Ihr Optimismus ist bewundernswert, Mr. Barnett, um so mehr, als sie vermutlich von Natur aus eher zu Pessimismus neigen. Ein Engländer in seiner Heimat im Exil. Ist das nicht Ihre Situation?«

»Ich nehme an, so ist es, ja.«

»Es ist auch meine, in gewisser Hinsicht. Meine Familie stammt aus Sri Lanka, aber ich wurde als Engländerin erzogen. Meine Mutter war die Tochter eines englischen Offiziers der indischen Polizei, die sich in Jaffna in einen einfachen Angestellten verliebte und die Stirn besaß, ihn zu heiraten. Die Nachkommen aus einer solchen Verbindung werden nie ganz akzeptiert – von beiden Seiten. Deshalb fühlen wir uns hier nicht wie zu Hause – aber es ist dennoch unser Zuhause. Vielleicht hat sich Heather deshalb wohler gefühlt mit Menschen wie Ihnen und mir als mit ihrer Familie und den Freunden, die sie für sie aussuchten.«

Der Zug hielt in Kilburn Park, und der letzte Fahrgast in Hörweite stieg aus. Harry fragte sich, was Heather wohl für Miss Labrooy getan hatte, war aber eigentlich auch ganz froh, daß er es nicht wußte. Es genügte, daß er eine echte gemeinsame Freundin entdeckt hatte, auf deren Aussage man sich verlassen konnte. Als der Zug aus dem Bahnhof fuhr und schneller wurde, erzählte sie, was er hören wollte.

»Sie haben recht, Mr. Barnett. Dr. Kingdom verbirgt tatsächlich etwas, obwohl ich nicht sicher bin, ob er sich dessen bewußt ist. Gewiß ist Heather nicht klargewesen, was es war. Nur für mich, die ich beide kannte, war es offensichtlich. Heather ging im November letzten Jahres als freiwillige Patientin in das Challenbrooke-Krankenhaus in der Nähe von Maidenhead. Dr. Kingdom war der Arzt, der ihren Fall übernahm. Als sie im März dieses Jahres entlassen wurde, sah er sie regelmäßig, um ihre Genesung zu überwachen. Im Lauf der Monate wurde mir jedoch klar, daß da noch etwas anderes dahintersteckte.«

»Und das war?«

Der Zug fuhr jetzt auf offener Strecke, die Dunkelheit wurde von entfernten goldgelben Lichtern erhellt, die sie auf ihrer Fahrt zu verfolgen schienen. »Er war dabei, sich in sie zu verlieben, Mr. Barnett. Langsam, aber sicher, nahm sie ihn gefangen. Dieser Gefahr sind Ärzte immer ausgesetzt, nehme ich an. Ihre Beziehungen zu Patienten müssen eng und doch unpersönlich, vertrauensvoll und doch zurückhaltend sein. Das Gleichgewicht ist schwer einzuhalten, um so mehr, wenn eine sorgfältige Kenntnis sowohl der Seele der Patientin als auch ihres Körpers erforderlich ist. Ich kann nicht sagen, was es war, das Dr. Kingdom an Heather so begeisterte. Doch es besteht meiner Ansicht nach kein Zweifel daran, daß seine Haltung ihr gegenüber im Lauf des Frühlings und des Sommers immer unprofessioneller wurde.«

»Ist Dr. Kingdom verheiratet?«

»Nein. Er lebt allein. Wahrscheinlich betrachten ihn viele als begehrenswerten Junggesellen. Sehr begehrenswert sogar. Es wäre nichts dabei gewesen, daß er Heather den Hof machte, wenn sie nicht seine Patientin gewesen wäre. Tatsächlich hatte mich der Umstand, daß er sie nicht an einen anderen Psychiater überwiesen hatte, lange Zeit davon überzeugt, daß ich die Situation falsch eingeschätzt hatte. Ich habe über drei Jahre für ihn gearbeitet und ihn inzwischen sowohl als Arzt als auch als Menschen bewundern gelernt. Moralisch war er immer über jeden Vorwurf erhaben. Deshalb war auch sein Verhalten Heather gegenüber so schwer zu verstehen, und deshalb bin ich letzten Endes auch zu dem Schluß gekommen, daß er von etwas besessen war, dem er nicht widerstehen konnte.«

Eine weitere Haltestelle. Queen's Park. Ein schlaksiger Jugendlicher mit einem Walkman und Baseballschuhen mit den dicksten Sohlen, die Harry je gesehen hatte, ließ sich in den angrenzenden Sitz fallen und begann den Takt einer Musik, die nur er hören konnte, zu schlagen. Die Zugtüren standen offen und ließen die modrige Nachtluft herein, was Harry veranlaßte, seine Stimme zu einem Flüstern zu senken, als er sagte: »Haben Sie dafür irgendeinen Beweis?«

»Ich habe den Beweis meiner eigenen fünf Sinne. Dr. Kingdom war zunehmend in Gedanken versunken und zerstreut und grübelte, wie ich mir das vorstelle, über den Konflikt zwischen Herz und Pflicht. Heather bemerkte nicht, was vor sich ging, aber mich machte es traurig, das zu sehen.«

»Es ist jedoch nur Ihre Meinung, nicht wahr – nur Ihre subjektive Einschätzung?«

»Nicht nur.« Die Türen schlossen sich, gingen wieder auf, schlossen sich dann wieder. »Da ist schon etwas mehr dran.« Mit einem Ruck fuhr der Zug an. »Mein Verdacht wurde bestätigt, als mir Dr. Kingdom kein Material für Heathers Unterlagen mehr gab. Ich tippe im allgemeinen alle seine Notizen, aber während des Sommers ging er dazu über, alles, was mit Heather zu tun hatte, selbst zu tippen.«

»Mit welcher Erklärung?« »Gar keiner. Ich fühlte mich auch nicht in der Lage, eine zu verlangen. Heather und ich waren zu der Zeit schon miteinander befreundet. Wir aßen oft nach ihrer wöchentlichen Konsultation gemeinsam. Dr. Kingdom hätte das als Rechtfertigung dafür anführen können, daß er das Material zurückhielt. Alle Akten sind in seinem Büro hinter Schloß und Riegel aufbewahrt, so daß ich nur das zu sehen bekomme, was ich tippen soll.«

»Aber ich verstehe nicht. Aus welchem Grund hätte er den Inhalt von Heathers Akte geheimhalten sollen?«

»Sie sollten eigentlich die Antwort darauf kennen, Mr. Barnett. Sie hatten auf Rhodos einen Monat lang Gelegenheit, sie kennenzulernen. Liegt es nicht auf der Hand?« Sie sah aus dem Fenster, als sie in den Bahnhof Kensal Green einfuhren. »Das ist meine Haltestelle.«

»Aber wir können es doch nicht dabei bewenden lassen.«

Miss Labrooy erwiderte nichts. Statt dessen stand sie auf und ging, als sich die Türen öffneten, schnell nach draußen. Harry eilte hinter ihr her, hörte ihre Absätze mit gereizter Schnelligkeit auf dem Bahnsteig klicken und fragte sich, was er getan hatte, um sie zu verärgern. War er zu einfältig, zu wißbegierig? Er wollte gerade hinter ihr her rufen, als sie abrupt stehenblieb und sich umdrehte, um ihn anzusehen. In dem gedämpften Licht konnte er sehen, daß ihre Unterlippe leicht zitterte, als ob der Mut sie plötzlich verlassen hätte.

»Was ist los?«

»Ich habe Ihnen zuviel gesagt. Vielleicht habe ich das Vertrauen, das Dr. Kingdom in mich gesetzt hat, mißbraucht.«

»Ich habe Sie nicht gezwungen, etwas zu sagen.«

»Nein. Das haben Sie nicht.«

»Aber jetzt haben Sie ...«

»Ich kann nicht einfach aufhören: Ist es das? Sie haben natürlich recht, aber es hängt alles davon ab ...«

»Wovon ?«

»Von dem, was wirklich auf dem Profitis Ilias am elften November passiert ist. Ich weiß, was die Zeitungen schreiben – und ich glaube ihnen nicht. Aber was sagen Sie, Mr. Barnett? Was ist Ihre Version der Ereignisse?«

»Ich weiß nicht, was passierte. Wenn ich das wüßte ...«

»Aber Sie waren doch dort. Sie waren in den Tagen und Wochen vorher mit ihr zusammen. Nur Sie können mir sagen, was ich wissen muß. Nur Sie können mir helfen, sicher zu sein. Werden Sie es tun?«

Schließlich verstand Harry, was Sie von ihm wollte: Seit er nach England zurückgekehrt war, hatte er vergeblich nach jemandem gesucht, der, wie er, ein echter Freund von Heather Mallender war. Er hatte nicht im mindesten daran gedacht, ausgerechnet in Miss Labrooy eine Freundin zu finden. Mißtrauen war stets sein Motto gewesen und vielleicht auch das von Miss Labrooy. Jetzt waren sie gezwungen, es aufzugeben zugunsten von etwas viel Riskanterem, aber möglicherweise auch viel Lohnenderem. Um Heathers willen mußten sie einander vertrauen.

»Erzählen Sie mir jede Einzelheit, Harry. Erleben Sie noch einmal jeden Augenblick dieser letzten Tage, die Sie mit Heather verbrachten. Dann werde ich vielleicht wissen, ob meine Befürchtungen begründet sind.«

Durch ein Labyrinth schmuddeliger, terrassenförmig ansteigender Straßen entfernten Sie sich langsam vom Bahnhof. Dröhnende Musik in Zimmern mit dünnen Vorhängen. Katzen und wer weiß was scharrten in überwucherten Vorgärten in aufgehäuftem Abfall. Mit Brettern vernagelte Fenster. Blockierte Eingänge. Vernachlässigung. Verkommenheit.

Verfall. In der Foxglove-Straße, wo Dunkelheit ein Segen zu sein schien und niemand verdiente, wohnen zu müssen, öffnete Zohra die Tür zu ihrem Haus.

Ein enger Korridor, flackerndes Licht. Schwache Stromleitungen, dachte Harry: bezeichnend für die Gegend, kein Zweifel. Auf der linken Seite stand eine Tür etwa fünfzehn Zentimeter weit offen und gab den Blick auf ein vollgestopftes Wohnzimmer frei. In einem riesigen abgewetzten Sessel, umgeben von Nippes aus Messing und Elfenbein, in einen weiten Schal gehüllt, auf ihre Füße ein dreiröhriges elektrisches Heizgerät gerichtet, saß eine alte Frau, die keuchend atmete und mit offensichtlicher Erleichterung Zohra entgegenblickte. Sie hatte das traurige und in sich zusammengesunkene Aussehen eines Menschen, der einst ein erfülltes Leben geführt hatte, dem jetzt aber nur noch die Erinnerung an diese Zeiten blieb, um durchzuhalten.

»Ich bin's, Mrs. Tandy«, sagte Zohra und beugte sich in das Zimmer. »Mit einem Freund.«

»Ach ja.« Die alte Dame lächelte Harry wie eine Herzoginwitwe an, die den Freier ihrer Enkelin grüßt.

Nachdem sie sich einige Sekunden lang unbeholfen miteinander bekannt gemacht hatten, entschuldigte sich Zohra mit dem Versprechen, zur üblichen Zeit zum Kakao unten zu sein, dann führte sie Harry nach oben. »Mrs. Tandy erinnert sich an Kensal Green, als es noch eine attraktive Gegend war«, erklärte sie, als sie ihre Wohnung erreichten. »Außer einer gelegentlichen Neigung, mich wie die Aja zu behandeln, die sie als Kind in Indien hatte, ist sie die perfekte Vermieterin.«

Harry war erstaunt über Miss Labrooys Wohnung. Seine von Vorurteilen geprägten Erwartungen wurden durch eine schlichte Einrichtung widerlegt sowie dadurch, daß ihm kein Tee, sondern Gin angeboten wurde. Unter einer Stehlampe sitzend, ein Glas in der Hand, impressionistische Kunst an den Wänden und dicke, bodenlange für die Nacht zugezogene Vorhänge, hielt er es für wahrscheinlicher, überall sonst zu sein als da, wo er wirklich war.

Auf dem Profitis Ilias, zum Beispiel. Zohra Labrooy war die ideale Zuhörerin für Erinnerungen oder Beichten. Weder ungeduldig noch unaufmerksam, hatte sie die Gabe, still und interessiert zu bleiben. Ihre großen braunen Augen waren auf ihn gerichtet, als er die weit zurückliegenden Ereignisse rekonstruierte, und zwangen ihn, sich zu genau zu erinnern und sich jeden Zwischenfall, und sei er noch so nebensächlich, jede Bemerkung, sei sie noch so trivial, ins Gedächtnis zurückzurufen.

Er hielt nichts zurück. Das heißt nichts, was er benennen konnte. Nur, daß er Kingdom fünf Tage vor Heathers Verschwinden in Lindos gesehen hatte, verschwieg er – er wollte Zohras Loyalität noch nicht zu sehr auf den Prüfstand stellen.

Als er fertig war, sagte sie zuerst nichts, sah ihn aber weiterhin unverwandt an, als suchte sie immer noch die Bestätigung, die sie sich von seinem Bericht erhofft hatte.

»Nun?« fragte er schließlich.

Sie seufzte schwer. »Es ist so, wie ich befürchtet hatte. Nicht so einfach. Überhaupt nicht einfach.«

»Dachten Sie, es wäre einfach?«

»Als ich Heather zuletzt sah, war jemand, der eine psychiatrische Behandlung weniger nötig hatte, kaum vorstellbar. Sie erschien mir ruhig, entschlossen und vollkommen beherrscht.«

»Und doch ging sie noch weiter zu Dr. Kingdom.«

»Ja. Ich dachte, das wäre der Grund, weshalb er seine Notizen selbst tippte. Ich habe sogar Heather gegenüber eine Andeutung gemacht. Weil sie sich so vollständig erholt hatte, ich meine, so vollständig, daß sie Dr. Kingdoms Dienste nicht mehr benötigte. Die Rolle, die er in ihrem Leben gespielt hatte, war vorbei. Aber ich glaube nicht, daß er das akzeptieren konnte. Ich glaube, er fuhr fort, sie länger als nötig weiterzubehandeln, und daß er sie im Glauben ließ, eine solche Behandlung sei notwendig. Und ich glaube, daß er seine Unterlagen dementsprechend fälschte.«

Harry atmete tief aus. Natürlich konnte das zutreffen; diese These war besser gestützt, als Zohra ahnte. Aber wenn es so war und Kingdom mit finsteren Absichten nach Rhodos gekommen war – um Heather fortzulocken, sie zu entführen, sie zu verführen –, was hatte es dann mit den Fotos auf sich? Sie wurden dann zu Belegen einer aussichtslosen Suche, zu einer fixen Idee von Heather, die, von allem anderen abgesehen, Zohras Vertrauen in ihre stabile seelische Verfassung zweifelhaft erscheinen ließ. Wo – abgesehen von Harrys aus der Luft gegriffenen Beobachtung – war der gesicherte Beweis, um eine solche Behauptung zu stützen? Und angenommen, sie war begründet, wo war Heather?

»Ich habe nichts gesagt, weil mir ohnehin niemand glauben würde, weil man der Aussage eines Arztes immer mehr Glauben schenken würde als der seiner Sekretärin und weil ...«

»Ja?«

»Weil ich mich vielleicht irre. Selbst wenn Dr. Kingdom mehr für Heather empfand, als ein Arzt für seine Patientin empfinden dürfte, heißt das nicht, daß er irgend etwas mit ihrem Verschwinden zu tun hat.«

»Aber er war zu der Zeit im Ausland.«

»In der Schweiz – weit weg von Rhodos.«

Jetzt war die Zeit gekommen, es ihr zu sagen. Er würde Hilfe brauchen, wenn sie die Sache weiterverfolgen wollten. Sie mußte es wissen. »Nicht ganz so weit weg. Er fuhr am Freitag, dem vierten November, nach Genf, sagten Sie. Ich sah ihn am Sonntag, dem sechsten, in Lindos.« Er sah in ihrem Gesicht Überraschung und Schock. »Eine zufällige Begegnung, das ist alles. Keine, an die er sich erinnern würde. Keine, an die ich mich erinnert hätte, hätte er nicht heute nachmittag die Beherrschung verloren. Er war an jenem Tag auch wütend, verstehen Sie. An seiner Verärgerung habe ich ihn wiedererkannt.«

Zohra Labrooy saß starr da. Vielleicht, vermutete Harry, hatte sie die Entdeckung erschreckt, daß ihre auf schwachen Füßen stehende, zaghafte Theorie doch eine Grundlage hatte. Sie griff nach ihrem Glas und stürzte fast den ganzen Inhalt in einem Zug hinunter.

»Wenn er Ihnen erzählt hat, daß er während seiner Abwesenheit in Genf war, dann hat er gelogen.«

»Das hat er mir erzählt.« Ihre Stimme klang betäubt, als hätte sie erst jetzt die Hoffnung aufgegeben, daß sie unrecht haben könnte.

»Seine Anrufe sind vielleicht gar nicht aus Genf geführt worden.«

»Vielleicht.«

»Er kann bis zum elften auf Rhodos geblieben sein. Er kann Heather auf dem Profitis Ilias getroffen haben – verabredet oder als Überraschung.«

»Ja, das wäre möglich.«

»Das hätte das Zusammentreffen sein können, das sie voraussah – oder erwartete. Das Zusammentreffen, dessen Gefahr sie sich auszureden versuchte, indem sie Zuflucht zu Freud nahm.«

»Sie sagen es, Harry – es könnte sehr wohl so gewesen sein.« Sie nickte schwach, fuhr sich nervös mit der Zunge über die Lippen und sah ihn dann aufmerksam an. »Aber es gibt nicht die Spur eines Beweises, oder?«

»Nicht die Spur«, entgegnete er düster.

Noch ein schwerer Seufzer. »Ich könnte vielleicht einen Beweis erhalten. Was dann?«

»Woran denken Sie?«

»Ich kenne mehrere Mitarbeiter des Versorelli-Institutes ziemlich gut. Meine Pendants, verstehen Sie. Ich könnte sie nach Einzelheiten über Dr. Kingdoms Besuch im November fragen. Ich könnte sagen, daß er einen Teil seiner Unterlagen verloren habe und die Daten und Zeiten seines Aufenthaltes – besuchte Patienten, konsultierte Ärzte und so weiter – benötige, um seine Aufzeichnungen zu vervollständigen. Es gibt keinen Grund, weshalb sie eine solche Bitte merkwürdig finden sollten – oder sogar ungewöhnlich.« Sie runzelte die Stirn, als sie daran dachte, was das alles mit sich bringen würde. »Sie würden nicht bei ihm nachfragen, da bin ich sicher. Sie würden meine Fragen für völlig harmlos halten und sie mir ohne die geringsten Schwierigkeiten beantworten.«

»Wären Sie bereit, das zu tun?«

»Wenn es keinen anderen Weg gibt, ja.«

Und es gab keinen anderen Weg. Der Blick, den sie tauschten, bestätigte das. »Wie lange, glauben Sie, wird das dauern?«

»Ich weiß nicht. Ein paar Tage. Es geht nur darum, daß sich die richtige Gelegenheit bietet.«

Das kurze Schweigen war erfüllt von Nachdenken über den Schritt, den sie zu tun gedachten. Beide wußten, es würde nicht dabei bleiben, dem Versorelli-Institut Informationen zu entlocken. »Es wird gefährlich werden«, meinte Harry. »Wenn Kingdom herausfindet ...«

In dem Blick, mit dem sie ihn unterbrach, lag sowohl Würde als auch Entschlossenheit. »Habe ich eine Wahl, Harry? Heather ist ebenso meine Freundin wie Ihre. Wenn Dr. Kingdom ihr wirklich etwas angetan hat ... habe ich eine andere Wahl?«

29

Harry wachte mit einem heftigen Ruck auf. Sein Schlaf mußte ungewöhnlich tief gewesen sein, denn er hatte keine genaue Vorstellung davon, wie lange er gedauert hatte, noch wo er sich eigentlich befand. Einige Sekunden lang weigerte sich sein Gehirn zu funktionieren, widerstand all seinen Bemühungen, ihm die beruhigenden Gewißheiten von Zeit und Ort zu entlocken. Ihm war so kalt, daß ihn ein Schauder überlief, und er fühlte sich so schwach, daß an Aufstehen nicht zu denken war. Er hob seine zitternde Hand an die Stirn und spürte den feuchtkalten Schweiß auf seiner Haut. Er versuchte zu schlucken, aber tief in seiner Kehle lauerte ein Schmerz, der ihn daran hinderte. Und da war auch Lärm und Bewegung. Er hob vorsichtig den Kopf und sah sich um.

Er war in der U-Bahn. Natürlich, wie konnte er das auch nur für einen Augenblick vergessen haben? Er befand sich auf dem Rückweg von Kensal Green nach Paddington, auf dem Rückweg von seiner Entdeckung, daß er in Zohra Labrooy eine Freundin von Heather gefunden hatte, die bereit war, seine Verbündete zu sein.

Sie würde ihren Kollegen am Versorelli-Institut die genaue Reiseroute, der Kingdom im November gefolgt war, entlocken. Wann er ankam. Wann er abfuhr. Wann er einen ganzen Tag abwesend war. Und wenn sie jede Einzelheit herausbekommen hätte … nun, dann hätten sie ihn, nicht wahr? Alles, was Harry zu tun hatte, war, nach Swindon zurückzukehren und auf Nachricht von ihr zu warten. Sie hatte ihm versprochen, ihm Ende nächster Woche zu berichten, wie weit sie gekommen war, und er zweifelte nicht daran, denn sie war eine Frau von Wort. Jedenfalls glaubte er das. Aber was wußte er schon über sie? Heather hatte nie von ihrer Freundin Zohra Labrooy oder überhaupt von jemandem, mit dem sie befreundet war, gesprochen. Und doch blieb Freundschaft das einzige für ihn, woran er sich halten konnte. Dysart war ein Freund. Auch Heather war eine Freundin. Vielleicht konnte Zohra ebenfalls eine werden.

Der Zug verlangsamte allmählich seine Fahrt. Plötzlich schoß Harry die schreckliche Möglichkeit durch den Kopf, daß er seine Station verschlafen haben könnte und den ganzen Weg von irgendeinem weit entfernten Streckenabschnitt der Bakerloo-Linie zurückfahren müßte. Seine Erschöpfung rebellierte gegen diese Aussicht, und er blickte suchend zum gegenüberliegenden Fenster, um einen Anhaltspunkt für seinen derzeitigen Aufenthaltsort zu finden. Doch was er sah, war etwas völlig anderes.

Der Mann auf dem gegenüberliegenden Sitz war hager, hatte ein fahles Gesicht und trug einen Regenmantel. Sein schwarzes, von grauen Strähnen durchzogenes Haar war über eine Glatze zurückgekämmt. Er war so unauffällig, daß er schon wieder auffiel. Und seine Augen, die funkelten wie die einer Ratte, waren unverwandt auf Harry gerichtet. Es konnte nicht derselbe sein, doch er war es ... Der Mann im Zug in Reading. In seiner Hand, als letzte Bestätigung, war dasselbe Taschenbuch mit dem erwürgten Mädchen auf dem Umschlag.

Der Zug bremste jetzt scharf, aber Harry konnte nicht schnell genug denken. Wie hoch war die statistische Wahrscheinlichkeit eines solchen Zufalls? Annähernd gleich Null, zweifellos. Todsicher. In einem plötzlichen Anfall von Gewissensbissen machte er sich Vorwürfe, Zohra nichts von den Warnungen erzählt zu haben, die er erhalten hatte, wenn es wirklich Warnungen waren, von den Botschaften, die er zu ignorieren beschlossen hatte.

Sie fuhren jetzt im Bahnhof ein, kamen an der Stelle vorbei, wo durch die verlangsamte Fahrt die verwischten Namensschilder für einen Moment zu lesen waren. Es war Warwick Avenue, die letzte Station vor Paddington. Gott sei Dank, zumindest war er nicht zu weit gefahren. Was sollte er tun? Hier aussteigen? Oder bleiben und das Spiegelbild der eigenen Angst mit seinen Blicken niederzwingen? Gerade als er spürte, daß er unfähig war, eine solche Entscheidung zu treffen, wurde sie ihm abgenommen. Es war kaum zu glauben, aber der Mann stieg aus. Er steckte das Buch in die Tasche, stand auf und ging zur Tür.

Die Geschwindigkeit, mit der die Lichter des Bahnhofs vorbeihuschten, nahm schnell ab. Der Mann stand neben seiner linken Schulter und wartete, daß der Zug zum Stehen kam. Harry hätte nur die Hand auszustrecken brauchen, um ihn aufzuhalten, aber er schien plötzlich unfähig, sich zu rühren. Er erinnerte sich an einen Artikel, den er gelesen hatte, über Leute, die auf dem Operationstisch aufwachten, zwar gelähmt von der Narkose, aber alles erfaßten, was um sie herum vorging, die den Schmerz fühlten, aber nicht in der Lage waren, dagegen zu protestieren. Der Zug war fast zum Stehen gekommen, aber er konnte nur an eines denken: Wie viele Warnungen wurden ihm zugestanden? Wie viele Chancen hatte er noch?

Quietschend hielt der Zug. Die Schiebetüren öffneten sich. Doch der Mann machte keine Anstalten zu gehen. Es war, als würde er den richtigen Zeitpunkt für etwas abpassen, aufs genaueste die Wirkung abschätzen, die er erzielen wollte. Er sah auf Harry hinunter. Und sagte:

»*Kali nichta, kirie Barnett.*«

Dann war er weg. Verschwunden durch die Tür, in dem Moment, als sie sich zu schließen begann. Ein geschmeidiger Schritt hinaus auf den Bahnsteig, ein Drehen auf dem Absatz, und weg war er. Wachgerüttelt sprang Harry von seinem Sitz hoch und stürzte zur Tür, aber zu spät: Eine undurchdringliche Barriere aus Glas und Metall trennte sie voneinander. Der Zug setzte sich ruckartig in Bewegung und warf ihn gegen eine Stange. Er klammerte sich haltsuchend daran, bückte sich, um etwas sehen zu können, und erblickte nur noch eine kleiner werdende Gestalt auf dem schwindenden Bahnsteig, dann wurde er von dem rußgeschwärzten Tunnel geschluckt.

»Gute Nacht, Mr. Barnett.«

30

»Grippe, Mrs. Barnett. Klassischer Fall. Geht zur Zeit überall um.« Doktor Allsops berufsmäßiges Grinsen, breit und verknautscht wie eine zerquetschte Melone, war immer das gleiche, ob er nun jemanden beglückwünschte oder Trost spendete. Daran konnte sich Harry noch erinnern. »Es ist das milde Wetter, wissen Sie. Läßt die Viren sich vermehren wie die Karnickel. Und umgekehrt, zweifellos.« Das kratzige Lachen war auch schmerzlich vertraut. »Seine Widerstandskraft ist wahrscheinlich untergraben durch das warme Klima, in dem er gelebt hat. Und durch den übermäßigen Alkoholgenuß, der im allgemeinen damit verbunden ist.« Übermäßiger Alkoholgenuß? Wenn er sich nicht mehr so scheußlich fühlte, würde Harry dem Burschen schon erzählen, was er mit seinen geistreichen Bemerkungen am Krankenbett tun sollte. Warum in aller Welt ließ man diesen alten Narren immer noch auf Patienten los? Er war es gewesen, der vor zweiundvierzig Jahren eine Blinddarmoperation von zweifelhafter Notwendigkeit über Harry verhängt hatte. Gütiger Gott, der Mann mußte mindestens siebzig sein. »Ruhe. Aspirin. Whisky. Von allen dreien jede Menge. Das sollte helfen, was?« Doktor Allsop ging schwerfällig zur Tür, dicht gefolgt von Harrys Mutter.

Gott sei Dank ist er weg, dachte Harry. So wie er die Dinge sah, brauchten Krankheiten keine Namen: Sie waren Schicksalsschläge, die man über sich ergehen lassen mußte. Sein altes Schlafzimmer war unverändert, wie in einem Museum. Die Tapete, der Stuhl, der winzige Schreibtisch, das schmale Bett: Alles war genauso, wie es immer gewesen war. Sogar das Gruppenfoto von der Commonweal-Schule an der Wand: September 1948, mit dem zweimal aufgenommenen Harry, der hinter der Gruppe durchgelaufen war, während die Kamera herumschwenkte, und so ganz links mit einem Lächeln und gekämmtem Haar und ganz rechts mit einem Lächeln und zerzaustem Haar abgebildet war. Seltsam, wenn man sich überlegte, daß die Zeit selbst in dem Augenblick verging, da die sich bewegende Linse diese sorgfältig aufgestellte Menge aufnahm. Fotografien nährten gewöhnlich die Illusion, die Zeit werde für einen kurzen Moment zum Stillstand gebracht, aber in diesem Fall ...

Die Haustür fiel zu. Allsop war weg und mit ihm seine abgedroschenen Moralpredigten und rosa Placebos. Harry stützte sich auf einen Ellbogen und zog die oberste Schublade seines Nachtkästchens auf. Sie waren immer noch da: die Fotomappe und das Kuvert mit den drei Postkarten. Und sein Taschenkalender. Er nahm ihn hoch und blätterte zu der Rubrik mit den Adressen ganz hinten. Zohra Labrooy, 78 Foxglove Road, Kensal Green. 01–968–4316. Nach 18 Uhr. Einige Dinge waren also doch verläßlicher als seine eigenen Zwillingsgestalten auf dem Schulfoto. Er ließ den Taschenkalender in die Schublade fallen, schloß sie und sank auf die Kissen zurück. Sie würden in Verbindung bleiben. Sie würde es ihm beweisen. Aber der Mann im Zug? Würde er in Verbindung bleiben? Vielleicht war er tatsächlich eine Sinnestäuschung gewesen. Vielleicht hätte Doktor Allsop das bestätigt, wenn Harry ihn gefragt hätte. »Halluzinationen? Völlig normal bei Grippe, alter Junge. Ist nur zu erwarten. Nehmen Sie zwei oder drei von diesen vor jeder Mahlzeit, und lassen Sie mich wissen, ob die Symptome zurückgegangen sind.«

Schwere Schritte auf der Treppe. Seine Mutter würde gleich wieder auftauchen. Er hatte den Verdacht, daß sie sich gar nichts Besseres hätte wünschen können, als daß er ans Bett gefesselt und auf ihre Pflege angewiesen war. Natürlich würde es nur für ein paar Tage sein. Dann würde er wieder auf und davon gehen und könnte sich um unerledigte Angelegenheiten kümmern. Er verkroch sich unter der Decke und schloß die Augen in der Hoffnung, sie würde glauben, er schlafe. Doch er hoffte vergeblich.

»Nun, Harold? Du hast gehört, was Dr. Allsop gesagt hat.«

»Ja, Mutter. Ruhe, Aspirin, Whisky. Hört sich gut an – bis auf das Aspirin.«

»Unsinn. Der alte Narr weiß doch nicht, wovon er spricht.«

»Warum hast du ihn dann geholt?«

»Um meine Diagnose zu bestätigen. Es gibt nur eine Art, eine Grippe zu kurieren – und starker Alkohol ist es nicht.«

Ihr Vater war ein strenger Baptist gewesen. Harry dachte, daß er für sehr viel verantwortlich war. »Und was ist es?«

»Na, Kraftbrühe natürlich. Ich werde gleich zu Mr. Sturch hinuntergehen.« Sturch war etwa ebensolang als Metzger tätig wie Allsop als Mediziner, insofern, ging es Harry durch den Kopf, als es überhaupt einen Unterschied zwischen den Berufen gab.

»Aber Mutter ...«

»Es ist nur zu deinem Besten, Harold!«

Er war zu müde, um zu streiten. »Ja, Mutter.« Zumindest konnte er schlafen, während sie weg war.

Am dritten Tag seiner Krankheit bekam Harry den ersten Besucher: Alan Dysart. Harrys Mutter reagierte auf sein Kommen, als hätte der Prinz von Wales unerwartet vorbeigeschaut. Selbst wenn sie sich daran erinnerte, daß er derselbe Mann war, den ihr Sohn einst bei sich beschäftigt hatte, deutete bei dem ehrfürchtigen Empfang, den sie ihm bereitete, nichts darauf hin. Harry beschloß, daß die Verlegenheit, in die ihn das brachte, ein Zeichen dafür war, daß er sich auf dem Wege der Besserung befand. Was Dysart betraf, so tat er einfach so, als würde er nichts bemerken.

»Liegst du schon wieder flach, Harry? Du scheinst es dir zur Gewohnheit zu machen.« Er sah genauso aus wie bei ihrem letzten Zusammentreffen, am Tag seiner Abreise in die Vereinigten Staaten – ruhig und doch besorgt, einfühlsam und doch zurückhaltend, das perfekte Modell des vernünftig denkenden Politikers. Weshalb Harry Mitleid für ihn empfand, wußte er nicht. Es könnte der unbequeme Stuhl gewesen sein, auf dem er saß. Doch viel eher war es das Wissen, daß Dysart trotz all seines offenkundigen Charmes und seines unter Beweis gestellten Könnens eine Ehefrau hatte, die bestenfalls eine Ehebrecherin, schlimmstenfalls eine Verräterin war; entweder Minters Komplizin oder sein Opfer.

»Wie hast du erfahren, daß ich krank bin?«

»Das wußte ich gar nicht. Ich bin am Freitag aus Washington zurückgekehrt. Das war meine erste Gelegenheit, um herauszufinden, welche Fortschritte du gemacht hast.«

»Bei meiner Suche nach Heather, meinst du?«

»Es sei denn, du hast sie aufgegeben.«

»Nein. Ich habe sie nicht aufgegeben.«

Wieviel sollte er sagen? Dysart war über die Jahre ein so treuer Freund gewesen, wie man ihn sich nur wünschen konnte. Das mindeste, was er als Gegenleistung verdiente, war, daß Harry ihm alles erzählte, was er wußte. Außerdem, wenn er in Tyler's Hard gewesen war, würde er Harry zweifellos aus Morpurgos Bericht über einen seltsamen Besucher am vorigen Samstag wiedererkannt haben.

»Ich habe versucht, einige ihrer Aktivitäten zurückzuverfolgen. Sie fuhr am 28. August nach Tyler's Hard mit Nigel Mossop, einem Kollegen bei Mallender Marine. Ich bin selbst letzten Sonntag dorthin gefahren. Ich hoffe, du hast nichts dagegen.«

»Nein, ganz und gar nicht.« Dysart lächelte. »Willy hat es erwähnt. Ich war verwirrt, muß ich gestehen, aber jetzt verstehe ich. Wie hast du gewußt, daß Heather dort gewesen war?«

Die Fotos waren das Geheimnis, das Harry mit niemanden teilen wollte. »Sie sprach von Mossop als Freund. Ich kannte ihn natürlich auch, also nahm ich Verbindung mit ihm auf, und er erzählte mir von dem Ausflug.«

»Ich verstehe.« Dysart nickte, aber wieviel er verstand, war nicht klar. Er stellte auch nicht die naheliegenden Fragen, die zu beantworten Harry Schwierigkeiten bereitet hätte. Warum war Mossop so kooperativ gewesen? Warum hatte Heather ihn als Begleiter gewählt? »Hast du auch mit Mrs. Diamond gesprochen?«

»Ja.«

»Was hältst du von ihr?«

Harry hatte die Frau weitgehend vergessen, sobald er zum Schluß gekommen war, daß ihre Angst vor Morpurgos Lächeln unbegründet war. Doch Dysarts Ausdruck erinnerte ihn an etwas anderes, das sie gesagt hatte: daß Dysart und Clare unmittelbar vor der Explosion gestritten hatten, daß es zwischen ihnen seit einiger Zeit Reibereien gegeben hatte. »Gutherzig, nehme ich an, aber eine schreckliche Klatschtante.«

»Zuverlässig?«

»Als Zeugin nicht besonders.«

Dysart lächelte. Das war es, was er hören wollte. Sie beide wußten, was Mrs. Diamond gesagt hatte, aber keiner von ihnen beabsichtigte, dem die Bedeutung zukommen zu lassen, die es durch eine offene Diskussion erhalten würde. Schließlich, wenn Dysart sich wirklich mit Clare gestritten hatte, würde er wahrscheinlich diese Tatsache nach ihrem Tod nicht an die große Glocke hängen. »Mrs. Diamond mochte Willy nie, fürchte ich«, meinte er. »Einige Leute können einfach ihr Entsetzen vor einer Behinderung nicht überwinden.«

»Cyril Ockleton hat mir erzählt, wie Morpurgo zum Invaliden geworden ist.«

»Tatsächlich?«

»Heather hat ihn am 3. September in Oxford besucht. Er fuhr sie nach Burford und zeigte ihr die Stelle, wo der Autounfall passierte.«

Dysart runzelte die Stirn. »Warum sollte sie sich dafür interessieren?«

»Ich weiß es nicht. Ich versuche immer noch, es herauszufinden.« Plötzlich wurde Harry von einem Niesanfall gepackt, der in schmerzhaftes Husten überging. Auf sein Zeichen hin goß Dysart ihm einen Löffel voll Hustensaft (ein kleines Geschenk des Apothekers gegen Doktor Allsops Rat) und wartete, während er ihn schluckte. »Es tut mir wirklich leid, Alan. Du hältst dich besser von mir fern.«

»Keine Angst. Politiker sind völlig immun. Ich hoffe nur, ich strenge dich nicht an. Deine Mutter würde es mir nie verzeihen, wenn ich einen Rückfall verursacht hätte. Wo hast du dir denn das geholt?«

»Ich weiß nicht. Ich fing an, mich an dem Donnerstagmorgen unwohl zu fühlen, als ich Haslemere verließ. Heather war am 10. September dort gewesen, um Rex Cunningham zu sehen.«

»Was wollte sie denn von ihm?«

»Soweit ich verstehe, hat sie der Tatsache, daß du, Morpurgo, Ockleton und Cunningham alles frühere Mitglieder der Tyrell-Gesellschaft gewesen seid, irgendeine Bedeutung beigemessen. Sie hatte von irgend jemand ein Streichholzbriefchen vom Skein of Geese erhalten. Vielleicht von ihrer Schwester, weil sie wußte, daß du und Clare dort letztes Jahr essen gewesen seid, kurz bevor ...«

»Kurz bevor Clare an meiner Stelle getötet wurde.« Dysarts Stimme klang ungewöhnlich bitter, als er Harrys Satz zu Ende führte. »Ich habe sie dorthin mitgenommen, um einen letzten entspannten Abend mit ihr zu verbringen, bevor wir uns in die Wahlkampagne stürzten. Das ist merkwürdig« – er runzelte die Stirn – »ich erinnere mich, daß sie irgendwann ein Streichholzheft in die Handtasche steckte und dabei sagte, daß sie es Heather geben würde, da sie die Dinger sammelte. Sie machte einen Witz darüber und meinte, daß sie Heather ihre exklusivsten Streichholzbriefchen gegeben hätte, es sei paradox, wie sehr sie schon zum Sklaven des Hobbys ihrer Schwester geworden sei.« Ein Anflug von vergnüglicher Erinnerung huschte über sein Gesicht, verwandelte sich aber schnell wieder in schmerzliches Bedauern. »Aber was ist schon dabei? Cyril Ockleton sehe ich immer, wenn ich wieder einmal das Breakspear College besuche. Er hat mir erzählt, Willy sei mittellos. Ich war in der Lage, dem armen Kerl Arbeit und Unterkunft zu geben. Und was Rex Cunningham betrifft, er führt ein gutes Restaurant: Was wäre also besser gewesen, als Clare dorthin auszuführen, da sie auch eine ehemalige Breakspear-Studentin war?« Etwas schien plötzlich seine Aufmerksamkeit zu erregen: das Gruppenfoto der Commonweal-Schule an der Wand über dem Schreibtisch. Er sprang auf und schaute forschend auf die Reihe von Schuljungengesichtern. »Du bist da natürlich drauf, Harry. Wie alt warst du da – was steht in der Überschrift 1948?«

»Dreizehn.«

»Aha. Dreizehn. Laß mich sehen.« Nach einer Minute eingehender Betrachtung sagte er: »Ich hab' dich gefunden. Am äußersten Ende. In der dritten Reihe. Stehend.«

»Wie sehen meine Haare aus?«

»Deine Haare? Ganz zerzaust. Warum?«

»Nun, schau zum anderen Ende.«

Eine Sekunde später kicherte Dysart verständnisvoll über einen vierzig Jahre alten Schuljungenstreich. »Sehr gut, Harry. Sehr gut. Ich erinnere mich, daß einige der Burschen in Oundle das gleiche getan haben.«

»Aber du warst nicht darunter?«

»Nein.« Er wandte sich von dem Foto ab. »Ich glaube nicht, daß ich scharf darauf war, durch zwei Abbildungen in derselben Aufnahme dargestellt zu werden. Es wäre mir irgendwie ... unheimlich vorgekommen. Wie wenn man von seinem eigenen Geist verfolgt wird. Wie wenn ...« Er lachte, um die Feierlichkeit des Gedankens zu verscheuchen, und kehrte zum Stuhl zurück. »Wie dem auch sei, dieses Foto hat ebensoviel Bedeutung für unsere gegenwärtigen Schwierigkeiten wie die Tyrell-Gesellschaft. Ich kann nicht verstehen, weshalb Heather diese alten Geschichten wieder ausgraben wollte. Den Autounfall. Den Tod von Ramsey Everett. Alte Tragödien, die man am besten vergißt.«

»Ich kann's auch nicht verstehen, aber sie hat es getan.«

»Du sagst, sie fuhr am 10. September zum Skein of Geese. Hat sie dort gegessen?«

»Ja.«

»Allein?«

»Nein. Dr. Kingdom war bei ihr.«

»Tatsächlich? Hast du Dr. Kingdom schon kennengelernt?«

»Ja.«

»Was hältst du von ihm?«

»Berufsmäßig kühl und reserviert, aber erstaunlich leicht in Rage zu bringen.«

»Glaubst du, er verbirgt etwas?«

»Ich weiß es. Siehst du, ich habe ihn wiedererkannt. Von Rhodos. Er war fünf Tage vor Heathers Verschwinden in Lindos.«

Während Harry die Umstände seiner flüchtigen Begegnung mit Kingdom schilderte, hörte Dysart aufmerksam zu. Dann wanderte sein Blick wieder zu der Gruppenaufnahme der Commonweal-Schule. »Weißt du, Harry, als ich Dr. Kingdom kennenlernte, schien er mir insgesamt zu selbstbeherrscht zu sein. Er präsentiert sich der Welt ordentlich gekämmt. Aber du hast ihn in einem Augenblick ertappt, als seine Haare zerzaust waren.« Ein Lächeln grimmiger Genugtuung. »Was wirst du tun?«

»Er sollte eigentlich vom 4. bis zum 14. November am Versorelli-Institut in Genf gewesen sein. Ich stehe mit jemandem in Verbindung, der mir genau sagen wird, wann er am Institut war – und wann nicht.«

»Du glaubst, sie werden herausfinden, daß er am 11. und 6. nicht anwesend war?«

»Es besteht die Möglichkeit.«

»Ein spontaner Besuch bei Heather könnte durchaus harmlos sein«, meinte Dysart nachdenklich. »Die Sorge des Psychiaters um seine ehemalige Patientin. Da ist nichts Schlimmes dabei, wenn sie es dir gegenüber nicht erwähnt hat. Aber wenn er an dem Tag, an dem sie verschwand, nicht am Institut war … Das wäre etwas anderes. Wenn du herausfindest, daß es so war, dann möchte ich es sofort wissen.« Seine Miene war ernst. »Wirst du dich mit mir in Verbindung setzten, Harry? Wo immer ich bin, meine ich. Es könnte schwerwiegende Folgen haben.«

»Gut, ich ruf dich an.«

Dysart hatte den Stuhl wieder verlassen, dieses Mal, um aus dem Fenster zu schauen. Die Hinterhöfe und Rückwände der Häuser, die auf die Bristol Street hinausgingen, in der Ferne die Dächer der Eisenbahnbetriebswerke, die sich dahinter abzeichneten: ein heimischer Anblick von Ziegeln, Schiefer, Schornsteinköpfen und sich kräuselndem Rauch, so lästig vertraut, wie er seltsam lieb und teuer war. »Hast du noch etwas herausgefunden?« fragte Dysart, ohne sich umzusehen.

»Noch etwas, ja.« Noch etwas, das er erzählen konnte. Was er am liebsten getan hätte, wäre, diesen Mann, seinen besten und ältesten Freund, davor zu warnen, daß er seiner Frau nicht vertrauen konnte – doch er hatte sein Wort gegeben, es nicht zu tun. »Warst du einmal im Skein of Geese, seit du Clare letztes Jahr dorthin mitnahmst?«

»Nein.«

»Oder hast du mit Rex Cunningham gesprochen?«

»Nein.«

»Dann wird er dir nicht gesagt haben, was er Heather über den Abend, an dem du dort gegessen hast, erzählt hat.«

Dysart wandte sich um und starrte Harry fragend an. »Und was war das?«

»Es scheint, daß er Clare dabei überrascht hat, wie sie liebevoll eine Fotografie betrachtete, während du nicht am Tisch warst. Von einem Mann, den er als ein Mitglied der Tyrell-Gesellschaft erkannte: Jack Cornelius.«

Ein Hochziehen der Augenbrauen war das einzige Anzeichen von Überraschung, das sich Dysart erlaubte. »Jack Cornelius?«

»Ja. Ich fragte mich, ob du sie vielleicht miteinander bekannt gemacht hast.«

»Nun, vielleicht haben sie sich durch mich kennengelernt, ja. Ich habe Jack zu ein paar Empfängen eingeladen, auf denen Clare sicher auch war, aber selbst wenn …«

»Heather schien darin ihren Glauben an die Bedeutung der Tyrell-Gesellschaft bestätigt gesehen zu haben.«

Dysart runzelte verwirrt die Stirn. »Das ist mir völlig unverständlich. Die Tyrell-Gesellschaft war nur einer unter einem Dutzend Eß- und

Trinkklubs am Breakspear College. Sie zog Leute mit ähnlichen Ansichten und gesellschaftlichem Hintergrund an, und es überrascht nicht, daß solche Leute sich heute immer noch in denselben Kreisen begegnen. Es wäre durchaus möglich, daß Clare mit Jack Cornelius eine Affäre hatte, obwohl es nicht sehr für meine Beobachtungsgabe spricht, daß ich es nicht bemerkt habe. Aber es ist genausogut möglich, daß Rex Cunningham einfach nur voreilig den falschen Schluß gezogen hat: Das hat er schon immer getan. Wie auch immer, was ist dabei? Clare konnte tun und lassen, was sie wollte. Und wenn Heather an ihrer Beziehung zu Jack Cornelius etwas auszusetzen hatte – immer vorausgesetzt, es gab eine Beziehung –, warum hat sie mich nie gefragt, ob ich etwas wüßte?»

»Weil du auch ein Mitglied der Tyrell-Gesellschaft warst.«

»Ach ja, natürlich.« Dysart setzte sich ans Bettende. »Wie erklärst du dir Heathers Zwangsvorstellungen über einen längst vergessenen Studentenklub?«

»Gar nicht, es sei denn, sie dachte, daß die Tyrell-Gesellschaft irgendwie einen unseligen Einfluß ausübte. Ramsey Everett. Der Autounfall. Dann ihre eigene Schwester.«

Dysart nickte, überlegte einen Moment lang, dann sagte er: »Gewisse Leute werden vielleicht sagen, es war ein Zeichen dafür, daß sie sich doch noch nicht so gut erholt hatte, wie wir gehofft hatten.«

»Ja. Das werden gewisse Leute bestimmt sagen.«

»Clare und Jack Cornelius ...« Dysart schüttelte den Kopf. »Er schien mir immer eine Art Weiberfeind zu sein. Aber vielleicht können auch die über die Stränge schlagen. Sein stahlharter irischer Charme wirkt auf gewisse Frauen, daran zweifle ich nicht. Vielleicht gehörte Clare dazu. Es ist möglich. Durchaus. Ich kann das nicht abstreiten.« Er sah zu Harry auf. »Was glaubst du, was Heather tat, nachdem Cunningham ihr diese Idee in den Kopf gesetzt hatte?«

»Ich kann mir vorstellen, daß sie Jack Cornelius zur Rede gestellt hat.«

»Und du hast vor, das gleiche zu tun?«

»Ja. Sobald ich herausfinde, wo er unterrichtet.«

Dysart lächelte. »An der Abtei Hurstdown, in der Nähe von Taunton. Es ist eine römisch-katholische Internatsschule, die an ein Benediktinerkloster angeschlossen ist. Sehr exklusiv und sehr teuer. Nicht ganz so gut wie Eton oder Harrow, mit etwas Weihrauch vermischt, aber nah dran. Jack muß dort schon, oh, zehn Jahre oder länger sein. Er unterrichtet Geschichte und ist Rugbytrainer – seine beiden großen Leidenschaften.«

»Du kennst ihn gut?«

»Ich kannte ihn gut, gewiß. Nachdem er Oxford verlassen hatte, ging er nach Irland zurück, um zu unterrichten. Er war in Belfast, als die

Unruhen begannen, dann hörte ich, daß er nach Italien gegangen sei. Als nächstes tauchte er in Hurstdown auf. Er lockte mich vor ein paar Jahren dorthin, um zu seinen Oberstufenschülern über Irlands Probleme zu sprechen. Er schien völlig in seinem Element zu sein, obwohl mir diese Mönche nicht ganz geheuer waren. Ich fand es damals merkwürdig, daß er sich dort so zu Hause fühlte.«

»Warum?«

»Weil er einst selbst ein Mönchsnovize gewesen war, bevor er nach Oxford ging. Er war älter als wir andern am Breakspear, weißt du. Er hatte einige Jahre versucht, das Beste aus einer religiösen Berufung zu machen, ehe er sie aufgab, um Lehrer zu werden. Er sprach immer so bitter über seine Erfahrung als Mönch, daß es grotesk schien, wenn man ihn sich vorstellte, wie er Seite an Seite mit ihnen in Hurstdown arbeitete. Aber die Zeit heilt ja alle Wunden, nicht wahr?« Darüber war sich Harry bei weitem nicht im klaren. »Fahr hin, und suche ihn auf. Wenn Heather ihn aufgespürt hat, müssen wir wissen, was er ihr gesagt hat. Ich würde selbst mit ihm sprechen, aber ...«

Harry wurde von einem zweiten Niesanfall geschüttelt. Diesmal ging er nicht in einen Hustenanfall über. Dysart lächelte ihn mitleidig an, als er einen Packen feuchter Taschentücher in den Papierkorb neben dem Bett warf und eine Handvoll neuer Tücher aus der Schachtel zog.

»Ich glaube, es ist Zeit, daß ich dich etwas ausruhen lasse.«

»Ich bin in Ordnung, wirklich.« Aber Harry erkannte an dem belegten und krächzenden Klang seiner Stimme, daß er es nicht war.

»Besuch Jack Cornelius, wenn du wieder auf dem Damm bist, und laß mich wissen, was du über Dr. Kingdom erfährst. Inzwischen ...« Dysart ging zum Schreibtisch hinüber und beugte sich darüber. Er hatte etwas aus der Tasche gezogen, und Harry konnte sehen, daß er darauf schrieb.

»Was tust du da?«

»Ich weiß, du bestehst darauf, daß du kein Geld brauchst, aber ich bin sicher, daß das nicht ganz stimmt. Ich bin ebenso interessiert an dem, was du über Heathers Geisteszustand herausfinden kannst, wie du, also ist es nur fair, wenn ich etwas an deine Ausgaben beisteuere. Das Skein of Geese ist nicht billig ...«

»Nein, aber ...«

»Du hast die Zeit, und ich habe das Geld, Harry.« Dysart drehte sich vom Schreibtisch um und lächelte breit. »Also widersprich mir nicht.« Er schob einen Scheck unter den Fuß der Nachttischlampe. »Außerdem ist eine Bedingung daran geknüpft, also halte es nicht für ein Geschenk.«

»Welche Bedingung?«

»Sobald du etwas herausfindest, das darauf hinweist, daß Heather noch am Leben ist, sobald du etwas erfährst, wo sie sein könnte oder ob sie in Gefahr steckt, nimm sofort mit mir Verbindung auf. Abgemacht?«

Es schien das mindeste zu sein, was Harry versprechen konnte. »Ja«, sagte er müde. »Abgemacht.«

»Sie ist vielleicht auf uns angewiesen, deshalb müssen wir sicher sein, daß wir sie nicht im Stich lassen.«

»Das beabsichtige ich auch nicht.« Harry sah zum erstenmal auf den Scheck. Tausend Pfund. Das war mehr, als er benötigte, aber nicht weniger, als er brauchen konnte. Worin bestand der Unterschied, diesen Beitrag an seine Unkosten zu akzeptieren und die Art von Bestechung anzunehmen, die Jonathan Minter ihm geboten hatte? Man könnte sagen, es gäbe keinen, aber er wußte, daß es nicht so war. Ein Geschenk von Dysart war eine Geste der Freundschaft, von Minter ein Akt der Korruption.

»Noch etwas, bevor ich gehe, Harry.«

»Ja?«

»Dieses Foto, das Rex Cunningham angeblich bei Clare gesehen hat. Du solltest einem solchen Beweisstück nicht zuviel Bedeutung einräumen.« Dysart stand nur wenige Zentimeter von den Bildern entfernt, die Heather aufgenommen hatte, die Bilder, auf die sich Harry verlassen würde, wenn alles andere fehlschlug. »Wie du aus deiner eigenen Erfahrung wissen solltest« – er blickte zu dem gerahmten Porträt der Commonweal-Schule hinauf – »ist die Bemerkung, daß die Kamera niemals lügt, ein Trugschluß. Sie hat natürlich nicht vor, zu lügen, aber manchmal gelingt es ihr trotzdem. Sie sieht alles – und versteht nichts.« Er sah sich nach Harry um und lächelte. »Also folg meinem Rat: Glaub nicht alles, was sie dir sagt.«

Am Tag nach Dysarts Besuch begann Harry, sich deutlich besser zu fühlen. Am Dienstag war er schon in der Lage, sich zum erstenmal vor die Tür zu wagen. Eine Expedition zur Bar des Glue Pot überzeugte ihn davon, daß er, abgesehen von einem trockenen Husten und einer leichten Mattigkeit, schon wieder ganz der alte war.

Am Mittwoch schluckte er seinen Stolz hinunter, löste Dysarts Scheck ein und kaufte mit dem größten Teil des Geldes, das er aus Rhodos mitgebracht hatte, ein Auto. Dank seinen Erfahrungen bei Barnchase Motors wußte er sehr wohl, wie ernst man die Vertretersprüche in der Sapphire-Garage nehmen durfte. Ein Vauxhall Viva, der in einem unglaublichen Orangerot gespritzt war, um die vielen Rostsünden zu verbergen, und der als »gesund und verläßlich« beschrieben wurde, sah in seinen Augen eher wie eine lahme Ente aus, die ihrem Ende schon sehr nahe war. Aber für zweihundertfünfzig Pfund konnte er nicht viel herummäkeln. Er hoffte, der Wagen würde ihn dorthin bringen, wo er hin wollte – zumindest ein paar Wochen lang.

Während er in seiner neuen Anschaffung in die Falmouth Street zurückfuhr – und bereits einige Schwierigkeiten damit hatte, den ersten Gang einzulegen –, zählte Harry im Geist die ausgezeichneten Gründe für den Kauf eines Autos auf. Mobilität. Bequemlichkeit. Flexibilität. Am nächsten Tag würde er alle drei zum Tragen kommen lassen, indem er nach Hurstdown Abbey fuhr. Es gab noch einen anderen Grund. In einem Auto würde er sicher sein vor dem Mann im Zug und den Botschaften, die er überbrachte. Endlich würde er ihn los sein. Er hatte bestimmt nichts mit der Sache zu tun.

31

Harry stellte den Motor ab und kurbelte das Fenster herunter. Dann nahm er das Mäppchen mit den Fotos aus seiner Tasche und blätterte bis zum neunten Bild in Heathers Sammlung. Es paßte perfekt. Sowohl in Miniatur-Hochglanzaufnahme als auch in vom grauen, spärlichen Winterlicht beschienener Wirklichkeit lag die Abtei Hurstdown vor ihm. Er stieg aus, schlug die Tür zu und lehnte sich an den Wagen, um seiner Vorstellung und seinen Augen Zeit zu geben, den Ort und seine Lage aufzunehmen.

Das Dorf Hurstdown war eine Ansammlung trister Häuschen auf beiden Seiten der Hauptstraße zwischen Taunton und Williton. Eine Kneipe, ein Postamt, eine Autowerkstatt, ein Kriegerdenkmal, ein mit Abfällen vollgestopfter Pferdetrog und eine anglikanische Pfarrkirche, deren Größe und Proportionen besser zu einer Nonkonformistenkapelle gepasst hätten. Als Siedlung war es ohne jede Bedeutung. Den Grund dafür mußte man nicht weit suchen. Die Abtei Hurstdown, ein mit Bogen und Strebepfeilern geschmückter Tempel der Neugotik erhob sich in eindrucksvoller und hochmütiger Überlegenheit über dem Dorf, so daß alles andere sich unterwürfig zu seinen Füßen kauern mußte. Darum herum waren die Klöster, Innenhöfe, Colleges, Schlafsäle und Sportplätze der Schule gruppiert, die sich an einer sanft ansteigenden Flanke der Qantock Hills entlangzogen. Hier schienen seine hohen, mit Türmen und Zinnen bewehrten Mauern zu verkünden, daß die weltliche Macht der Kirche nicht eine weit zurückliegende Reminiszenz, sondern eine zeitgemäße Realität sei.

Harry überquerte die Straße, schritt durch einen alten Torbogen und ging die Auffahrt zur Schule hinauf. Was er auf dem Foto für roten Ziegelstein gehalten hatte, war, wie er nun sah, dunkelroter Qantock-Stein, der für den Bau der Abtei und aller umliegenden Gebäude verwendet worden war. Zusammen mit dem trostlosen Wetter, der schwerfälligen Architektur und den Buchen, die über das Gelände verstreut standen, schuf seine Färbung eine Atmosphäre, durch die er sich sofort niedergedrückt fühlte. Es war, als ob die ganze Last der düsteren Traditionen der

Abtei sich ihm auf die Schultern legte und er unter der Bürde immer kleiner werden würde.

Nach etwa hundert Metern teilte sich die Auffahrt und führte in einer Richtung zu einem Block mit Klassenzimmern, in der anderen verbreiterte sie sich zu einem Hof, auf dem Autos geparkt waren. Harrys ursprüngliche Absicht war gewesen, über eine Sekretärin oder einen Verwaltungsangestellten an Cornelius heranzutreten. Er hatte es zeitlich so eingerichtet, daß er kurz nach Mittag ankam, in der Hoffnung, daß die Lehrer in der Mittagspause frei von Verpflichtungen wären. Inzwischen war er jedoch so weit gekommen, daß er einen Widerwillen verspürte, irgendeinem Mitglied dieser selbstherrlichen Institution auf dessen Gelände, zu dessen Bedingungen gegenüberzutreten. Er überquerte zögernd den Hof, nicht sicher, was sein nächster Zug sein würde.

Dann sah er – oder vielmehr hörte er, denn das Klappern der Stollen an ihren Schuhen auf den Pflastersteinen erregte als erstes seine Aufmerksamkeit – eine Reihe von Jungen im Fußballtrikot, die einen überdachten Weg entlanggingen, der den Hof mit den Sportplätzen hinter den Schulgebäuden verband. Als sich sein Weg mit dem ihren kreuzte, erinnerte sich Harry, daß Dysart gesagt hatte, Rugby sei eine von Cornelius' »zwei großen Leidenschaften«. Er bezweifelte, daß diese Jungen Fußball gespielt hatten – die sporttreibenden jungen Herren von Hurstdown würden ein solch plebejisches Spiel gewiß verachten –, und tatsächlich, der Junge, der den Schlußmann machte, älter und größer als die übrigen und offensichtlich für sie verantwortlich, hielt einen Rugbyball an die Brust gedrückt. Harry trat ihm in den Weg und fragte so harmlos wie möglich, ob Mr. Cornelius irgendwo zu finden sei.

»Jawohl, Sir. Sie finden ihn auf dem Übungsplatz.« Als er Harrys unsicheren Blick auffing, fügte er hinzu: »Wynne-Thomas wird Sie gern hinführen. Wynne-Thomas!«

Harrys Führer war ein kleiner blonder Bursche, dessen violett-orange gestreiftes Hemd ihm fast bis an die Knie reichte. Er ging auf einer Reihe von Wegen voraus, verschiedene Treppen hinauf und hinaus über eine scheinbar endlose Fläche von sorgfältig gemähten Rugby- und Hockeyfeldern.

»Dort ist Mr. Cornelius.« Wynne-Thomas zeigte auf zwei Männer, die auf dem nächsten Feld beieinander standen. Einer war groß und grauhaarig, hager, aber breitschultrig und trug einen weiten Kricketpullover über einer ausgebeulten grauen Hose. Der Mann im Overall bediente eine Maschine zur Linienmarkierung, über deren Genauigkeit die beiden zu diskutieren schienen. Wynne-Thomas hielt es vermutlich für unnötig, zu sagen, wer von den beiden Jack Cornelius war. »Ist das alles, Sir?«

»Oh, ja.« Harry konnte nicht umhin, über die übermäßige Höflichkeit des Jungen zu lächeln. »Danke.« Er war versucht, hinzuzufügen, »Du kannst jetzt abhauen«, tat es aber nicht. Aber Wynne-Thomas war ohnehin bereits losgerannt.

Als er auf die beiden Männer zuging, genoß Harry die Augenblicke, in denen er sie insgeheim beobachten konnte, bevor sie seine Anwesenheit bemerkten. Dysart hatte gesagt, daß Cornelius älter sei als seine Kommilitonen am Breakspear, und dieser Mann sah tatsächlich eher wie fünfzig als vierzig aus. Widerspenstiges graues Haar umrahmte ein hageres Gesicht mit hohen Wangenknochen. Seine Augen waren genügend zusammengekniffen und die Nase ausreichend gekrümmt, um seinen entspannten und lächelnden Gesichtszügen etwas kraftvoll Raubtierhaftes zu verleihen. Körperlich stark, urteilte Harry, und geistig agil: der elegante Sportsmann von Welt und der kultivierte Akademiker, eine Prise von etwas Diabolischem als Beigabe bereicherte die Mischung.

Es war Cornelius, der ihn als erster kommen sah. Er wandte sich von dem anderen Mann ab und setzte zur Begrüßung ein falsches Grinsen auf. Dann, noch bevor Harry eine einführende Bemerkung machen konnte, sagte er: »Sie müssen Harry Barnett sein.«

Sofort war der Spieß umgedreht. Harry war plötzlich das Opfer der Überraschung, die er für sich hatte nutzen wollen. »Ja«, stammelte er, »aber ...«

»Alan Dysart hat mich vor ein paar Tagen angerufen.« Cornelius schüttelte Harrys Hand. Sein Griff war fest und selbstsicher. »Er hat mich darüber informiert, daß Sie mir einen Besuch abstatten werden.« Die Herzlichkeit und Perfektion seiner Formulierung wurde nur durch einen schwachen irischen Akzent und das Gekünstelte beeinträchtigt, das es seinem liebenswürdigen Ton zu verleihen schien. Harry spürte daß unter dem Charme, den er an den Tag legte, eine Härte, eine Schärfe, eine unbeugsame Rücksichtslosigkeit verborgen war. »Ich stehe in dem unverdienten Ruf, schroff zu sein, Mr. Barnett. Ich glaube, Alan wollte ihre Aufnahme erleichtern.«

Dysart hatte nichts davon erwähnt, daß er das tun wollte. Vielleicht war sein Erinnerungsvermögen durch die Krankheit getrübt. »Hat er Ihnen gesagt, weshalb ich kommen wollte?«

»Sie möchten mit mir über Heather Mallender sprechen.« Keine Ausflüchte also und auch kein Ausweichen. »Ich kann eine halbe Stunde für Sie erübrigen, bevor ich im Refektorium sein muß. Kommen Sie doch gleich mit in mein Büro.« Ohne weitere Umschweife machte er sich auf den Weg zu den Schulgebäuden. Harry ging neben ihm und hatte Mühe, Schritt zu halten. »Ich habe natürlich über ihr Verschwinden gelesen, und über die Rolle, die Sie dabei spielten. Der Vorfall hat Alan in eine schwierige Situation gebracht. Die Zeitungen können zwar nichts finden, was sie gegen ihn verwenden könnten, aber dennoch hängt dadurch seine Karriere irgendwie in der Luft.«

Plötzlich löste Harrys zunehmende Atemlosigkeit einen Hustenanfall bei ihm aus. Er hatte, während er anhielt, um wieder Luft zu bekommen, den Eindruck, daß Cornelius ihn aufmerksam beobachtete, daß sein durchdringender Blick über ihn glitt, auf der Suche nach jeder Schwäche, jeder Stärke, jeder Facette seines Charakters, die ein Gegner eventuell kennen mußte.

»Das klingt übel,« meinte Cornelius trocken, als der Husten nachgelassen hatte.

»Ich erhole mich gerade von einer Grippe«, stieß Harry keuchend hervor.

»Vielleicht hätten Sie sich etwas mehr Zeit gönnen sollen.« Da sah ihn Harry an und glaubte zu erkennen, was unter der freundlichen Oberfläche seiner Bemerkungen durchschimmerte. Verachtung, die jedes seiner Worte enthielt. »Es ist immer ein Fehler, etwas zu übertreiben, Mr. Barnett, meinen Sie nicht auch? Sich selbst zu überfordern.« Harry wußte, Cornelius spielte nicht nur auf seine Grippe an. »Wenn Sie soweit sind, gehen wir weiter.«

Sie gingen eine Treppe hinunter, betraten durch eine Seitentür ein Schulgebäude und begannen, sich durch Korridore und Passagen, die von Pulks von Schuljungen in violetten Blazern wimmelten, einen Weg zu bahnen. Harry bemerkte in ihren Gesichtern, als sie Cornelius ansahen, weder Zuneigung noch Feindseligkeit, sondern etwas, was er nie mit einem jugendlichen Gemüt in Verbindung gebracht hätte: Ehrfurcht. Selbst für den kleinsten und unbedeutendsten dieser Knaben war Cornelius entweder ein Teufel oder ein Gott. Diese Erkenntnis versetzte Harrys Selbstvertrauen, einen solchen Mann überlisten zu können, einen Schlag: Wen täuschte er wirklich?

Eine breite Treppe führte hinunter in einen ruhigen und getafelten Flur. Hier war es anscheinend Schuljungen nicht erlaubt, sich herumzutreiben. Die einzigen Gesichter, die sie noch grüßten, gehörten verstorbenen Äbten, die von dunklen Ölgemälden herabblickten. Cornelius' schneller Schritt führte sie zu einer schweren Eichentür mit der Aufschrift LEITER DER BERUFSWAHL. Er öffnete sie und trat zurück, um Harry eintreten zu lassen. »Leiter der Berufswahl ist ein absurder Titel, nicht wahr?« sagte er. »Als ob ich in irgendeiner Weise für diejenigen, die von der Schule abgehen, entscheiden könnte, was sie tun sollen.«

Harry erinnerte sich an den Gesichtsausdruck der Jungen, an denen sie vorbeigegangen waren. »Vielleicht glauben sie, daß Sie das könnten.« Aber Cornelius' einzige Antwort war ein Gnomengrinsen. Er ließ sich nicht provozieren.

Der Raum war groß, eingerichtet wie das private Studierzimmer eines reichen und kultivierten Mannes: Schreibtisch, Stühle und Bücherregale sahen aus, als wären sie aus handgearbeitetem Mahagoni, ein Gobelinwandbehang, der eine ganze Wand einnahm, mehrere Gemälde in reich verzierten Rahmen, eine Chaiselongue, ein paar Ohrensessel. Die Fenster waren hoch und gingen auf den Hof hinaus, den sie vorher überquert hatten. Die obersten Scheiben waren aus violett- und goldgetöntem Glas, entsprechend den Farben der Schule.

»Ich trinke im allgemeinen immer ein Glas Sherry vor dem Mittagessen«, sagte Cornelius. »Wollen Sie mir dabei Gesellschaft leisten?«

Trotz seiner Abscheu vor Sherry hörte sich Harry zustimmen. Ein Glas wurde ihm in die Hand gedrückt, ein Stuhl für ihn zurechtgerückt, und er fand sich Cornelius gegenüber in der Nähe des Fensters sitzend. Er mußte aussehen wie ein Oberstufenschüler, der wissen wollte, ob er nach Oxbridge oder zum Garderegiment gehen sollte.

»Ich will Ihnen etwas Zeit sparen, Mr. Barnett. Heather Mallender besuchte mich hier am Samstag, dem 18. September. Sie wollte wissen – wie Sie vermutlich auch –, wie ich zu ihrer verstorbenen Schwester gestanden hatte. Ich erzählte ihr, daß ich Clare Mallender bei drei oder vier Anlässen getroffen hatte, immer in Gesellschaft anderer Leute. Bei Empfängen, zu denen mich Alan eingeladen hatte – und auf einer Pädagogiktagung, der wir beide beiwohnten. Wir waren nur ganz flüchtige Bekannte, mehr nicht.« Es klang kein falscher Ton in Cornelius' Stimme durch, aber Harry zweifelte trotzdem jedes Wort an. »Heather war ebenso skeptisch, wie Sie zu sein scheinen. Rex Cunningham hatte ihr erzählt, er habe Clare mit einem Bild von mir in der Hand gesehen, was ihn davon überzeugt hatte, daß wir intime Freunde seien. Nun, der liebe Rex hat entweder gelogen, oder er ist einem Irrtum unterlegen. Es gab keine derartige Freundschaft. Ich kann nicht mit absoluter Gewißheit sagen, daß Clare Mallender kein Foto von mir besaß, aber ich kann sagen, daß es keinen Grund gab, weshalb sie es hätte haben sollen.«

Es war so einfach, wie nur eine glatte Lüge sein konnte. Und doch war es auch unangreifbar. Cornelius war ein zu perfekter Schauspieler, um seine Selbstgefälligkeit erkennen zu lassen, aber sie war doch zu spüren: Er war nicht zu erwischen. Heather war nicht weitergekommen, und auch ihm, da war sich Harry sicher, würde es nicht gelingen. »Sie weisen also Rex Cunninghams Behauptung zurück?« fragte er lahm.

»Nein«, entgegnete Cornelius lächelnd. »Rex ist ebenso imstande, einen ehrlichen Irrtum zu begehen wie zu lügen. Ich würde es nicht wagen, zu sagen, was er in diesem Fall tut.«

»Haben Sie ihn nicht daraufhin angesprochen?«

»Warum sollte ich? Er würde seine Meinung nicht ändern, was ich auch sagte.«

»Aber wenn es nicht stimmt ...«

»Es stimmt nicht, glauben Sie mir, Mr. Barnett. Außerdem ...« Er warf einen Seitenblick durch das Fenster, als würde er über ein philosophisches Problem nachsinnen. »Außerdem ist mir eingefallen, daß Rex Heather vielleicht absichtlich in die Irre führte, um zu verhindern, daß sie irgendeine Verbindung zwischen Clare und ihm entdeckt.«

Diese These war absurd und unwahrscheinlich, aber das, vermutete Harry, war genau die Absicht. Cornelius gab damit, so offen, wie er es wagte, zu erkennen, daß er, wenn er dazu gezwungen wäre, ein Dutzend verschiedener Theorien erfinden konnte, hinter denen die Wahrheit für alle Zeiten verborgen werden konnte. »Ist das alles, was Heather wissen wollte?« sagte Harry und stellte fest, daß seine Stimme gereizt klang.

»Nein.« Cornelius signalisierte durch das Zucken einer Augenbraue, daß er wußte, daß Harry das Gegenteil erwartet hatte. »Sie bat mich auch, ihr die Umstände zu erzählen, die zu dem Autounfall im Mai 1968 führten, bei dem der arme Willy Morpurgo einen Gehirnschaden erlitt.« Aufrichtigkeit, so schien es, war auch eine Saite auf dem Lügeninstrument, das er so gut beherrschte. »Kennen Sie diese traurige Geschichte, Mr. Barnett?«

»Ja.« Cornelius, der Mann, der die unglückselige Fahrt nach Burford vorgeschlagen hatte, der Mann, der zurückgeblieben war, als die anderen wieder nach Oxford aufbrachen, saß zwanzig Jahre später vor Harry mit einem Lächeln auf dem Gesicht, in dem sich ehrliche Erinnerung mit schamloser Falschheit mischten. Nach Ockletons Aussage war er »so gefühlsduselig geworden, wie nur ein betrunkener Ire sein kann«. Aber als er jetzt auf die gefurchten, selbstbewußten Züge dieses vollendeten Heuchlers blickte, fand es Harry leichter zu glauben, daß er nur einem Schauspiel beigewohnt hatte, einer gekonnten und überzeugenden Scharade, die zu dem gewünschten Ergebnis geführt hatte. »Sie hatten großes Glück an diesem Tag, nicht wahr?« sagte Harry zögernd. »Daß Sie nicht bei der Rückfahrt dabei waren, meine ich.«

»Ich war schrecklich betrunken, Mr. Barnett. Wir Iren sind bekannt dafür.«

Betrunken? Harry hatte den Eindruck, daß er einen Mann vor sich hatte, der in seinem ganzen Leben noch nie betrunken war. Er hütete seine Zunge und seine Gedanken zu gut, als daß er zuließe, daß Alkohol sie verraten würde. »Warum, meinen Sie, wollte Heather etwas über so weit zurückliegende Ereignisse erfahren?«

»Sie behauptete, sie hätten vielleicht etwas mit Clares Tod zu tun. Wie sie auf diese Idee gekommen ist, kann ich mir nicht denken, aber ich wollte ihr nicht die Illusion rauben, also erzählte ich ihr, was ich wußte. Sie dankte mir für die Information – und dann ging sie.«

War Heather wirklich so ruhig fortgegangen? Cornelius' Lächeln glitzerte wie die künstliche Fliege an der Leine eines Fischers. Harry würde nichts erfahren, bedeutete es, erst wenn es zu spät für ihn war, um daraus Nutzen zu ziehen. »Sie sind doch Historiker, Mr. Cornelius. Können Sie mir nicht eine Theorie entwickeln, weshalb Heather so interessiert an diesem Zeitabschnitt sein könnte?«

Das Lächeln wurde breiter. »Welchen Zeitabschnitt meinen Sie, Mr. Barnett? Walter Tyrell? Die Meuterei von Burford? Oder einen simplen Autounfall am 17. Mai 1968?«

Verrat, das war doch das Element, das Harry erstmals in Burford entdeckt hatte und das das Verbindungsglied zwischen all diesen weit auseinanderliegenden Ereignissen darstellte, die Heather Mallender überwältigt hatten. Ein Pfeil im Wald. Eine Lüge auf geweihtem Boden. Ein Stoß im Dunkeln. Das Gelächter betrunkener Idioten. Und einer, der klüger war als die anderen. Eine Landstraße, regennaß. Das Quietschen von Gummireifen und menschliches Grauen. Aber keine Schleuderspuren. Kein Hinweis, kein Anhaltspunkt oder Beweis. Es sei denn, Heather hätte einen gefunden. »Eigentlich«, sagte er und begann langsam, wider jede Vernunft, einen Vorstoß in gefährliches Territorium, »war das Stück Geschichte, an das ich dachte, ein Fenstersturz. Nicht der berühmte Prager Fenstersturz, sondern ein anderer, der unserer Zeit näher ist.«

Ein freudloses Kichern war Cornelius' Eingeständnis, daß Harry mehr Scharfsinn als erwartet gezeigt hatte. »Ihre Geschichtskenntnis beeindruckt mich, Mr. Barnett. Vielleicht verstehen Sie – im Gegensatz zu vielen anderen –, daß die Vergangenheit nicht nur immer mit uns ist, sondern daß sie uns ausmacht, die Ursache und der Rahmen jeder einzelnen unserer Tätigkeiten ist. Was wir tun, wird von dem bestimmt, was wir vor einer Minute, vor einem Jahr oder vor einem Jahrhundert glaubten. Würden sie mir da nicht zustimmen?«

Anthony Sedley. Gefangener. Gefangener der Vergangenheit. War er der Grund, weshalb Cornelius sie an jenem Tag nach Burford gelockt hatte? Um eine Moral aufzuzeigen? Oder ein Vertrauen zu verraten? »Ja, ich stimme Ihnen zu.«

»Dann können Sie mir vielleicht bei einer unwichtigen Methodikfrage helfen.«

»Wie bitte?«

»Was hat Sie so sicher gemacht, daß Heather Mallender mich hier besucht hat?«

»Die Wahrscheinlichkeit war groß ...«

»Nicht Wahrscheinlichkeit, Gewißheit!« Cornelius Stimme klang mit einem Mal hart, als hätte der Aufsatz eines Schülers einen logischen Fehler aufgewiesen. »Sie hatten nicht den Schluß gezogen, daß Heather Mallender hierherkam. Sie wußten es als Tatsache. Das ist mir klar. Die Frage ist: Wie konnten Sie das wissen?«

Harry wußte nicht, was er sagen sollte. Keine Lüge würde ihm helfen in einem Wettstreit mit einem Meister dieser Kunst. Doch die Wahrheit, seine einzige Hoffnung, die Oberhand zu gewinnen, mußte verborgen bleiben. Er fühlte sich unter Cornelius' unverwandtem Blick verwirrt, unsicher, ob er sich nicht selbst verraten hatte, indem er auf seine Tasche geklopft hatte, um zu prüfen, ob die Fotos noch da waren. Cornelius hatte natürlich keine Veranlassung, zu vermuten, daß es sie gab, und doch ... Plötzlich klopfte es an der Tür. Mit großer Erleichterung drehte sich Harry um und sah einen Jungen – aus der Oberstufe, nach seinem Aussehen zu schließen –, der nervös in das Zimmer lugte.

»Oh, entschuldigen Sie, Sir. Ich dachte, Sie wären allein.«

»Was gibt's Appleby?«

»Nun, wollte mit Ihnen über den griechischen Tutorenkurs dieser Woche sprechen.«

»Hmm.« Cornelius' Miene wurde sanfter. »In Ordnung. Warte draußen. Ich komme in ein paar Minuten. Mr. Barnett und ich sind gleich fertig.«

»Vielen Dank, Sir.« Appleby zog sich zurück.

»Ich hoffe, ich gehe recht in der Annahme«, sagte Cornelius, als die Tür ins Schloß fiel. »Es gibt wirklich nichts mehr zu sagen, oder?« Einen Augenblick zuvor hatte es so ausgesehen, als hätte er Harry in seiner Gewalt. Jetzt war er froh, ihn gehen zu lassen, ihn ins Wasser zurückzuwerfen, wie einen Fang, der es nicht wert war, an Land gezogen zu werden.

»Äh, nein, vermutlich nicht.« Harry stand von seinem Stuhl auf, eifrig bemüht, sich nicht die Gelegenheit entgehen zu lassen, ungeschoren hinauszukommen. Er wünschte sich in diesem Augenblick nichts so sehr, wie dem Blickfeld dieser durchdringenden, ihn einer vernichtenden Musterung unterziehenden Augen dieses Mannes zu entrinnen. Erst als er Cornelius fast bis zur Tür gefolgt war, dämmerte ihm die Bedeutung dessen, was sich gerade ereignet hatte. »Moment mal! Ich dachte, Sie unterrichten hier Geschichte?«

»Das tue ich auch«, erwiderte Cornelius, blieb stehen und drehte sich um, um ihm ins Gesicht zu sehen.

»Und Griechisch ebenfalls?«

»Altgriechisch. Für die wenigen Lateinschüler, die besonderes Interesse daran bekunden. Es gibt nicht viele. Hurstdowns benediktinische Ursprünge zwingen uns, das Schwergewicht auf die Sprache des Katholizismus auf Kosten der Sprache der Orthodoxie zu legen. Aber ein oder zwei Jungen wagen sich ans Griechische als Vorbereitung auf einen Hochschulabschluß in Altphilologie.«

»Und Sie können ihnen dabei helfen?«

»Wie es der Zufall will, ja.«

Die Schrift auf der Mauer. Der Name auf dem Umschlag. Der Satz, den der Mann im Zug auswendig gelernt und aufgesagt hatte. Endlich ergaben diese Vorfälle einen Sinn. Endlich wies die Warnung auf ihren Ursprung hin. »Sie finden also die Kenntnis des Griechischen nützlich?«

»Gelegentlich.« Cornelius lächelte und streckte seine Hand aus, um die Tür zu öffnen. »Man kann es tatsächlich hin und wieder brauchen.«

32

Das Rose and Crown in Hurstdown bereitete Fremden einen frostigen Empfang. Der Kamin war von einem geschwätzigen halben Dutzend Leuten mit Beschlag belegt, die Harry als guten Querschnitt des weltlichen Lehrkörpers der Schule identifizierte: jede Menge Tweed mit Lederflicken, Regimentskrawatten und näselnde Akzente. Am anderen Ende der Bar unterhielten sich zwei, drei Landarbeiter verdrießlich murmelnd miteinander. Irgendwo in dem eisigen Niemandsland dazwischen bestellte Harry ein Bier und zog das neunte Foto aus seiner Tasche.

»Mein Hobby ist Kirchenarchitektur. Ein Freund hat mir diese Kirche empfohlen.« Er hielt das Bild dem Barkeeper entgegen, damit er es betrachten konnte. »Wissen Sie zufällig, ob sie hier in der Nähe ist?«

Der Gesichtsausdruck des Barkeepers deutete an, daß er es ebenso einleuchtend fand, daß Harry sich für Kirchenarchitektur interessierte, wie er ein getarnter Inspektor für Maße und Gewichte sein könnte. Er warf einen Blick auf das Bild, dann sagte er: »Könnte sein.«

»Irgendeine Vorstellung, wo das ist?«

Noch ein Blick, dann ein ostentatives Seufzen. »Sieht aus wie Flaxford. Das nächste Dorf nördlich von hier. Ungefähr fünf Kilometer, dann biegen Sie nach links. Sie können das Schild nicht verfehlen.«

Inmitten mit Dornengestrüpp überwucherter Felder und kahler Bäume fand Harry die Flaxforder Kirche. Sie lag etwa achthundert Meter vor dem Dorf und etwa gleich weit von der Abzweigung von der Hauptstraße entfernt. Das Gemäuer in düsterem Rot dunkelte immer mehr nach in der feuchten und kalten Senke, in die man sie gebaut hatte. Die Umgebung ließ ihren hochaufragenden Turm so absurd unproportioniert erscheinen, daß Harry fast hätte glauben können, es handle sich um eine optische Täuschung. Aber das Foto in seiner Hand bewies, daß es das nicht war.

Er ging durch das Friedhofstor und spazierte den kurzen Kiesweg hinauf bis zum Portal. Üppiges Gras zwischen schiefen Grabsteinen. Von Flechten zerstörte Inschriften. Von Zeit und Wetter rundgeschliffene keltische Kreuze. Hier gab es anscheinend nichts Außergewöhnliches.

Alles war so, wie es auch in hundert anderen verwahrlosten Dorfkirchhöfen gewesen sein könnte: Winter, der über die Toten und Vernachlässigten hereinbrach. Er drehte den Griff der schweren Tür und stieß sie auf. Im Innern kämpfte Feuchtigkeit mit Bienenwachspolitur, Dunkelheit mit von Spitzbogenfenstern geformten Lichtsäulen. Glockenstuhl, Taufstein, Seitenschiff, Kirchenbänke, Kanzel, verzierte Schränke, Chor, Orgel, Altar. Wo war der Anhaltspunkt, wo war der Schlüssel? Staub. Und Harrys Schritte, die auf unebenen Pflastersteinen widerhallten. Schwerer Samt. Warmes Holz. Glitzerndes Silber. Nirgendwo schien Heather greifbar zu sein. Und doch ... *Anthony Sedley. Gefangener.* War das eine Maus, die im Lettner raschelte? Oder noch ein Gefangener, der seinen Namen für alle Ewigkeiten einritzte? Seinen Namen – oder ihren.

Auf einem Tisch gleich innen bei der Tür waren Missionsbroschüren ausgelegt, Führer zur Kirchengeschichte, eine Karte, die um Spenden für den Fonds zur Turmrestaurierung bat, und ein von einem Gummiband offengehaltenes Gästebuch mit einem Kugelschreiber, der daneben an einer Schnur hing. Mit plötzlichem Eifer entfernte Harry das Gummiband und blätterte in den Seiten zurück. Heather war am 18. September hiergewesen. Er wußte es, weil Cornelius es ihm gesagt hatte. Er wußte es, weil Heather ihn in die Lage versetzt hatte, sicher zu sein. Jede Seite war in vier Spalten unterteilt, über denen »Datum«, »Name«, »Adresse« und »Bemerkungen« stand. Er fuhr mit dem Finger die Daten auf dem Blatt auf der rechten Seite herunter. 15. September. 16. Da war es, in Heathers unverkennbarer Handschrift. 18. September 1988. Heather Mallender. Sabre Rise, Portesham, Dorset. Ich fand hier keine Geister, auch nicht den Geist der einen, die ihren Namen hinterlassen hat.» Ihr Instinkt hatte Heather von Hurstdown hierhergezogen, der ihr sagte, daß hier Cornelius' Lügen widerlegt werden würden. Wenn er Clare nur als eine «ganz flüchtige Bekannte» gekannt hätte, wäre sie nie in Hurstdown, noch viel weniger in Flaxford gewesen. Sie hätte keinen Grund gehabt hierherzukommen. Oder ihren Namen zu hinterlassen.

Die Kirche von Flaxford zog anscheinend nicht viele Besucher an, denn achtzehn Monate führten Harry nur ein halbes Dutzend Seiten zurück. Weshalb er zuerst nach dem 16. Mai 1987 schaute, wußte er nicht, außer daß Clare und Dysart an diesem Tag im Skein of Geese beim Essen waren, was ihn zu einem ebenso guten Ausgangspunkt machte wie jeden anderen auch. Diesmal fuhr er mit seinem Finger die Namensspalte hinunter. Und fand am Ende des ersten Blattes, was Heather vor ihm entdeckt hatte.

»22. Mai 1987. Clare Mallender. London.« Das war alles. Kein Kommentar. Kein Lob für die Glasmalereien. Keine Botschaft über das Grab hinaus. Nur ein Datum, ein Name, ein Ort – und eine entlarvte Lüge.

33

Eine Mischung aus Vermutungen, Eingebung und Logik sagte Harry wie eine Versicherung aus Heathers eigenem Mund, daß der Ort der elften Aufnahme nicht weit entfernt sei. Heather hätte Flaxford sicher nicht verlassen, ohne nach einem weiteren Beweis für Clares Anwesenheit dort zu suchen, und das düstere Steinhaus am Ende einer von Bäumen überdachten Auffahrt, das sie auf dem Bild eingefangen hatte, besaß in seinen Augen alle Merkmale einer verwahrlosten Landpfarrei. Eine Karte im Portalvorbau verwies Anfragen an Hochwürden F. J. Waghorne im Pfarrhaus von Flaxford, eine Adresse, die nicht schwer zu finden war, wie sich herausstellte. Überwachsen und übergroß stand das Pfarrhaus in der dazugehörenden Gartenanlage genau auf der anderen Seite des Dorfes. Es war sofort wiederzuerkennen.

Die Tür wurde von einem kleinen, blonden Mädchen in weißem T-Shirt und hellgelber Hose geöffnet, dessen Füße sich in einem Paar hochhackiger Schuhe ihrer Mutter verloren. Sie starrte mit tellergroßen Augen zu Harry hinauf und verkündete feierlich: »Sie sind nicht Mr. Clatworthy.«

»Nein.« Harry versuchte ein gewinnendes Lächeln. »Ist dein Vater zu Hause?«

»Mami dachte, Sie wären Mr. Clatworthy.«

»Nun, wie du siehst, bin ich es nicht. Ist dein Vater ...« Aber es war vergeblich. Das Mädchen drehte sich um und setzte zum ungeschickten, schlurfenden Rückzug an.

»Mami! Es ist nicht Mr. Clatworthy!«

Harry konnte den Eingang zur Küche am anderen Ende des Flurs sehen. Während er dem Mädchen nachsah, erschien eine aufgeregte Gestalt in Schürze und Jeans, das Haar von einem Stirnband zurückgehalten, in der weit entfernten Tür. »Was? Victoria, warum, um alles in der Welt trägst du ... Oh!« Sie bemerkte Harry und grinste nervös. »Verzeihung. Wir hatten den Klempner erwartet. Ehrlich gesagt« – sie blickte besorgt in die Richtung, aus der das Geräusch fließenden Wassers zu hören war – »wir hatten gebetet, daß der Klempner kommt.« Sie begann ihre Hände an einem Handtuch abzutrocknen. »Was kann ich für Sie tun?«

»Ich hatte gehofft, ein paar Worte mit dem Pfarrer sprechen zu können.«

»Er ist ziemlich beschäftigt im Moment.«

»Es handelt sich um eine Angelegenheit von einiger Dringlichkeit.«

Sie runzelte verärgert die Stirn, dann schien sie zu beschließen, die Sache nicht in Frage zu stellen. »Sie kommen dann besser hier durch.«

Harry wagte sich den Flur entlang vorwärts. Durch eine offene Tür zu seiner Rechten hatte er einen kurzen Augenkontakt mit einem mürrischen kleinen Jungen, der, umgeben von Modellrennautos, auf dem Boden lag und in ein Comicheft starrte. Als Harry die Küche erreichte, hatte das Mädchen den Platz seiner Mutter eingenommen und betrachtete hingerissen, was immer da so wild auf der anderen Seite des Raumes hervorsprudelte. Mrs. Waghorne war ihm inzwischen vorausgegangen, einen Seitenflur hinunter, streckte den Kopf durch einen Türrahmen und flüsterte jemandem auf der anderen Seite Erklärungen zu.

»Du hast Besuch.«

»Wer ist es?« antwortete eine müde Stimme.

»Ich weiß nicht.«

»Hast du denn nicht gefragt?«

»Nein«, fauchte Mrs. Waghorne zurück. »Ist dir klar, in welchem Zustand die Küche ist?«

»War Clatworthy noch nicht da?«

»Natürlich nicht. Wann war er schon einmal ... Oh!« Sie bemerkte plötzlich, daß Harry dicht hinter ihr stand. »Da sind Sie!«

»Entschuldigen Sie, wenn ich Sie erschreckt habe. Mein Name ist Barnett. Harry Barnett.«

»Kenne ich nicht«, kam die matte Antwort. »Kein Mitglied der Pfarrgemeinde. Ist vielleicht besser, wenn er einen der Kirchenvorsteher aufsucht.«

Mrs. Waghorne lächelte gezwungen. »Könnten Sie erklären, in welcher Angelegenheit Sie hier sind, Mr. Barnett?«

Schocktaktik schien die einzige Hoffnung zu sein. »Ich würde gern mit Ihrem Mann über die Schwestern Mallender sprechen. Clare und Heather.«

Bei diesen Namen schwand Mrs. Waghornes Selbstbeherrschung. Die dunkle Wolke eines unbestätigten Verdachts glitt über ihr Gesicht. Sie stieß die Tür weit auf und stolzierte an Harry vorbei in Richtung Küche, wobei sie im Weggehen murmelte: »Er gehört ganz Ihnen.«

»Guten Tag«, sagte Harry und stand dem Pfarrer in seinem mit dicken

Teppichen ausgelegten großen Arbeitszimmer gegenüber. Beim Sprechen bemerkte er die Trauermusik, die aus unsichtbaren Lautsprechern drang, die hohen und klagenden Stimmen eines körperlosen Chors. Neben dem stereophonen Zentrum dieses schwermütigen Grabgesangs saß der Pfarrer von Flaxford, eingehüllt in Zigarettenrauch hinter einem breiten und mit Papieren übersäten Schreibtisch. Ein Augenlid zuckte leicht, als er Harry ernst ansah. Lockiges graumeliertes in die Stirn fallendes Haar, hängende, von Bartstoppeln verdunkelte Kinnbacken, eine weite Mohairstrickjacke, die über Priesterhemd und -kragen gelegt war. »Hochwürden Waghorne?«

»Ja.«

»Darf ich hereinkommen?«

»Das ist wohl das beste.«

Nachdem er die Tür hinter sich geschlossen hatte, gesellte sich Harry zu dem Pfarrer in seiner abgeriegelten Welt von Tabak und Grabgesängen, abgetrennt vom Chaos der Klempnerarbeiten und Elternschaft. Er ging zu dem Stuhl, der ihm von der zigarettenschwenkenden Hand seines Gastgebers zugewiesen wurde, und hörte, wie sich seine eigene Stimme zu einem ehrerbietigen Murmeln senkte. »Ich habe Ihren Namen in der Kirche gelesen. Ich hoffte, mit Ihnen über ...«

»Clare und Heather Mallender zu sprechen«. Der Pfarrer nickte. »Das habe ich gehört.«

»Sie sind also mit ihnen bekannt?«

»Nicht so gut, wie meine Frau zu glauben scheint.« Ein müdes Lächeln. »Aber, ja, man könnte sagen, ich war mit ihnen bekannt.«

»Sie haben über Heathers Verschwinden letzten Monat gelesen?«

»Habe ich.«

»Ich wende mich an jeden, der irgend etwas darüber wissen könnte.«

»Sie glauben, ich wüßte etwas?«

»Vielleicht. Heather hat Sie hier am 18. September aufgesucht, nicht wahr?«

Die Augenbrauen des Pfarrers hoben sich überrascht. »Ja, das stimmt, aber wie ...«

»Sie wollte von Ihnen wissen, ob Sie ihre verstorbene Schwester hier in Flaxford am 22. Mai letzten Jahres kennengelernt haben und, wenn ja, ob Sie eine Erklärung für ihren Besuch hier haben.«

Die Augenbrauen des Pfarrers blieben hochgezogen. Dazu schob sich seine Unterlippe als weiteres Zeichen seiner Verwunderung langsam vor. »Sind Sie von der Polizei?« fragte er, nachdem er einen Moment lang überlegt hatte.

»Nein.«

»Dann ein von der Familie Mallender beauftragter Privatdetektiv?«

»Nein. Ich bin ein Freund von Heather, der versucht, sie zu finden.«

Die Gesichtszüge des Pfarrers entspannten sich. »Und wie, sagten Sie, war Ihr Name?«

»Barnett.«

»Sollte ich ihn kennen?«

»Ich war der letzte Mensch, der Heather vor ihrem Verschwinden gesehen hat.«

»Das ist es, natürlich.« Der Pfarrer beugte sich vor, um seine Zigarette in einem Aschenbecher auszudrücken. Dann wühlte er in den Papieren vor ihm, fand die Zigarettenpackung und eine Streichholzschachtel, hielt sie Harry winkend hin, nahm sein Kopfschütteln als Ablehnung und zündete sich selbst eine an. Inzwischen wurde Harrys Blick von einem Blatt, das ihm am nächsten lag, angezogen, auf dem oben in handgeschriebenen Großbuchstaben VIERTER ADVENTSSONNTAG stand. Darunter waren mehrere Manuskriptzeilen, die dick durchgestrichen waren, dann auf den nächsten fünf Zeilen das gleiche einzelne Wort, auch in Großbuchstaben: SCHAFE. Nur gut, daß Sie nicht vom Bischof kommen», sagte der Pfarrer, der die Richtung seines Blickes erfaßte. «Was, genau, wollen Sie eigentlich von mir, Mr. Barnett?»

»Informationen, das ist alles.«

»Kein ständiges Lächeln? Keine Schulter, um sich daran auszuweinen? Keine tröstliche Bibelstelle?« Blaue Rauchschwaden umgaben Hochwürden Waghorne, als er sprach, und fügten seinen bitteren Worten ihren beißenden Geruch hinzu. »Dann kann ich Ihnen vielleicht den Gefallen tun.«

»Ich wüßte gern, was Sie Heather erzählten, als sie am 18. September hier war.«

»Es war bestimmt ein Sonntag im September. Was das Datum angeht, muß ich mich auf Sie verlassen.« Der Pfarrer nahm einen nachdenklichen Zug aus seiner Zigarette; sein Blick schweifte in die Ferne. »Es war während der wenigen friedlichen Stunden, die ich zwischen Frühmessen und Abendandacht genieße. Wenn man das friedlich nennen kann. Nicht, daß es mir etwas ausgemacht hätte, mit ihr zu sprechen, weil sie ein Lamm aus der Herde eines anderen war.« Er lächelte. »Ein Lamm, kein Schaf. Ich lud sie in diesem Zimmer zum Tee ein. Wie Sie zu wissen scheinen, wollte sie von mir bestätigt haben, daß ihre verstorbene Schwester am 22. Mai letzten Jahres in Flaxford gewesen ist, und glaubte, daß ich dazu in der Lage wäre. Sie hatte das Datum dem Gästebuch in der Kirche entnommen. So wie Sie vermutlich auch.«

»Ja.«

»Vielleicht sollte ich mit einer Rasierklinge an die betreffende Seite gehen.« Noch ein reuiges Lächeln. »Oder an etwas anderes. Es waren alles nur Vermutungen von ihr, sagte mir Heather. Sie hatte Grund zu glauben, daß Clare Hurstdown kurz vor ihrem Tod besucht und in einer Art von Verzweiflung wieder verlassen hatte. Sie dachte, daß sie vielleicht zu der nahegelegenen Kirche gefahren sei, um dort um Beistand zu beten. Flaxford paßte ins Konzept, und da war Clares Unterschrift im Gästebuch als Bestätigung. Dann fiel ihr ein, daß Clare sich vielleicht an einen Priester um Hilfe für ihre Probleme gewandt haben könnte. Daher ihr Besuch hier.«

Eine Pause folgte, die nur von den klagenden Stimmen der vom Tonband erklingenden Chorsänger erfüllt war. Plötzlich begann ein heftiges Hämmern irgendwo tief im Innern des Hauses. Dieser Protest der widerspenstigen Rohre schien die Erinnerungsfähigkeit von Hochwürden Waghorne neu zu beleben. Er fuhr fort, in einer traurigeren Stimmung als zuvor.

»Heather hat richtig geraten, Mr. Barnett. Schwesterlicher Instinkt, nehme ich an. An einem Freitagnachmittag im Frühjahr letzten Jahres begegnete ich in der Kirche einer jungen Frau. Sie sagte, ihr Name sei Clare Mallender, und fragte, ob ich ihr einen vertraulichen Rat in einem moralischen Dilemma, in dem sie sich befinde, geben könne. Sie wollte nicht, daß ich ihr die Beichte abnahm, verstehen Sie, oder ihr die Absolution für ihre Sünden erteilte, sondern nur, daß ich ihr Problem anhörte und eine Lösung vorschlug. Natürlich entsprach ich ihrer Bitte. Wir gingen in die Sakristei, und sie erklärte mir ihre Lage. Ich gab ihr eine konstruktive und mitfühlende Antwort. Darauf ging sie. Neun Tage später hörte ich im Radio, daß sie tot war.«

»Haben Sie Heather das erzählt?«

»Ja. Sie drängte mich, ihr zu erzählen, was Clares Problem war. Ich weigerte mich mit der Begründung, daß weder Clares Tod noch die Tatsache, daß Heather ihre Schwester war, mich berechtige, das Vertrauen, das sie in mich gesetzt hatte, zu mißbrauchen. Aber Heather überzeugte mich schnell davon, meine Meinung zu ändern.«

»Wie?«

»Indem sie mir zeigte, daß Clare mich irregeführt hatte. Sie hatte mir zu verstehen gegeben, daß sie in dem Ort völlig fremd war und niemanden hier in der Gegend kannte. Das hatte mich in die Lage versetzt, ihr meinen völlig wertfreien Rat zu geben. Ich dachte nicht für einen einzigen Augenblick ...«

»Daß sie eng mit einem Mitglied des Lehrkörpers in der Abtei Hurstdown befreundet war?«

Hochwürden Waghorne erbleichte sichtlich. »Sie wissen davon?«

»Ja. Jack Cornelius. Geschichtslehrer. Rugbytrainer. Tutor für Altgriechisch.«

»Ich habe Mr. Cornelius nie kennengelernt. Das möchte ich auch nicht. Es ist einfach nicht fair. Clare hätte es mir sagen sollen.« Der Pfarrer stand abrupt auf, ging zum Fenster, lehnte einen Ellbogen auf die Fensterbrüstung und sah Harry unverwandt an. »Trotz all der Anstrengungen, die über die Jahrhunderte hinweg unternommen wurden, sie zu zerstören, blühen und gedeihen die Mönchsorden auch weiterhin, unempfindlich, so scheint es, gegen die Schwächen, die uns gewöhnlichere Sterbliche plagen. Dort oben« – er deutete unbestimmt in die Richtung der Abtei Hurstdown – »geben sie selbstgefällig die Bestätigung, daß nichts, absolut nichts, je ihren ... « Er brach ab. »Entschuldigen Sie mich. Das tut nichts zur Sache. Jack Cornelius ist kein Mönch. Das, könnte man sagen, ist genau das Problem.«

»Worüber wollte Clare Mallender Ihren Rat?«

»Daß ich Heather diese Frage beantwortet hatte, war ein Fehler, Mr. Barnett. Geteiltes Leid war in diesem Fall doppeltes Leid. Glauben Sie mir, ich habe nicht die Absicht, es noch zu verdreifachen.«

»Alles, was ich versuche, ist Heather zu finden. Um ihr zu helfen.«

»Sie meinen, daß ich das nicht will?«

»Das habe ich nicht gesagt.«

»Glauben Sie wirklich, daß irgend etwas davon auf irgendeine Weise mit ihrem Verschwinden zu tun hat?«

»Seltsamerweise ja.«

Hochwürden Waghorne antwortete nicht sofort. Er sah durch das schmutzige Fenster hinaus in den feuchten Garten, über den sich schon die Dämmerung zu senken schien. »Mitten im Leben sind wir vom Tod umfangen«, intonierten die Chorsänger. »Wer ist's, der uns Hilfe bringt?« Er preßte zwei Finger gegen sein linkes Augenlid, um das Flattern zum Stillstand zu bringen, dann seufzte er tief. »Na schön, Sie sollen Ihren Willen haben«, murmelte er. »Clare Mallender war der letzte Tropfen, der, soweit es meinen Priesterberuf betrifft, das Faß zum Überlaufen brachte. Der allerletzte.« Er schleppte sich zum Schreibtisch zurück und ließ sich in seinen Stuhl fallen. »Ihr Problem war alltäglich genug, Mr. Barnett. Sie war schwanger.«

Natürlich. Nicht von ihrem Arbeitgeber, ihrem früheren Verlobten oder irgendeinem ihrer zahllosen Verehrer in London, sondern von dem Mann, dessen Foto sie mit sich herumtrug und das sie, wie beobachtet wurde, sechs Tage bevor sie den unvoreingenommenen Rat des Pfarrers von Flaxford gesucht hatte, angestarrt hatte. Sie war am 22. Mai 1987 von der Abtei Hurstdown weggefahren – vielleicht nach einem Streit mit Cornelius, vielleicht nachdem sie ihm erzählt hatte, daß sie ein Kind von ihm erwartete – und war dann in ihrer Verzweiflung zur Kirche von Flaxford gekommen, um dort ihre Seele und ihr Geheimnis dem unschlüssigen Hochwürden Waghorne zu offenbaren. Aber warum? Hatte Cornelius sich geweigert, das einzig Richtige zu tun, sie zur Abtreibung gedrängt, die Verantwortung abgelehnt? Was hatte er getan, das nur in das Ohr eines fremden Geistlichen geflüstert werden konnte?

»Sie erzählte mir, daß sie schwanger sei, und ich vermutete die übliche Geschichte. Daß der Vater ein verheirateter Mann sei. Daß sie sich den Kopf zermarterte, ob sie das Kind abtreiben solle. Daß sie ihren Eltern nicht mit dieser Nachricht kommen konnte. Nichts von alldem. Der Vater war gewillt, zu ihr zu stehen, sie war entschlossen, die Schwangerschaft auszutragen, und sie hatte ihren Eltern bereits erzählt, wie es um sie stand.«

Also wußten Charlie und Marjorie Mallender Bescheid. Wahrscheinlich auch Roy. Und Heather? Wenn ja, hätte sie sicher nicht Waghorne gebraucht, um es ihr zu bestätigen. »Was war das Problem?«

Der Pfarrer stieß einen langen, langsamen Atemzug aus. »Clare hatte gerade entdeckt, daß der Mann, von dem sie schwanger war, unabänderlich homosexuell war. Er war bereit, sie zu heiraten, aber er war nicht fähig, sie zu lieben. Sie war ebenfalls nicht in der Lage, ihn zu lieben, jetzt, wo sie um seine wahre Natur wußte.«

Das war es, natürlich. Jack Cornelius, anziehend für Frauen, aber von Männern angezogen, umgeben von Mönchen und Schuljungen, bereit, Clare zu heiraten, falls sie darauf bestand, aber nicht mehr begehrenswert für sie, nachdem sie wußte, was sie schon die ganze Zeit hätte wissen sollen. »Welchen Rat gaben Sie ihr?«

»Den üblichen. Frommes Geschwafel über die stärker werdenden Bande elterlicher Liebe. Lösen Sie das Problem gemeinsam. Machen Sie das Beste daraus um des ungeborenen Kindes willen. Vertrauen Sie auf Gott.« Hochwürden Waghorne lächelte. »Was haben Sie erwartet? Was hat sie erwartet? Als ich meinen Vortrag vorhersehbarer Platitüden beendet hatte, sah sie mich an, als hätte sie sich an einen alten und geachteten Lehrer um Rat gewandt und festgestellt, daß er seit ihrem letzten Treffen völlig senil geworden war. Sie ging, ohne noch ein Wort zu sagen. Und neun Tage später war sie tot.«

Das Rad des Schicksals dreht sich. Ein Stoß im Dunkeln. Ein durchtrenntes Kabel. Eine Bombe auf dem Wasser. Ein Treffen auf einem Berggipfel. Da steckte mehr dahinter, ganz bestimmt, mehr als Waghorne ahnen konnte.

»Ich hatte keine Ahnung, daß der Mann, von dem Clare sprach, in Hurstdown Abbey unterrichtete. Bis Heather hierherkam und es mir erzählte, war mir nicht klar, daß Jack Cornelius für Clares Dilemma mitverantwortlich war.« Er drückte seine Zigarette mit übermäßiger Kraftanwendung aus. »Ich habe versucht, ihn zu treffen. Nur einmal. An dem Tag, als ich von Heathers Verschwinden hörte. Es schien mir das Wissen um das, was sie mir erzählt hatte, unerträglich zu machen. Ich wollte meine Schwierigkeiten auf seine Schultern laden, vermutlich um ihn für die Unzulänglichkeit des von mir erteilten Rates büßen zu lassen. Meine Frau versuchte mich aufzuhalten, aber vergeblich: Ich war entschlossen, ihm gegenüberzutreten. Ich stürmte an diesem Morgen zur Schule hinauf und bestand darauf, ihn zu sehen. Aber er war nicht da. Abwesend, sagte man mir, beurlaubt aus familiären Gründen oder so ähnlich. Schon seit einer Woche. Er sollte am nächsten Tag zurückkehren. Aber bis dahin ...«

»Was sagten Sie?« Da war es. Die letzte undichte Stelle. Und das Licht, das durch diesen Spalt flutete, war so klar und so kalt wie auf dem Gipfel des Profitis Ilias. »Er war eine Woche lang weggewesen?«

»Offensichtlich. Ich kann mich nicht erinnern ...«

»Denken Sie nach, Mann, denken Sie nach! Wie lange war er abwesend? Wie lang genau?«

Schock über Harrys Heftigkeit stand auf Hochwürden Waghornes Gesicht geschrieben. »Nun, lassen Sie mich überlegen«, sagte er langsam. »Ich sprach mit einer Sekretärin. Sie sagte, daß er seit einer Woche nicht dagewesen sei. Nein. Daß er eine Woche lang Urlaub bekommen hätte. Irgendein persönlicher Notfall. Und daß man ihn am nächsten Tag in der Schule zurückerwartete. Das heißt am Dienstag. Ich war am Montagmorgen dort, als die Presse zum erstenmal über Heathers Verschwinden berichtete.«

Eine Woche Sonderurlaub, der am Dienstag, dem 15. November, zu Ende ging. Daher am 8. November begonnen hatte. Und ganz sicher Freitag, den 11. November, mit einschloß. Das war der endgültige Beweis. Jack Cornelius war am Tag von Heathers Verschwinden nicht in der Abtei Hurstdown gewesen – Aufenthaltsort unbekannt.

»Ist es das, was Sie wissen wollten, Mr. Barnett?«

»Ja. Das ist es, was ich wissen wollte.«

34

Als er seinen Wagen vorsichtig nach Swindon zurücksteuerte, gab es für Harry keinen Zweifel, daß er endlich der Wahrheit auf der Spur war. Jack Cornelius war auf irgendeine Weise in Heathers Verschwinden verwickelt; sie hatte mehr über seine Beziehung zu ihrer Schwester erfahren, als für sie gut war; die Bedrohung, die sie auf Rhodos erkannt und bedauerlicherweise ignoriert hatte, ging von ihm aus. Was Dr. Kingdom betraf, so war seine Anwesenheit in Lindos am 6. November eine falsche Fährte. Wie Dysart vermutet hatte, wollte er sich wahrscheinlich nur vergewissern, daß es Heather gutging. Jedenfalls war sich Harry sicher, daß Zohras Nachforschungen beweisen würden, daß Kingdom an dem Tag ihres Ausflugs zum Profitis Ilias woanders seinen Verpflichtungen nachgekommen war – im Gegensatz zu Jack Cornelius.

Er erreichte Swindon und rang immer noch mit dem Problem, was er als nächstes tun sollte. Die Logik sagte ihm, daß er Charlie Mallender mit dem, was er wußte, konfrontieren sollte, aber eine Wagenladung grimmiger Polizisten war ihm immer noch zu frisch im Gedächtnis. Vielleicht war es jetzt an der Zeit, daß Dysart die Angelegenheit auf einer offiziellen Ebene weiterverfolgte. So oder so hatte Harry nicht viel Aufmerksamkeit für seine Mutter übrig, die ihm über einen Tag voller Ärger berichtete.

»In meinem Alter sollte ich nicht mehr im Telefonbuch stehen.«

»Warum denn das, Mutter?«

»Na, dann wäre endlich Schluß mit diesen Anrufen von Verrückten.«

»Hat jemand angerufen und schwer geatmet und gestöhnt?«

»Oh, nichts so Direktes. Mindestens sechsmal hat dieses verflixte Telefon heute geläutet. Ich habe den Hörer abgenommen, hallo gesagt, dann Schweigen, ich habe noch mal hallo gesagt, dann hat er aufgelegt.«

»Lästig, so was.«

»Du könntest deswegen ruhig etwas beunruhigter sein, Harold.«

»Was soll ich denn tun?«

»Ruf den einen Menschen an, der etwas gesagt hat.« Sie drückte ihm einen Zettel in die Hand. »Ein Herr mit sehr guten Manieren namens Kingdom. Er möchte, daß du ihn zurückrufst.«

Harry warf einen Blick auf die Notiz. Er konnte sich nicht vorstellen, weshalb ihn Kingdom angerufen hatte. Es war fast, als wüßte er, was Harry entdeckt hatte. Um die Dinge noch undurchschaubarer zu machen, war die Nummer, die er angegeben hatte, nicht die Nummer seiner Praxis in Marylebone. Harry fühlte sich seltsam nervös, als er anfing zu wählen.

»940 24 06.«

»Dr. Kingdom?«

»Ah, Mr. Barnett. Danke für Ihren Rückruf. Wie geht es Ihnen?«

»Gut, aber ...«

»Ich wollte Sie für das, was letzte Woche vorgefallen ist, um Verzeihung bitten. Ich habe darüber nachgedacht und kann wirklich keine Entschuldigung für ein so unprofessionelles Verhalten finden. Sie hatten völlig recht, daß Sie sich ärgerten.«

»Nun, das ist ...«

»Die Sache ist die, ich glaube, daß unser Mißverständnis vielleicht einen sehr nützlichen Informations- und Meinungsaustausch verhindert hat. Wie Sie schon betont haben, sollte Heathers Sicherheit unsere erste Sorge sein. Wir sollten zusammenarbeiten.«

»Ja, vermutlich sollten wir ...«

»Können wir uns treffen und darüber reden? Sie dürfen versichert sein, daß es zu keiner Wiederholung der unerfreulichen Szene von letzter Woche kommen wird.«

»Gut, in Ordnung.«

»Ich arbeite im Augenblick zu Hause. Vielleicht treffen wir uns besser hier als in meiner Praxis. Eine andere Umgebung ist vielleicht günstiger, meinen Sie nicht auch?«

»Mag schon sein, ja.«

»Würde Ihnen morgen passen?«

»Äh, ja.«

»Gut. Wissen Sie was, ich wohne ja gleich um die Ecke von Kew Gardens. Heather hat mich oft dort getroffen, anstatt nach Marylebone zu fahren. Warum treffen wir uns nicht morgen früh um elf Uhr am Haupteingang?«

Bevor Harry mehr als eine Zustimmung stammeln konnte, hatte Kingdom bereits aufgelegt. Als er langsam den Hörer auflegte und darüber rätselte, was wohl die Beweggründe dieses Mannes sein mochten, klingelte es sofort wieder. Als er abhob, galt sein erster Gedanke den anonymen Anrufern seiner Mutter. »Ja?« sagte er vorsichtig.

»Hallo Harry. Hier ist deine alte Freundin Jackie.«

Jackie? Natürlich: Jackie Oliver. Was konnte die schreckliche Frau von ihm wollen?

»Harry?«

»Ja, Jackie?«

»Du könntest schon etwas erfreuter klingen.«

»Was kann ich für dich tun?«

»Seit wir uns zufällig trafen, habe ich gedacht, es wäre vielleicht nett, wenn wir mal etwas länger über die alten Zeiten plaudern könnten, das ist alles.«

»Wirklich?«

»Ja. Warum kommst du nicht diesen Sonntag zu mir zum Mittagessen? Ich bin eine Spitzenköchin, und wir könnten uns gegenseitig unsere Lebensgeschichte erzählen. Du hast ein bißchen niedergeschlagen ausgesehen, als wir uns begegnet sind. Ich könnte versuchen, dich aufzumuntern.«

Am Sonntag mit Jackie und ihrem neuesten Ehemann zu essen war das letzte, was Harrys Meinung nach seine Stimmung heben konnte, aber irgendwie brachte er nicht die Energie auf, um etwas abzusagen.

»Was ist?«

»In Ordnung. Ich werde kommen.«

»Wir wohnen Chelsea Drive Nummer 7. Ziemlich weiter Weg für dich. Soll ich dich abholen?«

»Nein. Ich habe einen Wagen.«

»Großartig. Komm so gegen Mittag.«

Plötzlich war Harry gefragt, und er konnte beim besten Willen nicht verstehen, weshalb. Um seine Verwirrung noch zu steigern, klingelte das Telefon erneut, bevor er drei Schritte gemacht hatte. Er hob den Hörer gereizt ab, nur um festzustellen, daß es dieses Mal jemand war, auf dessen Anruf er schon sehnlich gewartet hatte.

»Harry? Hier ist Zohra Labrooy. Ich habe die Information, die wir brauchen.«

»Wirklich?«

»Ja. Und jetzt, wo ich sie habe, weiß ich nicht mehr, was wir tun sollen.« Sie klang besorgt, was merkwürdig war, da Harry erwartet hatte, daß ihre Nachforschungen sie beruhigt hätten.

»Könnten Sie Samstag vormittag nach Kensal Green kommen? Wir müssen das besprechen.«

»Schön, ja, aber ...«

»Ich werde Sie also gegen elf Uhr erwarten.«

»In Ordnung, aber Zohra ...«

»Ja?«

»Mir ist klar, daß ich aus meinen Verdächtigungen über Dr. Kingdom mehr gemacht habe, als angebracht gewesen wäre. Das Versorelli-Institut hat ja bestimmt bestätigt, daß er am elften dort war, nicht wahr?« Es kam keine Antwort. »Zohra?«

»Sie irren sich Harry.« Sie klang jetzt ruhiger. »Darüber will ich ja mit Ihnen sprechen. Er war von Donnerstag mittag bis Samstag mittag nicht am Institut. Was er am Freitag gemacht hat, ist immer noch ungeklärt.«

Es ergab keinen Sinn. Jack Cornelius und Peter Kingdom waren beide am Tag von Heathers Verschwinden nicht an ihrem Arbeitsplatz. Ganz bestimmt konnten nicht beide daran beteiligt sein.

»Harry?«

»Ja?«

»Da ist noch etwas, was Sie wissen müssen. Ich weiß nicht, wie er drauf kam, aber ich bin mir fast sicher, daß es so ist. Er weiß, daß ich ihn bespitzle, Harry. Er weiß, daß wir hinter ihm her sind.«

35

Dadurch, daß er eine Viertelstunde zu früh in Kew Gardens eintraf, hoffte Harry, etwas Zeit zum Planen und Vorbereiten für sich zu haben. Er mußte sich ein Urteil bilden über den Treffpunkt, den Kingdom gewählt hatte, und für sich noch einmal wiederholen, was er ihm sagen würde. Sobald er sich jedoch vom Eingang abwandte, wurde ihm klar, daß er verrückt war, sich einzubilden, er könne jemanden, der so mit den menschlichen Listen und Schlichen vertraut war, an Schlauheit übertreffen. Denn da saß Kingdom schon und begrüßte ihn lächelnd. Er war Harry zuvorgekommen.

»Es freut mich, daß Sie es geschafft haben, Mr. Barnett«, sagte Kingdom, als er sich von der Bank erhob und zur Begrüßung die Hand ausstreckte. »Sie sind auch etwas zu früh.«

»Ja.« Aber nicht früh genug, das war klar.

»Kennen Sie den Park?«

»Nein, überhaupt nicht.«

»Dann werde ich die Führung übernehmen.«

Sie gingen zwischen Glashäusern eine breite Zufahrt hinunter, dahinter dehnten sich mit Bäumen besetzte weite Flächen aus. Der Tag war windstill, grau und mild, die Parkanlagen würdevoll und winterlich, verhalten und ruhig, als seien sie für ihren Zweck umgestaltet worden. Kingdom war makellos gekleidet, in Mantel, maßgeschneiderter Hose und polierten Schuhen, deren Absätze beim Gehen selbstgefällig klickten. Er atmete tief durch, als würde er die Luft kosten, und blickte sich um, wie ein Gutsherr auf seinen Ländereien. Harry, der in seinen schlechtsitzenden Klamotten neben ihm hertrottete, fühlte sich so eingeschüchtert und minderwertig, wie er sich vermutlich fühlen sollte.

»Heather hat den Park zu jeder Jahreszeit geliebt«, sagte Kingdom. »Da ich in der Nähe wohne, hat sie mich häufig lieber hier als in Marylebone getroffen. Ein Vorteil, den die Psychiatrie gegenüber anderen Fachrichtungen der Medizin hat, ist, daß sie in den verschiedensten Umgebungen ausgeübt werden kann. Wollen wir zum Fluß gehen?«

»Ja, gern.« Welche Richtung sie einschlugen, war Harry egal. Seine

Sinne waren mehr als genug damit beschäftigt, mit Kingdoms Anwesenheit und all den immanenten Ungewißheiten, die sie hervorrief, fertig zu werden.

»Ich hoffe, Ihre Bereitschaft, mich zu treffen, bedeutet, daß unser Mißverständnis von letzter Woche beigelegt ist. Es gab keinen Grund, Sie so aggressiv zu befragen.«

»Ich habe zugestimmt, weil Sie sagten, daß Sie um Heathers Sicherheit besorgt seien.«

»Das bin ich auch. Deshalb erachtete ich es auch als notwendig, der Möglichkeit nachzugehen, daß Sie vielleicht mehr über das wissen, was am Tag ihres Verschwindens geschah, als Ihnen vielleicht bewußt war.«

»Wie das?«

»Die Unterdrückung eines traumatischen Erlebnisses durch das Bewußtsein ist eine alltägliche Sache in der Psychologie, Mr. Barnett. Sie kann durch verschiedene Methoden überwunden werden: Hypnose, Analyse, Therapie. Aber alle erfordern Zeit und Vertrauen. Ich muß leider sagen, daß ich sie überfallen und angegriffen habe.« Er warf Harry ein Lächeln zu, das offensichtlich beruhigend wirken sollte. »Um Heathers willen würde ich gern versuchen, das Kriegsbeil zu begraben.«

»Sie schlagen vor, daß ich Ihr Patient werde?«

»Ich schlage vor, wir legen unsere Mittel zusammen – Sie Ihr Gedächtnis und ich meine Fachkenntnisse – in der Hoffnung, daß wir dahinterkommen, was unserer gemeinsamen Freundin zugestoßen ist.«

»Sie halten sie für Ihre Freundin?«

Kingdom kicherte. »Sie beziehen sich vermutlich auf meinen Ausbruch, als Sie andeuteten, unsere Beziehung wäre vielleicht nicht nur beruflich gewesen. Nun, Heather war eine Freundin für mich, ja, und ist es immer noch, wie ich auch mit allen meinen anderen langjährigen Patienten freundschaftlich verbunden bin. Ich bin tatsächlich am zehnten September mit ihr zum Skein of Geese gefahren, aber nicht als Teil einer Verführungsstrategie. Heather bat mich, sie dorthin zur begleiten, und ich erklärte mich dazu bereit.«

»Weshalb fuhren Sie dorthin?«

»Um die Gültigkeit oder Ungültigkeit einer These zu beweisen, die sie nicht als Wahnsymptom ihrer Krankheit akzeptieren konnte.«

»Sie können mir natürlich nicht sagen, worin diese These bestand«, sagte Harry sarkastisch.

»Im Gegenteil.« Ein Lächeln milden Tadels. »Ich bin heute hierhergekommen, um genau das zu tun. Unter der Bedingung, daß Sie einverstanden sind, mir auf jede mögliche Weise zu helfen.«

Harry hatte keinerlei Absicht, einem Mann zu helfen, von dem er wußte, daß er ein Lügner war, und den er im Verdacht hatte, noch etwas Schlimmeres zu sein. Doch im Hinblick auf das, was dabei herauskommen könnte, schien das Versprechen billig, also gab er es bereitwillig. »In Ordnung.«

»Gut. Was wissen Sie über Heathers Krankheit, Mr. Barnett?«

»Nicht viel. Sie hat kaum darüber gesprochen. Eine Depression, die durch den Tod ihrer Schwester ausgelöst wurde, nahm ich an.«

»Es war schon mehr als das, fürchte ich. Heather hatte im November letzten Jahres einen schweren Nervenzusammenbruch: plötzliche substantielle Funktionsstörung der Persönlichkeit mit vielen typischen Merkmalen klinischer Schizophrenie. Sie wurde in einem Krankenhaus aufgenommen, an dem ich tätig bin, und ihr Fall wurde mir übertragen. Als ihr Zustand erst einmal unter Kontrolle war, zeigte sich, daß der Tod ihrer Schwester für ihre seelische Zerrüttung verantwortlich war, obwohl er schon fünf Monate zurücklag. Das war nicht nur ein verzögerter Kummer, verstehen Sie, sondern die Unfähigkeit, ohne ihre Schwester ein normales Leben zu führen. Erschwerend wirkte dabei ihre Überzeugung, daß Familie und Freunde es insgeheim vorgezogen hätten, wenn sie – die weniger schöne und begabte – umgekommen wäre. Es war ein schwieriger Fall, denn ihre Gefühle waren in gewisser Weise gerechtfertigt. Ihre Familie zeigte, soweit ich das beurteilen konnte, überhaupt kein Mitgefühl. Dennoch machte sie nach einigen anfänglichen Problemen ausgezeichnete Fortschritte. Sie konnte das Krankenhaus im März dieses Jahres wieder verlassen und war imstande, wieder ein relativ normales Leben zu führen. Ich hatte gehofft, daß sie nach ein paar Monaten regelmäßiger Konsultationen völlig wiederhergestellt sei, doch eine Wahnvorstellung erwies sich als besonders hartnäckig, und da ich hoffte, sie durch Schocktaktik davon zu befreien, willigte ich ein, sie zum Skein of Geese zu fahren.«

Harry konnte nicht leugnen, daß Kingdom ein Meister der Überzeugungskunst war. Es klang alles wunderbar und höchst einleuchtend, wenn Harry nicht allen Grund gehabt hätte, jedes Wort anzuzweifeln: Zohras Ansicht, daß er ein Besessener war; seine Abwesenheit von Genf am Tag von Heathers Verschwinden. Sie überquerten jetzt eine mit Rhododendren bestandene Lichtung und, nachdem sie angehalten hatten, um einen Gärtner mit seiner Schubkarre vorbeizulassen, fing Kingdom wieder an.

»Heathers am tiefsten verwurzelte Wahnvorstellung war die, daß der Tod ihrer Schwester kein Terroranschlag gewesen war, wie jedermann vermutete. Sie konnte keine bestimmte Aussage darüber machen, was ihrer Meinung nach geschehen war, doch hielt sie an der Überzeugung fest, daß Clare vorsätzlich ermordet worden sei. Sie hatte unmittelbar nach dem Ereignis diesen Gedanken zu unterdrücken versucht, doch das hatte ihren Zusammenbruch nur noch verschlimmert. Es überraschte mich deshalb nicht, daß es sich als hartnäckigstes Merkmal ihres Leidens erwies. Ich bot ihr die einleuchtendste Interpretation dafür: Wenn man dem Unfall eine tiefere und schlimmere Bedeutung verlieh, hieß das, ihm eine Bedeutung zuzumessen, die seinen Schrecken vermindert. Mit anderen Worten, daß diese Vorstellung eine List des Unterbewußtseins war, um das Gefühl der Minderwertigkeit ihrer Schwester gegenüber, das die wahre Ursache ihrer Krankheit darstellte, in Schach zu halten. Sie akzeptierte diese Interpretation, konnte sich aber immer noch nicht dazu bringen, ihre Überzeugung aufzugeben. Ich hoffte, daß der Besuch im Skein of Geese ihre Zweifel endgültig ausräumen würde.«

Sie traten von dem mit Bäumen gesäumten Weg auf eine offene Rasenfläche, auf der plötzlich eine breite Schleife der Themse in ihr Blickfeld kam. Auf dem gegenüberliegenden Ufer erstreckten sich die leeren Flächen des Syon-Parks bis zu dem in der Ferne liegenden massigen Gebäude des Syon-Hauses. Auf dem Rasen standen mehrere Bänke. Kingdom schlenderte gemächlich zu einer hin, nahm Platz und wartete, daß Harry sich zu ihm setzte, ehe er weitersprach.

»Das letzte Mal, als Heather und ich uns hier trafen, war am 6. September. Das war, als sie mich aufforderte, sie zum Skein of Geese mitzunehmen und ihre Behauptung ein für allemal zu beweisen oder zu widerlegen. Sie wußte, daß Clare kurz vor ihrem Tod dort gegessen hatte, und war überzeugt davon, daß sich ihr Verdacht bestätigte, wenn sie herausfand, was an jenem Abend vorgefallen war.«

»Clare war mit Alan Dysart dort zum Abendessen.«

»Genau. Ein harmloses Ereignis, würde man meinen, und genau davon hoffte ich Heather überzeugen zu können. Es wäre mir vielleicht sogar gelungen, wenn nicht der Besitzer, Rex Cunningham, ihr aufgetischt hätte, Clare habe ein Foto in der Hand gehalten, das nur eine Verliebte bei sich tragen würde. Wie Cunningham und Alan Dysart war auch der Mann auf dem Bild ein ehemaliger Breakspearianer, und das genügte Heather schon: Er bekam in ihren Augen sofort die Rolle des Bösewichts. Sobald Cunningham seine phantastische Erinnerung zum besten gab, wußte ich, sie würde darauf hereinfallen, und ich wußte auch, weshalb.«

»Nun?« fragte Harry, nachdem er nicht mehr länger ignorieren konnte, daß Kingdom nicht mehr weitersprach.

Kingdom wandte ihm das Gesicht zu. Er lächelte. »Ich habe doch Ihre Zusicherung, daß Sie mir auch nichts verschweigen werden?«

»Ja.«

»Gut. Heather glaubte, daß Clare schwanger war, als sie getötet wurde. Ich konnte nicht feststellen, ob sie schon vor ihrem Zusammenbruch dieser Überzeugung war. Sie behauptete, Clare habe ihr dies wenige Wochen vor ihrem Tod streng vertraulich eingestanden. Den Vater hatte sie nicht genannt. Außerdem hatte sie Heather nur drei Tage vor ihrem Tod erzählt, daß sie eine Abtreibung vorhatte. Nach Clares Tod hatte Heather versucht, aus den übrigen Familienmitgliedern etwas darüber herauszubekommen, aber es schien niemand etwas davon gewußt zu haben. Als das Thema während unserer Sitzungen aufkam, wandte ich mich an Clares Hausarzt, und er versicherte mir, daß sie seines Wissens nicht schwanger gewesen sei. Natürlich ist es für eine alleinstehende Frau nicht ungewöhnlich, wenn sie so etwas vor ihrem Hausarzt geheimhält, deshalb war seine Aussage kaum beweiskräftig. Doch zusammen mit Heathers Mordtheorie deutete es darauf hin, daß sie den Vorfall erfunden hatte, um ihrer These mehr Gewicht zu verleihen. Die verwirrte Psyche ist erstaunlich erfinderisch, Mr. Barnett. Sie ist zu vielen Täuschungsmanövern fähig.«

»Sie haben also Heathers Version des Geschehens abgelehnt?«

»Ja. Aber ihr Verschwinden wirft ein neues Licht auf die Angelegenheit. Es könnte beweisen, daß sie sich noch nicht so gut erholt hatte, wie ich hoffte, oder daß sie wirklich Grund zur Furcht hatte. Was ich Sie fragen möchte, ist, ob etwas, das sie Ihnen erzählt hat, oder etwas, was Sie in der Folge herausgefunden haben, darauf schließen läßt, daß Clare tatsächlich schwanger war.«

In Harrys Ohren erklangen mehr Warnsignale, als er verarbeiten konnte. Über ein Jahr hatte sich Heather bemüht, sich selbst davon zu überzeugen, daß Kingdom recht hatte: Ihre Erinnerungen waren Wahnvorstellungen. Dann hatte sie am 18. September im Pfarrhaus von Flaxford die Wahrheit erfahren, daß sie sich nur auf ihre Erinnerungen verlassen durfte. Sie hatte Dr. Kingdom nicht mehr vertraut. Harry mußte deshalb ihrem Beispiel folgen. »Ich habe absolut keinen Anlaß zu glauben, daß Clare schwanger war.«

Kingdom seufzte enttäuscht. »Ich hatte gehofft, Sie hätten etwas entdeckt.«

»Ich fürchte nein. Cunningham hat mir von dem Foto erzählt, aber ich bin nicht sicher, ob ich ihm glauben soll. Der Mann auf dem Foto ist ein Lehrer namens Cornelius. Soweit ich feststellen konnte, hatte er keinerlei Verbindung mit Clare Mallender.«

Kingdom nickte betrübt. »Meine Nachforschungen erbrachten dasselbe.« Er preßte eine behandschuhte Hand gegen die Stirn. »Lassen Sie mich noch etwas fragen, Mr. Barnett. Als Heather mich hier am 6. September traf, ließ mich das, was sie sagte, fürchten, daß ein Rückfall ihres Zustandes bevorstehen könnte. Sie bestand nicht nur darauf, das Skein of Geese aufzusuchen, sondern behauptete auch, sie habe Beweise dafür, daß sich Mallender Marine – die Firma ihres Vaters, für die sie seit April halbtags gearbeitet hatte – einer großangelegten Bestechung schuldig gemacht habe. Haben Sie etwas in dieser Richtung herausgefunden?«

»Nicht das geringste.«

»Dann müssen wir annehmen, daß ich recht hatte. Solche aus der Luft gegriffenen Beschuldigungen können ein Nebenprodukt der Schizophrenie sein. Wenige Wochen später gab Heather selbst bereitwillig zu, daß sie vielleicht unrecht gehabt hatte. Sie schien Dysarts Angebot, Ferien auf Rhodos zu machen, gern anzunehmen, in der Hoffnung, dort alle Wahnvorstellungen hinter sich lassen zu können.«

Ein Name stieg plötzlich aus der Tiefe von Harrys Gedächtnis wieder an die Oberfläche: Nigel Mossop. Er hatte nicht verstehen können, weshalb Heather sich Mossop als Begleiter für ihren Besuch auf Tyler's Hard ausgesucht hatte. Jetzt ergab es allmählich einen Sinn. Sie hatten im gleichen Büro gearbeitet. Sie hatten an den Freitagabenden zusammen ein Bier getrunken und sich unterhalten. Sie waren am 28. August zusammen zum New Forest gefahren. Und acht Tage später hatte Heather Kingdom erzählt, daß sie Beweise für finanzielle Unregelmäßigkeiten bei Mallender Marine habe. Die Verbindung war bestechend: Mossop war die Quelle ihrer Beweise. »Was würde es bedeuten«, fragte Harry und versuchte, ruhig und nachdenklich zu klingen, »wenn wir beweisen könnten, daß Clare schwanger gewesen ist und sich Mallender Marine tatsächlich der Bestechung schuldig gemacht hat?«

Kingdom blickte zum Syon-Haus. »Nun, Mr. Barnett, dann wüßten wir, daß Heather nicht an Wahnvorstellungen litt. In diesem Fall wäre es denkbar, daß ihre Überzeugung, ihre Schwester sei ermordet worden, ebenfalls keine Einbildung war. Und es würde denkbar, daß, wer immer Clare umbrachte, auch an Heathers Verschwinden beteiligt war.«

Kingdom hatte recht. All das ergab sich aus dem, was er als weithergeholte Hypothese darstellte, was aber, das spürte Harry, die absolute Wahrheit war. Aber warum war er mit so vielem herausgerückt? Darauf bedacht, den plötzlichen Wunsch, dem Mann zu vertrauen, zu unterbinden, sagte Harry: »Wann haben Sie Heather zuletzt gesehen, Dr. Kingdom?«

»Mmm?« Kingdoms Reaktion ließ erkennen, daß dieser Punkt für ihn belanglos war, aber für Harry konnte er kaum von größerer Bedeutung sein. Kingdom war am 6. November in Lindos gewesen, wie Harry mit eigenen Augen gesehen hatte. Er konnte nur dort gewesen sein, um

Heather zu treffen. Es war möglich, daß der Besuch eine harmlose Erklärung hatte. Falls dies so war, würde er kein Geheimnis daraus machen. Wenn nicht, dann war es so klar, wie der Tag auf die Nacht folgte, daß er den Vorwand, Harrys Hilfe zu suchen, nur inszeniert hatte, um herauszufinden, wieviel er wußte und welche Bedrohung er darstellte. »Wann habe ich sie zuletzt gesehen?« wiederholte er fragend.

»Ja, ich hätte gerne gewußt, in welcher psychischen Verfassung sie war, als Sie sie zum letzten Mal trafen.«

»Aber das habe ich Ihnen doch schon erzählt, Mr. Barnett. Sie fing an zu glauben, daß sie sich geirrt hatte, als sie hinter dem Tod ihrer Schwester eine üble Verschwörung entdecken wollte. Das war bei unserer letzten Sitzung in Marylebone, am 11. Oktober, zwei Tage vor ihrer Abreise nach Griechenland.«

Kingdom hatte sein Urteil selbst gesprochen. Ein Schauder überlief Harry, als ihm klar wurde, daß dieser gutgekleidete, redegewandte Mann mit tadellosen Manieren, der neben ihm auf einer Bank saß, mehr war als nur ein überführter Lügner. Es war durchaus möglich, daß er Heathers Mörder war.

»Die Frage ist nun, Mr. Barnett: Sind Sie bereit, für mich die unbewußten Bereiche Ihrer Psyche zu durchforschen, damit wir vielleicht dort den Hinweis finden, den Ihr Bewußtsein bis jetzt nicht freigelegt hat? Sie haben vielleicht etwas gesehen oder gehört, was uns verraten könnte, was aus Heather geworden ist.«

Harry wußte, daß er, wenn er Kingdom nicht wiedererkannt, von Zohra nicht erfahren hätte, daß er ihm mißtrauen mußte, seiner Taktik wahrscheinlich erlegen wäre. Und indem er Kingdoms Vorschlag um Heathers willen zugestimmt hätte, hätte er wahrscheinlich sich selbst ausgeliefert. »Was wäre damit verbunden?« fragte er und bemühte sich, nicht mehr als eine verständliche Vorsicht durchklingen zu lassen.

»In diesem Fall glaube ich, daß nur Hypnose den Erfordernissen entsprechen würde. Sie befreit den Verstand von allen Belastungen und Hemmungen. Sie setzt die gesamte Erinnerungsfähigkeit frei.«

»Hypnose?«

»Es wundert mich nicht, daß Sie zögern, aber man hat in der Vergangenheit gute Erfolge damit erzielt. Sie sind der einzige bekannte Zeuge. Sie haben vielleicht etwas vergessen oder unterdrückt, was für das Verständnis des Geschehenen von entscheidender Bedeutung ist.«

Oder von entscheidender Bedeutung für Kingdom, um zu wissen, ob er etwas von Harry zu befürchten hatte. Das war der wahre Zweck der Übung. »Ich weiß nicht«, sagte er zögernd. »Es scheint zwar eine gute Idee zu sein, aber ...«

»Warum denken Sie nicht darüber nach?« Kingdom lächelte Harry an, wie er wohl alle Patienten anlächelte, bevor er ihnen ihre Geheimnisse entlockte. »Sie könnten vielleicht nächste Woche in meine Praxis kommen. Es ist zwar klar, daß Eile geboten ist, aber ich sehe ein, daß es sich hierbei um einen Schritt handelt, den man nicht unüberlegt tun möchte.«

»Das ist wahr. Ich werde darüber nachdenken.« Und Harry schwor sich, daß sich bei seinem Nachdenken der Spieß für den raffinierten, selbstbewußten Dr. Kingdom umdrehen würde.

»Tun Sie das, Mr. Barnett. Ich glaube wirklich, Sie werden den Nutzen der Sache einsehen. Lassen Sie es mich wissen, sobald Sie eine Entscheidung getroffen haben.«

36

Es war bereits dunkel, als Harry Weymouth erreichte. Er parkte den Wagen etwa dreißig Meter vom Eingang zu Mallender Marine entfernt und wartete, bis seine Armbanduhr viertel vor sechs zeigte und die meisten Angestellten bereits verschwunden waren. Dann ging er mutig hinein. Auf seinem Weg durch schwach erleuchtete Korridore traf er auf niemanden, außer einem einsamen Gebäudereiniger. Mossops Büro war leer, aber da seine Jacke immer noch über der Stuhllehne hing und seine Aktentasche unter dem Schreibtisch stand, konnte er nicht weit sein. Harry ließ sich an dem Schreibtisch gegenüber nieder, musterte die Einrichtungsgegenstände, die einst das Umfeld seines eigenen Arbeitsalltags gebildet hatten – altersschwache Aktenschränke, überladene Schränke, Anschlagtafeln mit Tabellen, mit Notizzetteln übersäte Schreibtischplatten.

Zehn Jahre waren vergangen seit Harrys plötzlichem und würdelosem Abgang von Mallender Marine, zehn Jahre, die den Räumlichkeiten der Firma ihre Vertrautheit, aber nicht ihre Schmach genommen hatten. Diese hatte nur auf ihre Wiederbelebung gewartet. Und nun, mit dem Gedanken, den ihm Kingdom eingegeben hatte, war der Moment gekommen. Vor elf Jahren war Roy Mallender der Ankläger gewesen und er der Angeklagte. Nun sollten die Rollen bald vertauscht werden.

»Harry!« Mossop erschrak so sehr, daß das Wassers in der Gießkanne, die er trug, überschwappte. »W-w-w...«

»Mach die Tür zu, Nige, und setz dich. Ich möchte mit dir reden.«

Mossop brachte es fertig, die Tür zuzuschlagen und mit der Gießkanne dem Aktenschrank einen dröhnenden Schlag zu versetzen, bevor er auf seinen Stuhl sank. »Ich habe nicht«, begann er, »erwartet ..., dich s-so bald ... wieder ...«

»Zu sehen?« Harry verfiel wieder in seine alte Gewohnheit, Mossops Sätze für ihn zu beenden. »Du hast eher das Gegenteil gehofft.«

»N-Nein ... Über...überhaupt nicht.«

»Hör auf damit, Nige. Du hast gedacht, du könntest mir was vormachen, stimmt's?«

»V-vormachen ...? Ich h-habe nicht ...«

»Du hast gedacht, du wärst schon damit davongekommen, daß du mich zum New Forest und zurück fährst. Du hast gedacht, du hättest mich davon überzeugt, daß Heather an diesem Tag mit dir gefahren ist, weil sie so gern in deiner Gesellschaft war.«

»N-nein. Ich h-habe nie beh-hauptet ...«

»Wo ist der Beweis, Nige?«

»W-was für ein Beweis?« Mit zitterndem Finger schob Mossop seine Brille wieder nach oben. Auf seiner Stirn standen Schweißperlen, flüssiger Beweis dafür, daß er nie einen guten Lügner abgeben würde.

»Du hast Heather gut leiden können, nicht wahr? Sieh mich nicht so verschämt an. Es ist nur natürlich. Du wolltest Eindruck auf sie machen, stimmt's? Du wolltest ihr zeigen, daß du mehr bist als nur ein nichtssagender Bürohengst, mehr als nur eine Zielscheibe für die Witze ihres Bruders. Also hast du ihr etwas gezeigt, das bewies, daß das Geschäftsethos ihrer Familie nicht so makellos war, wie sie angenommen hatte.« Harry beugte sich über den Schreibtisch und sah Mossop unverwandt an. »Du kannst mir ebensogut alles darüber erzählen, Nige. Ich werde es sowieso herausfinden.«

»Was herausfinden?« Die Stimme klang hart und dröhnend, unverkennbar. Als Harry aufblickte, sah er Roy Mallender in der Tür stehen, gekleidet wie der geachtete Geschäftsmann, für den er gehalten werden wollte, aber durch seinen kalten Blick und seine angeberische Haltung verriet er die ganze Prahl- und Streitsucht, für die er einst berüchtigt war.

»Hallo, Roy.« Harry legte so viel falsche Liebenswürdigkeit in seinen Tonfall, wie er konnte, da er wußte, daß ihn das tiefer treffen würde als jede Beleidigung. »Noch so spät an der Arbeit?«

Ein winziges Zucken in Roys Miene verriet, daß die Wut direkt unter der Oberfläche kochte. Er tat drei schnelle Schritte auf den Schreibtisch zu und zog Mossop durch einen Würgegriff am Kragen von seinem Stuhl hoch. »Gehen Sie nach Hause, Nigel«, bellte er. »Montag morgen kommen sie als erstes zu mir.«

Sofort packte Mossop sein Jackett und seine Aktentasche zusammen und floh aus dem Zimmer. Mitleid überkam Harry, als er ihn gehen sah. Vielleicht hatte er ihm unrecht getan. Vielleicht hätte er die Sache behutsamer angehen sollen. So oder so, jetzt würde es einige Tage dauern, bis Mossop zusammenhängend sprechen, geschweige denn überhaupt etwas sagen würde.

Roy ging zur Tür und stieß sie zu, dann fuhr er Harry an. »Sie müssen ein größerer Narr sein, als ich dachte, einfach so hierherzukommen, Barnett.«

In gewisser Weise, räumte Harry ein, hatte Roy recht, denn das war eine Konfrontation, auf die er nicht vorbereitet war. Er stand von seinem Stuhl auf und begann langsam auf die Tür zuzugehen, aber Roy trat ihm in den Weg.

»Verdammt nochmal, ich hätte allen einen Gefallen getan, wenn ich Sie auf Rhodos ganz erledigt hätte.«

Aus der Nähe betrachtet, waren Roys widerliche aufgedunsene Gesichtszüge mit Erinnerungen gespickt: Erinnerungen an wütende gewonnene und verlorene Wortgefechte, an damit verbundene Ungerechtigkeiten und ungestillten Kummer.

»Was wollten Sie von Nigel?«

»Das ist eine private Angelegenheit.«

»Nichts, was hier geschieht, ist privat.« Roys stumpfer Zeigefinger bohrte sich scharf in Harrys Brust. »Nicht für mich.«

»Versuchen Sie nicht, mich einzuschüchtern, Roy. Ich bin nicht mehr Ihr Angestellter.« Harry holte tief Luft. Die Zeit würde kommen, um all die Demütigungen, die er durch diesen Mann erlitten hatte, zu rächen. Aber jetzt war es noch nicht so weit. »Wenn Sie nichts dagegen haben, würde ich jetzt gern gehen.«

Zuerst machte Roy keine Bewegung. Einen Augenblick lang, dachte Harry, daß er wirklich zu Ende bringen wollte, was er in Rhodos begonnen hatte. Doch nein: Er wartete, weil er, wie alle Tyrannen, seinem Gegner nicht das letzte Wort lassen wollte. »Sie hatten Ihre Warnung, Barnett. Daß Sie heute abend hierherkamen, bedeutet, daß Sie sie mißachten. Gehen Sie, nur zu.« Damit gab er Harry den Weg frei. »Aber glauben Sie ja nicht, daß das keine Konsequenzen haben wird!«

Was immer die Konsequenzen sein mochten, sie würden ihn nicht mehr aufhalten. Als er sich mit langen Schritten von dem Gebäude entfernte, verspürte er nur ein erstaunliches Selbstvertrauen. Allen Widrigkeiten zum Trotz und entgegen seinen eigenen Erwartungen hatte er die verschlungenen Fäden von Heathers Schicksal entwirrt. Etwas mehr Zeit war alles, was er brauchte. Etwas mehr Zeit und ein bißchen Verständnis, und er würde die Wahrheit in den Händen halten.

37

Harry und Zohra saßen an einem grauen Tag in der Mittagszeit auf einer Bank im überwachsenen Friedhof Kensal Green. Um sie herum säumten schiefe Grabsteine und mit löchrigen Dächern bedeckte Mausoleen einer viktorianischen Totenstadt die mit Moos eingefaßten Wege. Etwa dreißig Meter vor ihnen war die kleine, sich immer wieder bückende Gestalt von Mrs. Tandy zu sehen, die das Grab pflegte, dem seit Anfang des Jahrhunderts nacheinander ihr Vater, ihre Mutter, mehrere Tanten und Onkel und ein großelterliches Gründerpaar anvertraut worden waren. Doch sonst war keine lebende Seele auf diesem Gelände zu sehen. Es war der ideale Ort für ihre Unterredung, harmlos und doch sicher, korrekt und doch vor neugierigen Ohren geschützt.

Während Mrs. Tandy, die zutiefst dankbar gewesen war, daß sie zum Friedhof gefahren wurde, geschäftig hin und her eilte, um Vasen für die Blumen zu füllen, die sie auf dem Weg gekauft hatte, hatte Zohra Harry alles, was sie durch ihre Nachforschungen am Versorelli-Institut erfahren hatte, in aller Ruhe mitgeteilt. Dr. Kingdom war, so stellte sich heraus, am Freitag in Genf eingetroffen und hatte an diesem Abend mit dem Direktor des Instituts gegessen. Er hatte am nächsten Morgen noch an einer Konferenz im Institut teilgenommen, war dann jedoch bis Montagnachmittag fortgewesen. So weit, so gut also, denn er hätte gut am Sonntag einen kurzen Abstecher nach Rhodos machen können, ohne daß man ihn vermißt hätte. Zohra hatte sogar die Fluggesellschaften angerufen und bestätigt bekommen, daß dies möglich war. Dann war die Zeit bis Donnerstag früh, dem 10. November, mit Verpflichtungen am Institut ausgefüllt gewesen. Er war dann noch einmal abwesend und erschien wieder zum monatlichen Mittagessen der Chefärzte am Samstag, dem 12. November. Nichts davon war Zohras Informanten auch nur im entferntesten merkwürdig vorgekommen – Dr. Kingdom hatte das Recht auf seinen Anteil an Freizeit wie jeder andere auch –, doch Harry und Zohra waren gezwungenermaßen anderer Ansicht. Sie wußten, wo er während der ersten achtundvierzig Stunden, die in seinem Terminplan fehlten, gewesen war, und sie waren sich so gut wie sicher, wo er während der zweiten gewesen war. Was die Gründe oder das, was er dort getan hatte, betraf, hatten sie zwar keinen Beweis, der diesen Namen verdient hätte, aber Vermutungen in Hülle und Fülle. Sie hatten bewiesen, daß er zur Zeit von Heathers Verschwinden auf Rhodos hätte sein können, sogar auf dem Profitis Ilias selbst, und im stillen glaubten sie inzwischen, daß es auch so gewesen sein mußte.

Einen Grund, der ihre Gewißheit rechtfertigte, hatte Kingdom bereits selbst geliefert. In letzter Zeit war er immer verschlossener geworden. Er zog sich zum Arbeiten nach Hause zurück und erzählte Zohra weniger als früher. Dazu war in der vergangenen Woche noch eine verunsichernde Wachsamkeit gekommen, als hätte er gespürt oder entdeckt, daß sie Nachforschungen angestellt hatte. Und doch war sie sicher, daß man ihm nichts von ihren Anfragen am Versorelli-Institut mitgeteilt hatte; sie hatte den Leuten, an die sie sich gewandt hatte, nicht den geringsten Grund gegeben, an ihren Motiven zu zweifeln. Was Harry betraf, so hatte sein Treffen mit Kingdom in den Kew Gardens ihn zwar mit Hochachtung vor dem Scharfsinn dieses Mannes erfüllt, ihm aber keinen Zweifel an seiner Verschlagenheit gelassen. Die vorgeschlagene Hypnose war der beste Beweis dafür. Wenn Harry ablehnte, würde er damit zeigen, daß er Kingdom nicht traute. Wenn er zustimmte, würde er noch viel Schlimmeres offenbaren. Zohra und er mußten den Sieg über ihren Gegner davontragen, bevor Harry gezwungen war, eine Wahl zu treffen. Wenn nicht um ihrer selbst, zumindest um Heathers willen. Sie hatten genug Vermutungen angestellt. Jetzt war etwas Handfesteres gefragt.

»Vielleicht gibt es einen Weg, das zu erhalten, was wir brauchen«, sagte Zohra ruhig, nachdem sie einige Zeit schweigend dagesessen und über die Schwierigkeit ihrer Lage nachgegrübelt hatten. »Ich habe schon seit mehreren Tagen darüber nachgedacht. Eigentlich schon seit ich die Daten seiner Abwesenheit von Genf erfahren habe.«

»Und was wäre das?«

»Nun, wie ich Ihnen sagte, bewahrt er alle Krankengeschichten in einem verschlossenen Schrank in seinem Büro auf. Ich habe normalerweise keinen Zugang dazu, aber ich habe bemerkt, daß er ihn tagsüber oft unversperrt läßt, wenn er da ist, selbst wenn er kurz das Haus verläßt. Es wäre vielleicht möglich ...«

»Den Inhalt von Heathers Akte durchzusehen?«

»Oder zu fotokopieren.« Zohra wurde plötzlich ernst. »Es wäre riskant. Das Versorelli-Institut anzurufen war eine Sache. Heimlich einen Schrank zu durchsuchen ist eine andere. Wenn er unerwartet zurückkehrt und mich dabei erwischt ...«

Sie mußte nicht ausführen, was dann geschehen würde. Im besten Fall würde sie nur ihre Stelle verlieren. Im schlimmsten Fall könnte sich Dr. Kingdom als so gefährlich herausstellen, wie sie befürchteten. Harry spürte instinktiv, daß er nicht zulassen konnte, daß sie dieses Risiko einging. »Sind Sie sicher, daß das, was wir dort finden könnten, ein solches Risiko rechtfertigen würde?«

»Nein. Aber die Tatsache, daß er aufgehört hat, das Material für Heathers Akte durch mich bearbeiten zu lassen, sagt mir, daß sie etwas enthalten muß, was er verbergen will. Wenn das stimmt ...«

»Wenn das stimmt, dann sollte ich die Rolle des Diebs übernehmen.«

»Wie wollen Sie das denn anstellen?«

»Vielleicht nachts. Ich nehme an, daß man den Schrank aufbrechen kann.«

Zohra runzelte die Stirn. »Aber dann wüßte er, was geschehen ist. Was ich vorschlage, würde bedeuten, daß wir seine Notizen über Heather hätten, ohne daß er etwas bemerkt.«

Zohra hatte recht. Ihre Methode war jeder ungeschickten Fassadenkletterei bei weitem überlegen. Und doch verspürte Harry einen Widerstand dagegen, daß sie sich am Rande des Abgrunds bewegen würde, während er tatenlos zusah und auf die Ergebnisse wartete. »Ich weiß nicht, ob ich Sie das tun lassen kann. Ich verlange zuviel von Ihnen.«

»Aber Sie verlangen es ja nicht von mir, Heather tut es.« Ihre dunklen Augen sahen ihn an und ließen keinen Zweifel an ihrer Aufrichtigkeit. »Außerdem kenne ich Dr. Kingdoms Gewohnheiten besser als jeder andere. Es gibt keinen Grund, weshalb etwas schiefgehen sollte.«

»Wann würden Sie die Sache in Angriff nehmen?«

»Sobald die Umstände günstig erscheinen.«

»Und Sie werden keine unnötigen Risiken eingehen?«

»Nein. Ich werde keine unnötigen Risiken eingehen.« Die Entscheidung war getroffen. »Machen Sie sich bitte keine Sorgen.«

»Ich kann nicht anders.«

Da erstrahlte Zohras Gesicht mit einem plötzlichen Lächeln. »Nun, es ist gar nicht so schlecht, jemanden zu haben, der um mich besorgt ist. Eigentlich ist es eine eher angenehme neue Erfahrung.« Sie sah weg. »Ich glaube, Mrs. Tandy ist fertig. Sollen wir zu ihr gehen?«

Ohne Protest folgte Harry Zohra einen schmalen Pfad entlang zwischen dem Wirrwarr der Grabsteine bis zu Mrs. Tandys Familiengrab, wo die alte Dame zu sehen war, wie sie Blumen bündelte. Beim Gehen schoß ihm durch den Kopf, daß Heather, ungeachtet der Schicksalsschläge, die sie erlitten hatte, mit mehreren Freundschaften mehr Glück hatte als er mit einer einzigen; er bezweifelte, daß jemand unter ähnlichen Umständen so viel für ihn getan hätte, wie Zohra für sie tun wollte.

»Ich werde mich mit Ihnen in Verbindung setzen, sobald ich etwas zu berichten habe«, sagte sie, als sie gerade zwischen zwei hochaufragenden Gedenksteinen durchgingen.

»Ich muß gestehen, daß ich voller Unruhe darauf warten werde, von Ihnen zu hören«, erwiderte Harry. »Ich wünschte, Sie würden ...«

Im Sekundenbruchteil plötzlicher Erkenntnis verschlug es ihm die Sprache. Von irgendwo links von ihm war ein schwaches Klicken gekommen. Es konnte ein Eichhörnchen gewesen sein, das eine Nuß knackt, es hörte sich aber viel eher wie etwas Mechanisches an, wie das schwache, aber unverkennbare Geräusch eines Kameraverschlusses. Er wirbelte herum und da, keine zwanzig Meter entfernt, stand eine Gestalt im Regenmantel und ließ eine Kamera sinken. Harry packte das Entsetzen. Es war der Mann aus dem Zug.

»Was ist los?« fragte Zohra, die seine Angst bemerkte.

Doch er konnte nicht antworten. Dieser schäbige, harmlose Fremde, dessen unverbindliches Grinsen die meisten Menschen von seiner vollkommenen Harmlosigkeit überzeugt hätte, besaß die Macht, ihn vor Furcht erstarren zu lassen. Es war jenseits aller Logik, aber nicht zu leugnen. Und es wurde jedesmal schlimmer.

»Was ist los?« wiederholte Zohra mit Nachdruck.

»Guten Tag«, flötete der Fremde mit der Stimme eines Einfaltspinsels, dem niemand viel Beachtung schenken würde. »Diese Grabmäler sind großartig, nicht wahr? Und überaus fotogen.«

»Ja«, erwiderte Zohra. »Das sind sie wirklich.« Es war Harry klar, daß sie darauf hereingefallen war. »Kommen Sie oft hierher?«

»Sooft ich das Bedürfnis dazu verspüre. Man könnte sagen, ich spuke hier.« Es klang so sehr wie ein Witz, den ein exzentrischer Friedhofsbesucher machte, daß Harry sicher war, daß nur er ihn durchschauen würde. »Bitte entschuldigen Sie mich. Ich muß meine Fotos schießen, bevor das Licht nicht mehr mitmacht.« Mit diesen Worten drehte er sich um und eilte davon. Seine graue Gestalt im Regenmantel verschwand schnell in dem Wald von Kreuzen und gebrochenen Säulen.

Zohra berührte Harrys Ellbogen, als versuchte sie ihn aus einer Trance zu wecken. »Geht es Ihnen gut?« fragte sie, sichtlich verwirrt durch sein Verhalten.

»Ja. Es geht mir gut.« Er atmete tief durch und zwang seine angespannten Muskeln, sich zu entspannen. »Es tut mir leid. Es ist nur ... ich hätte wirklich schwören können, diesen Mann schon einmal gesehen zu haben.«

»Wo?«

»Im Zug, als ich letzte Woche von hier wegfuhr.«

»Das könnte ja sein. Er wohnt vielleicht in der Gegend. Na, und wenn schon?«

»Glauben Sie, daß er tatsächlich die Grabstätten fotografierte – nicht uns?«

»Er erschien mir echt. Der Friedhof zieht Fotografen an.«

Harry versuchte, nicht zu widersprechen. Er wußte, wie harmlos dieses Ereignis auf jeden wirken mußte, der nicht ahnte, was hier eigentlich gespielt wurde. Reading. Oxford. Haslemere. Kensal Green. Jeder Schritt, den er machte, wurde verfolgt, jeder Schachzug vorausgesehen. Er hätte es ihr schon vorher sagen sollen, er hätte sie vor den Fallen, die auf sie lauerten, warnen sollen. Aber hätte sie ihm geglaubt? Und wenn sie ihm glaubte, würde sie dann immer noch das Risiko eingehen, das ihnen Kingdoms Schuld auf dem silbernen Tablett präsentieren würde? Angesichts dieser Unsicherheit konnte er nur seine Angst unterdrücken und seine Zunge hüten.

»Außerdem«, fuhr Zohra fort, »welchen Zweck hätte es? Was würde ein Foto von uns beiden beweisen?«

»Ich weiß nicht.« Er wandte sich ihr zu und lächelte beruhigend. »Vermutlich nichts. Sie haben recht. Vergessen wir's.« Doch sein Verstand befahl ihm, das Gegenteil zu tun. Halte diesen Augenblick in deinem Gedächtnis fest, damit du später – wenn sich die Ereignisse zugespitzt haben und das eingetreten ist, was du ebensosehr herbeisehnst, wie du dich davor fürchtest – in der Lage sein wirst, die Zeit und den Ort zu benennen, wo die Furcht endlich besiegt wurde. Die Selbstbeherrschung, die er jetzt wieder gefunden hatte, zählte vielleicht am Ende nichts. Doch zumindest würde sie ihn bis zum Ende durchhalten lassen, was immer das Ende sein mochte und wo immer es zu finden war.

38

»Machen wir uns nichts vor, Harry«, sagte Jackie mit einem hinterhältigen Lächeln, als sie ihm seine Tasse Kaffee reichte und ihr Knie kurz seinen Oberschenkel berühren ließ, »du und ich, wir sind beide zu alt, um noch einmal ein neues Leben anzufangen.«

»Ich dachte, genau deshalb seist du nach Swindon zurückgekehrt«, entgegnete Harry, der die Tasse entgegennahm und in die Sofaecke zurückwich.

»Wohl kaum.« Das Lächeln wurde starr und verschwand. Sie zündete sich eine Zigarette an, blies die erste Lunge voll Rauch gegen die mit Spots beleuchtete Decke, dann lehnte sie sich in die Kissen zurück. »Bestimmt nicht.«

»Es tut mir leid, daß ich deinen Mann verpaßt habe.« Harry war sich nicht sicher, warum er sich die Mühe machte, sein Bedauern auszudrükken. Nach dem geschmacklos teuren Haus zu urteilen, das er in Swindons südöstlichem Vorort gekauft hatte, und seinem unliebenswürdigen, kampflustigen Ausdruck auf den Hochzeitsfotos zu schließen, war Tony Oliver, Unternehmer und Athlet, jemand, dem Harry nicht unbedingt begegnen wollte. Andererseits hatte seine unerwartete Geschäftsreise nach Frankfurt die schnell gelangweilte Jackie offensichtlich mit einem unausgefüllten Wochenende zurückgelassen, und Harry hatte den unangenehmen Eindruck, daß er dazu ausersehen war, es zu beleben. Es schien immer unwahrscheinlicher, daß Mittagessen und eine höfliche Konversation über alte Zeiten alles war, was sie vorhatte. »Muß er oft verreisen?«

»Mindestens einmal im Monat.«

»Das ist bestimmt unangenehm.«

Jackie ging nicht auf die Bemerkung ein und warf Harry einen müden Blick zu, der bedeutete, daß sie mehr von ihm erwartet hatte als Platitüden. »Du hast also nie ans Heiraten gedacht?«

»Gedacht schon, ja. Aber ich hab's mir anders überlegt.«

Jackie lachte. »Manchmal wünschte ich, ich hätte dasselbe getan.«

»Es sieht nicht so aus, als ob es dir allzu schlecht ergangen wäre in der Ehe.« Harry deutete mit einem Nicken auf die kostspielige, mit einem cremefarbenen Teppich ausgelegte weite Fläche des Wohnzimmers. »Das alles ist doch etwas ganz anderes als der Eisenwarenladen deines Vaters in der Wood Street.«

»Typisch, daß du dich daran erinnerst.«

»Na ja, wir haben schon einiges hinter uns, Jackie. Du hast es selbst gesagt.« Es muß im Frühjahr 1968 gewesen sein, überlegte Harry, etwa um die gleiche Zeit, als Ramsey Everett von einem Fenster in Oxford in den Tod gestürzt war, daß die neunzehnjährige Jaqueline Fleetwood mit dem langen blonden Haar und den kriminell kurzen Röcken zum ersten Mal ihre nicht vorhandenen Sekretärinnen-Fähigkeiten und überreichlichen anderen Reize bei Barnchase Motors zum Einsatz brachte. Harry hatte selbst das Einstellungsgespräch für den Posten mit ihr geführt und war deshalb ebenso wie sein mit ihr schäkernder Partner dafür verantwortlich, was aus ihrer Anstellung letztlich entstanden war. »Hörst du noch ab und zu von Barry?« sagte er, bevor ihm die Geschmacklosigkeit seiner Frage bewußt geworden war.

»Nein.« Jackie lächelte und ein zweideutiger nostalgischer Ausdruck kam in ihr Gesicht. »Wir haben uns völlig aus den Augen verloren. Als die Scheidung über die Bühne ging, hatte er so eine Art Time-sharing-Unternehmen auf den Kanarischen Inseln laufen. Aber das war vor fünf Jahren. Seither weiß ich nichts Neues von ihm.« Und ihr Ausdruck besagte, daß es ihr auch egal war. Harry gestand sich ein, daß sie mit Anfang Vierzig körperlich immer noch so anziehend war, wie sie es mit neunzehn gewesen war. Der enganliegende Kaschmirpullover, der kurze Rock und die langen, wirkungsvoll zur Schau gestellten Beine ließen keinen Zweifel daran. »Und was ist mit dir, Harry? Was hast du gemacht, seit du wieder hier bist?«

»Nichts Besonderes. Ich versuche immer noch, mich zurechtzufinden.«

»Hast du Alan Dysart mal gesehen?«

Die Frage kam so überraschend für ihn, daß er sie bejahte. »Nun ja, ich habe ihn einmal getroffen.«

»Ihr beide steht also weiterhin miteinander in Verbindung?«

»Ja.«

»Das dachte ich mir.« Jackie beugte sich vor, um ein Schlückchen Kaffee zu trinken, fuhr mit dem blutrot lackierten Fingernagel gedankenverloren um den Rand der Untertasse, lehnte sich dann zurück und tat einen tiefen Zug aus ihrer Zigarette. »Du hast Glück, daß du einen so einflußreichen Freund hast.«

»Ja, vermutlich.«

»Glaubst du, er erinnert sich an mich?«

»Bestimmt.«

Jackies Blick wechselte von der Tischplatte aus Spiegelglas zu Harrys Gesicht und verweilte dort einige Augenblicke, in denen sie ihn einer konzentrierten Beurteilung unterzog. »Vielleicht«, sagte sie schließlich, »könntest du uns wieder miteinander bekannt machen.«

»Wie bitte?«

»Richte es ein, daß Alan und ich uns nach all diesen Jahren zufällig wiedertreffen.«

Was genau hatte Jackie vor? Harry traute seinen Ohren nicht. Hatte ihr zweiter Mann bereits ausgedient? War Harry in seiner Abwesenheit zum Mittagessen eingeladen worden, um als Vermittler zwischen Jackie und einer glanzvollen Zukunft als Frau oder Geliebter eines berühmten Mannes angeworben zu werden?

»Barry mochte Alan nicht, weißt du«, fuhr sie fort. »Hat ihm jedenfalls nicht getraut. Warum, weiß ich nicht. Ich hatte den Eindruck, irgend etwas sei zwischen den beiden vorgefallen, aber ich habe nie herausbekommen, was es war. Doch das ist Barrys Problem, nicht wahr? Wir brauchen uns darüber keine Sorgen zu machen.«

»Nein«, sagte Harry zweifelnd. »Vermutlich nicht.«

»Also könntest du das einfädeln?«

»Ich ... ich weiß nicht.«

»Das wäre doch kein Problem für dich, oder?« Sie wechselte die Zigarette in die rechte Hand und ließ nun ihre linke in seine Richtung über die Sofakissen schlängeln. »Ich wäre dir sehr dankbar.« In ihrem Lächeln und der Annäherung ihrer karminroten Krallen lag ein eindeutiges Angebot.

Vor dem Mittagessen hatte sie Harry alle Räume des Hauses gezeigt, die eine Reihe privater Extravaganzen aufwiesen. Jetzt kam ihm das Schlafzimmer mit seiner Spiegeldecke und dem dickem Teppich wieder in den Sinn. Einen kurzen Moment lang sah er eine wollüstig auf dem Bett drapierte nackte Jackie, die einladend ihre Hand ausstreckte, vor sich. Dann, fast wie ein Wecker, der einen Traum unterbricht, klingelte das Telefon.

»Oh, verdammt. Entschuldige mich. Vielleicht ist es etwas Wichtiges.« Jackie stand auf und eilte ans andere Ende des Raumes. Beim Gehen rieben ihre Beine leicht aneinander, ein wohlgeformtes Hinterteil bewegte sich unter dem enganliegenden Stoff ihres Rockes. Harry empfand mehr Erleichterung als Bedauern über die Unterbrechung . »Hallo? ... Wer? ... Oh, ich verstehe ... Einen Moment ...« Sie kam mit dem Telefon in der Hand zum Sofa zurück. »Es ist für dich, Harry.« Ihre Lippen waren verächtlich gekräuselt. »Es ist deine Mutter.« Jackies Vorschlag, so schien es, sollte nicht die letzte Überraschung des Tages sein.

»Hallo, Mutter?«

»Bist du es, Harold?«

»Ja, natürlich bin ich's.«

»Kannst du sofort nach Hause kommen?«

»Nun, ich ...«

»Hier ist ein junger Mann, der unbedingt mit dir sprechen will. Er sagt, es handle sich um eine Angelegenheit von höchster Dringlichkeit.« Sie senkte ihre Stimme zu einem Flüstern. »Er scheint völlig verstört zu sein, Harold. Weigert sich zu gehen, ohne mit dir gesprochen zu haben. Sagt, daß es etwas gibt, was er dir unbedingt sagen muß.«

»Wie heißt er denn?«

»Ehrlich gesagt, er stottert so arg, daß ich es nicht genau weiß.«

»Ich bin in zehn Minuten da.« Harry war schon dabei aufzustehen. »Laß ihn nicht weggehen, bevor ich komme.«

»Es ist also wichtig?«

»Ja, Mutter. Ich glaube schon.«

39

Eine Kanne Tee, verstärkt durch einen heimlichen Schuß Whisky, schien eine beruhigende Wirkung auf Nigel Mossop zu haben. Endlich stand ihm kein Schweiß mehr auf der Stirn, und das Stottern und Zittern hatten nachgelassen. Harry saß ihm im beruhigenden Dämmerlicht des Wohnzimmers seiner Mutter gegenüber und wartete so geduldig, wie er konnte, daß Nigel Mossop wieder Herr seiner selbst wurde.

»T-tut mir leid, daß ich so b-bei dir ... hereinplatze, H-Harry.« Dies war Mossops erste zusammenhängende Bemerkung.

»Ich müßte mich bei dir entschuldigen, Nige, dafür daß ich dich bei Roy in Teufels Küche gebracht habe.«

»N-nein. Ich hätte ... ich hätte ihm die St-Stirn bieten müssen.«

Etwas Unwahrscheinlicheres konnte sich Harry kaum vorstellen, aber jetzt war nicht die Zeit, Mossop seine Schwächen vorzuhalten. »Vielleicht tust du das gerade dadurch, daß du hierhergekommen bist.«

»Ich h-h-hoffe es. Weißt du ... wenn ich morgen wieder zurückgehe ... werde ich t-tüchtig zu-zu-zusammengestaucht werden ... Du kennst das ja ... Wenn R-Roy mir mit allen Höllenf-feuern droht – und das w-wird er – werde ich nie ... nie den M-Mut haben, dir alles zu erzählen.«

Mut war, seltsamerweise, gerade das, was Mossop bewies, Mut höchsten Ranges, wenn man ihn seinem Leben unterwürfiger Ängstlichkeit gegenüberstellte. »Mach dir keine Sorgen wegen Roy. Ich werde schon mit ihm fertig.«

»Ich w-w-wünschte ... ich könnte das glauben.«

»Wenn du es nicht tust, warum bist du dann hier?«

»Nun, ich habe ... d-darüber ... nachgedacht ... seit R-Roy mich am F-Freitag aus dem Büro geworfen hat ... T-Tatsache ist, Harry ... ich muß es dir sagen.« Jeder Muskel in Mossops Körper war hart vor Anspannung. Seine Augenlider zuckten und signalisierten kaum beherrschte Panik. Und doch steckte auch eine seltsam bewundernswerte Zielstrebigkeit in ihm, ein Grad an Entschlossenheit, den Harry nie bei ihm vermutet hätte. »Ich m-muß die Wahrheit ... an den Tag bringen ... Ich bin es H-Heather schuldig, Harry ... V-verstehst du das?«

»Ja, Nige, das verstehe ich. Warum beginnst du nicht einfach mit dem Anfang?«

»Wie ... Wie alle g-guten Geschichten ... meinst du?« Mossop versuchte zu grinsen. »Nun ... Nun, du h-hattest ... r-recht ... wegen Heather ... Ich habe sie gemocht ... sehr sogar. Man trifft ... n-nicht viele M-Menschen, die gut sind ... durch und durch ... aber Heather gehörte dazu ... gehört dazu. Sie k-kam im April in die F-firma ... und wir a-arbeiteten von d-da ... da an zusammen. Ich fing an, sie zu mögen ... sehr zu mögen ... aber ich w-wußte ... wußte, daß sie nur f-freundlich zu mir war ... daß sie nichts in mir sah ... außer jemanden, der ihr l-l ... der ihr leid tat.« Er senkte kurz den Kopf, dann fuhr er mit noch größerer Selbstbeherrschung fort. »Keine Sorge, Harry. Das wird k-keine ... keine rührselige Geschichte. Hatten wir Cambridge Road schon g-gemietet ... zu deiner Zeit?«

Mit Cambridge Road meinte Mossop ein kleines Lagerhaus auf dem Granby-Industriegelände gleich außerhalb von Weymouth, das Mallender Marine größtenteils auf Roys Initiative hin gekauft hatte, um zusätzliche Lagermöglichkeiten zur Verfügung zu haben. Harry hatte seine Rentabilität damals gering eingeschätzt, und es war ihm dafür nicht gedankt worden. »Ja, Nige, ich kann mich gut daran erinnern.«

»Nun, wir haben es behalten ... obwohl wir es, soweit ich es beurteilen kann, nicht brauchen.« Harry konnte sich denken, weshalb: Fehler einzugestehen war noch nie Roys Stärke gewesen. »Es wird j-jetzt ... jetzt als Abstellplatz benützt ... für kaputte Maschinen und ... alte Unterlagen, die niemand je aussortiert hat ... Eine r-richtige ... richtige Rumpelkammer.«

»Das kann ich mir vorstellen.«

»Es geht ... kaum je jemand dorthin. Doch letzten Sommer ... na, du weißt, welche Flaute herrschen kann ... Gegen Ende Juli hatte Pickard eine g-gute Idee.« Mossop runzelte die Stirn. »Du erinnerst dich doch an Pickard?«

Pickard war ein nichtswürdiger Speichellecker bei Roy Mallender, der kurz vor Harrys Entlassung als Büroleiter eingestellt worden war. »Wie könnte ich ihn vergessen?«

»Nun, er beschloß, daß die Unterlagen in Cambridge Road ... endlich durchgesehen werden mußten. Ein g-gründliches ... Aussortieren. Und er wählte ... Heather und mich für die Arbeit aus. Also ... g-gingen wir. Es war eigentlich ein z-ziemlich gemütlicher Job. Nur wir beide, die alten Papierkram durchsuchten ... o-ohne irgend jemanden, der uns im Genick saß. Das meiste von dem Zeug war w-wertloser Plunder. Einiges davon reichte ... viele Jahre zurück. Ich stieß sogar auf Notizen in deiner

Handschrift, Harry. Das hat mich dazu veranlaßt ... veranlaßt, H-Heather zu erzählen, wie man dich entlassen ... dir die Schuld in die Schuhe geschoben hatte, nur weil Roy dich nicht leiden konnte. Die Vorstellung, daß ihr B-Bruder sich so ... verhalten könnte ... sch-schien sie zu schockieren. Aber, wie sich herausstellte, w-wartete ... noch ein viel größerer Schock auf sie. Unter dem neueren Zeug ... war ein ganzer Schwung Akten vom letzten Jahr, die sich auf den Phormio-Auftrag b-bezogen. Phormio ist eine ... eine neue Entwicklung, an der die Marine in P-Portland gearbeitet hat. Alles streng geheim. N-nicht ... daß in der Akte irgendwelche Geheimpapiere gewesen wären. Sie enthielt Einzelheiten ... über Mallender Marines Angebot, einige der ... elektronischen G-Geräte zu liefern. Nichts ... Ungewöhnliches dabei. Wir haben den Auftrag auch bekommen. Einer der ... l-lukrativsten seit Jahren übrigens. Aber das war es ja gerade. Unter den D-dokumenten ... fand ich die Notizen von Roy und Charlie über die Festsetzung des Preisangebotes ... Und auf einer stand etwas in Roys Handschrift ... das deutlich z-zeigte ... z-zeigte, daß ...«

»Bestechung im Spiel war?«

»Ja. Das heißt ... K-kei... Keine Bestechung, soweit ich das beurteilen konnte. Aber b-bestimmt ... Erp-p...«

»Erpressung?«

Mossops Gesicht wurde rot vor Anstrengung. »Ja. Erpressung. Es mußte so sein. Es konnte ... konnte gar nicht anders gedeutet werden. Die Mitteilung war am z-z-zweiundzwanzigsten Juni datiert ... und das Angebot mußte am Monatsende eingegangen sein. Es zeigte die P-Preise, die wir für jeden P-Punkt ... des Vertrages verlangten. Wir bekamen jeden einzelnen P-penny, und da war nun die Mitteilung in meinen Händen, die alles ausführlich darlegte. Dazu h-hatte Roy am d-dreiundzwanzigsten Juni eine Notiz an seinen Vater g-geschrieben, kurz bevor das Angebot unterbreitet wurde ... nehme ich an.«

»Und was hat er geschrieben?«

Mossop gelang es zu lächeln. »Es war kurz genug, daß ich ... daß ich mich an jedes Wort erinnere. ›Diese Preise‹, hieß es da, ›werden uns bei der Ausschreibung in den meisten Kategorien um fünf Prozent in Führung bringen, nach Aussage v-von ... v-von ...‹«

»Nach Aussage von wem, Nige?«

»Es waren nur ... nur die Anfangsbuchstaben, Harry, das war alles ... Sie sagten mir ... damals nichts ... außer, daß es niemand aus der F-Firma war. Irgendein Informant, das war mir k-klar ... Ich zeigte es Heather ... na ja ... weil ich Roys Namen in den Schmutz ziehen wollte, w-wie ich n-nur konnte ... G-ganz einfach ... Das war alles ... was ich tun wollte ...

Ich hasse Roy ... und ich wollte Heather dazu bringen, daß sie ihn auch haßt ... Aber sie erkannte die Initialen, Harry ... Sie wußte, wer es war ... und wie sch-schwerwiegend meine E-Entdeckung war ... Ich hätte ihr das nie gez-zeigt ... wenn ich gewußt hätte ... was es bedeutet.«

»Wessen Initialen waren es, Nige?«

Als Antwort ließ Mossop eine makellose Rezitation der Notiz, die Roy Mallender an seinen Vater geschrieben hatte, vom Stapel. »›Diese Preise werden uns bei der Ausschreibung in den meisten Kategorien um fünf Prozent in Führung bringen, nach Aussage von A.D.‹«

Harry zuckte zusammen. A.D. konnte nur Alan Dysart, Abgeordneter des Unterhauses, Staatssekretär am Verteidigungsministerium, hochdekorierter Kriegsheld, Mann des Volkes, Zielscheibe für Terroristen, Freund in Not ... und Helfershelfer der Mallenders, sein. Dreiundzwanzig Tage nachdem Charlie Mallenders Tochter an Bord seiner Jacht getötet worden war, hatte Dysart offensichtlich geheime Informationen an Charlie Mallenders Sohn weitergegeben. Wer könnte besser dafür garantieren, daß Mallender Marine den Auftrag bekäme, als der Mann, der für die, die ihn vergeben, zuständig ist? Aber warum? Warum sollte er seinen Ruf auf diese Weise aufs Spiel setzen? Ein unbestimmtes Gefühl von Verantwortung für Clare Mallenders Tod konnte nicht der Grund sein. Da mußte mehr dahinterstecken.

»Ich sehe, daß du die Initialen auch erkennst«, fuhr Mossop fort. »Alan Dysart, der P-P-Politiker. Heather hat es mir sofort gesagt ... er mußte es sein. Der Mann, für den ihre Sch-Schwester gearbeitet hatte. Ich war überrascht. Ich w-wußte ... daß Dysart zusammen mit Ch-Charlie in der Marine gedient hatte und der Firma wahrscheinlich den einen oder anderen G-gefallen getan hatte, aber ... aber nicht so etwas. Es war ... v-verrückt. Es ergab k-keinen ... Sinn.«

»Wie hat Heather darauf reagiert?«

»Das war das s-seltsamste daran. Sie tat so, als ... als sei es die Bestätigung von etwas anderem. Ich weiß nicht genau, von was, aber irgend etwas, das mit ihrer K-krankheit zu tun hatte. Sie glaubte, es würde b-beweisen, daß sie die ganze Zeit über recht hatte in bezug auf ihre Schwester. Mehr wollte sie nicht sagen ... Sie m-meinte, es wäre sicherer für mich, wenn ich nicht wüßte, was es war.«

Welchen Schluß konnte Heather aus einem solchen Dokument gezogen haben? Die Antwort mußte in ihrer Überzeugung liegen, daß Clare schwanger gewesen war, eine Überzeugung, die gewisse Leute unbedingt als Symptom ihrer Krankheit interpretieren wollten. Zufällig war sie im Archiv auf den Beweis gestoßen, daß Dysart sich innerhalb eines Monats nach Clares Tod das Schweigen ihrer Familie erkauft hatte. Gab es einen anderen Grund, weshalb Dysart wollte, daß sie Stillschweigen bewahrten – außer daß Clare von ihm schwanger war? Heather konnte zu diesem Zeitpunkt noch nicht gewußt haben, wie wenig eindeutig die Umstände wirklich waren. Sie konnte noch keinen Bruchteil dessen erraten haben, was sie in der Folge entdecken sollte. »Was hast du mit dieser Information gemacht, Nige?«

»Ich w-wünschte ... wünschte bei Gott ... wir hätten es vernichtet. Aber Heather beschloß, Roy damit zu konfrontieren. Vermutlich um ... ihm zu beweisen, daß das, was sie von ihrer Sch-schwester ... geglaubt hatte, nicht so verrückt gewesen war ... Jedenfalls ... das nächste, was geschah ... war, daß sie nicht zur Arbeit kam, weil sie krank war. Dann rief mich ... Roy zu sich und sagte mir, daß ich b-befördert würde. Ich k-konnte ... es nicht verstehen. Er erwähnte nichts ... von dem, was wir gefunden hatten ... weder damals noch später. Gemäß R-Roys Worten wurde ich für l-langjährige ... t-treue Dienste belohnt. Ich w-wurde ... natürlich zum Schweigen gebracht ... D-das wußte ich ... n-nur zu gut. Aber was ... k-konnte ich tun?«

»Nichts, Nige. Erzähl weiter: Was passierte dann?«

»Nun, Heather kam nach etwa ... z-zehn Tagen wieder ins Büro. Sie wirkte sehr ... n-niedergeschlagen ... und sagte kein Wort über das, was sich zugetragen hatte. Sie sprach ... eigentlich kaum mit mir. Ich n-nahm an ... sie wolle nicht darüber reden, also habe ich sie n-nicht ... nicht dazu gedrängt. Ich d-dachte, wir sollten einfach so tun, als wäre n-nichts geschehen. Aber dann, am Freitag vor dem B-bankfeiertag im August ... bat sie mich, mit ihr nach der Arbeit ein Bier trinken zu gehen. Es war das erste Mal, daß wir allein zusammen waren ... seit unserer Arbeit in der Cambridge Road. Und d-da ... hat sie mir erzählt ... w-was Roy getan hatte, als sie ihm die Mitteilung gezeigt hatte. Er hatte sie anscheinend d-direkt zum Alten geschleppt, und sie überredeten sie, sie ... ihnen auszuhändigen. Sie habe die Situation falsch ged-deutet ... sie verstehe nichts von geschäftlichen Angelegenheiten ... Sie solle die g-ganze Sache ... v-vergessen. Man könnte sonst auf den G-gedanken kommen, sie müßte wieder ins K-Krankenhaus eingew-wiesen werden. Sie hatte sich ihnen gefügt ... weil sie A-Angst bekommen hatte ... aber sie hatte auch beschlossen, Nachforschungen auf eigene Faust anzustellen ... n-nachdem sich die W-Wogen wieder geglättet hatten. Sie bat mich, sie nach ... T-tyler's Hard zu f-fahren ... um d-dort damit zu beginnen. Offenbar hatte sie ... Dysarts Putzfrau auf Clares Beerdigung g-getroffen und wollte etwas nachprüfen, was die Frau ihr gesagt hatte. Roy und Ch-charlie dachten wahrscheinlich, sie hätten ihr so Angst gemacht ... d-daß sie nichts mehr unternehmen würde, aber sie hatten sich getäuscht,

Harry, so ... so sehr getäuscht. Sie hatte sich ... fest entschlossen ... mit ihrem persönlichen Kreuzzug weiterzumachen ... und ich k-konnte sehen ... daß sie nicht davon abzuhalten war. Also fuhr ich sie an dem Sonntag nach Tyler's Hard ... w-wie ich dir schon erzählt habe. Sie hat mich danach nicht mehr mit einbezogen. Sie s-sagte ... es wäre besser, wenn ich an dem, was sie tat, nicht b-beteiligt wäre, daß ich auf diese Weise so t-tun könnte, als wüßte ich nichts davon.«

»Das war ein guter Rat, Nige.«

»Aber du ... du hast es herausgefunden, nicht wahr, Harry? Du hast h-herausgefunden ... was sie wirklich suchte.«

»Ja, das hab' ich.« Sie hatten Heather erzählt, daß sie sich täuschte, wenn sie glaubte, Clare sei schwanger gewesen, und verrückt, wenn sie unterstellte, daß sie ermordet worden sei. Doch Roys und Charlies Reaktion auf das Beweisstück, das Mossop gefunden hatte, hatte ihr plötzlich Vertrauen in ihre Ahnungen gegeben. Zuerst mußte sie geglaubt haben, Dysart auf der Spur zu sein. Von Mrs. Diamond ging es über Willy Morpurgo und Cyril Ockleton zu Rex Cunningham. Dann war Jack Cornelius zu ihrer Zielscheibe geworden. Die Korruption bei Mallender Marine mußte ihr zu diesem Zeitpunkt wie eine falsche Fährte erschienen sein. Als nächstes kam Hochwürden Waghorne – und damit ein eindeutiger Beweis, daß Clare Cornelius' Kind erwartet hatte. Aber Heather hatte am 18. September mit Waghorne gesprochen. Am 11. Oktober war sie, nach Kingdoms Aussage, bereit, zu akzeptieren, daß sie sich geirrt hatte: Eine Erholungskur auf Rhodos stand auf der Tagesordnung. Wie konnte es zu einem solchen Umschwung kommen? »Sag mal, Nige, wann hast du Heather zum letztenmal gesehen?«

»Nun, sie hat ... sie hat Mallender Marine ... Anfang Oktober verlassen. Ich kann mich nicht an ... d-das genaue Datum erinnern, aber das ... m-muß das letzte Mal gewesen sein, daß ich sie gesehen habe. In der ersten Oktoberwoche.«

Plötzlich fiel Harry ein, was Marjorie Mallender gesagt hatte, weshalb ihre Tochter nicht mehr in der Familienfirma arbeitete. »Der Rückfall, den sie im Oktober erlitt ...« Aber welcher Rückfall? Kingdom hatte keinen Rückfall erwähnt. Was war das für ein Rückfall, wenn nicht einmal der Arzt der Patientin etwas davon wußte? Andererseits ... das Foto, das auf das Pfarrhaus von Flaxford folgte, war eine Art Klinik. Wegweiser, geparkte Autos, Zufahrten. Harry hätte schon vorher darauf kommen sollen. Hastig holte er die Mappe mit den Fotos aus seiner Tasche und durchwühlte sie. Dann knipste er die Lampe neben seinem Stuhl an und betrachtete es eingehend. Es war nicht irgendeine Art von Klinik. Die Fenster waren vergittert.

In einer knappen Stunde waren sie dort. Der Vauxhall war in einen Traum seiner Jugend verfallen und trieb sie in einer Geschwindigkeit über die M4, die das Chassis fast auseinanderbrechen ließ. Die Challenbrooke-Klinik aus roten Backsteinen und dunklem Holz stand auf einem Hang über der Themse östlich von Maidenhead. Zutritt nur nach Vereinbarung, wie auf der Tafel am Ende der Zufahrt zu lesen war. Aber Harry forderte keinen Zutritt. Selbst aus einem Abstand von mehreren hundert Metern konnte er sehen, daß die Klinik Challenbrooke das Motiv der zwölften Aufnahme war.

»W-warum sind wir hierhergefahren?« fragte Mossop.

»Weil dies das Mittel war, mit dem sie sie endgültig erpreßt haben. Sie würde hier so lange eingesperrt bleiben, bis sie akzeptierte, daß das, was sie wußte, eine Wahnvorstellung war. Einmal verrückt, immer verrückt, wenn deine Familie das behauptet. Das mußten sie ihr wohl gesagt haben. Und sie hatte recht, wenn sie ihnen glaubte.«

»Ich ... ich verstehe nicht.«

»Macht nichts, Nige. Wie Heather dir schon gesagt hat, ist es besser für dich, wenn du es nicht verstehst.« Das graue Wetter machte den Anblick noch trostloser. Auch auf dem Foto war es ein grauer Tag, an dem Heather hierhergekommen war, um den Konsequenzen ins Auge zu sehen, die ihre Wahrheitssuche haben könnte. »Dafür sollen sie mir büßen«, murmelte Harry. »Ich verspreche es.«

»Was?«

»Laß nur, Nige.«

»Aber was ... was w-werden wir jetzt t-tun?«

Harry klopfte Mossop tröstend auf die Schulter. »Wir tun gar nichts. Du fährst wieder nach Hause und, wenn du meinen Rat hören willst, meldest dich morgen krank. Das wird uns ein paar Tage Spielraum verschaffen. Geh Fischen. Lies ein Buch. Schau dir einen Film an. Tu irgend etwas, was dir Spaß macht, aber geh nicht zu Mallender Marine zurück, bevor du von mir hörst.«

»Und w-wann wird das sein?«

»Sobald ich Dysarts Version der Ereignisse gehört habe. Ich schulde ihm eine Menge. Aber diesmal schuldet er mir etwas.«

40

Achtundvierzig Stunden waren vergangen, bevor Harry in Alan Dysarts hektischen Terminplan von Konferenzen und Reden eingebaut werden konnte. Und doch spürte er, als er einem Adlaten im Nadelstreifenanzug die schnurgeraden Korridore des Verteidigungsministeriums hinterhertrottete, immer noch ein zunehmendes Gefühl der Beschleunigung in sich, als ob weder Verzögerungen noch Hindernisse seinen Fortschritt aufhalten könnten. Hier, wo er sich am wenigsten heimisch fühlen sollte, wo leise Untertöne Symbole einer zwar selten angewandten, aber vernichtenden Macht waren, die sich gegen ihn wenden konnte, empfand er nichts anderes als eine leichtfertige Erfolgsgewißheit, einen berauschend starken Willen. Von einem solchen Bewußtsein, das er so spät im Leben entdeckt hatte, mußte ein Mensch mit einer Mission beseelt sein.

Ein Wartezimmer und eine kokette Sekretärin, dann noch ein Raum und ein kühler, zurückhaltender Beamter, schließlich »Mr. Dysarts« Privatbüro: dunkle Holztäfelung, Teppiche in düsteren Farbtönen, auf Teakregalen gestapelte Dokumente, Bücher in bleigefaßten Vitrinen, die bis an die Decke reichten, der schwere Klang alter Uhrwerke und vor den drei hohen Fenstern die Dämmerung, die über London hereinbrach, entfernte Lichttrauben, die sich hinter einem dichter werdenden Schleier von Nieselregen bewegten.

»Hallo, Harry.« Der Händedruck war so fest wie immer, das Lächeln genauso warm. Nur die grauen Schatten unter den Augen verrieten seine Erschöpfung, nur die Unentschlossenheit seines Blicks wies darauf hin, daß er wußte, was Harry zu sagen hatte. »Tut mir leid, daß ich dich gestern nicht treffen konnte. Ich war den ganzen Nachmittag in einer Notstandsdebatte.«

»Das macht nichts.«

»Aber ich hörte, es sei sehr dringend.« Ein Hochziehen von Dysarts Augenbrauen forderte Harry auf, den Beweis dafür anzutreten. »Setz dich. Möchtest du etwas trinken?«

»Nein danke.« Harry wollte nüchtern bleiben. Er ließ sich in einen

Sessel sinken. »Du hast mich gebeten, dich sofort zu benachrichtigen, sobald ich etwas herausgefunden habe«, begann er unsicher.

»Über den guten Dr. Kingdom?«

»Nein. Nicht über Kingdom. Noch nicht, jedenfalls, ich bin ... auf etwas anderes gestoßen.«

»Wenn es Jack Cornelius betrifft ...«

»Es geht auch nicht um ihn, es betrifft ...« Harry ließ seinen Blick bis zum Ende des Zimmers wandern, wo der größte Teil der Wand von einem prunkvoll gerahmten Ölgemälde ausgefüllt wurde, so riesig und dunkel, daß es der Eingang zu einer Höhle hätte sein können. »Es betrifft dich, Alan.«

Dysart sagte nichts. Er war neben einem hölzernen Aktenschrank in Fensternähe gestanden und lehnte sich jetzt langsam dagegen, hob leicht den Kopf und verschränkte die Arme. Es sah aus, als wäre von ihm weder eine Ermunterung noch eine Unterbrechung zu erwarten. Harry sollte nach seinem eigenen Gutdünken vorgehen und selbst die Initiative ergreifen.

Er erzählte so unbeteiligt, wie er konnte, die Fakten seiner Entdeckungen: die Angaben von Hochwürden Waghorne, die bewiesen, daß Clare Mallender mit Jack Cornelius liiert und schwanger gewesen war, und die Aussage von Nigel Mossop, die bewies, daß Dysart geheime Informationen an Mallender Marine weitergegeben hatte. Er übertrieb nichts. Er ließ nichts weg. Und als er geendet hatte und aufsah, um Dysarts Reaktion zu beurteilen, stellte er fest, daß um einen Mundwinkel seines Gastgebers ein Lächeln spielte, als ob er sich über einen Witz amüsierte, den nur Eingeweihte verstehen. Was Harry da geschildert hatte, stellte den potentiellen Ruin für diesen hochgewachsenen, gutaussehenden, eleganten Mann dar, der Reichtum und Rechtschaffenheit repräsentierte. Doch alles, was er darauf zu erwidern hatte, war der Versuch eines müden Lächelns.

»Ist dir klar, was ich da sage?«

»Natürlich.« Dysart wandte sich zum Fenster und winkte Harry, sich zu ihm zu gesellen. »Komm und sieh dir doch mal diese Aussicht an!«

Die Dämmerung verschmolz unmerklich mit der Nacht über dem Neon und Gelb Londons. Die Themse war nur noch ein schwarzes Band hinter den bewegten Lichtern der Uferstraße, während sich der Big Ben im Süden vertraut und von Flutlicht beschienen über der Mutter aller Parlamente abzeichnete.

»Ich brauche dir nicht zu erklären, Harry«, sagte Dysart sanft, »daß Korruption schon immer einen Sitz in diesem prächtigen Palast der Demokratie gehabt hat. Unterschlagung, Amtsmißbrauch: Sie hat viele

Namen. Und es haben sich mehr dessen schuldig gemacht, als je aufgedeckt wird.«

»Das weiß ich. Ich bin kein Narr. Ich unterstelle ja auch gar nicht, daß du dich hast bestechen lassen. Und auch Heather hat dir das nicht unterstellt, oder?«

»Nein. Das hat sie nicht.« Dysart holte tief Luft. »Komm, trink etwas, Harry. Wir können jetzt beide einen Schluck vertragen.«

»In Ordnung.«

Nachdem die Gläser gefüllt waren, kehrte Harry zu seinem Sessel zurück, während Dysart, das Glas an die Brust gedrückt, vor ihm auf und ab ging und dabei ruhig und ohne Hast erzählte. »Heather kam zu mir, ähnlich wie du jetzt, und bat mich, ihr für das, was ihr so unerklärlich erschien, eine Erklärung abzugeben. Ich hatte geglaubt, ich könnte es vermeiden, ihr die Wahrheit über ihre Schwester zu erzählen, und vermutlich glaubte ich, ich könnte es auch vor dir verheimlichen. Aber ich habe mich geirrt. Vielleicht hätte ich es dir schon früher sagen sollen. Wenn ja, dann bitte ich dich um Verzeihung.«

»Clare war also schwanger?«

»Ja. Offenbar von Jack Cornelius. Ich hatte keine Ahnung, daß die beiden so eng befreundet waren. Ironischerweise habe ich sie vor etwa vier Jahren auf einer Konferenz miteinander bekannt gemacht. Bis Heather jedoch die Wahrheit herausfand, hatte ich geglaubt, sie seien nichts weiter als Bekannte. Ganz bestimmt wäre ich nie auf Jack gekommen, als mir Clare von ihrem Zustand erzählte.«

»Wann hat sie es dir erzählt?«

»Im Skein of Geese, das letzte Mal, als wir dort waren. Es war eine Überraschung, aber nicht mehr: Ihr Privatleben ging mich nichts an. Das glaubte ich jedenfalls. Doch es stellte sich bald heraus, daß sie mehr vorhatte, als ihren Mutterschaftsurlaub zu nehmen. Viel mehr. Ich muß dazu erklären, daß es vor einigen Jahren eine Zeit gab, als aus unserer Beziehung vielleicht mehr hätte werden können als nur der Arbeitgeber und seine Angestellte. Virginia und ich machten gerade eine schwierige Zeit durch. Der große Arbeitsdruck hatte zur Folge, daß Clare mehr von mir gesehen hat als Virginia. Und Clare, nun, Clare war einer der ehrgeizigsten Menschen, denen ich je begegnet bin. Wenn sie meine Geliebte geworden wäre, hätte das ihren Zwecken recht gut gedient. Aber es kam nicht dazu, weder damals noch später. Wir haben nie – nicht ein einziges Mal – miteinander geschlafen. Ich betone diesen Punkt, weil es dir helfen wird, zu verstehen, wie erstaunt ich war, als Clare mir nicht nur sagte, daß sie schwanger sei, sondern daß sie, wenn ich nicht auf ihre Forderung einging, der ganzen Welt erzählen würde, daß das Kind, das sie erwartete, von mir sei. Es war ein schlau ausgedachtes Ultimatum, das sie mir stellte, das muß man ihr lassen. Die Wahlen standen vor der Tür. Über Minter konnte sie garantieren, daß der Skandal am Sonntag unmittelbar davor eine Titelseite bekommen würde. Ich konnte es natürlich leugnen, und Bluttests mochten später Zweifel an ihrer Geschichte aufkommen lassen, aber nicht bevor ich nicht Einbußen bei der Wahl hätte hinnehmen müssen, nicht bevor meine Aussichten auf einen Kabinettsposten gründlich zerstört gewesen wären. Als Alternative verlangte sie eine beträchtliche Geldsumme und, nach einer diskreten Abtreibung, meine tatkräftige Unterstützung für eine Kandidatur für einen Parlamentssitz. Da hast du's. Ich sagte ja bereits, daß sie ehrgeizig war, nicht wahr?«

»Was hast du getan?«

»Der Herzog von Wellington wäre stolz auf mich gewesen, Harry. Ich sagte ihr, sie solle ruhig an die Öffentlichkeit treten und verdammt sein. In gewisser Weise tat sie mir leid. Ich war sicher, daß sie Minter darauf gebracht hatte, und fast sicher, daß Minter der Vater des Kindes war. Ich hätte das Geld aufbringen können, weiß Gott, und ich hätte auch keinerlei Bedenken gehabt, sie für einen freien Sitz vorzuschlagen, aber ich war unter gar keinen Umständen bereit, mich erpressen zu lassen. Wohin hätte das führen können? Nein, ich sagte ihr, sie solle tun, was sie nicht lassen könne. Ein paar gespannte Wochen folgten, das muß ich zugeben, während ich darauf wartete, daß sie etwas unternahm. Ich habe mehrmals versucht, sie zur Vernunft zu bringen. Sogar an jenem letzten Morgen in Tyler's Hard. Seltsamerweise schien sie es sich damals tatsächlich anders überlegt zu haben. Doch innerhalb von Minuten war das alles natürlich irrelevant. Die Bombe ging hoch, sie war tot – zusammen mit dem Kind, das sie erwartete –, und ich mußte mich mit Wichtigerem beschäftigen, als damit, wie ich einem Erpressungsversuch widerstehen sollte.«

»Und wo kommt Mallender Marine ins Spiel?«

»Da liegt der Haken, Harry. Nachdem Clare erst einmal tot war, gehörte sie der Öffentlichkeit. Sie wurde eine Märtyrerin, eine Heldin, sogar so etwas wie eine Heilige. Die hingebungsvolle Sekretärin, die ihr Leben opferte, um ihren Chef zu retten, über jede Kritik und jeden Vorwurf erhaben. Ich machte mit: Was blieb mir anderes übrig? Ich war wirklich entsetzt über das, was geschehen war. Das hatte ich bestimmt nicht gewollt. Ich versuchte unseren letzten Streit aus meinem Gedächtnis zu verdrängen. Ich ging zu ihrer Beisetzung in Weymouth, ich hielt sogar eine Grabrede. Ich tat, was man von mir erwartete. Ich erwies ihr die gebührende Ehre. Dann, direkt nach der Beerdigung, nahm mich Roy beiseite und setzte mich auf seine Weise unter Druck. Anscheinend hatte

Clare nur wenige Tage vor ihrem Tod ihrer Mutter geschrieben und ihr gestanden, daß sie schwanger sei, wobei sie mich als den Vater angab und sagte, daß ich sie zu einer Abtreibung drängte. Sie hatte wohl schon den Weg für ihren großen Auftritt vorbereitet. Nun, du kennst Roy – er ist ebenso schamlos, wie seine Schwester ehrgeizig war. Er war immer wütend auf mich, weil ich die meisten Dinge erreicht habe, die Charlie auch von ihm erwartet hätte – wenn er dazu fähig gewesen wäre. Es war seine Chance, einen Ausgleich zu erzielen. Er würde den Brief der Presse übergeben, wenn ich Mallender Marine den Phormio-Auftrag nicht gewissermaßen auf einem silbernen Tablett servierte. Das war viel ernster als Clares Drohung. Nun da sie tot war, würde jede Andeutung, daß ich mich geweigert hatte, zu ihr zu stehen, doppelt schlimm wirken. Nichts konnte bewiesen oder widerlegt werden. Jegliches Leugnen von mir würde wie Verrat klingen, angesichts des Opfers, das sie mir unabsichtlich gebracht hatte. Und die Wahl war nicht einmal mehr eine Woche entfernt. Ich wäre bereit gewesen, Clare zu trotzen, wenn sie am Leben gewesen wäre, aber ich wußte, daß ich in einem Wettstreit mit ihrem Andenken keine Chance hatte.«

»Also bist du auf Roys Forderungen eingegangen.«

»Letzen Endes, ja. Aber zuerst habe ich an Charlie appelliert. Ich flehte ihn an, Roy zurückzupfeifen, sowohl Clares wegen als auch meinetwegen. Aber er konnte einfach nicht anders, als mir die Schuld an Clares Tod zu geben, was immer er auch Gegenteiliges in der Öffentlichkeit sagte, und außerdem war Mallender finanziell in großen Schwierigkeiten. Den Phormio-Auftrag zu bekommen war so ungefähr der einzige Ausweg, die Gläubiger in Schach zu halten. Also konnte er es sich, selbst wenn er wollte, nicht leisten, gnädig zu sein. Das ließ mir keine Wahl. Ich konnte das öffentliche Leben aufgeben und alles, was ich dort zu erreichen hoffte, oder ich konnte Mallender Marine diesen einen Gefallen tun. In Anbetracht all der Taschen, die bei der Vergabe von Rüstungsaufträgen gefüllt werden, war es weiß Gott nur eine kleine Gefälligkeit. Roy und Charlie wußten beide, daß Phormio in meine Zuständigkeit fiel. Sie wußten, wie leicht ich dafür sorgen konnte, daß sie den Vertrag bekamen. Also stimmte ich zu. Ein paar Wochen später erhielten sie den Kontrakt, und ich erhielt als Gegenleistung Clares Brief an ihre Mutter. Ich vernichtete ihn und versuchte, die ganze scheußliche Episode aus meinem Gedächtnis zu streichen. Ich glaubte damals wirklich, ich würde nichts mehr darüber hören.«

»Doch du hast die Rechnung ohne Heather gemacht?«

»Ja. Wie auch ihre Familie. Erst nach einem Nervenzusammenbruch kam heraus, daß Clare ihr gesagt hatte, daß sie schwanger war. Zu diesem

Zeitpunkt mußte natürlich die Behauptung des Gegenteils um jeden Preis aufrechterhalten werden, weil sonst die Frage auftauchte, weshalb dies vertuscht worden war. Nicht daß ich etwas von diesem verabredeten Stillschweigen gewußt hätte, in das sich alle hüllten. Heather war krank, das war alles, was ich wußte. Ich hörte zum ersten Mal von ihren Nachforschungen, als sie mich mit dem Ergebnis konfrontierte. Sie war offensichtlich der Fährte gefolgt, der du seither nachgegangen bist, obwohl sie damals nicht sagen wollte, wie sie zu ihren Schlußfolgerungen gekommen war. Sie hatte Clares Schwangerschaft als eine Tatsache hingestellt, sie hatte von der Rolle erfahren, die ich bei der Vergabe des Phormio-Auftrags gespielt hatte, und sie hatte Jack Cornelius als Clares Liebhaber identifiziert. Was sie nicht gefunden hatte, war das, was sie vermutlich am liebsten gefunden hätte: einen Beweis dafür, daß Clare ermordet worden war. Doch ihre Entdeckungen waren aus der Sicht ihrer Familie so schon schlimm genug. Deshalb drohten sie ihr, sie wieder in die Klinik einzuliefern, wenn sie nicht alles vergaß, was sie wußte. Sie ist nicht nur zu mir gekommen, um mich anzuklagen, sie ist gekommen, um mich um Hilfe zu bitten.«

»Und hast du ihr geholfen?«

»Soweit es in meiner Macht stand. Ich erzählte ihr die Wahrheit über ihre Schwester. Ich erzählte ihr, weshalb ich Mallender Marine geholfen hatte. Ich nahm sie mit nach Tyler's Hard, damit sie Willy Morpurgo kennenlernen und sich selbst davon überzeugen konnte, daß er keiner Fliege etwas zuleide tun würde. Ich richtete es sogar ein, daß sie mit dem Polizeibeamten sprechen konnte, der die Untersuchung von Clares Tod geleitet hatte. Ich lud sie ein, mit Virginia und mir ein Wochenende in Devon zu verbringen, damit sie sehen konnte, daß wir eine glückliche Ehe führten, die ich nie für eine Affäre mit Clare aufs Spiel gesetzt hätte. Ich erklärte mich bereit, einzugreifen, falls ihre Familie versuchen sollte, sie wieder in die Klinik einzuliefern. Ich schlug ihr vor, daß sie in ihrem eigenen Interesse die Angelegenheit fallenlassen sollte. Und ich stellte ihr die *Villa ton Navarkhon* zur Verfügung, um über alles nachzudenken. Ich habe sie einige Tage, bevor sie nach Rhodos aufbrach, zum letzten Mal gesehen. Damals schien sie bereit, meinen Rat anzunehmen.«

»Und dann?«

»Dann? Nun, dann sind wir wieder da, wo wir angefangen haben. Sie fuhr nach Rhodos. Sie machte deine Bekanntschaft. Am elften November verschwand sie. Und soweit ich das abschätzen kann, sind wir noch kein bißchen klüger geworden. Wir wissen noch immer nicht, was sich an jenem Tag tatsächlich abgespielt hat.«

41

Harry ging langsam auf der Victoria-Ufer-Straße nach Norden. Die Kälte der hereinbrechenden Nacht und der dichter werdende Nieselregen krochen ihm in die Knochen. Zu seiner Linken floß der Verkehr unbeirrt weiter. Rechts von ihm schob die Themse ihre gewaltigen Wassermassen unsichtbar vorwärts. Hinter ihm, wenn er sich die Mühe gemacht hätte, sich umzudrehen und zu schauen, war noch immer hoch oben in einem Fenster im Verteidigungsministerium ein Licht zu sehen. Und vor ihm? Vor ihm lag ein unbekanntes Reich der Dunkelheit und Unschlüssigkeit.

Alan Dysart war kein schlechter Mensch. Das war klar. Aber er war auch nicht so tugendhaft und vorausschauend, wie Harry vorher immer angenommen hatte. Irgendwie war Harry erleichtert, daß man Dysart, wie jedem anderen auch, eine solche Angst einjagen konnte, daß er Dinge tat, für die er sich später schämte. Andererseits war er auch enttäuscht – enttäuscht, festzustellen, daß der einzige Mann, den er für unfehlbar gehalten hatte, nichts dergleichen war.

Nicht, daß Harry Dysart Vorwürfe gemacht hätte, weil er Roy Mallenders Forderungen nachgegeben hatte. Unter diesen Umständen hätte er wahrscheinlich dasselbe getan. Der Fehltritt hielt sich in Grenzen. Er hatte nicht einmal einen Verlust für den Steuerzahler zur Folge. Er brachte niemanden in Lebensgefahr und setzte keine Zukunft aufs Spiel. Außerdem hatte Dysart sein Bestes getan, um alles wiedergutzumachen – durch die Hilfe, die er Heather geleistet hatte, durch das Angebot, das er Harry im Gefolge seines Eingeständnisses gemacht hatte, dadurch, daß er gezeigt hatte, daß sein Ruf, großzügig zu sein, nicht unbegründet war.

»Ich werde mit meinem Kollegen im Innenministerium sprechen, Harry. Dadurch wird sichergestellt werden, daß dich die Polizei nicht weiter belästigt. Was den jungen Mossop betrifft, kann ich seinen Namen für die Einstellung in den öffentlichen Dienst vorschlagen. Eine berufliche Veränderung ist genau das, was er braucht. In der Zwischenzeit werde ich dafür sorgen, daß Roy einsieht, daß es überhaupt nicht in Frage kommt, Druck auf ihn – oder dich – auszuüben.«

So wurden solche Angelegenheiten also geregelt. Whisky und Soda, weiche Sessel, ein Raum mit warmer Beleuchtung, in dem man schon in den vergangenen Jahrzehnten zu einer Einigung gekommen war. Einfluß, Protektion, Kompromisse, Günstlingswirtschaft: War das der einzige Weg? Wenn Harry nicht in der glücklichen Lage gewesen wäre, Dysart zum Freund zu haben, wie hätte er es dann bewerkstelligen können, das in Erfahrung zu bringen, was Dysart mit keiner größeren Anstrengung als einer ins richtige Ohr geflüsterten Nachfrage für ihn herausfinden wollte?

»Wenn nicht herauszufinden ist, wo sich Kingdom am elften November aufhielt, Harry, wird es Zeit, daß wir uns näher damit befassen. Nur soviel sei gesagt: Wir haben hier die Mittel, um festzustellen, ob er damals in Rhodos war – vorausgesetzt, er reiste mit dem Flugzeug und unter seinem eigenen Namen. Was Jack Cornelius betrifft, so können diskrete Nachforschungen bei der Abtei Hurstdown angestellt und die Gründe für seine Abwesenheit in dieser Woche überprüft werden. Ich glaube, das ist alles, was ich auf halboffizieller Ebene tun kann, doch es sollte genügen, meinst du nicht?«

Oh, es würde genügen. Daran bestand kein Zweifel. Eine Informationsbeschaffung, wie sie Dysart zur Verfügung stand, ließ Harrys selbständige Zufallsentdeckungen hoffnungslos überflüssig erscheinen. Vielleicht war es das, was ihn ärgerte: die Andeutung, daß es nun, da er so weit gekommen war, am besten sei, die Angelegenheit kompetenteren Händen zu übergeben, die selbstverständliche Folgerung, daß er genug getan hatte und nun aus der Schußlinie genommen und mit ein wenig Gastfreundschaft belohnt wurde.

»Warum kommst du nicht nach Weihnachten zu uns nach Devon, Harry? Du warst noch nie bei uns in Strete Barton, nicht wahr? Virginia würde sich freuen, dich nach all den Jahren kennenzulernen.«

Virginias Begeisterung über Harrys Besuch bestand natürlich nur in Dysarts Einbildung. Dennoch hatte Harry die Einladung angenommen, weil er in ihr eine Möglichkeit sah, seinem ursprünglichem Ziel treu zu bleiben. Heathers Bewegungen so weit wie möglich nachzuvollziehen bedeutete, ihr überallhin zu folgen, wohin ihn die Fotos führten. Und sie führten ihn als nächstes zu Dysarts Haus in Devon. Deshalb hätte die Einladung zu keiner besseren Zeit erfolgen können.

Außerdem war er auf der Spur eines viel schlüssigeren Einblicks in Dr. Kingdoms Motive, als ein bloßes Protokoll darüber, ob er am 10. November von Genf nach Rhodos geflogen war, aufzeigen könnte, tröstete sich Harry, als er die Straße überquerte und auf die Seitenstraße zuging, wo er seinen Wagen geparkt hatte. Wenn Zohra Heathers Krankengeschichte fotokopieren konnte, wenn sie dadurch einen eindeutigen Beweis dafür erhalten konnten, daß Kingdom, wie Zohra glaubte, ein von seiner Leidenschaft besessener Mann war, nun, dann …

In dem Moment, in dem Harry den Wagen erblickte, sah er auch den weißen Umriß hinter dem linken Scheibenwischer. Weshalb er nicht annahm, daß es ein Strafzettel oder eine wertlose Reklame war, hätte er nicht sagen können. Vielleicht hatte der Gedanke an Zohra ihm eine Angst eingeimpft, der dieser farblose, unbedeutende Gegenstand irgendwie zu entsprechen schien. Was immer der Grund sein mochte, seine Hand zitterte, als er den Arm danach ausstreckte.

Es war ein unbeschriebener Umschlag, kaum feucht, als sei er nur wenige Minuten dort gewesen. Und es steckte etwas darin. Harry zog ihn hinter dem Scheibenwischer hervor, trat zurück in das Licht einer Straßenlaterne und riß das Kuvert auf.

Ein Foto. Schwarzweiß, mit einem Stich ins Goldgelbe im Licht der Straßenlampe. Ein Fußweg in einem Friedhof, durch ein Dickicht von Grabsteinen aufgenommen. Eine Seitenansicht von zwei Personen, die auf dem Pfad hintereinanderher gingen. Eine junge, dunkelhaarige Frau in einem Dufflecoat und ein ergrauender Mann mittleren Alters in einem Anorak. Es war der Friedhof von Kensal Green vor drei Tagen. Die Frau war Zohra Labrooy. Und der Mann war Harry, in dem Sekundenbruchteil auf den Film gebannt, bevor er den Verschluß hatte klicken hören.

42

»Hallo?«

»Zohra! Gott sei Dank geht es Ihnen gut.«

»Harry? Was um alles in der Welt ist los?«

»Ich dachte ... Nun, es schien, als ob ... Schon gut. Sagen wir einfach, das Warten hat meine Nerven strapaziert.«

»Ich fürchte, es wird doch noch ein wenig länger dauern. Ich hatte noch keine Gelegenheit. Er ist äußerst vorsichtig.«

»Ich hoffe, Sie sind auch vorsichtig.«

»Natürlich. Also, machen Sie sich keine Sorgen, ich werde Sie benachrichtigen, sobald ich irgendwelche Fortschritte mache.«

Der kürzeste Tag des Jahres war in vieler Hinsicht der längste für Harry, da er zu Hause in Swindon auf und ab ging, sich nicht aus dem Haus wagte, für den Fall, Zohra würde in seiner Abwesenheit anrufen. Es gelang ihm keinen Augenblick, die Risiken zu vergessen, die sie seinetwegen einging. Seine Mutter konnte sein Verhalten nicht verstehen, fand aber eine gewisse ironische Befriedigung darin, daß er darauf bestand, als erster ans Telefon zu gehen. Wie er herausfand, hatte sie nicht übertrieben, und es waren mehr anonyme Anrufe gewesen, als sich mit falschen Verbindungen erklären ließen.

»Hallo?«

»Harry? Hier spricht Zohra.« Es war am Nachmittag des folgenden Tages. Ihre Stimme klang anders: vorsichtig, unruhig, besorgt. »Ich habe, was wir brauchen.« Er konnte es kaum glauben – sie hatte die Akte kopiert. »Können wir uns in ein paar Stunden in London treffen?«

»Wo und wann?«

»In der Victoria-and-Albert-Bar, Haltestelle Marylebone, sechs Uhr. Sprechen Sie mich nicht an, wenn ich hereinkomme. Schauen Sie nicht einmal zu mir her. Ich werde die Papiere in einer Plastiktragetasche neben Ihnen abstellen. Ich werde einen Fruchtsaft trinken, gehen und die Tasche zurücklassen. Wir können uns dann später unterhalten.«

»Weshalb die Vorsichtsmaßnahmen? Ist etwas schiefgelaufen?«

»Nein. Es hat alles reibungslos geklappt. Ich bin nervös, das ist alles, wahrscheinlich ohne jeden Grund. Jetzt muß ich aber zurück. Wir sehen uns um sechs.«

Die Victoria-and-Albert-Bar war gut besucht, aber nicht überfüllt. Gruppen von Büroangestellten erzählten sich Witze und Klatschgeschichten, bevor sie ihre Getränke hinunterstürzten, um den Zug um 17 Uhr 57 nach High Wycombe noch zu erreichen. Andere saßen allein, lasen die Abendzeitung und nippten an einem kleinen Bier, sie schienen keine Lust zu haben, sich auf den Heimweg zu machen. Harry wählte einen Barhocker neben einer Säule, bestellte ein Bier und vergewisserte sich, daß er die Tür im Spiegel hinter der Bar sehen konnte.

Zohra kam drei Minuten nach sechs. Harry sah, wie sie neben der Tür stehenblieb und die Reihe der Rücken absuchte, bevor sie seinen erkannte, aber er war sich sicher, daß niemand sonst den Eindruck hatte, sie mache etwas anderes, als sich einen Überblick zu verschaffen. Sie trug einen Regenmantel und flache Schuhe, die versprochene Plastiktüte hielt sie in ihrer linken Hand. Sie sah genau so aus, wie es für ihre Rolle am günstigsten war: ein Gesicht, an das man sich nicht erinnern würde. Sie ging zur Bar, setzte sich neben Harry und stellte die Tasche auf den Boden. Harry setzte sein Glas an die Lippen und hielt die Augen auf den Spiegel gerichtet. Da war niemand, weder hinter noch neben ihnen, der ihnen auch nur die geringste Aufmerksamkeit schenkte.

»Einen St. Clement's bitte.« Zohras Stimme klang ruhig und beherrscht.

»Das macht achtundneunzig Pence, bitte.«

»Danke.« Zohra nahm einen Schluck, entfaltete ihre Abendzeitung und las aufmerksam das Horoskop. Dann trank sie aus, steckte die Zeitung ein und ging. Harry blickte auf die Uhr. Es war zehn nach sechs. Dann schaute er zu der Tragtüte hinunter. Ein großes braunes Kuvert war darin zu erkennen. Er wollte gerade sein Glas mit einem Zug leeren und gehen, als er sich darauf besann, daß er vorsichtig sein mußte. Er ließ sich Zeit. Es war siebzehn Minuten nach sechs, als er die Bar verließ und dabei die Tragtasche locker in der rechten Hand schwang. Und erst drei Stunden später, in der Abgeschlossenheit seines Schlafzimmers in Swindon, öffnete er den Umschlag.

Dr. Kingdoms Beschäftigung mit Heather Mallender begann mit dem Brief eines Oberarztes der Challenbrooke-Klinik, in dem ihm dieser dafür dankte, daß er sich einverstanden erklärt hatte, ihren Fall zu übernehmen. Der Brief trug das Datum des 23. November 1987 und bezog sich auf Heathers Einweisung vierzehn Tage davor. Ein Schreiben ihres Hausarztes war beigefügt, eines gewissen Dr. Lisle aus Wellingborough. Heather hatte an der Hollisdane-Grundschule in Wellingborough unterrichtet. Dort hatte sie am 5. November beim nächtlichen Feuerwerk der Kinder einen hysterischen Anfall gehabt. Kingdom beantwortete den Brief am 26. und bestätigte, daß er den Fall übernehmen werde. Detaillierte klinische Notizen folgten, die das Auftreten von bestimmten Symptomen und die Dosierungen verschiedener Medikamente auflisteten und mit ihrem psychotherapeutischen Fachjargon und den pharmazeutischen Milligrammangaben für Harry unverständlich waren. Anfang Dezember gab es einen entmutigenden Hinweis »Elektroschock ohne positive Ergebnisse«; zumindest hatte er eine leise Ahnung, was das bedeutete. Dr. Lisle hatte Mitte Dezember einen Bericht über den Krankheitsverlauf angefordert, und Kingdoms Antwort zeigte nichts als eine entschiedene professionelle Besorgnis um das Wohl seiner Patientin.

> Die urspünglichen Vermutungen einer streßbedingten Störung haben sich nicht bestätigt. Heathers Zustand scheint weniger mit einem Gefühl der Überforderung in ihrer schulischen Umgebung verbunden zu sein als vielmehr mit Minderwertigkeitsgefühlen ihrer verstorbenen Schwester gegenüber. Diese sind so tief verwurzelt und bis zu der kürzlichen Krise so vollständig unterdrückt worden, daß wahrscheinlich ein langwieriger Prozeß nötig sein wird, um sie wieder ans Licht zu bringen.

Anfang Januar, in einem weiteren Brief an Lisle, äußerte Kingdom berechtigten Optimismus:

> Heather beweist eine bemerkenswerte Charakterstärke im Umgang mit den Neurosen, die zu ihrer Krankheit geführt haben. Gewisse Auffassungen hysterischer Natur sind noch vorhanden, auf der Verhaltensebene macht sie jedoch zweifellos ausgezeichnete Fortschritte.

Und Ende Januar schien er sicher zu sein, daß sie bald soweit sein würde, der Welt wieder ins Auge zu sehen:

> Ich habe mit ihrer Familie darüber gesprochen, wie wichtig es ist, nach ihrer Entlassung für ein Umfeld zu sorgen, das ihr Sicherheit und Unterstützung bietet. Eine Rückkehr in die Schule kommt nicht in Frage, und ich hätte auch Bedenken, wenn sie allein leben würde. Ihre

Eltern scheinen jedoch damit einverstanden zu sein, daß sie bei ihnen wohnt, und zu gegebener Zeit besteht die Aussicht auf eine nicht allzu anstrengende Halbtagsbeschäftigung in der Firma ihres Vaters. Ich stimme deshalb einer Reihe von Wochenendbesuchen im Elternhaus im Februar und März zu und werde ihre weitere Entwicklung im Hinblick darauf überprüfen, wie erfolgreich sich diese Besuche erweisen.

Alles schien gut verlaufen zu sein, denn Kingdom hatte am 10. März an Charlie und Marjorie Mallender geschrieben, mit einer Kopie an Lisle, daß Heather nun soweit sei, die Challenbrooke-Klinik für immer zu verlassen. »Das geschieht«, hatte er gefordert, »jedoch nur unter der strikten Bedingung, daß sie sich sechs Monate lang regelmäßigen Konsultationen bei mir unterzieht, so daß ihre Genesung weiterhin überwacht werden kann.« War das nun, so fragte sich Harry, eine verdächtig strenge Maßnahme seinerseits? War dies das erste Anzeichen dafür, daß er Heather nur widerstrebend gehen ließ?

Es folgte eine Notiz des Assistenzarztes am Krankenhaus Challenbrooke vom 18. März 1988: »Miss Mallender wurde heute vormittag um zehn Uhr offiziell in die Pflege ihrer Eltern entlassen.« Und so begann die Phase von Kingdoms Beziehung zu Heather, an der Harry am meisten interessiert war. Jede Woche war sie zu einer Konsultation nach London gefahren. Und jede Woche hatte er seine Bemerkungen über ihre Fortschritte aufgezeichnet. Am unteren Rand jeder Seite erschienen die Initialen PRK/zl, die Harry sagten, daß Zohra sie getippt hatte. Wie vorauszusehen, blieben auch diese korrekt und leidenschaftslos bis in alle Einzelheiten. »Heather hat sich gut bei ihren Eltern eingewöhnt.« »Heather freut sich über die bescheidene Herausforderung, in die Arbeitswelt zurückzukehren.« »Heather wirkt merklich entspannter und gewinnt an Selbstvertrauen.« Am 12. Juli verschwanden Zohras Initialen plötzlich von den fotokopierten Seiten. Sofort nahm Harrys Konzentration zu. Wenn der wirkliche Peter Kingdom je zum Vorschein kommen sollte, dann war dies der Augenblick.

Zuerst bestand die einzige offensichtliche Veränderung in der Qualität des Getippten. Falls der Inhalt weniger vorsichtig und aufschlußreicher wurde, so nur ganz unwesentlich. Doch eine Bemerkung Kingdoms zog Harrys Aufmerksamkeit auf sich. »Ich habe beschlossen, Heathers Behauptung, ihre Schwester sei ermordet worden, neu zu überprüfen. Dies ist für sie zu einer intellektuellen Prämisse geworden, aber ich habe vor, zu beweisen, daß es eine schizo-hysterische Wurzel hat.« Warum, fragte sich Harry, war Kingdom auf dieses quälende Thema zurückgekommen? Könnte der Grund darin liegen, daß es ihm als Hilfsmittel dienen sollte, eine Beziehung aufrechtzuerhalten, die medizinisch nicht mehr begründbar war?

Zwei Wochen beschrieb Kingdom ein Treffen in Kew Gardens folgendermaßen: »Heather machte eine Bemerkung darüber, daß wir für andere wie ein Liebespaar wirken müßten, das inmitten der Blütenpracht umherschlendert. Daß sie sich in der Lage fühlte, so etwas zu sagen, verdeutlicht das vorteilhafte Gefühl von Gleichberechtigung, das nun zwischen uns herrscht.« Vorteilhaft für wen? hätte Harry gern gefragt. Eine kurze Notiz am 9. August dokumentierte, daß Heather ihre Verabredung nicht eingehalten hatte. Als sie eine Woche später wiederkam, hätte die Erleichterung, die aus Kingdoms Zeilen herauszulesen war, fast die eines Liebhabers sein können, der entdeckt, daß er doch nicht sitzengelassen worden war.

> Meine Befürchtungen waren grundlos: Ein Familienstreit ist die Erklärung für Heathers Abwesenheit letzte Woche. Es drehte sich um den Beweis korrupter Geschäftspraktiken bei Mallender Marine, den sie entdeckt zu haben behauptet. Sie ist davon überzeugt, daß er ihren Verdacht, daß ihre Schwester ermordet wurde, bestätigt. Dieser Verdacht beginnt obsessive Dimensionen anzunehmen.

Harry entdeckte keinen einzigen Hinweis darauf, daß Kingdom sich selbst die Schuld gab, Heathers Gedanken auf das gelenkt zu haben, was er nun als Obsession bezeichnete.

23. August:

> Wir haben besprochen, ob es für Heather ratsam sei, die Nachforschungen über den Tod ihrer Schwester entgegen den Wünschen ihrer Familie weiterzuführen. Ich riet ihr, allmählich damit anzufangen, Freundschaften und Interessen zu pflegen, die nichts mit Weymouth und Mallender Marine zu tun haben. Sie hat anscheinend außerhalb des Familienkreises keine freundschaftlichen Beziehungen mehr gehabt, seit eine Kollegin an der Hollisdane-Schule, mit der sie sich ausgezeichnet verstand, letzten Sommer wegging, um im Ausland zu unterrichten. Ihr Nervenzusammenbruch hätte möglicherweise durch eine engere Freundschaft verhindert werden können. Es wäre besser, sie würde damit aufhören, sich ausschließlich mit den Ereignissen des letzten Jahres zu beschäftigen.

Hinter Kingdoms Beobachtungen zeichnete sich allmählich eine Absicht zwischen den Zeilen ab. Um ihr dabei zu helfen, sich von ihrer Obsession in bezug auf Clares Tod zu befreien – einer Obsession, die Kingdom in gewisser Weise unterstützt hatte –, benötigte Heather einen guten und zuverlässigen Freund. Hatte sich Kingdom selbst für diese Rolle aufgebaut? Hatte er gehofft, ihr Freund zu werden? Oder mehr?

Am 6. September war wieder einmal Kew Gardens der Treffpunkt. »Heather bat mich, sie zu einem Restaurant in Surrey zu begleiten«, hatte Kingdom geschrieben, »wo sie etwas Entscheidendes zu erfahren hofft, um zu verstehen, was mit ihrer Schwester geschehen ist.« Der nächste Satz war unterstrichen. »Angesichts der außergewöhnlichen Umstände willigte ich ein.« Merkwürdigerweise gab es, in Anbetracht der Bedeutung, die Kingdom Heathers Bitte offensichtlich beigemessen hatte, keine Eintragung, die sich auf ihren Besuch in Haslemere bezogen hätte, auch nicht in den folgenden Seiten. Ein einziger, farbloser Satz dokumentierte, daß Heather ihre nächste Verabredung nicht eingehalten hatte, und die folgende Konsultation am 20. September wurde in knappen, widerwilligen Sätzen beschrieben, als habe Kingdom eine Zurücksetzung erlitten, die seinen Stolz verletzt hatte. Harry wußte natürlich, daß Heather aus dem Grund zum Skein of Geese gefahren war, den sie Kingdom genannt hatte. Aber vielleicht hatte er ihn nur für einen Vorwand gehalten. Vielleicht hatte er fest geglaubt, Heather wollte ihn zum Freund gewinnen. Wenn es so war, dann mußte die Entdeckung seines Irrtums eine tiefe Enttäuschung, ein unerträglicher Angriff auf sein Selbstwertgefühl gewesen sein. Und es sollte noch schlimmer kommen.

11. Oktober:

> Heather teilte mir mit, daß sie eine Einladung von Alan Dysart angenommen hat, einige Wochen in seiner Villa auf Rhodos zu verbringen. Sie schien niedergeschlagen zu sein, ja deprimiert. Ihre Zuversicht, daß sie die Berichte über den Tod ihrer Schwester zu Recht angezweifelt hatte, hat sie verlassen. Sie scheint erschöpft zu sein und dringend eine Erholung sowie eine Luftveränderung zu benötigen. Rhodos bietet beides, doch rein formal braucht sie meine Erlaubnis, um unsere Konsultationen einzustellen. Ich äußerte meine Bedenken, weil sie niemanden auf der Insel kennt und vereinsamen und weiteren Depressionen zum Opfer fallen könnte. Sie entgegnete, die sechsmonatige Konsultationszeit, die ich als Bedingung für ihre Entlassung aus der Klinik festgesetzt hatte, sei abgelaufen und sie sehe keinen Anlaß, sie zu verlängern.

Auch Kingdom sah offensichtlich keinen Anlaß dazu, denn er bemerkte: »Unter den Umständen fühlte ich mich gezwungen, ihrer Bitte nachzukommen.« Wie sehr mochte das Gefühl, zurückgewiesen worden zu sein, an ihm genagt haben, als er sein Einverständnis gab? fragte sich Harry. Vor neun Monaten war Heather völlig abhängig von der Sorge und dem Einfühlungsvermögen dieses Mannes gewesen. Jetzt hatte sie ihm klargemacht, daß sie entschlossen war, sich von ihm zu lösen. Wie hatte er sich dabei gefühlt? Was immer die Antwort war, in seine abschließende Bemerkung hatte sich nicht mehr die geringste Andeutung einer Verärgerung eingeschlichen.

»Ich bin weiterhin sehr besorgt über Heathers seelische Verfassung, auch wenn sie darauf beharrt, jetzt selbständig zu sein. Es ist klar, daß ihre Meinung in einer solchen Angelegenheit nicht ausschlaggebend sein kann. Es besteht daher die Möglichkeit, daß ein weiteres Eingreifen von meiner Seite erforderlich sein wird.«

Dies war der letzte Kommentar auf der letzten Seite. Nichts war gelöst, nichts festgelegt, nichts ausgeschlossen. Welche Form sein Eingreifen annehmen könnte, wurde nicht erklärt. Alles, was Harry wußte, war, daß Heather einen Monat später verschwunden war.

»Hallo?«

»Zohra, hier spricht Harry.«

Erst herrschte Schweigen, dann fragte sie: »Haben Sie es gelesen?«

»Ja. Und Sie?«

»Nein. Ich hatte nicht genug Zeit. Ich habe nur kopiert, was da war.«

»Dann müssen wir uns treffen. Bald.«

»Kommen Sie am Samstagmorgen her, so früh, wie Sie wollen.«

»In Ordnung. Aber Zohra ...«

»Ja?«

»Bitte seien Sie bis dahin vorsichtig, ja?«

»Sie klingen besorgt.«

»Das bin ich auch. Sehr sogar.«

43

Harry fuhr am Heiligen Abend von Kensal Green nach Swindon zurück, im Wissen, daß ihn mindestens achtundvierzig Stunden quälender Untätigkeit von jedem weiteren Vorwärtskommen trennten. Nachdem Zohra Kingdoms Notizen über Heather gelesen hatte, hatte sie ihm beigepflichtet, daß Kingdoms Anwesenheit in Lindos am 6. November keine harmlose Erklärung haben konnte. Der Beweis dafür, daß er nach Rhodos zurückgekehrt war und bei Heathers Verschwinden am 11. November irgendeine finstere Rolle gespielt hatte, fehlte jedoch immer noch. Der Mann, der am besten in der Lage war, einen solchen Beweis zu erhalten, war Alan Dysart, und vom zweiten Weihnachtsfeiertag an sollte Harry in seinem Refugium in Devonshire zu Gast sein. Da Harry nicht wußte, wo er sich in der Zwischenzeit aufhalten würde, war das einzig Vernünftige, bis dahin zu warten. Ganz sicher war es das für Zohra, die bis zum Mittwoch nach Weihnachten nicht zur Arbeit und in die beunruhigende Nähe Kingdoms zurückkehren mußte.

Was Zohra nicht wußte – da Harry es ihr nicht gesagt hatte –, war, daß jemand von ihrer Verbindung Kenntnis hatte, jemand, der den Mann im Regenmantel beauftragt hatte, Harry hart auf den Fersen zu bleiben und auf dem Friedhof von Kensal Green ein Foto von ihnen zusammen zu machen. Harry hatte es ihr eigentlich sagen wollen, aber als es so weit war, hatte er es irgendwie nicht übers Herz gebracht, sie mit diesem Wissen zu belasten. Und auf der Rückfahrt nach Swindon hatte er die ganze Zeit über gedacht, daß er die richtige Entscheidung getroffen hatte: Geteiltes Leid würde in diesem Fall eher doppeltes als halbes Leid bedeuten. Erst als er ins Haus ging und im Flur seine Mutter traf, zweifelte er daran, daß er tatsächlich das Beste getan hatte. Ihre Augen waren vor Angst geweitet, und sie hielt den Zeigefinger vor die Lippen.

»Da ist jemand, der dich sehen will, Harold«, flüsterte sie und deutete auf die geschlossene Tür des Wohnzimmers.

»Wer ist es?« Harrys erster Gedanke war, daß Dysart sein Versprechen, ihm die Polizei vom Hals zu halten, nicht gehalten hatte.

»Der Kerl, der dich letzte Woche angerufen hat. Dr. Kingdom.« Der

Name war wie eine Faust an Harrys Kehle. »Er hat etwas an sich, das mir gar nicht gefällt.«

Peter Kingdom wirkte in dem bescheidenen Wohnzimmer sogar noch größer und eleganter als sonst. Der würzige Geruch seines Rasierwassers vermischte sich sonderbar mit dem undefinierbaren Aroma, an dem Harry immer sein Zuhause erkannte. Er stand neben dem Eckschrank und blätterte gedankenverloren in einem Fotoalbum. Es war das alte ledergebundene Album mit Eselsohren, auf dessen starke schwarze Seiten Harrys Mutter seit der ersten Aufnahme von Mr. und Mrs. Stanley Barnett vor dem Kirchenportal, Pfingsten 1932, sorgfältig jeden Familienschnappschuß geklebt hatte.

Als Harry die Tür hinter sich zumachte, drehte sich Kingdom herum und lächelte zur Begrüßung. »Mr. Barnett! Schön, Sie wiederzusehen.« Er hielt das Album hoch. »Ich bewundere gerade diese Bilder Ihrer Kindheit. Sagen Sie mir, was bedeutet ›Ausflug‹?«

Harry war zu überrascht, um zu antworten. Er hatte Kingdoms geheime Notizen über Heather gelesen, und das, was er von dort wußte, war nicht vereinbar mit dem entspannten und charmanten Äußeren, das dieser Mann der Welt gegenüber zeigte. Er ging unruhig durch das Zimmer und ertappte sich dabei, wie er neben Kingdom auf eine Seite mit Fotos von seinem eigenen, kaum erkennbaren elfjährigen Gesicht starrte, das stirnrunzelnd auf einem Pier, grinsend an einem Strand und schmollend am Fenster einer Pension zu sehen war. Darunter eine Unterschrift in weißer Tinte mit dem Titel Ausflug, Weston-super-Mare, Juli 1946. »Das war der jährliche Sommerausflug für Angestellte des Eisenbahnbetriebswerks und ihre Familien«, hörte er sich sagen. »Ich habe sie gehaßt.«

»Wirklich? Warum?«

Die Antwort war, daß Harry schon als Kind der Herdenmentalität mißtraut hatte. Jeden Juli leerte sich die Eisenbahnersiedlung und füllte die Ausflugszüge zur Küste. Und jeden Juli wünschte der kleine Harry, er müßte nicht mitfahren. Allein schon die erzwungene Fröhlichkeit der ganzen gemeinsamen Aufführung widerstrebte ihm. Aber er hatte nicht vor, Dr. Peter Kingdom vierzig Jahre später etwas davon zu gestehen. »Ich bin sicher, Sie sind nicht hergekommen, um meinen Erinnerungen an eine entbehrungsreiche Kindheit zuzuhören«, sagte er scharf.

Kingdom zog die Augenbrauen hoch. »War sie entbehrungsreich?« Dann schien er sich anders zu besinnen. »Verzeihen Sie mir«, sagte er mit einem Lächeln. »Mein Beruf dringt immer durch.« Er schloß das Album und stellte es auf seinen Platz zurück. »Natürlich kam ich eigentlich hierher, um Sie zu fragen, ob Sie sich schon entschieden haben, ob Sie meinen Vorschlag einer Hypnose annehmen.«

»Nein. Ich denke immer noch darüber nach. Ich wollte mich nach Weihnachten mit Ihnen in Verbindung setzen.«

Kingdom nickte. »Das dachte ich mir beinahe.«

Jede Sekunde, die Harry unter dem prüfenden Blick dieses Mannes zubrachte, war unter den gegenwärtigen Umständen eine Qual. Er versuchte, die Zeit zu verkürzen. »Wenn das so ist, verstehe ich den Zweck Ihres Besuches nicht.«

»Ich kam aus einem anderen Grund, muß ich gestehen. Wenn Sie nichts dagegen haben, wollte ich Sie fragen, wie lange Sie meine Sekretärin, Miss Labrooy, schon kennen?«

Harry war, als würde sein Herzschlag aussetzen. Er war sicher, daß ihm das Kinn hinunterfiel, bevor er die Sprache wiederfand. »Warum … warum fragen Sie?«

»Sie hätten natürlich recht, wenn Sie mir sagten, ich solle mich um meine eigenen Angelegenheiten kümmern.« Das Lächeln, das diese Bemerkung begleitete, verlieh ihr ein sarkastisches Gewicht.

»Was gibt's? Was bringt Sie auf den Gedanken, daß ich Miss Labrooy kenne?«

»Ein Foto, Mr. Barnett. Ein ziemlich verwirrendes Foto. Ich bekam es gestern vormittag mit der Post. Sehen Sie selbst.« Kingdom zog ein Kuvert aus seiner Innentasche und ließ den Inhalt in Harrys Hand gleiten. Es war das Foto von Zohra und ihm auf dem Friedhof von Kensal Green. »Es war kein Zettel dabei, und die Adresse war mit der Schreibmaschine getippt«, fuhr Kingdom fort. »Aufgegeben in London EC1 am zwanzigsten.« Am zwanzigsten – an dem Tag, an dem Harry einen Abzug des gleichen Fotos unter dem Scheibenwischer seines Autos gefunden hatte. »Merkwürdig, nicht wahr?«

Ein Blick in Kingdoms Gesicht genügte, um Harry davon zu überzeugen: Das war Kingdoms Art, sie wissen zu lassen, daß er ihnen auf der Spur war. Der Mann im Regenmantel arbeitete für ihn. Deshalb wußte er, daß sich Harry und Zohra gegen ihn verbündet hatten. Doch wenn es so wäre, wäre er bestimmt nicht so unvorsichtig gewesen, Zohra Gelegenheit zu geben, seine Akte über Heather zu fotokopieren. Es sei denn, dachte Harry mit einem plötzlichen Anfall von Angst, es war ihm inzwischen egal, wieviel sie erfahren hatten.

»Ich überlegte mir, ob Sie eine Erklärung dafür hätten, Mr. Barnett. Dieser Vorfall hat mich völlig verunsichert.«

»Nein. Das heißt … Nein, ich habe keine.«

»Aber Sie kennen Miss Labrooy? Privat, meine ich.«

»Nein. Wir sind nur ...« Jede Lüge wäre leicht zu durchschauen, und doch war alles besser als die Wahrheit. »Wir haben uns zufällig getroffen ... im Friedhof von Kensal Green ... letzten Samstag.«

»Wirklich? Aber wer hat diese Aufnahme gemacht?«

»Ich weiß es nicht. Aber ... ich habe auch einen Abzug bekommen.«

»Tatsächlich? Das kommt mir merkwürdig vor. Was meint Miss Labrooy dazu?«

»Ich habe es ihr nicht erzählt.«

»Hat man ihr auch ein Foto geschickt?«

»Nein.« Zu spät rief sein Gehirn seine Stimme zur Ordnung. »Ich will sagen, ich glaube nicht.«

Kingdom schob die Aufnahme in den Umschlag zurück und steckte ihn wieder in die Tasche. Er runzelte nun die Stirn, seine scharfen Augen suchten Harrys Gesicht ab. »Wann haben Sie Ihren Abzug bekommen, Mr. Barnett?«

»Am Dienstag.«

»Mit der Post?«

»Nein ... Er war unter den Scheibenwischer meines Wagens geklemmt, in einem unbeschrifteten Umschlag.« Kingdom weiß das bereits, dachte Harry: Diese Farce von Frage-und-Antwort-Spiel sollte nur seine Nerven auf die Probe stellen.

»Hier in Swindon?«

»Nein. Ich war zu der Zeit in London.«

»Vielleicht, um sich mit Miss Labrooy zu treffen?«

»Nein. Ich habe Ihnen doch gesagt – wir haben uns letzten Samstag zufällig getroffen. Seither haben wir uns nicht mehr gesehen.« In der Victoria-and-Albert-Bar hatte sie niemand beobachtet, da war sich Harry sicher. Und Kingdom konnte nicht wissen, daß er eben aus Kensal Green zurückkam. Zumindest bei dieser Lüge war er sich sicher.

»Was läßt Sie glauben, daß sie nicht auch ein Foto bekommen hat?«

»Ich habe mit ihr telefoniert. Sie hätte es bestimmt erwähnt, wenn man ihr eins geschickt hätte.«

»Aber Sie fühlten sich nicht verpflichtet, ihr davon zu erzählen?«

»Ich wollte sie nicht beunruhigen.«

»Sehr fürsorglich von Ihnen.« Kingdoms Stirnrunzeln ging in einen ironischen Blick über. »Na schön, ich nehme an, es hat tatsächlich keinen Sinn, Miss Labrooy zu belästigen. Sie hat Urlaub bis Mittwoch. Aber wenn sie wiederkommt, werde ich sie ganz bestimmt informieren.«

»Das liegt bei Ihnen.«

»Was mich wirklich erstaunt, Mr. Barnett, ist, daß es sie überhaupt nicht überrascht zu haben scheint, daß man Ihnen ein Foto zukommen ließ, das anonym und ohne Ihr Wissen von Ihnen gemacht worden ist. Wie kommt das, wenn ich fragen darf?«

»Ich hatte ein paar Tage Zeit, um über den Schock hinwegzukommen.«

»Es war also ein Schock?«

»Nun ... ja.«

»Und doch haben Sie deswegen nichts unternommen.«

»Was kann ich unternehmen?«

Kingdom antwortete nicht. In der Minute des Schweigens, während deren seine Augen weiterhin auf Harry gerichtet blieben, schienen sich all die Bluffs und Doppelbluffs, die ihrer Begegnung zugrunde lagen, in der durchdringenden Intensität seines Blickes zu klären. Dann, als sei er befriedigt, daß alles, was er erfahren hatte, auch alles war, was er hoffen konnte zu erfahren, brach er ab und ging zur Tür. »Sie lassen mich doch Ihre Entscheidung vor Ende nächster Woche wissen?« sagte er, hielt bei halbgeöffneter Tür inne und lächelte Harry noch einmal zu, als hätten sie über eine unwichtige geschäftliche Angelegenheit gesprochen.

»Ja.«

»Gut. Ich wünsche Ihnen dann also ein frohes Weihnachtsfest, Mr. Barnett, und freue mich darauf, von Ihnen zu hören.«

Als sich die Tür hinter ihm schloß, bemerkte Harry plötzlich, wie sich jeder Muskel in seinem Körper angespannt hatte. Als er die Fäuste öffnete, zu denen er die Hände geballt hatte, stellte er fest, daß jede Linie seiner Handflächen mit Schweiß überzogen war. Sein erster Impuls war, zum Telefon zu eilen und Zohra zu warnen. Aber das war bestimmt genau das, was Kingdom von ihm erwartete. Das war es, was er mit seinem Besuch bezwecken wollte. Deshalb mußte Harry das tun, was unter solchen Umständen am schwierigsten ist: Gar nichts. Er ging zum Fenster und zog die Tüllgardine zurück. Da war Kingdom und stieg etwas weiter die Straße hinunter in sein Auto. »Ja, ganz recht, Sie werden schon von mir hören, Doktor«, hörte er sich selbst murmeln. »Vielleicht früher, als Sie denken.«

44

Harry hatte das Weihnachtsfest seit zehn Jahren nicht mehr in England verlebt und hatte ganz vergessen, wie zermürbend es sein konnte. Weshalb die Leute diese jährliche Tortur mit Truthahn und Fernsehen in irgendeiner Weise als angenehm empfanden, war ihm ein unergründliches Rätsel. Seiner Mutter zuliebe versuchte er jedoch so zu tun, als ob die drei Paar grünen Wollsocken genau das waren, was er brauchte, und als sei die Ansprache der Königin etwas, das er auf keinen Fall versäumen wollte. Erst als die Dunkelheit hereinbrach und seine Mutter anfing, nach ihrem Doppelalbum mit den Weihnachtsliedern der Heilsarmee zu suchen, spürte er, daß seine Toleranz zu Ende ging; es war Zeit, sich aus dem Staub zu machen. Doch Swindons Straßen waren leer, die Kneipen geschlossen, und die Schauplätze seiner Kindheit waren verschwunden; es gab nichts in dieser ganzen stillen Nacht, das ihn getröstet oder ermutigt hätte, das heißt nichts außer dem Wissen, daß er morgen wieder auf Heathers Fährte sein würde.

Der Ausflug 1949 führte nach Paignton. Dies war Harrys letzter, denn als er die Schule verlassen durfte, war er alt genug, um nicht mehr an der jährlichen Marter teilnehmen zu müssen. Außer jenes eine Mal und an Alan Dysarts Hochzeit war er nie im südlichen Devonshire gewesen. Die Folge war, daß sich die beiden Ereignisse in seinem Kopf vermischten, als er am ersten Weihnachtsfeiertag durch Westengland fuhr. Es war, als sei ein mit Brauselimonade bekleckerter Schuljunge in den Hochzeitsempfang geraten und habe sich mit den Ellbogen seinen Weg durch die Champagner trinkenden Gäste gebahnt. Keine seiner Erinnerungen schien gewillt, seinen Befehlen zu gehorchen: Sie verdrängten sich gegenseitig, versteckten sich und kamen verkleidet wieder zum Vorschein.

Auch das Auto bereitete ihm Schwierigkeiten. Es gab genug Anzeichen von Widerstand von sich, um Harry von der Autobahn weg auf langsamere Strecken durch leere, in einer weihnachtlichen Trance vor sich hin dämmernde Marktflecken zu zwingen. Ein erzwungener Halt, um den

Kühler abkühlen zu lassen, machte die Fahrt schließlich zu einer Qual, und erst, als der Nachmittag schon allmählich in die Dämmerung überging, erreichte er über eine Achterbahn von mit hohen Hecken eingefaßten Sträßchen Strete Barton, das auf halbem Weg zwischen Dartmouth und Kingsbridge lag.

Eine asphaltierte Zufahrt zwischen kahlen Bäumen, wohlgenährte Jersey-Rinder, die auf sanft hügeligen Feldern Nesseln kauten: Harry konnte sich an nichts davon erinnern. Das letzte Mal war es natürlich Frühsommer gewesen, mit grünen Bäumen und singenden Vögeln – vielleicht war das der Unterschied. Er fuhr über ein Viehgitter, dann durch ein Tor in einen weiten, leeren Hof, mit einer offenen Scheune auf einer Seite und einer älteren Steinscheuer, die als Garage diente, zu seiner Linken. Vor ihm, hinter einer niedrigen Hecke, stand das Haus selbst, schiefergedeckt und aus Lehmgemäuer, mit längs unterteilten Fenstern und einem Eingang mit Vorbau. Aus den Kaminen kräuselte sich Rauch. Neben dem Haus führte eine schmale Straße hinter einer mit einem Doppelzaun eingefaßten Koppel auf ein Stallgebäude zu, wo Harry eine Gestalt mit Eimer und Besen sehen konnte. In der Garage standen Dysarts Daimler, ein schlammbespritzter Range Rover und ein knallroter Sportwagen. Der Anblick ließ Harry keinerlei Zweifel, hier waren Großgrundbesitz und Reichtum mit beiden Händen greifbar. Und hier, ein Blick auf das ans Armaturenbrett gelehnte Bild erinnerte ihn daran, hatte Heather ihr dreizehntes Foto aufgenommen.

Als Harry aus dem Auto stieg, erschien Dysart in dem Türvorbau und hatte den Arm zum Gruß erhoben. Er trug einen alten Marinepullover über Hosen aus Köperstoff, sein Haar war locker nach hinten gekämmt, und er lächelte breit. Bevor er sich überlegen konnte, warum ihm der Gedanke gekommen war, dachte Harry über das Geheimnis nach, wie leicht es diesem Mann fiel, vom hohen Regierungsbeamten mit Krawattennadel zum händeschüttelnden Freizeitmenschen zu wechseln. Es gab, so schien es, keine Gelegenheit, keinen Schauplatz, keinen Kontext, für den Alan Dysart sich nicht die ideale Rolle ausdenken und darstellen konnte.

»Gute Fahrt gehabt, Harry?« Der feste Händedruck, die Berührung der Schulter, das strahlende Lächeln: die Herzlichkeit von Dysarts Begrüßung, den Zutritt zu dem Zauberkreis seiner Freundschaft, den sie immer bedeutete, war unvermindert. »Komm rein. Leider ist Virginia im Moment nicht hier.« Er ging voran, und Harry folgte ihm. Als sie durch die Diele zum hinteren Teil des Hauses gingen, konnte er einen Blick in ein großes, kostbar eingerichtetes Wohnzimmer werfen, in dem ein riesiger, prachtvoll geschmückter Christbaum neben einem prasselnden

Kaminfeuer stand. »Ich war gerade im Arbeitszimmer, als ich deinen Wagen hörte. Die Arbeit eines Politikers, du weißt ja ...« Das Arbeitszimmer war dunkel getäfelt, und das Licht fiel durch ein breites Fenster, das einen Blick über sanft hügelige Weideflächen und bewaldete Schluchten zu dem Kirchturm und den Dächern der sich um ihn scharenden Häuser des nächsten Dorfes bot. »Ich glaube, du könntest einen Schluck vertragen.«

»Bitte.« Harry blickte auf die Jagdaufnahmen und gut gefüllten Bücherregale ringsum, den breiten und mit Papieren bedeckten Schreibtisch mit seiner immer gegenwärtigen, sich immer verändernden Aussicht auf die Landschaft von Devonshire. War das, fragte er sich, der wahre Alan Dysart – der Mann mit einer Vorliebe für Tweed und Tradition, für Jagdrechte und bäuerliche Werte? Oder war dies nur eine weitere gekonnte Pose, ein weiteres Zugeständnis an das, was andere von ihm erwarteten? Ein Glas wurde ihm in die Hand gedrückt. »Cheers«, sagte er und nippte am Inhalt; Dysarts Geschmack bei Malt-Whisky war so tadellos wie immer.

»Was ist in dem Umschlag?« fragte Dysart und deutete mit einer Kopfbewegung auf das Päckchen, das Harry neben sich hielt.

»Etwas ziemlich Wichtiges.«

»In bezug auf unseren Freund Kingdom?«

»Ja.«

»Dann laß mich dir erzählen, was ich über ihn erfahren habe.« Er winkte Harry zu einem Stuhl. »Es ist erstaunlich, was man herausfinden kann, wenn einem inoffiziell die Quellen von Interpol zur Verfügung stehen.«

»Wo war er am elften November?«

Dysart lehnte sich an die Kante seines Schreibtischs. »Gedulde dich noch einen Augenblick, Harry. Ich sollte zuerst erzählen, daß es scheint, als sei Jack Cornelius von dem Verdacht befreit. Er hatte aus familiären Gründen zehn Tage Urlaub von der Abtei Hurstdown bekommen, weil sein Vater gestorben ist. Nun, ich ließ das nachprüfen: Er hat die Geschichte nicht erfunden. Am elften November war er auf der Beerdigung seines Vaters in Dundalk.«

»Und Kingdom?«

»Das ist etwas ganz anderes. Die Unterlagen der Fluglinie bestätigen, daß du ihn am sechsten in Lindos gesehen haben kannst. Er flog am fünften von Genf nach Rhodos und kehrte am siebten zurück.«

»Und am elften?«

»Immer noch eine Lücke. Es gibt keine Aufzeichnungen einer Fluggesellschaft darüber, daß er ein zweites Mal nach Rhodos geflogen wäre.

Aber bei der Nachforschung stieß Interpol auf etwas ziemlich Interessantes.« Dysart nahm ein Papier von seinem Schreibtisch und begann davon abzulesen. »Ein britischer Staatsbürger namens King, Initiale des Vornamens P, flog am Donnerstag, dem zehnten November, mit Olympic Airways von Genf über Athen nach Rhodos. Er verließ Rhodos am nächsten Tag mit dem Flug um 17 Uhr 50 nach Athen, übernachtete dort und nahm am Samstag, dem zwölften, den Swissair-Flug um 8 Uhr 20 nach Genf.«

Die Daten und Zeiten stimmten, nur der Name war falsch, es sei denn, P. King und P. Kingdom waren ein und derselbe. »Du willst damit doch nicht sagen ...« begann Harry.

»Es ist möglich. Pässe und Flugkarten werden an den Flughäfen meist getrennt voneinander überprüft. Zollbeamte sind mehr daran interessiert, ob dein Paß echt ist, als an dem Namen auf deinem Flugschein. Außerdem kennst du die Griechen ebenso gut wie ich. Verwaltung ist wohl kaum ihre Stärke. Aber da gibt es noch etwas. Der Passagierliste zufolge reiste der geheimnisvolle Mr. King allein nach Rhodos. Doch zurück kam er mit seiner Frau.«

»Seiner Frau?«

»Oder einer Begleiterin, die diesen Namen benutzte.«

Aus Dysarts Mund klangen die Fakten nichtssagend und belanglos, doch falls King Kingdoms Nom de guerre war, hatte er weder eine Entschuldigung noch ein Alibi. Er war zur Zeit – ja zur Stunde – von Heathers Verschwinden auf Rhodos gewesen. Und er war nicht allein abgereist. Sein angedrohtes Eingreifen hatte an Form gewonnen.

»Nun«, sagte Dysart, »sagst du mir, was in dem Umschlag ist?«

Harry rechnete damit, daß Dysart mindestens eine Stunde brauchen würde, um Kingdoms Aktennotizen zu lesen und sich darüber ein Urteil zu bilden. Er füllte die Zeit dadurch aus, daß er auf sein Zimmer ging, seine Tasche auspackte und sich mit einem Bad etwas von der Anstrengung der Reise erholte. Es war fast dunkel, als er in den Hof zurückkehrte, um etwas frische Luft zu schnappen. Er zündete eine Zigarette an und beschloß, die Auffahrt hinunterzuspazieren, die Ruhe und Stille zu genießen, die Feuchtigkeit, die an seinem Atem haften blieb, den Geruch des Rauchs von Holzfeuern, der die Scheunen und Hecken einhüllte. Wenn England, sein England, öfter so gewesen wäre, dann hätte er nicht so darauf gebrannt, es zu verlassen.

Plötzlich tauchten durch die stärker werdende Dämmerung ein Pferd und sein Reiter auf und kamen langsam die Auffahrt herauf auf ihn zu. Sie wirkten wie eine Geistererscheinung, bis das gemächliche Klappern der Hufe die Vision einholte. Eine große Fuchsstute, die bis zu den Sprunggelenken mit Schlammklumpen bedeckt war und heftig schnaubte, wurde von einer Frau in voller Jagdausrüstung geritten. Voller Schreck erkannte Harry, daß es Virginia Dysart war. Er trat zur Hecke zurück und dachte einen Moment, sie würde vorbeireiten, ohne ihn zu beachten. Aber nein – sie zügelte das Pferd, als sie auf seiner Höhe war.

»Hallo, Harry.« Die Stute war sogar noch größer, als er angenommen hatte. Von ihrem Sattel blickte Virginia majestätisch auf ihn herunter, ohne ein Lächeln und ohne Scham. Ihr Haar war hinter ihrem Hut zu einem Knoten gesteckt und betonte die Strenge ihrer Züge noch. »Alan erzählte mir, daß Sie kommen würden«, sagte sie. »Ich hoffe, er kümmert sich um Sie.« Sie hatte vor, so zu tun, als hätten sie sich nicht in Minters Wohnung getroffen. Sie würde sich dagegen wehren, daß er ihr überhaupt so etwas unterstellte. Und bereits als er zu ihr aufblickte, ertappte sich Harry dabei, wie er sich überlegte, wie diese stolze und perfekt gekleidete Jägerin die Geliebte eines skrupellosen Schreibers von Skandalgeschichten sein konnte. »Schön, Sie wiederzusehen«, fuhr sie fort, »nach so vielen Jahren.«

Jetzt, wenn überhaupt jemals, war der Augenblick gekommen, ihr das ins Gesicht zu schleudern, was er mit eigenen Augen gesehen hatte. Aber er brachte es nicht fertig. Schamlosigkeit in diesem Stil schien Respekt zu fordern. »Ich freue mich, hier zu sein«, hörte er sich sagen.

»Gut.« Ihre Augen verengten sich, ihre Lippen preßten sich mit straff gespannter Haut zu einem Lächeln zusammen. »Wir sehen uns dann beim Abendessen.« Und mit diesen Worten zog sie an den Zügeln, und die Stute trottete die Auffahrt hinauf.

Dysart war in Harrys Abwesenheit ernst geworden. Er goß ihnen beiden ein Glas ein und ging eine Minute lang schweigend im Zimmer auf und ab, bevor er sich in den Stuhl hinter seinem Schreibtisch sinken ließ und die Fotokopien zurück in den Umschlag schob.

»Was meinst du?« sagte Harry.

»Ich wüßte gern, wie du an das hier gekommen bist.«

»Durch Kingdoms Sekretärin. Sie kannte Heather ziemlich gut, und sie traut Kingdom nicht. Sie meint, er hätte vielleicht Heathers Behandlung unnötig verlängert.«

»Ihre Anfangsbuchstaben sind Z. L.?«

»Ja. Zohra Labrooy.«

Dysart lehnte sich in seinem Stuhl zurück und strich sich gedankenvoll übers Kinn. »Und sie war es auch, die herausfand, daß Kingdom am elften November nicht am Versorelli-Institut war?«

»Ja.«

»Ich habe Nachforschungen über diese Institution angestellt, weißt du. Es ist eine private psychiatrische Klinik. Nach den Honoraren zu urteilen, nimmt sie nur sehr, sehr reiche Klienten auf. Sie ist auf ausländische Patienten spezialisiert und der Inbegriff an Diskretion. Soweit ich feststellen kann, ist das Versorelli-Institut die Art von Haus, wo ein gestörter Verwandter, für den man sich schämt, sicher, wenn auch kostspielig untergebracht und, mit der Zeit, vergessen werden kann.«

In Harrys Kopf entstand die Vision eines großen Giebelhauses, das zwischen schneebedeckten Tannen stand, mit Schäferhunden, die auf dem Gelände die Runde machten, und von Heathers verängstigtem Gesicht, das an einem oberen Fenster zu sehen war. »Glaubst du, daß Heather dort festgehalten wird?« fragte er.

»Ich weiß nicht, Harry.« Dysart setzte sich wieder aufrecht hin, und ein konzentriertes Leuchten kam in seine Augen. »Du sagtest, Miss Labrooy hatte Kingdom im Verdacht, daß er nur widerstrebend eingestand, daß Heather völlig wiederhergestellt war. Welchen Grund hätte er dafür?«

»Weil er wollte, daß sie weiter von ihm abhängig blieb.«

»Na schön. Gehen wir einmal davon aus, daß es dafür in seinen Notizen einen Hinweis gibt. Als sie wegging, was tat er da?«

»Er wartete den richtigen Augenblick ab. Dann folgte er ihr nach Rhodos und überredete sie, ihn nach Genf zu begleiten.«

»Du glaubst, Sie ging freiwillig mit ihm?«

»Aus irgendeinem Grund stimmte sie zu, ihn heimlich auf dem Profitis Ilias zu treffen. Aus demselben Grund war sie wohl damit einverstanden, inkognito mit ihm in die Schweiz zu reisen.«

»Wo sie sich seither die ganze Zeit über aufgehalten hat.«

»Am Versorelli-Institut, ja.«

Dysart runzelte die Stirn und stieß einen leisen Seufzer aus. »Ich hatte den gleichen Gedanken, Harry. Der Charakter des Mannes, seine Abwesenheit vom Institut am fraglichen Tag, diese Aufzeichnungen, der Zufall mit dem Namen King. All diese Dinge deuten auf den Schluß, den du gezogen hast. Aber für einen Beweis, fürchte ich, reichen sie nicht aus.«

»Was sollen wir tun?«

Dysart drehte seinen Stuhl herum und sah durch das Fenster auf den dunkler werdenden Horizont. Er beugte sich wieder über den Schreibtisch und knipste eine Lampe an. »Zuerst, meine ich, müssen wir uns darüber Gewißheit verschaffen, daß die Mallenders wirklich nicht wissen, wo Heather ist.«

»Du meinst, Kingdom hat vielleicht für sie gearbeitet?«

»Es ist zwar nur eine entfernte Möglichkeit, aber sie besteht. Ich glaubte Charlie Mallender zu kennen und zu wissen, wozu er fähig ist, doch der Druck, den er und Roy mit dem Phormio-Kontrakt auf mich ausgeübt haben, beweist, daß ich mich geirrt habe. Wir wissen, daß sie Heather mit einer erneuten Einweisung in die Challenbrooke-Klinik gedroht haben, wenn sie nicht mit ihnen kooperieren würde. Nun, sie sind vielleicht einen Schritt weitergegangen und haben Kingdom angeworben. Es war ihnen vielleicht lieber, daß die Leute glauben, Heather sei verschwunden, statt daß sie gegen ihren Willen in einer Schweizer Irrenanstalt festgehalten wird.«

»Wenn das so ist, dann werden sie es wohl nicht zugeben wollen.«

»Nein.« Dysart lächelte schwach. »Aber ich werde dahinterkommen. Ich habe letzte Woche mit Roy telefoniert und ihm klargemacht, daß Mossop nicht verfolgt werden darf. Ich dachte damals schon, daß ich vielleicht persönlich mit ihnen sprechen sollte. Ich glaube, es ist an der Zeit, ihnen einen Besuch abzustatten.«

»Wann wirst du hinfahren?«

»Morgen.«

»Soll ich mitkommen?«

»Nein, Harry. Deine Auseinandersetzung mit Roy könnte die Sache nur komplizieren. Mir wäre es lieber, wenn du hier wartest. Ich werde am Abend wieder zurück sein.«

»Und dann?«

Dysarts Miene wurde finster. »Dann ist die Zeit untätigen Wartens vorbei. Dann wird gehandelt.«

45

Dysart brach am nächsten Tag in der Morgendämmerung nach Weymouth auf. Harry hörte, wie der Daimler brummend die Auffahrt hinunterfuhr, während er halbwach im Bett lag. Nancy, die Haushälterin, die ihm eine Stunde später Frühstück servierte, bestätigte, daß ihr Arbeitgeber »ungewöhnlich früh« aufgebrochen sei. Nancy war es auch, die Harry den Weg in das nahegelegene Dorf Blackawton erklärte. Mit mehreren Tassen starken Kaffees, drei Schnitten knusprigem Frühstücksspeck und zwei Eiern von den freilaufenden Hühnern des benachbarten Bauernhofs gestärkt, brach er auf, um die Strecke an einem Morgen zurückzulegen, dessen Helligkeit und Wärme eher an Frühling als an einen Tag mitten im Winter denken ließen. Es war ein wirkliches Vergnügen, unter solchen Bedingungen die feuchten und verlassenen Landstraßen entlangzumarschieren, aber Harry hatte ein anderes Ziel vor Augen: den Schauplatz von Heathers vierzehntem Foto.

Nach einer halben Stunde war er am Dorfrand und dort, nicht bei der Kirche, deren Turm er anvisiert hatte, fand er, was er gesucht hatte: ein zusätzlicher Friedhof in einem kleinen Feld, eine Gruppe von nicht mehr als fünfzig Gräbern, hinter denen das Gelände steil abfiel und einen Ausblick auf einen bunten Flickenteppich von Ackerland und bewaldeten Tälern freigab. Er stand während mehrerer Minuten zwischen den Steinen, ließ sich die Brise durchs Haar fahren und nahm die Einzelheiten des Panoramas in sich auf. Er kam einem vollkommenen Ort so nah, wie ein Mensch nur kommen konnte. Ein einfaches, Wind, Sonne und Regen ausgesetztes Feld am Rand eines friedlichen Dorfes. Wer konnte sich noch nach der Westminster Abbey sehnen, nachdem er das gesehen hatte?

FRANCIS DESMOND HOLLINRAKE. Als Harry auf die goldenen, in den schwarzen Marmorgrabstein eingeschnittenen Lettern sah, fragte er sich, was Heather wohl veranlaßt hatte, das zu fotografieren. Die anderen Aufnahmen waren einem Schema gefolgt, in dem Virginia Dysarts Vater keine Rolle zu spielen schien.

»Sie sind ein Frühaufsteher«, sagte eine weibliche Stimme hinter ihm. Als er sich umdrehte, sah er Virginia Dysart auf ihn zukommen. Sie trug

Jeans, einen Wollpullover, einen roten Seidenschal und eine Schaffelljacke und lächelte breit. Die strenge Reiterin oder die schweigsame Tischgenossin vom Abend zuvor war kaum wiederzuerkennen.

»Nicht so früh wie andere.«

»Sie meinen Dysart?« Es war eine seltsame Art, von ihrem Ehemann zu sprechen. Es drückte eine Distanz zwischen ihnen aus, die sie einer Erklärung entband. »Er schläft fast überhaupt nicht, kommt es mir vor. Politisch ein großer Vorzug, nehme ich an.«

»Wissen Sie, wo er hingefahren ist?«

»Ja.« Das Lächeln wurde schmallippiger. Sie sah auf das Grab hinunter. »Was führt sie hierher, Harry? Mein Vater starb vor fünfzehn Jahren.«

»Das sehe ich. Besuchen Sie sein Grab oft?«

Sie würde sich nicht dazu bringen lassen, sich zu schämen oder sich zu verstellen; dies drückte ihre Miene aus. »Kaum je.«

»Dann könnte ich Ihnen dieselbe Frage stellen. Warum gerade heute morgen?«

»Ich dachte, ich würde Sie vielleicht hier antreffen. Nancy hat mir erzählt, welchen Weg Sie nehmen würden.«

»Und Sie haben vermutet, daß ich hierher gehen würde?«

»Oh, nein. Es war keine Vermutung.« Ihr Schweigen dauerte gerade lang genug. »Das letzte Mal war ich mit Heather hier.«

Heather. Harry blickte zurück auf das Panorama aus Feldern in Miniaturformat und konnte für einen Moment lang fast glauben, daß es sowohl Herbst als auch Winter war, daß Heather zwischen und neben ihnen stand, daß jener Tag und dieser hier zu einem verschmolzen waren.

»Woher wußten Sie, daß sie hiergewesen ist, Harry?«

»Ich wußte es nicht.«

Sie achtete nicht auf seine Lüge und gab zu erkennen, daß es zwecklos war. »Sie wollte alles über meinen Vater hören. Aber Sie wissen natürlich Bescheid, nicht wahr?«

Als Harry sie ansah, war er sich nicht sicher, was sie meinte. »Haben Sie sie hierhergeführt?«

»Ja. Sie bat mich darum. Sie machte ein Foto. Mir kam das merkwürdig vor. Makaber, vermutlich. In einem Familienalbum werden Sie jede Menge Hochzeiten und Taufen sehen. Aber keine Beerdigungen. Liebe und Geburt. Aber nie den Tod. Heather dagegen ... Der Tod war das einzige, was sie interessierte. Meinen Sie nicht auch?«

»Nein. Ehrlich gesagt nicht.«

Sie lächelte. »Kommen Sie mit mir, Harry? Mit dem Wagen, meine ich. Ich habe ihn auf dem Weg stehen gelassen.«

»Wohin?«

Wieder ein Lächeln. »Natürlich dorthin, wo ich auch Heather hingefahren habe. Wohin sonst?«

Virginia fuhr schnell, aber gut, der scharlachrote Mercedes legte sich eng in die ausgefahrenen Kurven, als sie östlich von Blackawton dahinbrausten. Harry hatte im Dorf ein Hinweisschild entdeckt, auf dem die Entfernung nach Dartmouth mit sechs Kilometern angegeben war, und es schien kaum so viele Minuten zu dauern, bis sie einen Hügel hinunter auf das mit Masten getüpfelte Blau des Hafens zufuhren, von dem sich links das tadellos gepflegte Gelände des Britannia Royal Naval Colleges hinaufzog.

»Heather war am Wochenende, bevor sie nach Rhodos flog, in Strete Barton zu Besuch«, erklärte Virginia und drosselte das Tempo, als sie sich dem Fuß des Hügels näherten. »Ich mußte an dem Samstagmorgen nach Dartmouth fahren und lud sie ein mitzukommen. Ich hatte ja keine Ahnung, was sie auf dieser Fahrt vorhatte. Zuerst der Halt auf dem Friedhof, dann die endlosen Fragen. Anfangs schien sie nur ein bißchen neugierig, dann fast wie besessen, als ob sie jedes Stückchen Information zusammentragen wollte, das sie kriegen konnte.«

Sie hielten am Hafen und stiegen aus. Spaziergänger, die ihre Hunde ausführten, und Touristen außerhalb der Saison machten auf dem breiten Gehsteig ihre Runde, vertäute Jollen stießen in der Dünung der Flußmündung sanft aneinander. Am gegenüberliegenden Ufer waren die dichtbewaldeten Hänge mit Hausdächern gesprenkelt. Virginia lehnte sich gegen die Ufereinfassung und blickte zu dem College, das als vierkantiger, roter Ziegelbau auf seiner von Landschaftsgärtnern gestalteten Anhöhe über dem Städtchen stand.

»Hat Dysart Ihnen jemals erzählt, wie wir uns kennengelernt haben, Harry?«

»Nein, ich glaube nicht.«

»Da oben.« Sie zeigte mit einer Kopfbewegung zu dem College hinauf. »Da hat es angefangen. Eine Cocktailparty der Division im September 1968. Er war damals ein Kadett, gerade frisch von Oxford. Ich war eines der einheimischen Mädchen, die einer Einladung für würdig befunden wurden, damit die angehenden Offiziere ihre gesellschaftlichen Fertigkeiten an ihnen ausprobieren konnten. Erst neunzehn. So jung, so furchtbar jung.« Sie seufzte. »Drei Monate später waren wir verlobt. Sie haben Dysart ja gekannt, als er noch in Oxford war, Harry. Da können Sie sich vielleicht vorstellen, warum ich so von ihm begeistert war. Er hatte das Aussehen und den Verstand eines Gottes. Ich brachte kein Wort heraus und war nervös, zitterte vor Kälte in irgendeinem albernen Sommerkleid.

Ich konnte es einfach nicht glauben, als er mich ansprach. Und erst, als er mich bat, mit ihm auszugehen ... Es war wie ein Traum, der in Erfüllung geht. Die Feste. Die langen Nächte. Die wilden Fahrten in seinem MG. Wie ich ihn mit nach Hause nahm, damit er meinen Vater kennenlernte. Wie ich mit ihm auf dem Abschlußball tanzte. Das Abendkleid, das ich trug. Die Dinge, die er sagte. Ein Glas Champagner an einem dieser hohen Fenster. Die Lichter von Dartmouth unter uns. Mein Herz, das so laut klopfte, daß ich Angst hatte, es würde zerspringen. Der geflüsterte Heiratsantrag. Das bebende Einverständnis. Ich war so stolz bei seiner Abschlußparade einige Tage darauf. So stolz, daß er mir gehörte.» Sie schüttelte den Kopf. «Sie müssen denken, ich sei verrückt, so zu sprechen. Sie müssen denken, daß ich nie das verletzliche Mädchen gewesen bin, das ich hier schildere.»

Eine hochgewachsene, unnahbare, feingliedrige Schönheit in ihrem Hochzeitskleid. Ein Druck ihrer behandschuhten Hand und ein bedeutungsloses Lächeln auf dem Empfang. Dann, Jahre später, ein flüchtiger Besuch in Lindos – er hatte sie an einem Frühlingsmorgen gesehen, wie sie in einem weißen Bikini den Strand entlanggging, und konnte sich erinnern, daß er dachte, wie majestätisch sie sei, wie hochmütig sie schien mit dem zurückgeworfenen Kopf und dem nassen Haar, das ihr über die Schultern fiel. Sie war nie mehr wiedergekommen. Das war alles, was er von ihr wußte, schoß es ihm plötzlich durch den Kopf, das und eine gereizte Begegnung an Minters Tür. »Warum erzählen Sie mir das alles?«

»Weil es das ist, was ich Heather erzählt habe.«

»Und warum erzählen Sie es mir?«

»Weil mich Dysart darum bat. Er bat mich gestern abend, Ihnen alles zu erzählen, was ich Heather erzählt habe, als sie hier war. Und ich willigte ein. Ich willigte ein, Sie ins Bild zu setzen, während er in Weymouth ist.« Sie lächelte. »Es ist nur eine winzige Ironie dabei.«

»Und die wäre?«

»Er weiß nicht, was ich Heather erzählt habe. Er weiß nicht, was ich Ihnen erzähle.«

Das Green Dragon in Stoke Fleming hatte gerade seine Pforten geöffnet, als Harry und Virginia eintrafen. Es war ein kaltes, schlecht gelüftetes und schlecht besuchtes Gasthaus, das im ersten Dorf südlich von Dartmouth unten in einer Seitenstraße versteckt lag. Weshalb sie da eingekehrt waren, wußte Harry nicht. Er machte auch nicht einmal den Versuch, zu protestieren, als Virginia die Getränke bestellte und bezahlte. Sie nahmen sie mit zu einem Fenstertisch. Sie zündete sich eine Zigarette an und inhalierte mit sichtlichem Genuß, warf ihr Haar zurück und blickte sich zur Bar um, das Kinn erhoben und die Augen verengt, mit einem Ausdruck voller Geringschätzung, die an Verachtung grenzte.

»Die Kadettendivisionen hatten alle Stammkneipen«, sagte sie nach dem ersten Schluck Wodka. »Das hier war Dysarts Divisionspinte. Ich habe ihn hier ziemlich oft getroffen und immer an diesem Tisch hier gesessen und ihm und den anderen zugeschaut, wie sie herumalberten und sich betranken. Ich habe geduldig gewartet, bis er mir noch einen Gin Tonic bestellte oder ein paar Worte für mich übrig hatte. Mein Gott, was war ich damals unterwürfig, genau so, wie man es von mir erwartete. Genau so, wie wir alle waren.«

»Aber jetzt nicht mehr?«

Sie lächelte. »Wissen Sie, warum ich bei Dysart bleibe, Harry?«

»Das geht mich nichts an.«

»Weil ihm Strete Barton gehört. Mein Gott, das ist die größte Ironie – diesem Mann gehört das Haus meiner Familie. Sehen Sie, mein Vater war jahrelang in finanziellen Schwierigkeiten, ohne daß ich davon wußte. Die Kosten für meine Ausbildung – ganz zu schweigen von meiner Hochzeit – haben die Lage bestimmt nicht verbessert. Ich nehme an, er hat Dysart als den Sohn betrachtet, den er nie hatte, den Mann, der vielleicht den Hof übernehmen konnte, wenn er selbst nicht mehr damit fertig wurde. So fing er an, sich ihm anzuvertrauen, seinen Rat zu suchen und zu befolgen. Dann begann er, sich von ihm Geld zu leihen – viel Geld. Er überschrieb ihm schließlich den ganzen Besitz. Und keiner von beiden hat mir etwas gesagt. Mein Vater muß sich wohl zu sehr geschämt haben, um mich damit zu konfrontieren. Außerdem vermute ich, daß er glaubte, er könne Dysart die Hypothek zurückzahlen, ohne daß ich je davon erfahren würde. Statt dessen starb er. Daß er mir den Besitz testamentarisch vermachte, hatte nichts zu bedeuten. Es war, abgesehen vom Namen, ganz und gar Dysarts Besitz und ist es seither immer gewesen. Es war zum Beispiel seine Entscheidung, das Ackerland an die Nachbarn zu verpachten und nur das Haus zu behalten.«

»Sie hätten es sicher selbst bewirtschaften können.«

Sie lachte. »Seien Sie nicht albern, Harry. Sie wissen, was ich bin – ein verwöhntes Miststück. Dysart hat dafür gesorgt. Er hat immer gewußt, was mir mehr bedeutete als meine Freiheit: schöne Kleider, Schmuck, Rassepferde, schnelle Autos, ein großzügiges Taschengeld.«

»Trotzdem ...«

»Könnte ich ihn verlassen?« Ein Lächeln voller Selbstvorwürfe. »Nein. Dann würde ich alles verlieren.« Ihre Blick verlor sich ins Leere. »Ich habe Heather nichts davon erzählt. Als ich mit ihr zusammen war, habe ich mein bestes Benehmen an den Tag gelegt. Außerdem wußte sie nichts über Jon.« Jetzt war der Name gefallen – die Verstellung war vorüber. »Er ist eine meiner vorläufigen Revanchen, verstehen Sie?«

»Vorläufig?«

»Er muß herhalten, bis ich eine bessere Möglichkeit finde.«

»Eine bessere Möglichkeit wozu?«

»Um Dysart für das Leben, zu dem er mich gezwungen hat, bezahlen zu lassen.«

Virginias Fahrgeschwindigkeit ließ die mit hohen Hecken eingefaßten Landstraßen verschwimmen. Als er hinausstarrte, fragte sich Harry, weshalb er, wo immer er Heathers Spuren folgte, Bitterkeit und Enttäuschung fand, traurige, erfolglose Schicksale, die mit den Schwierigkeiten einer bankrotten Vergangenheit und einer mit Hypotheken belasteten Zukunft zu kämpfen hatten. Ein plötzliches Bedürfnis nach frischer Luft überkam ihn. Er ließ das Fenster hinunter und atmete tief durch.

»Wo ist Heather, Harry?« fragte Virginia. Als er zu ihr hinübersah, sah er, daß sie lächelte. »Die Frage ist nicht so dumm, wie sie klingt. Was ich sagen will, ist: Glauben Sie, daß sie noch lebt?«

»Ja.«

»Wirklich? Ich bin mir nicht sicher, ob ich das kann. Heather erschien mir fast ... nun, fast ätherisch. Als ob sie weniger in der realen Welt verankert wäre als die meisten Menschen. Als ob sie ohne weiteres eines Tages aus keinem ersichtlichen Grund die Verbindung mit ihr verlieren könnte.«

»Meinen Sie das ernst?«

»Zumindest würde es zu den Gegebenheiten passen. Ein Berggipfel ist genau der Ort, wo man erwartet, daß ein solcher Mensch verschwindet.«

Das erinnerte Harry an ein Gespräch mit Miltiades. »Sie meinen einen Tod ohne Leiche?« murmelte er.

Virginia nickte. »Das ist ein guter Ausdruck dafür.«

»Er stammt nicht von mir.«

»Das macht nichts. Eines ist gewiß: Heather war der diametrale Gegensatz zu ihrer Schwester, ebenso weltfremd wie Clare ...«

»Sie haben Clare gekannt?«

»Natürlich. Und bevor Sie fragen, ja, ich wußte, daß sie versuchte, Dysart zu erpressen. Sie kam letztes Jahr hierher, einige Wochen vor ihrem Tod, und informierte mich auf ihre präzise, ungerührte Art, daß sie Dysarts Kind erwartete.«

Es gab ein scharfes Herunterschalten und einen Ruck, als sie in die Auffahrt von Strete Barton einbogen.

»Haben Sie ihr geglaubt?« fragte Harry.

»Nein. Etwas stimmte nicht ganz an ihrer Geschichte. Sie war zu schlüssig, zu einfach, zu offensichtlich eine Falle für Dysart, als daß ich darauf hereingefallen wäre. Deshalb erzählte ich auch Jon nichts darüber. Wenn ich ihm jemals etwas geben sollte, was er gegen Dysart verwenden könnte, dann möchte ich sicher sein, daß es hieb- und stichfest ist.«

»Aber wenn Sie sicher gewesen wären?«

»Dann hätte ich nicht gezögert.« Eine ruhige, schamlose Feststellung. In Virginia hatte Dysart eine potentielle Feindin zur Frau, etwas, was kein Mann verdiente. »Schockiert?« fragte sie scheinheilig.

Bevor Harry antworten konnte, schoß ihm durch den Sinn, daß es da eine Inkonsequenz gab. Clare war ein paar Wochen vor ihrem Tod nach Strete Barton gekommen? Das konnte nicht stimmen, nicht wenn ... »Wann genau hat Clare Sie besucht?«

»Hmm? Oh, es war am Bankfeiertag Anfang Mai. Dysart eröffnete ein Fest oder so etwas in seinem Wahlkreis. Deshalb hatte sie wohl gewußt, daß sie mich hier allein antreffen würde.«

»Am Bankfeiertag im Mai?«

»Ja.«

Harry runzelte die Stirn. Das ergab keinen Sinn. Nach Aussage von Dysart hatte Clare ihm ihre Drohung am 16. Mai im Skein of Geese eröffnet. Es war unvorstellbar, daß sie ihre Karten zuerst vor Virginia offengelegt hätte. Virginia mußte sich irren. Es konnte ja leicht sein. Es gab zwei Bankfeiertage im Mai. Sie hatte sie wohl durcheinandergebracht. Als der Wagen über das Viehgitter ratterte, wollte er sie gerade danach fragen, als der Gedanke durch ein plötzliches Bremsen aus seinem Kopf verbannt wurde und Nancy mit einem beunruhigten Gesichtsausdruck über den Hof auf sie zugerannt kam.

»Was ist los?« fragte Virginia, als sie ausstiegen.

»Bin ich froh, daß Sie wieder da sind, Mrs. Dysart.« Nancy war außer Atem. Sie mußte erst ein paarmal Luft holen, bevor sie fortfahren konnte. »Ich hab' richtige Gespenster gesehen, das kann ich Ihn' sag'n.«

»Gespenster?« Virginia klang gereizt. »Was denn für Gespenster?«

»Na, ich war in der Küche beim Abwasch, als es passierte. Ich hab' vom Spülbecken aufgeschaut und seh' den Kerl im Hof stehen, wie er zu mir reinschaut, als ob er da schon lang steht und nur reinstarrt. Er war kein Lieferant oder sowas. Da war er nich' richtig angezogen. Und er hat ja auch nix getan, nur geglotzt. Mir isses ganz kalt übern Buckel gelaufen. Jedenfalls, ich hab' nur so lange weggeschaut, um den Topf, den ich in den Händen hatte, abzustellen, und als ich wieder hinsah – war er weg. Hat sich in Luft aufgelöst. Ich bin rausgerannt, aber er war nirgends.«

»Vielleicht war er schon wieder weggefahren«, meinte Virginia.

»Nein. Dafür war nich' genug Zeit. War auch kein Motorengeräusch zu hören. Ich bin hier rausgekommen und hab' die Auffahrt runtergeguckt, und da war nix. Nich' die Spur. Ich bin dann um die Ställe rumgegangen, und da war auch nix.«

»Ein Landstreicher also.«

»Das war kein Landstreicher. War nich' fürs Marschieren angezogen.«

»Wie auch immer, ist er jetzt fort?«

»Muß er wohl sein. Aber ich weiß nich' wohin oder wie. Ich hab' überall nach ihm geschaut. Keine Spur. Da hab' ich gedacht, daß er sich vielleicht irgendwo versteckt. Hinter einer der Scheunen oder so. Und das hat mir dann wirklich Angst gemacht.«

»Wann war das denn?«

»So etwa vor 'ner Viertelstunde.«

»Dann ist er jetzt wahrscheinlich weg, aber ich werde auf alle Fälle nach den Pferden sehen.« Mit diesen Worten ging Virginia zu den Ställen.

»Sie wird nix finden«, sagte Nancy mit einem düsteren Kopfschütteln zu Harry.

»Können Sie ihn beschreiben?« fragte Harry und versuchte mitfühlend zu klingen.

»Hager. In mittlerem Alter. Irgendwo in den Fünfzigern, nehm' ich an. Glatze. Na, das heißt, mit schwarzen, langsam grau werdenden darübergekämmten Haaren. Gelbliche Haut. Hat kränklich ausgesehn, mit so kleinen Augen wie eine Ratte. Hatte einen Regenmantel an, obwohl ...« Sie brach ab. »Geht's Ihnen gut, Mr. Barnett? Sie sind ja auf einmal richtig blaß geworden.«

46

Schweigen und Einsamkeit umgaben das Haus. Es war zwei Stunden her, seit Nancy nach Hause geschickt worden war, um sich zu beruhigen, und eine, seit Virginia zu ihrem Nachmittagsritt aufgebrochen war. Harry, der dem mächtigen Verlangen widerstand, sich in den Wagen zu setzen und wegzufahren, hatte ein letztes Mal die Stallungen und Scheunen durchsucht und, wie zu erwarten war, nichts gefunden. Als er zum Haus zurückkehrte und bei jedem Knistern in dem alten Gebälk zusammenfuhr, war er zu dem Schluß gelangt, daß Dysarts Malzwhisky wahrscheinlich das beste Mittel sei, um eine Panik zu vermeiden. Nun, da seine beruhigende Wärme zwischen besorgten Schlucken in ihn hineinsickerte, suchte er die Felder durch das Fenster des Arbeitszimmers ab und sah nichts als Rinder, Schafe, Bäume, Gras, Hecken und eine schwache Reflexion seines eigenen Gesichts.

Wer war er, dieser stille Beobachter, der nur dann zu sehen war, wenn es ihm gefiel? Wie hatte er Harry nach Strete Barton folgen können? Wie konnte er jede seiner Bewegungen vorausahnen? In wessen Auftrag handelte er – in Kingdoms oder seinem eigenen? Noch ein Schluck. Und noch immer bewegte sich nichts.

Harry wandte sich vom Fenster ab. Dysarts Arbeitszimmer, bequem und doch nüchtern eingerichtet, war ein seltsam leerer Raum. Der Schreibtisch war aufgeräumt, die Bücher sauber aufgereiht. Kein halbfertiger Brief lag auf der Schreibunterlage, weder ein Zettel noch eine Notiz verrieten den Charakter seines Besitzers. An der Wand gegenüber dem Schreibtisch hingen drei Gruppenfotos mit Marineangehörigen. Harry ging hinüber und sah sich eines nach dem andern an.

Dartmouth-Kadetten, September 1968, Seemannsklasse. Da war Dysart, dritte Reihe von hinten, gefaßt und ernst, weder arrogant noch bescheiden, sondern so, wie er Harry immer erschienen war: äußerst selbstbeherrscht. Als nächstes kam die Mannschaft der H.M.S. Atropos, im April 1971, mit dem Kommandanten C.V. Mallender, der vorn in der Mitte mit strammen Schultern und vorgestreckter Kinnlade saß. Leutnant A. J. Dysart war eine unauffällige Gestalt, der vierte von links.

Nichts in der Haltung oder dem Ausdruck eines der Männer deutete darauf hin, was sie später füreinander – und für Harry bedeuten würden. Schließlich die H.M.S. Electra im Juli 1982, die Fregatte, die Dysart im Falklandkrieg befehligt hatte. Kaum älter, schien es, oder äußerlich irgendwie verändert, saß Kommandant Dysart, die perfekte Mischung aus Mut und Disziplin, entspannt inmitten seiner Leute.

Harry ging zum Fenster zurück und ließ seinen Blick über eine Buchreihe im nächstgelegenen Regal gleiten. Politik, Literatur, das Meer: die Themen, die man bei einem solchen Menschen erwarten würde. Dann blieb er stehen und sah sich einen ledergebundenen Buchrücken noch einmal an und flüsterte den goldgeprägten Titel. *The Reign of William Rufus* (Die Herrschaft von William Rufus). Er zog den Band heraus und schlug die Titelseite auf. *The Reign of William Rufus and the Accession of Henry the First* (Die Herrschaft von William Rufus und die Thronbesteigung von Heinrich dem Ersten) von Edward A. Freeman, Ehren-Fellow des Trinity College, Oxford. Herausgegeben 1882. Es war in ausgezeichnetem Zustand. Harry blätterte zurück zum Vorsatzblatt und wich bei der Inschrift überrascht zurück. »Für Dysart, zur Erinnerung an seine Gründung der Tyrrell-Gesellschaft, Breakspear College, Oxford, 23. April 1968.« Fünf Namen folgten, jeder in einer anderen Handschrift. Cornelius. Cunningham. Everett. Morpurgo. Ockleton. Also hatte der St.-Georgs-Tag 1968 sowohl eine feierliche Überreichung als auch einen Fenstersturz erlebt, sowohl einen Akt der Anerkennung als auch einen Akt des Verrats. Aber wessen Anerkennung? Und wessen Verrat? Sechs Männer hatten die Antwort gekannt. Einer war tot, ein weiterer so gut wie. Und die anderen vier waren nicht bereit, etwas zu sagen.

Das Telefon auf dem Schreibtisch klingelte. Harry schlug das Buch zu und hob den Hörer ab.

»B-Blackawton 753?«

»Harry! Hier spricht Alan. Ist Virginia nicht da?«

»Nein. Sie ist ausgeritten. Wo bist du?«

»In Weymouth.«

»Bei ... bei den Mallenders?«

»Bist du in Ordnung, Harry? Du klingst nervös. Nein, ich bin nicht bei den Mallenders.«

»Es ist nichts. Mir geht's gut.«

»Bist du sicher?«

»Ja.«

»Gut.« Eine Pause, dann: »Die Mallenders tappen genauso im dunkeln wie wir, Harry. Was auch immer sie verbrochen haben mögen, mir ist doch klargeworden, daß sie nicht mit Kingdom unter einer Decke stecken.«

Heather und Dr. Kingdom. Natürlich. Warum konnte sich Harry nicht auf das konzentrieren, was wichtig war? »Bist du sicher?« fragte er.

»Absolut.«

»Was bedeutet das?«

»Charlie und ich sind beide der Meinung, daß wir uns so bald wie möglich mit Kingdom treffen sollten. Nicht um ihn zu beschuldigen, nur um zu versuchen, ihn einzuschätzen. Es ist wichtig zu wissen, mit welcher Art von Mensch wir es zu tun haben.«

»Wie soll das vor sich gehen?«

»Charlie hat Kingdom angerufen und ihn gebeten, uns morgen hier zu treffen. Er war einverstanden. Er wird morgen um elf Uhr in Sabre Rise erwartet.«

»Morgen?« Harry wollte gegen das Tempo protestieren. Er wollte eine Rast machen, einen Waffenstillstand schließen, eine Atempause einlegen. Doch alles, was er sagen konnte, war: »Ist das abgemacht?«

»Ja. Du kommst natürlich?«

»Nun ... Ja.«

»Gut. Ich werde hier übernachten. Sag Virginia, daß ich geschäftlich aufgehalten worden bin. Sie wird nicht weiterfragen.«

»In Ordnung.«

»Bis morgen dann, Harry.«

Bis morgen. Als Dysart aufgelegt hatte, spürte Harry den Zweifel ebenso wie die Stille, die in dem Zimmer auf ihn lauerte. Er setzte das Telefon ab. Es klingelte sofort wieder.

»Blackawton 753.« Keine Antwort. »Hallo?« Immer noch keine Antwort. »Ist da jemand?«

Ein Klicken, ein leichter Wechsel des Tons, dann eine Antwort, doch was für eine.

»Parakalo?«

Eine griechische Stimme an einem Telefon in Devonshire.

»Parakalo?«

War es dieselbe Person, die ihm in einer U-Bahn in London gute Nacht gesagt hatte? Er konnte es nicht sagen. Er war sich nicht sicher.

»Parakalo?«

Wer steckte dahinter? Wer tat ihm so etwas an?

»Parakalo?«

Er konnte nicht darauf reagieren, nicht antworten, nicht nach dem Köder schnappen. Diese Befriedigung würde er ihnen nicht verschaffen.

»Parakalo?«

Er legte den Hörer auf. Und es folgte Stille, wie eine beruhigende Hand auf seiner Stirn. Bis morgen.

47

Sie gaben ein seltsames Bild ab. Harry hätte das als erster zugegeben. Das Wohnzimmer in Sabre Rise war so ungemütlich wie der Wartesaal eines Bahnhofs. Inmitten der mit Teppichen ausgelegten Wüste ging die Befragung von Peter Kingdom mit der Höflichkeit und Zurückhaltung der Sitzung eines Wohlfahrtsausschusses vor sich. Charlie Mallender stellte von einem Sessel am Kamin aus barsche Fragen über den Geisteszustand seiner Tochter. In dem Stuhl ihm gegenüber nahm Dr. Kingdom einen Ausdruck unterdrückter Ungeduld an und wiederholte noch einmal seine Diagnose. Am Fenster ging Alan Dysart auf und ab, legte in gespannter Aufmerksamkeit die Stirn in Falten und forderte höflich, aber nachdrücklich hier eine Klarstellung, stellte dort eine Spekulation an. Marjorie Mallender, die neben Harry auf der Couch saß, zitterte unentwegt und sagte gar nichts. Und genau im Zentrum ihrer unbehaglichen Versammlung, auf dem Couchtisch, erwiderte das Foto von Marjorie mit Clare, Heather, Roy und Jonathan Minter an Clares einundzwanzigstem Geburtstag schweigend jeden Blick.

»Nichts davon weicht von dem ab, was ich Ihnen gesagt habe, als Heather Challenbrooke verließ. Es überrascht mich, daß ich Ihnen das noch einmal darlegen muß.« In Kingdoms Stimme lag ein Ton gereizten Protests. Er sprach wie ein von der Dummheit seiner Schüler zur Verzweiflung gebrachter Dozent. »Eine vollständige Genesung von einer Geisteskrankheit kann nie garantiert werden. Es können viele Monate einer normalen Verfassung einem plötzlichen Rückfall vorausgehen. Aus diesem Grund ist meine Beurteilung von Heathers psychischer Verfassung am elften Oktober so gut wie wertlos, um ihre Motivationen am elften November zu begründen. Das ist Ihnen doch sicher klar?«

»Natürlich«, sagte Charlie. »Aber wir dachten, sie hätten nach dem elften Oktober noch Kontakt zu ihr gehabt.«

»Es gab keinerlei Kontakt.« Kingdom blieb in diesem Punkt unbeugsam. Aber was verbarg er hinter seiner Lüge? Welchem Zweck diente sie? »Ihr Verschwinden kam völlig überraschend für mich.« Harry wußte, er konnte diesem Mann nicht vertrauen.

»Wenn Sie mir eine solche Frage verzeihen«, warf Dysart ein, »dürfte ich Sie dann fragen, wo für Sie die Grenzen Ihres Arztgeheimnisses einem Patienten gegenüber liegen?«

»Was wollen Sie damit sagen?«

»Folgendes. Angenommen – nur angenommen –, daß Sie der Bitte eines Patienten oder einer Patientin nachkämen, daß bestimmte Aspekte seiner oder ihrer Krankheit und Einzelheiten der Behandlung vor seinen oder ihren nächsten Angehörigen verschwiegen werden sollten ...«

»Das wäre höchst unkorrekt!«

»Aber nicht unvorstellbar?«

»Vielleicht nicht, aber ...«

»Dann bleibt die Frage: Was würde Sie von einer solchen Verpflichtung entbinden?«

»Wie kann ich das sagen?« Kingdom sah zu Charlie. »Mr. Mallender, ich kam hierher, um Ihnen, so gut ich konnte, mit Rat und Tat bei dem Versuch, etwas über Heathers Schicksal herauszufinden, zur Seite zu stehen. Sollte das nicht ihre Hauptsorge sein?«

»Das ist es auch.« Charlies Gesicht rötete sich. Seine Stimme klang gequält, als spielte er eine Rolle, die seinem Charakter fremd war. Was auch tatsächlich der Fall war, wie Harry bezeugen konnte.

»Wir sind dankbar für Ihre Unterstützung, Dr. Kingdom.«

»Was hat die Abwesenheit Ihres Sohnes heute zu bedeuten, wenn ich fragen darf?«

Es bedeutete, wie Harry wohl wußte, daß man sich nicht darauf verlassen konnte, daß Roy die Verstellung, bei der sie alle mitmachten, durchhalten würde: so zu tun, als sei Kingdom nur hergebeten worden, um bei der Suche nach Heather zu helfen. »Mein Sohn war verhindert«, sagte Charlie bedächtig. »Das hat keinerlei Bedeutung.«

»Ich habe mich gefragt, ob es vielleicht etwas mit Mr. Barnetts Anwesenheit zu tun haben könnte.« Kingdom machte eine Kopfbewegung in Harrys Richtung und lächelte leicht.

»Keineswegs«, sagte Charlie. »Roy akzeptiert ebenso wie wir, daß Mr. Barnett nichts mit Heathers Verschwinden zu tun hatte.« Nur jahrelange Übung konnte ihm diese Begabung zur Verstellung verliehen haben, vermutete Harry. Als nächstes würde er ihn noch als Freund der Familie ausgeben.

»In diesem Fall«, sagte Kingdom, »schlage ich vor, Sie überreden ihn dazu, meiner Empfehlung zu folgen und sich hypnotisieren zu lassen. Es ist die einzige Hoffnung, in diesem Fall etwas zu erreichen.«

»Das ist Harry bewußt«, sagte Dysart. »Er möchte davon überzeugt sein, daß wir jede Möglichkeit ausgeschöpft haben, bevor er einen, wie er meint, hoffnungslosen Weg einschlägt. Seine Haltung erscheint mir sehr vernünftig.«

»Wir haben jede Möglichkeit ausgeschöpft.«

»Nun, vielleicht haben Sie recht.« Dysart wandte sich an Harry, kein Flackern in seinem Blick verriet ihre Komplizenschaft. »Was meinst du, Harry?«

Es war an der Zeit, seine Zeilen aufzusagen. »Ich werde wohl zustimmen müssen«, sagte er mit einem Seufzer gespielten Zögerns.

»Wirklich?« Kingdom war offensichtlich überrascht. »Sie wollen einen Versuch machen?«

»Ja.«

Kingdom blickte ihn aufmerksam an. »Ich bin hoch erfreut, daß Sie zu dieser Einsicht gekommen sind«, sagte er in einem Ton, der jede Freude vermissen ließ. »Wann würde es Ihnen passen?«

»Nächste Woche.«

»Nicht eher?«

»Lieber nicht.«

»Na schön.« Kingdom zog einen Taschenkalender heraus. »Sagen wir Dienstag?«

»Gut, Dienstag nachmittag.«

»In Ordnung. Halb drei, in meiner Praxis in Marylebone?«

»Ist mir recht.«

Kingdom schrieb die Zeit in seinen Kalender und steckte ihn dann wieder ein. »Es kann natürlich sein, daß nichts dabei herauskommt«, sagte er. »Das ist Ihnen doch klar, nicht wahr?«

»Ja«, sagte Dysart. »Das ist klar.«

»Es ist sehr freundlich von Ihnen, daß Sie sich darauf einlassen wollen«, fügte Charlie immer noch in dem gleichbleibenden Tonfall hinzu, als würde er irgendwo ablesen. »Nicht Ihr übliches Gebiet, kann ich mir denken.«

»Nein«, erwiderte Kingdom. »Nicht direkt. Aber wenn es irgendeine Möglichkeit gibt, die uns einen Hinweis darauf liefern kann, was geschehen ist, dann ist es einen Versuch wert.« Sein Blick ging im Zimmer herum und blieb an Harry haften. »Ich bin erleichtert, daß Sie sich meinem Standpunkt angeschlossen haben, Mr. Barnett.« Seine Augen schienen Harrys Gesicht einer eingehenden Prüfung zu unterziehen, um herauszufinden, was wohl zu seinem Sinneswandel geführt haben mochte. »Hoffen wir, daß sich die Mühe als lohnend erweist.«

»Ja«, sagte Harry. »Hoffen wir es.« Seine Seele vor Dr. Kingdom bloßzulegen wäre ein große Dummheit, das wußte er. Aber es war leicht, so zu tun, als sei er dazu bereit, leicht, weil er, wie alle im Raum außer

Kingdom, wußte, daß er um zwei Uhr dreißig am nächsten Dienstag sehr weit von Marylebone entfernt sein würde.

Zehn Minuten waren vergangen. Dr Kingdom hatte sich verabschiedet und dabei den Mallenders versichert, daß er sie sofort über alles, was bei Harrys »Probesitzung« herauskam, informieren würde. Marjorie hatte ihn zu seinem Wagen begleitet, während Dysart sie durch das Fenster beobachtete. Als der Motor angelassen wurde, wandte er sich wieder zu Charlie und Harry um.

»Sind wir uns einig?« fragte er ruhig.

»Der Bursche verheimlicht irgend etwas«, murmelte Charlie. »Das ist offensichtlich.«

Es ging Harry durch den Kopf, daß alle etwas verheimlichten, vergangene Streitigkeiten hinter dem Vorwand gemeinsamen Vorgehens verbargen, ihr Gewissen mit einer längst fälligen Suche nach der Wahrheit beruhigten. Vor nicht einmal einem Monat hatte Charlie ihn aus dem Haus geworfen und die Polizei auf ihn gehetzt. Jetzt, eingeschüchtert und kompromittiert durch den Beweis seines eigenen Fehlverhaltens, hatte er Harry unwillig etwas zuteil werden lassen, was zuvor unvorstellbar gewesen wäre: sein Vertrauen.

»Wenn Heather im Versorelli-Institut ist«, sagte Dysart, »müssen wir so bald wie möglich beweisen, daß sie dort ist, das steht außer Frage.«

»Einverstanden«, knurrte Charlie.

»Und du glaubst, Miss Labrooy wäre bereit, dir zu helfen, Harry?«

»Ja.«

»Also könnte sie eine plausible Version unseres Entwurfs anfertigen?«

Harry nahm das gefaltete Blatt Papier aus der Tasche und las es noch einmal durch. Unter der Überschrift »An den Direktor des Versorelli-Instituts« stand der ungefähre Wortlaut eines Briefes in Dysarts Handschrift. »Hiermit möchte ich Ihnen Mr. Harold Barnett empfehlen, der Grund zu der Annahme hat, daß sich eine vermißte Verwandte unter meinen Patienten im Institut befinden könnte. Ich wäre Ihnen sehr verbunden, wenn Sie ihm jegliche Unterstützung zukommen lassen würden. Ihr usw. P. R.K.«

»Ja«, sagte Harry. »Das könnte Sie machen.«

»Und ich bin ziemlich sicher, daß sie sich, wenn du dich dort mit einem solchen Brief vorstellst, verpflichtet fühlten, dich Kingdoms Patienten sehen zu lassen. Du nicht?«

»Sie werden sich vielleicht erst bei ihm vergewissern.«

»Das ist ja das Gute daran, Miss Labrooy nimmt seine Anrufe entgegen. Sie kann sagen, er sei nicht zu sprechen. Im Urlaub. Verreist.«

Es hatte wirklich etwas Bestechendes an sich, mußte Harry einräumen. Während Kingdom in Marylebone saß und ungeduldig auf seine Chance wartete, zu erfahren, wieviel Harry wußte, wäre er in Genf dabei, sein Geheimnis ausfindig zu machen. »Ja«, meinte er. »Es könnte klappen.«

»Es wird klappen«, sagte Dysart mit plötzlichem Enthusiasmus. »Ich kann mir nicht vorstellen, daß die vom Versorelli-Institut an irgendeiner strafbaren Handlung beteiligt sind. Sie werden geglaubt haben, was immer ihnen Kingdom als Erklärung gegeben hat. Deshalb werden sie auch dem Brief glauben – und seiner Bitte nachkommen.«

»Vermutlich werden sie das.«

»Wir können dich nicht zwingen, das zu tun, Harry. Aber welche andere Möglichkeit bleibt uns? Wenn wir den offiziellen Weg gehen, wäre Kingdom vorgewarnt.«

»Soll ich Sie auf den Knien bitten?« warf Charlie ein. »Ist es das, was Sie wollen, Barnett?« Seine Gesichtsfarbe wechselte, sein Rest an Selbstbeherrschung schwand schnell. »Ich habe schon viele Dinge in meinem Leben getan, auf die ich nicht besonders stolz bin, einschließlich meiner Drohung, daß Heather wieder in die verdammte Klinik zurück müsse. Aber ich habe ihr nie etwas tun wollen. Ich wollte nicht, daß so etwas passiert.« Die Tür fiel ins Schloß, als Marjorie wieder ins Zimmer zurückkam. Charlies Tonfall wurde sofort sanfter. »Ich bin loyal gegenüber den Menschen, die mir nahestehen, Barnett, was auch immer ihre Fehler sein mögen.«

Marjorie ging zu ihrem Mann und legte ihre Hand auf seine Schulter. Harry konnte sehen, daß ihre Finger zitterten, daß über Charlies gerötete Wange ein Zucken ging. »Wir haben kein Recht, das von Ihnen zu verlangen, Mr. Barnett«, sagte sie sanft. »Sie schulden uns gewiß nichts.«

»Ich gebe ...« Charlies Stimme bebte. Sein Stolz würde nicht zugeben, was sein Gewissen eingestand. »Ich gebe zu, wir schulden Ihnen ...«

Eine Entschuldigung? Harry wußte genau, daß er keine erwarten konnte. Dysart fing seinen Blick auf und schien zu lächeln, als hätte er jeden Gedanken Harrys vorhergesehen und ihm beigepflichtet. Das war ein aus der Notwendigkeit geborenes Bündnis, nichts weiter. Doch die Notwendigkeit konnte nicht geleugnet werden. Harrys Blick ging zu der Fotografie auf dem Couchtisch und ruhte dort auf Heathers jungem, vertrauensvollem Gesicht. »Ich kann doch jetzt nicht kehrtmachen, oder?« Sie zumindest hätte ihn verstanden.

»Nun, Harry?«

»Ich werde Miss Labrooy heute abend anrufen.«

»Und wenn sie einverstanden ist?«

»Werde ich fahren.«

Harry und Dysart trennten sich kurz darauf in der Auffahrt von Sabre Rise. Ein grauer Wolkenvorhang zog langsam über den klaren Morgenhimmel, ein Hauch von Winter stieg von den Hügeln und Feldern um sie herum auf. Harry konnte sehen, daß Marjorie vom Wohnzimmerfenster aus beobachtete, wie er die Wagentür öffnete. Er konnte das Gewicht ihrer bebenden Hoffnung fühlen, das auf ihm lastete, gerade als ihn sein Gewissen daran erinnerte, daß er diesen Kurs nicht um ihretwillen, sondern um seiner selbst willen einschlug.

»Danke, Harry«, sagte Dysart und legte ihm die Hand auf die Schulter.

»Wofür?«

»Dafür, daß du Charlie seine Lügen nicht ins Gesicht zurückgeschleudert hast. Daß du es ihm nicht heimgezahlt hast.«

»Was für einen Sinn hätte das gehabt?«

»Rache hat selten einen Sinn. Tatsache bleibt jedoch, daß Charlie dich über Jahre hinweg schlecht genug behandelt hat, um nichts als deine Verachtung zu verdienen. Selbst jetzt, wo er weiß, daß du ihm ohne weiteres sagen könntest, er solle seine Dreckarbeit allein machen, bringt er es nicht übers Herz, sich zu entschuldigen.«

»Ich habe nichts anderes von ihm erwartet.«

»Ich auch nicht.« Dysart lächelte. »So gut er es eben versteht, ist Charlie kein schlechter Mensch. Als Kapitän eines Schiffes hat er sich meine Achtung und meine Bewunderung erworben. Er hat dir heute praktisch seinen Fehler eingestanden: Die Loyalität einem korrupten Sohn gegenüber hat ihn vom rechten Weg abgebracht.«

»Weiß Roy, was wir vorhaben?«

»Nein. Sogar Charlie ist der Meinung, daß er dieses Mal aus der Sache herausgehalten werden muß.« Was hatte wohl Dysart zu Charlie Mallender gesagt, fragte sich Harry. Hatte er es mit Verachtung oder mit Vernunft versucht? Welche Methode auch immer, er hatte offenkundig seine vollkommene Unterwerfung erreicht. »Du läßt es mich doch wissen, falls es irgendwelche Schwierigkeiten mit Miss Labrooy geben sollte?«

»Wird es nicht.«

»Und du rufst mich an, sobald du herausgefunden hast, daß Heather in dem Institut ist?«

»Sofort.«

»Dann bleibt mir nur noch, dir viel Glück zu wünschen.« Dysart schüttelte ihm die Hand und ging zum Haus zurück.

Als Harry ihn beim Gehen beobachtete, fühlte er, wie seine geistige Widerstandskraft langsam schwand. Im nächsten Augenblick würde er auf der Straße nach Swindon sein, allein am Steuer eines Wagens. Es war eine lange Fahrt, zu lange, um während der ganzen Zeit die Erinnerung daran, warum er Dysarts Aufforderung Folge leisten mußte, aus seinem Denken auszuschalten. Er konnte sich zwar einreden, daß er es sowieso getan hätte: aus Zuneigung zu Heather oder vielleicht aus Mitleid für ihre Mutter. Er hätte sogar den Wunsch, seinen Namen reinzuwaschen, anführen können, wenn das überhaupt noch möglich wäre. Und vielleicht hätte das zusammengenommen ausgereicht. Aber jetzt war da noch etwas anderes.

Er stieg ins Auto und ließ den Motor an, fuhr langsam den Hang hinunter zur Straße und bog nach Norden in Richtung Dorchester ab. So wie der Himmel aussah, würde er von Glück sagen können, wenn er Swindon vor Einbruch der Dämmerung erreichte. Er zuckte bei dem Gedanken zusammen, da er wußte, daß nur das Tageslicht seine Erinnerung an die vorangegangene Nacht fernhalten konnte. Solange es hell war, konnte er so tun, als wäre nichts geschehen. Aber sobald es schwand, würde die Erinnerung zurückkehren, um ihm Vorwürfe zu machen. Überall hatte er Verrat aufgedeckt. Und nun hatte er seinen eigenen hinzugefügt.

Was Harry in Strete Barton an diesem Tag in den frühen Morgenstunden geweckt hatte, wußte er nicht. Unbeirrt von Dysarts Abwesenheit, hatte Virginia ihn zum Abendessen in die Dorfkneipe eingeladen, und dort war es ihr gelungen, ihn davon zu überzeugen, daß Nancy sich den Mann im Hof durchaus eingebildet haben konnte und daß falsche Verbindungen bei den ländlichen Telefonzentralen alltäglich seien. Sie amüsierte die Einheimischen mit ihrer Schilderung des Vorfalls, überredete Harry dazu, Darts zu spielen, und schaffte es irgendwie, daß er den sorglosesten Abend seit seiner Rückkehr aus Rhodos verbrachte.

Aber all das wurde wieder zunichte durch fünf Minuten, in denen er hellwach mit der absoluten, tintenschwarzen Stille einer mondlosen, windstillen Nacht konfrontiert wurde. Das Leuchtzifferblatt seiner Uhr zeigte zwei Uhr vierzig, die unfreundlichste und unbelebteste Zeit überhaupt. Wach, wie er war, wußte er, daß an Schlaf mehrere ängstliche Stunden nicht zu denken war. Er stand auf, schlüpfte in einen Bademantel und ging zum Fenster. Es war so stockfinster, daß er den Umriß des Stalles gegen den Himmel kaum sehen konnte, so dunkel und leer, daß man fast glaubte, die Welt außerhalb von Strete Barton habe aufgehört zu existieren. Er ging wieder zum Bett zurück. Und da hörte er es.

Was war das? Eine Bewegung? Ein Aufprall? Ein Knistern im Gebälk des Hauses? Was es auch sein mochte, er konnte es nicht einfach ignorieren. Irgendwo unter ihm hatte etwas ein Geräusch verursacht. Er zwang sich, zu handeln, bevor ihn die Angst packte, machte vorsichtig die Tür auf und sah hinaus auf den Flur. Da war nichts. Kein Licht, das darauf hindeutete, daß Virginia wach war. Kein zweites Geräusch, um das erste zu bestätigen. Er ging zur Treppe.

Seine Augen hatten sich inzwischen an die Dunkelheit gewöhnt, und als er in jedem der unteren Zimmer nachsah, glaubte er allmählich, daß ihn seine Sinne getäuscht hatten. Jedes alte Haus knarrte und ächzte bisweilen. Das war zu erwarten. Da er seine Runde im Arbeitszimmer abschloß, dachte er sich, ein tüchtiger Schluck von Dysarts Malzwhisky würde seine Nerven beruhigen und ihn schlafen lassen. Er schaltete eine Lampe an, um etwas zu sehen, aber bevor er die Whiskyflasche fand, fiel sein Blick auf etwas anderes.

The Reign of William Rufus lag immer noch neben dem Telefon. Er brachte es schnell zum Bücherschrank zurück und fluchte über seine Nachlässigkeit. Als er es in die offene Lücke schob, wurde ihm plötzlich bewußt, daß er diese Bewegung schon einmal ausgeführt hatte. Bestimmt hatte er es zurückgestellt, bevor er das Arbeitszimmer am Nachmittag verlassen hatte. Furcht erfaßte ihn wie eine Woge. Ganz bestimmt hatte er das getan. Todsicher.

Es war heiß im Zimmer. Jedenfalls war ihm heiß, in seinen Gliedern war ein Prickeln, sein Atem ging schneller. Und da war jemand hinter ihm im Zimmer, ganz in der Nähe. Die Tür mußte offenstehen, denn da war ein Luftzug, wo vorher alles windstill und drückend gewesen war. Und mit ihm kam der schwache, aber unverkennbare Duft von Gardenien. Der Duft? Oder das Parfum?

Er wirbelte herum. Virginia Dysart stand keine zwei Meter von ihm entfernt, ihre Augen waren aufmerksam auf ihn gerichtet. Sie trug einen seidenen Morgenmantel in einem Pastellton. Ihr Haar fiel lose über ihre Schultern. Sie atmete schnell, keuchte fast, als sie auf ihn starrte, als sei auch sie aufgeschreckt worden und habe einen Eindringling befürchtet.

Warum konnte er nicht sprechen? Warum konnte er den Bann nicht brechen? Da war eine Spannung, fast so, als sei die Luft um sie herum elektrisch aufgeladen, ein Gefühl unmittelbar bevorstehender Leidenschaft, wie die von einem plötzlich auflodernden Feuer ausgehende Hitze. Sie trat auf ihn zu. Er bemühte sich, irgendwelche Worte zu finden, mit denen er den Impuls des Augenblicks abwehren konnte. Aber sie preßte ihre Finger auf seinen Mund, um ihn zum Schweigen zu bringen.

»Du warst Heathers Silenus, nicht wahr, Harry?« In ihrer Stimme schwang etwas mit. Verlangen oder Überlegung. Er konnte nicht sagen, was es war. Ihre Hand zog eine Linie bis zu seinem Kinn hinunter, dann fiel sie auf seine Brust. »Was wirst du für mich sein?«

Sie mußte aufhören. In einem Moment war es zu spät. Nie zuvor hatte er so eine Intensität erlebt. Der Satz war wie ein Auslöser. »Du warst Heathers Silenus, nicht wahr?« Nein. Das war er nicht gewesen. Die Vorstellung war ein Zerrbild. Es war überhaupt nie so gewesen. Doch warum konnte er Heathers Gestalt nicht aus seinen Gedanken vertreiben? Heather, wie er sie nie gesehen hatte. Heather, wie er sie sich jetzt vorstellen mußte.

Virginias Hand glitt hinunter zu der Kordel seines Bademantels und zog sie auf. Er kniff die Augen fest zusammen, als der Mantel aufging, da er wußte, was sie sehen würde, wußte, daß es jeden Versuch, seine Gefühle zu leugnen, Lügen strafen würde. Sie berührte ihn, liebkoste ihn, bewegte ihre Hand einmal, zweimal, dann zog sie sie zurück.

»Hat sie das für dich getan, Harry?« Sie schob ihm den Bademantel von den Schultern. Er hörte, wie er herunterfiel. Einen Moment lang war es still. Dann öffnete er die Augen. Sie war einen Meter von ihm entfernt, wartete mit ihrer ruhigen, arroganten Miene, um seinem Blick zu begegnen, wartete mit leicht hochgezogenen Augenbrauen, den Kopf zurückgeworfen, einen Winkel ihres breiten Mundes gekräuselt, wartete mit einer Hand an dem Knoten, der die Schärpe um ihre Taille festhielt. »Du warst Heathers Silenus, Harry. Willst du nicht meiner sein?«

Mit einem Zug fiel die Schärpe. Dann schüttelte sie den Morgenmantel von ihren Schultern. Harry hörte, wie er zu Boden glitt. Sie hielt seine Augen mit ihrem Blick einen weiteren Moment fest, dann sah sie hinunter. Sie war größer als er, sogar noch muskulöser, als er nach dem einen flüchtigen Anblick in Minters Badetuch erwartet hatte, und sie hatte etwas Amazonenhaftes, war ebensosehr Kriegerin wie Kokotte.

Sie fiel auf die Knie, sah einmal kurz zu ihm hinauf, dann griff sie ihm zwischen die Beine, hielt seine Hoden in ihrer Hand, während sie ihren Mund zu der herausragenden Spitze seines Penis neigte. Ihr Haar fiel nach vorn über ihr Gesicht, und er spürte, wie es gegen seine Oberschenkel streifte, als ihre Lippen sich vor und zurück bewegten. Nur einen Augenblick lang ging sein Blick zu dem vorhanglosen Fenster, und er sah, wie sich in der Dunkelheit die vom Lampenlicht erhellte Wirklichkeit dessen, was er nicht für möglich hielt, widerspiegelte. Virginia, die nackt vor ihm kniete, wobei ihr flutendes Haar und ihr erhobener Arm kaum ihr Vorhaben verbargen, das Entsetzen über das, was er sah, war nur von der Erregung, der er nun keinen Einhalt mehr gebieten konnte, ausgeschaltet.

Sie entfernte sich, fiel zurück auf ihre Schenkel und besah sich ihr Werk. Er beugte sich zu ihr vor. Sie berührte ihn wieder und zog seine Hand auf ihre Brust herunter. Ein Chaos von Gefühlen ergoß sich in seinen Kopf: ihr kühles, mit einer leichten Gänsehaut überzogenes Fleisch, ihr warmer, ungeduldiger Geruch, ihre Atemlosigkeit, ihre steifen Brustwarzen zwischen seinen Fingern, die unnatürliche Schönheit ihres Haares im Lampenlicht, die sich beschleunigende Gewißheit dessen, was passieren mußte.

Sie fielen auf den Boden. Ein Lächeln formte sich auf ihren Lippen, als er sich aufrichtete, um zu beobachten, wie ihr blasser Körper im Lampenlicht golden wurde, wie ihr Haar sich über den Teppich unter ihr wie ein Fächer ausbreitete. Er stieß heftig in sie hinein, sein Penis war in seiner Vorstellung zu undenkbaren Proportionen angewachsen. Ihr Atem raste schneller als seiner, ihr Kopf war nach hinten gebogen, ihr Gesicht von einer unergründlichen Freude gerötet. Sie wälzten sich. Für einen Augenblick saß sie rittlings auf ihm, bewegte sich stoßweise vor und zurück, während sie sich von ihm durchbohren ließ. Sie hielt die Augen geschlossen, ihr Mund war geöffnet, und Haarsträhnen fielen ihr ins Gesicht. Er strich mit der Hand ihren Rücken hinunter, über die beiden Erhebungen ihres auseinanderklaffenden Gesäßes, fühlte mit einem Schock, daß sein Crescendo der Erregung die Gluthitze ihres Körpers nicht löschen konnte, hörte dann zwischen ihren keuchenden Atemstößen einen Schrei des Triumphs, der ihm endlich sagte, weshalb sie sich ihn ausgesucht hatte, weshalb dieser Ort, dieser Moment vorherbestimmt waren.

»Zum Teufel mit dir ... Zum Teufel mit dir ... Zum Teufel mit dir, Dysart!«

Sie wälzten sich wieder zurück. Es war zu spät, um dem Verrat, zu dem sie ihn verführt hatte, noch zu entgehen. Im nächsten Augenblick würde er Gewissensbisse haben. Doch nicht jetzt. Jetzt konnten sie nicht mehr zurück, ihre Körper waren vereint und wanden sich, Virginia keuchte, während er heftig in sie hineinstieß, ihre Glieder bewegten sich in rasender Leidenschaft auf und ab – jeder Muskel angespannt, jeder Sinn hellwach. Es war zu spät, viel zu spät; es gab kein Zurück mehr.

Ein paar Sekunden, nicht länger. Ein paar armselige Sekunden, während die Muskeln erschlafften, der Atem langsamer wurde, die Glieder sich entflochten. Dann Ekel, der in seinen Kopf stürmte, ein widerwärtiger, glühender Strom von Abscheu vor sich selbst. In dem Moment, als er wieder aus ihr herausglitt, zog sich das Wissen um das, wozu sie ihn gebracht hatte, wie eine Schlinge um ihn.

Er drehte sich auf den Rücken, zog seinen abgeworfenen Bademantel über die Körpermitte und starrte zur Decke hinauf. »Warum ... warum hast du das getan?« murmelte er.

»Du weißt, warum.« Ihre Stimme war leise, heiser von einer schrecklichen Befriedigung.

»Ich kann es nicht glauben.«

»Du bist sein bester und ältester Freund, Harry. Du bist sein Maskottchen. Deshalb. Denn wenn ich es hier tue, mit dir, in diesem Zimmer, wo er seine makellosen Reden schreibt, ist es, wie wenn ich es vor seinen Augen machen würde. Stell dir vor, wenn er hier gesessen hätte, hinter seinem Schreibtisch, uns die ganze Zeit über beobachtet und alles gehört hätte.«

»Du kannst nicht ...«

»Stell dir das vor, Harry! Stell es dir vor. Das habe ich getan. Das hat es so wundervoll gemacht.«

»Wer hat dir von Silenus erzählt?«

Sie antwortete nicht. Statt dessen sprang sie auf. Er sah, wie sie sich über ihn beugte, um ihren Morgenmantel zu holen, sah zum letzten Mal die Schenkel, zwischen denen er gelegen hatte, die Brüste, die er geküßt, die Gesäßbacken, die er umklammert, das Fleisch, das er berührt hatte. Dann wurde der Morgenmantel fest um sie geschlungen, und sie ging zur Tür. »Mir ist kalt«, sagte sie. »Ich gehe wieder ins Bett.« Sie blieb im Türrahmen stehen und sah ihn über die Schulter an. »Komm zu mir, wenn du magst. Oder nicht. Ganz nach Belieben.« Dann war sie weg.

48

Dr. phil. Peter R. Kingdom, M. A.
Mitglied der Britischen Psychologischen Gesellschaft
Mitglied des Nationalen Verbandes der Krankenhausärzte

7 Lictor Place
Crawford Street
LONDON
W1M 6QU

30. Dezember 1988

Mein lieber Konrad
Mit diesem Brief möchte ich Dir Mr. Harold Barnett, einen Landsmann von mir, empfehlen, der Grund zu der Annahme hat, daß er vielleicht mit einer meiner Patientinnen am Institut verwandt ist. Ich wäre Dir sehr dankbar, wenn Du ihm alle Unterstützung gewähren könntest, damit er feststellen kann, ob das der Fall ist.
Mit den besten Wünschen

Dein
Peter

Professor K.V. Bichler
Direktor
Versorelli-Institut
Route Chersoix
1200 Genève
Schweiz

»Das ist perfekt«, sagte Harry, faltete den Brief und steckte ihn in den Umschlag.

»So perfekt, wie es mir möglich ist«, entgegnete Zohra mit einem Lächeln. »Ich wußte gar nicht, daß ich als Fälscherin so talentiert bin.«

Harry versuchte zurückzulächeln, aber seine Lippen verweigerten den Befehl. Statt dessen versteinerte sich sein Gesicht vor Angst. »Der Zweck heiligt die Mittel«, murmelte er feierlich.

»Natürlich. Ich wollte nur ...« Zohra wirkte niedergeschlagen, und sie tat Harry sofort leid; auch sie ging schließlich ein Risiko ein. »Wann geht Ihr Flug?«

»Morgen um fünfzehn Uhr dreißig. Ich möchte den Montag für mich haben, um mich dort umzusehen. Dann werde ich am Dienstag vormittag im Institut anrufen.«

»Ich werde bereit sein, falls sie Dr. Kingdom anrufen. Es dürfte keinerlei Probleme geben: Er ist den ganzen Vormittag voll ausgebucht.«

»Gut. Ich verlasse mich auf Sie.«

»Und ich mich auf Sie. Seien Sie vorsichtig.«

»Mach' ich.« Harry stand auf, um zu gehen. Ihre Hand auf seinem Ellbogen hielt ihn für einen Moment zurück.

»Geht es Ihnen gut, Harry?« Ihre Augen waren vor echter Besorgnis weit geöffnet. »Sie wirken überanstrengt, mitgenommen, irgendwie niedergedrückt.«

Er versuchte ein Grinsen. »Das sind nur die Nerven, nehme ich an. Ich bin nicht an Täuschungsmanöver gewöhnt.«

»Ich auch nicht.« Sie lächelte wieder. Es veränderte sie mehr, als es ein Lächeln bei den meisten Leuten zustande brachte, als ob eine Lampe mit goldenem Schirm ihr Licht in einen dunklen Winkel werfen würde. Als ob ... Aber nein. Solche Gedanken waren töricht.

»Ich muß gehen.«

Plötzlich streckte sie sich und küßte ihn leicht auf die Wange. »Denken Sie an das, was ich Ihnen gesagt habe«, murmelte sie, und ihre Lippen waren immer noch nahe an seinem Gesicht. »Seien Sie vorsichtig. Seien Sie äußerst vorsichtig.«

Arme Zohra. Harry sah, wie sie ihn von Mrs. Tandys engem, schwach beleuchtetem Korridor aus beobachtete, als er den Wagen startete. Ohne ein Lächeln jetzt, mit ihren großen Augen, die ihn durch die Dunkelheit zu erreichen schienen. Sie war von allen von Heathers Freunden, die er kennengelernt hatte, diejenige, vor der er weiterhin unverminderte Achtung empfand. Als eine junge asiatische Frau, allein in einer ihr mißgünstig gesonnenen Stadt, war sie bereit, ihren Lebensunterhalt für Heather aufs Spiel zu setzen. Die anderen, einschließlich seiner selbst, waren von einem mit Schuld beladenen Gewissen angestachelt, von der Macht der Umstände getrieben, zum Handeln gezwungen worden. Nur Zohra war frei gewesen, sich zurückzuhalten – und hatte es nicht getan. Er wünschte, er hätte ihr zum Abschied zugewunken. Er wünschte ... Aber welchen Sinn hatten Wünsche?

Er lenkte den Wagen in Richtung Acton auf die M4 und fuhr langsam durch seltsam leere Straßen. Londons mit gelben Lichtern besetzte Schwärze umgab ihn, als sei der klapprige Vauxhall eine Kapsel geworden, die sowohl von der Zukunft, in die er fuhr, als auch von der Vergangenheit, der er entfloh, isoliert war. Er dachte an Zohras Kuß, der ihm Glück bringen sollte, und fragte sich, ob sie bemerkt hatte, wie er zusammengezuckt war, als ihre Lippen seine Wange berührten. Selbst wenn es so war, hätte sie den Grund nicht erraten können. Er hob eine Hand an sein Gesicht und fuhr damit über die rauhe, unrasierte Kinnlade. Arme Zohra. Bei all dem war sie dennoch unschuldig geblieben.

Er hatte Virginia in den wenigen Stunden, in denen er noch in Strete Barton geblieben war, nicht wiedergesehen. Whisky. Und Wasser. Heißes, heilendes Wasser. Dies hatte ihn die Zeit bis zur Morgendämmerung durchstehen lassen. Dann hatte er seine Tasche gepackt und war weggefahren, ohne einen Blick zurück zu wagen, für den Fall, daß sie ihn von einem der oberen Fenster beobachten und an das erinnern würde, was er nicht vergessen konnte.

Frühstück in einem Happy-Eater-Schnellimbiß in der Nähe von Exeter. Starker Kaffee, pochierte Eier, beschlagene Fenster, ständiger Verkehrslärm an einem absurd frühlingshaften Morgen. Reue, die seinen Willen wie Essig zerfraß. Gewissensbisse, die in seiner Kehle wie Galle brannten. Es war ihm egal, wohin er fuhr oder was er tat. Zeit und Entfernung waren alles, was er zwischen sich und eine Flut lebhafter Erinnerungen legen wollte. Weiße Leiber, die sich in der Dunkelheit wanden. Bilder und Geräusche, die er nicht ertragen konnte. Er war weitergefahren. Er hatte sich selbst davon überzeugt, daß er ihnen entkommen konnte.

Nach den dunklen und leeren Strecken von Gunnersbury Park fuhr er nun schneller, in Richtung Süden. Vor ihm warfen die Scheinwerfer der M4 ihren goldgelben Lichtschein an den Himmel. In wenigen Stunden würde das alte Jahr unmerklich in das neue übergehen. Dann würde er die Reise nach Genf antreten. Und er würde froh sein, wenn es soweit war, denn Genf war vielleicht weit genug entfernt, damit er, was immer ihm folgte, hinter sich lassen konnte. Sein Gewissen, zum einen.

Am Morgen lag auf dem Bordstein neben seinem Auto in der Falmouth Street, neben der Fahrertür, nicht zu übersehen, eine zerknüllte leere Zigarettenschachtel, deren rot-weiß-goldene Zeichnung ihm gleich vertraut vorkam. Der griechische Markenname war sofort zu lesen. ΚΑΡΕΛΙΑ ΣΕΡΤΙΚΑ. Die Marke, die er seit dem Profitis Ilias nie mehr geraucht hatte. *Karelia Sertika*. Die Marke, die er auf Rhodos am liebsten geraucht hatte, die er in England jedoch nie gesehen hatte. *Karelia Sertika*. Die letzte Warnung.

49

Genf, Dienstag. Ein kleiner Bahnhof auf der Strecke nach Lausanne, an einer Stelle, wo reiche Vororte einer friedlichen Landschaft von Weinbergen und am Seeufer gelegenen Dörfern wichen. Das Wetter trocken, kalt, windstill, durch und durch grau. Harry, der einzige Fahrgast, der ausstieg, lauschte dem nachlassenden Rattern des Zuges, als er die abschüssige Straße hinaufstieg, die zwischen von Bäumen abgeschirmten Villen nach Nordwesten führte.

Sechsunddreißig Stunden in Genf hatten alle seine Vorurteile über die Schweizer bestätigt. Manisch sauber. Aufreizend höflich. Unerträglich tüchtig. Er hatte sich unwillig und mürrisch seinen Weg durch ihre gepflegte Stadt internationaler Verständigung gesucht und alles, was er gesehen hatte, verabscheut.

Er kam zu einer Kreuzung und bog nach rechts ab. Jetzt war es nicht mehr weit, wie er sich von seiner gestrigen Erkundung erinnerte. Nicht mehr weit, bis er die langersehnte Gelegenheit hatte, diese Sache endgültig zu begraben. Die Begrenzungsmauer des Versorelli-Instituts tauchte zu seiner Rechten auf, hoch und unversöhnlich. Im Innern waren nur Fichten zu sehen. Sie hatte einen Drahtverhau, um Eindringlinge abzuschrecken – oder um eine Flucht zu verhindern. Der Anblick ließ ihn schaudern. Er beschleunigte seine Schritte.

Ein breiter Eingang mit Steinpfeilern, die Gitter standen offen, und eine automatische Sperre blockierten die Auffahrt dahinter. An einem der Pfeiler hing ein großes, frischgemaltes Schild. L'INSTITUT VERSORELLI. Dann eine Reihe französischer Schriftzüge, die er nicht verstand. *Hôpital mental.* Das zumindest war klar. *Les recherches psychiatriques. Directeur:* Prof. K.V. Bichler, *Université de Genève.* Der Name auf dem Brief: Er sah nach, ob er ihn noch in der Tasche hatte. Alles war in Ordnung. Er trat zwischen die Pfeiler und ging zu dem Torhaus.

»Ich möchte den Direktor sprechen. Ich habe diesen Brief mit einer Vollmacht.«

Der Wächter starrte ihn einen Augenblick lang verständnislos an. Es gibt nichts zu befürchten, beruhigte sich Harry, überhaupt nichts. (Er trug einen neuen Regenmantel, einen sauberen Kragen und Schlips, ein Jackett und eine Hose, die sich genug glichen, um für einen Anzug durchzugehen. Er hatte sich rasiert und gekämmt. Er war nüchtern und lächelte. Er hatte noch nie respektabler ausgesehen.) Der Torwächter schnappte den Brief und schaute angestrengt darauf, doch geschriebenes Englisch schien seine Fähigkeiten zu überschreiten. Er tätigte einen Anruf, führte ein kurzes Gespräch, legte den Hörer auf und nickte dann düster. »*Entrez, monsieur.*« Er händigte ihm den Brief wieder aus und drückte auf einen Knopf. Die Schranke ging hoch.

Das Gelände war ausgedehnt, Wege zogen sich durch die Gehölze, Rasenflächen und Blumenrabatten lenkten den Blick die Auffahrt hinauf zu einem cremefarbenen Château, das in dieser Umgebung riesig und streng wirkte. Zwischen den Bäumen dahinter waren andere Gebäude, mit niedrigeren Dächern und in modernem Stil, zu erkennen. Mehrere Dutzend Fahrzeuge standen auf dem Parkplatz auf der einen Seite des Schlosses, doch von den Besitzern war nichts zu sehen. Es spazierten keine Patienten auf dem Rasen, keine Ärzte eilten geschäftig hin und her, es schoben keine Gärtner mit Laub beladene Schubkarren vor sich her: Alles war still und leer.

Als Harry etwa zehn Meter vom Haupteingang entfernt war, ging die Tür auf. Ein junger Mann, nicht älter als dreißig, zaundürr und hellwach, mit borstigem Haar und einem strahlenden helläugigen Lächeln, trat heraus und stand oben auf der kurzen Treppe, um ihn zu begrüßen. »Mr. Barnett?« Sein englischer Akzent war fast perfekt, das Fehlen eines weißen Mantels beinahe beruhigend.

»Ja.« Sie gaben sich die Hand. »Professor Bichler?«

»Professor Bichler ist im Urlaub. Mein Name ist Junod. Ich bin Professor Bichlers Assistent. Folgen Sie mir, bitte.«

Das Innere des Châteaus war fröhlicher, als Harry erwartet hatte, hell und luftig. Licht überflutete eine monumentale Treppe. Aber wiederum war niemand zu sehen oder zu hören. Es roch nicht einmal nach Desinfektionsmitteln. Junod ging einen weiten, mit Marmorplatten ausgelegten Korridor voran, öffnete die dritte Tür und bat Harry herein.

Der Raum war groß und geschmackvoll eingerichtet, die äußeren Zeichen einer Verwaltung waren kunstvoll hinter großzügigen Sofas, dicken Teppichen und riesigen orientalischen Vasen versteckt. Junod nahm Harry den Mantel ab, bat ihn, auf einem der Sofas Platz zu nehmen, und ließ sich selbst steif auf einem Stuhl mit gerader Lehne nieder. Er saß mehrere Sekunden lang in erwartungsvollem Schweigen, dann, gerade als Harry zu sprechen anfangen wollte, sagte er: »Sie haben einen Brief dabei, höre ich?«

»Von Dr. Kingdom, ja.«

»Natürlich, Dr. Kingdom. Ich kenne ihn gut. Wir haben miteinander gearbeitet. Darf ich?« Harry reichte ihm den Brief, und Junod las ihn. Dabei runzelte er die Stirn. Doch sobald er fertig war, lächelte er wieder. »Vielen Dank.« Er gab ihn zurück, schwieg einen Augenblick und sagte dann: »Ich bin überrascht, daß Dr. Kingdom uns nicht vorher über Ihren Besuch in Kenntnis gesetzt hat.«

Harry bemühte sich, ebenfalls überrascht auszusehen. »Oh, soviel ich weiß, wollte er Ihnen schreiben. Vielleicht ist der Brief noch nicht bei Ihnen angekommen?«

»Möglich. Nun, egal. Wir sind immer bemüht, ihm zu Diensten zu stehen. Wie können wir Ihnen helfen, Mr. Barnett?«

»Ich würde gerne jede von Dr. Kingdoms Patientinnen sehen, wenn das geht.«

Junod überlegte. »Das ist eine sehr ungewöhnliche Bitte. Äußerst ungewöhnlich.«

»Wie auch die Umstände.«

»Vielleicht könnten Sie mir Näheres über die ... Umstände erzählen, Mr. Barnett.«

Harry hatte diese Frage erwartet. Er schoß mit der Antwort los, die er vorbereitet hatte. »Meine Nichte ist vor sieben Jahren verschwunden. Ihr Vater starb kurz darauf, und ihre Mutter, meine Schwester, hat sich nie von diesem doppelten Verlust erholt. Meiner Schwester zuliebe habe ich getan, was ich konnte, um herauszufinden, ob ihre Tochter noch am Leben ist, doch ohne Erfolg. Vor drei Wochen erhielt meine Schwester einen Anruf, der ihrer festen Überzeugung nach von ihrer Tochter kam. Der Anruf war kurz und wirr, aber meine Nichte sagte offenbar etwas darüber, daß sie in der Schweiz unter der Fürsorge von Dr. Kingdom sei. Da ich das Telefonat nicht entgegengenommen habe und es sehr wohl sein kann, daß sich meine Schwester so etwas ausdenkt, war ich anfangs skeptisch. Doch in Anbetracht der Tatsache, daß Dr. Kingdom ein praktizierender Psychiater ist, der Verbindungen mit einer Institution in der Schweiz hat, fühlte ich mich verpflichtet, bei ihm nachzufragen. Er war natürlich überrascht und wie ich der Meinung, daß sich meine Schwester geirrt haben muß. Trotzdem ...«

»Beschlossen Sie, daß Sie diese Angelegenheit nur durch einen Besuch bei uns ein für allemal erledigen konnten?«

»Genau.«

Junods Stirn legte sich in Falten. Er zupfte gedankenvoll an seinem rechten Ohrläppchen. »Wie alt wäre Ihre Nichte jetzt, Mr. Barnett?«

»Siebenundzwanzig.«

»Ihr Name?«

»Heather King.«

»King?«

»Ja. Das könnte natürlich das Mißverständnis meiner Schwester erklären. King und Kingdom.«

»Richtig. Haben Sie ein Foto von ihr?«

»Ja.« Harry zog den Schnappschuß heraus, den Marjorie Mallender ihm geliehen hatte: Heather in einem Schaffellmantel, Weihnachten 1980. »Es wurde in dem Jahr aufgenommen, bevor sie verschwand. Es ist klar, daß sie inzwischen völlig anders aussehen könnte. Schlanker vielleicht, mit gefärbtem Haar. Wer weiß?«

»Da haben Sie recht.« Junod gab ihm das Foto zurück. »Ich erkenne sie nicht, Mr. Barnett. Aber wie Sie bereits sagen, das hat nichts zu bedeuten. Was die Wahrscheinlichkeit angeht, daß sie hier ist, würde ich sagen, sie ist gleich Null. Hat Dr. Kingdom Ihnen erklärt, unter welchen Umständen und woher unsere Patienten hierherkommen?«

»Nein. Er sagte, er könne mir nichts sagen, ohne das Arztgeheimnis zu brechen. Er sagte, nur wenn ich einen guten Grund zu der Annahme hätte, daß eine seiner Patientinnen hier vielleicht Heather sei, könne man der Sache auf den Grund gehen. Deshalb bin ich persönlich hergekommen.«

»Hmm.« Das Ohrläppchen wurde nun ziemlich heftig hin und her bewegt. »Ich verstehe ihn. Natürlich ist es unvorstellbar. Von allem anderen einmal abgesehen, haben unsere Patienten keinen unkontrollierten Zugang zum Telefon. Doch selbst wenn ...« Er schien plötzlich zu einem Entschluß gekommen zu sein. »Warten Sie bitte hier, Mr. Barnett. Ich werde Sie nicht lange aufhalten.« Mit diesen Worten eilte er geschäftig aus dem Zimmer.

Harry versuchte sich zu entspannen, versuchte, sich nicht vorzustellen, wohin er gegangen war und weshalb. Er sah auf die Uhr. Zwanzig nach elf. Und damit zwanzig nach zehn in London. Kaffeezeit in Marylebone, und Zohra Labrooy saß erwartungsvoll am Telefon. Würden sie nachfragen? Er wußte es nicht. Fünf Minuten vergingen. Dann zehn. Gott, das waren ja die reinsten Todesqualen. Er war zu alt für ein solches Theater. Und er schwitzte. Es war kalt in dem Raum, und doch lief ihm der Schweiß herunter. Warum blieb Junod so lang weg? Warum war er noch nicht zurück? Vielleicht hätte er doch ein Glas trinken sollen. Vielleicht hätte er mehrere trinken sollen.

Die Tür ging auf. Da war Junod wieder, lächelnd wie zuvor, mit zwinkernden Augen und einer Mappe unterm Arm. »Es tut mir leid, daß ich Sie warten ließ, Mr. Barnett.«

»Das macht nichts.«

Junod setzte sich wieder auf seinen Stuhl und öffnete die Mappe. »Ein oder zwei Formalitäten, Sie verstehen.« Das Lächeln verwandelte sich in ein Grinsen. Harry verstand nichts. Es war ihm auch egal. »Dr. Kingdom hatte ein Interesse an zwölf von unseren Patienten, deren Unterlagen ich hier habe.« Erleichterung überkam Harry: Die Verzögerung hatte eine Erklärung. »Von diesen zwölf sind fünf Männer. Von den sieben Patientinnen sind nur drei in derselben Altersgruppe wie Ihre Nichte, und nach unseren Aufzeichnungen ist keine siebenundzwanzig. Die dem am nächsten kommt, ist ... neunundzwanzig.«

»Die anderen?«

»Vierundzwanzig ... und dreiunddreißig.«

»Darf ich sie sehen?«

»Gewiß. Kommen Sie bitte mit mir.«

Sie erhoben sich und verließen das Zimmer. Als sie auf den Korridor traten, überwältigte Harry die Ungeheuerlichkeit dessen, was vielleicht gleich geschehen würde. Heather war vielleicht nur wenige Meter von ihm entfernt, wartete vielleicht in einem der unzähligen Zimmer des Châteaus darauf, daß er sie wiedererkannte, um sie aus Kingdoms Schatten zu reißen.

»Sie werden verstehen, Mr. Barnett, daß ich Ihnen nichts über diese Patientinnen sagen darf. Sie können sie sehen. Sie können sie ansprechen. Das ist alles.«

»Das ist alles, was ich verlange.«

Sie gingen die herrschaftliche Treppe hoch, auf die graues Licht aus hohen Fenstern fiel. »Auch werden Sie verstehen, daß es sich hier um sehr verwirrte Personen handelt. Ich muß Sie bitten, nichts zu tun, was sie beunruhigen könnte. Berühren Sie sie nicht. Schreien Sie nicht. Erwarten Sie nicht zuviel.«

»Natürlich.«

Das oberste Ende der Treppe war mit einer Abtrennung versehen worden, der Durchgang von einer stabilen Tür aus neuem, weißgestrichenem Holz versperrt. Junod holte einen Schlüssel hervor und schloß sie auf. Sie traten in einen dunklen Korridor. Lichtkegel aus offenen Türen. Institutsfarbe. Und ein Geruch, der um einiges schlimmer war, als er erwartet hatte. »Lucy ist normalerweise im Aufenthaltsraum anzutreffen. Hier entlang, bitte.«

»Lucy?«

»Vierundzwanzig. Schizophren. Sehr labil. Aber warmherzig und großzügig. Vielleicht sogar zu sehr.«

Im Aufenthaltsraum waren zwei Schwestern. Die an der Tür nickte

Junod zu, als sie eintraten, und sagte etwas auf Französisch zu ihm. Außer Lucys Namen konnte Harry nichts von dem, was sie sagten, verstehen. Die Schwester zeigte auf einen Fensterplatz, wo ein Mädchen in einem fleckigen Trägerkleid über einem Puzzle kauerte. Sie wirkte viel jünger als vierundzwanzig. Langes blondes Haar fiel ihr bis zur Taille herunter. Sie sah auf, als sie sich ihr näherten, die Augen vor Besorgnis weit aufgerissen. Dann kicherte sie nervös. Es war nicht Heather. Harry schüttelte den Kopf zu Junod. Ein paar ungezwungene Worte über das Puzzle, dann ein freundliches Lebwohl. Sie gingen.

»Juliet ist dreiunddreißig. Auch schizophren. Aber zurückgezogen, hat nichts von Lucys Liebenswürdigkeit. Sie ist in ihrem Zimmer.«

Sie stiegen eine Treppe hinauf zu einem stillen Korridor mit verschlossenen Türen. Am äußersten Ende klopfte Junod, und eine gedämpfte Stimme antwortete: »Herein.« Sie sprach englisch. Harrys Hoffnungen stiegen.

Es hätte eine Klosterzelle sein können, abgesehen davon, daß es kein Kruzifix gab. Eine winzige Pritsche, eine Garderobe, ein Tisch, ein Stuhl, ein Waschbecken in der Ecke, ein schmales Fenster, das weit offenstand, obwohl es eisig kalt war. Juliet, ein kantiges Geschöpf mit einem Schwanenhals und langem braunem Haar, betrachtete sie verächtlich vom Kopfende ihres Bettes aus. Sie trug einen schlechtsitzenden Pyjama mit breiten rosa und weißen Streifen.

»Nicht kalt, Juliet?« sagte Junod.

»Nur, wenn ich Sie sehe.« Die Antwort war, als ob sie ihm Eiswasser ins Gesicht schüttete. Ihre Miene war ruhig und gefaßt, feindselig und doch seltsam friedvoll. Da gab es nichts von Heather in ihr. Keine Spur. Nicht einmal eine entfernte Ähnlichkeit.

»Kennen Sie diesen Mann, Juliet?«

Sie fixierte Harry mit einem gebieterischen Blick. »Sind Sie Engländer?«

»Ja.«

»Das dachte ich mir. Die Augen sind es, natürlich.« Sie kicherte. »Haben wir uns schon einmal irgendwo gesehen?«

»Das müssen Sie mir sagen.«

Wieder ein Kichern. »Einst kannte ich Sie: doch es war im Paradies.«

»Haben Sie genug gehört, Mr. Barnett?« sagte Junod.

»Ja.«

»Wenn wir uns treffen«, sagte Juliet, als sie gingen, »werd' ich vorübergehn und auch den Kopf nicht wenden.«

Junod schloß die Tür. Sie gingen den Korridor entlang. »Sie sind sicher, daß keine von beiden in Frage kommt?« fragte er neutral.

»Absolut.«

»Dann bleibt uns nur noch Maureen, die Neunundzwanzigjährige.«

»Die Heathers Alter am nächsten kommt. Warum haben wir sie nicht als erste aufgesucht?«

»Weil ich angenommen habe, daß sie nicht Ihre Nichte ist.«

»Warum?«

Sie blieben am Treppenabsatz stehen. »Sagen wir, ich habe es gehofft, Mr. Barnett.«

»Was wollen Sie damit sagen?«

Junods Gesicht wurde plötzlich ernst. »Das werden Sie gleich sehen.«

Sie verließen das Château durch eine Hintertür und folgten einem schmalen Weg, der zwischen Fichten und einem umzäunten Gelände mit Tennisplatz verlief. Mehrere einstöckige weißgekalkte Gebäude mit Flachdächern lagen vor ihnen. Sie hatten etwas Militärisches ans sich mit ihren vergitterten Fenstern. *Les Malades violents* warnte ein Schild. *Entrée interdite.* Ein unkontrollierbares Zittern durchlief Harry. Könnte es sein, daß Heather hier war? So weit, so überaus weit von allem entfernt, was sie geliebt und gekannt hatte.

Sie bogen in einen Seitenweg ein, der zu dem zweiten Gebäude führte. Bei der Tür hielten sie an, Junod suchte in einem Schlüsselbund und schnalzte dabei mit der Zunge, während sich Harry umsah. Ein eisiger Nebel kam durch die schweigenden Koniferen auf sie zugekrochen. Er fühlte, wie das Gewicht der kollektiven Traurigkeit dieser Bewohner ihn niederdrückte. Was für ein Ort. Was für ein wahrhaft schrecklicher Ort.

Junod schloß die Tür auf. Sie traten in einen sauber geschrubbten und spartanisch eingerichteten Vorraum. Ein Mann in einem kleinen Büro nickte Junod zu, der vorausging und an eine Doppeltür klopfte. Ein strenges Frauengesicht starrte durch eine Scheibe aus vergittertem Drahtglas, schloß dann eine der Türen gerade so weit auf, daß sie durchkamen.

Etwa ein Dutzend Betten, sechs auf jeder Seite des Mittelganges, die von kopfhohen Trennwänden abgeteilt waren, füllten den Raum aus, der, abgesehen von den Gitterstäben an den Fenstern und den Schlüsseln, die an der Hüfte der Schwester, die sie hereinließ, klapperten, ein Schlafsaal einer zweitklassigen Privatschule hätte sein können. Neben manchen Betten lagen Teppiche, ein paar kümmerliche Topfpflanzen standen auf einem der Fenstersimse, und hinter einem Vorhang am anderen Ende waren ein paar Sessel zu sehen. Sonst gab es nichts, was Behaglichkeit verbreiten oder Trost spenden konnte: keine Bilder, keine Bücher, keinerlei Unterhaltung.

Nicht daß Harry viel Gelegenheit gehabt hätte, seine Umgebung zu beurteilen, denn alle seine Sinne wurden gleichzeitig von zwei Reizen überwältigt: Lärm und Geruch. Jemand im Raum lachte hysterisch, doch ohne eine Spur von Freude. Der Klang war wahnsinnig, durchdringend hoch und hoffnungslos anhaltend. Dies und der beißende Gestank von abgestandenem Urin, der ihm die Kehle zuschnürte, traf Harry wie eine Keule. Er taumelte zurück.

»Geht es Ihnen gut, Mr. Barnett?« fragte Junod.

»Ja ... Alles in Ordnung.«

Junods Unterhaltung mit der Schwester ging in dem Hyänengelächter unter. Harry blickte sich um, um festzustellen, woher es kam. Eine rothaarige Frau, die auf einem der Betten lag, erhaschte seinen Blick und lächelte. Er lächelte nervös zurück, worauf sie zu seinem Entsetzen ihr Hemd vorn herunterzog und eine ihrer Brüste entblößte.

»Wir haben Glück, Mr. Barnett«, sagte Junod. »Maureen ist in einer ihrer zugänglicheren Stimmungen. Hier entlang, bitte.«

Sie gingen den Gang zwischen den Betten entlang. Harry hielt seine Augen auf Junods Rücken gerichtet, bemerkte aber dennoch, daß die Rothaarige ihm Gesichter schnitt und gestikulierte, als er vorbeiging. Als sie fast am Ende angekommen waren, hielt Junod an und lächelte der Inhaberin eines der Betten auf der linken Seite zu. »Bonjour, Maureen«, sagte er mit seiner fröhlichsten Stimme. »Ich habe einen Besucher für Sie.«

Maureen war auf mehrere Kissen gestützt, die Decken waren über sie gebreitet, ihre Hände lagen flach auf dem Überwurf. Jeder Finger war gestreckt und bis zum Äußersten abgespreizt. Ihr Gesicht war eingefallen, der Mund zusammengepreßt, unter den Augen lagen tiefe Schatten. Das Haar war schulterlang, braun und ungepflegt. Vielleicht, das konnte Harry nicht abstreiten, vielleicht war es einst flachsblond gewesen. Er trat näher. Vorn auf ihrem Hemd waren Blutflecken. Ihr Kinn zitterte leicht, als ob sie gleich weinen würde.

»Kennen Sie diesen Mann, Maureen?« fragte Junod.

Ihre Augen richteten sich auf Harry. Große, traurige, weitsichtige Augen. In diesem Moment war er sicher. Es konnte nicht Heather sein. Und doch widersetzte er sich nicht, als sie eine Hand hob und ihm winkte, näher heranzukommen. Sie öffnete den Mund und versuchte zu sprechen. Er mußte sich zu ihr niederbeugen, um ihre Worte zu verstehen.

»Bitte«, sagte sie stockend, »bitte, bringen Sie mich von hier weg.«

»Es tut mir leid«, erwiderte er. »Das kann ich nicht.«

Ein letzter suchender Blick aus ihren traurigen Augen, dann drehte sie ihr Gesicht dem Kissen zu. Er trat zurück. »Nun?« sagte Junod.

»Nein. Sie ist es nicht.«
»Sind Sie sicher?«
»Ja. Können wir jetzt bitte gehen?«

Frische Luft. Harry stand da und sog sie in seine Lungen, während der Nebel die Tennisplätze einzuhüllen begann. Er fragte sich, weshalb er das Hyänengelächter hier draußen nicht hören konnte, weshalb dieser mit Verwirrten und Vergessenen gefüllte Schlafsaal so meilenweit entfernt zu sein schien, wo er doch nur zwanzig Meter hinter ihm lag. Er versuchte, an irgend etwas zu denken, was eine furchtbare Schlußfolgerung in Schach halten würde. Doch Junod ließ es nicht zu.

»Sie ist nicht hier, Mr. Barnett, nicht wahr?«

»Ich bin nicht sicher.«

»Was wollen Sie damit sagen? Sie haben mir selbst versichert, daß keine dieser drei irgendeine Ähnlichkeit mit Ihrer Nichte hat.«

Das stimmte. Aber zu akzeptieren, daß es stimmte, bedeutete mehr, als Junod sich vorstellen konnte. Es bedeutete, daß die Reise nach Genf eine falsche Fährte gewesen war. Es bedeutete, daß Kingdom unschuldig war. Es bedeutete, daß das Geheimnis von Heathers Verschwinden so undurchdringlich wie eh und je war. Dagegen lehnte sich Harry gegen alle Logik auf. »Was ist mit Dr. Kingdoms anderen Patientinnen?«

»Sie sind zu alt, Mr. Barnett. Sie sind alle über fünfzig, eine in den Achtzigern.«

»Man könnte sich doch bei ihrem Alter geirrt haben.«

»Das ist absurd, und ich glaube, Sie wissen das.« Junods Verständnis ließ allmählich nach. Sein Lächeln machte einem Stirnrunzeln Platz.

»Vielleicht wurde sie als die Patientin von jemand anderem registriert.«

»Mr. Barnett! Ich habe mein Bestes getan, um Ihnen zu helfen, aber jetzt übertreiben sie. Sie müssen akzeptieren, daß Ihre Nichte nicht hier ist.«

»Sie müßte am zwölften November hier eingetroffen sein. Sie könnten ganz einfach nachprüfen, wen Sie an diesem Tag aufgenommen haben.«

»Sie haben vorher kein bestimmtes Datum genannt.« Zu seinem Stirnrunzeln gesellte sich nun auch noch ein mißtrauischer Beiklang.

»Ich hielt es nicht für notwendig.«

»Wenn Sie das getan hätten, hätte ich uns beiden sehr viel Zeit sparen können. Lucy, Juliet und Maureen sind alle schon seit mehreren Jahren hier.«

»Das tut mir leid. Sie haben recht. Ich hätte es erwähnen sollen. Könnten Sie der Sache trotzdem nachgehen?« Harry mußte die Verzweiflung in seiner Stimme gar nicht vortäuschen. »Ich flehe Sie an: Was kann es schon schaden?«

Junods Miene wurde ernst. »Ich habe alles getan, worum Dr. Kingdom gebeten hat. Ihre Nichte ist nicht hier.«

»Wenn es nur eine Möglichkeit ...«

»Es gibt keine Möglichkeit!«

»Warum beweisen Sie es mir nicht?«

Junod schien einen Kampf mit sich selbst auszufechten. Dann verwandelte sich seine Ungeduld in Resignation. »Nun gut. Wenn Sie darauf bestehen, Mr. Barnett, also bitte. Kommen Sie mit mir.«

Sie kehrten zum Schloß zurück und eilten durch mehrere Korridore. Dabei klapperten Junods Absätze ärgerlich auf dem Marmorfußboden. Er sagte nichts, und auch Harry schwieg. Sie betraten ein Zimmer, in dem vier Frauen mittleren Alters an ihren Textverarbeitungsgeräten saßen. Eine der Frauen sah auf und lächelte, aber Junod beachtete sie nicht. Er ging geradewegs zu einer Tür auf der anderen Zimmerseite, wartete gerade so lang, um einmal energisch mit seinem Knöchel anzuklopfen, und ging dann gleich hinein. Harry folgte ihm.

Ein großer Mann in grauem Anzug mit kurzgeschorenem silbernem Haar und einer Brille mit Stahlrand sah von einem ordentlichen Schreibtisch auf. Er und Junod wechselten ein paar Worte. Der Mann runzelte die Stirn, zuckte die Achseln, sperrte eine Schublade neben sich auf, nahm ein großes, ledergebundenes Buch heraus und reichte es Junod.

»Unser Journal, Mr. Barnett«, sagte Junod scharf. »Es enthält eine unabhängige Aufstellung aller Aufnahmen.« Er legte es offen auf den Schreibtisch und blätterte zu der in Frage kommenden Seite. »November, sagten Sie? Im letzten November?«

»Ja. Am zwölften.«

Junods Finger glitten den Rand hinunter bis zu dem Datum. 3. November. 7. November. 15. November. Er sah zu Harry auf. »Es gab keine Aufnahme am zwölften, Mr. Barnett.«

»Überhaupt keine?«

»Das ist hier kein Hotel. Patienten kommen und gehen hier nicht täglich. Ich sage ihnen: Es gab keine Aufnahme am zwölften.«

»Dann vielleicht später. Was war am fünfzehnten?«

Junod schaute wieder in das Buch. »Ein Mann.«

»Die nächste Patientin, wann immer das war.«

»Am vierundzwanzigsten November. Ah ja. Sie ist achtundvierzig Jahre alt, Mr. Barnett – eine Witwe aus München.«

»Dann die nächste.«

Junod holte tief Atem, dann schlug er das Buch zu. »Es reicht.« Er starrte Harry an. »Mr. Barnett, es ist keine Patientin im Alter Ihrer Nichte am oder seit dem zwölften November in diese Klinik aufgenommen worden. Ich denke, daß Ihre Nachforschungen damit beendet sind, nicht wahr?«

»Nein. Da muß ein Irrtum vorliegen. Sie ...«

»Da liegt kein Irrtum vor! Ihre Nichte ist nicht hier. Ihre Nichte ist nie hier gewesen. Ich muß Sie bitten, jetzt zu gehen.«

»Ich kann nicht. Nicht ohne ...«

»Wenn Sie sich weigern, rufe ich die Polizei.« Junods Gesichtsausdruck ließ keinen Zweifel an seiner Entschlossenheit aufkommen. »Wäre Ihnen das lieber?«

»Nein. Natürlich nicht. Aber ...«

»Dann gehen Sie bitte freiwillig, Mr. Barnett.«

Harry sah von Junod zu seinem Kollegen und wieder zurück zu Junod. Er hatte recht. Harry hatte keine Wahl. Er hatte seine Trumpfkarte ausgespielt und die Hand gewonnen, aber die Hand war leer. Heather war nicht da. Vielleicht, so sagte ihm der düsterere Teil seiner Gedanken, war sie nirgends mehr. Vielleicht war sie für immer verloren. Vielleicht war sie das immer gewesen. Wortlos wandte er sich zur Tür.

»Es tut mir leid, daß wir Ihnen nicht helfen konnten«, sagte Junod.

Harry antwortete nicht. Er nahm undeutlich wahr, wie die Frauen im vorderen Büro in ihrer Arbeit innehielten, um ihn anzustarren, als er vorbeiging, dann war er auf dem Korridor und eilte zum Ausgang. Dies war das Ende. Es gab keine weiteren Spuren, denen er folgen konnte, keine weiteren Hoffnungen, an die er sich klammern konnte. Der gefälschte Brief, die erfundene Geschichte, der betrügerische Besuch – es war alles umsonst gewesen. Er war ebenso weit von Heather entfernt wie damals, als er den Abhang des Profitis Ilias hinaufgerannt war, um nach ihr zu suchen.

50

Alan Dysart ist nicht zu Hause«, sagte Alan Dysarts Stimme vom Tonband. »Wenn Sie eine Nachricht hinterlassen wollen, sprechen Sie bitte nach dem Pfeifton.«

»Alan, hier spricht Harry Barnett. Heather ist nicht im Versorelli-Institut. Ich glaube nicht, daß sie je dort war. Wir haben uns getäuscht. Es gibt keinen Grund, noch länger hierzubleiben, also werde ich sofort nach England zurückkehren. Ich melde mich bei dir, sobald ich zu Hause bin.«

Harry legte den Hörer auf, hob die Füße aufs Bett und lehnte sich langsam in die Kissen zurück. Sein Gehirn fühlte sich ebenso müde und ausgepumpt an wie sein Körper. Er konnte sein Schicksal weder akzeptieren noch sich ihm widersetzen. Er leerte die Miniaturflasche Whisky auf dem Nachtschränkchen in ein Glas und nahm einen Schluck. Er trank auf die Vergeblichkeit und das Scheitern seiner Suche nach Heather. Sie endete mit einer von einem Hotelzimmer in Genf aus auf eine Maschine gesprochenen Nachricht. Er nahm noch einen Schluck Whisky und starrte zur Decke, während er zusah, wie die Dunkelheit mit den Sprossen und dem Lichtkreis wetteiferte, die das Nachttischlämpchen warf.

»Adieu, Heather«, murmelte er zu sich selbst.

Er stellte das Glas ab und griff nach den beiden Gegenständen, die daneben lagen: der Umschlag mit den Postkarten und das Mäppchen mit den Fotos. Er ließ die Postkarten in seinen Schoß gleiten und starrte auf sie herunter. Aphrodite, weich und geschmeidig, mit abgewandtem Gesicht. Silenus, erigiert und schamlos, mit erhobener Hand. *Anthony Sedley, Gefangener,* ein letzter, in Stein gekratzter Protest. Die Göttin, der Satyr und der Verratene: Sie verkörperten ein Schema, das er nicht verstand.

Er zog die Fotos aus ihrem Mäppchen und begann sie durchzublättern. Mallender Marine. Clares Grabstein. Nigel Mossop. Tyler's Hard. Breakspear College. Das Lamb Inn. Die Straße in Cotswold. Skein of Geese. Hurstdown Abbey. Die Flaxforder Kirche. Das Pfarrhaus von Flaxford. Die Klinik Challenbrooke. Strete Barton. Frank Hollinrakes Grab. Er war der Sequenz gewissenhaft gefolgt und hatte sich an den

Faden, der von einem zum anderen führte, gehalten. Nun war es vorbei, die Reihe war zu Ende, der Faden gerissen. Alles, was blieb, war, was er bereits wußte. Athen, Rhodos, Profitis Ilias. Lindos. Die *Villa ton Navarkhon*. Er selber betrunken im Garten. Die lachende Heather. Das Ende des Films. Das Ende der Suche.

Doch halt. Noch einen Augenblick. Was, wenn er die Fotos zu früh weglegte? Er kannte noch nicht ganz alle. Er blätterte sie noch einmal durch, kam, wie zuvor, zu der vierzehnten Aufnahme, dann ging er langsam zur nächsten und befreite dabei seine Gedanken von allen Verdächtigungen, die er sich zurechtgelegt hatte, seit er aus Rhodos weg war. In Lindos hatte er an die Fotos geglaubt und an nichts anderes. Sie waren die einzige Fährte, die Heather hinterlassen hatte.

»Vertraue auf sie«, sagte er laut. »Vertraue auf sie und auf nichts anderes.«

Athen: das fünfzehnte Foto. Nicht Genf. Nicht England. Nicht Rhodos. Natürlich. Es war so offensichtlich, so einfach, daß er hätte weinen können. Er hatte das Ende noch nicht erreicht. Er hatte die Grenze der Hoffnung noch nicht erreicht. Alles, was er tun mußte, war, was er zuvor getan hatte: Heathers Schritten folgen.

Er sprang aus dem Bett, griff nach dem Telefonbuch, blätterte bis zu der Nummer, die er suchte, griff nach dem Hörer und wählte.

»Swissair. Bonsoir.«

»Bonsoir. Parlez-vous anglais?«

»Ja, Sir, natürlich. Was kann ich für Sie tun?«

»Ich möchte einen Flug buchen.«

»Wohin, Sir?«

»Nach Athen. So bald wie möglich.«

51

Es war kalt auf dem Gipfel des Lykabettos. Nicht so kalt wie auf dem Profitis Ilias, würde Harry bereitwillig zugestimmt haben, aber doch weit entfernt von der flimmernden Hitze, in die die griechische Hauptstadt eigentlich getaucht sein sollte. Natürlich hatte er keinen Grund, sich zu beklagen – niemand hatte ihn dazu aufgefordert, Anfang Januar nach Athen zu kommen. Er folgte den Stufen, die von der Plattform der Seilbahn nach oben führten, schlug den Kragen seines Regenmantels hoch und blinzelte hinaus über das Panorama aus endlosen grauen Vororten. Niemand hatte ihn aufgefordert, das stimmte, und nun, allein auf der kargen Felseninsel des Lykabettos inmitten des modernen Athen, war er weit davon entfernt, zu wissen, weshalb er gekommen war.

Seine Zweifel hatten schon am Abend zuvor eingesetzt. Als er am Nachmittag aus Genf angekommen war, hatte er ohne weitere Fragen eingewilligt, in das vom Taxifahrer empfohlene »Hotel Ekonomical« in der Nähe des Omonia-Platzes, das dessen Onkel gehörte, zu gehen. Ein heruntergekommenes, billiges Hotel außerhalb der Saison würde es ebensogut tun wie ein anderes. Da die Nacht schnell hereinbrach, hatte er den Rest des Tages in schlecht beleuchteten Bars zugebracht, wobei er noch trübsinniger wurde, als der Ouzo ihn normalerweise machte, und zu dem Schluß kam, daß seine Reise nach Athen ein Fehler gewesen war.

Das Tageslicht hatte ein wenig geholfen. Doch nicht allzuviel, dachte Harry, als er dem Weg um die kleine Bergkapelle zu einer gepflasterten Aussichtsplattform folgte und hinausblickte auf den dichtgedrangten Beton und die verstopften Asphaltkanäle Athens. Die Akropolis wirkte verloren und isoliert, fast so wie Stonehenge mitten in New York aussehen würde. Der Himmel war klar, doch die Sonne schwach, zu schwach, um den gelben Dunst der Luftverschmutzung wegzubrennen, der wie ein ständiger atmosphärischer Vorwurf über der Stadt hing. Den »Geburtsort der Demokratie, Jungs«, hatte Cameron-Hyde sie genannt, »die Wiege der Kultur«. Und Cameron-Hyde hatte, um seine Verehrung unter Beweis zu stellen, ein Auge in der Schlacht von Kreta verloren. Doch Cameron-Hyde war nie auf dem Lykabettos gewesen.

Es gab viel zu tun, rief sich Harry ins Gedächtnis: Verzögerung würde die Aussichtslosigkeit des Unternehmens nicht erträglicher machen. Er zog das Fotomäppchen aus seiner Tasche und blätterte bis zu dem von ihm gesuchten Foto. Nummer fünfzehn: der Lykabettos, aufgenommen während Heathers Zwischenlandung in Athen, das heißt zu irgendeinem Zeitpunkt während des Wochenendes vom 14./15. Oktober. Er hielt es hoch, machte sechs Schritte zurück, sah es sich noch einmal an, dann blieb er stehen. Er befand sich genau dort, wo Heather vor all den Wochen gestanden hatte, blickte auf genau die gleiche Aussicht, auf die sie ihre Kamera gerichtet hatte.

Was ihn plötzlich über die Schulter schauen ließ, wußte er nicht. Er verfluchte seine eigene Nervosität und hörte, wie ihm das Herz in der Brust schlug. Da war niemand, kein einziger Mensch. Er wünschte, daß wenigstens einige andere Besucher da wären, um seine Einsamkeit zu vertreiben. Ihm fiel ein, daß Heather bestimmt nicht den Gipfel für sich allein gehabt hatte, und er betrachtete das Foto, um eine Bestätigung dafür zu finden. Auf dem Bild war die verschwommene Stadtlandschaft von Leuten eingerahmt, die auf der niedrigen Steinmauer der Aussichtsplattform saßen: Links eine Frau in einem grünen Kleid, rechts eine Mutter und ein verdrießlich blickendes Kind. Harry mochte noch so lang und intensiv auf sie starren, er konnte in ihren Posen oder Gesichtern nichts von Bedeutung finden: Das Kind zog eine Grimasse, die Mutter runzelte die Stirn, und die Frau sah auf die Stadt hinunter. Er blätterte instinktiv zum sechzehnten Foto und fand noch mehr von der Art. Der Parthenon aus der Nähe, auf dessen bröckelnde Säulen und felsige Umrandung das grelle Sonnenlicht fiel. Der Parthenon an einem Sonntagnachmittag, von Touristen wimmelnd und Heather eine von ihnen. Auf ihrem Bild befanden sich drei schwerbeladene Japaner mit Videokameras, eine Gruppe von Amerikanern mit Baseballmützen, ein teutonischer Ehemann mit Frau, ein einzelner Jugendlicher, ein unscheinbares Frauenpaar und ein mißmutig dreinblickender griechischer Arbeiter. Sie waren, ebenso wie das Trio auf dem Lykabettos, zufällig da, als Heather auf den Auslöser drückte.

Harry ließ sich auf einer Bank nieder und hielt die Fotos vor sich hin, in jeder Hand eines. Historische Stätten, zufällige Gruppierungen: Sie sagten ihm nichts, absolut nichts. Sie auf dem Lykabettos anzuschauen, mit der Akropolis im Hintergrund, änderte nichts daran. Der Lykabettos, der Parthenon, die Plätze, die Gesichter, die Daten, die Einzelheiten. Er ließ seinen Blick von einem Foto zum nächsten gleiten und unterzog dabei ihren Inhalt einer genauen Prüfung, suchte nach dem Anhaltspunkt, um den er nur beten konnte. Eine Frau in einem grünen Kleid, eine Mutter mit Kind, drei Japaner, vier Amerikaner, zwei Deutsche (wahrscheinlich), ein Australier (möglicherweise), zwei Frauen, Nationalität unbestimmt, ein griechisch aussehender ...

Plötzlich, nachdem die Zutaten stückchenweise vermengt und lange genug umgerührt worden waren, zeigten sie ihre Tarnung. Plötzlich offenbarte sich ihm die Lösung wie von selbst, wollte ihm wieder entgleiten, doch er hatte sie und würde sie nicht wieder loslassen.

Die beiden Frauen, die vom Parthenon her auf die Kamera zugingen, gehörten nicht zusammen. Zumindest gab es nichts, was bewies, daß sie zusammengehörten. Und eine von den beiden hatte etwas an sich, was ihm bekannt vorkam. Das T-Shirt und die Jeans waren anders, das stimmte, aber der Körperbau, die Frisur, die Sandalen und die Sonnenbrille waren die gleichen. Daran gab es keinen Zweifel. Ja, tatsächlich, er wußte nicht, warum er es nicht vorher gesehen hatte – sie war die Frau in dem grünen Kleid auf dem Lykabettos.

Dieselbe Frau auf beiden Fotos. Harry starrte auf ihre zweifache Abbildung und überließ es ihr, seinem Verstand ihre Bedeutung klarzumachen. Es konnte kein Zufall sein: Das zu glauben wäre absurd. Heather mußte sie gekannt haben. Eine zufällige Bekanntschaft? Sicher nicht. Eine Freundin also? Ja. Das mußte es sein. Sie war eine Freundin von Heather, vielleicht eine langjährige und einigermaßen vertraute Freundin. Aber wer war sie? Er konnte sich nicht daran erinnern, daß irgend jemand je ihre Existenz erwähnt hätte. Tatsächlich hatte alles darauf hingedeutet, daß Heather keine Freunde hatte. Das war ja eines ihrer Probleme. Nach Kingdoms Aussage war es ...

Nach Kingdoms Aussage. Natürlich. Ein Satz aus den geheimen Aktennotizen. Etwas darüber, daß ihr eine enge Freundin fehlte. Etwas über eine Kollegin an der Hollisdane-Schule. Was war es? Er konnte sich nicht mehr genau erinnern. Aber das machte nichts. Er hatte die Aufzeichnungen im Hotel gelassen. Er mußte nur dorthin zurückkehren, um herauszufinden, was Kingdom geschrieben hatte.

23. August ... »Sie hat anscheinend außerhalb des Familienkreises keine freundschaftlichen Beziehungen mehr gehabt, seit eine Kollegin an der Hollisdane-Schule, mit der sie sich ausgezeichnet verstand, letzten Sommer wegging, um im Ausland zu unterrichten.«

Kingdoms Satz war mehr, als Harry sich hätte erhoffen können. Er hätte jauchzen können, als er ihn las. »Letzten Sommer wegging, um im Ausland zu unterrrichten.« Er zweifelte nicht daran, daß ihr Ziel Athen gewesen war. Er zweifelte nicht daran, daß sie zu sehen der wahre Zweck von Heathers Besuch in der Stadt gewesen war.

Er nahm den Hörer ab, überredete die Hoteltelefonistin dazu, ihm eine Verbindung nach draußen zu geben, und wählte dann England. Die Antwort war klar und deutlich, als käme sie aus dem Zimmer nebenan.

»Fernsprechauskunft. Welche Stadt bitte?«

»Wellingborough.«

»Und der Name des Teilnehmers?«

»Grundschule Hollisdane.«

»Warten Sie bitte ... Hollisdane, sagten Sie?«

»Ja.«

»Die Nummer ist 0933 – die Vorwahl für Wellingborough – 28765.«

»Vielen Dank.«

Ein weiterer kurzer Wortwechsel mit der Telefonistin, dann klingelte in einer weit entfernten englischen Schule das Telefon. Harry schloß die Augen und betete, als ihm bewußt wurde, daß immer noch Weihnachtsferien sein könnten. Dann nahm jemand ab.

»Grundschule Hollisdane. Was kann ich für Sie tun?« Eine männliche Stimme, gemessen und bestimmt.

»Ah, guten Tag. Könnte ich ... Wer spricht bitte?«

»Ich bin der Rektor. Womit kann ich Ihnen behilflich sein?« Gott sei gedankt für einen gewissenhaften Rektor, dachte Harry: Er arbeitete wohl während der Ferien.

»Ah, gut. Sie kennen mich natürlich nicht, aber ich war ... Nun, es ist so, daß ich versuche, jemanden ausfindig zu machen, der an Ihrer Schule unterrichtet hat. Sie ging im Sommer weg, um im Ausland zu unterrichten.«

»Oh, ja. Ich erinnere mich an sie. Sie meinen Sheila Cox.«

»Ja. Das ist sie.«

»Nun, sie haben recht, Mr. ...?

»Barnes. Horace Barnes.«

»Nun, Mr. Barnes, Miss Cox hat uns verlassen, um im Ausland zu unterrichten, aber ich fürchte, wir haben seither nichts mehr von ihr gehört. Zumindest ... Helfen Sie mir: In welches Land ging sie?«

War das eine Falle? Wenn ja, dann war es ein Risiko, das Harry auf sich nehmen mußte. »Nach Griechenland«, sagte er und drückte sich selbst die Daumen.

»Nein, bestimmt nicht. Sie irren sich. Spanien oder Portugal: Da bin ich fast sicher.«

»Gibt es keine Möglichkeit, das nachzuprüfen?«

»Ich glaube nicht. Meine Sekretärin ist im Urlaub, wissen Sie, und ... Oh, warten Sie. Vielleicht gibt es doch eine Möglichkeit. Können Sie noch eine Minute am Apparat bleiben?«

»Ja. Kein Problem.«

Er hörte ein dumpfes Geräusch, das Rascheln von Papier, etwas, das wie eine zugeschlagene Schublade klang, noch mehr Rascheln, dann: »Wir haben Glück, Mr. Barnes. Wie ich dachte, sie verließ uns, um in Lissabon zu unterrichten.« Harry fluchte leise vor sich hin. »Wie bitte?«

»Nichts.«

»Oh, ach so. Nun. Sie hatten zwar den richtigen Zeitpunkt, Juli 1987, aber nicht den richtigen Ort. Es scheint ... Warten Sie eine Sekunde: Was ist das? Ah, jetzt verstehe ich.«

»Was gibt's?«

»Ich muß mich bei Ihnen entschuldigen, Mr. Barnes. Anscheinend haben wir beide recht. Miss Cox blieb nur ein Jahr lang in Portugal. Dann ging sie nach Griechenland. Nach Athen, um genau zu sein. Wie bitte?«

»Nichts. Es ist eine schlechte Verbindung.«

»Ach so. Also, ihre neue Schule schrieb uns und fragte letztes Frühjahr nach einer Referenz, als sie sich dort bewarb. Ich habe hier eine Kopie vor mir liegen.«

»Eine Schule in Athen?«

»Ja, Athen, das stimmt.«

»Könnten Sie mir den Namen und die Adresse geben?«

»Sicher. Nichts einfacher als das, Mr. Barnes.«

Das Shelley College lag versteckt inmitten der von Mauern und Toren geschützten Villen von Kifissa, einem der exklusivsten Vororte Athens. Harry nahm die U-Bahn in nördlicher Richtung bis zur Endstation in Kifissa, dann fragte er einen Zeitungsverkäufer nach dem Weg. Die Schule, so stellte sich heraus, lag ganz in der Nähe, an einer ruhigen baumbestandenen Straße. Harry ertappte sich dabei, daß er sich unnötig beeilte. Er war hin und her gerissen zwischen dem Wunsch, die Wahrheit zu erfahren, und der Angst davor, dem Verlangen, seine Suche zu beenden, und der Furcht, nichts mehr zu haben, wonach er suchen konnte.

Nur die Schilder an der Gartenpforte unterschieden das College von den benachbarten Wohnhäusern. Es war ein großes, steinverkleidetes, mit Terrakottakacheln gedecktes Haus mit byzantinischen Spielereien in seiner Architektur: Bogenfenster und Zinnenfries in Hundszahnornamentik. Um das Gebäude herum wiegten sich Tannen und Palmen sanft im Wind. Im Hintergrund war ein modernerer Bau zu sehen, ein leerer Parkplatz, ein Fahnenmast, ein Fahrradunterstand, eine nach teurer Schulausbildung aussehende Atmosphäre. Harry überquerte vorsichtig den Vorhof, lauschte auf den Klang von Kinderstimmen, doch es war nichts zu hören.

Er stieg eine Steintreppe hinauf und betrat eine hohe Eingangshalle. Vor ihm bohnerte eine Frau eifrig den Parkettfußboden. Zu seiner Linken konnte er eine laute weibliche Stimme hören, die offenbar ein Telefongespräch führte. Sie sprach Englisch in einem abgehackten, überheblichen Ton.

»Das ist nicht möglich ... Nein ... Auf keinen Fall ... Sie haben die Wahl ... Man hat Ihnen bestimmt erklärt, daß zur Zeit ...«

Er folgte der Stimme zu ihrem Ursprung: ein hellerleuchteter Raum, der wie die Doppelseite in der Mitte eines Büroausstattungskatalogs eingerichtet war. Die einzige Anwesende, die Frau am Telefon, war so glatt und hart wie ihre Stimme, gekleidet in glänzendes Violett, mit Ringen an jedem Finger und einem Gesicht wie ein hungriger Adler.

»Wie Sie wollen ... Nein, die Anzahlung wird verfallen ... Sehr schön ... Dann auf Wiedersehen.« Sie warf einen kalten, abschätzigen Blick auf Harry. »Kann ich Ihnen irgendwie helfen?«

»Ah, ich hoffe. Ich glaube, Miss Cox ist hier als Lehrerin tätig. Miss Sheila Cox.«

»Ja.«

»Nun, wäre es möglich, sie zu sehen?«

»Zur Zeit findet kein Unterricht statt. Miss Cox ist nicht hier.«

»Ah, ich verstehe. Wäre es dann möglich, daß Sie mir ihre Adresse geben?«

»Das würde gegen unsere Grundsätze verstoßen. Ich kann keine persönlichen Einzelheiten unserer Mitarbeiter bekanntgeben. Wenn Sie jedoch eine Nachricht hinterlassen wollen, werde ich dafür sorgen, daß Miss Cox sie erhält.«

»Oh, gewiß. Wann, äh, wann würde das sein?«

»Das Frühlingshalbjahr beginnt nächste Woche.«

»Nächste Woche? So lange kann ich wirklich nicht warten. Gibt es keine Möglichkeit, früher mit ihr in Verbindung zu treten?«

»Nein.« Ihre Miene ließ keinen Zweifel aufkommen, daß ihn hier keines der üblichen Mittel weiterbringen würde, weder Hartnäckigkeit, Schmeicheleien, Charme noch Bestechung. »Da gibt es keine ...« Sie brach ab, als das Telefon klingelte. »Entschuldigen Sie mich ... Shelley College ... Ah, Mr. Rossi ... Ja, natürlich ... Sie auch ... Nicht? ... Nein, es ist eine Vollversammlung des gesamten Lehrkörpers vor Schulbeginn ... Im Büro des Rektors, morgen um zehn Uhr ... Gern geschehen ... Wiedersehen, Mr. Rossi.« Sie sah Harry an. »Wie ich schon sagte, ich kann leider nichts für Sie tun. Möchten Sie eine Nachricht hinterlassen?«

»Nein danke«, sagte Harry und bemühte sich, ein Lächeln zu unterdrücken.

52

Athen, Freitag. Harry saß am Steuer eines anonymen grauen Mietwagens im Schatten eines staubigen Pfefferbaums gegenüber dem Eingang zum Shelley College. Die Villen und Straßen von Kifissa um ihn herum waren in eine stille mittägliche Trägheit verfallen, und die winterliche Sonne, die auf die Windschutzscheibe fiel, verstärkte die Wirkung noch: Harry konnte kaum noch die Augen offenhalten. Er war fast die ganze Nacht über wachgelegen und hatte sich immer wieder die Ungewißheiten des kommenden Tages vorgesagt, und jetzt, angeschlagen von zuviel Metaxa und zuwenig Schlaf, fühlte er sich schlecht gerüstet, um mit dem fertig zu werden, was er so sorgfältig geplant hatte. In einem Büro in diesem großen Gebäude auf der anderen Straßenseite saß Sheila Cox und diskutierte mit ihren Kollegen über Stundenplanüberschneidungen und Prüfungstermine. Er hatte gesehen, wie sie hineinging, hatte ihre Gesichtszüge genau studiert und sie mit denen der Frau auf den Fotos verglichen. Es war unzweifelhaft dieselbe. Alles, was er nun zu tun brauchte, war, ihren Wagen nicht aus den Augen zu lassen und zu warten, bis sie wieder auftauchte.

Doch das Warten war nicht einfach. Harry sah auf die Uhr. Es war bereits nach halb zwölf: Er war nun zwei betäubend untätige Stunden auf seinem Posten gewesen. Er betrachtet noch einmal die Fotografien, und Sheila Cox' Gesicht starrte zurück, ihre Miene war ihm mittlerweile in jeder Einzelheit vertraut. Gewährte sie wirklich Heather Unterschlupf? Konnte es wirklich so einfach sein? Noch ein Blick auf die Uhr. Elf Uhr fünfunddreißig. Das heißt neun Uhr fünfunddreißig in London. Was mochte Zohra in diesem Augenblick denken? fragte er sich. Wie hatte Dysart darauf reagiert, daß er nicht gleich aus Genf zurückgekehrt war? Er hätte es ihnen wohl erklären, hätte ihnen sagen müssen, was er vorhatte. Aber die Spur war ihm so fadenscheinig erschienen, die Hoffnung so schwach. Wie hätte er vor ihnen eine Reise rechtfertigen sollen, die er kaum vor sich selbst hatte rechtfertigen können?

Und doch hatte er sich nicht völlig umsonst auf den Weg gemacht. Dessen war er sich gewiß. Als er die Fotos wieder in seine Tasche steckte und sich die Stirn rieb, um wach zu werden, bemerkte er plötzlich, daß der Augenblick gekommen war. An der Vordertür des Shelley Colleges war eine ungeordnete Gruppe von Männern und Frauen erschienen, die nun auf den Parkplatz schlenderten. Die Lehrerkonferenz war zu Ende.

Harry setzte sich auf und schaute gespannt von einem Mitglied der Gruppe zum anderen. Zuerst konnte er sie nicht sehen; Panik ergriff ihn. Dann entspannte er sich: Da war sie und blieb mit einem Kollegen oben auf der Treppe stehen. Ihr Haar war kürzer als auf den Fotos. Das, zusammen mit dem Ledermantel und einer schlanken Reisetasche, verlieh ihr ein gepflegtes und effizientes Aussehen, das im krassen Gegensatz zu ihrem Begleiter stand – einem schlurfenden, chaotisch wirkenden Mann mit einer Aktenmappe, die so vollgestopft und ausgebeult war, daß er sie nicht schließen konnte. Der vergeßliche Mr. Rossi, vermutete Harry.

Die meisten anderen waren bereits weggefahren oder -gegangen, als Sheila endlich ihr Auto erreichte, aber Rossi machte keinerlei Anstalten, es ihnen gleichzutun. Er brabbelte immer noch aufgeregt weiter und bemühte sich noch immer, seine Aktentasche zu schließen. Sie schloß ihren Wagen auf und öffnete die Tür, stieg aber nicht ein. Harry nahm an, daß sie zu höflich war, um die Unterhaltung abzubrechen. Dann wurde Rossi noch lebhafter, lächelte und gestikulierte. Aus Dankbarkeit dafür, stellte sich heraus, daß sie ihm angeboten hatte, ihn mitzunehmen. Er stapfte auf die andere Seite des Wagens, und sie fuhren los.

Sheila war eine bedächtige Fahrerin; ihr Auto war von einem ausgeprägtem Gelb; die Straßen waren ruhig. Deshalb hatte Harry anfangs keine Schwierigkeiten, ihnen in diskretem Abstand zu folgen, als sie vom Shelley College in südlicher Richtung losfuhren. Die Strecke bis zur U-Bahn-Station war ihm bekannt. Dort wurde unter viel Winken Rossi abgesetzt. Glücklicherweise war es bei den Taxis und Bussen, die um sie herum zurücksetzten und laut hupten, ziemlich unwahrscheinlich, daß sie bemerkt hatte, daß Harry wartete, bis sie weiterfuhr.

Ohne Passagier fuhr sie schneller, und es gab mehr Verkehr, gegen den man anzukämpfen hatte, als sie Kifissa verließen und nach Südwesten durch weniger exklusive Wohnstraßen fuhren. Harry war gezwungen, auf die Straßenkarte zu verzichten, mit deren Hilfe er ihre Fahrt verfolgen wollte, und mußte sich darauf konzentrieren, das kleine gelbe Auto im Blick zu behalten. Da ihn immer wieder Motorräder schnitten und er die Linkssteuerung nicht gewohnt war, war dies alles, was er tun konnte, um nicht katastrophal zurückzufallen.

Sie fuhren allem Anschein nach in eine Hauptstraße ein. Dort gab es mehr LKWs und Lieferwagen, mehr Fahrzeuge jeder Größe und Art.

Straßenarbeiten, Staub, Verkehrsampeln, Staus, Chaos: Harry ertappte sich dabei, daß er die Stadt und ihr hirnverbranntes Verkehrssystem verfluchte. Er wurde so nervös, daß er nicht einmal mehr das griechische Alphabet beherrschte.

ΛΥΚΟΒΡΥΣΗ war auf einem Hinweisschild zu lesen. ΜΕΤΑ-ΜΟΡΦΩΣΙΣ? ΗΡΑΚΛΕΙΟ. Ebensogut hätte dort Venus, Mars und Jupiter stehen können, so viel half es ihm weiter. Aber ob er nun noch wußte, wo er sich befand, oder nicht, war am Ende egal.

Trotz all der Manöver, die ihn in Panik brachten und der Trennungen, die ihm fast das Herz stillstehen ließen, klebte er immer noch an Sheila Cox' Fersen.

Sie mußten vier oder fünf Kilometer zurückgelegt haben, ehe sie die Hauptstraße verließen. Sie waren jetzt in einem gepflegten Vorort, der zwar nicht so reich wie Kifissa, aber immer noch wohlhabend genug für einen gutbezahlten Lehrer war. Drei- oder vierstöckige Appartmenthäuser waren hier häufiger zu finden als Villen, aber sie waren in großzügigem Abstand gebaut und erhielten genügend Schatten. Die geparkten Autos sahen neu aus, die Geschäftsfronten schick. Sheila Cox, die die immer schmaler werdende Straßen entlangfuhr, näherte sich bestimmt ihrem Ziel.

Sie bog in eine Seitenstraße und fuhr deutlich langsamer. Harry tat es ihr nach. Dann kam sie zum Stehen und schaltete den rechten Blinker ein. Harry verlangsamte zu einem Schneckentempo. Sie begann rückwärts in eine Parklücke hineinzufahren, gerade als Harry einen andern Parkplatz drei Autos hinter ihr entdeckte und unsicher hineinsteuerte. Da er keine Zeit zum akkuraten Einparken hatte, gab er sich damit zufrieden, als er im spitzen Winkel zum Bordstein zu stehen kam, stellte den Motor ab, griff nach der Karte und warf vorsichtig einen Blick darauf.

Sheila Cox stieg aus dem Wagen, beugte sich dann nach hinten, um ihre Reisetasche herauszuholen. Auf der anderen Straßenseite befand sich ein dreistöckiges Appartementgebäude mit terrassierten weißgetünchten Balkonen, dekorativen Geländern und Panoramafenstern aus dunkel getöntem Glas. Der Gemeinschaftseingang war von Kiefern flankiert. Wenn das ihr Zuhause war, dann war es offensichtlich ein komfortables Heim. Sie schlug die Autotür zu, schloß ab und begann die Straße zu überqueren, blieb dann auf halbem Weg stehen und sah zurück hinter Harry, als hätte gerade etwas ihre Aufmerksamkeit erregt. Sie beschattete ihre Augen, starrte einen Moment lang unsicher, dann hob sie die Hand und winkte. Harry schaute in den Seitenspiegel, sah aber nur die Reflexion einer Benzinkappe. Er wollte gerade einen Blick über die Schulter wagen, als eine Fahrradglocke dicht hinter ihm erklang. Dann glitt eine Gestalt auf einem Fahrrad am Autofenster vorbei, bremste und stieg ab. Es war Heather.

»Nimm die Schlüssel«, hatte sie gesagt, »falls du zum Auto zurück willst.« Harry konnte nicht atmen, konnte nicht denken, konnte auf das, was er sah, nicht reagieren. »Keine Angst.« Die steigende Panik, sie nicht finden zu können, die blanke, blinde, überstürzte Angst, sie zu verlieren, kam ihm wieder in den Sinn. »Ich werde auf dem Weg bleiben.« Und damit kam auch die Erinnerung an jenen schwierigen, gewundenen Weg, dem er auf der Suche nach ihr gefolgt war. »Und ich werde nicht lange brauchen.« Jede Woche ihrer Abwesenheit war eine Narbe: die Verhöre, die Fragen, die Beschuldigungen, die Zweifel, die Verdächtigungen. »Aber ich kann doch jetzt nicht kehrtmachen, oder?« Kehrtmachen? Wie konnte er das vermeiden? Zum Profitis Ilias in der kalten, klaren, stillen Luft, die drohende Novemberdämmerung, ihr Verlust, der seine Selbstbeherrschung ins Wanken brachte. Sie hatte einmal zu ihm zurückgelächelt und war dann weitergegangen. Von jenem Tag bis zum heutigen. Von einem Berggipfel auf Rhodos zu einer Straße in Athen. Von ihrem Weggang bis zu ihrer Wiederkehr. Heather stand vor ihm.

Sie stieg neben Sheila Cox ab, stützte sich auf die Lenkstange und lächelte völlig außer Atem. Sie trug Jeans und Turnschuhe, ihr Pullover war weiß anstatt rot, doch die schwarze Kordjacke und die dunklen Wollhandschuhe waren dieselben. Ihr flachsblondes Haar, das, wie er sich erinnerte, ihre Schultern berührt hatte, war kürzer geschnitten und wippend, so daß es sie jünger aussehen ließ. Und sie lachte, lachte so unbeschwert und gedankenlos, daß er es kaum ertragen konnte. Wie konnte sie es wagen, so entspannt und sorglos zu sein? Wie konnte sie es wagen, so normal zu sein? Er hatte niemals erwartet, daß es so sein würde. Er hatte niemals gehofft – oder befürchtet – sie so zu finden.

Sie gingen über die Straße und scherzten, während Sheila die Einkäufe in Heathers Fahrradkorb unter die Lupe nahm, dabei hier einen Laib Brot drückte und dort einen Blumenkohl befingerte. Und Harry, wie gelähmt durch die Demütigung, die durch jede ihrer unbekümmerten Gesten noch vertieft wurde, konnte nur zusehen, wie sie weggingen. Aus dem Auto zu springen, sich bemerkbar zu machen, anzuklagen, zu protestieren, zu fragen, war undenkbar. Sie war nicht ermordet oder entführt worden. Man hatte sie nicht überfallen oder verschwinden lassen. Sie hatte weder ihr Gedächtnis verloren noch ihren klaren Verstand. Im Gegenteil, sie war während der ganzen Zeit ruhig und methodisch vorgegangen. Sie hatte die ganze Scharade von Anfang bis Ende geplant und vorbereitet.

Und er war nichts weiter als eine törichte Marionette, die sie in ihre Berechnungen mit einbezogen hatte, ein gefälliger Prügelknabe, um von Nachforschungen abzulenken, ein ehrlicher Zeuge, der nicht wissen würde, daß er log. Sie hatte ihn benutzt und weggeworfen. Sie hatte aus ihm einen Idioten gemacht.

Heather lehnte das Fahrrad an einen Pfosten und sperrte es ab, dann nahm sie die Einkäufe aus dem Korb und folgte Sheila zu der Tür des Appartementhauses. Ein Schlüssel wurde geschwenkt, und wieder lachten sie beide. Sie gingen hinein. Und das letzte, was Harry von ihr sah, als die Tür zufiel, war ein mädchenhaft fröhliches Lächeln über die Anekdote einer Freundin.

Harry hatte fest geglaubt, ein Freund für sie zu sein. Doch jetzt wußte er, daß er es nie gewesen war. Es mußte ihnen leicht vorgekommen sein, nahm er an. Ein vorher abgemachtes Signal – vielleicht der Pfiff, den er gehört hatte –, eine einsame Straße auf der anderen Seite des Profitis Ilias, dann eine schnelle Fahrt zum Flughafen. Sie hatten in Athen sein können, bevor überhaupt Alarm geschlagen wurde. Sie konnten jeden Zeitungsartikel gelesen und darüber gelacht haben, konnten sich vor Schadenfreude über den Erfolg ihres Plans umarmt haben. Und der beste Witz, der größte Idiot von allen war natürlich Harry. Das war der Mann, der nun allein an einer Athener Straße saß und düster auf die verschlossene Tür seiner eigenen Dummheit starrte. Das war der Mann, den Heather getäuscht hatte – dem sie jedoch nicht entkommen war.

»Dysart.«

»Alan, hier spricht Harry Barnett.«

»Harry! Wo bist du? Ich habe mich schon gefragt, wann ich wohl etwas von dir hören würde. Ich habe deine Nachricht bekommen.«

»Ich bin in Athen.«

»In Athen? Was hat dich dorthin geführt?«

»Heather. Ich habe sie gefunden.«

»Du hast sie gefunden? In Athen?«

»Ja. Gesund und lebendig. Sie wohnt bei einer Frau namens Sheila Cox, einer Freundin von der Hollisdane-Schule, die hier unterrichtet.«

»Aber ... das ist ja unglaublich. Hast du mit ihr gesprochen?«

»Nein. Aber ich habe sie gesehen. Es besteht kein Zweifel. Sie ist hier versteckt. Ich weiß nicht, weshalb, und ich weiß nicht, für wie lange. Alles, was ich weiß, ist, daß die Suche vorbei ist.«

»Weiß sie, daß du sie gefunden hast?«

»Nein. Als mir klar wurde, daß sie von sich aus hier untergetaucht ist, konnte ich es nicht verkraften, mit ihr zu sprechen. Sie sah so glücklich, so zufrieden mit sich selbst aus. Ich bin ein Narr gewesen, Alan, ein gutgläubiger Narr. Ich habe geglaubt, sie brauche Hilfe. Ich habe geglaubt, sie wolle, daß man sie findet. Ich habe mich als Retter einer hilflosen jungen Frau gesehen ... Wir haben uns geirrt. Kingdom konnte nichts damit zu tun haben. Das war allein ihre Idee. Sie inszenierte es mit dieser Cox zusammen und ließ dich und mich zurück, um die Scherben aufzusammeln.«

»Du klingst verärgert.«

»Ich bin's. Du nicht?«

»Ich bin erleichtert, sicher. Möchtest du, daß ich es ihren Eltern sage?«

»Warum nicht? Sie haben ein Recht darauf, es zu erfahren. Die Adresse ist ...«

»Warte. Ich brauche etwas zum Schreiben. Ja, gut.«

»Wohnung drei, vierundzwanzig Odos Farnakos, Iraklio, Athen. Die Wohnung gehört Sheila Cox, die am Shelley College in Kifissa unterrichtet.«

»Ich werde es gleich Charlie und Marjorie mitteilen. Was wirst du jetzt tun?«

»Ich weiß nicht. Zurückkommen, vermutlich. Vielleicht bleibe ich auch noch ein paar Tage hier.«

»Um Heather zu treffen?«

»Nein. Ich will sie nie wiedersehen ... Das Beste, was ich tun kann, ist, die ganze leidige Angelegenheit zu vergessen.«

»Glaubst du, du kannst das?«

»Wahrscheinlich nicht. Aber ich habe vor, es zu versuchen.«

53

Diese ausgezeichnet erhaltene Bronzestatue des Silenus, eines Dämons in Dionysos' Thiasos, der die Züge eines Menschen und eines Pferdes in sich vereinigt, stammt aus Dodona. Der ithyphallische Begleiter des Dionysos hüpft vor Begeisterung in die Höhe, sein linker Arm ragt in die Luft, sein rechter liegt auf seinem Hinterteil. Seine spitzen Ohren, der lange Schwanz und die Beine mit den Hufen sind charakteristisch für seine Pferdenatur, während seine dämonischen Eigenschaften durch die verzerrten Züge seines Gesichts, die Knollennase und die raubtierhaften Augen betont werden. Die Locken in seinem langen Haar und Bart werden durch eingeschnittene Linien angedeutet. Eine ausgezeichnete Arbeit archaischer Miniaturkunst, die in meisterhafter Technik ausgeführt wurde. Höhe 19,2 cm, ca. 530/520 v. Chr.

Harry klappte den Führer zu und sah sich durch eine dünne Glaswand dem berüchtigten Original des Satyrs gegenüber, dessen Abbild er mit sich herumgetragen hatte, seit er von Rhodos fort war. Es war kleiner und feiner gearbeitet, als er erwartet hatte, dieses prächtig erhaltene Stück antiker Vulgarität. Zweieinhalbtausend Jahre lang hatte es allen, die es betrachten wollten, zugegrinst und sich zur Schau gestellt. Harry nahm nicht an, daß er der erste war, der darin die Schande einer persönlichen Erinnerung widerspiegelt fand. Aber er konnte Athen nicht verlassen, ohne dem lüsternen alten Teufel einen Besuch abzustatten, deshalb hatte er ein Lächeln auf den Lippen, als er sich abwandte und zum Ausgang ging.

Das Archäologische Nationalmuseum war voll von Touristengruppen, für die Silenus nichts anderes als ein amüsanter Nachtrag zu den Prunkstücken der mykenischen Skulpturen war. Harry schlängelte sich durch sie hindurch, ohne wahrzunehmen, was sie bewunderten, und erinnerte sich beim Gehen an das, was Miltiades ihm über Silenus erzählt hatte. »Euripides zufolge war er unfähig, zwischen Wahrheit und Unwahrheit zu unterscheiden.« Wenn das der Punkt war, auf den Heather hinauswollte, als sie die Postkarte von Silenus für ihn zurückließ, dann hatte er es ihr im Übermaß bewiesen.

Als er oben auf den Treppenstufen herauskam, die vom Museumseingang nach unten führten, blieb Harry stehen und atmete einige Male das ein, was in Athen als frische Luft galt. Was für ein Idiot war er doch gewesen. Was für ein kurzsichtiger, an der Nase herumgeführter Idiot. Er fragte sich, ob Heather vorausgesehen hatte, wie weit er gehen würde, um sie zu finden, und kam zum Schluß, daß sie es nicht wissen konnte. Schließlich konnte sie erwarten, daß er die Fotos fand, und ohne sie hätte es keine falsche Fährte zu verfolgen gegeben. Um ihr Gerechtigkeit widerfahren zu lassen – wozu er eigentlich keine Neigung verspürte –, mußte er eingestehen, daß es nicht ihre Absicht war, daß er entdeckte, wie sie ihn getäuscht hatte. So gesehen hatte er seine Demütigung selbst verursacht.

Er stieg die Stufen hinab und setzte sich auf eine der Bänke, die den kreisförmig angelegten Rasen vor dem Museum umringten. Aus seiner Tasche nahm er das Kuvert, in dem die Postkarten mit Silenus und Aphrodite steckten, nahm sie heraus und zerriß sie sorgfältig in vier Teile. Die Fetzen ließ er nacheinander in den Abfallkorb neben der Bank fallen. Miltiades hätte es vielleicht Zerstörung eines Beweismittels genannt, aber Harry zog es vor, es für einen Akt der Resignation zu halten. Seine Rolle in Heathers Leben und ihre in seinem war zu Ende. An diesem Morgen hätte er beinahe der Versuchung nachgegeben, nach Iraklio zu fahren und ihr gegenüberzutreten, doch dann hatte er sich für einen Besuch bei seinem Alter ego im Museum entschieden, und jetzt war er sicher, daß er den richtigen Entschluß gefaßt hatte. Er mußte ihr entweder in die Augen sehen oder sie vergessen. Und indem er sich der Postkarten entledigte, die sie ihm zurückgelassen hatte, konnte er hoffen, das letztere zu tun.

Natürlich waren da immer noch die Fotos. Von Rechts wegen gehörten sie Heather, obwohl sie sie seit langem als verloren aufgegeben haben mußte. Er nahm sie heraus und sah sie noch einmal durch, ein letztes Mal, zum Abschied. Vierundzwanzig Fotos, von Mallender Marine bis zu Heather in der *Villa ton Navarkhon,* zwei Dutzend trügerische Bilder, denen er getreulich gefolgt war. Er lächelte grimmig. Da sie Heather gehörten, sollte sie sie auch zurückhaben. Er steckte die Fotos wieder in ihre Mappe zurück, zusammen mit dem Negativstreifen, schob das Mäppchen in das leere Kuvert, klebte den Umschlag zu und schrieb Heathers Namen und Adresse auf die Vorderseite. Er würde den Brief an dem Tag aufgeben, an dem er Athen verließ, beschloß er. Sie würde seine Handschrift erkennen und wissen, was die Geste bedeutete. Bis dahin würden ihre Eltern wahrscheinlich schon mit ihr Verbindung aufgenommen haben. Wenn ja, dann würde sie von ihnen erfahren, daß er sie zu ihr geführt hatte, und die Fotos würden ihr sagen, auf welche Weise. Vielleicht war es eine kleinliche Rache, doch es war die einzige Möglichkeit, ihr den einen Fehler, den sie gemacht hatte, vor Augen zu führen.

Als er das Kuvert in die Tasche schob, bemerkte er auf der Bank neben sich die Postkarte, die er in der Burforder Kirche gekauft hatte. Sie mußte herausgefallen sein, als er die Karten von Silenus und Aphrodite herausgezogen hatte. *Anthony Sedley. Gefangener.* Nun ja, vielleicht war dies die einzig passende Erinnerung, die er von seiner Rolle in Heathers Plan haben konnte. *Harry Barnett. Gefangener.* An seine eigene Leichtgläubigkeit, an seine eigene Unfähigkeit, zu sehen, daß sie ihn irregeführt haben könnte. Er konnte ihr keinen Vorwurf machen, daß sie vor ihrer Vergangenheit und ihrer Gegenwart fliehen wollte. Doch er konnte ihr auch nicht vergeben, daß sie ihn benutzt hatte, um diese Flucht zu bewerkstelligen. Er konnte ihr keinen Vorwurf machen für die vielen Fehlschläge, die es in seinem Leben gegeben hatte. Doch er konnte ihr diesen letzten und bittersten aller Fehlschläge nicht vergeben. Mit einem schweren Seufzer stand er von der Bank auf und trottete mißmutig davon.

Harry war erst drei Tage in Athen und stand mit dem Barkeeper im »Hotel Ekonomical« bereits in einem engen, ja fast herzlichen Einvernehmen. Klebrige Untersetzer und fettige Schüsseln mit Salzmandeln begleiteten seine Getränke nicht, wie das bei anderen Gästen der Fall war. Auch verzichtete der Barkeeper auf seine düsteren Scherze. Harry wurde eigentlich sehr viel sich selbst überlassen. Nach seiner Rückkehr vom Archäologischen Nationalmuseum bedeutete dies nichts anderes, als daß er eine Flasche extrastarken importierten Lagerbiers nach der anderen leerte, während er auf das Abbild seines immer röter werdenden Gesichts in dem Spiegel hinter der Bar starrte.

Harry begann, sich mit der Frage zu beschäftigen, wann er Athen verlassen sollte. Dies bedeutete, dem Problem ins Auge sehen zu müssen, wohin er fahren sollte. Und das wiederum zwang ihn dazu, sich einzugestehen, daß er das weder wußte, noch daß es ihn kümmerte. Lindos und Swindon schienen gleichermaßen undenkbar. Alternativen waren ganz einfach nicht vorhanden. Die einzige Möglichkeit, die er noch einigermaßen annehmbar fand, war, sein restliches Geld in Athen zu vertrinken und dabei auf eine Eingebung zu hoffen.

Als er bemerkte, daß ein Gast, der vor kurzem gegangen war, auf dem nächsten Hocker eine Ausgabe der *Athens News* – der einzigen englischen Tageszeitung der Stadt – zurückgelassen hatte, beugte sich Harry hinüber und holte sie sich in der Annahme, das Lesen könne seinen Bierkonsum vielleicht reduzieren. Die Lektüre der ersten Seiten erfüllte jedoch seine Hoffnungen nicht, und er wollte sie schon wieder zurückwerfen, als sein Blick von einer Annonce im Anzeigenteil gefangen wurde. Er konnte nicht sagen, was seine Aufmerksamkeit erregt hatte. Ein Wort war ihm für den Bruchteil einer Sekunde bekannt vorgekommen, aber welches wußte er nicht. Die Überschrift – »GESUCHT: freundlicher, tüchtiger Mitarbeiter für die Ägäischen Inseln von April bis Oktober« – lieferte keine Erklärung. Aus reiner Neugier las er weiter. Und dann war alles klar.

> GESUCHT: freundlicher, tüchtiger Mitarbeiter für die Ägäischen Inseln von April bis Oktober. Wir verlangen: Sehr gute Englischkenntnisse, Französisch oder Deutsch erwünscht. Wir bieten: Ausbildung in der Time-sharing-Werbung. Ernsthafte Bewerber nehmen an einer der folgenden Veranstaltungen teil: Samstag, 7. Januar, bzw. Sonntag, 8. Januar, 15.00 bis 17.00 Uhr im »Hilton«, oder melden sich bei Barry Chipchase, Tel. 722 0201.

Es war fast fünf Uhr, als Harry das »Hilton« erreichte, dreizehn Stockwerke weißgetäfelter Üppigkeit. Als er zu seinen flatternden Standern und sprühenden Fontänen hinaufblickte, überlegte er sich, ob er nicht einfach auf dem Absatz kehrtmachen und die Idee aufgeben sollte, Barry Chipchase mehr als sechzehn Jahre, nachdem ihre stark strapazierte Freundschaft durch einen letzten Betrug in die Brüche gegangen war, wiederzutreffen.

Auf dem Weg vom »Ekonomical« hatte Harry lange auf einer Bank im Park gesessen und darüber nachgedacht. Er hatte sich den zugigen Barakkenraum ins Gedächtnis zurückgerufen, wo er und Chipchase sich 1953 zum erstenmal getroffen hatten. Chipchase hatte sich sofort als Meister eines Dutzend Tricks erwiesen hatte, die ihm harte Arbeit ersparen sollten. Er hatte Harry auf verbotene Expeditionen in abgelegene Kneipen und Dorftanzsäle entführt, wo sie den einheimischen Mädchen nachstellen konnten. Er hatte Harry als seinen Helfer bei der heimlichen Beschaffung und Veräußerung von verschiedenerlei Eigentum der Royal Air Force angestellt. Kurzum, er hatte Harry eine gründliche Ausbildung darin gegeben, wie es auf der Welt zugeht. Warum Harry aus diesem Grund nicht schon vorausgesehen hatte, was für eine Art von Geschäftspartner Chipchase abgeben würde, konnte er sich nicht erklären. Barrys schnelle Zunge und sein scharfer Verstand waren zwar mehrmals die Rettung für Barnchase Motors gewesen, doch hatte er immer alles etwas übertrieben, was ebenso viele Probleme geschaffen hatte, wie er lösen konnte.

Dysart hatte Harry gewarnt, daß Chipchases Habgier noch zu ihrem Verderben würde, und im Unterbewußtsein hatte Harry gewußt, daß er recht hatte. Nicht daß Habgier seiner Ansicht nach der wirkliche Fehler in Barrys Charakter war. Es war eher ein jugendliches Vergnügen daran, ein halsbrecherisches Kunststück zu vollführen, eher ein Gefühl der Langeweile, das ihn sein Glück und sein Urteilsvermögen bis an ihre Grenzen – und manchmal darüber hinaus – auf die Probe stellen ließ.

Und Harrys eigene Trägheit war auf ihre Weise ebenso schuld daran gewesen. Als sei es gestern gewesen, konnte er sich noch an den graugesichtigen Konkursverwalter erinnern, der ihn über den Schreibtisch hinweg ansah und ihn zum x-ten Mal fragte: »Wollen Sie wirklich behaupten, daß Sie keinen blassen Schimmer von dem hatten, was Mr. Chipchase vorgehabt hatte, Mr. Barnett?« Ja. So war es wirklich gewesen. Schließlich hatte Barry ihn dazu ermuntert, sich in das Railway Inn fortzuschleichen, wenn es galt, einem erzürnten Kunden entgegenzutreten oder einen unbezahlten Lieferanten zu beruhigen. Erst als es zu spät war, hatte Harry verstanden, weshalb. Erst als es viel zu spät war, wurde ihm bewußt, welchen Preis er für seine vorsätzliche Unwissenheit bezahlen mußte.

Harry war aus dem Park gegenüber dem Präsidentenpalast herausgekommen und hatte eine halbe Stunde oder länger den ballettartigen Manövern der beiden Wachen zugeschaut, die sich in ihren mit Troddeln besetzten Holzschuhen rückwärts bewegten und mit den Füßen scharrten. Der Anblick hatte ihm Chipchases charakteristische Bemerkung über die Härten des Exerzierens und Ausrichtens wieder ins Gedächtnis zurückgerufen. »Weißt du, was ich jedesmal denke, wenn dieser verdammte Trench« (ein vielgehaßter Oberfeldwebel) »uns das Flugfeld runterjagt und dabei seine Anweisungen bellt? Ich denke: Freu dich dran, solange du kannst, Trench, denn bald wirst du spüren, wie mein Stiefel auf deiner Schulter dich auf der Leiter des Lebens befördert. Verdammt bald.«

Als Harry das Foyer des »Hilton« durchquerte und sich plötzlich schäbig fühlte inmitten der korrekt gekleideten Geschäftsleute und glanzvollen Frauen, die über ihrem Nachmittagstee Modezeitschriften lasen, konnte er nicht umhin, sich an Chipchases Versprechen zu erinnern, sich seinen Weg die Stufen materiellen Erfolgs hinauf zu erzwingen. Wenn er es sich leisten konnte, im »Hilton« seine Mitarbeiter anzuwerben, konnte Harry nur annehmen, daß er sein Ziel erreicht hatte.

Barrys Name war der charybdisäugigen Empfangsdame bekannt. Sie zeigte Harry den Weg zu einem Seminarraum im ersten Stock, und innerhalb weniger Minuten stand er vor der Tür und überlegte sich, ob er nicht diese letzte Gelegenheit zur Umkehr ergreifen sollte. Doch als er sah, daß die Tür nur angelehnt war, stieß er sie auf und spähte hinein.

Der Raum erstreckte sich über viele Quadratmeter Teppichboden und Ledermöbel bis zu einem Fenster, das höher als eine Kinoleinwand war. Die zunehmende Dunkelheit wurde durch die sich windenden Scheinwerferpfade des Stadtverkehrs und die von Flutlicht erhellten Wälle der hoch über ihnen liegenden Akropolis durchbrochen. Auf einer Seite des Fensters stapelte ein Portier Stühle, während ein kleiner, adrett aussehender Mann dasaß und Dias in verschiedene Schachteln einordnete. Auf dem Tisch neben ihm stand ein Projektor, und auch ein Stapel Broschüren lag dort. Zwischen jedem Dia, das der Sitzende hineinsteckte, sah er nervös auf einen anderen Mann, der ebenso nervös vor dem Fenster auf und ab ging und in lautem, zuversichtlichem Tonfall vor sich hinsprach.

»Klammere dich an meine Rockschöße, Niko, und du machst den Fang deines Lebens. Ich habe ein Vermögen mit Time-sharing in Spanien gemacht, und ich habe vor, hier das gleiche zu tun. Der Trick ist, daß man von Anfang an dabei ist. Weißt du, was ich meine?«

Harry wußte es, selbst wenn Niko es nicht wußte, denn Barry Chipchase hatte seine Formel nicht verändert, er hatte nur die Zutaten ausgewechselt. Restbestände der Royal Air Force, Gebrauchtwagen, unsolide gebaute Haziendas: Für ihn war alles das gleiche. Auch vom Äußeren her hatte er sich nicht so verändert, wie Harry erwartet hatte. Dicker, ja, aber nur geringfügig, und überhaupt nicht grauer oder kahlköpfiger. Das wellige schwarze Haar sah zwar nicht so aus, als würde es noch Kämme abbrechen, aber mancher Dreiundfünfzigjährige wäre stolz auf so eine Mähne gewesen. Seine Stimme war einiges tiefer geworden und hatte ein Krächzen angenommen, das darauf hindeutete, daß immer noch vierzig Zigaretten pro Tag ihren Weg zwischen seine Lippen fanden. Und was seine Kleidung betraf – leichter Anzug, passendes Hemd und Krawatte, extravagant drapiertes Einstecktuch, Krokodillederschuhe, ein goldenes Blitzen an den Gelenken und Fingern –, all das deutete auf etwas hin, was Harry ihm am schwersten vergeben konnte: daß die dazwischenliegenden Jahre ungewöhnlich gut zu Barry Chipchase gewesen waren.

»Das ist nur der Anfang, Niko, denk an meine Worte. Türkei. Die Adriaküste. Nordafrika. Nur der Himmel ist die Grenze. Ich habe den Profit in diesem Raum heute nachmittag gerochen. Großen Profit. Weißt du, was sie über mich in Spanien zu sagen pflegten? Daß Gelegenheit mein zweiter Vorname sei.«

Es war jetzt zu spät, um noch kehrtzumachen. Harry durchmaß den Raum und machte sich bereit, etwas zu sagen.

Die Hand, mit der Chipchase seine Zigarette zum Mund führte, erstarrte mitten in der Bewegung. Er drehte sich langsam herum und starrte Harry mit großen Augen an. Ein einziges Mal konnte man in seinen anpassungsfähigen Zügen lesen. Ein einziges Mal war er überrascht worden. »Harry«, murmelte er. »Verdammt noch mal.«

»Hallo, Barry. Schön, zu sehen, daß es dir gutgeht. Tut mir leid, daß es nicht Montag ist.«

»Montag?«

»Nun, da habe ich erwartet, dich wiederzusehen: an einem Montagmorgen. Ich erinnere mich noch, wie du aus der Autowerkstatt fortgingst und sagtest: ›Dann bis Montag.‹ Doch du bist nie gekommen. Du hast statt dessen den Gerichtsvollzieher geschickt.« Chipchase versuchte, ein Lächeln zustande zu bringen; Harry bedrängte ihn weiter. »Warum stellst du mich nicht deinem Freund vor?«

»Äh ...«

»Mein Name ist Barnett, Niko: Harry Barnett. Ich bin einer von denen, der auf dem Weg zum Erfolg vom Wagen gefallen ist – kurz nachdem er den Bahnhof verlassen hatte.«

54

Du solltest mir dankbar sein, Harry. Verdammt dankbar. Wenn ich nicht gewesen wäre, hättest du keine Entschuldigung gehabt. Du hättest der Tatsache ins Auge sehen müssen, daß du, was das Geschäft betraf, ein Wickelkind warst. Ich habe es dir leicht gemacht. Ich wette, du hast jedem erzählt, daß du keine Ahnung hattest, wie schlecht die Dinge standen, daß ich dir die Wahrheit vorenthalten habe, daß ich dich einfach in dem ganzen Schlamassel zurückgelassen habe. Eine wirklich herzzerreißende, zu Tränen rührende Geschichte. Also schiebe mir nicht den schwarzen Peter zu, denn da mache ich nicht mit.«

Zwei Stunden waren seit Harrys Ankunft im »Hilton« vergangen. Er und Chipchase saßen in einer schummrigen Ecke in der Pan-Bar, der niedrige Tisch neben ihnen war mit leeren Flaschen, Bierdeckeln, Zigarettenasche und Pistazienschalen übersät. Chipchases anfängliche Verlegenheit war in Schmeichelei umgeschlagen; er hatte Harry mit randvollen Drinks versorgt und mit freundlichem Bedauern überhäuft. Jetzt, da sie, vom Alkohol zu übermäßiger Offenheit verleitet, ihre Karrieren nach Barnchase Revue passieren ließen, konnte Harry die geschickte Art nur bewundern, mit der sein Kompagnon es als einen Akt der Großzügigkeit erscheinen ließ, daß er die Firmengelder veruntreut hatte und mit Jackie ins Ausland geflohen war.

»Weißt du, Harry, dein Problem ist immer dasselbe. Du magst zwar das Leben auf der Verliererseite nicht, aber du weißt nicht, wie man den Weg nach oben schafft. Zu viele Skrupel. Zu wenig Talent. Es ist eine fatale Kombination. Es macht dir mehr Spaß, über das Scheitern zu schimpfen und zu brummen, als den Erfolg zu genießen. Dich bei Barnchase im Stich zu lassen war wirklich der beste Dienst, den ich dir je erwiesen habe.«

»Damals kam es mir nicht so vor.«

»Vielleicht nicht, aber du mußt es einmal von meinem Standpunkt aus betrachten. Was hätte es mir genützt, wenn ich die Sache mit dir zusammen ausgebadet hätte? Dadurch, daß ich mich abgesetzt habe, konntest du den Unschuldigen spielen und damit davonkommen.«

»Ich war unschuldig.«

»Das kannst du einem anderen erzählen. Spül's lieber runter, und wir bestellen noch einen. Schließlich ist das doch ein Grund zum Feiern. Die alte Firma wieder zusammen. Wer hätte das für möglich gehalten, was? Wer hätte das verdammt noch mal für möglich gehalten.«

»Ich mußte mein Haus verkaufen.«

»Ach, hör um Himmels willen auf zu jammern. Schließlich bist du nicht an Jackie klebengeblieben. Sie mitzunehmen war ein großer Fehler, das kann ich dir sagen, vielleicht der größte, den ich je begangen habe. Ich dachte, sie liebt mich, verstehst du. Ich dachte, sie würde mir treu sein. Du lieber Gott, kannst du dir vorstellen, daß der alte Chipchase so verdammt naiv sein konnte? Kaum war sie in Spanien, da hat sie schon angefangen, den großen dunkelhaarigen windschnittigen Südländern schöne Augen zu machen. Mit Po und Hüften wackelnd, spazierte sie die Strände auf und ab, stellte ihre Reize zur Schau und wartete darauf, daß einer anbiß. Na ja, sie brauchte nicht lange zu warten, das kannst du mir glauben.«

»Sie stellt es anders dar.«

»Das war doch zu erwarten, oder? Sie hatte immer eine Lügengeschichte bereit, unsere Jackie. In welcher Branche, sagte sie, arbeitet sie jetzt?«

»Sie hat einen Friseursalon.«

»Und hat reich geheiratet?«

»Anscheinend. Großes Haus. Schneller Wagen. Alle Schikanen.«

»Das bestätigt doch, was ich sagte, nicht wahr? Ein gerissenes kleines Luder von Anfang an, unsere Miss Fleetwood. Es ist deine Schuld, daß sie eingestellt wurde. Und wie steht's mit dir, Harry? Mir scheint, daß du nicht gerade im Armenhaus gelandet bist. Rhodos – die Insel der Rosen und der ganze Quatsch. Die Villa ton irgendwas. Hört sich nach einem Glückstreffer an.«

»Alan war sehr großzügig, das stimmt.«

»Pah!« Chipchase wippte mit seinem Stuhl zurück und bedeutete dem Kellner nachzuschenken, dann sagte er sarkastisch: »Was Alan Dysart betrifft, wünsche ich dir alles Gute von ihm. Ich würde ihm keine zwei Schritte über den Weg trauen.«

»Hast du etwas gegen Politiker, Barry? Eine ganz neue Seite an dir.«

»Nichts dergleichen, verdammt noch mal.« Ein kurzes Schweigen entstand, während der Kellner um den Tisch scharwenzelte, dann fuhr Chipchase fort. »Politiker sind hinter dem Geld her, genau wie wir anderen auch. Aber das ist nicht der Grund, weshalb ich unserem Wagenwäscher, der zum Publikumsliebling avancierte, mißtraue.«

»Weshalb dann?«

Chipchase nahm einen kräftigen Schluck aus seinem Glas. »Das ist eine lange Geschichte«, murmelte er. »Und eine alte noch dazu. Sprechen wir von etwas anderem.«

»Wenn sie so alt ist, warum habe ich sie nicht schon früher gehört?«

Chipchase stieß heftig die Luft aus, so daß seine Wangen zitterten, und zog hastig an seiner Zigarette. »Möchtest du das wirklich wissen?«

»Ja. Ich möchte es wirklich wissen.«

»Nun, es ist kein Geheimnis. Ich habe ihn von Anfang an nicht gemocht. Zuviel vornehmes Getue, um Automotoren auseinanderzunehmen. Zuviel Hirn, um nicht zu bemerken, wieviel im Gebrauchtwagenhandel zu holen ist. Und es hätte zu viele einfachere Arten gegeben, um sich in den Ferien etwas dazuzuverdienen. Warum ist er gerade auf uns abgefahren, Harry? Warum ist er den weiten Weg nach Swindon gekommen, um seine Ferien zu vertrödeln?«

»Wegen einer Freundin, ursprünglich, war es nicht so? In Wootton Bassett.«

»Freundin in Wootton Bassett, daß ich nicht lache. Die war eine verdammte Erfindung, da bin ich sicher.«

»Wie kommst du darauf, so etwas zu sagen?«

»Da du schon fragst, Harry, alter Knabe, werde ich es dir erzählen.« Chipchase beugte sich mit vor Begeisterung glänzenden Augen über den Tisch. »Ich hätte es dir wahrscheinlich damals erzählt, aber es passierte gerade kurz vor meiner überstürzten Abreise. Du und ich standen damals nicht gerade auf bestem Fuß miteinander, stimmt's? Es muß im Juli 72 gewesen sein. Erinnerst du dich noch, daß ich nach Birmingham fuhr, um unseren Kredit mit Cosway-Reifen neu festzulegen?«

»Vage.«

»Ein wunderschöner Ausdruck: unseren Kredit neu festzulegen. Egal, der springende Punkt ist, daß ich mich auf dem Rückweg verirrte. Die Straßen von Birmingham sind noch verwirrender als die von Hampton Court. Schließlich habe ich irgendwo in der Gegend von Solihull angehalten, um nach dem Weg zu fragen. Es war eine lange, gerade Straße mit Häusern auf der einen Seite und einem Friedhof auf der anderen.«

»Ich verstehe nicht ganz ...«

»Sei nicht so verdammt ungeduldig, Harry. Es kommt schon noch. Irgendein Spaziergänger, der seinen Pudel Gassi führte, hatte mir umständlich den Weg zur A34 erklärt, und ich war gerade im Begriff loszufahren, als ich in etwa hundert Meter Entfernung auf der anderen Seite niemand anderen als Alan Dysart aus seinem Wagen steigen sah. Du weißt schon, er fuhr doch damals diesen weißen Spitfire. Er war schwarz angezogen und trug einen Kranz in der Hand. Genauso, als ginge er zu einer Beerdigung. Nur daß keine Beerdigung stattfand. Kein Leichenwagen, kein Sarg, keine weinenden Trauergäste. Nichts, außer einem leeren Friedhof, der sich die kleine Anhöhe neben der Straße hinaufzog. Ich hätte gehupt oder ihm zugerufen, wenn da nicht etwas, na ja, Merkwürdiges an ihm gewesen wäre. Er ging durch das Friedhofstor, die Hauptauffahrt hinauf, bog dann ab, und ich verlor ihn zwischen den Grabsteinen aus den Augen.«

»Ich hätte gedacht ...«

»Immer mit der Ruhe, Harry! Was du gedacht oder getan hättest, steht nicht zur Debatte. Ich jedenfalls dachte, daß da etwas faul an der Sache sei. Deshalb habe ich gewartet. Ich hab' mir einen Glimmstengel angezündet und geraucht. Ich wollte mir gerade einen zweiten anstecken, als er wieder auftauchte, ohne Kranz, in den Wagen stieg und davonbrauste.«

»Um Himmels willen, Barry ...«

»Das ist es!« Chipchases Stimme zischte voller Nachdruck. »Das ist der verdammte springende Punkt! Ich hatte es nicht eilig. Und ich war mißtrauisch. Bin es immer gewesen, was das betrifft. Also bin ich aus dem Wagen gestiegen und über den Friedhof geschlendert. In die Richtung, in die ich ihn hatte gehen sehen. Bin herumgelaufen und hab' nach dem Kranz Ausschau gehalten, den er bei sich hatte. Na ja, es gab nicht viele frische Kränze, also hat es nicht lange gedauert. Da lag er, weiße Lilien, keine Schleife. Und rate mal, wessen Grab es war?«

»Wie soll ich das wissen? Das von seiner Tante Doris?«

»O nein. Weder Tante noch Onkel. Auch kein Bruder und keine Schwester. Weder Vater noch Mutter.« Chipchases Gesicht verzog sich zu einem breiten, vergnügten Grinsen.

»Wessen Grab dann?«

»Sein eigenes, Harry. Sein eigenes verdammtes Grab.«

Keine halbe Stunde später saß Harry in einem Taxi, das durch die Vororte von Athen in Richtung Iraklio raste. Während er beobachtete, wie die Scheinwerfer der anderen Autos am Fenster vorbeihuschten, den lärmenden Hupen und wimmernden Sirenen lauschte, schien es ihm, als hörte und sähe er alles wie durch eine Schutzwand verdrängter Wahrnehmung. Barry Chipchases begieriges, zuckendes Gesicht und die seltsame Geschichte, die er erzählt hatte, waren immer noch im Vordergrund seines Denkens, die Bilder, die er heraufbeschworen, und die Worte, die er gewählt hatte, verdrängten immer noch alles andere.

»Sein eigenes verdammtes Grab, Harry. Alan Dysart. Gestorben am soundsovielten April 1952 im Alter von fünf Jahren. Jetzt bist du hellhörig geworden, nicht wahr? Da machst du große Augen. Nun, ich erzähle dir die reine Wahrheit. Mausetot, seit siebenunddreißig Jahren. Dann wäre er jetzt wie alt?«

Er wäre jetzt in Dysarts Alter. Genau. Harry brauchte es nicht auszusprechen. Er brauchte überhaupt nichts zu sagen. Chipchase hatte ihm seine Ungläubigkeit angesehen.

»Du kannst es nicht glauben, stimmt's. Es ergibt auch nicht den geringsten Sinn, nicht wahr? Wenn Alan Dysart tot ist, wer ist dann der Alan Dysart, den wir kennen, Harry? Wer zum Teufel ist er dann? Ich wünschte, ich könnte es dir sagen. Auch für das wenige, das ich weiß, kann ich dir nur mein Wort geben. Ich fuhr an jenem Tag zurück nach Swindon und zermarterte mir das Gehirn nach einer Lösung. Aber ich kam nicht drauf. Schließlich fing ich an zu glauben, daß ich mir die ganze verdammte Sache nur eingebildet hätte. Also fuhr ich nochmals hin. Etwa vierzehn Tage später nahm ich mir einen Tag frei. Um mit einem Bankdirektor Golf zu spielen, erzählte ich dir. In Wirklichkeit bin ich nach Solihull gefahren, fand den Friedhof und suchte das Grab. Aber der Grabstein war nicht mehr da. Man konnte den Sockel sehen, wo er abgeschlagen worden war, aber der Stein war weg. Und mit ihm die Inschrift.«

Harry drückte sich tief in den Autositz, da er vor all dem, was Chipchases Geschichte zum Inhalt hatte, körperlich zurückschreckte. Dysart war überhaupt nicht Dysart. Wer dann? Und warum?

»Er muß mich entdeckt haben, Harry. Das ist das einzige, was ich mir vorstellen kann. Ein zwielichtiger Bursche, unser sogenannter Alan Dysart. Er muß erraten haben, daß ich den Stein finden und dadurch mein Interesse geweckt werden würde. Aber er war zu schlau, mich merken zu lassen, daß er mich durchschaut hatte. Er stellte nur sicher, daß, wenn ich – oder wer auch immer – das nächste Mal käme, nichts mehr zu finden wäre. Er hat den Stein entfernt. Und das ist noch nicht alles. Ich war zwar verblüfft, als ich entdeckte, daß der Stein fort war, aber ich hatte nicht die Absicht, mir einzureden, daß ich mich geirrt hatte. O nein. Das wäre zu viel verlangt vom alten Chipchase. Ich ging zur Friedhofsverwaltung, machte den Wärter ausfindig, wurde zu irgendeinem Verwalter der Toten in einem größeren Friedhof auf der anderen Seite von Birmingham geschickt, ging zu ihm, verlangte Einsicht in das entsprechende Register, bekam es zu sehen und … na, rate mal?«

Wie ein Stein, der immer schneller den Abhang hinunterrollt, wie Hochwasser, das um ihn herum anschwillt, spürte Harry die Gewißheit von Betrug. Dysarts Betrug. Nicht nur an Harry. Nicht nur an all jenen, die ihn unterstützt und bewundert hatten. Sondern an der ganzen Welt, in der er sich bewegt hatte. *»Ich war glattzüngig. Ich war witzig. Ich war wortgewandt.«* Das hatte er selbst gesagt, und er hatte es auch gemeint. Er hatte eine Rolle gespielt und war nie dabei ertappt worden. Bis jetzt.

»Die Seite fehlte, Harry. Die verdammte Seite fehlte. So knapp am Buchrücken herausgeschnitten, daß man es nicht bemerkt hätte, wenn man nicht nach dem Inhalt suchte. Nun, der Verwalter veranstaltete einen verdammten bürokratischen Wirbel deswegen, das kann ich dir sagen, aber keiner von uns konnte etwas tun. Der Stein war weg. Die Seite war weg. Und jedes kleinste Beweisstück mit ihnen. Dysart war auf Nummer Sicher gegangen, wie du siehst, hat sich abgesichert, daß nur mein Wort gegen seines stehen würde. Da gab es nichts. Keine Spur.«

O doch, da gab es etwas. Harry wußte es, auch wenn Chipchase keine Ahnung davon hatte. Wie eine Taube, die in ihren Schlag zurückkehrt, war ihm die Wahrheit zugeflogen, blaß und schweigend wie ein namenloses Grab. Das war das Geheimnis. Natürlich. Nicht Korruption. Nicht Mord. Nicht irgendeine Phantasievorstellung über eine ungerächte Schwester. Sondern Dysarts eigenes Geheimnis. Das Geheimnis seines Lebens. Das wurde ihm klar, ohne daß er irgendeines Beweises bedurfte. Das wurde ihm klar mit einer Flut von Schuldgefühlen darüber, daß er an Heather gezweifelt hatte. Das war es, was sie wußte. Das war es, weshalb sie geflohen war. Denn wenn sie die Wahrheit über Alan Dysart wußte, war sie in Gefahr. Wie Ramsey Everett. Wie Willy Morpurgo. Wie Clare Mallender. Kein Wunder, daß Heather Zuflucht in Iraklio gesucht hatte, falls sie diesen Zusammenhang hergestellt hatte. Wie die verstreuten Stückchen eines zerbrochenen Steines, die sich vor seinen Augen wieder zusammensetzten. Mit einer Namensaufschrift. Alan Dysart. Sie waren jetzt alle seine Gefangenen.

»Nun, ich habe die ganze Sache auf der Stelle fallengelassen, Harry. Was konnte ich sonst tun? Ich hatte damals an härteren Brocken zu kauen als an Dysarts Vergangenheit. Ich mußte nämlich das Verschwinden mit Jackie in einer Nacht-und-Nebel-Aktion arrangieren, samt ihrer Garderobe, um genau zu sein. Ich habe die ganze Sache vergessen, sobald wir das Land verließen. Ich hätte mich auch gar nicht mehr daran erinnert, wenn nicht Dysart auf den Falkland-Inseln Lord Nelson gespielt hätte. Es war eine schlechte Zeit für einen Engländer in Spanien, das kann ich dir sagen. Das hat mir alles wieder in Erinnerung gebracht. All den Charme, diese ganze lockere, blendende, verdammte Brillanz. Wie ich höre, sitzt er jetzt im Parlament – ist ein Staatsminister. Wie ich höre, ist er so wichtig, daß diese irischen Verrückten Bomben auf ihn werfen. Nun, vielleicht haben sie das richtig gesehen. Im übrigen sind sie ihm willkommen. Und du auch, Harry. Ich würde Alan Dysart nicht als Hausherrn haben wollen. Ich würde überhaupt nichts mit ihm zu tun haben wollen. Was die Betrügerei betrifft, gehöre ich nicht in dieselbe Klasse wie er. Was ist schon das Verscherbeln einer Time-sharing-Klitsche, verglichen mit dem Verhökern eines erfundenen Lebens? Ich weiß nicht, wer oder was Dysart ist, aber das eine weiß ich. Ich würde ihm keinen Zentimeter über den Weg trauen. Nicht einen verdammten Zentimeter weit.«

Die Warnung war zu spät gekommen. Denn Harry hatte Dysart vertraut. Und weit über Freundschaft oder Loyalität hinaus. Er hatte ihm das Geheimnis von Heathers Versteck anvertraut. *»Warte. Ich brauche etwas zum Schreiben. Ja, gut.«* Harry war die ganze Zeit über hinters Licht geführt worden, das stimmte, doch nicht von Heather. Das erkannte er jetzt. Endlich verstand er das. *»Appartement drei, vierundzwanzig, Odos Farnakos, Iraklio, Athen.«* So einfach war das. So genau. Heathers Geheimnis war gelüftet. Dank Harry war Dysarts Gefangene ihm wieder ausgeliefert worden.

Harry beugte sich nach vorn über die Lehne des Fahrersitzes und berührte die Schulter des Taxifahrers. »Pio grigora, parakalo.«

Der Taxifahrer warf einen kurzen Blick zurück, dann scherte er in die Überholspur aus und drückte das Gaspedal ganz durch.

55

Die Odos Farnakos war dunkel und still, feuchte und kühle Luft hatte ein halbes Dutzend Verandalampen beschlagen. Harry ging vorsichtig das schmale, von Schatten gesprenkelte Straßenpflaster entlang, bis er die Nummer vierundzwanzig erreichte. Dann blickte er sich um, strengte seine Augen an, um die schwarzen Abgründe, die sich zwischen den bleichen Mauern auftaten, zu durchdringen. Nichts regte sich. Nichts bewegte sich. Alles war eintönige, schweigende Normalität. Nur seine angespannten Sinne suggerierten ihm etwas anderes. Es war nichts zu sehen, nichts zu befürchten. Nur das, was er sich bereits vorgestellt hatte.

Er ging den Weg zwischen den Pinien hinauf, atmete ihren Duft ein und erreichte die Tür. Sechs Klingelknöpfe, jeder von einer winzigen Birne beleuchtet. Sechs auf Kärtchen getippte Namen hinter Plexiglas. Sechs Sprechanlagegitter, in die man um Einlaß bitten mußte. Auf dem dritten Schild in Großbuchstaben, ΚΟΞ. Keine Initiale, kein Familienstand, keine anglisierte Version: eine seltsame Vorstellung. Harry bemerkte, daß sein Finger zitterte, als er auf den Klingelknopf drückte. Dreißig Sekunden vergingen, die ihm wie ebenso viele Stunden vorkamen, dann ein Knacken aus der Sprechanlage, und eine Stimme sagte: »Pios ine, parakalo?« Es war Heather. Er beugte sich näher an die Sprechschlitze heran und versuchte zu sprechen, brachte aber nur ein nervöses, trockenes Krächzen heraus. »Ya sou?« Sie hatte etwas gehört und klang ängstlich.

»Ich bin's, Harry.« Endlich hatte er es ausgesprochen.

»Harry?«

»Kann ich reinkommen, bitte? Es ist lebenswichtig, daß ich mit dir spreche.«

»Harry?« Sie schien ihren eigenen Ohren nicht zu trauen.

»Willst du mich nicht reinlassen? Wir müssen miteinander reden.«

Das Knacken hatte aufgehört. Die Verbindung war unterbrochen. Doch die Tür ging nicht auf. Statt dessen ein Geräusch, als würde etwas Schweres über ihm weggerollt, ein unruhiges Hin und Her. Die Schatten um ihn herum vertieften sich. Er trat zurück und blinzelte zum Balkon im ersten Stock hinauf. Eine Gestalt stand an der Brüstung und blickte direkt auf ihn herunter. Er schützte seine Augen vor dem Licht.

»Heather?«

»Wie hast du mich gefunden?« Sie sprach ruhig, so wie er es in Erinnerung hatte, doch der weiche Tonfall war aus ihrer Stimme verschwunden.

»Ich kann es dir erklären. Aber das tut jetzt nichts zur Sache.«

»Was willst du?« Ihr Gesicht zeichnete sich nur als Silhouette gegen den Himmel ab. Er konnte nichts von ihrem Gesichtsausdruck erkennen.

»Reden. Das ist alles.«

»Worüber?«

»Ich muß wissen, ob ich das Falsche getan habe. Ich muß wissen, ob ich dich in Gefahr gebracht habe.«

»Wie hättest du das tun können?«

»Indem ich jemandem erzählt habe, daß ich dein Versteck ausfindig gemacht habe.«

»Wem?«

»Dysart.«

Sie fuhr wie vom Blitz getroffen zurück. Er glaubte, ihr schweres Atmen zu hören, glaubte, zu erkennen, wie ihre Hand die Brüstung fester umklammerte.

»Heather?«

Sie schien zu schwanken, fast schien es, als würde sie gleich umfallen, dann fand sie ihr Gleichgewicht wieder. Er hörte, wie sie tief Luft holte. »Warte da«, sagte sie entschlossen. »Ich lasse dich herein.«

Sie wartete im Eingang der Wohnung, als er den Treppenabsatz des ersten Stocks erreicht hatte, immer noch war nur ihr Umriß zu erkennen, mit dem Licht im Hintergrund. Als er näherkam, wandte sie sich ab, und er folgte ihr einen kurzen Gang hinunter in ein geräumiges Wohnzimmer. Dicke Teppiche auf einem Parkettboden. Dunkle Vorhänge vor dem Balkonfenster. Schlichte, wohlproportionierte Möbel. Gedämpfte Beleuchtung. Eine Küche, die hinter einem Mauerbogen am Ende des Raumes zu sehen war. Irgendwo spielte Musik: Ein Folkloresänger, den er nicht erkannte. Und Heather, die ihm endlich in nicht mehr als einem Meter Entfernung gegenüberstand.

Sie war so, wie er sie am Freitag gesehen hatte, irgendwie jünger als auf Rhodos, ihr flachsblondes Haar kurz geschnitten, ihr Gesicht elfenhafter, als er sich erinnern konnte. Sie trug eine Schürze über ihren Jeans und einem Pulli, und auf der Schürze waren reihenweise zufriedene, an Bambussprossen knabbernde Pandabären aufgestickt. Die Behaglichkeit des Bildes traf ihn wie ein Stoß zwischen die Rippen. Und dann bemerkte er, wie stark sie zitterte.

»Wie hast du mich gefunden?« fragte sie unsicher.

Er holte die Fotos aus seiner Tasche und gab sie ihr zurück. »Die haben in Rhodos auf dich gewartet. Ich fand die Quittung und holte sie ab. Die beiden Aufnahmen, die du hier in Athen gemacht hast, führten mich zu Sheila Cox. Ich bin ihr gestern vormittag vom Shelley College hierher gefolgt und sah euch beide zusammen hineingehen. Wo ist sie?«

»Ausgegangen. Wann hast du Dysart erzählt, daß du mich gefunden hast?«

»Gestern nachmittag.«

»Warum?«

»Damit er die Information an deine Eltern weiterleiten konnte. Ich wollte nicht selbst mit ihnen sprechen. Sie haben mich weiß Gott welcher Geschichten verdächtigt, seit du verschwunden bist. Haben sie sich bei dir gemeldet?«

»Nein. Und ich hätte eigentlich inzwischen etwas von ihnen hören sollen, nicht wahr, Harry?« Sie wandte sich abrupt ab und griff nach einer Stuhllehne, als suchte sie einen Halt. »Ich habe keine Zeit, dir zu sagen, wie leid mir alles tut, Harry. Ich bin dir eine Erklärung schuldig, ich weiß, doch das Problem ist, daß du nicht verstehst, was du damit, daß du Dysart alles erzählt hast, angerichtet hast.«

»Was habe ich angerichtet?«

Sie wandte sich ihm wieder zu, ihr Gesicht war von aufsteigender Panik verzerrt. Als sie sprach, klang es fast wie ein Schrei. »Wenn er mich findet, wird er mich umbringen.«

»Das ist nicht wahr.« Doch es war möglich. Tief in seinem Herzen wußte er es. »Er hat sich ebensosehr wie ich bemüht, zu … zu …«

Heather blickte auf die Fotos in ihrer Hand. »Wozu, Harry? Die Antwort lag schon immer hier, wenn du das nur gewußt hättest. Das Geheimnis, das er zu verbergen sucht. Das Geheimnis, um dessentwillen er Clare getötet hat.«

»Clare? Das ist unmöglich.«

»Ist dir denn nicht klar, worum es bei diesen Bildern geht?« Sie drehte sich um und winkte mit den Fotos vor ihm. »Hast du denn gar keine Ahnung?«

»Doch, natürlich.« Ein kindischer Wunsch, seine Intelligenz unter Beweis zu stellen, überkam ihn. »Die Tyrell-Gesellschaft. Der Fenstersturz von Ramsey Everett, der Autounfall. Willy Morpurgo. Cyril Ockleton. Rex Cunningham. Ich habe sie alle aufgespürt, wie du siehst. Ich weiß, daß Clare schwanger war. Ich weiß, daß dein Bruder Dysart dazu erpreßt hat, den Phormio-Kontrakt an Mallender Marine zu vergeben. Aber nichts von dem beweist, daß Dysart Clare ermordet hat. Oder daß er auch nur daran denken würde, dich umzubringen.«

»Ich habe zuerst dasselbe gedacht.« Sie machte fast den Eindruck, als wollte sie lächeln. »Ich habe Dr. Kingdom meine wilde Theorie erzählt, und er hat sie mit höflichem Spott übergossen. Ich fuhr nach Rhodos und versuchte, alles zu vergessen.«

»Aber er ist dir dorthin gefolgt. Warum?«

»Dr. Kingdom? Oh, nur, um sich zu vergewissern, daß es mir gutging. Um sich selbst zu beruhigen, daß meine Genesung gute Fortschritte machte. Wie hast du ...«

»Weshalb ist er denn später noch einmal gekommen?«

»Wann? Ich habe ihn nicht mehr gesehen, seit er an meinem letzten Sonntag nach Lindos kam.«

»Das kann nicht sein. Er war an dem Tag auf Rhodos, an dem du verschwunden bist.«

»Nein, das war er nicht.« Heather runzelte die Stirn. »Er kann nicht dagewesen sein.«

»Aber er war da. Er ist nochmals zurückgekommen. Und er ist nicht allein abgereist. Und nach seinen Aktennotizen ... besteht jeder Grund ... zu der Annahme ...« Die Worte erstarben ihm auf den Lippen, als ihm die Erkenntnis kam. Hatte er jemals die Aktennotizen in Dr. Kingdoms Besitz gesehen? Hatte er jemals die Unterlagen der Fluggesellschaft über Kingdoms Reisen nach Rhodos zu Gesicht bekommen?

»Ich bin nicht vor Dr. Kingdom davongelaufen, Harry. Er war derjenige, der mich davon überzeugte, daß ich nichts zu befürchten hätte, der mir schließlich einredete, daß meine Theorie über Clares Ermordung eine Wahnvorstellung, ein Symptom meiner Krankheit sei. Ich habe meine Meinung nicht deshalb geändert, weil er nach Lindos kam.«

»Weshalb dann?«

»Weil drei Tage später etwas passiert ist. Ich fuhr mit dem Bus in die Stadt nach Rhodos. Erinnerst du dich?«

»An dem Tag, als du das Auto gemietet hast?«

»Ja. Ich habe dort Jack Cornelius gesehen. Ich habe zwar ihn gesehen, er mich aber nicht. Da wußte ich, daß Dr. Kingdom unrecht hatte. Es konnte nur einen Grund dafür geben, daß Cornelius auf Rhodos war. Mich, Harry. Er war gekommen, um meinen Tod vorzubereiten. Es hätte noch ein weiterer terroristischer Anschlag stattgefunden, der dann auf tragische Weise fehlgeschlagen wäre. Deshalb bot mir Dysart seine Villa an, um leichtes Spiel mit mir zu haben. Sie stecken beide unter einer Decke, verstehst du. Sie haben Everett umgebracht. Sie haben Morpurgo so gut wie getötet. Sie haben Clare ermordet. Und sie wollen mich ermorden. Und jetzt hast du sie zu mir geführt.«

Dysart hatte Harry versichert, daß Cornelius am 11. November in Irland an einer Beerdigung teilgenommen hatte. Und er hatte ihn auch davon überzeugt, daß Kingdom am gleichen Tag auf Rhodos gewesen sei. Aber dem war nicht so. Dysart hatte ihn auf Schritt und Tritt belogen. Und warum? Weil er glaubte, daß Kingdom ihn verdächtigte. Er mußte vermutet haben, daß sich Heather im Versorelli-Institut versteckt halten würde. Er mußte Zohra Labrooy dazu angehalten haben, den falschen Unterlagen und frisierten Aufzeichnungen Glaubwürdigkeit zu verleihen, die Harry dazu veranlaßt hatten, dorthin zu eilen und seine Nachforschungen anzustellen und damit eine schreckliche Fehleinschätzung aufzudecken: Heather war überhaupt nicht dort. Wo war sie dann? Gerade rechtzeitig hatte der gute alte Harry von Athen aus angerufen und die Antwort geliefert. Und das war schon über vierundzwanzig Stunden her. »Es tut mir leid«, murmelte er düster.

»Ich muß sofort hier weg«, sagte Heather und achtete gar nicht auf seine flüchtige Entschuldigung. »Weiß Gott, was sie vorhaben, aber ich muß ...« Vom Flur hinter ihnen war ein Geräusch zu hören. Harry sah, wie Heathers Gesicht sich vor Angst verzerrte, sich dann beim Klappern eines Schlüsselbundes wieder entspannte. Es war ein Geräusch, das sie zu kennen schien. »Sheila?« rief sie und lächelte vor Erleichterung.

Als Harry sich umwandte, stand Sheila Cox im Zimmer und starrte ihn erstaunt an. »Wer ist das?« wollte sie wissen.

»Harry Barnett«, sagte Heather. »Keine Angst. Wir haben nichts von ihm zu befürchten.«

Der Blick in Sheilas Augen verriet, daß sie davon nicht überzeugt war. »Aber er ist doch ein Freund von Dysart. Das hast du mir selbst erzählt.«

»Ja, das stimmt, und er hat Dysart erzählt, wo ich bin. Trotzdem ...«

»Wir müssen Ruhe bewahren«, warf Harry ein. »Es hat keinen Sinn ...«

»Sie haben Dysart diese Adresse gegeben?« In die Überraschung in Sheilas Miene mischte sich Ärger.

»Ja, aber ...«

»Wann? Seit wann weiß er es?«

Heather antwortete an seiner Stelle. »Seit gestern nachmittag, fürchte ich.«

»Mein Gott! Ist dir klar, was das bedeutet, Heather?«

»Ja, es bedeutet, daß wir hier weg müssen. Sofort.«

»So schlimm kann es doch nicht sein«, protestierte Harry. Er konnte den flehenden Ton in seiner Stimme hören und wußte, daß auch Heather ihn wahrnehmen würde. Doch sie konnte ihm das Gefühl der Beruhigung nicht verschaffen, nach dem er sich sehnte, und er konnte den Schaden nicht wiedergutmachen, den er angerichtet hatte.

Sheila musterte Harry mit einem feindseligen Blick. »Wenn Sie nicht für Dysart arbeiten, warum haben Sie ihm dann erzählt, daß Heather hier ist?«

»Weil ich geglaubt habe, daß er ihr helfen will. Weil ich geglaubt habe, daß Dr. Kingdom eine Bedrohung für ihre Sicherheit darstellt.«

»Dr. Kingdom?«

»Ja. Nach Aussage von Zohra Labrooy ...«

»Zohra?« sagte Heather. »Was hat sie denn damit zu tun?«

»Sie hat mich davon überzeugt, daß Kingdom von dir besessen sei, daß er entschlossen sei, nicht zuzulassen, daß du von ihm unabhängig wirst.«

»Das ist absurd.«

»Vielleicht, aber das habe ich geglaubt. Ich dachte, sie wäre deine Freundin, um Himmels willen. Was hätte ich ...«

»Zohra!« rief Heather. »Natürlich. Sie war eine Freundin von mir, Harry, aber sie ist auch eine srilankische Staatsangehörige, die gegen einen Ausweisungsbeschluß kämpft. Ich habe sie vor sechs Monaten Dysart vorgestellt, weil ich dachte, er könne ihr vielleicht behilflich sein, einen Aufschub zu erlangen. Sie sagte mir später, daß er sich persönlich ihres Falles angenommen habe. Wenn sie dich vorsätzlich irregeführt hat, dann nur, weil ...«

»Dysart sie sonst ausweisen läßt.« Der Verrat wurde Harry bewußt, als er Heathers Satz beendete. Jeder Freund war falsch, so schien es, jeder Verbündete ein Betrüger. Jenen, denen er geglaubt hatte, hätte er mißtrauen sollen. Denjenigen, denen er mißtraut hatte, hätte er vertrauen sollen. Und diejenigen, denen er vertraut hatte, hätte er anklagen sollen. »Du hast recht«, murmelte er. »Wir müssen sofort weg von hier.« Und doch schien er immer noch außerstande, die Dringlichkeit in seine Worte zu legen, die, wie er wußte, erforderlich war. »Wir können keinen Augenblick länger hierbleiben.«

»Wohin sollen wir gehen?« Heathers Stimme war voll bitteren Vorwurfs. »Du hast mir bereits meinen letzten Fluchtweg abgeschnitten, Harry. Wo sollen wir also deiner Meinung nach jetzt hingehen? Niemand wird uns glauben. Niemand wird uns auch nur zuhören. Vor allem wird uns niemand beschützen.«

Plötzlich traf Harry die Erkenntnis, daß er der größte Verräter von allen war. Er war nicht erpreßt worden. Er war nicht bedroht worden. Er hatte aus reinem Selbstwertgefühl und Trotz gehandelt. Er hatte Heather aus keinem besseren Grund verraten, als um eine unbedeutende Demütigung zu rächen. Und dies – die unerreichbar gewordene Sicherheit, die unmöglich gemachte Flucht – war nun das Ergebnis. Heather hatte recht. Sie konnten nirgendwohin fliehen, und sie konnten sich an niemanden wenden. Zu ihrer aller Wohl wäre es besser gewesen, wenn Heather nie gefunden, das Rätsel ihres Verschwindens nie gelöst worden wäre. Ein Tod ohne Leiche, wie Miltiades es genannt hatte, erschien in diesem Augenblick als barmherziges Vergessen. Und dann, als Harry über den Satz nachdachte, fiel ihm die Antwort ein. »Miltiades«, sagte er abrupt. »Wir müssen zu Miltiades.«

»Zu wem?«

»Er ist ein höherer Polizeibeamter in Rhodos. Er hat deinen Fall bearbeitet. Ich kenne ihn ziemlich gut. Er ist sehr nett. Er kennt Dysart und deinen Bruder. Er ist intelligent und phantasievoll. Er würde uns eine faire Chance geben – und ich denke, er würde uns glauben.«

»Du meinst, wir sollten nach Rhodos zurück?«

»Er ist der einzige Mensch, der die Macht hat, uns zu helfen, und der auch dazu bereit ist. Er ist der einzige potentielle Verbündete, den ich kenne. Ja – ich meine, wir sollten nach Rhodos zurück.«

Heather rührte sich nicht und sagte kein Wort. Harry sah, wie sie nervös ihre Lippen befeuchtete und einen raschen Blick mit Sheila wechselte. »Ich weiß nicht«, fing sie an. »Es könnte ...«

»Wie können wir Ihnen trauen?« unterbrach Sheila. »Sie haben zugegeben, daß sie als Dysarts Informant tätig waren.«

»Nicht absichtlich!«

»Wie können wir wissen, daß Sie uns nicht in eine Falle locken wollen?«

Harry sah von Heather zu Sheila und wieder zurück. Er konnte seine Aufrichtigkeit nicht beweisen, hatte keine Möglichkeit, sie zu überzeugen, ihm in allem zu vertrauen, schon gar nicht, wenn es um ihr Leben ging. »Es ist keine Falle«, murmelte er.

»Aber wie können wir sicher sein?« fragte Heather.

»Das kannst du nicht«, entgegnete er.

»Genau«, warf Sheila ein.

»Doch wenn ihr nicht mit mir kommt«, fuhr Harry fort, »was wollt ihr dann tun? Hierbleiben und warten?«

»Wir könnten in Athen zur Polizei gehen,« meinte Sheila.

Heather schüttelte den Kopf. »Sie würden uns nicht glauben. Nicht eine Sekunde.« Sie blickte Harry aufmerksam an. »Glaubst du wirklich, daß Miltiades uns ernst nehmen würde?«

»Ja. Das glaube ich.«

Einige Augenblicke des Schweigens zögerte sie. Dann durchquerte sie das Zimmer und ergriff das Telefon.

»Wen rufst du an?«

»Olympic Airways. Um drei Plätze auf dem nächsten Flug nach Rhodos zu buchen.

»Nicht!« rief Harry. Ihm waren die vielen falschen Verbindungen und anonymen Anrufe eingefallen, und damit kam ihm auch die Erkenntnis, daß sie nicht sicher vor neugierigen Ohren oder Augen sein konnten. »Unser einziger Vorteil besteht darin, daß uns niemand auf Rhodos vermuten wird. Wir müssen zusehen, daß es dabei bleibt. Ruf niemanden an. Wir werden zum Flughafen fahren, die Tickets kaufen und warten. Dort wird es sowieso sicherer sein.« Er wandte sich zu Sheila. »Steht Ihr Wagen draußen?«

»Ja. Er hat den ganzen Tag da gestanden.«

»In diesem Fall ...« Seine Worte blieben ihm durch ein plötzliches Aufwallen von Furcht im Hals stecken. Ihr Auto hat den ganzen Tag draußen gestanden, entgegenkommenderweise gegenüber dem Eingang zu der Adresse geparkt, die er Dysart angegeben hatte. Sabotage. Versteckte Sprengladungen. Gekonnt arrangierte Unfälle. Es gab keinen Grund dafür, weshalb die Liste jetzt nicht erweitert werden konnte.

»Was ist los?«

Harry schluckte mühsam. »Haben Sie das Auto benützt, seit Sie gestern zum Shelley College gefahren sind?«

»Nein. Ich bin heute früh mit der U-Bahn nach Athen gefahren.«

»Du hast Angst vor einer Bombe, stimmt's Harry?« sagte Heather. »Einer Bombe wie die, mit der er Clare getötet hat.« Ihre Stimme war tonlos, ihre Miene maskenhaft, aber dahinter begann Panik aufzusteigen.

»Keine Angst, ich bin nur vorsichtig.« In dem Moment, als er die Lüge aussprach, wußte Harry, daß er es ebensosehr Heathers wegen wie um seiner selbst willen tat.

»Wir könnten ein Taxi nehmen.«

»Du meinst, eines anrufen? Oder zu Fuß gehen? In der Nacht?« Harry schüttelte den Kopf. »Nein.« Er nahm allen Mut zusammen. »Geben Sie mir die Schlüssel. Ich werde hinuntergehen und den Wagen anlassen. Kommt nach, wenn ich hupe. Nicht eher. Es gibt keinen Grund, sich Sorgen zu machen. Niemand konnte wissen, welches Auto Ihnen gehört. Aber nur im Fall ...«

»Sie glauben wirklich, er könnte ...« fing Sheila an.

»Ich weiß es nicht«, sagte Harry bitter. »Ich weiß überhaupt nichts mehr. Nur das eine. Was auch immer davon zu halten ist, ich werde mein Bestes tun, um euch beide sicher hier rauszubringen.«

»Ihr Bestes?«

»Das ist alles, was ich anbieten kann.«

Draußen hatte sich nichts verändert. Die Odos Farnakos war immer noch eine von Dunkelheit und häuslichem Leben vereinnahmte Sackgasse in einem Wohngebiet. Harry stand unter den Pinien und ließ seine Augen sich an die Dunkelheit gewöhnen. Er merkte, daß sein Herz raste, das Blut in seinem Kopf heftig pulsierte, nahm jedes kleine Geräusch wahr, das zu ihm drang. Ein Säugling schrie irgendwo in der Nähe, sein Weinen vermischte sich seltsam mit einer Sirene in der Ferne. Einige Häuser weiter bellte ein Hund. Er konnte hören, wie sich die Nadeln im Baum über ihm leicht bewegten, konnte das wie von den hochhackigen Schuhen einer Frau verursachte Klappern in der nächsten Straße wahrnehmen. Alles wirkte, rational betrachtet, völlig normal und sicher.

Er holte tief Luft und marschierte rasch in diagonaler Richtung über die Straße, so daß er zur Fahrerseite des Wagens kam. Er zog Sheilas Taschenlampe aus der Tasche und leuchtete ein Fenster nach dem anderen ab. Alle Verriegelungsknöpfe waren heruntergedrückt – so weit, so gut. Er warf einen raschen Blick in beide Richtungen die Straße hinunter. Keine Menschenseele war zu sehen. Er ging zur Vorderseite des Autos und zog schwungvoll an der Motorhaube. Sie war fest verschlossen. Dann legte er sich auf den Boden, rollte sich auf die Seite und richtete die Taschenlampe auf die Unterseite des Wagens. Alles wirkte gleichmäßig mit einer Schmutzkruste überzogen, wie er gehofft hatte: keine verräterische Pfütze von Bremsflüssigkeit, kein Anzeichen, daß etwas manipuliert worden wäre. Beim Motor war es ebenso. Zum ersten Mal, seit er sich erinnern konnte, war er froh über die Kenntnisse, die er bei Barnchase Motors erworben hatte. Er stand auf und ging zur Fahrertür zurück.

Um sich keine Möglichkeit zu geben, die Nerven zu verlieren, nahm er den Schlüssel aus der Hosentasche, steckte ihn ins Schloß und drehte ihn nach rechts. Der Knopf sprang hoch. Er zog den Schlüssel heraus und langte nach dem Griff, hielt auf halbem Weg an, um seiner Hand zu befehlen, mit dem Zittern aufzuhören. Zu seinem Erstaunen gehorchte sie. Er zog an dem Griff. Die Tür ging mit einem Klicken auf, knarrte wie eine Kerkertür, als sie sich öffnete. Er leuchtete mit der Taschenlampe das Innere ab. Da lagen Blätter mit Eselsohren und ein paar Aktendeckel auf dem Rücksitz, ein zusammengeknülltes Pfefferminzpäckchen auf dem Armaturenbrett – das Übliche. Er griff nach unten, fand den Hebel, den Sheila ihm beschrieben hatte, und ließ den Sitz nach vorn gleiten, bis er einrastete. Dann kletterte er dahinter, kauerte sich auf den Boden und leuchtete mit der Taschenlampe unter beide Vordersitze. Wieder fand er nichts. Er stieg rückwärts aus und knipste die Taschenlampe aus.

Die Luft war kalt, aber er schwitzte. Das Gehäuse der Taschenlampe fühlte sich klamm an. Er konnte das Salz auf seiner Oberlippe schmecken.

Das ist lächerlich, dachte er, das ist ja verrückt: Es gibt nichts zu befürchten. Er lächelte vor sich hin. »Ich kann doch jetzt nicht kehrtmachen, oder?« flüsterte er der Nacht zu.

Er brachte den Fahrersitz wieder in die alte Position zurück und ließ sich hineinsinken; seine Arme zitterten stark, als er sich am Türrahmen festhielt. Er hätte eine Zigarette vertragen können. Oder einen Schluck Alkohol. Er fragte sich, ob Heather ihn beobachtete oder ob sie es nicht ertragen konnte. Er ließ den Türrahmen los und stellte den Sitz ein, dann tastete er nach dem Zündschloß, fand es und steckte den Schlüssel hinein. Ein paar beruhigende Reibungsgeräusche von Metall auf Metall: Das war alles. Der Routineablauf einer einfachen mechanischen Funktion: Was hätte nicht in Ordnung sein sollen? Vielleicht war alles in Ordnung. Vielleicht war das alles nur ein groteskes Mißverständnis. Er kannte Dysart nun schon über zwanzig Jahre. Er schuldete ihm mehr, als er jemals zurückzahlen konnte. Wie konnte der Mensch, der ihm als Freund am nächsten stand, ein mehrfacher Mörder sein?

Er drehte den Schlüssel um, fühlte, wie sich das Lenkradschloß entriegelte, und näherte seinen Fuß dem Gaspedal. Nur noch eine Drehung. Nur noch eine einfache Bewegung, und alles war erledigt. Oder er war erledigt. Er konnte natürlich immer noch aufhören. Er konnte immer noch aussteigen und weggehen, sich nicht mehr um Heather und Sheila kümmern, so wie sie sich nicht mehr um ihn gekümmert hatte. Konnte er das wirklich? Hatte er wirklich noch eine Wahl? Ein Fenster in Oxford. Eine Landstraße in der Nähe von Burford. Eine Flußmündung in Hampshire. Diese Tat könnte ein weiteres Glied in der Kette sein, oder auch nicht. Aber so oder so war sie unvermeidlich geworden. Der Augenblick hielt ihn gefangen.

Er bewegte den Schlüssel. Der Motor stotterte und starb ab. Er drehte den Schlüssel noch einmal herum, fester diesmal. Der Motor sprang an. Als er das Gaspedal berührte, heulte er absurd auf. Doch das machte nichts. Erleichterung – ein lächerliches Verlangen zu singen – war alles, was er fühlte. Er legte ruckartig den Gang ein, setzte zurück und fuhr die Straße hinunter, fuhr dann zum gegenüberliegenden Gehsteig und pumpte dabei mehrmals das Bremspedal, eher er zum Stehen kam. Er spürte, daß er lächelte, doch worüber, hätte er nicht erklären können. Es war vermutlich ein kindischer Stolz über das, was er getan hatte, eine armselige Freude darüber, daß nicht alle seine Urteile falsch gewesen waren. Als er auf die Hupe drückte, klang es in seinen Ohren fast triumphierend.

56

»Es gab Zeiten, wo ich dir vertrauen wollte«, sagte Heather. »Aber Dysart war dein bester und ältester Freund. Das hast du selbst gesagt. Wie konnte ich dir da erzählen, was mich bewegte, Harry? Wie konnte ich dir irgend etwas anvertrauen?«

Harry antwortete nicht. Er starrte geradeaus in die Dunkelheit hinter der Windschutzscheibe, suchte sie prüfend ab, wie er es schon ein dutzendmal vorher getan hatte. Sie standen auf dem Flughafenparkplatz, in sicherem Abstand zu den anderen Fahrzeugen, mit unbehinderter Sicht nach allen Seiten, und warteten so geduldig, wie sie konnten, darauf, daß die träge Nacht vorüberging. Die Maschine nach Rhodos würde erst um 5 Uhr 40 starten. Bis dahin konnten sie nichts anderes tun als warten. Sheila war auf dem Rücksitz eingeschlafen, doch für Harry und Heather war an Schlaf nicht zu denken.

»Nicht, daß ich dich jemals wirklich verdächtigt hätte«, fuhr Heather fort. »Du schienst von allen Leuten, denen ich begegnet bin, seit ich in das Ganze verwickelt worden war, am ehesten ein harmloser Zuschauer zu sein.«

»Hast du mich deshalb zu deinem Zeugen gewählt?«

»Ja. Es tut mir leid, daß sie dir so zugesetzt haben, Harry, wirklich. Du hättest mir von dem Ärger mit dem dänischen Mädchen erzählen sollen. Dann hätte ich jemand anderen gefunden. Aber ich kann mir nicht vorstellen, daß meine Familie tatsächlich geglaubt hat, daß du mich umgebracht hast. Nicht, daß ich viel darüber wüßte, was sie in irgendeiner Beziehung glauben. Ich habe das Gefühl, daß ich sie kaum noch kenne.«

»Wegen Clare?«

»Wegen dem, was sie getan haben, um mich davon zu überzeugen, daß ich mir ihre Schwangerschaft eingebildet hätte, ja. Das war es, was meinen Zusammenbruch auslöste: die Mauer, die sie um ihr Andenken errichteten. Und dann zu entdecken, was wirklich los war ...« Sie verstummte für einige Augenblicke, dann fuhr sie fort. »Ich war weniger entsetzt als erfreut darüber, als ich erfuhr, daß Roy und mein Vater den

Phormio-Kontrakt durch Erpressung erhalten haben. Das gab mir die Möglichkeit, es ihnen heimzuzahlen, verstehst du, die Möglichkeit zu beweisen, daß ich nicht das hirnlose Kind war, für das sie mich zu halten schienen. Doch was war ihre Reaktion? Scham? Reue? O nein. Alles was sie interessierte, war, wie sie mich zum Schweigen bringen konnten. Es kümmerte sie nicht, was dieses Wissen für mich bedeutete oder was es mir darüber sagte, was für Menschen sie waren. Alles worum sie besorgt waren, war, wie sie mich still halten konnten.«

»Es spricht für dich, daß es ihnen mißlungen ist.«

»Oh, aber es ist ihnen nicht mißlungen, Harry. Die Angst, in die Klinik zurückzumüssen, hielt mich wirksamer vom Reden ab als jeder Knebel. Nur, daß sie mich nicht davon abhalten konnten zuzuhören. Sie konnten mich nicht daran hindern, daß ich Fragen stellte und die Antworten darauf hörte.«

»Angefangen bei Molly Diamond?«

»Ja. Ich hatte mir immer halb gewünscht, zu glauben, Clare sei das Opfer einer Verschwörung gewesen. Nach Dr. Kingdoms Auffassung war das meine Art, mit meinem Kummer fertig zu werden: Indem ich ihm einen Sinn gegeben habe, den die Qual und die Leere, die ein willkürlicher Terrorakt hinterläßt, nicht hat. Und ich versuchte, das zu akzeptieren, weiß Gott. Aber nachdem ich einmal mit Mrs. Diamond gesprochen hatte, war es einfach nicht mehr möglich. Die Hinweise hörten nicht auf, das Knäuel begann sich zu entwirren, und die losen Enden mußten verfolgt werden. Und ich begann, das ganze Ausmaß dessen zu begreifen, was Alan Dysart zu verbergen suchte.«

»Du glaubst, er hat Ramsey Everett ermordet?«

»Ich bin sicher. Und ich denke, Willy Morpurgo war sich auch sicher. Entweder sah er, was passierte, oder aber er sah genug, um zu wissen, daß Everetts Tod kein Unfall war. Vermutlich schwieg er anfangs aus Loyalität zu einem Mitglied der Tyrell-Gesellschaft. Aber er hätte nicht immer geschwiegen. Sein Gewissen hätte es nicht zugelassen. Er muß beschlossen haben, bei der gerichtlichen Untersuchung auszusagen. Vielleicht hatte er Dysart darüber informiert, was er sagen würde. Vielleicht hat es Dysart erraten. Wie auch immer, der Ausflug nach Burford war einzig und allein zu dem Zweck arrangiert worden, das heißt von Dysart und Jack Cornelius, um ihn davon abzuhalten. Sie sind schon damals Komplizen gewesen, wie du siehst. Cornelius hat die Fahrt vorgeschlagen, als Dysarts Auto gerade nicht fahrtüchtig war und Dysart sich freiwillig bereit erklärte, zu Hause zu bleiben. Aber ist er wirklich zu Hause geblieben? Ich glaube es nicht. Ich glaube, er ist der Gruppe gefolgt und hat Morpurgos Wagen sabotiert, während die anderen im Gasthaus saßen. Dann hat sich Cornelius für die Rückfahrt abgesetzt, und man ließ die Falle zuschnappen. Sie wußten, daß Morpurgo ein leichtsinniger Fahrer war. Bis dahin war er auch betrunken. Sie konnten sich darauf verlassen, daß er irgendwo auf dem Rückweg nach Oxford verunglücken würde.«

»Aber was war mit Cunningham und Ockleton?«

»Das ist es ja, was einem den Atem verschlägt – wie kaltblütig die ganze Sache war. Sie wurden einfach als Opfer mit in Kauf genommen. So viel zur Loyalität. Natürlich hatte es nicht ganz geklappt, nicht wahr? Anstatt auf der A40 zurückzurasen, nahm Morpurgo eine falsche Abzweigung, verunglückte auf einer Nebenstraße und überlebte. Aber er konnte seine Geschichte nicht mehr erzählen. Und das reichte für Dysarts Zwecke aus.«

»Weshalb hätte Dysart Cornelius mit einbeziehen sollen? Warum soll Cornelius bereit gewesen sein, ihm zu helfen?«

»Lange Zeit konnte ich das nicht verstehen. Nichts, was ich über Cornelius in Erfahrung brachte, ergab einen Sinn. Am allerwenigsten die Vorstellung, daß er und Clare ein Liebespaar gewesen sein sollten. Es schien unglaublich. Sie hatte seinen Namen nicht einmal mir gegenüber erwähnt. Und niemand, mit dem ich sprach, glaubte, daß sie mehr als flüchtige Bekannte seien. Und doch hatte Cunningham Cornelius' Foto bei ihr gesehen. Und Clares Besuch bei Waghorne schien dies endgültig zu bestätigen. Und doch ...« Wieder Schweigen. »Die Antwort kam mir während des Wochenendes, das ich in Strete Barton verbrachte. Es war die Art, wie Virginia über Dysart sprach, die Art, wie sie immer seinen Nachnamen benutzte, die Art, wie sie sich darüber ärgerte, daß ihm das Gut gehörte. Sie hat ihn nicht einfach gehaßt: Das wäre verständlich gewesen. Sie hat ihn verachtet, Harry, hat für ihn nichts als abgrundtiefe Verachtung empfunden. Warum? Darüber habe ich mich gewundert. Was hat Dysart getan, daß er die Verachtung seiner Ehefrau verdiente? Und weshalb hatten sie keine Kinder? Man würde erwarten, daß er sich einen Sohn und Erben wünschte: Er ist diese Sorte von Mann. Oder scheint es zu sein. Nun, die Antwort war zunächst nicht mehr als eine Vermutung, aber es ist eine Vermutung, von der ich weiß, daß sie stimmt. Es erklärt, weshalb Cornelius seinen Hals riskiert hat, um Dysart zu helfen, sich der Strafverfolgung zu entziehen. Es erklärt, weshalb Clare Waghorne erzählte, sie hätte gerade herausgefunden, daß der Vater ihres Kindes homosexuell sei. Nicht weil Cornelius der Vater war, sondern, wie sie ursprünglich behauptet hatte, Dysart.

»Du meinst ...«

»Es gab Dinge, die mir an Clare immer mißfallen haben, Dinge, die ich in dem Kummer über ihren Verlust lieber vergessen wollte. Ihre Skrupellosigkeit gehörte dazu, ihre kühle, leidenschaftslose, vorausschauende Art zu planen, um ein bestimmtes Ziel im Leben zu erreichen, und dann diesen Plan zu Ende zu führen, egal, was zu seiner Durchführung getan werden, wer dabei verletzt werden mußte. Nur in diesem Fall war es Clare selbst, die verletzt wurde. Vermutlich glaubte sie, daß sie, wenn sie Dysart zu einer Heirat zwingen konnte, an das Geld und den Einfluß herankäme, die sie für ihre eigene politische Karriere brauchte. Aber sie muß wohl Virginias Charakter falsch eingeschätzt haben, muß angenommen haben, daß sie über eine Vaterschaftsklage gegen ihren Ehemann empört sein würde. Ich nehme an, daß Virginia sie über Dysarts Homosexualität aufklärte. Dies sogar genoß. Deshalb Clares Besuch bei Waghorne. Sie war zwar in Hurstdown gewesen, um Cornelius zu treffen, aber nicht, weil er der Vater ihres ungeborenen Kindes war. Sie war dort gewesen, um bestätigt zu bekommen, daß Cornelius und Dysart ein Liebespaar waren.«

Jetzt, wo Heather es gesagt hatte, konnte sich Harry nur wundern, daß er nicht selbst darauf gekommen war. All diese unbestimmten Hinweise auf eine Komplizenschaft; all diese Anspielungen auf etwas, das mehr als nur Freundschaft war: Alles deutete in die Richtung von Heathers Vermutung. Es war die Wahrheit. Es war die Antwort. »Glaubst du, daß sie schon in Oxford ein Liebespaar gewesen sind?«

»Ja. Es muß am Breakspear College begonnen haben. Eine innige und heimliche Liebe, von der sie niemandem erzählt hatten. Sie überdauerte lange Trennungen und unterschiedliche berufliche Laufbahnen. Sie machte sie anderen gegenüber gleichgültig, scheinbar gefühllos. Sie bot Gewähr dafür, daß sie sich in jedem Notfall gegenseitig beistehen würden. Und die Aufdeckung ihrer Beziehung war so ein Notfall. Ganz abgesehen von Dysarts politischem Ruin, würde sie Cunningham die Antwort gegeben haben, nach der er seit zwanzig Jahren suchte: Wer hat an jenem Tag in Burford wen betrogen. Cunningham hatte recht, als er das Foto von Cornelius als die Art von Schnappschuß bezeichnete, die Verliebte bei sich tragen, aber er irrte sich, als er dachte, es gehöre Clare. Ich glaube, sie hat es irgendwo gefunden – in seiner Brieftasche, einem Jackett, einem Versteck. Ich glaube, sie hat es gestohlen in der Absicht, es als Beweis für seine Beziehung zu Cornelius zu verwenden. Als ihnen ihre Absichten klar wurden, war ihr Schicksal besiegelt. Den Mord als einen Terroranschlag auf Dysart zu tarnen war ein Meisterstück. Und es war klug angestellt. Nach Aussage der Polizei wies er alle Merkmale der IRA auf. Die IRA hat sich sogar dazu bekannt. Oder jemand in ihrem Namen. Doch wer kennt die Codeworte, die ein IRA-Sprecher benutzen würde, besser als ein Staatsminister? Dadurch blieben sie völlig unverdächtig.«

»Aber nicht für dich.«

»Nicht wirklich. Solange irgendwelche Verdächtigungen meinerseits als Symptome einer Geisteskrankheit abgetan werden konnten, stellte ich keine Bedrohung dar. Außerdem glaubte ich tatsächlich, daß ich mir alles nur eingebildet hatte. Dr. Kingdom hat mich davon überzeugt. Ebenso Dysart. Er war so freundlich, so ruhig, so anders, als man sich einen Mörder vorstellt. Er gab zu, daß Clare ihn erpreßt hatte, aber er belog mich, was den Grund anging, und überzeugte mich davon, daß ihr Tod reiner Zufall gewesen sei. Ich gab mir alle Mühe, das zu glauben. Ich nahm seine Einladung in die Villa an. Ich fuhr nach Rhodos. Ich lernte dich kennen. Und jeden Tag sagte ich mir : Vergiß das alles, amüsier dich, entspanne dich, erhol dich, beweise, daß du gesund bist. Du hast mir dabei geholfen, Harry. Du hast von nichts gewußt. Du warst mein Prüfstein für die Normalität: liebenswürdig, beruhigend und nicht unfehlbar.«

Kaum besser als ein alter, schäbiger Labrador, dachte Harry, sprach es aber nicht aus, das war also die Rolle, die er für kurze Zeit in Heathers Leben gespielt hatte. Es war nicht genug. Es war nicht das, was er erstrebt hatte. Aber es war alles, was ihm gewährt worden war. Und jetzt war er froh darüber, daß es im Wagen so dunkel war und man seine Enttäuschung nicht sehen konnte.

»Als Dr. Kingdom mich besuchte, muß er beruhigt gewesen sein, festzustellen, daß ich nicht länger an etwas Verdächtiges an Clares Tod glaubte. Was er jedoch nicht erkannt haben konnte, war, daß es die Umgebung war, nicht Logik oder Vernunft, die meine Denkweise verändert hatte. Auf Rhodos scheint alles weit zurückzuliegen und weit entfernt zu sein, übertrieben, irrational, nicht wert, daß man sich darüber Sorgen macht.«

»Doch das änderte sich, als du Cornelius gesehen hast?«

»Ja. Ganz und gar. Er saß auf der Bank vor dem Postamt und las in einer Zeitung. Mein Herzschlag setzte fast aus, als ich ihn erkannte. Bis dahin war es mir gelungen, zu glauben, daß meine Theorien, wenngleich plausibel, unbegründet waren – sie konnten einfach nicht stimmen. Aber Dysart hatte am Tag zuvor angerufen, um mir mitzuteilen, daß er in offizieller Mission nach Rhodos kommen und am darauffolgenden Montag in Lindos sein würde. Mit diesem Wissen konnte die Anwesenheit von Jack Cornelius auf der Insel nur eines bedeuten: Sie planten, mich umzubringen. Mein einziger Vorteil – meine einzige Hoffnung – war, daß sie nicht wußten, daß ich über sie im Bilde war. Da ich vermutete, daß sie es auf dieselbe Tour wie zuvor versuchen würden – ein vorgetäuschter

Terroristenanschlag auf Dysarts Leben, der ein unschuldiges Opfer fordert –, hatte ich Zeit bis Montag, um meine Flucht zu arrangieren. Doch einfach nur wegzulaufen war nicht gut. Das hätte den Tag der Abrechnung nur hinausgezögert. Ein unerklärtes Verschwinden schien die einzige Lösung. Ich habe mich während des Wochenendes, das ich auf dem Weg nach Rhodos bei ihr verbrachte, Sheila anvertraut, und sie hat mir angeboten, mich im Notfall bei sich zu verstecken. Sie war die einzige Person, die meinen Verdacht ernst genommen hat. Und Dysart hatte von ihrer Existenz keine Ahnung. Also nahm ich an, daß das eine gute Möglichkeit war, daß er mich nie aufspüren könnte. Als ich mich mit ihr in Verbindung setzte, willigte sie sofort ein, mir zu helfen. Sie ist mir eine gute Freundin gewesen, Harry – eine sehr gute.«

»Wie bist du auf den Profitis Ilias gekommen?«

»Ich war schon vorher dort gewesen. Ich kannte die Gegend ziemlich gut. Es war relativ nahe beim Flughafen, und man konnte ihn über verschiedene Straßen erreichen. Außerdem besaß er eine besondere, eher beunruhigende Atmosphäre. Du mußt es selbst gespürt haben.«

»Oh, ja. Ich habe es gespürt.«

»Ich hoffte, es würde die Vermutungen, daß ich ermordet oder entführt worden sei, verstärken. Deshalb ließ ich auch meinen Schal zurück.«

»Nachdem du weg warst, hörte ich einen Pfiff. War das Sheila?«

»Ja. Das war ihr Signal, damit ich sie besser finden konnte. Sie wartete in einem Mietwagen auf der anderen Seite des Berges. Sie hatte den weiten Weg außen herum durch Embona gemacht, um dorthin zu kommen, und wir nahmen auch einen Umweg zurück zum Flughafen, durch Apollona, um sicherzugehen, daß niemand sie hin- und zurückfahren sah. Selbst dann hatten wir noch genügend Zeit für den Fünf-Uhr-Flug nach Athen. Da es ein Inlandflug war, mußte ich weder meinen Paß vorzeigen noch meinen Namen angeben.«

»Also warst du schon von der Insel weg, bevor ich überhaupt Alarm geschlagen hatte.«

»Es tut mir leid, Harry, wirklich. Es war nicht fair von mir, dich so im Stich zu lassen. Aber was hätte ich sonst tun sollen? Ich konnte dich nicht einweihen. Ich konnte keinerlei Spur zurücklassen, der Dysart folgen würde.«

»Aber du hast eine Spur zurückgelassen.«

»Die Fotos? Ja, das war dumm von mir. Ich hatte sie gebraucht, um die Orte, an denen ich gewesen bin, zu protokollieren. Sie waren meine geheimen Symbole für alle Entdeckungen. In der Eile des Aufbruchs habe ich sie vergessen. Später gab ich sie als verloren auf. Statt dessen waren sie bereits in deinen Händen.«

»Und was hatte es mit den Postkarten auf sich, die du im Auto gelassen hast? Von Silenus und Aphrodite?«

»Was es mit ihnen auf sich hatte? Ich habe einfach zwei an einem Stand in Rhodos gekauft. Sie hätten auch irgend sonst etwas darstellen können. Ich hoffte, sie würden die Vorstellung bestärken, daß ich die Absicht hatte, den Wagen zurückzubringen.«

Harry wußte nicht, ob er lachen oder weinen sollte. Die Postkarten hatten keine Bedeutung gehabt. Sie hatten keine Botschaft verborgen. Sie hatten kein Geheimnis enthalten. Sie waren einfach nur zwei unbedeutende Bestandteile der Farce, in der er die Rolle des gefälligen Narren gespielt hatte. Und jetzt war auch die letzte Hoffnung, daß er eine verdienstvollere Rolle in Heathers Leben gespielt hatte, zerbrochen. Er hatte kaum noch den Mut, zuzuhören, was sie noch zu sagen hatte.

»Weißt du, was mir wirklich Angst macht, Harry? Nicht der Gedanke, daß er mich umbringen wird, wenn er die Gelegenheit dazu erhält, sondern der Gedanke an jeden einzelnen dieser Toten, die er über die Jahrzehnte hinweg aneinanderreihte. Clare war nur die letzte. Vor ihr war Willy Morpurgo. Er wurde zwar nicht umgebracht, ich weiß, aber er hätte ebensogut tot sein können. Dann Ramsey Everett. Was denkst du, hat er getan, um Dysart zu provozieren? Nach Aussage Ockletons war er so etwas wie das schwarze Schaf in der Tyrell-Gesellschaft: ein Amateurdetektiv, der zum Zeitvertreib die geheimen Verfehlungen seiner Kommilitonen ausgrub. War das sein Fehler? Hat er eine geheime Schuld gefunden, die Dysart zu verbergen suchte? Und wenn es so war, worum handelte es sich? Seine Beziehung zu Cornelius? Etwas anderes?«

Ein gequältes Lächeln erschien auf Harrys Lippen. Heather, das mußte er daraus schließen, wußte nicht, daß Dysarts ganze Identität in Frage stand. Chipchases Erinnerungen hatten ihn davon überzeugt, daß Heather um das Geheimnis von Dysarts Leben, das auf einem Friedhof in Birmingham begraben lag, wußte. Doch dem war nicht so. Nach all ihren Forschungen nach dem Geheimnis war sie weiter von der Wahrheit entfernt als er selbst.

»Ich habe oft darüber nachgedacht, wie ein Mensch sein muß, der solche Morde plant und begeht: kalt, berechnend, skrupellos, findig, ohne Gnade und Gewissen, frei von Zweifel und Unsicherheit. Aber ist Dysart wirklich so? Du kennst ihn besser als ich, Harry. Was glaubst du? Ist dies der wahre Charakter von Alan Dysart?«

»Ich weiß es nicht.« Harry hörte, wie seine Stimme fortfuhr zu sprechen, aber aus der Entfernung, so, als sei es nicht mehr seine eigene. »Du erzählst mir diese Dinge über Dysart, und sie scheinen zu stimmen, aber was mich angeht, könntest du genausogut über einen völlig anderen

Menschen sprechen. Einen Fremden. Jemanden, den ich nicht kenne. Jemanden, dem ich nie begegnet bin.«

Zehn Minuten waren vergangen. Das Auto stand immer noch auf dem von der Dunkelheit eingeschlossenen Fleck, aber Harry war nicht mehr drin. Etwas über das Bedürfnis murmelnd, sich die Beine zu vertreten und frische Luft zu schnappen, hatte er Heather sich selbst überlassen, und nun saß er dreißig Meter entfernt auf einer niedrigen Mauer und trank den Whisky, den er vorher im Flughafen gekauft hatte. Er hatte Heather versprochen, in der Nähe zu bleiben und das Auto im Auge zu behalten, also galt sein Wort noch, selbst wenn Heathers Glaube an ihn nicht mehr vorhanden gewesen wäre, wenn sie gewußt hätte, wie brüchig seine Zuversicht geworden war.

Ramsey Everett. Willy Morpurgo. Clare Mallender. Ihre Namen hatten sich in seinem Kopf zu einem Mantra von Verständnislosigkeit geformt. Er dachte an Alan Dysart, ewig jung, goldblond und lächelnd. Er dachte an all die Gefälligkeiten, die ihm dieser Mann erwiesen hatte, den er nun für einen Mörder halten mußte. Und noch immer war allein schon der Gedanke daran absurd und weit entfernt. Es konnte nicht sein. Es konnte niemals so gewesen sein. Und doch, und doch. Bis auf Morpurgo waren sie tot. Was das betraf, konnte es keinen Zweifel geben. Und das waren noch nicht alle. Da gab es noch einen in der Reihe, von dem Heather nichts wußte: Alan Dysart selbst, der Alan Dysart, dessen Grab Barry Chipchase gesehen hatte.

Er nahm einen letzten Schluck aus der Whiskyflasche und ließ sie wieder in seine Tasche gleiten. Was immer noch für ihn zu tun blieb, er konnte es sich nicht erlauben, sich zu betrinken, obwohl die Verheißung, alles zu vergessen, köstlich erschien. In ein paar Stunden würden sie auf Rhodos sein. Sie würden dann eine Art Zufluchtstätte gefunden haben. Aber was dann? Selbst wenn Miltiades sie ernst nahm und bereit war, Heather Schutz zu gewähren, was sollte Harry tun? Auf Rhodos bleiben? Nach England zurückkehren und Dysart gegenübertreten? Er wußte es nicht. Wie lange und angestrengt er auch nachdachte, er fand keine Antwort.

Er seufzte und rieb sich die Augen. Er dachte an die Psarotaverna, wo er und Heather zu Mittag gegessen hatten, bevor sie zum Profitis Ilias hinaufgefahren waren. Das war vermutlich das letzte Mal gewesen, daß er sich wohl und zufrieden gefühlt hatte. Seither hatten ihm Zweifel und Verdächtigungen jede Möglichkeit abgeschnitten, sich von der Welt zurückzuziehen. Zweifel, Verdächtigungen und die verrückte, sich selbst schmeichelnde Vorstellung, Heather zu finden und seine Ankläger zu widerlegen. Nun, er hatte es geschafft. Und jetzt wünschte er, er hätte es nicht getan.

Er zitterte. Es war kalt hier draußen, allein in der Dunkelheit, mit einer kühlen Brise, die vom Meer herüberwehte. Noch hatte er nicht den Wunsch, zum Wagen zurückzukehren. Er hatte Heather nichts zu sagen, und sie, um ehrlich zu sein, hatte ihm nichts zu sagen. Angst und Not ketteten sie aneinander. Freundschaft und Loyalität hatte es nur in seiner Vorstellung gegeben. Er griff in seine Jackentasche nach den Zigaretten, die er zusammen mit dem Whisky gekauft hatte: *Karelia Sertika* natürlich. Er zog mit den Lippen eine heraus und kicherte wehmütig. Heather konnte sich auf ihn verlassen. Auch wenn sie es nicht wußte, konnte sie auf ihn vertrauen. Er würde sein Bestes für sie geben. Er würde es tun, um es ihr zu beweisen. Er klopfte seine Taschen auf der Suche nach Streichhölzern ab, fand sie und zog die Schachtel heraus.

Plötzlich war eine Flamme und Hitze vor seinem Gesicht. Nicht von den Streichhölzern. Die Schachtel lag immer noch ungeöffnet in seiner Hand. Es war das blaugelbe Aufflammen eines Feuerzeugs. Als er sich umdrehen wollte, bemerkte er eine große, dunkel gekleidete Gestalt, die unmittelbar hinter ihm stand und sich über seine Schulter vorbeugte und ihm das Feuerzeug hinhielt.

»Feuer, Harry?« Er türmte sich vor ihm auf, sein düsteres, in Schatten gehülltes Gesicht starrte auf ihn herunter wie ein Raubvogel, der einen kurzen Moment zögert, bevor er seine Beute schlägt. »Ich darf Sie doch Harry nennen, nicht wahr?« Es war Jack Cornelius. Und der Name löste bei Harry eine Flut von Angst aus, überschwemmte mit schrecklicher Geschwindigkeit jeden seiner Gedanken.

57

Cornelius löschte das Feuerzeug. Er ließ seine Hand auf Harrys Schulter gestützt, während er über die Mauer kletterte und sich neben ihn setzte. »Ich wäre Ihnen dankbar«, sagte er, »wenn Sie sich nicht bewegen oder laut schreien würden.«
In seiner Stimme lag eine Sanftheit, ein Zischen, das die Bestimmtheit des Befehls unterstrich. »Ich glaube, daß Heather Sie noch für eine kleine Weile nicht vermißt, oder?«

Harry schluckte mühsam. Es ging ihm der Gedanke durch den Kopf, daß er behaupten könnte, Heather erwarte ihn jeden Augenblick zurück, und daß sie, wenn er nicht bald zurückkehrte, die Anweisung hätte wegzufahren. Aber schon allein Cornelius' Art machte ihm klar, daß Lügen zwecklos war. Ebenso wie sein kraftvoller Griff auf Harrys Schulter ihm zu verstehen gab, daß jeder Fluchtversuch vergeblich wäre.

»Sie fragen sich vielleicht, wie lange ich schon hier bin. Die Antwort lautet, ebenso lange wie Sie. Ich bin Ihnen von Iraklio aus gefolgt, nachdem ich Zeuge ihrer etwas unbeholfenen Vorsichtsmaßnahmen geworden bin. Ich war schon dort, als Sie eintrafen, um ihre eilige Rettungsaktion zu starten. Ich habe auf Sie gewartet, Harry, und Sie haben mich nicht enttäuscht.«

Es schien Harry unmöglich, zu sprechen oder sich zu bewegen. Die Hand auf seiner Schulter, der tückische Tonfall in Cornelius' Stimme, das Wissen um das, was Clare Mallender und den anderen passiert war: All das hielt ihn in einer lähmenden Umklammerung fest.

»Ich habe nicht viel Zeit, Harry. Sie müssen entschuldigen, wenn ich mich kurz fasse. Wieviel hat Heather Ihnen erzählt – was haben Sie selbst für Schlüsse gezogen – über Alan und mich?«

Harry bemühte sich, eine Antwort zu formulieren. »Sie glaubt ... ich glaube ... daß Sie ... daß Sie ...«

»Wie zimperlich wir sind, wie prüde. Nun, ich werde Ihnen den Versuch ersparen, unsere Beziehung zu beschreiben. Sie ist für so lange Zeit ein Geheimnis gewesen, daß es schwierig ist, die richtigen Worte dafür zu finden. Es genügt, wenn ich sage, daß Alan mir mehr bedeutet als jeder andere Mensch. Ich bin zu allem Erdenklichen bereit gewesen, um ihn zu beschützen.«

»Wie zum Beispiel Mord?«

»Ja. Auch zu Mord. Ich werde das Unentschuldbare nicht zu entschuldigen versuchen, aber lassen Sie mich Ihnen eine Frage stellen: Haben Sie jemals geliebt? Vielleicht nicht. Vielleicht haben Sie nie erlebt, wie es ist, wenn man bereit ist, für den Menschen, den man liebt, zu sterben. Nun, von da aus ist es nur ein kleiner Schritt, auch bereit zu sein, für ihn zu töten. Ein sehr kleiner Schritt. Und ich gestehe, ihn getan zu haben. Sie kennen die Ereignisse, auf die ich mich beziehe. Sie kennen sie zwar, aber Sie verstehen sie nicht genau. Habe ich recht? Ich möchte, daß Sie sie wirklich verstehen, Harry.«

Solange Cornelius weitersprach, bestand Hoffnung auf Rettung oder Aufschub. An diese Hoffnung klammerte sich Harry. »Weshalb erklären Sie mir nicht einfach die näheren Umstände?« sagte er ruhig.

»Oh, ich habe die Absicht, Harry, wirklich. Wo sollen wir anfangen. In Oxford natürlich. Am Breakspear College. Wo Alan und ich uns zum erstenmal begegnet sind. Unsere Rettung und unser Untergang zugleich. Ich kam dorthin als der gescheiterte Mönch, dessen Veranlagung seine Berufung zerstört hatte. Alan war ein junger Mann, dessen materieller Reichtum seiner emotionalen Bedürftigkeit entsprach. Über eine lange Zeit hinweg versuchten wir, der Kraft zu widerstehen, mit der wir uns voneinander angezogen fühlten. Und als wir erst einmal unseren Widerstand aufgegeben hatten, wurde uns bewußt, wie gut wir zusammenpaßten. Von Anfang an hielten wir uns jedoch an die Vereinbarung totaler Geheimhaltung. Obwohl wir im selben Zimmer wohnten und sehr viel Zeit miteinander verbrachten, hatten wir niemals den Eindruck erweckt, daß wir uns liebten. Genaugenommen war unsere Beziehung ungesetzlich, zumindest bis Alan einundzwanzig war, doch das war nicht der Grund für unsere Geheimhaltung. Der Grund dafür war Alans Ehrgeiz, Marineoffizier und zu gegebener Zeit Politiker zu werden, eine Karriere, die einem als homosexuell bekannten Mann verschlossen geblieben wäre. Ich gestehe, daß ich, als sich unsere Zeit in Oxford dem Ende näherte, Angst vor unserer Trennung hatte. Ich begann den Verdacht zu hegen, daß Alan mich verlassen würde, daß er es vielleicht für notwendig erachten würde, die Liebe, die er für mich empfand, zu leugnen. Ich sehnte mich nach einer Möglichkeit, uns aneinanderzubinden, uns einander unwiderruflich zu verpflichten, damit uns die Zukunft, was immer sie bringen würde, nicht trennen konnte. Das ist vermutlich der Grund, warum ich bereit war, Alan zu helfen, als er mir erzählte, daß er Ramsey Everett getötet hatte.«

»Warum hat er ihn getötet?«

»Warum? Weil Ramsey Everett ein abstoßendes und habgieriges Individuum war. Weil er es verdiente, umgebracht zu werden. Er beneidete Alan um seine Beliebtheit in der Tyrell-Gesellschaft, beneidete ihn auch um sein Vermögen. Er wühlte in Alans Vergangenheit wie der Rüsselkäfer und versuchte, ihn mit dem, was er herausgefunden hatte, zu erpressen. Er wollte Geld, versteht sich. Nichts Großartiges, nur eine Handvoll schmutziges Bargeld. Alan lehnte ab. Everett stellte ihm ein Ultimatum: das Festessen am Abend des St.-Georgs-Tages. Und während wir in einem Raum aßen und tranken, bekam Everett seine Antwort in einem anderen Zimmer. Ein Streit neben einem offenen Fenster, ein Kampf, ein Stoß, ein Fall: Wenn das Mord war, könnte ich niemandem die Schuld dafür geben, am wenigsten dem Mann, den ich liebte. Leider war Willy Morpurgo Zeuge dieses Vorfalls. Und er glaubte, daß es Mord gewesen sei. Er drohte, Alan bei der gerichtlichen Untersuchung zu beschuldigen. Alan bat mich dringend um Hilfe. Wir kamen überein, daß Willy, wenn er genügend eingeschüchtert würde, den Mund hielte. Daher der Ausflug nach Burford. Die Sabotage an seinem Wagen war nur als Warnung gedacht, nichts weiter. Alan beabsichtigte, ihn nicht im Zweifel darüber zu lassen, daß ein ernsthafterer Unfall arrangiert werden könnte, wenn er weiterhin darauf bestünde zu reden. Wie Sie wissen, ist alles viel schlimmer gekommen als geplant. Armer Willy. Er ist jetzt ganz zufrieden mit seinem Schicksal, höre ich. Das ist mehr, als die meisten von uns behaupten können.«

»Wenn das eine Rechtfertigung sein soll ...«

»Nein. Keine Rechtfertigung. Eine Erklärung. Ein Erpresser tot. Ein ehrlicher Narr verkrüppelt. Ich hatte das Gefühl, daß mein Gewissen derartige Vergehen verkraften konnte. Ich denke immer noch so. Auch Clare Mallender. Sie war ebenso eine Erpresserin wie Ramsey Everett. Und was sie zu enthüllen drohte, war sehr viel ernster, obgleich ich zugebe, daß sie nicht die leiseste Ahnung hatte, worum es wirklich ging.«

»Sie hatten bei ihrer Ermordung die Hand im Spiel?«

»Ich billigte sie. Ich ermöglichte sie. Gut, ich war ein Komplize. Um ehrlich zu sein, ich hatte keine andere Wahl. Es ging um ihr Leben – oder um meins.«

»Das bestimmt nicht. Es ging höchstens um Ihren Ruf ...«

»Es ging um mehr als das. Weit mehr. Es ist an der Zeit, daß Sie erfahren, um wieviel mehr. Zwanzig Jahre sind seit Oxford vergangen, Harry, zwanzig Jahre, während deren Alan und ich in den Augen der Öffentlichkeit getrennte Wege gegangen und einander doch treu geblieben sind, unserer Liebe treu, wenn nichts anderem. Alan ist ein Held seines Vaterlandes, ein Minister seiner Regierung, ein Wortführer für alles, was die Regierung tut oder glaubt. Und ich? Was bin ich? Ein Schullehrer in mittleren Jahren. Ich bin aber auch noch etwas anderes, Harry, etwas völlig anderes. Ich bin ein Patriot. Ein irischer Patriot.«

»Das heißt?«

»Das heißt, daß ich Leute rekrutiere, ich leite Informationen weiter, ich trage Nachrichtenmaterial zusammen, ich widme mich der Erziehung des Nachwuchses, ich unterstütze die Sache der irischen Einheit, ich nehme am Kampf zur Befreiung meines Landes von der britischen Besatzung teil. Glauben Sie, die IRA besteht aus nichts anderem als Blutrunst und Besessenheit? Denken Sie vielleicht, daß sie all diese Jahre überlebt hat und aufgeblüht ist ohne die Unterstützung einflußreicher und gebildeter Sympathisanten? Dutzende junger irischer Katholiken kommen jedes Jahr zu mir nach Hurstdown. Ich widme mich denen, die Vorstellungskraft und Wahrnehmungsvermögen besitzen, mit großer Aufmerksamkeit. Ich überwache ihre intellektuelle Entwicklung, um einige wenige auszuwählen. Bevor sie die Schule verlassen, erkläre ich ihnen, wie sie denen, die für sie kämpfen und sterben, praktische Hilfe leisten können. Sie wären, glaube ich, überrascht, wenn sie wüßten, wie viele von denen uns jetzt, in ihren sehr unterschiedlichen Positionen und Berufen, auch weiterhin helfen. Einige sind wohlhabend, einige berühmt, einige einflußreich. Alle haben eine Rolle übernommen. Und alle tun es auf mein Betreiben hin.«

Stolz klang in Cornelius' Stimme mit, ein lebhaftes Gefühl der Freude über die geheime Rolle, die er gespielt hatte. Doch für Harry gab es nur das aufsteigende Gefühl der Angst vor einer beharrlichen Frage: Warum war er bereit, soviel preiszugeben? »Weiß ... weiß Alan das?«

»Natürlich. Wie könnte es anders sein? Er wußte es, bevor ich die Stelle in Hurstdown annahm. Man könnte sogar sagen, er hat es immer gewußt, das heißt, er hat immer gewußt, wofür mein Herz schlug, wenn es um irische Angelegenheiten ging.«

»Aber ... aber er ist ein Minister in ...«

»... der britischen Regierung. Genau, Harry, genau. Wir sind Gegner im bewaffneten Kampf. Wir schulden zwei unterschiedlichen und einander bekämpfenden Traditionen Ergebenheit. Und doch schulden wir uns auch gegenseitig Ergebenheit. Vom Verstand her stimmt er zu, daß die Briten keinen Platz und kein Recht in Irland besitzen, keinen Platz, den sie nicht mit irischem Blut befleckt, kein Recht, das sie nicht aus irischen Händen gestohlen hätten. Aber in der Öffentlichkeit muß er sich als Bekenner einer anderen Version der Geschichte darstellen. Ich will jetzt nicht mit Ihnen darüber debattieren. Ich werde keinen Vortrag für die

Sache halten oder Sie bekehren. Wie die meisten Ihrer Landsleute wissen Sie wohl soviel über Irland wie über Madagaskar oder den Mars. Lassen wir es also dabei bewenden. Worauf es ankommt, ist folgendes. Eines der wenigen Dinge, die ich nicht für mein Land tun würde, ist, meine Liebe zu Alan zu verraten. Ich habe nie versucht, irgendwelche Informationen aus ihm herauszubekommen. Ich habe niemals danach getrachtet, unsere Beziehung zum Wohl der Organisation auszunutzen, der ich auf andere Weise so eifrig diene. Meine Kompatrioten würden meine Beweggründe nicht verstehen. Sie würden mein Verhalten als Verrat betrachten. Sie würden annehmen, daß, wenn ich Alan nicht korrumpiert habe, er mich korrumpiert haben muß. Deshalb konnte ich nicht zulassen, daß uns Clare Mallender bloßstellt. Nicht, weil es den politischen Ruin für Alan bedeutet hätte, sondern weil es mich als Verräter abgestempelt hätte, als einen Verräter, für den nur eine Strafe als angemessen gegolten hätte.«

»Der Tod?« fragte Harry heiser.

»Ja.« Cornelius' Stimme klang fast versonnen, als er zustimmte. »Tod. In solchen Fällen weder schnell noch schmerzlos. Und nun, da noch jenes andere Vergehen hinzugekommen ist, wird sich jedes Mitglied der Organisation gezwungen sehen, dafür zu sorgen, daß das Urteil vollstreckt wird.«

»Was denn?«

»Ich habe Alan die Sorte Sprengstoff und den Apparattypus beschafft, die normalerweise von der IRA verwendet werden. Ich verschaffte ihm die Codeworte, die wir benutzten, um die Polizei davon zu überzeugen, daß die IRA die Bombe gelegt hatte, von der Clare getötet wurde. Ich verriet die Operationsgeheimnisse der IRA zu meinem eigenen Vorteil. Kurzum, Harry, ich habe die beiden Welten, die ich siebzehn Jahre lang mühevoll getrennt gehalten hatte, miteinander vermischt. Und ich habe fest geglaubt, ich könnte den Folgen einer solchen Handlungsweise entkommen. Armer Idiot. Armer Jack Cornelius.«

Der Griff um Harrys Schulter spannte sich fester. Überall um ihn herum war Dunkelheit und Isolation. Seine ganze Zukunft schien auf den knappen Radius seiner Sichtweite beschränkt zu sein, begrenzt auf das, was immer der Mann an seiner Seite sagen oder zulassen würde. Er zwang sich zum Sprechen. »Was wollen Sie nun tun?«

Cornelius kicherte. »Nichts. Harry. Überhaupt nichts. Ich habe bereits getan, was getan werden mußte. Ich habe alles geregelt.«

»Ich verstehe Sie nicht.«

»Nein. Aber bald werden Sie es verstehen. Sie haben auf der Suche nach Heather viel über Alan erfahren, nicht wahr? Nun, ich auch. Und was ich erfahren habe, hat mich dazu gebracht, die Möglichkeit zu erwägen, daß die Tötung von Ramsey Everett vorsätzlich geschah und daß Willy Morpurgos Unfall von vornherein mit einem tödlichen Ausgang geplant war. Können Sie mir jetzt folgen, Harry? Erkennen Sie, worauf solche Erwägungen schließen lassen?«

»Ich … ich weiß nicht.«

»Er hat mich hintergangen, Harry. Er ist nicht so, wie ich dachte. Er ist zu weit gegangen. Der Mann, den ich liebe, hat mich betrogen. Ramsey Everett und Clare Mallender waren Erpresser. In gewisser Weise haben sie ihre Strafe verdient. Aber bei Heather ist es etwas anderes. Sie hat nichts getan. Sie hat kein Verbrechen begangen. Sie hat niemanden bedroht.« Cornelius schwieg für einen Augenblick, dann fuhr er, in beherrschterem Tonfall als zuvor, fort. »Ich bin an Clares Ermordung ebenso schuldig wie Alan. Das leugne ich nicht. Aber ich wollte unbedingt sicherstellen, daß damit nun Schluß war. Es konnte nicht so weitergehen. Das war für mich das letzte Mal, das allerletzte Mal. Als Alan davon überzeugt war, daß Heather der Wahrheit zu nahe kam, dachte er, wir könnten den Trick wiederholen. Ich habe nicht versucht, ihm das auszureden. Ich konnte erkennen, daß er nicht davon abzubringen war. Es hätte noch eine Bombe gegeben, in der Villa, während seines Besuches in Rhodos, noch eine Frau, die Opfer eines Unfalls wird. Aber ich bin ihm zuvorgekommen. Ich willigte ein, ihm zu helfen. Ich anerbot mich, vor ihm nach Rhodos zu reisen und die Operation im Detail zu planen. Statt dessen sorgte ich dafür, daß Heather mich sehen und Angst bekommen würde.«

»Sie wollten, daß Sie von ihr gesehen werden?«

»Natürlich. Haben Sie gedacht, ich wäre so fahrlässig, zuzulassen, daß sie bemerkt, daß ich auf ihrer Fährte bin, wenn es nicht in meinen Plan gepaßt hätte? Ich wußte, wie sie reagieren würde, obgleich ich zugeben muß, daß mich das Brimborium dabei überraschte. Mein Besuch in Rhodos war eine Warnung. Es war meine Art, sie auf die Gefahr, in der sie schwebte, aufmerksam zu machen.« Cornelius erlaubte sich ein trockenes, freudloses Kichern. »Ich weiß, was Sie jetzt denken, Harry. Weshalb sollte jemand, der Beihilfe zu Attentaten und Brandanschlägen in Nordirland leistet, sich über die Exekution einer auf lästige Weise neugierigen Engländerin auf Rhodos Gedanken machen? Weshalb sollten Blut und Bomben in Belfast mein Gewissen weniger belasten als ein Mord in Lindos? Geben Sie es zu. Sie haben sich diese Fragen gestellt, stimmt's?«

»Vermutlich.«

»Nun, hier ist die Antwort, wenn ich auch nicht erwarte, daß Sie mir beipflichten. Die Organisation, der ich diene, ist in einen moralisch gerechtfertigten Krieg verwickelt. Doch der Mord an Heather Mallender könnte nicht mit moralischen – oder anderen – Gründen gerechtfertigt werden. Ich habe mein Glaubensbekenntnis und werde mein eigener Beichtvater sein. Ich suche weder Ihre Billigung noch Ihren Trost. Aber seien Sie versichert: Ich stelle keine Gefahr für Sie dar.«

»Was ... Wenn das so ist, warum sind Sie dann hier?«

»Um die Jagd abzublasen. Um einen unnötigen Rückzug zu unterbrechen. Vielleicht hätte ich früher handeln sollen, aber ich konnte mir nicht vorstellen, daß Sie sie jemals finden würden. Um offen zu sein, Sie schienen mir für die Aufgabe nicht die notwendigen Voraussetzungen mitzubringen. Alan konnte ihre Fähigkeiten eindeutig besser beurteilen als ich. Nicht, daß er mir alles über die Nachforschungen erzählt hätte, die Sie für ihn angestellt hatten. Ich glaube, er begann in dem Moment an meiner Loyalität zu zweifeln, als Heather geflohen ist. Ich glaube, er betrachtete Sie als zuverlässiger und auch als gefügiger. Hätte er mich natürlich eher ins Vertrauen gezogen, hätte ich ihm sagen können, daß Dr. Kingdom Heather keinen Unterschlupf gewährte und daß er nichts bewirken würde, wenn er Sie in die Irre führte und Sie in diesem Glauben ließ. Wie die Dinge standen, hatte er mich nicht über den vollen Umfang Ihrer Aktivitäten in Kenntnis gesetzt, bis gestern, kurz nachdem Sie ihm den Ort von Heathers Versteck mitgeteilt hatten. Ob er nun einen Verdacht hatte oder nicht, er brauchte meine Hilfe, um inkognito zu reisen, um als sein Spürhund zu agieren, um Heather zu bespitzeln und ihr Ableben zu planen.«

»Aber Sie haben sich geweigert?«

»Nein. Eine Weigerung hätte mir wenig genützt. Das zumindest war mir klar. Wenn man nicht für Alan ist, ist man gegen ihn. Wenn man nicht sein Freund ist, ist man sein Feind. Ich konnte erkennen, daß sich mein Status in der Schwebe befand, deshalb stimmte ich mit der größtmöglichen Begeisterung, die ich aufbringen konnte, zu. Ich bot mich an, sofort hierherzukommen und Heathers Schritte zu überwachen, bis wir zuschlagen konnten. Zu diesem Zeitpunkt muß er noch ...« Cornelius' Stimme stockte. Er brach ab. Als er fortfuhr, glaubte Harry beinahe, er sei den Tränen nahe. »Ich habe ihm versprochen, daß dieses Mal nichts schiefgehen würde. Ich versicherte ihm, daß es keine Fehler geben würde. Und es wird auch keine geben. Bestimmt nicht.« Er ließ Harrys Schulter los. »Ich habe gewisse Vorkehrungen getroffen, die Heathers Sicherheit gewährleisten. Ich habe getan, was ich eigentlich hätte tun sollen, als Clare letztes Jahr zum ersten Mal zu mir kam. Aber sie war all das, was ihre Schwester nicht ist: arrogant, verwöhnt und überheblich. Sie drohte mir. Sie verletzte meinen Stolz. Das ist meine Entschuldigung dafür, daß ich den von Alan vorgegebenen Kurs eingeschlagen habe, den Kurs, für den ich jetzt bestraft werde. Ich dachte, dadurch daß ich Heather so viel Angst einjagte, daß sie sich versteckt hielt, könnte eine schreckliche Maßnahme verhütet werden. Aber dank Ihnen, Harry – dank Alan, der Sie zum Handeln verleitet hat –, ist mir keine andere Wahl geblieben, als den Vorhang vor der Lüge, die wir gelebt haben, fallenzulassen. Ich glaube, Sie kennen den Journalisten Jonathan Minter?«

»Äh ... Ja. Warum?«

»In der morgigen – ich sollte sagen, heutigen – Ausgabe des *Courier* wird ein Artikel von Minter auf der Titelseite erscheinen, der eine seit langem bestehende homosexuelle Beziehung zwischen einem Junior Minister in der britischen Regierung und einem Mitglied der IRA, das heißt zwischen Alan Dysart und mir, aufdeckt.»

Noch vor wenigen Minuten hatte sich Harry aus Angst vor dem Mann neben ihm geduckt. Jetzt war plötzlich alles verändert. Und die Angst machte der Verblüffung Platz. »Sie haben Minter alles gestanden?«

»Ich habe genug zugegeben, um Alan zu ruinieren, ja. Ich habe Minter bestimmte Briefe gegeben, die über die Art unserer Beziehung keinen Zweifel aufkommen lassen und die eindeutig belegen, daß Alan seit langem über meine Aktivitäten für die republikanische Sache Bescheid wußte. Daraufhin wird er mit Schimpf und Schande aus dem öffentlichen Leben gejagt werden. Er wird aus der Partei und der Gesellschaft ausgestoßen werden, wird ein Paria, ein Aussätziger sein, mit dem niemand etwas zu tun haben will. Die Morde habe ich nicht erwähnt. Das ist auch gar nicht nötig. Alan braucht die Bewunderung seinesgleichen. Das ist für ihn immer der größte Leistungsansporn gewesen. Sich diese Bewunderung zu bewahren, darauf war er stets am meisten bedacht. Sie jetzt verlieren zu müssen wird für ihn ein größerer Schlag sein als jede gesetzliche Strafe. Und wenn er sie erst einmal verloren hat, dann wird Heather keinerlei Bedrohung für ihn darstellen. So wird sie nichts mehr zu befürchten haben. Und auch Sie nicht.«

»Aber Sie sagten ... Sie sagten, daß die IRA, wenn sie jemals erfahren ...«

»... sie mich töten würden.« Cornelius tat einen tiefen Atemzug und stieß langsam die Luft wieder aus. »Sie werden mich umbringen, Harry, wenn sie mich jemals finden werden.«

»Sie kehren nicht nach England zurück?«

»Wohl kaum. Das käme einem Selbstmord gleich. Sie sehen mich am Anfang eines Nomadendaseins, in dem ich von einer Stadt zur anderen ziehe, von einem Kontinent zum nächsten, stets vorwärtsgetrieben, immer mit einem ängstlichen Blick über die Schulter.«

»Wie lange werden Sie auf der Flucht bleiben müssen?«

»Für immer. So lange, wie ich kann. So lange, bis sie mich erwischen.«

»Sie glauben, daß sie Sie erwischen werden?«

»Oh ja. Irgendwann. Wenn ich müde oder unachtsam werde. Wenn ich nicht mehr die Energie für eine ständige Flucht aufbringe. Dann werden sie mich finden.«

Die Nacht schien noch dunkler zu werden. Darin glaubte Harry die Gewißheit von Cornelius' Schicksal zu spüren, die Bestimmung, die sich jeden Tag und mit jedem Atemzug erfüllen würde. »Damit haben Sie Alan vernichtet. Aber Sie haben sich auch selbst ans Messer geliefert.«

»Mehr oder weniger, ja.«

»Wie konnten Sie das tun? Wo Sie doch die Konsequenzen kannten?«

»Ich hatte keine Wahl. Ich konnte nicht zulassen, daß Alan so weitermacht, und das war der einzige Weg, um ihm Einhalt zu gebieten. Als er mir erzählte, daß Sie Heather gefunden hatten, erkannte ich, daß es keine Alternative gab. Ich mußte handeln. Minter hatte seit langem etwas gegen Alan. Seine Reaktion auf das Material war die eines gierigen kleinen Jungen, der Weihnachten und ein paar Geburtstage zugleich feiern darf. Er wird gute Arbeit leisten. Aber er wird das Ziel, das damit erreicht werden soll, nicht verstehen, denn es ist mein Ziel.«

Cornelius hatte recht. Seine Methode war höchstwahrscheinlich die einzig richtige, um die mörderische Entwicklung von Dysarts Leben zu stoppen. Und deshalb konnte Harry nicht umhin, Bewunderung für ihn zu empfinden. Was er getan hatte, erforderte eine besondere Art von Entschlossenheit. Was er getan hatte, hätte er, Harry, selbst niemals fertiggebracht.

»Halten Sie mich für tapfer, Harry? Denken Sie, ich sei so mutig, daß es an Dummheit grenzt?«

»Vermutlich, ja.«

»Sie täuschen sich. Man kann leicht Mut aufbringen, wenn man keine andere Wahl hat. Erinnern Sie sich an Anthony Sedley, den Mann, der seinen Namen auf den Taufstein in der Kirche von Burford eingeritzt hat? Er hatte Angst, weil er wußte, daß sein Leben vielleicht verschont blieb, wenn er den Levellers abschwor. Er wurde nicht von einer verschlossenen Tür gefangengehalten, sondern von seiner eigenen Angst. Erst, wenn es keine Hoffnung auf ein Entrinnen mehr gibt, verschwindet die Angst. Und ich habe diese Hoffnung verloren, als ich erfuhr, daß die geplante und vorsätzliche Ermordung Clare Mallenders bei weitem nicht das erste Verbrechen dieser Art war, das Alan begangen hatte – und auch nicht sein letztes bleiben würde. Ich gestehe, daß das, was mich zuerst zu ihm hinzog, der Hauch von grenzenlosem Wagemut war, der ihn wie eine Aura umgab. Doch ich habe das volle Ausmaß dieses Wagemuts nie geahnt. Bis es zu spät war, habe ich nicht erkannt, daß Clare nur dem Beispiel Ramsey Everetts gefolgt war. Wissen Sie, was Alan mir erzählte, als wir uns am Freitag spät abends das letzte Mal trafen? Daß das Vergnügen, einen unentdeckten Mord zu begehen, jedes andere Vergnügen übersteige. Verstehen Sie, was das bedeutet? Die tiefere Bedeutung wurde mir erst später bewußt. Das Motiv, Everett aus dem Fenster zu stoßen, Morpurgos Auto zu sabotieren, die Artemis mit Clare an Bord in die Luft zu jagen, war völlig zweitrangig. Die Befriedigung, die Leute hinters Licht zu führen, bedeutete weit mehr als jeder Auslöser für diese Taten.«

»Was hat sie ausgelöst?« Das Bedürfnis, dies zu erfahren, erfaßte Harrys Denken wie ein plötzlich auftretender Durst. Bis jetzt hatte er nur Hinweise und kurze Einblicke bekommen. Nun sehnte er sich nach der ganzen Antwort, nach der lückenlosen Wahrheit.

»Über Clare und Morpurgo wissen Sie ja Bescheid. Was Everett betrifft, so war die Information, mit der er Alan zu erpressen versuchte, eine Provokation an sich.«

»Was war das für eine Information?«

»Das kann ich Ihnen nicht sagen.«

»Weshalb?«

»Ich bin an das Versprechen gebunden, das ich Alan vor zwanzig Jahren gab: daß ich niemals verraten würde, weshalb er Everett tötete.«

»Aber ...«

»Nein!« Cornelius' Stimme klang streng und gebieterisch, jeder Anflug von Schwäche war verschwunden. »Der Verrat, zu dem mich Alan gezwungen hat, reicht. Fragen Sie ihn selbst, und er wird Ihnen vielleicht die Wahrheit erzählen. Aber von mir werden Sie sie nicht zu hören bekommen.«

Cornelius' Ehrenkodex, wie verzerrt er auch sein mochte, war offensichtlich nicht zu beugen. Harrys einzige Hoffnung, mehr von ihm zu erfahren, war, das wenige, das er selbst von Chipchase gehört hatte, aufzudecken. Als er noch überlegte, ob es klug sei, ihm das zu sagen, blickte Cornelius auf das Leuchtzifferblatt seiner Armbanduhr und schnalzte mit der Zunge.

»Die Zeit vergeht, Harry. Die Druckerpressen des *Courier* haben aufgehört zu arbeiten. Züge rattern jetzt aus Londons Bahnhöfen, verteilen sich strahlenförmig wie die Risse auf einer von Steinschlag getroffenen Eisplatte, befördern ihre schmierigen mit Skandalen gespickten Bündel in die verschiedenen Ecken Großbritanniens. Bald werden die Lieferwagen der Großhändler auf verlassenen Straßen in jedes Städtchen von Penzance bis Inverness rasen, ihre Fracht neben den Milchkisten auf den

Türschwellen unzähliger Zeitungshändler abladen. Innerhalb weniger Stunden werden die Frühaufsteher unter Alans Wählern ihre Zeitungen hereinholen, und jene, die den *Courier* abonniert haben, werden beim Gähnen über ihrer ersten Tasse Tee einen schlaftrunkenen Blick auf die Titelseite werfen und sehen, was sie am wenigsten erwartet haben. Sie werden schlucken und stutzen und sich die Augen reiben und noch einmal schauen und feststellen, daß sie nicht träumen. Alan Dysarts Zeit ist vorbei. Und meine ebenfalls.« Er seufzte und stand auf. »Es ist Zeit, daß ich mich auf den Weg mache, Harry, Zeit, daß ich verschwinde.«

»Wohin wollen Sie?«

»An viele Orte. Es ist besser, wenn Sie es nicht wissen, besser, wenn niemand es weiß. Aber ich möchte Sie um einen Gefallen bitten.«

»Der wäre?«

»Sie werden Alan sehen, daran zweifle ich nicht. Sie müssen ihn sehen – so wie er Sie sehen muß. Deshalb habe ich Sie ins Vertrauen gezogen.« Warum Cornelius so sicher sein konnte, daß ein solches Treffen stattfinden würde, wußte Harry nicht, aber in seiner Stimme war eine Kraft und Zuversicht, die keinen Widerspruch duldeten. »Ich möchte, daß Sie ihm eine Nachricht überbringen. Würden Sie das tun?«

»Natürlich, wenn ich kann.«

»Sagen Sie ihm, daß er mir keine andere Wahl gelassen hat.«

»Sonst nichts?«

»Sonst nichts.« Cornelius atmete tief ein, straffte die Schultern und ging langsam davon. Dann, nach wenigen Schritten, blieb er stehen und blickte zurück. »Vielleicht eines noch.«

»Ja?«

»Sagen Sie ihm, daß ich ihm verzeihe.« Und noch bevor Harry etwas erwidern konnte, war Cornelius in die Nacht hinausgeeilt.

58

Ein Unterstaatssekretär des Verteidigungsministeriums unterhält seit mehreren Jahren eine homosexuelle Beziehung zu einem Sympathisanten der IRA. Dies ist die einzige Schlußfolgerung, die das Material, welches dem *Courier* exklusiv zur Verfügung gestellt wurde, zuläßt (Artikel Seite 2 und 3). Daß dies möglich war, stellt eine schockierende und skandalöse Anklage gegen die Überprüfungsmaßnahmen der Regierung dar und wirft eine Reihe beunruhigender Fragen auf über Verstöße gegen die innere Sicherheit, die mehrere Jahre zurückreichen. Der fragliche Minister – Alan Dysart, ein für seine Verdienste im Falkland-Krieg ausgezeichneter Marineoffizier …

Auf dem Larissa-Bahnhof in Athen herrschte Tumult. Die Menschen verreisten in Scharen. Es kam Harry so vor, als ob die halbe Stadt ihre Zelte abgebrochen hätte und, den Großteil ihres irdischen Besitzes im Gepäck, in den Venedig-Express einstiege. Verschnürte Koffer wurden von thessalonikischen Grandes Dames mit widerspenstigen Kindern und kläffenden Hunden im Schlepptau in den Zug gehievt. Pfiffe, Rufe, Geschrei und gereizte Gesten gingen zwischen einem lärmenden Rudel von Schaffnern und Gepäckträgern hin und her, die gegen den Fahrplan und ihre eigene Lethargie ankämpften. Währenddessen stand Harry, der ebensowenig Gepäck wie Energie besaß, neben einer offenen Tür und rief Heather, die Kakophonie um sie herum übertönend, seine Abschiedsworte zu.

»Du versprichst mir, daß du dich mit deinen Eltern in Verbindung setzt?«

»Ja, Harry, ich werde sie anrufen. Aber ich verspreche nicht, sie zu sehen. Ich werde sie wissen lassen, daß ich am Leben bin und daß es mir gutgeht, aber für den Augenblick wird das vielleicht genügen müssen.«

»Das genügt mir.«

»Ich verstehe immer noch nicht, warum du mit dem Zug zurückfährst.«

»Das liebe Geld.« Harry lächelte. »Durch diese ganzen Flüge bin ich knapp bei Kasse.« Obwohl dies nur ein nebensächlicher Grund dafür war, warum er die zweieinhalbtägige Bahnfahrt nach England bevorzugte.

»Wann wirst du ankommen?«

»Mittwoch nachmittag.« In Harrys Ohren klang das noch viel zu früh. Bis dahin mußte er sich entschieden haben, was er Alan Dysart oder dem, was der Wirbel von seinem ehemaligen Freund übriggelassen hatte, sagen wollte.

»Er tut dir leid, nicht wahr?«

»Was?«

Heathers Blick war scharfsichtig und aufmerksam. »Trotz allem, was er getan hat – trotz allem, was du über ihn erfahren hast, bemitleidest du ihn, nicht wahr? Du glaubst nicht, daß er all das, was Jonathan über ihn geschrieben hat, verdient.« Sie hielt ihre Ausgabe des *Courier* hoch.

»Oh, er hat es sehr wohl verdient.« Aber Harry wußte in dem Moment, als er es aussprach, daß Heather recht hatte. Er hatte Ramsey Everett nie kennengelernt. Er hatte nie mit Clare Mallender gesprochen. Sie waren weit entfernt von ihm und unwirklich. Sogar das Ausmaß, in dem er irregeführt und manipuliert worden war, erschien ihm unbedeutend klein, verglichen mit dem, was so viel Platz in seinen Gedanken einnahm: Cornelius auf seiner hoffnungslosen Flucht und Dysart von den Vorboten des öffentlichen Ruins belagert.

»Bis dann ist bestimmt alles schon vorbei, nehme ich an«, sagte Heather. »Er wird zum Rücktritt gezwungen worden sein.«

»Ja, wahrscheinlich.«

»Ich bin froh darüber, daß er büßen muß.«

»Das wäre ich auch, wenn ich in deiner Haut stecken würde.«

»Aber du bist es nicht, stimmt's?«

Nein. Harry war nicht froh. Er erinnerte sich, wie Dysart ihn einmal nachts betrunken von Barnchase Motors nach Hause gebracht hatte; wie er ihn vor Armut und Bankrott bewahrt, vor Arbeitslosigkeit und Selbstmitleid gerettet hatte. Was er Alan Dysart schuldete, konnte nur daran gemessen werden, was ohne seine Hilfe aus ihm geworden wäre. Deshalb konnte er keine Freude oder Genugtuung über Minters schadenfrohe Verurteilung empfinden. »Ich bin froh, daß es vorbei ist«, war alles, was er zu sagen imstande war.

»Das ist der wahre Grund dafür, warum du mit dem Zug fährst, nicht wahr? Um dem Schlimmsten aus dem Weg zu gehen.«

Ein Gewehrfeuer von Pfiffen und Türenschlagen befreite Harry von einer Antwort. »Ich muß gehen«, meinte er und stieg ein. Er schloß die Tür hinter sich und beugte sich zum offenen Fenster hinaus. »Also, leb wohl«, sagte er und lächelte gezwungen.

»Leb wohl, Harry.« Heather streckte sich, um ihn zu küssen, und für einen selbsttrügerischen Moment glaubte er, Tränen in ihren Augen glitzern zu sehen. »Und viel Glück.«

»Dir auch.« Harry fühlte sich erleichtert, daß die Gelegenheit für gegenseitige Beschuldigungen vorbei war, ohne daß welche ausgetauscht worden wären. Der Zug setzte sich ruckartig in Bewegung.

»Ich werde dir schreiben, ich verspreche es.«

»Tu das.«

»Und, Harry ...«

»Ja?«

»Es tut mir leid, weißt du.« Jetzt konnte es keinen Zweifel mehr geben: Sie weinte wirklich.

»Was?«

»Alles ...«

Das war das Letzte, was Harrys angestrengt lauschende Ohren hören konnten, da der Zug an Geschwindigkeit zulegte und die Abschiedsrufe der anderen um ihn herum zu laut waren. Er trat vom Fenster zurück, und dabei wurde ihm bewußt, daß er Heather wahrscheinlich nie mehr wiedersehen würde. Eine immer kleiner werdende Gestalt auf einem Bergpfad, ein verschwindendes Gesicht auf einem überfüllten Bahnsteig: Diesmal verstand er, was es zu bedeuten hatte. Er stolperte den Gang hinunter und fing an, einen Sitzplatz zu suchen.

Harry verfolgte die unmittelbaren Auswirkungen des Artikels im *Courier* in einigem Abstand, wofür er dankbar war. Er verminderte die Ungeheuerlichkeit dessen, was Dysart widerfahren war. Er machte es ihm möglich, so zu tun, als sei der darin verwickelte Mann nur ein in Ungnade gefallener Politiker, mit dessen Schicksal Harry nicht mehr zu tun hatte als jeder andere Reisende im Venedig-Express.

Nach den Londoner Morgenzeitungen vom Montag zu schließen, die Harry an diesem Abend während einer Stunde Wartezeit in Belgrad gekauft hatte, war Dysarts Rücktrittsgesuch sofort eingereicht worden. Ein Brief an den Premierminister, in dem er sein »tiefes Bedauern« über die Peinlichkeit und Aufregung, die der Artikel verursacht haben mußte, zum Ausdruck brachte und betonte, daß die Sicherheit ziviler oder militärischer Operationen in Nordirland zu keiner Zeit gefährdet gewesen sei, wurde ausführlich zitiert. Wo sich Dysart derzeit aufhielt, wußte jedoch offenbar niemand. Es gab nur gut ausgeleuchtete Archivbilder, wenig aufschlußreiche Fotos seiner verschlossenen und leeren Londoner Wohnung und einige Porträts von Virginia vor der Haustür in Strete Barton, die den Reportern mit einem abweisenden »Kein Kommentar« begegnete. Krisensitzungen des Kabinetts und der Partei von Dysarts Wahlkreis waren angekündigt, ein Heer von politischen Analytikern und Sicherheitsexperten wurde eingehend zu Rate gezogen. Die Presse war einer Meinung: Dysart verdiente nichts anderes als ätzende Verachtung. Er hatte seine Partei und sein Land auf eine Weise hintergangen, die einem Verbrechen gleichkam. Wenn er sich auch formal nicht des Landesverrats schuldig gemacht hatte, so war er doch vom moralischen Standpunkt aus schuldig. Was die Enthüllung seiner Homosexualität betraf, so verschlimmerte das seinen Verrat nur noch.

Der Venedig-Express erreichte seinen Bestimmungsort am Dienstag nachmittag. Dort bestieg Harry einen Zug nach Paris. Während eines langen Aufenthalts in Mailand konnte er die englischen Morgenzeitungen dieses Tages kaufen und einen Einblick in den weiteren Verlauf dessen bekommen, was nun als *Der Dysart-Skandal* betitelt wurde. Das Kabinett war zusammengetreten und beantragte eine dringende Untersuchung der Auswirkungen der Affäre auf die Sicherheit. In der Zwischenzeit hatte Dysart durch den Vorsitzenden der Partei seines Wahlkreises verlauten lassen, daß er sofortige Schritte unternehmen werde, um sein Mandat aufzugeben und sich aus dem öffentlichen Leben zurückzuziehen. »Viele loyale Parteimitglieder fühlen sich von Mr. Dysart betrogen«, hatte der Vorsitzende auf einer Pressekonferenz gesagt. »Er hat eingesehen, daß dies der einzige Weg ist, der ihm bleibt.« Von Dysart selbst gab es noch immer kein Zeichen. In Tyler's Hard war nichts zu erfahren. Virginia blieb in Strete Barton weiterhin sehr wortkarg, sie hatte nur bestätigt, daß sie seit der Veröffentlichung des kompromittierenden Materials nichts mehr von ihrem Mann gehört hatte. Über die Zukunft ihrer Ehe hatte sie jede Aussage verweigert.

Da Dysart sich versteckt hielt, hatten die Zeitungen ihre Aufmerksamkeit dem gewidmet, der Dysarts Untergang eingeleitet hatte. Fotos von der Abtei Hurstdown und ihrem geplagten Rektor waren häufig erschienen. »Privilegierte, angesehene Schule sieht sich mit beschämendem Geheimnis konfrontiert« gehörte zu den häufigsten Kommentaren. Cornelius war verschwunden, wer weiß wohin, und die Schule, die er hintergangen hatte, war sichtlich bemüht, ihn aus ihrem Bewußtsein auszulöschen, bevor ein allmählicher Schülerrückgang zu einer Welle ausartete. Keiner kannte ihn, keiner mochte ihn, keiner war aufzutreiben, der ihn verteidigte.

Am Mittwoch mittag war Harry an Bord der Fähre von Boulogne nach Folkestone. Er saß auf dem Deck, wo die kalte Witterung ihm Ruhe garantierte, und durchforstete ein drittes Bündel Zeitungen. Bei der Lektüre stellte er eine verhärtete Haltung sowie ein Nachlassen des

Interesses fest. Der Dysart-Skandal war inzwischen auf die Innenseiten zurückgewichen, und da beide Protagonisten immer noch schwer faßbar waren, wurden die Fotografien abgesetzt. Der von der Regierung eingesetzte Untersuchungsausschuß hatte seine Arbeit mit einer Vertrauenserklärung aufgenommen, er habe keinerlei Beweise für eine Sicherheitsverletzung gefunden, während von Downing Street bestätigt wurde, daß Dysart seinen Parlamentssitz zur Verfügung gestellt habe; eine Verfügung über eine Ersatzwahl sollte erlassen werden, sobald das Unterhaus nach den Feiertagen zurückkehren würde. Von seiten der protestantischen Politiker Nordirlands kamen beträchtliche Unmutsäußerungen, die von Forderungen begleitet wurden, Dysart seine Kriegsauszeichnung zu entziehen. In den Leserbriefrubriken fand dieser Vorschlag großen Anklang. In der Zwischenzeit war eine Gruppe ehemaliger Schüler von Jack Cornelius ausfindig gemacht worden; alle legten besonderen Wert darauf, zu betonen, daß er nie versucht habe, sie für die irisch-republikanische Sache zu gewinnen, daß dies ohnehin nur Zeitverschwendung gewesen wäre und daß sie ihn nie gemocht hatten. Was die IRA anging, so wurde gar nicht erst nach ihrer Reaktion gefragt.

Im Zug von Folkestone nach London traf Harry eine Entscheidung, die ihn seit seiner Abreise aus Athen gequält hatte: Er mußte Dysart finden. Er konnte dieser Konfrontation nicht ausweichen, konnte sich nicht einfach nach Swindon zurückziehen und alles vergessen, was er seinetwegen durchgemacht hatte, konnte sich nicht einfach von dem Mann distanzieren, nur weil er seinen Ruin selbst verschuldet hatte und keine Sympathie verdiente: Sie mußten sich treffen.

Doch ein solcher Entschluß war leichter gefaßt als ausgeführt. Einem Heer von Journalisten war es nicht gelungen, Dysart aufzuspüren, und Harry verfügte nicht über die gleichen Hilfsmittel. Er besaß jedoch einen Vorteil: Er wußte, wen Dysart noch dazu benutzt hatte, seine Ziele zu verfolgen. Zohra Labrooy hatte ihn auf Dysarts Anweisung hin hinters Licht geführt: An sie würde er sich zuerst wenden. Sie würde ihm für ihr Verhalten Rede und Antwort stehen müssen und ihn bei seiner Suche unterstützen. Von der Victoria Station fuhr er direkt nach Marylebone.

Die Frau, die an der Rezeption in Dr. Kingdoms Praxis saß, war nicht Zohra Labrooy. Sie wartete, bis Harry mit seinen Erklärungen fertig war, dann sagte sie: »Miss Labrooy arbeitet nicht mehr hier.«

»Wann ist sie gegangen?«

»Letzte Woche, glaube ich. Jedenfalls habe ich diese Woche angefangen.«

»Aber ... warum ist sie gegangen?«

»Das kann ich Ihnen wirklich nicht sagen.«

»Bestimmt ...« Ein kurzer Seitenblick der Empfangssekretärin ließ Harry abbrechen. Als er sich umdrehte, sah er Kingdom im Eingang seiner Praxis und ihn anstarren.

»Würde es Ihnen etwas ausmachen, für einen Moment hereinzukommen, Mr. Barnett?«

»Nun, ich ...«

»Ich werde Sie nicht lange aufhalten.«

Nachgiebig gehorchte Harry. Ihm fiel kein guter Grund ein, warum er sich weigern sollte; Kingdom schien so leise und beherrscht wie immer zu sprechen. Doch sobald sie allein waren, änderte sich sein Tonfall.

»Sie besitzen eine ziemliche Unverschämtheit, einfach so hierherzukommen.«

»Ich wollte nur ...«

»Nach Ihrer Komplizin suchen, ich weiß. Von Ihrem Besuch im Versorelli-Institut wurde mir berichtet, Mr. Barnett. Ich bin erstaunt, daß Sie glaubten, das würde nicht geschehen. Was Miss Labrooy betrifft, so bin ich ebenso erstaunt, daß sie angenommen hatte, die Fälschung meiner Unterschrift würde nicht auf sie zurückgeführt werden. Ich habe sie entlassen, sobald ich davon erfuhr.«

»Ich verstehe.«

»Wirklich? Verstehen Sie wirklich? Sie haben mich in eine überaus peinliche Situation gebracht und mir sehr viele Ungelegenheiten bereitet. Sie haben bei Diebstahl, Betrug und den abstoßendsten Täuschungsmanövern mitgemacht. Es wäre mein gutes Recht, Sie strafrechtlich zu belangen, Mr. Barnett. Ist Ihnen das bewußt?«

»Warum tun Sie es dann nicht?«

»Weil mich – und nur deshalb – Heathers Mutter heute morgen anrief. Es scheint, daß Heather lebt und wohlbehalten ist – in Athen.«

»Ich weiß. Ich habe sie gefunden.«

»Das sagte mir Mrs. Mallender. Was mich aber immer noch wundert, ist, warum Sie es dann für nötig gehalten haben, den Leuten im Versorelli-Institut auf die Nerven zu gehen.«

»Wenn Sie zugegeben hätten, daß Sie Heather fünf Tage vor ihrem Verschwinden in Lindos besuchten, dann hätte ich das vielleicht nicht getan.«

»Ach, um Gottes Willen ...« Kingdom brach ab und trat zum Fenster, von wo er auf die Straße hinausstarrte und ihm ostentativ den Rücken zuwandte.

»Woher haben Sie gewußt, daß ich dort war?«

»Ich habe Sie gesehen.«

»Und weil ich es niemals erwähnte, dachten Sie, ich sei irgendwie an Heathers Verschwinden beteiligt? Sie dachten, ich hätte sie nach Genf verschwinden lassen?«

»Ja.«

»Zweifellos werden Sie sagen, daß ich es mir selbst zuzuschreiben habe, daß ...« Kingdom kehrte mit einem verärgerten Ausdruck auf seinem Gesicht vom Fenster zurück. »Vermutlich ist es möglich, daß Sie im besten Glauben gehandelt haben. Wie haben Sie Miss Labrooy dazu überredet, Ihnen zu helfen?«

Also hatte Zohra Dysarts Rolle bei den Ereignissen nicht verraten. Vielleicht, dachte Harry, war das gut so. »Wenn sie es Ihnen nicht gesagt hat, werde ich es auch nicht tun.«

Kingdom starrte Harry mit einer Mischung aus Verwirrung und Abscheu an. »Nun, da Heather gesund und wohlbehalten gefunden ist, was gibt es da noch zu verbergen?«

Harry sagte nichts. In gewisser Weise schuldeten er und Kingdom sich gegenseitig eine Entschuldigung. Doch unter den gegebenen Umständen war dies wohl kaum zu erwarten.

»Wissen Sie, was ich glaube, Mr. Barnett? Ich glaube, daß da weit mehr dahintersteckt, als mir jemals bewußt war. Vielleicht war Heathers Sicherheit niemals das wirkliche Problem. Vielleicht war es nur ein Tarnmanöver für etwas anderes.«

»Zum Beispiel?«

»Ich weiß es nicht. Aber ich glaube, Sie wissen es. Und ich glaube, der Schlüssel dafür liegt irgendwie im Zusammentreffen von Heathers Auftauchen in Athen mit Alan Dysarts öffentlicher Schmach.«

Kingdom war der Wahrheit nahe, aber Harry spürte, daß er ihr nie näher kommen würde.

»Aber Sie werden mir nicht erzählen, worum es wirklich geht, nicht wahr? Sie werden mir überhaupt nichts erzählen.«

Harry lächelte und genoß einen Moment lang die Frustration des anderen. »Nein«, sagte er. »Das werde ich, ehrlich gesagt, nicht tun.«

Auf dem ganzen Weg zur Paddington Station überlegte Harry, ob er nach Kensal Green fahren und Zohra sofort gegenübertreten sollte, doch schließlich hielt ihn die Erschöpfung davon ab. Da er vierzig Minuten auf den Zug nach Swindon warten mußte und um ihn herum die Hektik der Hauptverkehrszeit einsetzte, stellte er sich in die Schlange, um zu telefonieren, und wählte ihre Nummer. Keine Antwort. Er wählte nochmals mit dem gleichen Ergebnis. Dann versuchte er es bei Mrs. Tandy.

»Hallo?«

»Mrs. Tandy? Hier spricht Harry Barnett. Erinnern Sie sich noch an mich?«

»Natürlich, Mr. Barnett. Wie geht es Ihnen?«

»Äh, danke, gut. Ich habe versucht, Zohra zu erreichen.«

»Sie ist weggefahren. Wußten Sie das nicht?«

»Äh, nein. Nein, das wußte ich nicht. Wo ist sie denn hin?«

»Zu einer Kusine in Newcastle, glaube ich. Um ehrlich zu sein, ich weiß es nicht genau.«

»Wann wollte sie zurück sein?«

»Auch das weiß ich nicht. Sie ist in ziemlicher Eile aufgebrochen. Für ein paar Tage, nehme ich an. Ich glaube nicht, daß sie länger fortbleibt, meinen Sie nicht auch?«

»Ich weiß es nicht, Mrs. Tandy. Ich weiß es wirklich nicht.«

Zohra hielt sich also irgendwo versteckt. Dysart zu finden war also schwieriger, als er gehofft hatte.

»Willst du damit sagen, Harold, daß dieses Mallender-Mädchen zwei Monate vergnügt in Athen gewesen ist, während ihre Eltern krank vor Sorge um sie waren?«

»Ja, Mutter.«

»Und sie hat zugelassen, daß Zeitungen wie dieser Korea dir unterstellen, daß du mehr wußtest, als du gesagt hast? Und hat die Hälfte der Wichtigtuer in dieser Straße daraus schließen lassen, daß du etwas mit ihrem Verschwinden zu tun hattest?«

»Nun, man kann sie ja nicht für die Gehässigkeit anderer Leute verantwortlich machen, aber ...«

»Ich verstehe das nicht, wirklich, das verstehe ich nicht. Wie kann sich ein wohlerzogenes Mädchen so benehmen.«

»Ich weiß nicht, ob ihre Erziehung etwas damit ...«

»Und Alan Dysart! Ich habe ihn immer für einen so netten, höflichen Menschen gehalten. Was das betrifft, was die letzten drei Tage über ihn in der Zeitung stand, hätte ich graue Haare bekommen, wenn das Alter das nicht schon besorgt hätte. Sich mit diesen Geheimbündlern einzulassen. Und diese anderen Dinge, von denen ich erst gar nicht sprechen will. Wenn ich bedenke, daß er noch vor nicht einmal einem Monat hier in diesem Zimmer stand, lächelnd und so fröhlich und munter, daß er mit seinem Charme alles erreichen konnte. Ich weiß nicht, wo das noch hinführen soll, wirklich nicht.«

»Ich auch nicht, Mutter.«

»Es kann doch nicht so weitergehen. Das sage ich dir. So nicht.«

»Nein, Mutter. Wahrscheinlich nicht.«

59

Das lange Stehen hatte die Launen von Harrys Auto, das am nächsten Tag ächzend und stöhnend aus Swindon hinausfuhr, nicht gebessert. Wenn man den Zeitungen glauben konnte, war von Dysart weder in seiner Londoner Wohnung noch in Tyler's Hard, noch in Strete Barton eine Spur zu finden gewesen. Da die Wohnung infolgedessen leerstehen und wahrscheinlich nur Morpurgo auf Tyler's Hard anzutreffen sein würde, war Strete Barton das einzige Ziel, wo vielleicht eine Information über seinen Aufenthaltsort zu bekommen war.

Es war bereits Mittag, als Harry in den Hof einbog. Der Range Rover stand allein in der Garage. Von Dysarts Daimler und Virginias Mercedes war nichts zu sehen. Doch auf der Vorderseite des Hause stand ein Fenster offen, also näherte er sich nicht ganz ohne Hoffnung der Haustür. Zu seiner Überraschung wurde sie geöffnet, bevor er sie erreicht hatte.

»Mr. Barnett!« Es war Nancy, mit Schürze und Kopftuch, die mit einer Hand ein Staubtuch umklammert hielt. »Na so was. Schön, daß Sie hier vorbeischauen.«

»Guten Tag.« Harry lächelte sie unbeholfen an. Es kam ihm zum Bewußtsein, daß er keinen Vorwand für seinen Besuch hatte: »Ich ... äh ... habe von der Geschichte gehört.«

»Schätze, man hätte die Woche in 'nem Minenschacht sein müssen, um nichts davon mitzukriegen. Es ist einfach furchtbar.« Und auf ihrem Gesicht lag tatsächlich ein Ausdruck, der darauf hindeutete, daß sie sehr betroffen war.

»Ist ... äh ... Mrs. Dysart zu Hause?«

»Nein. Sie hatte die Herumschnüffelei dieser Journalisten so satt, daß sie in den Urlaub gefahren ist. Skifahren, sagte sie, glaub' ich. Sie fuhr gestern weg.«

»Ah.« Das entsprach nicht unbedingt der Handlungsweise einer besorgten Ehefrau, die entschlossen war, ihrem in Bedrängnis geratenen Ehemann zur Seite zu stehen. Doch er war eigentlich froh, daß sie nicht da war. »Hat Sie also allein zurückgelassen, um die Stellung zu halten?«

»Stimmt. Ich hab' nur ein bißchen saubergemacht. Mein Papa, na, er sagte, ich solle nicht mehr hier oben arbeiten, nachdem, was da alles herausgekommen ist. Aber ich hab' gesagt: Zu mir sind sie immer gut gewesen, warum soll ich sie jetzt im Stich lassen?«

»Sehr lobenswert. Haben Sie ... äh ... etwas von Mr. Dysart gesehen?«

»Nun ...« Ihr Stimme wurde leiser, und Harry mußte näher zu ihr herantreten, um sie zu verstehen. »Er ist tatsächlich gestern kurz hier aufgetaucht, wenige Stunden nachdem Mrs. Dysart weg war. Kam reingefegt und war gleich wieder draußen.«

»Welchen Eindruck hat er gemacht?«

»Man hätte nicht gedacht, daß etwas passiert sei, Mr. Barnett. Ich schwör's. Sah aus wie immer. Wie er so gefaßt bleiben konnte, weiß ich nicht, wenn ich denke, was die Zeitungen über ihn geschrieben haben ... Aber so ist es nun mal. Hören Sie ...«

»Ja?«

»Ich konnte mir nicht helfen, aber ich hatte das Gefühl, als hätte er vielleicht nur gewartet, bis Mrs. Dysart weg war, bis die Luft rein war.«

»Wozu?«

»Oh, ich weiß nicht. Er war nicht mal fünf Minuten hier. Ging in sein Arbeitszimmer, kam mit ein paar Sachen in einer Tüte wieder und fuhr weg. Lächelte freundlich, genau wie immer.«

»Hätten sie etwas dagegen, wenn ich ... einen Blick in sein Arbeitszimmer werfe?«

»Nun ...« Nancy runzelte die Stirn. »Warum nicht? Kann ja nicht schaden, oder? Sie werden ja bestimmt nichts mitnehmen, nicht wahr?«

»Bestimmt nicht.«

Das Arbeitszimmer war genauso, wie Harry es in Erinnerung hatte. Nichts war verändert, nichts in Unordnung. Die Fotos von Dysarts Klasse in Dartmouth und von den Mannschaften der Atropos und Electra schmückten immer noch die Wände, die Bücher in den Regalen waren ordentlich aufgereiht und abgestaubt. Was hatte er also mitgenommen? Was hatte er aus dem Haus getragen?

Als Harry sich im Zimmer umsah, drängte sich ihm plötzlich die Erinnerung an das, was hier geschehen war, in sein Gedächtnis zurück – so deutlich, daß er eine Sekunde lang fast sehen und hören konnte, wie ... Er hielt sich an der Schreibtischkante fest. Dann sah er es vor sich – als ob es immer noch daläge –, das Buch, das er in jener Nacht neben dem Telefon gefunden hatten: *The Reign of William Rufus*. Er ging zu den Bücherregalen hinüber und suchte die Reihen danach ab. Seltsamerweise war es nicht da. Vielleicht ... Dann fiel es ihm ein. *The Reign of William*

Rufus war signiert von Cornelius, Cunningham, Everett, Morpurgo und Ockleton. Ihr Geschenk an Dysart am St.-Georgs-Tag 1968, an dem Tag, als Ramsey Everett umgekommen war: Das war es, was sich Dysart geholt hatte, nichts anderes.

In der Kneipe von Blackawton schien der Dysart-Skandal die Leute, die an der Bar Witze machten und tratschten, nicht weiter zu berühren. Entweder war ihr Interesse daran seit einigen Tagen erlahmt, oder man hatte ihn von seinem Besuch mit Virginia vor zwei Wochen wiedererkannt und betrachtete ihn deshalb mit Mißtrauen. Er verzog sich auf einen Stuhl neben dem Kamin, trank bekümmert sein Bier und ließ seine müden Gedanken auf der Suche nach einer Eingebung für seinen nächsten Schritt umherschweifen. Wo war Dysart? Was dachte er? Sein Leben war auf mühelosem Erfolg und geschickter Tarnung gegründet. Wie stand ein solcher Mann dem totalen Ruin und der Enthüllung eines vernichtenden Geheimnisses gegenüber? Was waren seine Zukunftspläne?

Harrys Blick schweifte zu der Wand neben dem Kamin, wo ein Plakat aus der Kriegszeit hing, über die Evakuierung der Gegend für die Vorbereitung auf die Landung der Alliierten in der Normandie. *WICHTIGE VERSAMMLUNGEN. Das nachstehend aufgeführte Gebiet wird für militärische Zwecke beansprucht und muß bis zum 20. Dezember 1943 geräumt sein. Die nötigen Vorkehrungen* ... 1943 – es lag alles so weit zurück. Ramsey Everett, Willy Morpurgo, Clare Mallender und Alan Dysart waren damals noch nicht geboren. Und Harry? Er war erst ein Schuljunge in kurzen Hosen gewesen, der seine Tage damit verbrachte, zu überlegen, ob eine Bombe auf sein Klassenzimmer fallen würde. Wenn er damals vorausgesehen hätte, wie sein Leben verlaufen würde, hätte er ...

»Evakuierungen sind wieder angesagt, höre ich«, sagte eine Stimme hinter ihm, eine Stimme, die ihm sogleich bekannt vorkam, wenn er auch nicht genau wußte, woher.

Harry wandte sich um und starrte hinauf zu einer großen, hageren Gestalt im Regenmantel mit einem spitzen Rattengesicht, fettigem, graumeliertem, über die Glatze drapiertem Haar und einer Gesichtsfarbe, die der des Posters glich, das er gerade eingehend betrachtet hatte. Der Mann aus dem Zug, der Mann vom Friedhof, der Mann, den Nancy in Strete Barton vom Küchenfenster aus gesehen hatte. Er mußte gehört haben, wie Harry erschrocken nach Luft schnappte, mußte das ängstliche Erkennen in seinen Augen gesehen haben.

»Was dagegen, wenn ich mich zu Ihnen setze?« Er ließ sich auf den Hocker neben Harry nieder, stellte sein Glas auf den Tisch und schenkte ihm ein schmallippiges Lächeln. »Gutes Bier hier, finden Sie nicht?« Er machte eine Kopfbewegung zu dem Plakat hinauf. »Irgendwie ironisch, nicht wahr?«

»Was?«

»Nun, wie ich schon sagte, Evakuierungen sind plötzlich wieder an der Tagesordnung. In Strete Barton, mein' ich«

»Wer ... wer zum Teufel sind Sie«

»Vigeon. Albert Vigeon. Staatlich anerkannter Gerichtsvollzieher. Stehe auch für eine ganze Reihe vertraulicher Aufträge zur Verfügung. Eheangelegenheiten. Beweismittelbeschaffung. Vermißte Personen. Beschattung und Fotomaterial. Derzeit mit, wie man es nennen könnte, zweifelhaften Schuldforderungen befaßt.«

»Sie haben mich verfolgt, nicht wahr?«

»Ja, aber in den letzten paar Wochen nicht mehr. Dies ist ein rein zufälliges Treffen, auch wenn der Zufall nicht so groß ist, wenn man bedenkt, daß wir beide aus demselben Grund hier sind.«

»Aus welchem Grund?«

»Dysart zu finden. Ist es nicht so, Mr. Barnett?«

Diese ganze unbeschreibliche Angst, die der Mann Harry eingeflößt hatte, war plötzlich weg. Er saß ihm gegenüber, eine farblose und frettchenäugige Gestalt in einem Regenmantel mit speckigem Kragen. Er war kein Phantom, kein Bote des Unvorstellbaren – er war aus blaßgelbem Fleisch und wässrigem Blut, er war Albert Vigeon, Privatdetektiv. »Für wen arbeiten Sie, Mr. Vigeon?«

»Ich habe für Dysart gearbeitet.«

»Jetzt nicht mehr?«

»Wohl kaum.« Dasselbe kurze, freudlose Lächeln. »Tatsächlich bin ich in Sorge, daß er vielleicht meine Rechnung übersehen haben könnte angesichts all dessen, was ihm widerfahren ist.«

»Ihre Rechnung?«

»Für geleistete Dienste.«

»Welche Dienste?«

»Ungewöhnliche, das gebe ich zu, aber nach einer genauen Tarifskala zu berechnen. Einige davon werden Ihnen bekannt sein, denke ich, da Sie das zu verfolgende Objekt waren. Ich mußte Ihre Schritte überwachen, einige anonyme Anrufe tätigen. Ein paar Aufnahmen schießen. Ein wenig Griechisch lernen. Zwei Wörter an eine Wand sprayen. Ein Buch in einem Zug lesen. Ihnen gute Nacht wünschen. Eine Visitenkarte in Ihrem Hotelzimmer hinterlassen. Einen Schnappschuß unter den Scheibenwischer Ihres Wagens stecken. Eine griechische Zigarettenschachtel vor Ihrem Haus wegwerfen. Lauter Dinge dieser Art, Mr. Barnett.«

Bei Vigeons Worten löste sich jede Fata Morgana auf, jede Täuschung verwandelte sich, um sich selbst zu widersprechen. Es gab keine Warnung, die nicht er geliefert, kein Eingreifen, das nicht er arrangiert hätte. Und jede Kleinigkeit war auf Anweisung seines Klienten ausgeführt worden. »Dysart hat Sie angeheuert, um mich zu beschatten? Er hat Sie angestellt, um diese ... diese Kampagne zu führen?«

»Nennen Sie es eine Kampagne, wenn Sie wollen. Ich würde es als einen Auftrag bezeichnen.«

»Einzubrechen und einzusteigen? Anonyme Anrufe? Mich zu verfolgen? Lieber Gott, ich hätte große Lust ...«

Vigeons Hand hielt Harrys Unterarm fest. »Beruhigen Sie sich bitte, Mr. Barnett. Nichts, was sie mir nachweisen können, ist ungesetzlich, und nichts Ungesetzliches, was ich vielleicht getan haben könnte, können Sie mir nachweisen, also darf ich Ihnen wohl etwas mehr Zurückhaltung empfehlen? Ich hatte gehofft, wir könnten uns gegenseitig helfen.«

»Sie? Mir helfen?«

»Dysart zu finden. Er schuldet mir Geld. Was er Ihnen schuldet, interessiert mich nicht.«

»Ach nein?«

Vigeons Gesichtsausdruck deutete an, daß Harry seine Berufsehre angegriffen hatte. »Bestimmt nicht. Ich mache es mir zum Prinzip, nur das zu wissen, was ich unbedingt wissen muß. Und was ich im Moment wissen muß, ist, wo sich mein früherer Auftraggeber versteckt hält. Er schuldet mir eine größere Summe.«

»Das ist Ihr Problem.«

»Er ist nicht in London. Ich habe es bei allen seinen Schlupfwinkeln versucht. Er ist nicht in Tyler's Hard. Ich habe gestern den ganzen Tag dort zugebracht und alles, was ich für meine Mühe zu hören bekam, war das unverständliche Geschwafel seines Gärtners.«

»Nun, hier ist er auch nicht.« Harry empfand eine gewisse Genugtuung, als er erfuhr, daß Vigeon, der Erzschnüffler, seine Zeit in Tyler's Hard vergeudet hatte, während Dysart sich in Strete Barton aufhielt.

»Es scheint so. Wo könnte er sonst sein?«

»Ich hab' keine Ahnung. Vielleicht im Ausland?«

»Das glaube ich nicht.«

»Dann wissen Sie genausoviel wie ich.«

»Hören Sie, Mr. Barnett.« Vigeons Stimme wurde leiser. »Es ist lebenswichtig, daß ich Dysart finde. Ich nehme an, er wird sich früher oder später mit Ihnen in Verbindung setzen, also ...«

»Wieso ist es lebenswichtig? Wenn es nur darum geht, daß Sie Ihr Geld bekommen ...«

»Es gibt auch noch andere ... Gesichtspunkte.«

Plötzlich wurde Harry Vigeons wahres Motiv klar. »Einen anderen Auftraggeber, meinen Sie. Sie arbeiten jetzt für jemand anderen, hab' ich recht? Für jemanden, der Dysart finden will.«

»Schon möglich ...«

»Wer ist es? Wer ist Ihr neuer Auftraggeber?«

»Das kann ich Ihnen unmöglich sagen. Absolute Diskretion ist die Voraussetzung für jemanden in meiner Berufssparte.«

Das Täuschungsmanöver war noch nicht vorbei. Vielleicht würde es das nie sein. Doch Harry näherte sich rasch den Grenzen seiner Toleranz. »Sie wollen mir Geld anbieten, damit ich Sie zu Dysart führe, nicht wahr?«

»Vielleicht.«

»Sparen Sie sich Ihre Worte. Ich bin nicht interessiert.«

»Ich bin sicher, wir könnten ...«

»Nein, könnten wir nicht.« Harry beugte sich über den Tisch, um sicherzugehen, daß Vigeon ihn deutlich verstehen konnte. »Scheren Sie sich zum Teufel, Mr. Vigeon. Und lassen Sie mich in Ruhe. Das ist alles, was ich will. Ich will Ihr Geld – oder das Ihres Auftraggebers – nicht.«

»Ach, du meine Güte.« Vigeon schürzte die Lippen. »Ihr kompromißloser Standpunkt zwingt mich, ein peinliches Thema anzuschneiden, Mr. Barnett. Meine fotografischen Aktivitäten waren leider nicht auf den Friedhof von Kensal Green beschränkt. Sie schließen auch Strete Barton in der Nacht des siebenundzwanzigsten Dezember mit ein.«

»Was?«

»Ein Fenster im Erdgeschoß ohne Vorhänge, das Innere erleuchtet, stellte nur geringe technische Probleme. Ich war in der Lage, einige faszinierende Momentaufnahmen der Ereignisse festzuhalten, die sich im Innern abspielten.

»Sie – Sie fotografierten ...?«

»Mrs. Dysart und Ihre werte Person, wie Sie unverhüllt nebeneinanderlagen, fürchte ich.« Vigeon senkte die Stimme noch mehr. »Nun, da ich nicht mehr für Dysart arbeite, ist der Film sozusagen auf dem freien Markt zu haben, das heißt für Geld – das Sie jedoch nicht haben – oder für Informationen über Dysarts Aufenthaltsort, den Sie vielleicht in Erfahrung bringen können. Verstehen Sie, worauf ich hinaus will?«

»Oh, ja. Ich verstehe sehr gut.«

»Ausgezeichnet. Dann können wir also ins Geschäft kommen.« Vigeon grinste. »Ich muß sagen, Mr. Barnett, daß ich mich nicht erinnern kann, in all den Jahren meiner Ermittlungstätigkeit in Eheangelegenheiten etwas so Unterhaltendes wie die Vorstellung, die Sie und Mrs. Dysart ...«

Der Rest des Bieres in Harrys Glas traf Vigeons Gesicht und ertränkte seine Worte in prustender Bestürzung. Doch bevor er wieder klar sehen konnte, war Harry aufgestanden. Voller Zorn über alles, was der Mann gesagt und angedeutet hatte, holte er aus und traf ihn mit der Faust unter dem rechten Auge, mit einer Kraft, die er sich gar nicht zugetraut hätte. Vigeon wurde der Länge nach zwischen umstürzenden Möbeln und zersplitterndem Glas zu Boden geworfen und Harry, der nicht abwartete, um zu sehen, welchen Schaden er angerichtet hatte, tappte blindlings zur Tür.

Draußen, in der kalten, grauen Luft, mit den aufgeregten Stimmen hinter sich, spürte Harry einen stechenden Schmerz in seiner rechten Hand und ein atemberaubendes Gefühl der Erleichterung. Vigeon zu schlagen, bewies natürlich gar nichts, aber sich gegen alles zu wehren, was er verkörperte, war eine Vergeltung. Über seinen Wagemut lachend, eilte er über die Straße zu seinem Auto.

60

Der Strand von Chesil war leer unter einem düsteren Himmel, die vom Wind aufgewühlte Brandung krachte tosend gegen die Küste. Harry Barnett und Nigel Mossop standen nebeneinander, blickten auf das wilde Toben des Ozeans und kämpften mit ihren Stimmen gegen den Sturm an, der ihnen ins Gesicht peitschte und an ihren Kleidern zerrte.

»Heather h-hat mich übrigens vor z-zwei Tagen angerufen. Ein ziemlicher ... ein ziemlicher Sch-Schock natürlich. Und eine Erleichterung, selbstverständlich. Was Dysart angeht, nun, habe ich genauso w-wenig Ahnung, wo er sein könnte ... wie du, Harry.«

»Ich bin froh, daß er dir zumindest aus der Klemme geholfen hat, in die ich dich gebracht habe.«

»Es war nicht wirklich deine Sch-Schuld, Harry, aber ... ja, Dysart h-hat ein gutes Wort für mich eingelegt, beim Landwirtschaftsministerium in Dorchester. Ich f-fange nächste Woche an. Freu' mich schon drauf. Bin f-froh, daß ich weg bin von ...«

»Mallender Marine? Solltest du auch. Ich war heute morgen in Sabre Rise, weißt du.«

»Oh ... ja?«

»Ich habe Charlie natürlich nicht gesehen. Nach Marjories Aussage hat er die Enthüllungen über Dysart übelgenommen. Fühlt sich verraten, von jemandem im Stich gelassen, von dem er glaubte, seine Loyalität stehe außer Frage. Es ist erstaunlich, wirklich.«

»Was ... was ist erstaunlich?«

»Daß ein Mann, der seine Tochter derart schlecht behandelt hat wie Charlie – ein Mann, der, wenn er nur konnte, sich seinen Weg aus finanziellen Schwierigkeiten mit Freuden durch Gewalt, Bestechung und Unterschlagung ebnete –, die Unverfrorenheit besitzt, sich von jemandem betrogen zu fühlen.«

»Nun, es war sch-schon ein ... ein Schock für ihn.«

»Ja, ich weiß, aber selbst dann ...« Harry sah Mossop an und lächelte. »Wir sollten besser zum Auto zurückgehen, Nige. Ich glaube, du zitterst mehr, als du stotterst.«

Sie gingen den Weg zum Parkplatz zurück. Dabei überlegte Harry, daß ein zweiter Tag fruchtloser Nachforschung sich rasch seinem Ende näherte. Nachdem er am Nachmittag zuvor Blackawton verlassen hatte, war er direkt nach Tyler's Hard gefahren, hatte nur ein dunkles und offensichtlich unbewohntes Haus vorgefunden, gedacht, daß er Morpurgo lieber nicht aus seiner Wohnung über der Garage herausklopfen sollte, war nach Weymouth umgekehrt, hatte die Gastfreundschaft von Ernie Love in Anspruch genommen und den Abend damit verbracht, sich sinnlos zu betrinken, während Ernie ihm an der Bar des Globe Inn seine Meinung über den Dysart-Skandal darlegte. Am nächsten Morgen war er nach Sabre Rise aufgebrochen. Marjorie Mallender, die offensichtlich peinlich berührt war, ihn zu sehen, hatte im Namen ihrer Familie eine wenig überzeugende Entschuldigung für all die falschen Anschuldigungen, die sie gegen ihn erhoben hatten, vorgebracht. Sie stand kurz vor ihrer Abreise, um Heather in Athen zu besuchen. Charlie würde sie nicht begleiten. Was Dysart betraf, so empfand sie weder Sympathie noch Verachtung für ihn. Ihre einzige Sorge galt jetzt dem Wohlergehen ihrer Tochter. Harry, der um ihretwillen hoffte, daß Heather ihr nie die ganze Geschichte erzählen würde, hatte Sabre Rise mit einem Gefühl verlassen, das weder von Vorwurf noch von Groll, sondern eher von einer neuentdeckten Gleichgültigkeit bestimmt war. Diese Empfindung wurde durch seine Reaktion bestätigt, als er ein paar Stunden später Roy Mallender von Mallender Marine wegfahren sah. Er konnte den früheren Abscheu vor dem Mann nicht mehr aufbringen. Er war fertig mit Roy, er war fertig mit dem ganzen Pack.

»Was ... was wirst du jetzt tun?« fragte Mossop, als Harry den Wagen anließ und nach Weymouth zurückfuhr.

»Ich weiß es nicht, Nige. Weiter nach Dysart suchen, bis ich ihn finde, nehme ich an.«

»Aber er könnte ... k-könnte sonstwo sein.«

»Ich weiß, aber ich kann jetzt nicht einfach aufgeben.«

»Warum nicht?«

Harry antwortete nicht. Er hatte viele Beweggründe, um Dysart aufzuspüren – die Erklärungen, die dieser ihm schuldete, das Versprechen, das er Cornelius gegeben hatte, der verschlungene Knoten von Dysarts Irreführungen, den er unbedingt lösen wollte. Doch wenn er alles abwog, gab es eine Täuschung, die alle übrigen übertraf, etwas, das er nicht benennen konnte, bis er sein Ziel erreicht hatte, etwas, was ihm nur Dysart verständlich machen konnte.

61

Harry traf an diesem Abend früh in Swindon ein und fand seine Mutter in heller Aufregung. Ein Mr. Ellison, der von ausgesuchter Höflichkeit war und eine Art von Dienstausweis gezückt hatte, war vor über einer Stunde vorbeigekommen und hatte darauf bestanden, auf seine Rückkehr zu warten; er saß geduldig und unbeugsam im Wohnzimmer bei einer Kanne Tee.

»Mr. Ellison?«

»Der bin ich. Mr. Barnett?«

Sie gaben sich die Hand. Ellison besaß den festen Händedruck und die geraden Schultern eines Militärs, den trägen Blick und gedehnten Tonfall der Oberschicht. Sein Anzug war so schwarz wie sein Haar; alles an ihm war gepflegte und ordentliche Strenge, die nur mit einem schrägen Zug von Ironie um die Mundwinkel durchsetzt war. Neben seinem Sessel stand eine schwarze Aktentasche, auf deren Klappe ein goldenes Wappen geprägt war. Die einzige Spur von Farbe war in dem Streifen seiner Krawatte zu finden. Eine alte Schulkrawatte, vermutete Harry, wenn er auch nicht sagen konnte, von welcher Schule.

»Verzeihen Sie, daß ich Sie auf diese Weise überfalle. Es handelt sich um eine ziemliche dringliche Angelegenheit, wissen Sie.«

»Worum geht es?«

»Um Ihren Freund, Alan Dysart.«

Sei vorsichtig, warnte sich Harry. »Ich bin nicht sicher, ob ich Ihnen folgen kann.«

»Kommen Sie, kommen Sie.« Ein ärgerliches Stirnrunzeln. »Ich gehöre dem Verteidigungsministerium an, Mr. Barnett. Ich bin mit den Nachforschungen über den Dysart-Skandal betraut worden, von dem die Zeitungen in den letzten Tagen so viel Aufhebens gemacht haben.«

»Und was hat das mit mir zu tun?«

»An sich nichts, aber es herrscht eine offizielle Besorgnis darüber, wie Dysarts ... nennen wir sie einmal kompromittierende Verbindungen ... so lange unbemerkt bleiben konnten. Das hat eine umfassende Untersuchung all seiner Aktivitäten und Bekanntschaften notwendig gemacht. Sie, Mr. Barnett, stellen dabei eines der verwirrendsten Elemente dar.«

»Wirklich?«

Ellison schritt das Zimmer im Kreis ab, zog Augenbrauen und Nasenflügel hoch angesichts der veralteten Einrichtung, der Vitrine mit den Nippesfiguren, der Stickarbeit mit dem Spruch »Bleib dir stets selbst treu«, der Plastiktüte voller Strickzeug neben dem Sessel. Dann schenkte er Harry ein einäugiges Lächeln, das alles, was er nicht zu sagen brauchte, ausdrückte: Die Falmouth Street Nummer 37 in Swindon war so weit von Dysarts normalem Lebensbereich entfernt wie Harry von seinem normalen gesellschaftlichem Umgang.

»Er hat einmal für mich gearbeitet. Er hat mir mehrere Gefälligkeiten erwiesen. Wir sind in Verbindung geblieben. Was ist daran so verwirrend?«

Ellison kam näher heran. »Ich bin gezwungen, Alan Dysart genau zu studieren, Mr. Barnett, genauer, als mir lieb ist. Ich habe seine Ehe, seine Finanzen, seine Freundschaften in allen Einzelheiten durchleuchtet, bis in die kleinsten und manchmal widerlichen Einzelheiten.«

»Wonach haben Sie gesucht?«

»Nach dem Schlüssel. Dem Schlüssel für das, was einen solchen Mann hervorbringen und dann vernichten konnte. Nicht um seinetwillen, verstehen Sie, nicht zu unserer allgemeinen Aufklärung, sondern im Interesse der Vermeidung – oder zumindest der Vorbeugung – weiterer solcher ... Peinlichkeiten ... wie sie Dysart seinen politischen Dienstherren verursacht hat. Sie schätzen solche Dinge nicht. Schwulen- und Pfaffentum: eine üble Kombination, sehr übel, in der Tat.«

»Warum kommen Sie nicht zur Sache?«

»Ich bin dabei. Sie sind das Fragezeichen, Mr. Barnett, Sie und was Sie für Alan Dysart bedeuten. Sie waren nicht mit ihm in Oundle oder Oxford. Sie waren nicht mit ihm beim Militär. Sie standen nicht in geschäftlicher Verbindung mit ihm. Sie passen nicht zu dem Leben, das er geführt hat. Sie sind eine Unstimmigkeit, ein Widerspruch und daher ein Rätsel.«

»Das tut mir leid, bestimmt.«

»Da ist noch mehr. Ich habe erfahren, daß Sie vor kurzem geholfen haben, Miss Mallender in den Schoß ihrer Familie zurückzuführen, der Familie, deren andere Tochter im Juni 1987 bei einem Anschlag der IRA getötet wurde.«

»Ja.«

»Nun denn, mir sind zwei Gedanken gekommen, Mr. Barnett. Erstens, weshalb hatte Dysarts ... Gefährte – wenn wir ihn so bezeichnen wollen

–, der nach seinen eigenen Angaben in die tiefsten Geheimnisse der IRA eingeweiht war, Dysart nicht vor seiner bevorstehenden Ermordung gewarnt? Und warum hat der besagte Gefährte, als er letzten Samstag urplötzlich das Land verließ, sich ausgerechnet die Stadt ausgewählt, wo Sie gerade damit beschäftigt waren, Miss Mallender ausfindig zu machen?«

Harry versuchte, erstaunt auszusehen und auch so zu klingen. »Cornelius ist nach Athen geflohen?«

»Genau. Sie haben dort natürlich nichts von ihm gesehen?«

»Nein.«

»Und Sie haben auch keine Ahnung, wo er jetzt ist.«

»Immer noch in Athen?«

»Nein, Cornelius ist nicht mehr in Athen. Er ist von der Bildfläche verschwunden, so wie sein ... Gefährte. Natürlich wissen Sie auch nichts über Dysarts Aufenthaltsort, nicht wahr?«

»Äh ... nein.«

»Dann lassen Sie uns etwas versuchen, was Sie wissen müssen. Warum hat Ihnen Dysart am elften Dezember einen Scheck über tausend Pfund ausgestellt?«

Harrys Verstand weigerte sich, ihm eine schnelle oder plausible Antwort zu liefern. Er starrte Ellison verblüfft an, er wollte etwas sagen, er zögerte ...

»Wo ist er, Mr. Barnett?«

»Ich weiß es nicht.«

»Ich glaube, Sie wissen es.«

»Nein.«

»Es liegt uns sehr viel daran, ihn zu finden. Sehr viel, in der Tat.«

»Weshalb?«

»Die Angelegenheiten können nicht einfach so belassen werden, wie sie sind. Sie müssen das einsehen. Zu viele Dinge, die in der Luft hängen, zu viele ... sagen wir, Ungereimtheiten. Wo ist er? Sie müssen es mir sagen.«

»Ich weiß es nicht.«

»Ich habe mit Dysarts alten Studienkollegen Ockleton und Cunningham gesprochen: ein treuloses Paar. Auch mit Dysarts Frau, die zur Zeit in Kitzbühel Trost bei einem Skilehrer sucht: eine harte Frau. In einem Punkt waren sich jedoch alle einig. Wenn es jemanden gibt, dem Dysart vertraut – abgesehen von Cornelius natürlich –, dann sind Sie es. Sonst niemand.«

»Sie irren sich.«

»Was ist es, Mr. Barnett? Was verbindet Dysart mit Ihnen, an dem er so hängt? Ein Reihenhaus in einer anonymen Stadt. Eine alte Frau und ihr Taugenichts von einem Sohn. Nichts, das er kennt oder braucht. Niemand, für den er sich unter normalen Umständen auch nur einen Deut interessieren würde. Und doch tut er es. Eine Frau, die er haßt. Freunde, die er verachtet. Bekanntschaften, die er ausnutzt. Einen Liebhaber, den er verbirgt. Und Sie.« Ellisons dunkle Augen gingen im Zimmer herum, bevor sie sich wieder auf Harry richteten. »Was bindet ihn an Sie, Mr. Barnett?«

Ellison schnalzte mit der Zunge und seufzte. »Es ist besser, wenn wir ihn finden und nicht die anderen, bei weitem besser.«

»Welche anderen?«

»Meine Karte ...« Ellison zog eine Visitenkarte aus der Tasche und drückte sie Harry in die Hand. »Falls Sie es sich überlegen sollten, falls sie sich ... sagen wir, erleichtern wollen. Ich bin unter dieser Nummer jederzeit zu erreichen.« Er drehte sich abrupt zur Seite und bückte sich nach seiner Aktentasche. »Jetzt muß ich gehen. Denken Sie daran ...« Er hielt Harrys Blick fest. »Er braucht Hilfe. Er braucht unsere Hilfe. Bald. Zu seinem eigenen Besten. Wenn Ihnen etwas an seinem Wohlergehen liegt, dann rufen Sie mich an.«

Und dann war er fort, schnell und leise, ließ Harry zurück, der sich in den Sessel sinken ließ und auf den leeren Bildschirm starrte, auf dem er Dysart am ersten Abend nach seiner Rückkehr aus Rhodos gesehen hatte. *Ich war glattzüngig. Ich war witzig. Ich war wortgewandt.* Aber nicht nur vor der Kamera, schien es. Sein ganzes Leben war so gewesen: eine glattzüngige, witzige, wortgewandte Vorstellung. Und nun war sie vorbei. Das Spiel war aus, die Verkleidung durchschaut, die Maske heruntergerissen. Nur der Grund für die Täuschung war nicht gefunden worden.

»Ist er fort?« fragte Harrys Mutter, als sie ins Zimmer kam.

»Nein, Mutter. Er versteckt sich hinter dem Fernseher.«

»Du findest das wohl komisch.«

»Nicht wirklich.«

»Was wollte er?«

»Etwas, das ich ihm nicht geben konnte. Etwas, das ich nicht besitze.« Harry lächelte. »Noch nicht.«

62

Am Samstag morgen um zehn Uhr war Jonathan Minter heiser, unrasiert und nur mit Pantoffeln und einem Frotteebademantel bekleidet. Harry folgte ihm durch den kurzen Flur seiner Wohnung in das große, steril eingerichtete Wohnzimmer mit Blick auf die Tower Bridge, beobachtete ihn, wie er sich in einen niedrigen Sessel fallen ließ, sah, wie er nach der Zigarette griff, die brennend in einer Untertasse lag, und fühlte Verachtung für die Jugend und Arroganz dieses Mannes.

»Der Himmel weiß, warum ich Sie hereingelassen habe«, sagte Minter. »Neugier, vermutlich. Was wollen Sie?«

»Ich suche Dysart.«

»Stellen Sie sich in der Reihe an. Wir alle suchen ihn. Es ist der neue Nationalsport.«

»Ich dachte, Sie hätten vielleicht eine Ahnung, wo er sein könnte.«

»Wenn ich eine hätte, würde ich es ausgerechnet Ihnen erzählen, was? Ich würde es bestimmt für die morgige Titelseite aufheben.«

»Ist denn eine Titelgeschichte nicht genug?«

Minter lächelte. »Eine ist nie genug. Warum? Sind Sie gekommen, um mir noch eine zu liefern? Um mir Ihren Teil des zerstückelten Dysart zu verkaufen?«

Harry atmete tief durch. Zorn war zwecklos. Er sah auf den blauen Himmel hinter dem Fenster und die absurde, blendende Erhabenheit der Themse, fand darin ein gewisses Maß an Ausgewogenheit, wenn nicht gar Trost, und ließ sich langsam auf die Sofakante gegenüber von Minter nieder. »Wenn Sie irgendeinen Hinweis auf Dysarts Aufenthaltsort haben, wäre ich bereit, Ihnen einige der Informationen zu geben, die Sie mir vor ein paar Wochen abkaufen wollten.«

»Kein Geschäft, Harry. Brauch' Sie nicht mehr. Hab' alles allein geschafft. Außerdem kann ich nichts tauschen, was ich nicht habe, und ich habe nicht die geringste Ahnung, wo Dysart steckt.«

»Was ist mit Virginia? Weiß Sie es?«

»Fragen Sie sie selbst. Sie und ich ... wir haben uns zerstritten. Anscheinend findet sie, ich hätte sie über die Geschichte, die Cornelius mir gab, informieren und warnen sollen. Sie mochte es nicht, daß sie in der Presse als Frau eines verkappten Schwulen dargestellt wurde. Sie wollte Dysart auch ruinieren – immer schon –, aber auf ihre Weise, nicht auf meine.«

»Sie meinen Cornelius'.«

»Nun, dann halt auf Cornelius' Weise. Der Himmel weiß, warum er beschloß, ihm das Messer zwischen die Rippen zu jagen. Krach zwischen Liebenden vielleicht. Was immer der Grund gewesen sein mochte, er gab mir, was ich wollte: den Hammer, um einen Nagel durch Dysarts Leben zu treiben.«

»Und befriedigt es Sie, ihn erledigt zu haben?«

Minter tat einen langen Zug an seiner Zigarette. »Nicht so, wie ich erwartet hatte. Es war zu einfach, nehme ich an. Ein Anruf aus heiterem Himmel. Ein Treffen letzten Samstag an der Paddington Station.« Er sah auf die Uhr. »Ja, genau um diese Zeit. Und da steht Cornelius und übergibt mir die ganze Story. Eine unterschriebene Aussage. Ein Geständnis auf Tonband. Kompromittierende Briefe. Den ganzen Krempel. Nun, ich mußte mich nicht besonders anstrengen, stimmt's?« Er sprang von seinem Sessel auf und ging zum Fenster hinüber. »Jahrelang habe ich mir überlegt, was für ein Gefühl es wäre, diesen Mann zu ruinieren, und jetzt weiß ich es.«

»Was ist es für ein Gefühl?«

»Als sei ich betrogen worden, wenn Sie es genau wissen wollen. Als hätte ich hart gekämpft, um einen Gegner zu schlagen, nur um festzustellen, daß er das Spiel aufgegeben hatte, mich gewinnen ließ. Er präsentierte mir den Sieg auf einem silbernen Tablett – weil er dafür seine eigenen Gründe hatte.«

»Welche Gründe?«

»Ich weiß es nicht. Das ist es ja, was mir die Freude daran raubt. Was hat es für einen Sinn, zu gewinnen, wenn man weiß, daß man gewinnen darf? Haben Sie schon einmal Solowhist gespielt, Harry?«

»Ja.«

»Nun, ich fühle mich, als hätte Dysart Misère ouvert angesagt, keinen Stich machen wollen, und die Hand gewonnen. Er hat mir jede Karte gezeigt. Er hat mich aufgefordert, ihn davon abzuhalten, jeden Stich zu verlieren. Und er ist damit durchgekommen. Verdammt nochmal, er ist damit durchgekommen.«

»Wo glauben Sie, ist er jetzt?«

Minter deutete auf den Himmel und die Stadt, auf den Fluß und das Meer dahinter. »Irgendwo da draußen.«

»Versteckt?«

»Wenn er es nicht ist, dann sollte er es besser sein. Einige der Leute, die ihn suchen, tun es nicht gerade um des Vergnügens willen, ihm ihre Sympathie zum Ausdruck zu bringen.«

»Von wem sprechen Sie?«

»Ich kann mir vorstellen, daß die Geheimdienste gern ein längeres Gespräch mit ihm führen würden. Ebenso wie die IRA. Sie glauben vielleicht, er könnte ihnen den Weg zu Cornelius weisen. Dann sind da noch die Mitglieder meines eigenen ehrwürdigen Berufsstandes, gefolgt von einer Meute freischaffender Journalisten und nachtragender Menschen. Rex Cunningham, um nur einen zu nennen. Er ist kürzlich aus demselben Grund, aus dem Sie hier sind, an mich herangetreten – wo ist Dysart? Er scheint entschlossen zu sein, im Gefolge meines Artikels diese alte Geschichte über einen Fenstersturz in Oxford wieder auszugraben. Gott weiß, weshalb.« Minter grinste. »Hinter dieser Menge kommen Sie ziemlich weit abgeschlagen als Letzter ins Ziel.«

»Sie glauben nicht, daß ich ihn finde?«

»Ich glaube nicht, daß ihn irgend jemand findet.« Minter zog an seiner Zigarette. »Es sei denn, er will gefunden werden.«

63

Gerade als Harry dachte, daß sein Abstecher nach Kensal Green umsonst gewesen sei, öffnete Mrs. Tandy ihre Eingangstür, warf einen mißbilligenden Blick zum Nachbarfenster im ersten Stock, aus dem Reggae-Musik dröhnte, richtete dann mit dem reizendsten Lächeln ihre Aufmerksamkeit auf ihn, als sei er ein Schuljunge, der seiner Großtante einen Anstandsbesuch abstattet.

»Mr. Barnett! Was führt Sie hierher?«

»Ich war gerade ... äh ... in der Nähe. Ich habe mich gefragt, ob Sie vielleicht eine Nachricht von Zohra haben.«

»Sie haben Glück. Sie kam gestern abend zurück.«

»Ist sie zu Hause?«

»Nein. Sie ist vor etwa einer halben Stunde weggegangen, um ein paar Besorgungen für mich zu machen. So ein freundliches und hilfsbereites Mädchen, finden Sie nicht auch, Mr. Barnett?«

»Nun ... ich ...«

»Aber da ist sie ja!« Mrs. Tandys Lächeln wurde noch strahlender. »Sie muß gespürt haben, daß sie Besuch hat.«

Zohra stand keine zwei Meter entfernt, als Harry herumwirbelte, der Kragen ihres Wintermantels war bis zum Gesicht hochgeschlagen. Es war unmöglich von ihrer Miene auch nur die geringste Reaktion auf seine Anwesenheit abzulesen. Nur an ihrer rechten Hand, die den Riemen der Schultertasche umfaßte, war ein ganz leichtes Zittern festzustellen.

»Ich habe nicht erwartet, Sie wiederzusehen«, sagte sie abweisend.

»Ich habe sie gefunden, wissen Sie«, entgegnete Harry. »In Athen.« Er legte eine Pause ein. »Ohne Ihre Hilfe.«

Immer noch kein Anzeichen, daß sie die Fassung verlor. Zohra blickte zu Mrs. Tandy, dann wieder zurück zu Harry. »Warum kommen Sie nicht hinauf? Wir können uns dort unterhalten.«

Aber Zohra sagte nichts. Sie ging voraus zu ihrer Wohnung, öffnete die Tür und schloß sie hinter ihnen. Sie zog ihren Mantel aus und hängte ihn sorgfältig weg, zündete das Gas an und begann für eine Person Kaffee zuzubereiten. Und während der ganzen Zeit sagte sie nichts.

»Heather meinte, Dysart habe Sie erpreßt«, sagte Harry mit eigensinnigem Nachdruck, während er ihr in die Kochnische folgte. »Das heißt, er hat Sie erpreßt, mich zu hintergehen.« Keine Reaktion. Sie starrte hartnäckig in die blaue Flamme, die um den Wasserkessel vor ihr züngelte. »Ich weiß nicht, was ich denken soll.« Immer noch keine Antwort. »Aber Sie haben mich hintergangen, nicht wahr?« Wieder vergingen einige Augenblicke. Das Wasser im Kessel fing an zu brodeln.

Zohra streckte langsam die Hand aus und drehte das Gas ab. »Ja«, sagte sie, drehte sich langsam um und sah ihm ins Gesicht. »Ich habe Sie getäuscht.«

»Die Verdächtigungen, die Sie über Dr. Kingdom äußerten ...?«

»Waren falsch.«

»Die Ungereimtheiten in seinem Reiseplan?«

»Nur ausgedacht.«

»Und die Aktennotizen über Heather?«

»Gefälscht.«

»Also war die ganze Geschichte von Anfang bis Ende eine einzige Lüge?«

»Genau.«

»Und Sie haben das alles auf Dysarts Geheiß getan?«

»Ja.«

»Hat er Ihnen gesagt, warum? Hat er Ihnen den Grund gesagt?«

»Nein. Aber ich ahnte ihn. Er war überzeugt, daß Dr. Kingdom Heather im Versorelli-Institut Zuflucht gewährte. Er brauchte Sie, um sie von dort zu vertreiben. Und er brauchte Beweise, um Sie dazu zu überreden.«

»Und Sie halfen ihm, obwohl Sie wußten, was er mit Heather vorhatte, wenn er sie finden würde?«

»Ja. Aber ich war mir die ganze Zeit über sicher, daß er sich irrte. Ich vertraute darauf, daß Sie Heather nicht finden würden, weder am Versorelli-Institut noch sonstwo.«

»Ist das Ihre Entschuldigung für das, was Sie getan haben? Soll das etwa die Lügen rechtfertigen, die Sie mir erzählt haben, die Verdrehungen und Falschheiten?«

»Nein.«

»In Ordnung. Vergessen wir die Entschuldigungen. Wie steht es mit Erklärungen? Warum haben Sie es getan?«

»Ich hatte keine Wahl.«

»Hatte Heather recht? Hat Dysart Sie erpreßt?«

»In gewisser Weise.«

»Indem er Ihnen drohte, Sie ausweisen zu lassen?«

»Ja.«

»Also: Um nicht nach Sri Lanka zurückgeschickt zu werden, waren Sie bereit, Heather in Gefahr zu bringen – und einen Narren aus mir zu machen.«

Endlich löste sich ihr starrer Blick, ihr Kinn fiel auf die Brust. Harry fühlte, wie eine Welle ungerechtfertigter Sympathie in ihm aufstieg. Dann fing sich Zohra wieder, warf ihren Kopf zurück und sah ihm erneut in die Augen. »Alles was Sie gesagt haben, stimmt, Harry. Ich habe Heather betrogen. Ich habe Sie getäuscht. Ich habe eine Vertrauensstellung mißbraucht. Und ich bedaure das alles. Ich schäme mich für das, was ich getan habe. Ich sagte, daß ich keine Wahl gehabt hätte, aber natürlich hatte ich das. Ich hätte seine Bedingungen ablehnen können. Ich hätte mich ihm widersetzen können.«

»Warum haben Sie es dann nicht getan?«

»Weil ich Angst hatte. Jetzt ist es heraus. Die Angst war stärker als Loyalität oder Freundschaft. Glauben Sie, daß dies immer so sein muß, Harry?«

»Nein.«

»Ich auch nicht. Was es um so trauriger macht.« Sie zitterte. »Es ist kalt hier drinnen. Kommen Sie, setzen Sie sich ans Feuer.«

Harry folgte ihr zurück ins Wohnzimmer; sie ließ sich müde in einen Sessel vor dem Gasofen sinken. Doch Harry blieb stehen, hielt Abstand, wartete, daß sie fortfuhr.

»Meine Arbeitserlaubnis sollte Ende Juni letzten Jahres ablaufen. Man hatte mir bereits mitgeteilt, daß sie nicht erneuert werden würde. Ich sagte Dr. Kingdom nichts, weil ich fürchtete, er würde mich sofort entlassen, wenn er erfuhr, daß ich vielleicht kurzfristig kündigen mußte. Statt dessen vertraute ich mich Heather an. Da ich wußte, daß ihre Schwester für ein Parlamentsmitglied gearbeitet hatte, dachte ich, daß sie vielleicht in der Lage sei, die Behörden zu beeinflussen. Sie war sehr verständnisvoll und arrangierte ein Treffen mit Alan Dysart. Er schien ebenfalls verständnisvoll zu sein und versprach, zu tun, was in seiner Macht stand. Das war, wie sich herausstellte, ziemlich viel, denn mir wurde sofort eine dreimonatige Verlängerung gewährt. Natürlich fragte ich ihn, wie die Chancen für eine längerfristige Verlängerung stünden, und zu diesem Zeitpunkt begann er dann Druck auf mich auszuüben. Die Chancen stünden gut, sagte er, wenn ich ihm helfen würde.«

»Wobei?«

»Dr. Kingdom zu bespitzeln. Er wollte jede Einzelheit über Heathers Fall wissen. Er wollte Kopien von jeder Aufzeichnung, die Dr. Kingdom aufbewahrte, und jedem Brief, der sich auf sie bezog. Er wollte, daß ich ihm alles berichtete, was er über sie sagte und alles, was er mit mir besprach. Er wollte einfach alles wissen.«

»Und Sie waren damit einverstanden?«

»Ja. Es schien anfangs ziemlich harmlos zu sein. Und eine weitere Verlängerung für drei Monate war meine Belohnung. Dann verschwand Heather. Ich versuchte mir einzureden, daß die Informationen, die ich Dysart gegeben hatte, nichts damit zu tun hätten. Zu der Zeit hatte er zu vermuten begonnen, daß Heather und Dr. Kingdom unter einer Decke steckten. Das wurde zur festen Überzeugung, als Sie ihm erzählten, Sie hätten wenige Tage vor Heathers Verschwinden Dr. Kingdom in Lindos gesehen. Meine Anweisung lautete, Ihnen die Idee in den Kopf zu setzen, daß Kingdom sie gegen ihren Willen im Versorelli-Institut festhalte. Ich habe nie nach den Daten und Zeiten seiner Termine dort nachgefragt. Ich habe mich völlig darauf verlassen, daß die von Dysart kalkulierten Daten und Uhrzeiten Ihren Verdacht erregen würden. Was die Aktennotizen betrifft, so waren sie eine Mischung aus echtem Material und Dysarts Erfindungen, so hingebogen, daß sie seine Theorie stützten. Unsere nervösen Besprechungen und heimlichen Treffen dienten nur dazu, die Wirkung zu verstärken.«

Harry erinnerte sich an Heathers Doppelgängerin, die Miltiades ihm in Rhodos nachgeschickt hatte. Es schien ihm, als habe er seit damals ständig irgendwelchen Phantomen und beauftragten Hochstaplern nachgejagt. »Als wir Mrs. Tandy zum Friedhof fuhren«, sagte er und bemühte sich gar nicht, die Bitterkeit in seiner Stimme zu verbergen, »hat uns ein Mann fotografiert. Hatten Sie damit gerechnet?«

»Ja. Dysart hatte mich vorgewarnt. Aber ich wußte nicht weshalb.«

Zohra wußte es nicht, aber Harry konnte es sich denken. Er hatte geglaubt, Kingdom stecke dahinter, das war das, was er glauben sollte. »Und was war diesmal Ihre Belohnung?« fragte er.

»Eine unbefristete Aufenthaltserlaubnis.«

»Und dafür lohnte sich das alles?«

»Es schien so, ja.«

»Dann sind Sie wohl jetzt zufrieden – wenn auch sonst niemand.«

»Nicht gerade.« Zum ersten Mal, seit sie sich hingesetzt hatte, sah sie ihn direkt an. »Man könnte sagen, ich habe zwar meine Belohnung bekommen, Harry, aber es ist nicht die, auf die ich gehofft hatte. Selbst wenn Dysart beabsichtigte, sein Versprechen zu halten, bedeutet seine Entmachtung, daß er nicht mehr dazu in der Lage ist. Mein Fall bleibt in den Augen des Innenministeriums durch die Verbindung mit seinem Namen mit einem Makel behaftet. Folglich werde ich mit ihm untergehen. Sehen Sie den Brief dort auf dem Kaminsims?«

Dort lehnte ein zerknitterter brauner Briefumschlag hinter einem Porzellankrokodil.

»Werfen Sie einen Blick hinein.«

Er nahm das Kuvert herunter und zog das Blatt heraus.

»Es ist ein Ausweisungsbefehl«, sagte Zohra. »Ich muß Ende des Monats weg sein. Und glauben Sie mir, das ist keine Fälschung.«

Harry sah kurz auf das Stück Papier in seiner Hand hinunter und ließ seine Augen einen Moment lang über den bürokratischen Text gleiten. »Sie werden aufgefordert, das Vereinigte Königreich bis zum einunddreißigsten Januar zu verlassen ... Es besteht kein Anspruch auf weitere Rechtsmittel gegen die gerichtliche Entscheidung ... Im Falle der Nichtbefolgung wird eine Zwangsausweisung in Ihr Ursprungsland erfolgen.« Dann steckte er den Brief wieder in den Umschlag zurück und begegnete ihrem Blick weder mit Sympathie noch mit Verachtung. »Ist es wirklich so schlimm?«

»O ja, Harry, es ist sehr schlimm. Ich habe einen entfernten Cousin mütterlicherseits, der Anwalt ist. Ich bin diese Woche zu ihm gefahren in der Hoffnung, daß ich die Entscheidung anfechten könnte oder zumindest in ein anderes Land gehen könnte. Doch der Fall ist hoffnungslos, und er bezweifelt, daß mich ein anderes Land aufnehmen würde.«

»Also gehen Sie nach Sri Lanka zurück?«

»Ich muß. Es gibt keine Alternative.«

»Nun, ich bin sicher, Sie werden sich schnell eingewöhnen ...«

»Sie verstehen nicht. Mein Bruder Arjuna ist ein prominentes Mitglied der tamilischen Separatistenbewegung. Die Regierung hält ihn für einen gefährlichen Terroristen. Es gibt nichts, was sie nicht tun würden, um ihn zu zwingen, sich der Armee auszuliefern. Wenn ich zurückkehre, würde ich ihre Geisel. Seitdem Arjuna vor drei Jahren in den Untergrund ging, habe ich immer versucht, eine Rückkehr nach Sri Lanka zu vermeiden – um meinet- und um seinetwillen. Deshalb war ich bereit zu tun, was Dysart verlangte. Wäre meine Lage nicht zu verzweifelt gewesen ...« Sie sah weg. »Schon gut. Es spielt jetzt keine Rolle mehr. Dieser Brief ist die Folge dessen, was ich getan habe. Dieser Brief ist mein verdienter Lohn.«

Jetzt war es Harry, der den Blick abwandte. Was Zohra gesagt hatte, konnte ihr Verhalten zwar nicht entschuldigen, aber es hatte dazu geführt, daß sich ihm ein beunruhigender Gedanke aufdrängte: Wie hätte er in ihrer Lage gehandelt? Er legte den Brief auf den Kaminsims zurück und starrte in die boshaften Augen des Porzellankrokodils. Sie hatte doch versucht, ihn zu warnen, oder nicht? Auf ihre Weise hatte sie ihn zur Vorsicht gemahnt. »Seien Sie vorsichtig«, hatte sie kurz vor seiner Abreise nach Genf zu ihm gesagt.

Das Telefon klingelte. Der beharrliche Ton unterbrach Harrys Gedanken. Er hörte, wie Zohra sich aus dem Sessel erhob und langsam zum Telefon hinüberging, so langsam, daß er fast erwartete, daß es aufhören würde zu klingeln, bevor sie es erreichte. Doch es hörte nicht auf.

»Hallo? … Was?« Etwas in ihrer Stimme veranlaßte Harry, sich umzudrehen und zu ihr hinzusehen. Sie war blaß und zitterte. »Ja, aber … Na schön.« Sie sah zu Harry. »Es ist Dysart. Er möchte mit Ihnen sprechen.«

Harry hätte später nicht mehr sagen können, wie er es fertigbrachte, das Zimmer zu durchqueren und den Hörer aus Zohras Hand entgegenzunehmen. Sobald er Dysart sprechen hörte, schrumpfte seine Welt zu dem dunklen Reich dieser entfernten Stimme. Alles andere lag außerhalb seiner Wahrnehmung.

»Harry?«

»Woher hast du gewußt, daß ich hier bin?«

»Ich sah dich hineingehen. Ich bin dir von Minters Wohnung gefolgt. Schon von Swindon.«

»Wo bist du jetzt?«

»In der Nähe. Es spielt keine Rolle. Du findest mich nicht.«

»Was willst du?«

»Dich treffen, das ist alles. Reden. Damit wir einander verstehen.«

»Wo und wann?«

»Tyler's Hard. Um vier Uhr heute nachmittag. Kannst du kommen?«

»Ja … aber …«

»Alles weitere, wenn wir uns treffen. Ich vertraue dir, Harry. Komm allein, und sei pünktlich.«

64

Vier Uhr. Ein windstiller und wolkenloser Tag, der ein paar täuschende Stunden milder Witterung erlebt hatte, gab seinen schwachen Griff frei. Farbe und Wärme flohen, als das Licht schwächer wurde und die reglosen Bäume, das ruhige Wasser, die sich windende Straße, die leeren Felder jedes Trostes beraubte. Harry hörte nur seine eigenen Schritte und kein anderes Geräusch, als er auf Tyler's Hard zu ging. Der dunkle Finger des Landestegs ragte in die Flußmündung, das Haus lag ohne Beleuchtung und schweigend da, geduckt und zurückgezogen, nicht einladend und doch voller Erwartung.

Das Tor stand offen. Harry sah sich um, und es fiel ihm auf, daß kein Wagen dastand, kein Feuer brannte und der eisige Hauch von Leere über den blinden Fenstern und rauchlosen Kaminen schwebte. Er ging durch das Tor und auf die Vordertür des Landhauses zu. Nichts bewegte sich. Nichts raschelte oder deutete darauf hin, daß jemand da war. Und doch war die Gewißheit, daß er beobachtet wurde, absolut und unwiderlegbar. »Komm allein, und komm rechtzeitig.« Er hatte beides getan und würde jetzt, das wußte er, nicht an der Nase herumgeführt werden.

Die Tür stand halb offen. Sie knarrte, als er sie aufstieß, dann herrschte wieder Stille. Ein kurzer Flur, Treppen und eine Küche am Ende, zu beiden Seiten Türen, die beide halb geöffnet waren. Dann endlich ein Geräusch. Holz auf Holz. Etwas, das zuging, sanft, wie eine Schreibtischklappe, die langsam gesenkt wurde, in dem linken Zimmer. Ohne sich bewußt zu werden, daß er sich bewegte, ging er darauf zu. Und trat ein, als sei er aus dem Tiefschlaf aufgewacht, als würde er einen Ort wiederentdecken, den er nie zuvor besucht hatte.

Es war ein kleines und konventionell eingerichtetes Wohnzimmer, das nur schwach in dem Zwielicht zu erkennen war, das die Spitzenvorhänge zu einem grauen Vorboten vollkommener Dunkelheit gefiltert hatte. Harry sah Dysart in der Ecke stehen, eine Sekunde bevor er die Stehlampe neben sich anknipste, eine aufrechte und reglose Gestalt, die sich in einer plötzlichen Flut von Helligkeit verlor.

»Hallo, Harry.«

Seine Stimme war unverändert, selbstsicher und wohlklingend. Seine Kleidung war tadellos – die Schuhe poliert, die Hose gebügelt, das Hemd von einem makellosen Weiß. Und er lächelte. Unter dem zurückgekämmten blonden Haar lächelte er. Nur in den Augen – nur in dem winzigen Verlust an Klarheit und Zuversicht – konnte man eine Spur von Veränderung erkennen.

»Es war gut von dir, so zu kommen, wie ich dich gebeten habe.«

Als Harry nähertrat, sah er, daß Dysart neben einem niedrigen, mit einer Glasplatte abgedeckten Schrank stand, in dem Medaillen auf einem grünen Fries gebettet lagen. Der Gedanke, daß das Geräusch, das er vom Gang aus gehört hatte, der Deckel war, der geschlossen wurde, veranlaßte ihn dazu, sich den Inhalt anzusehen.

»Zum größten Teil die meines Großvaters mütterlicherseits«, sagte Dysart. »Er befehligte einen Kreuzer bei Jütland, weißt du. Er starb, bevor ich geboren wurde, aber die Geschichten seiner Erfolge ließen mich wünschen, es ihm in der Königlichen Marine gleichzutun. Ich glaube, er wäre stolz auf meine Karriere gewesen, aber ich weiß es nicht genau. Er hätte es mir vielleicht übelgenommen, daß ich in Wirklichkeit überhaupt nicht sein Enkel war.«

Es war gesagt. Es war eingestanden. Es war zugegeben. Harry blickte von den bunten Bändern und den daranhängenden Medaillen auf und sah, daß Dysart immer noch lächelte, ihn immer noch in die seltsame Intimität einer Freundschaft einbezog, die er zwar verraten, aber nicht aufgekündigt hatte. »In Athen habe ich zufällig Barry Chipchase getroffen«, sagte Harry langsam und mit Bedacht, so daß die Bedeutung dessen, was er sagen wollte, nicht mißverstanden werden konnte.

»Und er hat dir von dem Grab in Solihull erzählt?«

»Ja.«

Ein kurzes, trockenes Lachen. »Ich hätte es eigentlich wissen können, daß sich sogar der Zufall gegen mich wendet.«

»Du warst also nicht Gordon Dysarts Sohn?«

»Sie haben mich adoptiert, Harry, als ihr einziges Kind, Alan, an Kinderlähmung starb. Sie adoptierten mich und gaben mir seinen Namen. Sie machten aus mir ein Abbild eines kleinen Jungen, der tot war. Und sie haben mir nie erzählt, daß ich nicht ihr echter Nachkomme war, nicht ihr rechtmäßiger Erbe, überhaupt nicht ihr Sohn. Einen Monat nachdem ich nach Oxford gegangen war, starb mein Vater und hinterließ mir sein Vermögen, sein Haus, sein Geschäftsimperium ... und einen versiegelten Brief aus den Händen seines Rechtsanwalts, der mir die längst fällige Wahrheit mitteilte. Ich hatte jede Einzelheit dessen, was meine Generation der Dysarts werden sollte, aufgebaut, geplant und vorbereitet, und plötzlich war alles sinnlos geworden. Ich war nicht sein Sohn und konnte es nie sein.«

»Wer waren deine richtigen Eltern?«

»Dem Brief zufolge wußte es mein Vater nicht. Ein namenloses Waisenkind unbekannter Eltern. Das war die ganze Information, die er mir geben wollte. Nun da er und meine Mutter tot waren, war das alles, was mir zustand. Außer meinem Erbe, natürlich, meinem unerschöpflichen, untilgbaren Erbe. Ich war wohlhabend, begabt und wurde von allen beneidet. Doch in meinem Herzen war ich zu einem Bettler geworden, einem zufälligen Nutznießer der Barmherzigkeit eines reichen Mannes.«

»War es das, was Everett herausgefunden hatte?«

»Ja. Daß ich kein Dysart war. Daß ich nicht das war, was ich zu sein vorgab.«

»Und du hast ihn getötet, um ihn davon abzuhalten, daß er es anderen weitererzählte?«

»Ramsey Everett war ein Schwein, Harry, ein grausames und rachsüchtiges Schwein. Er rechnete damit, daß ich viel tun würde, um die Peinlichkeit zu vermeiden, die seine Enthüllung für mich zur Folge haben würde. Er hatte dauernd Schulden, da er über seine Verhältnisse lebte, und wollte, daß ich als Gegenleistung für sein Schweigen seine Gläubiger bezahle. Ich hatte nicht geplant, ihn umzubringen, ich hatte überhaupt nichts geplant. Es geschah blitzartig, in einem Zornesausbruch. Und es war so einfach. Er stand am Fenster – mit niedrigem Sims und weit geöffnet – und zählte die schmutzigen Einzelheiten dessen auf, was er bekanntgeben würde, wenn ich seinen Forderungen nicht nachgeben würde. Ich stürzte mich auf ihn, und er fiel rückwärts in die Nacht. Auf seinem Gesicht stand ein unheimlicher Ausdruck des Unglaubens und der Überraschung.«

Dysart machte mehrere schnelle Schritte durch das Zimmer, als sei plötzlich eine gewisse Entfernung nötig, eine gewisse Abgeschiedenheit, über die hinweg er alles gestehen konnte, was er so lang geheimgehalten hatte. Und doch war, als er sich Harry wieder zuwandte, der Versuch eines Lächelns um seinen Mund zu sehen.

»Der Rest – die anderen Morde, die wirklichen und die versuchten – folgte aus dieser einen impulsiven Tat. Aber das brauche ich dir nicht zu erzählen, nicht wahr, Harry, das hat Jack schon getan. Du hast ihn in Athen getroffen, stimmt's?«

»Ja.«

»Das dachte ich mir. Ich dachte mir, daß er dich ins Vertrauen ziehen würde. Hat er dich gebeten, mir irgendeine Nachricht zu überbringen?«

»Wolltest du mich deshalb sehen?«

»Nein. Dafür gibt es andere, zwingendere Gründe. Aber ich würde dennoch gern wissen, ob du mir etwas ausrichten sollst.«

»Er hat mich gebeten, dir zu sagen, daß du ihm keine andere Wahl gelassen hast.«

»Keine andere Wahl? Nun, vielleicht hat er recht. Sonst noch etwas?«

»Und er verzeiht dir.«

Ein Krampf, der vielleicht ein unterdrücktes Schluchzen gewesen sein konnte, erschütterte Dysart. Er schlug sich die Hand vor die Stirn, ging zum Kamin und stützte sich schwer auf den Kaminsims. Dann schien er wieder Kontrolle über sich zu erlangen. Er straffte die Schultern und sah sich nach Harry um. »Ich ging mit Jack einen Pakt ein, nie zu offenbaren, was wir einander bedeuten, und ich werde ihn jetzt nicht brechen.« Mit dieser Erklärung schüttelte er seinen plötzlichen Schwächeanfall ab. »Er hat dir alles erzählt, nehme ich an: Wie wir vorgingen, um zu verhindern, daß Willy bei der gerichtlichen Untersuchung wegen Everetts Tod aussagen würde; was wir taten, um Clares Erpressungsversuche zu vereiteln; was ich vorschlug, um zu verhindern, daß Heather die Wahrheit über den Tod ihrer Schwester erfuhr.«

»Ja. Das weiß ich alles.«

»Und wie ich dich manipuliert habe, Heather für mich zu finden?«

»Das auch.«

»Schlimm, nicht wahr, Harry? Verachtenswert. Nicht zu verzeihen. Und du möchtest wissen, warum ich das getan habe? Wie ich mich dazu bringen konnte? Everett tötete ich im Affekt. Aber die Sabotage an Willys Auto und die versteckte Sprengladung auf der Artemis anzubringen, bevor ich Clare unter einem Vorwand dazu brachte, an Bord zu gehen – das alles war geplant, das war vorsätzlich.« Dysart schüttelte in reuevoller Erinnerung den Kopf. »Es ist seltsam, nicht wahr, was man über sich selbst herausfindet, wenn man in die Ecke gedrängt wird? Als ich mich vom Fenster umdrehte, durch das ich gerade Everett in den Tod gestoßen hatte, und darauf vertraute, daß mich niemand dabei gesehen hatte, entdeckte ich plötzlich Willy, der mich vom Eingang her mit dem Ausdruck echten Entsetzens auf dem Gesicht anstarrte. Da wußte ich, daß ich ihn auf die eine oder andere Art zum Schweigen bringen mußte. Und ich wußte auch, daß ich dabei vor nichts haltmachen würde. Natürlich glaubte ich damals, daß es nach Willy damit vorbei sein würde. Später versuchte ich sogar, mein Gewissen zu beruhigen, indem ich ihm hier Arbeit und Unterkunft gab. Und ich verlor keine Zeit, alles zu unternehmen, um sicherzugehen, daß es keinerlei Unterlagen mehr gab, um meine Herkunft zu verfolgen. Seitdem ich das letzte derartige Beweisstück – den Grabstein meines Namensvetters in Solihull – beseitigt hatte, nahm ich an, daß mein Geheimnis vollkommen sicher war. Und das wäre es auch gewesen, wenn Clare nicht versucht hätte, mich für die Verwirklichung ihrer ehrgeizigen politischen Pläne einzuspannen.

»War sie wirklich von dir schwanger?«

»Ja. Ein dummer Fehltritt. Ich war zu der Zeit müde und deprimiert und ziemlich betrunken. Sie wählte den Augenblick geschickt, das kann ich nicht bestreiten. Aber ich laß mir nicht gern drohen, Harry. Diejenigen, die dieses Spiel bei mir versucht haben, haben es bereut.«

»Hat Heather dir gedroht?«

»Nein.« Dysart seufzte. »Sie wäre das erste vollkommen unschuldige Opfer gewesen.«

»Und ich sollte dich zu ihr führen?«

»Ja. Es tut mir leid, Harry, aber es gab sonst niemanden, dem ich trauen konnte.«

»Oder ausnutzen?«

»Das auch, vielleicht. Es ist ein Handikap, wenn man berühmt ist, weißt du. Nachdem Heather erst einmal verschwunden war, mußte ich das Schlimmste annehmen: daß ihr klargeworden war, was ich vorhatte, daß sie, wahrscheinlich mit Kingdoms Hilfe, untergetaucht war und in ihrem Versteck bleiben wollte, bis sie genügend Beweise gesammelt hatte, um gegen mich vorzugehen. Also konnte ich es nicht zulassen, daß sie in ihrem Versteck blieb. Ich mußte sie finden, bevor sie die Gelegenheit hatte, zu rekonstruieren, was passiert war. Doch ich selbst konnte nicht nach ihr suchen. Ich war zu bekannt, zu verdächtig. Ich brauchte jemand anderen, der sich für mich auf die Suche machte. Du hattest selbst einen guten Grund, weshalb du sie finden wolltest, und du hast mir vertraut. Welche wirksamere Tarnung konnte es geben? Du bist mein Stellvertreter geworden, Harry, mein Generalbevollmächtigter, mein Ordnungsbeamter.«

»Warum hast du mir dann Vigeon auf die Fersen gesetzt?«

»Weil ich sichergehen mußte, daß du mir nichts verheimlichen würdest. Ich mußte Gewißheit haben, daß du mir alles sagtest, was du wußtest. Gleichzeitig konnte ich nicht riskieren, daß du die Lust verlieren würdest oder glaubtest, daß hinter Heathers Verschwinden gar nichts Schlimmes steckte. Ich kenne dich besser, als du dich selbst kennst, Harry. Nichts konnte dich wirkungsvoller antreiben als die Überzeugung, daß jemand dich aufzuhalten versuchte. Daher die Botschaften, die Anrufe, die Fotografien. Daher sollte Vigeon dich auch merken lassen, daß er dir folgte. Und daher auch die harte Warnung durch die Polizei. Ganz und gar nicht Charlie Mallenders Werk – sondern meines.«

»Und was war mit Zohra Labrooy?«

»Sie war nur ein Mittel zum Zweck, nützlich, um dich auf dem richtigen Kurs zu halten.«

»Bist du dir darüber im klaren, daß ihr die Ausweisung bevorsteht?«

»Ja. Das ist bedauerlich, aber ich kann nichts tun, um es zu verhindern. Die Ironie dabei ist, daß ihre Anstrengungen für mich umsonst waren. Dr. Kingdom hatte, wie sich herausstellte, von nichts eine Ahnung. Was es um so bemerkenswerter macht, daß es dir gelungen ist, Heather zu finden. Wie bist du denn darauf gekommen?«

»Willst du das wirklich wissen?«

»Vielleicht nicht. Vielleicht bleibt es besser ungesagt. Aber sag mir eines, Harry: Kannst du mir verzeihen?«

»Nein. Ich glaube nicht.«

»Warum nicht? Wegen der Morde? Oder weil ich dich zum Narren gehalten habe?«

Damit traf er ins Schwarze. Es war schwierig, wegen toter fremder Menschen einen Zorn gegen jemanden aufrechtzuerhalten, leicht jedoch, wenn man Rache für verletzten Stolz sucht. »Ich kann dir für keines von beiden verzeihen.«

»Du wirst es. Sehr bald wirst du es.«

»Warum sollte ich?«

»Geduld, Harry. Noch ein bißchen Geduld. Es gibt etwas, was du zuerst verstehen mußt. Das ist keine Entschuldigung, das ist kein Plädoyer, sondern es ist etwas, das der Wahrheit, warum ich diese Dinge getan habe, näherkommt, als ich je, sogar mir selbst, eingestanden habe. Meine Geburt, mein Leben, meine Familie – das alles war auf einer Lüge aufgebaut; der Lüge, daß ich das war, wofür mich die Leute hielten. Nun, seither habe ich diese Lüge aufrechterhalten. Mich so verhalten, wie sich jemand in meiner Position zu verhalten hat. Geglaubt, was jemand in meiner gesellschaftlichen Stellung zu glauben hat. Ich habe mit Grinsen und Schmeicheleien meinen Weg durch Oxford, die Royal Navy und die Regierung Ihrer Majestät gemacht. Mir ist alles gelungen und nichts fehlgeschlagen. Und weißt du, was ich aus diesen billigen Siegen und leichten Triumphen gelernt habe? Daß im Zentrum nichts ist: ein Vakuum, eine Leere, die jene Lüge verkörpert, die jeder ebenso lebt wie ich. Ehre. Loyalität. Integrität. Patriotismus. Moral. Verdienst. Das alles bedeutet nichts. Heuchelei ist unser Herrscher und Verstellung der gesetzmäßige Erbe. Deshalb empfinde ich auch keine Reue darüber, die Meute von Narren und Gaunern zu verraten und zu enttäuschen, die jetzt, wo ich gestellt worden bin, nach meinem Blut lechzt. Denn was mein schlimmes Geheimnis über ihr Urteil aussagt, versetzt sie weit mehr in Wut, als was es über meine Ehrlichkeit aussagt. Die ganze Bewunderung, die ganze Förderung, der ganze Respekt, den ich ihnen abgeschwindelt habe, würgt ihnen im Hals, nagt an ihrer übertriebenen Selbsteinschätzung. Was sie mehr als alles andere übelnehmen, ist das, was mein schändliches Verhalten über die Heuchelei einer sich mit Schmiergeldern und Klüngelwirtschaft Vorteile verschaffenden Gesellschaft beweist, die sie anführen.«

»Ist also alles Heuchelei? Sogar die Freundschaft?«

»Nein.« In Dysart Augen lag eine flehentliche Bitte. »Nicht die Freundschaft. Stimmst du mir nicht zu, daß ich dir ein guter Freund gewesen bin?«

»Ja, aber ...«

»Und ich wäre dir auch weiterhin einer gewesen.«

»Was, wenn ich zum selben Schluß gekommen wäre wie Heather? Was, wenn mir klargeworden wäre, daß du ihre Schwester ermordet hast – so wie Everett?«

Dysart lächelte. »Selbst dann.«

»Bist du sicher, daß du nicht einen weiteren tödlichen Unfall inszeniert hättest, dieses Mal für mich?«

»Ziemlich sicher, Harry, ziemlich sicher.« Ein gewinnender, fast sehnsüchtiger Ausdruck war in sein Gesicht gekommen. »Weißt du, in einem merkwürdigen Sinn habe ich alles für dich getan.«

»Für mich?«

»Ich bin dir eine Erklärung schuldig. Ramsey Everett hat noch mehr entdeckt, als daß ich nicht Gordon Dysarts Sohn war. Er fand heraus, wessen Sohn ich wirklich war. Was ich später unter allen erdenklichen Mühen zu verbergen suchte, war nicht die Tatsache, daß ich adoptiert worden war, sondern die Tatsache, daß ich in Wirklichkeit der Sohn einer Mörderin war.«

»Einer Mörderin?«

Wieder das traurige, nachdenkliche Lächeln. »Paul und Gwendolen Stobart. Das sind natürlich nur Namen, aber es sind zufällig die Namen meiner richtigen Eltern. Das Wenige, das ich von ihnen weiß, will ich dir erzählen. Paul Stobart war ein Londoner Dockarbeiter, der öfter arbeitslos als beschäftigt war und von dem man wußte, daß er zu Trunksucht und Gewalt neigte. Gwendolen, seine Frau, stammte aus Südwales. Sie wohnten in einem Reihenhaus in Bermondsey. Meine Geburt hat wahrscheinlich ihre Finanzen ebenso strapaziert wie ihre gegenseitige Toleranz. Es scheint klar, daß Paul Stobart seine Frau oft verprügelte, und es kann sein, daß sie um meine Sicherheit ebenso wie um ihre eigene fürchtete. Was auch immer der Grund gewesen sein mag, die Dinge spitzten sich zu, und zwar bereits wenige Tage nach meiner Geburt. Auf dem Höhepunkt eines

Streits, den die Nachbarn mitbekamen, stach Gwendolen auf ihren Mann mit dem Brotmesser ein und erschlug ihn mit einem Schürhaken. Sie floh dann und nahm mich mit. Einige Monate lang gab es keine Spur von ihr. Dann wurde eine Frau, die sich kurz vorher mit Gas in einer Wohnung in Cardiff das Leben genommen hatte, als Gwendolen Stobart identifiziert. Die Suche war vorbei.«

»Was war mit dem ... Was war mit dir?«

»Damals war ich in einem Waisenhaus, und keiner wußte, wessen Kind ich war. Doch Gwendolen Stobart hinterließ einige Zeilen, in denen sie mitteilte, wo und wann sie mich ausgesetzt hatte, und so war das Geheimnis meiner Identität gelüftet. Da keine Verwandten beider Elternteile mehr am Leben waren, beschloß man, daß ich dort bleiben sollte, wo ich war. Und da die Stobarts mir nicht einmal einen Namen gegeben hatten oder die Geburt hatten registrieren lassen, als der Mord geschah, war man der Meinung, daß es für mich das beste sei, mich in dieser Anonymität zu belassen. In dieser Lage fanden mich die Dysarts, als sie ein Kind im selben Alter und vom selben Geschlecht wie ihr verstorbener Sohn Alan suchten. Niemand hielt es für angebracht, ihnen die Wahrheit über meine Herkunft zu erzählen. Vielleicht war auch niemand mehr da, der die Wahrheit kannte. Meine Eltern lebten und starben ganz gewiß in glücklicher Unkenntnis darüber, wer ich wirklich war. Es bedurfte der Hartnäkkigkeit und der Geschicklichkeit eines Ramsey Everett, um die Fakten über mich in den Archiven aufzustöbern. Weißt du, wie er versuchte, noch Salz in die Wunde zu streuen? Ich kann immer noch seine hohe, pfeifende, sarkastische Stimme hören. ›Ich mache vielleicht deinen Fall zum Kernstück meiner Doktorarbeit.‹ Kannst du dir vorstellen, wie das ist, wenn man sich so etwas anhören muß? ›Vielleicht könnten wir in der Tyrell-Gesellschaft zur Debatte stellen, ob der Mörderinstinkt erblich ist.‹ Gott im Himmel, kannst du mir einen Vorwurf machen für das, was ich getan habe?« Nach zwanzig Jahren glühte der Zorn, den Everett hervorgerufen hatte, immer noch in Dysarts Gesicht.

»Vielleicht nicht«, sagte Harry, erschüttert und zur Milde gerührt durch Dysarts Heftigkeit. »Aber was ist mit ... was ist mit ...«

»Den anderen?« Dysart schüttelte abweisend den Kopf. »Was sie betrifft, kann ich nichts zu meiner Entlastung anführen. Vielleicht hatte Everett recht, als er Vererbung erwähnte. Vielleicht ist es so etwas wie eine sich erfüllende Prophezeiung. Oder vielleicht – wie mein Beispiel zeigt – ist der zweite Mord leichter als der erste und der dritte leichter als der zweite und der vierte ...«

Er sah Harry voll in die Augen, als wollte er ihn zwingen zu glauben, was er sagte. »Jack hatte recht, als er mir den Teppich unter den Füßen wegzog. Ich mußte aufhören. Es mußte ein Ende haben. Und der Weg, den er gewählt hat, war der einzige, der funktionieren konnte. Nun, da Jack weg ist, gibt es nichts mehr, was ich wollte oder brauchte, nichts, für das ich bereit wäre, zu töten oder zu sterben. Das Spiel ist aus. Die Jagd ist ...« Er brach abrupt ab und signalisierte mit dem Finger an den Lippen, still zu sein, als hätte er etwas gehört, was Harry nicht gehört hatte. Er stand einen Augenblick lang regungslos da, dann ging er schnell zu der Stehlampe, knipste sie aus, zog den Spitzenvorhang zur Seite und spähte aus dem Fenster.

»Was ist los?«

»Ich weiß nicht. Irgend etwas da draußen. Ein Auto auf der Straße, glaube ich.«

»Ist das ...«

»Es ist Willy!« Dysarts Stimme klang eindringlich, sein Griff am Vorhang wurde plötzlich fester. »Ich habe mich schon gefragt, wo er sich herumtreibt. Er geht gewöhnlich nicht weit weg.«

Harry reckte sich über Dysarts Schulter und erkannte Morpurgos gekrümmte, schlurfende Gestalt, die auf dem Weg von der Toreinfahrt her näherkam. Er trug wie zuvor Baskenmütze und Overall, und obwohl das Licht zu schwach war, um zu sehen, ob er immer noch die Breakspear-Krawatte umgebunden hatte, war sich Harry sicher, daß er sie trug. »Morpurgo kann doch bestimmt nicht Auto fahren«, flüsterte er.

»Genau, Harry, genau. Jemand muß ihn abgesetzt haben.«

»Warum geht er denn nicht in seine Wohnung?« Harry ertappte sich dabei, daß er selbst hoffte, er würde genau das tun.

»Ich weiß nicht. Er scheint hierherzukommen.« Dysart trat vom Fenster zurück. »Warte hier. Ich werde mit ihm sprechen. Komm nicht heraus. Wenn er dich sieht, ist er vielleicht gewarnt.«

Dysart ging schnell aus dem Zimmer und ließ Harry allein in dem Halbdunkel. Als er wieder aus dem Fenster schaute, war Morpurgo nicht mehr zu sehen. Im selben Moment war Dysarts Stimme vom Vorraum durch die halboffene Tür zu hören.

»Hallo, Willy. Wo bist du gewesen?«

Keine Antwort.

»Ich habe mir schon Sorgen um dich gemacht.«

Immer noch keine Antwort.

»Hast du Besuch gehabt?«

Schließlich sprach Morpurgo in seiner lispelnden, stockenden, monotonen Sprechweise. »Rex-kam-mich-besuchen.«

»Rex Cunningham?« Dysarts Liebenswürdigkeit klang allmählich hohl. »Was wollte er?«

»Er-hat-mir-Sachen-erzählt.«

»Was für Sachen?«

»Über-den-Auto-unfall.«

»Welchen Autounfall?«

Schweigen trat ein, obwohl es Harrys angestrengt lauschendem Ohr schien, als könnte er den Atem der beiden Männer hören: Dysarts flach und wachsam, Morpurgos nasal und verzerrt. Welche Blicke oder Zeichen, welche Hinweise oder Deutungen zwischen ihnen hin und her gingen, konnte er nicht erraten. Statt dessen beschäftigte sich sein Verstand verzweifelt mit all dem, was er erfahren hatte, seit er vor einer halben Stunde in Tyler's Hard angekommen war. »Ich habe das alles für dich getan.« Was konnte Dysart damit meinen? Welche Rolle hatte Harry in diesem traurigen und verdrehten Protokoll seines Lebens gespielt? Plötzlich sprach Morpurgo wieder, und Harrys Aufmerksamkeit wurde wieder auf die Gegenwart gelenkt.

»Es-stimmt-nicht-wahr?«

»Was denn, Willy?«

»Was-Rex-gesagt-hat.«

»Was hat er denn gesagt?«

»Über-den-Auto-unfall.«

»Ich weiß nicht, was du meinst.«

»Doch-du-weißt-es.-Ich-kann-sehen-daß-du-es-weißt.-Ich-kann-es-in-deinen-Augen-sehen.«

Wieder setzte Stille ein, dieses Mal unverkennbar erfüllt von den keuchenden Atemzügen zweier Männer, die Angst hatten. Harry ging zur Tür, dann blieb er stehen. Er hatte schließlich kein Recht dazwischenzutreten. Es mußte Dysart überlassen bleiben, so gut er konnte, auf die Anklage zu antworten.

»Es-stimmt-nicht-wahr?«

»Ich habe hier immer gut für dich gesorgt, Willy.«

Aber Willy ließ sich nicht abbringen. »Es-stimmt-nicht wahr?« kam es wieder im starrköpfigen Stakkato.

Einen Augenblick überlegte Dysart, dann schien ihm der Geduldsfaden zu reißen. »Was wäre, wenn es stimmt?« spottete er. »Was willst du dagegen tun, Willy?«

»Du ...« Morpurgos Stimme wurde zu einem erstickten Weinen. Plötzlich wurde die Vordertür mit einer Gewalt zugeworfen, die das ganze Haus erschütterte. Durch das Fenster konnte Harry Morpurgo weinen hören – große schmerzliche Schluchzer, die abrupt in ein Wimmern übergingen. Dann war das Knirschen von Kies zu hören und das Geräusch schwerer, schlurfender Schritte auf dem Weg, die schnell verstummten.

»Tut mir leid«, sagte Dysart und kam wieder ins Zimmer zurück mit einem seltsamen Lächeln auf den Lippen.

»Was hat ihm Cunningham erzählt?«

»Was meinst du wohl? Schätzungsweise etwas, das der Wahrheit sehr nahe kommt, würde ich sagen. Seit Rex über Jack und mich Bescheid weiß, ist er wohl fähig, darauf zu schließen, was auf der Fahrt nach Burford passiert ist. Und auch fähig, so scheint's, den armen Willy mit dem Wissen zu belasten.«

»Was wird Morpurgo tun?«

»Tun?« Dysarts Augen schienen sich auf ein Ziel zu richten, das weit außerhalb der Begrenzungen des Zimmers lag. »Ich kann es mir nicht vorstellen. Ich kann es mir wirklich nicht vorstellen.« Sein Blick kehrte zu Harry zurück. »Nun, wo waren wir stehengeblieben?«

»Aber du hast praktisch zugegeben, daß du ihn zum Krüppel gemacht hast.«

Dysart ging nicht darauf ein. »Hast du die Teile jetzt zusammengesetzt?«

»Was?«

»Hast du das Schema erkannt? Hast du das Puzzle zusammengefügt?«

»Welches Schema? Welches Puzzle?«

Das Lächeln wurde breiter. »Unserer Leben, Harry, deins und meins.«

»Ich weiß nicht, was du meinst.«

»Wirklich? Du enttäuschst mich. Vielleicht muß ich dir noch einen Hinweis geben. Paul Stobart wurde in der Nacht von Donnerstag, dem zwanzigsten März 1947, ermordet. Gwendolen Stobart lief in derselben Nacht mit ihrem Sohn weg und verschwand. Ihr Sohn war nicht bei ihr, als sie vier Monate später in Cardiff Selbstmord beging. Er war auf dem Weg verlorengegangen.«

»Auf dem Weg?«

»Vielleicht sollte ich sagen ... auf den Geleisen.«

Vierzig Jahre wurden bei Dysarts Worten wie ein Vorhang zur Seite geschoben. Harry stand nicht mehr in einem Landhaus in Hampshire, und nichts von der Erschöpfung und dem Selbstmitleid seiner mittleren Jahre bedrückte ihn mehr. Plötzlich war er wieder elf Jahre alt, die Schulmütze schief auf dem Kopf, die Haare durcheinander, den Blazerknopf an einem Zaunpfahl abgerissen, die Knie unter den kurzen Sergehosen aufgeschürft, die Schuhe verschrammt, den Schulranzen auf den Rücken geschnallt, die Krawatte ins Hemd gesteckt. Er blies in seine in Fäustlingen steckenden Hände, damit sie warm wurden, befeuchtete seinen Stift mit der Zunge und schlug das Buch mit den Zugnummern auf, als er sich neben der Lücke in dem Zaun zwischen dem Kirchhof von

St. Markus und der Eisenbahnlinie niederkauerte. Er war in Swindon, am ersten naßkalten, verschneiten Frühlingstag des Jahres 1947, wußte nichts von dem Mord, der in der vorangegangenen Nacht in Bermonsdey begangen worden war, wußte nicht, daß Zeit und Zufall gleich diktieren würden, daß sein Lebensweg und der eines namenlosen Kindes, der als Alan Dysart aufwachsen sollte, sich gleich kreuzen würden.

Nein, es war kein Schneehaufen. Es war ein Pappkarton, der gegen die äußere Schiene der unteren Bahnlinie gelehnt war, über die der Cardiff-Express gleich fahren würde. Der Cardiff-Express, dessen Nummer noch nicht zu erkennen war, der aber, wenn er wirklich Glück hatte, einer von der Extraklasse war. Natürlich würde er einen Pappkarton flachdrücken, und der Lokführer würde es nicht einmal bemerken. Nicht daß ... Halt. Das konnte nicht wahr sein. Da war etwas in der Schachtel, das sich bewegte und krümmte und – ja, weinte, ein winziges, rotgesichtiges, in weißen Windeln steckendes Bündel, das konnte nur ein ... Der Zug fuhr schneller, sammelte seine gewaltigen Kräfte, nachdem er den Bahnhof verließ, der Rauch quoll aus dem Schornstein wie eine Sturmwolke, Dampf zog wie Gischt um die stampfenden Kolben und halbversteckten Räder, als das unaufhaltsame Ungetüm auf einen schwachen Karton und seinen vergessenen Insassen zusteuerte. In einer Minute würde alles vorbei sein. In weniger als einer Minute würde das Leben eines Säuglings zu Ende sein.

Es blieb keine Zeit zu denken, keine Zeit, zu überlegen oder zu rechnen. Der Impuls eines wagemutigen Schuljungen trieb Harry durch die Lücke in dem Zaun und über den schmalen mit Schnee getupften Grasstreifen. Ohne zu zögern – denn er spürte, daß ein Zögern tödlich sein würde –, startete er über die drei Gleise, die ihn von der Schachtel trennten, sprang behende von einer Schiene zur nächsten – jede vibrierte schon stärker als die letzte –, seine Ohren waren erfüllt von dem Dröhnen des herandonnernden Zuges, aber seine Augen waren nur auf sein Ziel gerichtet, seine Gedanken auf ein glühendes Gebet konzentriert, daß er nicht ausrutschen oder stolpern möge. Dann war er dort, bückte sich im Sprung, ergriff den Karton und seinen Inhalt, übersprang noch zwei weitere Schienen und drehte sich um, als er zum Stehen kam. Er blickte in das weiße, zornige Gesicht des Lokführers, der aus seiner Kabine zu ihm herunterstarrte, zu erschrocken, um herauszubrüllen, was er zweifellos dachte, zu überrascht, um zu verstehen, was passiert war.

Harry ließ sich langsam nieder und setzte die Schachtel sanft an einer sicheren Stelle zwischen den Schienen ab, während die Waggons des Zuges verschwommen an ihm vorbeihuschten. Das Baby blickte ihn unverwandt an, Finger und Wangen blau vor Kälte, aber offensichtlich unbeeindruckt von seiner flüchtigen Berührung mit dem Tod. Tatsächlich schien es Harry, als er näher hinsah, als lächelte das Baby, ein zartes, aber echtes Lächeln von unerwarteter Schönheit.

Eine dramatische Aktion eines Schuljungen aus Swindon rettete gestern das Leben eines ausgesetzten Säuglings. Als Harry Dysart anblickte, sah er, daß er immer noch, nach all den Jahren, lächelte. *Die Polizei appellierte an die Mutter, sich so bald wie möglich zu melden.* »Das warst du«, murmelte er. Sie lobte das Verhalten des jungen (kleinen) Harold und schilderte ihn als einen *tapferen, intelligenten und findigen Burschen.* »Du warst das Baby in dem Karton.«

»Ja, Harry. Das war ich.«

Was verbindet Dysart mit Ihnen, an dem er so hängt? Was bindet ihn an Sie, Mr. Barnett? Ellisons Worte klangen in Harrys Gedächtnis nach, als er mit wachsendem Verständnis in Dysarts lächelndes Gesicht starrte. Der Sohn der Mörderin, der überlebte, um es seiner Mutter gleichzutun. Alan Dysart und Harry Barnett. Ein Mann und sein Retter.

»Deshalb kam ich zu Barnchase Motors und half dir, so gut ich konnte. Deshalb überredete ich Charlie Mallender, dich einzustellen. Deshalb wählte ich dich als Verwalter der *Villa ton Navarkhon.* Ich habe nie vergessen, was ich dir schulde, Harry. Ich habe nie aufgehört, zu versuchen, dir alles zurückzuzahlen. Aber wie kann man das Geschenk des Lebens zurückzahlen?«

»Warum hast du mir das nie erzählt?«

»Weil ich dachte, daß du Freundschaft höher bewerten würdest als Dankbarkeit. Weil ich dachte, du würdest Großzügigkeit einer Entschädigung vorziehen.«

»Aber ... all diese Jahre ...«

»Ich wußte, was du nicht wußtest: Ohne dich wäre ich tot.«

Die logische Folge von Dysarts Aussage traf Harry mit schrecklicher Gewalt. »Und deine Opfer ... wären noch am Leben.«

»Ja.« Dysart nickte ernst. »Das auch, klar. Es entbehrt nicht einer gewissen Ironie, findest du ...«

Die Tür flog auf, als sei sie von einem Rammbock gestoßen worden, und krachte gegen die Wand, daß der Verputz herunterrieselte. Auf der Schwelle stand Morpurgo, mit rotem Kopf, zitternd und schwer atmend. Sein einziges Auge starrte wild auf Dysart. Und vor sich, wie zum Zuschlagen erhoben, hielt er eine Harke.

Einen eisigen Moment lang bewegte sich niemand. Dann tat Dysart, während er mit seiner Hand hinter dem Rücken Harry signalisierte, sich auf die andere Zimmerseite zurückzuziehen, einen einzigen Schritt nach vorn und lächelte sanft. »Hallo, Willy. Was machst ...«

Mit einer weitausholenden Bewegung traf ihn der Rechen am Kopf und ließ ihn gegen die Wand taumeln. Blut war auf seiner Stirn und auf den Zinken der Harke: Dunkle Tropfen waren über den Teppich verspritzt. Harry starrte mit offenem Mund auf die Szene, traute einen Augenblick lang seinen Augen nicht, war unfähig, die Realität dessen, was er sah, zu akzeptieren: Dysart, der sich nach vorn beugte und mit der linken Hand an der Wand abstützte, die rechte gegen die Stirn gedrückt, und Morpurgo, dessen Atem durch die Zähne zischte, mit unverwandtem Blick und der Harke, die in seinen Händen zurückschwang. *Scheint mir, ich säh' dort wen, der einen Rechen ausstreckt, mit dem er nach mir langt.* Dieser Satz, der ihm im Gedächtnis geblieben war, bahnte sich seinen Weg in den Vordergrund von Harrys Denken und schlug dort einen entsetzlichen, spöttischen Moment lang Kapriolen, als wollte er sagen: »Hast du das nicht vorhergesehen? War dir denn nicht klar, daß es so enden mußte?«

Morpurgo schlug wieder zu, dieses Mal mit einem wilden Aufwärtsschwung, der Dysart mit einem Schlag gegen die linke Gesichtseite von der Wand wegschleuderte. Jetzt war Blut auf Harrys Hemd, Blut und etwas Schlimmeres, das ihm über Brust und Schultern kleckste, als Dysart seitwärts in die Mitte des Zimmers torkelte und leise stöhnte, die Arme weit ausgebreitet, den Kopf erhoben, als versuchte er sich nicht mehr zu schützen oder das Blut aus seinen Wunden zu stillen. Durch den Schleier seines eigenen Unglaubens sah Harry, gefiltert zwar, aber nicht verhüllt, dort, wo Dysarts linkes Auge und seine linke Wange hätten sein sollen, einen blutigen Krater aus zermalmtem Fleisch und Knochen. Er und Morpurgo waren plötzlich gleichgestellt. Und mit seinem anderen, nur noch verschwommen blickenden Auge starrte Dysart Harry an und gestand die Ironie des Moments ein, akzeptierte die Gerechtigkeit dessen, was ihm widerfuhr.

Ein dritter Schlag, der von irgendwo über Morpurgos Kopf herunterging, ein blitzender Bogen von scharfen Metallzähnen, die sich in ihr Opfer verbissen und hineinschnitten. Ein glucksendes, zermalmendes Geräusch. Umherspritzendes Blut und Gewebe. Ein entsetzliches, gurgelndes Stöhnen. Und Dysart, der langsam rückwärts in ein hohes Bücherregal an der gegenüberliegenden Wand taumelte, Bücher und Vasen, die herausfielen und um ihn herum zerbarsten, ein vernichtendes, zuckendes Zubodengehen, Porzellanscherben und zerfetzte Seiten, die rings um ihn herunterprasselten wie die letzten herabstürzenden Steine einer Lawine.

Morpurgo näherte sich quer durch das Zimmer mit hocherhobenem Rechen. Dysart wälzte sich auf dem Rücken, zwinkerte mit seinem rechten Auge aus dem, was noch vor wenigen Sekunden ein hübsches, nicht gezeichnetes Gesicht gewesen war. Die zerfetzten Mundwinkel kräuselten sich, als versuchte er zu sprechen oder zu lächeln. Seine linke Hand zitterte und zuckte krampfartig. Und Harry, dessen Gliedmaßen endlich seinem Befehl gehorchten, stürzte sich vorwärts, um Morpurgo den Weg abzuschneiden. Aber Morpurgo verfügte über die Kraft eines Besessenen. Ein einziger Hieb seines linken Armes ließ Harry zu Boden gehen. Und alles, was er über sich sehen konnte, als er aufblickte, war Morpurgos gekrümmte Silhouette und der schlanke Schatten der Harke mit ihrem gezähnten Kopf, der sich über die Wand hinter ihm ausdehnte, sich ausdehnte und verschwand, als er sie auf sein Ziel stieß, dann zurückzog, um wieder zuzuschlagen und wieder und immer wieder. Das Geräusch des Aufpralls war schlimmer, als der Anblick je sein konnte.

Dann war der Wahnsinn vorbei. In nicht einmal zwei Minuten war alles vollbracht. Dysart war tot. Und Morpurgo schleuderte die Harke mit einem Aufschrei, der ebenso seinen Kummer wie seinen Triumph ausdrückte, polternd in eine Ecke, warf einen keuchenden Blick auf sein Opfer, drehte sich dann um und stürzte blindlings aus dem Zimmer.

Harry kam auf die Knie und sah sich mit den verunstalteten, niedergemetzelten Überbleibseln von Alan Dysart konfrontiert. Zwanzig Jahre zusammenhangloser Wut hatten ihr Ende gefunden. Was vom Zug verschont worden war, hatte die Harke gefordert. Was Harry gerettet hatte, wurde von Morpurgo geschlachtet. Alan Dysarts Zeit war vorbei.

Und dort, neben ihm auf dem Boden, die Buchdeckel flach auseinandergebreitet, mit zerknitterten und eingerissenen Seiten, lag das Buch, das er vor drei Tagen aus Strete Barton geholt hatte. *The Reign of William Rufus.* Harry zog es zu sich heran, um das Vorsatzblatt aufzuschlagen. Da, wo sein Name immer unsichtbar mit eingeschlossen gewesen war, lag jetzt quer über der Inschrift und den fünf Unterschriften ein unauslöschlicher Kreis von Dysarts Blut.

65

Mitten in der Trauerfeier kam Harry der Gedanke, daß dies die erste Beerdigung seit der seines Onkels Len vor mehr als vierzig Jahren war, an der er teilgenommen hatte. Zwei gegensätzlichere Ereignisse hätte man sich kaum vorstellen können. Für Onkel Len hatte es mehrere Trauergesänge, eine lange Rede des Vikars, einen Trauerzug im Schneckentempo zum Friedhof, ein Wehklagen von einer von Harrys Großtanten am Grabesrand und eine heiße Fleischbrühe in der Falmouth Street gegeben. Für Alan Dysart hatten sich drei Trauergäste und ein vor sich hin murmelnder Geistlicher in der sterilen Umgebung des Krematoriums von Southampton versammelt, begleitet von elektronischer Musik und durchdrungen von dem Gefühl, daß hier ein unangenehmes Geschäft diskret erledigt wurde.

Bevor es richtig anzufangen schien, war es bereits wieder vorbei. Der Sarg war geräuschlos durch den Vorhang fortgeglitten, das Tonband war abgespielt, das letzte Gebet wurde zu Ende gestottert, und die spärliche Versammlung setzte sich schlurfend zum Ausgang in Bewegung. Ellison schritt in angemessenem Tempo voran, während Cyril Ockleton am Ende neben Harry daherschwatzte.

»Außerordentlich schwache Beteiligung, muß ich sagen. Es kam mir auch ganz und gar nicht gelegen, Oxford so kurzfristig zu verlassen, nun da die Vorlesungen gerade wieder begonnen haben. Nichtsdestotrotz habe ich die Mühe auf mich genommen. Trotz des furchtbaren Skandals, in den Alan das College hineingezogen hat, und der Tatsache, daß ich drei Tutorenkurse absagen mußte, bin ich gekommen. Aus reinem Pflichtgefühl, verstehen Sie. Aus diesem und keinem anderen Grund.

Und was finde ich bei meiner Ankunft vor? Nun, mit allem gebührenden Respekt gegenüber Ihnen und diesem ... diesem ...« Er deutete auf die Gestalt, die eben die Kapelle verließ.

»Ellison. Verteidigungsministerium.«

»Richtig. Nun, das würde mich interessieren, wo ist Mrs. Dysart?«

»In Kitzbühel. Sie hat es abgelehnt, ihren Urlaub zu unterbrechen.«

»Und die anderen Familienmitglieder?«

»Er hatte keine.«

»Und was ist mit den Leuten, mit denen er in der Marine gedient hatte?«

»Sie haben einen Blumenschmuck in Form eines Ankers geschickt. Sie werden ihn draußen sehen.«

»Und seine Parteigenossen?«

»Haben sich völlig von ihm losgesagt.«

»Guter Gott.«

Sie waren nun draußen vor der Kapellentür und gingen ohne anzuhalten an den beiden armseligen Kränzen vorbei, die geschickt worden waren. Ellison, der vorausging, dankte dem Geistlichen, während der Chauffeur leise mit den Angestellten des Leichenbestatters scherzte.

»Und Rex? Ich hatte wirklich erwartet, Rex hier zu sehen. Hat er irgendeine Nachricht geschickt?«

»Nicht daß ich wüßte.«

»Es ist bestürzend, Mr. Barnett, um nicht zu sagen betrüblich. Diese ganze Angelegenheit hat mich erschüttert, wirklich erschüttert. Alan tot, Willy in Gewahrsam und Jack ... Sagen Sie, stimmt es, was in der Zeitung stand? Gab es tatsächlich nichts, was darauf hindeutete, warum Willy Alan auf so brutale Weise angefallen hat?«

»Absolut nichts.«

Ockleton schüttelte den Kopf. »Es ist so völlig untypisch ... Ich wünschte wirklich, Rex wäre heute gekommen.« Er blickte sich um. »Nun, ich muß wohl dem Padre meine Aufwartung machen, nicht wahr? Entschuldigen Sie mich, Mr. Barnett. Reizend, Sie wiederzusehen, ganz reizend.« Mit diesen Worten und einem flüchtigen Händedruck eilte Ockleton davon.

Erleichtert, endlich allein zu sein, atmete Harry die feuchte, graue Luft tief ein und entfernte sich langsam von der Gruppe vor dem Krematorium, bis er eine Stelle erreichte, von wo aus er einen freien Blick auf die Auffahrt hatte. Dort blieb er stehen und schaute einige Minuten lang so aufmerksam auf die Hauptstraße, daß er Ellison nicht bemerkte, der sich ihm von hinten näherte, bis er seine leise, eindringliche Stimme an seinem Ohr hörte.

»Sieht fast so aus, als wären wir damit durchgekommen, Mr. Barnett.«

»Womit durchgekommen?«

»Einer stillen Einäscherung. Keine Presse. Kein Fernsehen, keine Neugierigen. So gut wie keine Trauergäste.«

»Wäre es Ihnen lieber gewesen, wenn überhaupt keine dagewesen wären?«

»Überhaupt keine wäre auch wieder verdächtig gewesen. So wie die

Dinge liegen …« Ellison seufzte. »Vom offiziellen Standpunkt aus gesehen, ist Dysarts Tod natürlich ein Geschenk des Himmels, um so mehr, als der Mann, der ihn umgebracht hat, ganz offenkundig geistesgestört ist. Das erspart uns die Peinlichkeit eines Gerichtsverfahrens. Ich kann jedoch nicht behaupten, daß dieser Ausgang meiner Ermittlungen bei mir nicht das leise Gefühl … wie soll ich sagen, betrogen worden zu sein, hinterläßt.«

»Warum sollten Sie sich betrogen fühlen?«

»Weil Sie für mich immer noch ein Rätsel darstellen, Mr. Barnett, Sie und ihr verstorbener, aber ausgezeichneter Freund Alan Dysart.«

Harry sagte nichts. Er hielt seinen Blick weiterhin unverwandt geradeaus gerichtet.

»Oh, machen Sie sich keine Sorgen. Der Fall ist abgeschlossen. Ihr Geheimnis ist sicher, so sicher wie … im Grab, könnte man doch sagen?« Harry sah ihn an. »Der Leichenbestatter erzählte mir, daß Sie um seine Asche gebeten haben. Darf ich fragen, was Sie damit vorhaben?«

»Ich habe vor, sie auf einer Bahnlinie zu verstreuen.«

Ellison runzelte ärgerlich die Stirn. Offensichtlich verdächtigte er Harry des Sarkasmus, und offensichtlich hatte er keine Lust, als Zielscheibe dafür herzuhalten. »Ich verstehe«, sagte er langsam. »Nun, ich wünsche Ihnen einen guten Tag, Mr. Barnett. Ich nehme nicht an, daß wir uns noch einmal begegnen.« Ohne ihm die Hand zu reichen, drehte er sich um und ging davon.

Fünf Minuten später stand Harry immer noch an derselben Stelle und beobachtete, wie drei Fahrzeuge die Auffahrt hinauf vom Krematorium wegfuhren. Allen voran Ellisons Dienstwagen, gefolgt von Ockletons Klapperkiste. Den Abschluß bildete der Leichenwagen. Als das letzte Auto auf die Hauptstraße abbog und außer Sichtweite war, bog, wie auf ein Signal hin, ein anderes ein, als hätte es die Abfahrt der anderen abgewartet, bevor es auf der Bildfläche erschien. Es war ein Taxi und hielt etwa auf halber Strecke der Auffahrt an. Sobald er die Person erkannte, die ausstieg und auf ihn zukam, hob Harry grüßend die Hand.

»Ich dachte nicht, daß Sie kommen würden«, sagte er, als sie in Hörweite war.

»Das wäre ich auch beinahe nicht«, erwiderte Zohra. »Es schien mir, als hätten wir alles gesagt, was zu sagen war.«

»Das hatten wir auch.«

»Was hat sich denn geändert?«

»Gehen Sie ein Stück mit mir im Park spazieren, und ich werde es Ihnen sagen.«

Um das Krematorium herum waren Kieswege angelegt, die sich durch Waldlichtungen schlängelten, wo gegen Baumstämme gelehnte, verwelkte Kränze eine ständige Mahnung an das gemeinsame Anliegen waren, das die Menschen an einen solchen Ort brachte. Eine kurze Wegstrecke legte Harry schweigend zurück, hörte auf das Knirschen des Kieses unter seinen Schritten und das Brausen des Verkehrs von der nahegelegenen Autobahn. Ihm ging durch den Kopf, daß für jeden Beobachter, der ihr Erscheinungsbild betrachtete – Harry trug so etwas wie einen schwarzen Anzug, Zohra einen dunklen Regenmantel und eine Baskenmütze –, der Eindruck entstehen mußte, daß sie sich über den Verlust eines gemeinsamen Freundes oder Verwandten unterhielten. Den wahren Grund ihres Treffens hätte niemand erraten.

Auf der Kuppe eines kleines Hügels, von wo man auf die Kapelle hinuntersah, blieb Harry stehen und wandte sich Zohra zu. »Mir ist eine Idee gekommen«, sagte er vorsichtig.

»Wozu?«

»Zu Ihrer Zwangslage.«

Zohra errötete. »Wenn Sie mich hierhergebracht haben, damit Sie Ihrer Schadenfreude ...«

»Ich bin nicht schadenfroh. Ich möchte Ihnen helfen.«

Sie runzelte die Stirn. »Warum?«

Harry deutete vage auf den Rauch, der aus dem Kamin des Krematoriums aufstieg. »Weil wir alle verloren haben: Heather, Dysart, Cornelius, Morpurgo, Sie, ich. Wir alle haben uns zu irgendeiner Form von Verrat hergegeben oder sind dazu verleitet worden, und keiner von uns hat davon profitiert. Wir alle haben unsere gerechte Belohnung dafür bekommen.«

»Und?«

»Und deshalb möchte ich einen kleinen Teil des Schadens, der angerichtet wurde, wiedergutmachen, etwas aus den Trümmern retten.«

»Indem Sie mir helfen?«

»Ja.«

»Aber Sie können mir nicht helfen, Harry. Das ist es ja gerade. Mir kann niemand mehr helfen.«

»Das glaube ich nicht. Wenn Sie einen sofortigen Anspruch auf die britische Staatsbürgerschaft erhalten könnten, dann müßten sie Ihnen doch den Aufenthalt genehmigen, oder nicht?«

»Wozu die Diskussion? Ich habe jede Möglichkeit, die es gibt, ausgeschöpft.«

»Nicht ganz. Es gibt einen Weg, den Sie noch nicht versucht haben.«

»Und der wäre?«

»Nun … « Er lächelte unsicher. »Sie könnten mich heiraten.«

Sie starrte ihn ungläubig und stumm an.

»Mir ist klar, daß ich keine besondere Partie bin. Doppelt so alt wie Sie, arbeitslos, mittellos, all das und noch schlimmer. Andererseits …«

»Hören Sie auf!«

»Heute ist der Zwanzigste, Zohra. Sie müssen das Land erst in elf Tagen verlassen. Genügend Zeit, um eine standesamtliche Trauung in die Wege zu leiten, würde ich meinen. Dieser Cousin von Ihnen, der Anwalt in Newcastle: Er könnte bestätigen, daß Sie damit aus dem Schneider wären.«

»Sie schlagen mir eine Vernunftehe vor – eine Scheinehe –, um mich vor der Ausweisung zu retten?«

»Wenn die Behörden davon überzeugt werden müssen, daß es sich dabei nicht nur um einen Trick handelt, müßten wir zusammenleben, zumindest für eine Weile. Danach … Nun, ich weiß nicht. Aber ja, das ist mein Vorschlag.«

»Warum wären Sie bereit, das für jemanden zu tun, dem Sie absolut nichts schulden?«

»Ich habe es Ihnen bereits gesagt.«

»Aber was ist der wahre Grund?«

Der wahre Grund lag zweiundvierzig Jahre zurück, auf einer Bahnlinie in Swindon: Harrys größte Stunde, für immer belastet mit jeder einzelnen ihrer schlimmen Folgen für die Zukunft. Wenn er geahnt hätte, wohin die Rettung des Säuglings in dem Karton führen würde, wäre er niemals dazwischengetreten. Wenn er gewußt hätte, welche Bedeutung seine Tat für ihn und andere haben sollte, wäre er über den Kirchhof davongegangen und hätte das Schicksal seinen Lauf nehmen lassen. Zohras verzweifelte Lage war nur eine Frucht der Saat, die an jenem Tag ausgebracht worden war, zwar zweifellos die bitterste, aber sie bot Harry seine einzige dürftige Chance zur Wiedergutmachung. Und dieses Mal lag die Entscheidung nicht bei ihm. »Ich sehe einfach nicht ein, warum *alle* verlieren sollen«, sagte er. »Das ist alles.«

»Ich soll die glückliche Ausnahme sein?«

»Du kannst es sein. Vielleicht können wir es sein. Das hängt jetzt von dir ab.«